여 기 가
끝이라면

조용호의 나마스테!

여 기 가
끝이라면

조용호의 나마스테!

'나마스테!'는
'당신 안에 있는 세계(신)에 경배 드린다'는
의미를 지닌 산스크리트어.
인도, 티베트, 네팔 등지에서 사람들을 만날 때
두 손을 모으고 주고받는 인사말이다.
특정 지역 인사말을 떠나 안부를 묻고 평화를 기원하는 용어로 보편화됐다.
문학(문화)인 100명을 만나 그들 안에 깃든 세상과 신의 안부를 물었다.

작가

여기가 끝이라면, 나는 어떻게 할까. 긴 숨 몰아쉬고 이제 쉬어도 된다는 안도라도 하게 될까. 늘 회한에 가득 차서 뒤를 흘깃거리며 쫓기듯 달려왔으니, 비로소 끝에 당도한다면 일견 반갑기도 할 건 솔직한 마음이리라. 막상 생의 끝에 이른 경우가 아니니 함부로 단언하긴 어렵다. 마지막에 대한 공포와 막막함을 겪어보지 않고 말하는 건 정확하지 않다.

지난여름 작고한 황현산 선생은 끝이라는 단어를 희망으로 바꾸어 말했다. 항암투병 중이던 선생은 여기가 끝이라면, 여기까지 왔다는 이정표 하나는 세울 수 있는 것 아니냐고 말했다. 누구에게나, 어떤 일이건 간에 끝이 없을 수 없다. 다만 그 끝을 맞는 자세가 중요할지 모른다. 달려가건 기어서 가건, 간 만큼, 도달한 곳 거기까지가 끝이 아니라 성취라는 낙관적인 태도는 애틋하고 소중하다.

한국문학의 위상이 현저히 약화된 느낌을 지울 수 없다. 독자들의 관심도 측면에서도 그렇고 사회적인 반향 차원에서도 그러하다. 한 개인이나 일에 끝은 있을지 모르나 문학이라는 장르에, 그 유구한 효용에 끝이 있을 수는 없다. 희미해지는 것처럼 보일 따름이다. 자신만의 이정표를 세우기 위해 문학에 목을 매단 이들은 문학 광산 깊은 갱도에서 여전히 검은 땀을 흘리고 있었다. 지상에서 비바람이 몰아치건 냉소와 조소가 흐르건 무관심이 쌀쌀한 늦가을바람처럼 서늘하건 그들은 자신의 업에 하냥 충실한 이들이었다.

그들을 만나면 새삼 힘을 얻는 느낌이었다. 사랑할 때 사랑하라는 말은, 지당한 말씀처럼 들릴 수 있다. 사랑하고 있을 때는 그러할 것이다. 그 시간이 지나고 회한이 밀려들 때면 이 말이 얼마나 절절한 명언인지 그때서야 비로소 절감할 터이다. 살아

서 그 사랑을 외면하는 건 어리석다. 외면하고 싶어도 그렇게 할 수 없는 속성과 숙명
이 그 사랑 안에 있다. 문학도 그러하다. 제대로 된 깊은 문학 말이다.

'나마스테!'는 '당신 안에 있는 세계(신)에 경배드린다'는 산스크리트어로, 인도나
티베트 등지 사람들이 두 손을 모으고 주고받는 인사말이다. 특정 지역 인사말을 떠
나 안부를 묻고 평화를 기원하는 용어로 보편화됐다. 지난 5년 동안 《세계일보》에 격
주로 연재한 「조용호의 나마스테!」로 인사한 이들은 120여 명에 이른다. 문인 중심으
로 100명을 한정해 묶었다. 이들이 의미 있는 책을 낼 때마다 그것을 명분으로 만났
지만 그들만이 지닌, 그들 안의 내밀한 세계와 신을 짧은 지면 안에서라도 대면하고
싶었다. 일일이 새로 붙인 소제목들은 대부분 그들이 인터뷰 중 한 말에서 뽑았다. 매
꼭지 말미에 인터뷰가 실린 날짜를 명기했다. 인터뷰이의 나이는 그 날짜를 기준으로
셈한 것이니 참조하시기 바란다. 별세했거나 직책이 달라지고 새 책을 낸 분들은 따
로 부기했다.

한 시기의 문화사라는 데 의미를 부여하고 싶다. 지난 5년 동안 컨베이어벨트 위를
달린 느낌이다. 혼자만 뛴 건 아니다. 더러 직접 인물사진을 찍기도 했지만 대부분은
사진부 동료들의 노고가 깃들었다. 지켜보아준 모든 이들에게 고마움을 전한다. 무엇
보다 인터뷰에 응해주고 거친 글을 너그럽게 받아들인 분들께 고개 숙인다.

2018년 늦은 가을

1부

2부

3^부

4부

5부

1부

황석영 소설가

한수산 소설가

구효서 소설가

김형경 소설가

한강 소설가

김애란 소설가

공지영 소설가

방현석 소설가

위화 소설가

시마다 마사히코 소설가

황동규 시인

정현종 시인

허만하 시인

천양희 시인

안도현 시인

박상순 시인

송찬호 시인

김주연 문학평론가

최원식 문학평론가

이동진 영화평론가 · 김중혁 소설가

한 바퀴 돌아 다시 온
서사의 황금시대

황석영 소설가

소설가 황석영(72)을 경기 고양시 정발산동 자택 인근 카페에서 만났다. 햇빛이 환한 하오의 카페는 조용했다. 황석영이 시간에 맞춰 반가운 표정으로 나타났다. 감옥에서 나와 충남 덕산에 살던 그의 집을 2000년대 초 방문한 이후로 독대하기는 처음이다. 세월의 흔적이 그리 얼굴에 드러나진 않는다. 그때나 지금이나 날렵하고 호기로운 청년 풍이다. 그는 정작 노년이 좋다고 했다.

"요즘 노년이라는 걸 실감하고 있습니다. 체력도 그렇고 생각도 그래요. 남들은 날 어떻게 보는지 몰라도 과거에 비해 굉장히 너그러워졌습니다. 가족이나 사회와의 관계, 입지나 명성 같은 여러 가지 개인을 둘러싼 것들이 단순해지면서 별로 흥미가 없어요. 덕분에 옛날보다 작품에 집중이 더 잘 됩니다."

카페 유리창으로 비끼는 양광이 노년의 눈동자 물기를 비춘다. 자주 허공을 바라보는 눈이다. 그는 요즘 "집에서 멍 때리고 있을 때가 좋다"고 했다. 여러 가지 곁 생각을 버리고 자신을 가만히 내버려두었을 때의 상태다. 그가 올 5월

14

출간을 목표로 집필 중인 경장편의 중심 정조는 회한이라고 했다.

"사람이 50대 말쯤 이르면 그동안 저지른 업보가 많아집니다. 출세한 사람일수록 더 심하겠지요. 그런 사람을 통해 과거를 들여다보는 내용입니다. 세월호 참사는 단순한 교통사고에 그치는 게 아니라 사회 전반 시스템 문제이면서 지금까지 걸어온 근대화의 결론 같은 겁니다. 그걸 되돌아보면 우리 문학은 분명히 그전과 후가 달라질 겁니다. 세월호를 직접 주제로 삼는 게 아니라 여러 근대화의 함정들, 현대사회의 잘못된 시스템을 개인의 삶을 통해서 말하려는 거죠."

황석영은 근대적 자아가 싹트기 시작한 시점부터 2000년대까지 한국에서 생산된 단편소설들을 펼쳐놓고 그중에서 고심을 거듭해 뽑은 『황석영의 한국명단편 101』(전10권·문학동네)을 최근 펴냈다. 이 전집은 염상섭(1897~1963)의 「전화」로 시작해 김애란(1980 ~)의 「서른」으로 끝난다. 황석영이 단편소설로 읽은 한국 현대사인 셈이다.

"징역 살고 나와서 1990년대 이후 작품을 거의 안 읽었습니다. 내가 없을 때 벌어진 일이니까. 석방되고 활동하면서도 젊은 작가들이 보내준 소설을 일일이 다 못 봤습니다. 이번에 한데 모아서 50여 명 작품을 읽었는데 굉장히 뿌듯하고 좋았습니다. 아주 세련되고 소재나 주제도 다양하고, 이들은 현실에 관심이 없는 줄 알았는데 나름대로 서사로 대응해 왔고, 개인적이건 일상의 어려움이건 잘 소화해낸 걸 보았습니다. 어쨌든 한국문학은 새로운 세대가 또 끌고 가고 있다는 사실을 확인했습니다."

황석영은 김수영(1921~1968)의 시 「현대적 교량」처럼 선후배를 잇는 다리 역할, 근대에서 포스트모더니즘으로 넘어가는 그런 교량의 일을 수행하고 싶다고 말했다. 김수영은 "이 다리 밑에서 엇갈리는 기차처럼/ 늙음과 젊음의 분간이 서지 않는다/ 다리는 이러한 정지의 증인이다/ 젊음과 늙음이 엇갈리는 순간/ 그러나 속력과 속력의 정돈 속에서/ 다리는 사랑을 배운다"고 그 시에 썼다. 평론가 신수정과 만나 후보 단편들을 놓고 머리를 맞댄 후 다시 읽어보고 신중하게 뽑아낸 결과물이 이번 101편이다. 괜찮은 작품들을 서로 떠올린 후 찾아보니 중편이거나 당대의 정황을 명확하게 보여주지 못하는 결과

물이어서 곤혹스러운 적도 많았다고 했다. 알려진 작품들보다는 당대의 사회상을 선명하게 드러내는 단편 위주로 갔고, 그 결과 근대적 자아가 싹 튼 이후 단편소설로 음각한 한국 사회 벽화를 완성한 셈이다. 이번 선집을 두고 이광수와 김동인은 빼면서 이외수와 황석영 본인까지 포함시켰다면서 '속 좁은 황석영'이라고 비판하는 칼럼도 등장했다.

"근대의 출발을 어디서부터 잡느냐의 문제인데 이광수나 김동인 나도향은 일본의 사이비 개화문화, 근대적 자아가 형성도 안 될 때의 계몽주의 영향을 받은 겁니다. 염상섭에 와서 비로소 근대적 자아가 보인 거고, 문학사적으로도 그래요. 더구나 이외수는 1970년대 이후 작가이고 이광수 김동인은 식민지 시대인데, 뭘 모르고 하는 이야기인 거죠."

황석영은 이번 명단편 선집을 당대의 선명한 결을 보여주는 단편들 위주로 선정했다. 그는 "신속한 대응력과 예민한 감수성이 생명인 단편에 비해 장편은 오분자기와 전복, 혹은 자리돔과 돔처럼 비슷하게 생겼지만 전혀 다른 것"이라고 했다. 한마디로 단편은 시대가 흘러 한 개인의 내부에서 무르녹아 나오는 장편과는 다른 종이라는 것이다. 근대적 자아가 출범하는 단편소설을 당대의 증인으로 줄을 세운 '선집'인 것이니, 이광수와 김동인이 차별받았다고 말하는 것은 코미디라는 것이다. 황석영은 한국 근·현대소설을 일별하면서 새로운 확신을 얻었다고 했다.

"한국문학이 위기라고 하는데 지금까지 위기 아닌 적이 없었습니다. 일본은 불황기를 지나면서 문학이 상업적으로 흘러 본격·대중문학의 벽이 없어지는 맥락에서 가라타니 고진 같은 이가 근대문학의 종언을 선언하기도 했지만, 한국은 삶의 형편이 어려워 불행 중 다행으로 서사가 계속 폭발하고 있습니다. 〈미생〉 같은 드라마를 보고 깜짝 놀랐습니다. 그냥 현실을 보여주기만 하는 데도 사람을 흥분시키고 재미있게 만들고 감동시키는, 현실 자체가 서사인 거죠."

황석영은 전후 1960년대 실존 문학을 거치면서 4·19세대이자 한글세대인 이들의 개인적 자아, 1970년대 산업화와 독재 시대의 엄청난 서사의 폭발, 1980년대 '광주'를 거치는 문학의 좁은 입지, 1990년대 개인 서사, 2000년대

다시 현실 서사들로 이루어지는 흐름을 크게 보면 작금이야말로 한 바퀴 돌아온 서사의 황금시대라고 분석했다. 근·현대 한국 문학을 죽 둘러본 이의 감흥을 믿는다면, 바야흐로 한국문학은 새 출발점에 서 있다.

그의 '만년문학'에 대해 물었다. 황석영의 전반기 문학은 19살에 등단해 『객지』, 『삼포 가는 길』, 『한씨연대기』, 『장길산』 등으로 이어지는 행로였다. 후반기는 방북 이후 석방된 1998년부터 『오래된 정원』, 『손님』, 『심청』 등으로 이어졌다. 그는 에드워드 사이드(1935~2003)의 『만년의 양식』을 빌려 자신의 만년문학을 말했다.

"늙으면 형식이나 내용에서 평화스럽고 안정된 작품을 쓰리라 생각하지만 살펴봤더니 반대더라는 에드워드 사이드의 글에 충분히 공감합니다. 베토벤은 교향곡을 작곡하다 만년에는 실험적인 현악 4중주를 집중적으로 작곡했고, 괴테는 생애 가장 실험적인 『파우스트』를 마지막으로 집필했습니다. 서사가 폭발하던 시절로 돌아가 실험적이고 전위적인 작품을 쓰고 싶은 것인데, 나의 만년문학은 이미 시작됐습니다."

황석영에게 『파우스트』 같은 작품은 그가 여러 차례 언급한 '철도원 3대'가 등장하는 장편소설이다. 도시 노동자의 전형이 한국문학에서는 아직 제대로 등장한 적이 없거니와 그 캐릭터를 붙들고 환상적이고 실험적 형식으로 만년문학을 완성할 작정이라고 했다. 그날 이어진 술자리에서 주변이 잠시 비었을 때 그에게 물었다. 소설 속 한국사회 중산층의 회한이 아닌, 당신의 회한은 무엇이냐고. 그는 "첫째는 가족이고, 두 번째는 내 재능에 대한 과신이었다"고 말했다. 젊은 나이부터 재능을 인정받아 누렸는데 그때 부족한 듯 걸음이 늦은 듯 세상과 친화력을 기를 걸, 내 재간을 과신하고 부딪치며 살아왔노라고. 그는 이내 특유의 쾌활한 태도로 돌아가 "이 나이에 반성하는 것도 내 낙천적이고 좋은 품성일 것"이라고 환하게 웃었다.

〈2015. 2. 16.〉

*황석영은 유년기부터 문학청년 시절을 거쳐 민주화운동과 광주항쟁, 방북과 망명, 수감생활에 이르는 '대장부 한 평생'을 2017년 6월 자서전 『수인』(전2권)에 담아냈다.

조국의 이름으로
살다 죽어간 피폭자의 영혼

한
수
산

소
설
가

"일제강점기 과거사가 제대로 청산됐나요? 영화를 둘러싸고 여러 말들이 나오는데 진실이 무엇인지 확인해봐야죠. 대중의 관심을 자꾸 불러내서 청산해 나가야 합니다. 강제 징용 조선인 노동자들을 다룬 영화는 처음일 겁니다. 화석이 되어가는 어제를 오늘로 데려와 우리 사회 이슈로 만들어내는 건 좋은 일 아닌가요? 문제가 있다면 다른 이들이 다른 버전, 다른 장르로 또 만들면 돼요."

일제가 조선인들을 끌어가 열악한 노동 조건 속에 혹사시켰던 현장인 나가사키 인근 섬 군함도(하시마)를 배경으로 다룬 영화가 화제다. 실제 군함도 3분의 2 크기의 세트장을 만들고 순제작비 220억 원을 투입해 류승완 감독이 만든 이 영화는 역사적 사실을 기반으로 만든 픽션이다. 조선인 노동자들이 대거 군함도를 탈출하는 과정이 실제로는 가능하지 않았던 왜곡이라느니, 맹목적인 애국심을 자극하는 '국뽕'인 줄 알았더니 악랄한 조선인이 나오는 '친일영화'라느니 말도 많다. 중국 언론에서는 기립박수를 치고 일본 네티즌들은 욱일기를 찢는 장면에 격분해 들끓었다. 군함도에 끌려간 조선인 노동자들과 그들의 피폭 문제를 생존 피해자와 함께 치밀하게 탐사해 5권짜리 대하소설 『까마귀』로 집필하고, 지난해에는 다시 소설 『군함도』(전2권·창비)로 압축하는데 30년 가까운 작가인생을 쏟아 부은 소설가 한수산(71)을 광화문에서 만났다.

그는 정작 영화를 보지 않았다고 했다. 빗발치는 문의에 무어라 답을 해야 되는데 영화 그 자체를 두고 이렇다 저렇다 따지고 싶지 않아서였다. 들리는 말에 따르면 탈출 액션극이라던데 어떻게 만들었건 군함도 문제를 다시 이슈화시킨 건 의미 있는 일이라고 했다. 일제강점기 조선인 징용 노동자들의 현실을 정면으로 파고들고 조선인들의 원폭 피폭 문제를 본격적인 소설로 다룬 건 유례가 없다. 영화를 보고 진실이 궁금하다면 차분하게 소설을 붙들 일이다. 실제로 군함도와 피폭문제를 다룬 『까마귀』가 2009년 일본어로 번역됐는데 일본인들의 반응은 놀라울 정도로 호의적이었다. 그들은 당시 징용노동자의 월급표까지 치밀하게 취재한 팩트 앞에서 토를 달지 못했다.

"군함도에 끌려가서 노동을 했고 그곳에서 나와 나가사키에서 피폭당했던 실제 인물과 함께 그곳에 가서 일일이 취재를 했어요. 여기는 잠을 잤던 곳, 저기는 지옥 입구 같은 막장 출입구…. 그렇게 증언하던 피해자들이 지금은 다 사라졌어요. 강제징용 피해 당사자와 현장을 직접 가서 취재한 작품이라는 데 자부심을 느낍니다."

한수산의 《동아일보》 신춘문예(1972년) 등단작 「사월의 끝」은 시간과 죽음의 문제를 붙든 단편이었다. 이후 그의 소설은 섬세한 감수성을 바탕으로 개인적인 고뇌와 회한을 다룬 것들이었다. 1976년 발표한 장편 『부초』는 그를 널리 알린 출세작이었다. 문예지 《세계의 문학》에 파격적으로 전재됐고, 떠돌이 서커스 인생을 다룬 이 작품은 '오늘의 작가상' 수상작으로 선정되면서 단행본으로 출간돼 90만 부가 넘는 베스트셀러로 각광받았다. 바야흐로 '스타작가'로 떠올랐던 한수산은 1981년 일간지에 연재하던 「욕망의 거리」라는 소설에서

'대머리 군인'을 묘사했다가 보안사에 끌려가 지독한 고문을 당하는 필화를 겪으면서 무너졌다.

당시 털끝만 한 비판도 용납하지 않았던 신군부 집단은 이 소설의 표현을 빌미로 문인들을 엮어 간첩단 사건으로 조작하려 했지만 여의치 않자 고문만으로 종결했다. 이 와중에 박정만 시인은 끝내 고문 후유증을 극복하지 못하고 술로 나날을 보내다 요절하고 말았다. 한수산도 정신착란 직전까지 갈 정도로 극심한 후유증에 시달렸다. 억지로 참으면서 그동안 써놓았던 작품들을 매만지는 시간을 보냈는데, 그들을 고문한 보안사령부 수장 노태우 씨가 대통령으로 당선되면서 그는 도저히 이 땅에 머물 수 없었다고 했다. 미국과 인도와 일본을 놓고 고민하다 가족과 함께 1988년 일본으로 떠났고, 도쿄의 고서점에서 오카 마사하루의 『원폭과 조선인』을 접하면서 군함도와 나가사키 피폭의 상처와 직면했다.

"필화사건이 없었더라도 랄랄라 즐거운 인생을 사는 문학을 하진 않았을 겁니다. 우리 근현대사에 대한 정밀한 인식 없이 작가 생활을 하는 건 불가능했을 테니까요. 내 세대 작가들은 그랬어요. 지금까지 작가 인생 절반 이상을 여기에 쏟은 걸 후회하지 않아요. 내가 알고 있는 군함도나 피폭 문제를 제대로 쓰지 않고는 다른 작품에 매달릴 수 없었습니다. 이제 와서 돌아보면 시간의 문제를 천착하던 초기 작품세계가 폭을 넓히면서 군함도라는 정점에서 만난 게 아닌가 싶어요."

한수산은 유난히 감수성이 섬세하고 예민했던 것 같다. 어린 시절 냇가에서 낚싯대를 드리우고 있다가 학교에서 배운 지구의 자전과 공전이 떠오르면서, 신도 되돌릴 수 없는 완벽한 사라짐의 상태인 죽음이라는 것이, 한없이 작은 자신의 존재가 너무나 서러워서 울면서 집으로 돌아왔던 기억을 잊을 수 없다고 했다. 이후 그는 우연히 박목월 선생을 접하면서 먼저 《강원일보》 신춘문예 시 부문에 당선됐다가 경희대에서 황순원 선생을 만나 다시 소설가로 등단했다. 그는 데뷔작에서부터 시간과 죽음을 천착했고, 이후 반공 포로 문제를 비롯해 확장된 시간과 맞닿은 역사와 만나다가 결정적으로 군함도에 상륙했다.

"징용으로 끌려갔다가 피폭으로 이름도 없이 억울하게 무수히 죽어간 이들은 물론 살아남은 이들까지 우리 정부에서조차 철저하게 무시당했습니다. 청산되지 않은 역사이기 때문에 자꾸 거론해야 합니다. 범죄 행위의 역사가 있는 섬도 세계문화유산일 수 있습니다. 다만 유네스코의 조건처럼 분명히 그 사실을 적시해야죠."

소설 『군함도』에는 화려한 볼거리와 액션이 자극적인 영화와는 달리 차분하게 역사를 톺아가게 만드는 매력이 있다. 무엇보다도 팩트를 중시하는 다큐 스타일의 소설에서는 쉬 찾아보기 힘든 문체와 문장이 돋보인다. 풍성한 속담과 팔도에서 모여든 징용공의 사투리에다 등장인물들의 느꺼운 사랑까지 폭염을 잊기에 맞춤한 서사가 핍진하게 펼쳐진다. '지상'은 친일파 집안의 유복한 둘째 아들이었다가 형 대신 징용에 끌려가 차츰 민족의식을 깨닫게 되는 인물이다. 지상의 아내 '서형'은 유복자를 낳고 기다리다가 하시마 탄광까지 남편을 찾아간다. 옷고름으로 눈물만 닦으며 기다리는 건 조선 여인이 아니라고 한수산은 말했다. 수많은 징용 노동자들이 하시마 깊은 막장에 끌려가 탄을 캐다가 죽었다면 한수산은 반세기가 흐른 후 그곳에 가서 그들의 한을 캐온 셈이다. 그는 "조국의 이름으로 살다 조국의 이름으로 죽어갔으나 그 주검마저 조국의 이름으로 경멸과 차별 속에 버려져야 했던 조선인 나가사키 피폭자의 영혼에 바친다"고 『군함도』에 썼다.

〈2017.8.7.〉

변덕은 나의 힘

구효서

소설가

"베스트셀러 작가도 아니면서 대학교수 자리를 거부했어요. 그동안 전업작가로 살아오면서 얼마나 고생이 많았겠어요? 책을 내고 두 달만 지나면 인세수입이 끊기기 시작하니 원고료 수입에 기댈 수밖에요. 중·단편 장편 가릴 거없이 닥치는 대로 썼어요. 책은 많이 안 팔리는데 권수만 늘어난 거죠. 독자들에게 한 번 스타는 영원한 스타 작가인데, 그런 작가는 사실 그렇게 많이 안써도 돼요. 차분하게 다음 작품 준비기간도 갖고, 그러다 보니 더 잘 쓰게 되는 측면도 있는데 우리 같은 경우는 쓰고 또 쓰고 쓰니까 작품에 대한 밀도 같은 게 아쉬울 때도 많아요."

올해 뒤늦게 이상문학상을 받은 소설가 구효서(60)를 만났다. 이상문학상은 주로 등단 10년차 내외가 받거나 그도 아니면 엉뚱하게 베스트셀러 작가가 받는 경우도 있었지만 이미 다른 주요 문학상(한국일보문학상 이효석문학상 황순원문학상 한무숙문학상 허균문학작가상 대산문학상 동인문학상)을 두루 받은 구효서가 이 상을 받은 것은 의외였다. 이미 오래전 이 상을 받지 않았느냐고 묻는 이들도 주변에 많다고 하는데, 사실 알고 보면 진작 그에게 갔어야 할 상이 늦게 배달된 것뿐이다. 수상 때문이 아니라 한눈 팔지 않고 문학 그 자체에 헌신해온 등단 30년차 '전업작가'의 한 전형으로 그를 만난 이유다.

"주와 객도 잠들면 뭐가 남지? 이 세상은 낮 아니면 밤이고, 여자 아니면 남자이고, 주관 아니면 객관이고, 이 모든 게 잠들면 뭐가 남지? 풍경소리는 주관과 객관이 포착할 수 없는 제3지대의 존재이고, 라캉식으로 말하자면 상징계도 상상계도 아닌 실제계의 소리랄까? 풍경소리가 띵강띵강 들리는지, 땡강땡강인지 오로지 언어를 매개로 전달되는 거 아닌가요?"

이번 수상작 「풍경소리」는 기존 서사 문법에서 탈피한 다분히 실험적인 작품이다. 주와 객이 희미하고 남는 건 소리뿐이다. 이은상의 시조 「성불사의 밤」이 모티브로 차용돼 "주승이 잠이 들고 객이 홀로 듣는" 전개가 이루어지다 "저 손아마저 잠들어 혼자 울게 하여라"라는, 주도 객도 잠이 들어 풍경소리만 남는 청정한 여운이다. 희미한 활자와 진한 활자의 서술 주체가 다르고, 마지막에 이르면 바람소리만 남아 기이한 위안을 주는 작품이다. 그는 등단 이래 끊임없이 변화를 도모해 왔다.

"어쨌든 밥 먹고 글만 써야 하는 직업이잖아요? 계속 써 내야 하는 엄청난 시달림을 견디려면 노력과 의무만으로 되는 게 아니라 스스로 재미가 있어야 하잖아요? 재미있으려면 동기가 새롭게 제공되어야 하잖아요? 동기의 약발이 떨어지면 또 딴짓을 해야 하고… 끝없이 하고 싶다는 동기 유발이 안 되면 써지지 않거나 쓰는 데 의미가 없었어요. 거기에 변덕이 있을 수밖에 없는 거죠. 변덕이야말로 나의 힘입니다."

그동안 소설 30여권을 써내는 동안 일관되게 추구한 것은 '있는 것 같지만 없고 없는 것 같지만 있는 것 같은 현상'이라고 했다. '당신을 사랑한다'고 말할 때 정말 존재하는 건 사랑인가, 사랑한다는 언어인가, 언어가 없으면 존재 자체도 없어지는 것 아닌가, 하나님이라는 언어가 없다면 하나님은 존재하는가, 결국 존재보다 우선하는 것은 언어라는 매개체요, 소설을 쓴다는 건 언어를 다루는 일이어서 '있음과 없음'의 존재론이 그의 소설 화두가 될 수밖에 없었다고 한다.

또 하나, 그의 소설을 공통으로 관류해온 특징은 '기록'에 대한 천착이었다. 그가 태어나고 자란 강화도에 관련된 모든 사료를 찾아 『늪을 건너는 법』을 썼고 누군가 남겨 놓은 인도 고대 아쇼카왕 시대의 기록을 『비밀의 문』에 인용했다. 독자들이 기록의 실재를 믿고 문의하지만 그가 인용한 기록은 조선시대 순한문에서부터 중세국어까지 모두 자신이 창작한 것이었다. 그는 "독자를 속인 것이지만 사실 내가 만들어낸 기록만 조작된 것이냐"고 되물었다.

구효서는 1987년 중앙일보 신춘문예로 등단해 1990년대를 여는 작가군(신경숙 윤대녕 이순원 박상우 공지영 등)으로 각광을 받았다. 그는 이 시기야말로 자신의 '화양연화'라고 일컬을 만큼 빛나던 때였다고 회고한다. 전국에 문예창작과가 대거 신설되고 각 대학에서 학위와 무관하게 작가들을 전임강사로 초빙하던 시절이 있었다. 이때 구효서에게도 제의가 들어왔지만 전업으로 살겠다는 '치기'를 부렸다고 한다. 그 뒤 한국 소설이 점차 독자들에게 외면 받고 시장이 협소해지면서 어려워질 때 후회도 했지만 지금도 큰 미련은 없다고 했다. 다만 그에게는 여전히 쓰고 또 써야 하는 노동이 부여되고 있을 따름이다. 서울 중계동 집에서 공릉동 작업실까지 매일 샐러리맨이 규칙적으로 출퇴근하듯 오전 9시까지 자전거를 타고 간다. 이 자전거 출퇴근이야말로 갈수록 체력이 중요한 전업 노동자에게 각별한 것이다. 오후 6시에 퇴근, 집에서는 드라마와 영화도 보면서 논다.

지난해 여름에서야 작업실에 에어컨을 들여놓았다. 그 전까지 여름이면 근처 화랑도서관을 이용했다. 그가 동인문학상을 받은 '별명의 달인'이라는 소설집을 냈을 때 "구효서의 일상은 소설이라는 갱도를 쉼 없이 굴착하는 노동자"라면서 "그 노동은 대단히 규칙적이고 성실한 것이어서 수도자처럼 보이기도 한다"고 썼던 기억도 난다. 대학을 졸업하고 등단한 뒤 《한국문학》과 《문학사상》에서 편집자로 일하다 1991년 전업을 선언했다. 그는 전업이 가져다준 강박감과 복합적인 스트레스에 시달리다 병까지 얻었다고 했다. 윤대녕의 소개로 절에 들어가 아무것도 안 쓰고 안 읽고 그냥 밥만 먹다가 회복된 후 쓴 소설이 『깡통따개가 없는 마을』이었고, 이 작품이 한국일보문학상을 받으면서 바야흐로 1990년대 작가로 순풍에 돛을 달았다.

"흔히 나이가 들면 구세대라고 통칭하잖아요? 세대적으로 구세대이지만 작품도 구세대 스타일이라고 예단하는 건 곤란하지요. 나이만으로 구세대문학으로 가두어 싸잡는 것에는 반대합니다. 각기 차별성이 있잖아요? 구세대인데 그 구세대들은 각기 어떻게 다른지 누군가 봐줘야 하는데 이 작업을 아무도 안 하고 아예 청탁조차 하지 않는 거예요."

구효서에게는 여전히 청탁이 밀려드는 편이지만 '구세대' 작가들이 작품을 쓰지 않는 것처럼 보이는 이유가 여기 있다고 그는 본다. 쉼 없이 형식 실험을 시도하는 그이로서는 당연하게 이즈음 젊은 후배들 작품도 꼼꼼히 챙겨보는 편인데 그중에는 자신이 팬이 된 김엄지 같은 후배 작가들도 있다. 처음에는 그들을 경쟁 대상으로 봤지만 지금은 그냥 즐기자는 쪽으로 생각을 바꾸었다고 한다. 젊은 작가들 작품에 들어 있는 영혼과 감성은 "흉내 내거나 공부해서 따라잡을 문제가 아니다"고 판단했다는 것이다. 날렵하고 명민하게 서사의 언어를 희롱해온 소설가 구효서. 한눈 팔지 않고 문학의 본령에 충실하게 복무해온 그가 궁극으로 완성하고 싶은 소설은 어떤 경지일까.

"무슨 작품을 쓸지 누가 물어도 잘 모르겠어요. 다만 지금 당면해 있는 작품에 몰두할 뿐입니다. 다음에도 여전히 가장 절박하고 절실한 걸 쓰겠죠."

〈2017.2.13.〉

너무 많은 걸
남자에게 요구하지 않기를

김 형 경 _{소설가}

서울에 눈이 많이 내린 날 소설가 김형경(53)을 만났다. 그날 성곡미술관 골목 카페에는 영화 〈원스Once〉의 주제곡이 애절하게 흘렀다. 더블린을 무대로 거리에서 음악을 하는 남자와 그의 음악에 공감하는 여자의 사랑 이야기를 다룬 그 영화다. 브로드웨이에서 뮤지컬로 큰 호응을 얻었을 정도로 인상적인 주제곡에서 체코 출신 소녀 마르케타 이글로바는 '당신이 나를 원한다면 내 마음을 알아줘요(If you want me satisfy me)'를 간절하게 반복한다. 김형경이 최근 출간한 심리에세이 『남자를 위하여』(창비)에 따르면 이글로바의 바람은 근본적으로 채워질 수 없는 성질이다. 여자가 꿈꾸는 남자나 남자가 꿈꾸는 여자는 현실에 존재하지 않기 때문이다. 상대에게 큰 기대를 걸기보다 자신의 내면을 제대로 응시하는 길만이 남녀가 평화에 도달할 수 있는 길이라고 설파한다.

"여자들만 다니는 중·고등학교를 나와 대학에 들어가니 남자가 90%인 거예요. 대학을 졸업하고 사회생활을 해도 어디를 가나 남자가 대부분인 남성 중심 조직이었어요. 내 입장에서 세상에 적응한다는 건 남성과 남성 조직을 이해하는 일이었습니다. 이 책은 남성 사회에 적응하기 위해 노력한 흔적인 거죠. 영화나 드라마가 만들어내는 남자에 대한 환상을 현실에서도 꿈꾸는 여자가 많아 남자들의 참 모습에 대해 이야기해주고 싶었어요."

『남자를 위하여』는 김형경이 10년 전부터 펴내기 시작한 심리에세이 완결편이다. 그녀는 『사람 풍경』, 『천 개의 공감』, 『만 가지 행동』에서 인간들을 옥죄는 마음의 장애를 집요하게 파헤쳐왔다. 다양한 소설과 신화와 심리서적을 인용하고 자신의 체험을 곁들이면서 마음의 철창을 제거하는 글을 써왔다. 그동안 남녀를 불문하고 '인간'의 심리를 주로 파헤쳤다면 이번 책은 남자들에게 포커스를 맞춰 남자는 물론 여자들에게 남자의 실체를 돌아보게 만드는 내용으로 꾸렸다. 4부로 구성된 '남자의 관계 맺기', '남자의 열정 사용법', '남자의 위험한 감정', '남자의 삶과 변화'가 그 목록이다.

이 책을 따라가다 보면 남자들은 여자들에 비해 감정을 제대로 표출하지 못하는 '반벙어리 신세'다. 여자들처럼 섬세하게 수다를 나누지 못하고 자신의 감정을 사물에 투사하거나 섹스에 집착하는 존재다. 정작 자신의 감정을 솔직하게 털어놓는 대상도 같은 남성이 아니라 여성이지만 남자와 여자는 친구가 되기 어렵다고 규정한다. 여자들은 연애를 할 때 자신의 감정 전부를 남자에게 쏟지만, 남자들은 10~20%만 쓰고 나머지는 사회적 관계에 사용한다고 한다. 남녀 간에 늘 엇박자가 생길 수밖에 없는 치명적인 구멍이 뚫려 있는 셈이다. 김형경은 "우리나라 특산품인 '폭탄주'의 이름은 그 술잔을 돌릴 때 남자들 내면에서 튀어나오는 것들이 무엇인 지 보여주는 훌륭한 은유"라면서 "남자들은 감정의 폐쇄회로를 열면 공포, 분노, 슬픔 같은 것에 직면하게 된다는 사실을 본능적으로 알고 있다"고 썼다. 남자들은 억압된 내면의 봉인이 풀리는 순간 폭탄 같은 감정들과 맞닥뜨릴까봐 겁낸다는 것이다.

"결코 성 대결을 의도한 책은 아닙니다. 남자들도 나이 마흔을 넘어가면 자기를 이해하게 되는데 젊은 남성들은 자기감정을 잘 모르는 거 같아요. 그들이 자신을 이해하는데 도움이 되기를 바랐고 또 하나는 젊은 여성들이 판타지 때문에 너무 많은 걸 남자에게 요구하지 않기를 바라는 심정으로 썼습니다. 그래서 부제도 '여자가 알아야 할 남자 이야기'라고 달았습니다."

소설이 본업인 그녀가 심리에세이를 쓰기 시작한 지도 10년이 넘어간다. 어쩌다 '본업'을 제쳐두고 사람들 마음을 천착하게 됐을까. 김형경은 경희대 국문과를 졸업하고 1983년 《문예중앙》 신인상에 시가, 1985년 《문학사상》 신인상에 중편소설 「죽음잔치」가 당선돼 시인이자 소설가로 문단에 나왔다. 1993년 「새들은 제 이름을 부르며 운다」로 국민일보 주최 1억 원 고료 장편문학상 첫 번째 수상자가 되었다. 화려한 스포트라이트를 받은 다음 해 곧바로 집필에 착수해 1995년, 김형경은 자전 소설 『세월』을 발표했다. 이 소설은 여성작가로서는 각별한 각오가 없으면 엄두를 내지 못할 작품이었다. 범상치 않은 성장기와 청춘의 연애사가 그대로 드러난 '세월'이었다.

"젊은 여자가 그런 책을 쓰면 어떤 일이 생길 지 바보가 아닌 이상 알고 있었습니다. 그때 심각하게 고민했어요. 내가 이 책을 쓰지 않으면 여느 여성들처럼 평온한 삶을 살 것이고, 쓰면 한 20년 힘들고 외로울 테지만 작가로서 의미 있는 삶을 살 것이라고 생각했습니다. 결혼한 많은 여자들이 가는 길은 가보지 않아도 상상이 되지만 삶을 끝낼 때 보람 있는 쪽은 그래도 쓰는 것이었어요. 얼마나 힘들고 외로울지 진짜 각오하고 발표한 겁니다. 내가 매저키스트인가, 아니면 과대망상증 환자인가? 별 생각을 다 하면서 발을 내디뎠어요. 다행히 지난 20년간 좋은 여성 지지자들도 만났고 내가 각오했던 것만큼은 덜 힘들었어요."

국내에서는 드물게 본격적으로 정신분석을 가미한 장편소설 『사랑을 선택하는 특별한 기준』(2001년)을 펴낸 이래 줄곧 심리에세이에 매달려왔다. 돌아보니 힘들고 외로운 세월을 각오한 그 20년이 이제 올해로 마무리된다고 했다. 20년 전 결심이 감동보다는 안타까운 선택으로 들린다고 말하자 확신에 찬 답이 돌아왔다.

"결혼하지 않은 것에 대한 아쉬움은 없어요. 결혼하는 이유 중 하나가 결핍감과 사회적 시선에 대한 부담 때문일 거예요. 그래서 많은 여성들이 나이가 들면 서둘러 결혼하려고 하는데 그런 편견은 그들의 것이고 나랑은 아무 상관 없다고 생각하는 쪽입니다. 20년 전 선택한 삶이었고 전혀 후회 같은 건 없습니다. 어려움을 넘어서야 자신도 성장하고 새로운 세계를 받아들일 역량도 생기는데 요새 젊은 친구들은 힘든 길을 피하려고 해서 삶에 문제가 생겨요. 연애도 힘들면 금방 그만두는 게 안타까워요. 고통을 넘어서야만 다음 단계로 가는데 그걸 안 넘는 거지요. 처음 하는 일 못할 수 있고 상사가 야단치면 배워야 하는데 거기서 그만두는 젊은이들이 많다고 하네요. 그들을 그렇게 만든 게 선배 세대일지 몰라요. 우리 세대가 가난과 불안에 쫓기듯 살아온 세대여서 좋은 걸 못 줬구나, 그렇게 생각한 적 있어요.”

이제 에세이보다 그동안 쌓아온 지식과 체험을 총체적으로 녹여낼 감동적인 소설은 언제 쓸 거냐고 묻자, 그렇지 않아도 독자들이 만날 때마다 소설을 재촉한다고 했다. 그녀는 전작 에세이 『만 가지 행동』의 에피소드에서 한 선배 작가가 ‘소설이 에세이보다 우월하다’고 생각하는 허영심을 질타했다고 쓴 적이 있다. 자신의 심리에세이 덕분에 삶이 바뀌었다고 고마워하는 이들을 만날 때마다 소설 못지않은 보람이 크다고 했다. 한 사람 인생에 각별한 영향을 끼쳤다면 소설이 에세이보다 굳이 더 우월하다고 말하는 건 편견일 따름이라는 것이다. 그래도 감성을 깊이 건드리는 그녀만의 문장으로 사랑과 인생을 녹여낼 소설에 대한 갈증은 어쩔 수 없다.

김형경은 심리에세이는 여기까지 쓰고 이제 장편과 연작소설 하나 구상하는 중이라고 했다. 내용을 물었더니 ‘영업비밀’이라면서도 순순히 풀어놓는다. 자아를 찾는 바람이 불었던 1990년대 여인들의 후일담이라고 했다. 그는 이제 관조적 상태에서 해학과 유머가 깃든 글을 쓸 수 있을 것 같다고 했다. 어두워지는 창 밖에서 젊은 남자들이 오래, 눈을 치우는 중이다.

〈2013.12.23.〉

답을 내기보다
질문을 완성하기 위해

소설가 **한강**

　소설가 한강(46)의 연작소설 『채식주의자 *Vegetarian*』가 맨부커 인터내셔널상 후보작으로 선정됐다는 소식을 들은 건 그녀를 만난 지 일주일쯤 지난 뒤였다. 노벨문학상, 공쿠르상과 더불어 세계적인 권위를 지니는 이 상 후보로 한국 작가가 오른 건 처음이다. 그렇지 않아도 지난해 영국 명문 출판사 포르토벨로에서 데버러 스미스(Deborah Smith)의 유려한 번역으로 『채식주의자』가 출간된 이래 『소년이 온다 *Human Act*』가 올 초 다시 같은 출판사에서 나오고, 프랑스와 미국에서도 연달아 같은 책들이 번역 출간되면서 뉴욕타임스, 가디언, 르몽드 같은 영미권 주요 매체들이 앞다퉈 조명하는 형국이다. 파리도서전에 참가하기 위해 프랑스로 출국하기 전 서울 양재역 인근에서 만난 그녀는 짐짓 담담하다고 말했다.

　"『채식주의자』는 쓴 지 10년 넘었는데 갑자기 해외에서 호평을 받는다고 그 책이 변한 것도 아니고 제가 변한 것도 아니어서 담담한 편입니다. 『소년이 온다』는 그 삶의 시기 동안 저의 시간과 감각과 몸을 죽은 소년에게 빌려드려 제가 썼다기보다는 소년이 쓴 거나 마찬가지여서 먹먹합니다."

『채식주의자』는 이미 2010년경부터 한국문학 번역원 지원으로 일본 아르헨티나 브라질 폴란드 베트남 중국 네덜란드 등에서 출간돼 호평을 받아온 터였다. 지난해부터 영국을 필두로 프랑스, 미국에서도 본격 조명을 받고 있는 이 작품은 폭력이 난무하는 세상에서 그 폭력성을 내재한 인간이 싫어 나무가 되고 싶어 하는 여자 주인공의 행보가 충격적이면서도 묵직하게 전개되는, 흡인력 강한 소설이다. 올 초 미국에서 출간된 이 소설을 두고 《퍼블리셔스위클리》는 '2016년 봄, 가장 기대되는 주목할 소설' 중 첫 번째 책으로 꼽기도 했다.

"유달리 폭력에 민감한 편입니다. 아우슈비츠 학살을 다룬 영화를 볼 때마다 토하거나 아프기까지 합니다. 그래서 『채식주의자』 같은 소설도 쓴 것이고, 폭력에 대해 민감한 무의식을 파고들다가 『소년이 온다』를 쓰게 된 거지요. 저에게는 개인적 주제와 사회적 맥락이 따로 있는 게 아니라 저 자신에 대한 관심을 따라가다 보니 사회적 주제와 만나게 된 겁니다."

2014년 국내에서 펴낸 『소년이 온다』는 한강이 1980년 광주민주화운동 당시 희생된 이들을 다시 불러내 그녀 세대의 눈높이로 재조명한 작품이다. 영국 독자와의 만남 당시 한 독자가 이 소설을 특정 공간의 과거사가 아닌 인간의 폭력에 대한 보편적인 이야기로 받아들이는 모습이 인상적이었다고 그녀는 말했다. 『채식주의자』를 한국만의 특수한 가부장적 상황에 대한 고발로 오독했던 이들도 『소년이 온다』를 통해 오히려 한강이 폭력에 대해 일관되게 말하고 있음을 간파했다는 것이다.

한강은 광주시에서 태어나 광주항쟁이 일어나기 4개월 전인 1980년 1월, 열한 살 때 서울로 이사 왔다. 후일 아버지가 보여준 '광주 사진첩'은 사춘기에 접어드는 그녀의 감성에 선명하게 각인되었다. 그녀들만 참극을 피해 도망 온 듯한 부채의식에도 시달렸다. 그러한 감정은 트라우마로 자리 잡아 폭력에 대한 민감한 반응을 무의식에 깊이 새긴 듯하다. 그녀의 아버지는 『아제아제 바라아제』의 소설가 한승원. 한국 문단에 소설가 부녀는 더러 있지만 대를 이어 '이상문학상'을 받은 이들 부녀처럼 또렷한 경우도 드물다. 이즈음은 아버지 세대를 넘어서서 딸이 글로벌 작가로 거듭나고 있는 셈이다.

"밤에는 소설 쓰느라 잠을 못 주무시고 낮에는 교사 생활을 하셨던 아버지는 언제나 피곤한 모습이셨어요. 그런 모습을 보면서 성장한 저로서는 어릴 때 작가는 절대로 해서는 안 될 피곤한 일이구나 싶었어요. 그런데 사춘기 접어드는 중학교 때부터 인간은 왜 태어나고 죽어야 하는지부터 제 안에 너무 많은 질문이 생기는 거예요. 어릴 때부터 집 안에 널려 있는 책들을 보면서 살았는데 이때부터는 필사적으로 그러한 질문에 답을 찾으려고 작품들을 읽었어요. 읽다 보니 작가들에게도 별다른 답이 없고 오히려 저처럼 연약하고 답을 찾기 위해 애쓰는 존재들이라는 걸 알게 됐습니다."

한강은 연세대 국문과에 입학하면서부터 본격적인 습작을 시작했다. 대학 문학상에 시를 응모해 상을 받기도 하면서 대외적으로는 시 쓰는 학생이었지만 안으로는 몰래 소설을 쓰는 문학청년이었다. 1993년 겨울《문학과사회》를 통해 시인이 되었고 곧바로 1994년《서울신문》신춘문예로는 소설가 타이틀을 얻었다. 이후 그가 몰두해온 장르는 소설이었다. 그녀의 소설들은 초기작부터 깊은 물속에서 힘겹게 숨을 참는 듯한 낮고 어두운 풍경이었다.

"저에게는 언제나, 지금까지도 해결 안 된 문제들이 있어요. 지금 이 순간도 누군가 죽고 고통받고 전쟁이 일어나고 그러는데 내가 행복해도 되는 건 지, 내가 가벼워도 되는 건지 그런 확신이 없어요. 살아 있는 건 잠깐인데 아름다운 걸 봐야지 하는 건 30대 중반 지나면서 든 생각이고, 20대 초중반에는 더더욱 내가 행복할 수 있나 잘 받아들여지지 않았어요. 그것도 생각해보면 광주와 연관이 된건지 모르지요."

한강의 소설들은 어둠 속에서 한 점 빛을 향해 안간힘으로 쓰며 기어 나온 기록으로도 읽힌다. '바람이 분다, 가라'에서는 주인공이 자살한 게 아니라는 사실을 집요하게 밝혀나가며 불타는 공간에서 기를 쓰고 기어 나오는 마지막 장면을 썼다. 장편을 하나씩 써나가면서 느리지만 생에 대한 긍정과 인간의 존엄을 찾아가는 도정을 걸어왔다. 『희랍어 시간』에서는 "살아야 한다는 걸 받아들인다면 무엇을 통해 어떻게 가능한 건지 좀 더 가본 것"이라고 그녀는 말했다.

그 다음에는 여기까지 왔으니 이제 정말 눈부신 삶을, 아름다움을 껴안아야 되겠다고 생각했지만 끝내 더 나아갈 수 없었고, 결국 광주의 트라우마를 꿰뚫고 나가지 않으면 안 되겠다는 결론에 이르러 『소년이 온다』를 쓴 것이라고 했다. 쓰는 내내 인간의 폭력이 끔찍하고 희생자들이 안타까워 악몽을 자주 꿀 정도로 힘들었는데, 전남도청에서 마지막 새벽을 맞은 이의 일기를 접하고 그들이야말로 희생자가 되지 않기 위해 행위자로 나선 존엄한 이들이었다는 생각을 하게 되면서 다시 써 나갈 수 있었다고 했다.

말미에 죽은 소년이 엄마 손을 이끌고 빛을 향해 나아가거니와 한강은 "제 힘으로 쓴 게 아니라 그분들이 끌고 갔던 것 같다"고 말했다. 『희랍어 시간』이 시적인 밝음을 향해 나아갔다면 비로소 가장 어두운 부분을 통과하며 깊은 곳에서 강렬하게 올라오는 두터운 빛을 향해 나아갈 수 있었다는 고백이다. 이제는 긴 터널을 빠져나와 빛 속에서 어둠을 아우를 수 있게 된 것일까. 국내는 물론 해외 독자들까지 주목하기 시작한 한강의 소설은 다시 어느 지점을 향해 나아갈까.

"어디로 가야겠다는 마음을 먹고 지금까지 움직였다기보다는 저에게 가장 절박한 질문을 가지고 씨름하면서 답을 내기보다 질문을 완성해보려고 써왔습니다. 간절한 이야기를 쓰다가 어느 순간 돌아보니 여기까지 왔구나 싶은데 앞으로 어떤 궤적을 그려나갈지는 시간이 지나봐야 알 수 있을 것 같아요. 그때그때 근근이 한 치 앞을 모르고 나아갈 뿐이지요."

〈2016.3.7.〉

*한강은 이 인터뷰를 마친 후 연작소설 『채식주의자』로 번역자 데버러 스미스와 함께 맨부커 인터내셔널 상을 수상했고, 2018년에도 작품 「흰」으로 최종 후보에 다시 올랐다.

소설만이 할 수 있는 것

김
애
란

소
설
가

"돌아보니, 무언가를 잃어버렸거나 누굴 떠나보낸 사람들이 다음 계절로 넘어가지 못하고 가슴속에 추위를 안고 있는 이야기들이더라구요."

소설가 김애란(37)이 새 소설집 제목을 『바깥은 여름』(문학동네)이라고 정한 이유다. 다음 주 출간을 앞두고 인터넷 서점 예약판매 반응이 벌써 뜨거운 네 번째 소설집인데, 요즘은 낯설지 않은 풍경이긴 하지만 수록작 중 하나를 표제로 삼는 관행에서 벗어나 소설의 한 대목에서 제목을 가져왔다. 수록된 단편 7편 중 「풍경의 쓸모」에 이런 구절이 나온다. '낯선 나라에서 모국어로 된 정보를 들여다보고 있자니 손에 스마트폰이 아닌 스노볼을 쥔 기분이었다. 유리볼 안에선 하얀 눈보라가 흩날리는데, 구 바깥은 온통 여름인. 시끄럽고 왕성한 계절인, 그런.' 말 그대로 가슴속에는 눈보라가 흩날리는데 세상은 왕성하고 시끄러운 여름인 상황, 그래서 '바깥은 여름'이다. '은'이라는 조사가 특히 마음을 끌었다고 했다. 조사 하나가 닫힌 이들의 아픔을 절묘하게 드러낸다.

첫머리에 배치한 단편은 제목부터 「입동」이다. 젊은 부부가 어렵사리 내 집을 마련해 이사 간 동네에서 후진하는 어린이집 차에 아이를 잃었다. 보험금을 받아놓고도 손을 댈 수 없다. 꽃무늬 도배지를 사다놓고도 바를 엄두가 나지 않는다. 부부는 겨우 힘을 내 도배를 시작하는데 꽃무늬 가득한 벽지 아래 쪼그려 앉은 아내는 동네 사람들로부터 '꽃매'를 맞고 있는 것 같다. 많은 이들이 '내가 이만큼 울어줬으니 너는 이제 그만 울라'며 줄기 긴 꽃으로 아내를 채찍질하는 것처럼 보였다. 아내는 꽃무늬 아래서 텅 빈 눈동자로 말하고 남편이 따라한다. '다른 사람들은 몰라.'

"제가 알아요, 하고 손을 잡아주는 게 아니라 다른 사람들은 모른다는 말을, 모를 거라고 생각한다는 말만, 겨우 그게 사실일 거라는 정도까지만 다가가지는 것 같아요. 무언가를 같이 겪은 동시대 사람이긴 하지만 제가 할 수 있는 건 그 부부의 대사를 옮기는 것 정도였어요. 폭식투쟁이랄지, 소설 속 '꽃매' 같은 상황이 실제로 벌어지는 현실을 보면서 많이 놀랐습니다."

광화문에서 만난 김애란은 머릿속에서 활자를 교열하듯 단어를 고르고 골라 천천히 또박또박 말했다. 세월호 참사가 터진 그해 문예지 겨울호에 마감한 소설이었으니 그 아픔이 고스란히 묻어나지 않을 수 없는 시점이다. 김애란은 정작 인터뷰 내내 '세월호'라는 고유명사를 한 번도 발설한 적은 없지만 소설을 일별해보면 그 내상이 깊이 배어 있음을 짐작할 수 있다. 추위 같은 아픔은 '건너편'으로 이어진다. 노량진 '공시촌'이 무대다. '보화'는 어렵게 공무원 시험에 합격해 교통방송에서 기상예보를 하는 경찰이고 '이수'는 여전히 비루한 '공시' 인생인데, 동거하던 이들 남녀는 크리스마스에 이별한다. 김애란이 써낸 소설들에는 공통으로 동세대 청춘을 관통하는 그녀만의 시선이 보인다.

"청춘은 젊음이나 청년이라는 말보다 습도가 높은 단어이지만 푸를 '청'이 아니라 멍든 푸름이라는 생각이 들어요. 제 세대만 해도 미래에 대한 전망이 불안하긴 해도 확신의 형태는 아니었던 것 같아요. 지금 젊은 세대는 이미 잘 안 될 거라는 확신을 가지고 있다는 생각이 들어요. 이제는 성장담이 아니라 방도 아니고 칸에서 시작해 칸에서 끝나지 않을까 하는 예감을 가진 젊은이들이 많아요.”

「풍경의 쓸모」의 화자에게는 소설 말미에 '기체인지 액체인지 모를 무언가가 뜨겁게 치밀어' 올라온다. 이 뜨거움은 김애란의 인물들이 공통으로 겪는 아픔이다.

“자신이 무언가 잃어버렸다는 걸 자각하는 순간이거나, 이미 자각하고 있지만 다시는 찾을 수 없거나, 다른 세계로 자기가 간다는 걸 예감하는 순간에 그럴 거예요. 이번 소설집은 겨울로 들어가지만 마지막에는 우리가 여기 갇혀 있다고 이야기하지 않고, 잘 모르지만 같이 방향을 물으면서 나가는 문을 만들어 놓았어요.”

「입동」으로 시작한 이번 작품집의 마지막 단편은 「어디로 가고 싶으신가요」이다. 남편을 사고로 잃은 여자가 여행에서 돌아와 참았던 눈물방울을 투둑투둑 떨어트리는 이야기다. 김애란은 막연하고 희미하지만 더불어 방향을 찾아 빛을 향해, 다음 계절을 향해 나아가고 싶었다면서도 시종 조심스럽다.

“젊은 친구들을 지레 연민하거나 자칫 결례가 될 수도 있는 배려를 소설 속에서 하지 않았어요. 그들을 대상화하지 않고 고유명사로 그 사람들의 개성과 유머와 감정들을 최대한 담아내려 한 거죠. '약자'라는 보통명사로 부르지 않고 아무개라는 고유명사로 부르는 것, 소설이 제일 잘하지 않나요? 보통명사를 무시하지 않되 먼저 고유명사로 다가가야지, 그러지 않으면 메시지에 희생당하거나 주제에 봉사하는 결례를 범할까 걱정돼요. 선배 작가들이 앞에서 주도하면서 무언가를 끌어주는 역할을 했다면 저는 앞이 아니라 옆이나 뒤에 있고 싶어요.”

충남 서산에서 지금도 이발소를 운영하는 아버지와 유머감각이 뛰어난 손칼국수를 오래 만들어온 어머니 사이에서 김애란은 쌍둥이 자매로 태어났다. 매사에 그녀보다 더 적극적인 쌍둥이 언니와 손잡고 서산 읍내 서점과 도서관으로 소풍가듯 나들이 다녔다. 백일장대회에서 상을 받곤 했지만 정작 문학에는 대학에 들어와서 본격적으로 뜻을 두었다는데, 김애란은 평범한 듯 따스한 일상에서 유달리 예민한 감각의 촉수를 키워온 듯하다. 첫 소설집 『달려라 아비』에는 비루한 현실을 남루하게만 묘사하지 않고 불꽃놀이 같은 판타지도 가미한다. 영화로도 만들어진 『두근두근 내 인생』에도 절망을 '딴청'으로 희석하는 김애란 특유의 애수 어린 '명랑'이 배어 있다. 청명한 슬픔이랄까. 이번 소설집에 오면 그런 장치는 슬며시 사라진 듯하다.

"여전히 농담이나 딴청에는 비루함을 희석하는 힘이 있지만 이제 극복이나 위로가 되지 않아도 괜찮다고 생각해요. 일개 소설 하나로 작가가 해낼 수 있는 일은 아니라고 생각해요. 소설만이 할 수 있는 것, 우리가 무언가 겪었고 어떤 시간을 통과했는데 그게 뭔지 흐릿할 때 일단 언어화시켜보자는 마음이 있어요. 우리가 겪은 시간 혹은 내가 겪은 시간을 언어화시키는 것, 거기서 끝이라고 해도 상관없어요."

2002년 한국예술종합학교 3학년 때 대학문학상을 받으며 어린 나이에 문단에 나온 김애란은 2013년 역대 최연소자로 이상문학상을 받기도 했다. 그는 "그동안 감각에 집중해서 썼다면 이제 질문에서 시작되는 글을 쓰고 싶다"면서 "어릴 때부터 많은 관심과 사랑을 받았는데 이제는 신뢰받는 작가가 되고 싶다"고 말했다. 그의 말이 아니더라도 이번 소설집에 수록된 단편들은 시대의 우울과 추운 사람을 이음매 없이 잔잔하면서도 깊은 울림으로 담아내어 중후한 믿음을 주기에 부족하지 않다. 한국문화예술위원회 레지던시 프로그램에 지원해 8월에 바르샤바로 떠난다는 김애란은 『바깥은 여름』 말미에 적었다.

"누군가의 손을 여전히 붙잡고 있거나 놓은/ 내 친구들처럼/ 어떤 것은 변하고 어떤 것은 그대로인 채/ 여름을 난다.// 하지 못한 말과 할 수 없는 말/ 하면 안 될 말과 해야 할 말은/ 어느 날 인물이 되어 나타나기도 한다.// 내가 이름 붙인 이들이 줄곧 바라보는 곳이 궁금해/ 이따금 나도 그들 쪽을 향해 고개 돌린다."

〈2017.6.19.〉

그러나 저는 지금 행복합니다

공지영 소설가

분도출판사에서 공지영(52)의 『수도원기행2』가 나온 지 한 달쯤 지났다. 13년 전 나온 전작과는 작가의 신앙고백이 가림막 없이 녹아 있다는 점에서 크게 다르다. '소설가' 공지영은 내려놓고 '신앙인' 공지영으로 집필한 책이다. 그녀는 이 책에서 진짜 사랑을 찾았다고 고백한다. 인간의 한갓된 사랑 대신 신의 사랑을 구한 그녀를 따라 지난해 말 독자들과 더불어 왜관수도원에 갔다.

"전편에서는 수위 조절을 했는데 사람들이 의외로 진짜 하느님이 있느냐고 물어요. 지금까지 내가 낸 책들 중에서 여전히 가장 많이 팔리는 책이 『수도원기행』입니다. 사람들이 점점 살기 어려워지니까 영성을 찾는 걸까요? 세상이 사람들을 너무 절망과 죽음으로 내몰아요."

100여 년 전 한국에 진출한 경북 칠곡군 왜관읍 베네딕트회 수도원은 겨울 하오의 석양 아래 고즈넉하고 평화로웠다. 일하다가 종소리가 들리면 대성당으로 달려가 기도하길 하루 다섯 차례나 반복하다 잠이 드는 수도자들의 단순한 삶이 깃든 곳이다. 침대와 목제 책상만 놓인 단출한 '손님방'에 여장을 풀었다. 커튼 사이로 들어오는 지는 해의 빛이 아늑하다. 수사들이 일하는 스테인드글라스와 금속공예 공방을 둘러보고 저녁 끝기도가 노래로 봉헌되는 시간에 성당 대신 응접실에 공지영과 마주 앉았다.

"대중을 상대하는 작가라는 사실을 신경 안 쓰고 진짜 신앙인 공지영으로 내려가 쓴 책입니다. 내가 믿는 하느님은 교회보다 크고 종교보다 큰 분이라서 상관없어요. 신의 존재를 믿고 난 다음부터는 돌멩이 하나도 그게 의미가 있게 보이더라구요. 작가로서 의미 있는 깨달음이지요."

작가가 지나치게 종교적으로 경도되면 작품에 문제가 생기지 않겠느냐는 질문에 돌아온 답이었다. 에둘러 물어보려다 먼저 답을 듣지 않으면 다음 이야기로 넘어가기 답답할 것 같아 댓바람에 물어본 터였다. 성 베네딕트회 왜관수도원을 필두로 미국과 유럽의 10개 수도원을 돌며 자신의 삶과 신앙을 삼투시킨 이번 책은 그 자체로 훌륭한 인문서이자 세속의 절망에 지친 이들에게 위로가 되지만 곳곳에서 덜컥거리는 사실도 부인할 수는 없다. 신비체험과 결부된 초월적 세계에 대한 그녀의 진지한 고백 때문일 터이다. 큰 사랑에 대한 종교적 고백은 세인들도 고개를 끄덕거릴 수 있지만 세찬 (성령의) 바람에 몸이 솟구치고 비명을 지를 만큼 통증을 일으켰다는 대목에 이르면 그녀의 말마따나 '할렐루야 아줌마'로 받아들여질 수도 있다.

"사실 이런 체험을 한 건 벌써 10여 년 훌쩍 지난 일입니다. 그동안 내가 종교적으로 경도된 '이상한' 작품을 썼나요? 이번에 솔직하게 고백한 것뿐이지 주변에서 걱정하는 것만큼 작품에서 달라지는 건 없습니다. 글을 쓰지 못하는 한이 있더라도 이 평화를 포기할 수는 없습니다."

공지영은 본디 가톨릭 신앙을 지니고 있다가 대학에 들어가 '냉담'을 한 터였다. 18년 만에 그녀가 다시 교회로 돌아간 과정은 서문에 나와 있거니와 눈물겹다. 지극한 고통의 한가운데에 놓여 있지 않는 한, 절망의 끝자락까지 가지 않는 한, 적어도 그렇다고 스스로 받아들이지 않는 한, 제대로 신을 붙들기는 어려운 모양이다. 공지영은 남편에게 구타를 당한 뒤 '커다란 대추를 물고 있는 것처럼 부어터져서 다물어지지 않는 입술 사이로 찬바람이 자꾸 스며들어' 이를 딱딱 부딪치며 돌 지난 아이를 업고 경찰서에 갔을 때를 서문에 고백했다. 가장 비굴한 자세로 땅바닥을 기어 다니며 그에게 항복하고 만 연후에 비로소 평화가 왔다고 그녀는 말한다. 항복한 그이란 그녀가 찾은 새로운 사랑이다.

"나도 죽고 싶을 때가 많았어요. 회심을 하고 나서도 두 번이나 그런 시점이 있었어요. 신을 알고 나서도 이 세상이 싫었으니까…. 그만큼 세상이 사람들을 너무 괴롭혀요. 신을 믿는다고 무조건 행복하다면 옛날부터 신자들은 하나도 안 죽었게요?"

공지영은 첫 번째 죽고 싶은 유혹이 왔을 때는 자존의 힘으로 극복했다고 했다. 30대에 면벽을 하면서 자신이 여기까지 온 건 누구누구 잘못 만난 100퍼센트 남의 탓이었다고 쳐도 지금부터는 그들만 원망하면서 살 수 없는 것 아니냐는 자각이 들었다고 했다. 아무리 밑바닥이지만 눈 감기 직전까지 자부심을 잃지 말자는 자존심이 죽음을 극복한 힘이었다. 두 번째 죽음의 유혹이 올 만큼 힘들었을 때는 폭풍 속에서 잡을 게 하나 있었기 때문에 훨씬 쉬웠다고 말했다. 그동안 사람에게 의지했지만 그들 또한 모두 고난 속에 있는 인간들인지라 인간이 아닌 하느님을 잡은 거라고 했다. 폭풍 속에서도 부유하던 그녀가 튼튼한 기둥을 잡은 셈이다. 이번 책을 내고는 "공지영이 하다하다 안되니 가톨릭 출판사로 피신해 말도 안 되는 글을 썼다"라는 인터넷 댓글을 접했다. 예전 같으면 흔들릴 수도 있을 테지만 이젠 비교적 평온하다고 했다.

"안소니 드 멜로 신부님의 글을 기억합니다. 칭찬은 속삭임처럼 듣고 비난은 천둥소리처럼 듣는다는…. 살아 있는 모든 사람의 소리는 자연에 존재하는 겁니다. 아무리 싱싱해 보이는 나무라도 죽어가는 이파리를 매달고 있듯이 설사 누군가 나를 비난한다고 한들 그가 불행할 수는 있어도 나에게 영향을 미칠 수는 없다고 생각합니다."

흠모하던 안젤름 그륀 신부를 공지영은 독일 뮌스터 슈바르차흐 수도원에 가서 만났다. 책에 자세히 나오거니와 그녀는 오랫동안 그리던 사제 앞에서 그때 고백했다. '저는 지금 세 번이나 이혼을 했고, 한국이라는 사회에서 그

경력으로 여전히 조롱과 손가락질을 받고 있습니다. 책도 예전처럼 많이 팔리지 않고 아이들은 사춘기의 절정에 이르러 저를 힘들게 합니다. 사람들에게 속아 가진 돈을 거의 다·빼앗기고 이젠 가진 것도 그리 많지 않습니다. 정치적 편 가르기에 휘말려 온갖 비방과 악소문에 시달리고 있습니다. 늙었고 약해졌습니다. 그러나 저는 지금 행복합니다.' 신부는 눈시울이 뜨거워질 만큼 인자한 미소로 모든 말을 있는 그대로 수용해 주었다고 공지영은 썼다.

"돈 잘 버는 남편 만나 행복하게 살았다면 어떤 작품도 나올 수 없을 거라고 확신합니다. 아이들 학비를 벌기 위해 밤을 새워 글을 쓸 수밖에 없었습니다. 작가이기 이전에 개인적으로 너무 힘든 시절을 거쳐 왔기 때문에 이 평화와 행복을 찾아 여기까지 온 내 자신이 대견합니다. 이 책으로 겨우겨우 찾아온 행복의 길을 공유하고 싶었습니다."

공지영은 올 여름 딸이 먼저 다녀와 권유한 스페인 산티아고 길을 걷고, 청소년을 주인공으로 삼은 소설 『그 꽃이 지기 전에』도 집필할 예정이라고 했다. 저녁 기도가 끝나고 독자들이 식당으로 걸어가는 발소리가 분주하게 들릴 무렵 우리는 일어섰다. 마시다 만 붉은 미사주가 아쉬웠다. 박현동 아빠스를 비롯한 왜관수도원 수도자들도 참석한 독자와의 대화가 성당 아래 작은 식당에서 이어졌다. 모두에 검은 수도복을 입은 수사 10여 명이 슬그머니 들어와 합창을 시작했고, 뚱뚱한 수사 하나가 세월호의 죽음을 위무하는 〈천 개의 바람이 되어〉를 독창했다.

이 자리에는 세월호 유족 이호진 씨도 독자로 앉아 있었다. 공지영은 세월호의 죽음 앞에서 『수도원기행2』를 쓰기로 작심했다고 했다. 아무리 힘들게 난산 끝에 태어나도 우리 모두 탄생을 환호하듯, 죽는 과정이 아무리 안타까워도 하늘나라에서는 기쁘게 맞이할 거라는 이 책의 한 대목은 세월호를 겪은 모든 이들의 상처를 쓰다듬는 위로로 작동할 만하다. 죽은 뒤의 세상과는 별개로 헛헛한 이 세상 견디게 만드는 사랑의 말이니.

〈2015.1.5.〉

*공지영은 2018년 8월 위선과 악의 실체에 관한 열두 번째 장편 『해리』(전2권)를 펴냈다.

인생은 1박 2일이 아닙니다

방현석 소설가

"번역된 작품도 없이 해외 작가들과 교류한다는 건 유령을 만나는 일과 같습니다. 설사 만나지 않더라도 작품을 읽어야 그 사람을 안다고 말할 수 있는 거죠. 이 기획은 사실 오래전부터 준비를 한 겁니다. 《아시아》를 창간할 무렵부터 편집부에 제안했는데 엄두를 못 내고 미루다가 막무가내로 우겨서 첫 세트를 내기 시작했습니다."

소설가 방현석(54)씨가 한국 대표작가 110명의 단편소설을 영어로 번역해 한글과 나란히 실은 한영대역 『바이링궐 에디션 한국대표소설』을 기획한 지 7년 만에 최근 완간했다. 그가 주간을 맡고 있는 《아시아》 출판사에서 이루어낸 쾌거다. 문고판 사이즈로 한 면에는 한글, 옆면에는 영어로 작품을 게재하고 말미에는 해설까지 두 언어로 나란히 실었다. 한국 사회의 내면을 읽어내는 '분단', '산업화', '여성', '자유', '전통', '디아스포라', '유머' 등 22가지 주제별 키워드로 분류해 세트로 묶었다. 하버드대학교 한국학연구소 연구원이자 비교문학 박사인 전승희, 캐나다 브리티시컬럼비아대학의 한국문학 교수 브루스 풀턴, 영국과 호주에서 활동 중인 번역가 아그니타 테넌트와 손석주 등 한국문학 번역 전문가들이 참여했다. 아마존에서 전자책으로도 판매할 예정이다. 세계 어디에서든 실시간으로 한국 문학을 접할 수 있게 된 것이다.

작은 출판사에서 당장 수익이 확보되지 않는 기획을 밀어붙여 완성시킨 건 크게 평가할 만한 일이다. 들어간 비용만 권당 500만 원 이상이니 얼추 계산해도 5억 원 넘게 투자된 셈이다. 요즈음이야 한국 문학이 불황의 늪에 빠져 어렵다는 하소연이 여기저기서 들리지만 그동안 대형 문학출판사들이 작가들 덕분에 이익을 누려왔음에도 그들을 위해 어떤 노력을 기울였는지 돌아볼 대목이다.

"2005년 프랑크푸르트 도서전에 한국 초대작가 중 한 명으로 갔는데, 온전히 번역된 책도 없이 낭독회에 참석하자니 민망하고 창피하더군요. 한 글자도 내 작품을 읽지 않은 독자들 앞에서 낭독회를 하는 것 자체가 희극이었던 거지요. 작가라는 사람들이 언어로 현실 세계와 긴장 관계를 이루며 살아가는 건데 언어로 인해 오히려 희화되다니 얼마나 모순된 겁니까?"

많은 돈과 시간을 들여 해외 작가들과 교류하더라도 정작 서로의 작품을 읽을 수 없다면 공허할 수밖에 없다. 근·현대를 망라해 한국 대표작가들 단편을 한영대역으로 아마존을 통해 유포하는 발상은 기동력이 담보되지 않으면 쉽지 않은 효율적이고 신선한 방식이다. 아시아 작가와 작품들을 영어와 한글로 소개하는 계간지 《아시아》를 9년째 주도해 온 방현석의 뚝심과 진정성의 승리라면 과도한 평일까.

"소설을 쓰면서 한 번도 울지 않은 적이 없습니다. 나조차 울리지 못하는 소설이 어떻게 남들을 울릴 수 있겠습니까?"

11층 창문으로 비껴드는 석양 속에서 그가 소설 이야기로 접어들었을 때 던진 말이다. 그를 만난 곳은 중앙대 흑석동 캠퍼스 유니버시티클럽이었다. 그는 수업을 마친 뒤 바람냄새를 몰고 뛰어 왔다. 일찍이 중학교 시절 씨름 선수로 발탁될 정도로 덩치가 큰 그이의 바탕에 소설처럼 따스한 감성이 흐르리라는 건 얼추 짐작하고 있었지만 작품을 쓸 때마다 우는 정도인지는 몰랐다. 씨름이란 '균형과 중심'의 운동인데 가만히 서 있을 때가 더 힘든 법이라고 그는 말했다. 굳건하게 중심을 땅바닥에 박지 않으면 상대방이 걸어차거나 살짝 밀기만 해도 쓰러진다고 했다. 인생도 중심을 잃으면 한 방에 무너지는 법이라고 그는 덧붙였다.

방현석은 4남매 중 막내이자 장남으로 태어났다. 위로 세 명의 누나 밑에 아들이라곤 혼자여서 충분히 사랑받고 자랐을 법하다. 짐작이 틀리진 않은 것 같다. 부친은 울산 농촌 마을에서 유일하게 신문을 구독하는, 특이하게도 경상도에서 김대중을 지지하는 야인이었다. 덕분에 방현석은 초등학교 중반 무렵에 벌써 한자 투성이 신문을 열심히 읽었고, 이른바 '고전읽기대회'에 선수로 선발될 정도로 『삼국유사』와 『그리스신화』를 비롯한 다양한 책들을 섭렵할 기회를 가졌다. 씨름을 못마땅해 한 아버지가 그를 중학시절 서울로 전학시켰고 경기고에 입학하면서는 서클활동을 하면서 선배들의 '인문 세례'를 일찍이 받았다. 철학과를 가려 했지만 여의치 않아 친구 따라 '문예창작과'에 지원한 것인데, 본고사에서 춘향의 애인 이도령의 이름을 '이방원'이라고 쓴 그를 두고 배꼽을 움켜잡고 웃던 친구는 정작 낙방하고 자신만 합격했다. 시로 응시한 실기 점수가 출중했던 덕분이었다는데 입학 후 복학생이던 소설가 송기원을 만나면서 시보다 소설 쪽으로 기울었고 운명적으로 그 길을 걸어왔다.

대학 1학년 때는 과대표로 1980년의 격렬한 정치적 지형을 통과했고, '징역 가기 싫어' 서둘러 군대로 '도피'했지만 복학 후 다시 안성캠퍼스 학생회장으로 1년을 살아야 했다. 어쩔 수 없이 공개석상에서 해야 했던 '거룩한 말씀'들을 책임지기 위해 그는 1985년 겨울 노동현장으로 들어갔다. 이후 인천 지역에서 10년 동안 노동자로, 노조 간부로 살았다. 이 시절 이야기를 「내딛는 첫발은」이라는 단편소설에 담아 《실천문학》에 가서 당시 주간이던 송기원에게 넘겨주고 원고료와 맞바꾸면서 소설가로 데뷔했다.

"노동판에서 살던 그 시절이야말로 내 인생에서 가장 행복한 때였습니다. 소설은 연휴 때나 쓰는 것이었고 혁명가의 정체성이 압도적이었지요. 살려고 몸부림치는 주변의 아름다운 사람들을 소설로 형상화했을 따름입니다. 그들 곁에서 살 수 있었던 건 내 인생의 행운이지요."

이후로도 「새벽출정」, 「내일을 여는 집」 등을 해마다 발표하면서 노동문학 작가로 호가 붙은 그가 새롭게 한국 문단의 중심으로 업그레이드된 건 2003년이다. 그는 「존재의 형식」이라는 중편으로 황순원문학상과 오영수문학상을 받으며 그해 최고의 작가로 떠올랐다. 이 수상작은 여권 한 권을 도배할 정도로 베트남을 오가며 그곳 사람과 환경에서 위로를 구한 결실이었다. 노동판을 떠나 서울로 올라오면서 그는 소설가 김남일이 주축이 되어 만든 '베트남을 이해하려는 젊은 작가모임'에 들어가 베트남을 오가며 현대사의 아픔을 공유했다.

방현석은 2004년 중앙대 문예창작과 교수로 임용된 이래 지난 10년간 《아시아》지와 기획시리즈를 발간하느라 바쁜 나날을 보내면서 단편 2편과 김근태의 삶을 다룬 픽션 같은 장편을 쓴 걸 제외하면 소설은 손에서 놓다시피 살아왔다. 그는 이제야말로 소설에 집중할 것이라며 흥미로운 자료도 확보해놓았다고 밝혔다. 말미에 그는 한국 문단이 그동안 독자들을 너무 많이 속여 왔다고, 낮지만 단호한 목소리로 말했다. 이름만 가리면 누구인지 모를 비슷비슷한 작품들이 범람하는, '문장기술자'들만 양산하는 환경이라고 했다. 작가라면 모름지기 한 세계를 감당할 만한 그릇이어야 하는데 그 기준보다는 문장력이나 가독성만 보고 신인들을 뽑다 보니 이런 현실에 당도했다는 것이다. 소설의 동력조차 찾기 힘들 정도로 '허접해진 현실'에서 '시간의 두께와 알리바이'를 언급하는 방현석의 이 발언, 위안이 되는가.

"인생은 1박 2일이 아닙니다. 견디는 게 중요합니다. 모욕도 견디다 보면 결국 시간 앞에서 진실을 드러냅니다."

〈2015.4.13.〉

인물의 운명은
그 시대를 벗어날 수 없습니다

위화 余華 소설가

국내 독자들에게는 장이머우 감독의 영화 〈인생〉원작자요 『허삼관매혈기』 작가로 더 친근한 중국 3세대 문학 대표작가 위화余華(57)를 만났다. 지난달 말 대산문화재단과 문화예술위원회가 공동주최한 서울국제문학포럼에 참석하기 위해 서울에 온 그를 만난 것인데 그는 한국을 자주 찾는 편이다. 지금은 글로벌 작가로 바쁜 일정을 소화하는 그를 국외에서 먼저 발견하고 환대한 나라가 한국과 프랑스였다니 이해할 만하다. 그는 최근 자신이 대표작으로 내세우는 『형제』(전2권·푸른숲)를 국내에 다시 선보이기도 했다. 문화대혁명 기간과 그 이후의 급격한 중국 사회의 변화를 비애와 해학을 넘나들며 탁월하게 묘사해 현대 중국의 바탕을 섬세하게 들여다보게 만드는 작품이다.

"중국 사회의 변화가 가장 큰 시기에 썼기 때문에 나올 수 있었던 작품입니다. 그 전이나 후에 썼다면 나오기 힘들었을 겁니다. 작가가 제대로 작품을 쓰려면 여러 가지 조건이 맞아떨어져야 하는데 그런 면에서 대단히 운이 좋았던 거지요. 어떤 작품도 『형제』같은 서술방식으로 문화대혁명과 현대 중국 사회를 묘사한 경우는 없었습니다. 『인생』이나 『허삼관 매혈기』 같은 형태의 소설은 또 쓸 수 있겠지만 『형제』 같은 작품은 다시 쓸 수 없을 겁니다. 제가 취사해서 썼다기보다 중국 현대사가 나를 선택한 것 같아요. 작가들이 소설을 쓸 때 잘 안 써지는 경우는 재능에 문제가 있는 게 아니라 쓸 때가 무르익지 않았기 때문일 수 있습니다."

1996년 집필을 시작했지만 잘 써지지 않다가 2003년 무렵부터 순조롭게 『형제』가 풀려나가기 시작했다고 그는 말했다. '문혁'이 끝나고 중국 사회가 개혁개방에 박차를 가하면서 1991년부터 2005년에 이르는 10여 년 동안이 변화가 가장 큰 시기였던 만큼 『형제』의 탄생 시점은 운명처럼 정해져 있었다는 말이다. 그는 "조국 콜롬비아의 역사와 현실을 다룬 가브리엘 가르시아 마르케스의 『100년의 고독』도 시기가 잘 맞아떨어졌기 때문에 나올 수 있었던 노작"이라고 덧붙였다.

6살부터 시작된 문화대혁명을 16살까지 겪었으니 "성장기에 제대로 된 문학작품을 접하기는 어려운 일이었고 교과서에서도 루쉰이나 마오쩌둥 정도의 글밖에 접할 수 없었다"고 했다. 문혁이 끝나면서 그 시기의 고통과 참상을 증언하는 이른바 '상흔傷痕문학'이 봇물처럼 터져 나오기 시작했다. 당국에서도 장려한 그 문학은 위화의 갈증을 해소하기에는 미흡했던 모양이다.

그는 "나를 결정적으로 소설 쓰기로 인도한 작품은 1980년, 스무 살에 접한 가와바타 야스나리의 『이즈의 무희』였다"고 말했다. 도쿄에서 내려간 청년과 10대의 어린 소녀 무희와의 순정한 감정이 황순원의 「소나기」처럼 전개되는 애잔한 소설이다. 위화는 "폭력으로 인한 상처만이 상흔문학이 될 수 있는 게 아니고 직접적이고 특별한 원인이 있지 않더라도 이것도 상흔이 될 수 있구나 생각했다"면서 "이 작품을 보고 비로소 나도 한 번 소설을 써보고 싶은 마음이 생겼던 것"이라고 털어놓았다.

낮에는 이를 뽑는 치과의사였고 밤에는 소설을 쓰는 습작생으로 살던 그는 1983년 단편소설 「첫 번째 기숙사」를 발표하면서 작가의 길로 들어섰고, 「세상사는 연기와 같다』같은 중단편소설을 잇달아 내놓으면서 중국 제3세대 문학을 대표하는 작가로 서서히 주목을 받기 시작했다. 첫 장편『가랑비 속의 외침』이후 두 번째 장편『인생』이 영화로 만들어져 칸영화제에서 황금종려상을 수상하면서 본격적으로 알려졌다. 국내에서 영화로도 만들어졌던『허삼관매혈기』(1996)는 출간되자마자 세계 문단의 찬사를 받았고 명실상부한 중국 대표작가로 자리를 잡았다. 그는 "요즘 중국에서는 내 소설을 할아버지 부모 자녀 세대가 함께 읽는 재미있는 현상이 벌어지고 있다"면서 "3세대가 한 작가의 작품을 읽는 건 드문 일"이라고 전했다.

"소설 속 인물의 운명은 사회와 역사에 긴밀하게 연결지어져 있습니다. 그렇기 때문에 작가로서 그것을 피해가기는 어렵습니다. 사회와 역사 관련된 내용을 쓰고 싶지 않아도 한 인물에 영향을 미친 요소들을 쓰지 않으면 소설에서 현실성이 사라지고 맙니다. 문화대혁명 기간은 시점만 밝히면 누구나 그 시대 배경을 알지만 1980년대 같은 경우는 특별한 상징을 내세워야 시대가 전형적으로 드러납니다. 예컨대 그 시대는 '양복'이 특징이었지요. 1990년대는 텔레비전 채널이 엄청나게 늘어나면서 그 모든 채널에서 방영한 '미인선발대회'가 특징으로 변하듯 말입니다. 인물의 운명은 그 시대를 벗어날 수 없습니다. 제 소설에서 창작의 형식으로 역사를 기록하는 느낌을 받는다면 그 때문일 겁니다."

위화도 슬쩍 언급한 마르케스의『백년의 고독』처럼『형제』에서도 엉뚱한 해학이 자주 슬프게 구사된다. 그 해학이 비극 속에서도 돋보이는 건 위화 소설의 매력이다. 그는 "비극이 너무 계속되면 나 자신이 쓰기 힘들어서 그럴 지도 모른다"면서 "만약 웃기는 이야기만 계속 나오는 소설을 보게 된다면 그건 내가 너무 힘든 상태라고 짐작하면 된다"고 웃으며 말했다.

"지금 중국은 돈을 숭배하는 사회가 돼버렸습니다. 당국에서는 종교의 자유가 있다고 선전을 하고 있지만 여전히 교회를 짓는 것은 탄압하고 있어요. 공산당이 종교의 자유를 이야기한 지 70년이 지났는데 아직도 신앙이라는 건 찾아보기 어렵죠. 자연히 금전을 좇을 수밖에 없지요. 신앙만이 해결책인 건 아니지만 정신적으로 기댈 곳이 없으니까 더 급속도로 그렇게 되는 것 같습니다.”

　20년 전에 나온 『인생』이 중국에서 갈수록 더 많이 읽히는데 작년에 130만 부가 팔렸고 올 초 3개월 동안에만 50만 부를 찍었다고 했다. 사인회를 가면 해적판을 들고 오는 경우도 많다는 그의 말을 감안하면 폭증하는 그의 인기는 충분히 짐작할 만하다. 올 9월에는 출간 사인회를 겸해 러시아, 그리스, 덴마크, 프랑스 등 유럽 4개국을 돌아야 한다는 그에게 이제 ‘부자’라고 치켜세웠더니 “생활의 압박과 스트레스가 사라지니 이런 게 오히려 작품 집필에는 더 문제인 것 같다”고 웃었다.

　100년 전 이야기를 담은 한 편과 당대의 문제를 담은 두 편을 포함해 3편을 집필하려다 밀쳐둔 상태라는 그는 “빨리 그 원고들에 인공호흡을 해줘야 한다”며 “몇 년 동안 책을 못 냈는데 한꺼번에 3권이 나올 수도 있을 것”이라고 말했다. 이 말이 호언으로만 들리지 않았던 것은 글 쓰는 리듬을 물었을 때 여느 작가들처럼 규칙적으로 쓰고 운동하고 독서한다는 대답이 아니라, 몇 달 동안 쓰지 않다가도 낮과 밤을 가리지 않고 쓴다는 말을 들었기 때문일 터였다. 세계적인 작가로 자리를 굳힌 중국인 특유의 뚝심이 새삼스러웠다. 동석했던 이가 절망에 빠진 사람에게 힘을 주는 말을 청했을 때, 그는 나이부터 물었다.

　“청년이라면 전혀 걱정할 것 없습니다. 세상을 원망하지 말고 스스로 용기를 내면 됩니다. 나이 든 사람이라면… 운명에 순응해야죠.”

〈2017.6.5.〉

사랑은 암모니아 냄새를 견디는 것

마사히코 시마다 소설가

　일본 현대문학을 대표하는 작가 중 하나로 꼽히는 시마다 마사히코島田雅彦 (53)를 만난 건 지난 11일 서울 연희문학창작촌에서 열린 낭독회에서였다. 국제문학교류프로그램의 일환으로 연희문학창작촌에 머물고 있는 그를 낭독회에 앞서 '들림'동 사랑방에서 만났다. 시인이자 일본문학 번역가인 한성례 씨가 통역자로 동석했다.

　시마다 마사히코는 한국을 잘 아는 작가다. 이번 방문으로만 벌써 20회를 넘긴다고 한다. 이번처럼 공식적인 초청을 받아 오기도 했고 혼자서, 혹은 가족과 더불어 한국을 찾았다. 올 때마다 동대문 광장시장은 꼭 들르는 필수코스다. 그곳에서 지금 입고 있는 양복도 샀다. 옷뿐 아니라 빈대떡에 동동주까지 먹을거리가 많아 좋다고 한다. 요리에 특히 관심이 많아 한국행은 식문화 기행이 중심에 놓인다. 울산의 고래 고기에서부터 광주의 삭힌 홍어에 이르기까지 맛보지 않은 한국 음식이 거의 없을 정도다. 다 먹을 만했지만 홍어의 암모니아 냄새는 도저히 참기 어려웠다고 털어놓았다. 그는 나중에 지금보다 더 가난해지면 예닐곱 명이 앉을 만한 작은 공간에서 자신이 직접 만든 요리와 술을 파는 집을 운영하고 싶다고도 했다. 문학뿐 아니라 오페라 대본을 쓰기도 하고 영화배우로도 살아온 그에게 어떤 욕구가 전방위 활동을 부추기는지 물었다.

"글이나 요리나 머리를 써서 하는 일이라는 차원에서는 똑같다고 생각합니다. 소설도 요리를 하듯 씁니다. 소설 속에 자신과 전혀 관계없는 사람들을 등장시키는 것과 마찬가지로 영화에서 모르는 인물을 연기하는 것도 같은 거지요. 문학과 문학 아닌 것을 구분하지 않습니다. 표현하는 방식만 다르다고 봅니다."

그는 1983년 도쿄 외국어대학 러시아어과 4학년 재학 중 「부드러운 좌익을 위한 희유곡」이라는 작품을 발표한 뒤 아쿠타가와상 최연소 후보로까지 거론될 정도로 각별한 주목을 받으며 문단에 나왔다. 이후 많은 소설들을 펴냈고 한국에서도 그의 작품들이 다수 번역됐지만, 가장 최근 국내에 소개된 책은 『악화惡貨』라는 장편소설이다. 정밀한 위조지폐를 만들어 금융자본주의 시스템에 도전하는 이야기를 축으로 첨단자본주의 시대의 돈에 관한 작가의 철학을 흥미롭게 전개하는 작품이다.

"원래 범죄소설로 기획된 작품입니다. 2008년 뉴욕에 살았는데 그때는 리먼 쇼크가 터졌고 25년 전 뉴욕에 갔을 때도 주가가 폭락하는 사태가 일어났습니다. 국가와 대기업들이 결탁해 금융자본주의로 나아가지만 이 과정에 일반 국민은 배제돼 있습니다. 열심히 돈을 벌지만 그 돈은 불완전한 것이죠. 위조지폐를 만든다는 건 그 시스템에 정면으로 도전해 파괴하는 행위입니다. 진정 행복을 추구하는 삶이란 무엇인지, 사람의 행복을 위한 돈이란 무엇인가를 말하고 싶었습니다."

아직 국내에는 번역되지 않았지만 지난해는 『니치를 찾아서』라는 작품도 펴냈다. 이 소설에서는 "오히려 돈에 전혀 의지하지 않고 오디세우스처럼 모험을 계속하면서 도망 다니는 사람을 그렸다"고 했다. '니치niche'란 틈새를 의

미하는데 이 소설의 제목에 상징적으로 등장하는 이 단어처럼 시마다의 소설들은 대체로 경계에 놓여 있는 경우가 많다고 이날 저녁 낭독회 사회를 맡은 평론가 김미정은 말했다.

낭독회에서도 반복해서 말했지만 시마다는 일본에서 이른바 '순문학'은 이미 자취를 감추는 형국이라고 전했다. 1980년대까지만 해도 순문학이 어느 정도 대접을 받았으나, 이후로는 엔터테인먼트 기능이 강한 장르문학이 대세를 이루고 있고 문학평론가들조차 설 자리를 잃고 대학교수 아니면 평전이나 쓰는 존재로 바뀌었다고 한다. 크게 다를 바 없는 한국의 문학판도 일본의 상황을 그대로 모방하듯 뒤따라가는 모양새다. 그는 이 대목에서 "순문학 작가들인 미시마 유키오나 다니자키 준이치로 같은 이들이 성적인 내용들로 당시에는 화제를 몰고 다녔지만, 요즘은 일반 대중을 놀라게 하는 역할은 코미디언 같은 다른 장르 사람들이 하고 있다"면서 "순문학으로 인정을 받은 작가라 하더라도 엔터테인먼트 쪽으로 기능적인 노력을 하지 않으면 점차 도태될 것"이라고 말했다. 무라카미 하루키의 노벨문학상 수상 가능성에 대해서는 "엄밀하게 노벨문학상 후보는 50년간 비밀인데 하루키가 매년 거론되는 형국"이라며 "미국에서 인기가 높은 작가들은 대체로 노벨문학상과 인연이 멀었다"고 언급했다. 낭독회에서는 "하루키를 좋아하면서 시마다도 좋다는 말을 하는 건 사기"라고 말해 좌중의 웃음을 유발하기도 했다.

문학과 직접 연관은 없지만, 적어도 일본 현대문학을 대표하는 자리에 있는 지식인이기에 동북아 평화에 대해 묻지 않을 수 없었다. 작금의 한·일 관계는 정치인들 차원을 넘어서 혐한 시위로까지 번지는 대단히 껄끄러운 국면이다. 최근에는 한국인들이 많이 방문하는 일본 올레 길에도 혐한 구호가 내걸렸다는 소식이다.

"정치인들의 내셔널리즘이 문제입니다. 국수주의를 내세우면 지지율이 안정되기 때문인데 생활에 불만 있는 사람들이 내셔널리즘에 쉽게 넘어갑니다. 불평등한 상태에 놓인 힘든 사람들이 이 물결을 타는 거지요. 아베 정권은 사실 대기업 봐주기를 하고 이번에는 소비세도 5~8% 올려서 시끄러웠습니다.

이런 처지에도 불구하고 정작 고통당하는 국민들은 정권에게 사기를 당하고 있는 거지요. 자기가 손해 보는지도 모르면서 아베와 같이 떠들어주는 형국입니다."

그는 "중국이나 한국 정치인들도 내셔널리즘에 편승하는 건 마찬가지"라면서 "시민들이 정치인들의 농간에 현혹되지 않고 주체적인 시각으로 현실을 바로 보는 자세가 필요하다"고 강조했다. 최근 노벨문학상 수상 작가인 오에 겐자부로를 비롯한 지식인 5000여 명이 원자력발전소 반대 집회를 갖기도 했는데 이는 일본에서 자주 볼 수 없는 풍경이라고 한다. 그는 "한국에서는 일본에서는 듣기 어려운 '우리'라는 말을 자주 하는데 일본 사람들도 뭉쳐서 대항했으면 좋겠다"고 덧붙였다.

이날 저녁 낭독회는 시마다가 자신의 소설 『악화』의 첫 대목을 읽은 뒤 평론가 김미정의 질문에 응답하는 형식으로 시작됐다. 이어 시인이기도 한 시마다의 시 낭송, 단편 「사도 도쿄」의 한 대목을 시인 김경주가 연출한 낭독극 공연으로 대미를 장식했다. 연희창작촌 실무진과 조촐하게 가진 뒤풀이 자리에서 막걸리에 취흥이 오른 시마다는 오키나와 민요를 불렀다. 사랑에 대해서도 말했다. 〈사랑은 눈물의 씨앗〉이라는 한국 가요가 있다고 전했더니 그는 광주에 내려가 먹었던 삭힌 홍어의 냄새를 거론하면서 "사랑은 암모니아 냄새를 견디는 것"이라고 받았다. 사랑하는 이들 사이에는 질투와 오해와 배신 같은 자욱한 아픔이 있지만, 그것을 이겨내는 것이야말로 진정한 사랑이라는 언설이다. 낭독회에서 읽었던 그의 시 한 대목.

"그 사람을 만나고 나서는 춤을 춰야 한다/ 뼈가 기뻐 날뛰고 발꿈치가 타오르기에/ 그 사람을 만지고 나서는 미쳐야 한다/ 마음이 녹아 내 몸은 껍질만 남기에"(김태환 역, 〈그 사람을 알고 나서는〉)

〈2014.4.14.〉

시에도 독毒이 있네

황동규 시인詩人

"나는 죽은 다음의 세상을 믿지 않아요. 하지만 있는 것처럼 생각해도 나쁘지는 않아요. 연옥이 가장 인간다운 옥獄일 겁니다. 천국은 지루하지 않겠어요? 연옥답게 사는 거죠, 지옥답게 사는 게 아니고. 우리 삶에 주어진 조건 속에서 열심히, 최대로 살려고 노력하는 게 제일 가치 있는 거죠."

황동규(78) 시인이 최근 펴낸 열여섯 번째 시집『연옥의 봄』(문학과지성사)을 들고 그를 만나러 수원에 갔다. 그는 수원에서 개최된 전국시인대회에 참가해 기조강연을 하고 하룻밤 그곳에서 유숙한 터였다. 생각했던 것보다 얼굴은 맑고 여전히 강건한 인상이었다. 그는 "연옥은 단테가 지옥에서 쓰다 쓰다/ 채 못다 쓴 기억들을 털어버린 곳"이라고 썼거니와 가장 이 세상과 닮은 옥이 연옥이라고 했다. 천국은 "기대해도 좋고 기대하지 않아도 좋은 곳이어야 진짜 천국"이며 열반도 "있어도 좋고 없어도 좋아야 열반이지 열반을 위한 열반은 아니다"고 했다. 그는 기독교 가톨릭 불교를 두루 존중하지만 어느 한 종교를 믿지는 않는다고 덧붙였다. 누군가 이러한 태도를 두고 "선생님은 보험을 여러 군데 들었다"고 우스갯소리를 했다는데 그는 정작 "어느 한 종교가 나를 재판한다면 나야말로 아주 불리할 것"이라고 했다. 이번 시집 표제작은 이렇게 흘러간다.

"같이 가던 사람을 꿈결에 놓쳤다./ 언덕에선 억새들 저희끼리/ 흰 머리칼 바람에 날리기 바쁘고/ 샛강에선 물새들이 알은 체 않고/ 얼음을 지치고 있었다./ 쓸쓸할 때 마음 매만져주던 동네의 사라진 옛집들도/ 아직 남아 있었구나! 눈인사해도 받아주지 않았다.// 기억엔 없어도 약속은 살아 있는지/ 아무리 가도 닿지 않는 찻집으로 가고 있다./ 왕십린가 청량린가? 마을버스 종점인가?/ 반쯤 깨어보니 언제 스며들었는지/ 방 안에 라일락 향이 그윽하다./ 그대, 혹시 못 만나게 되더라도/ 적어도 이 봄밤은 이 세상 안에서 서성이게."(연옥의 봄 1)

이승인지 저승인지 모를 어느 봄날 시인이 산책길에서 돌아온 감상이다. 같이 가던 이를 꿈결에서 놓쳤는지 이승에서 영영 놓쳤는지는 모르겠지만, 동네의 사라진 옛집들이 다시 나타나고 눈인사를 해도 받지 않는 것을 보면 예삿일은 아니다. 약속을 했는지 안 했는지, 아무리 가도 닿지 않는 찻집을 향해가는 심정이란 허망하고 참담하다. 다행히 꿈이었다. 반쯤 깨어보니 라일락 향이 올라와 이승을 증거한다. 적어도 봄밤만큼은 이승에 더 머물고 싶다는 시인의 바람이 애틋하다. 일찍이 「풍장風葬」 연작시리즈로 죽음을 가지고 놀았던 그이지만 정작 노경의 황혼에 이르러 생각하는 죽음은 어떠할까.

"그때나 지금이나 죽음에 관한 기본적인 생각은 변함이 없습니다. 죽음에 대해서는 해방된 셈이랄까, 죽음이 있으니 삶이 아름답다는 생각을 하는 거죠. 그렇지만 인간 일반에 대해서 죽음이 가혹하지 않았으면 좋겠어요. 사람들 얼마나 살아가면서 고생하고 고통받습니까?"

죽음이 인간 일반에게 덜 가혹했으면 좋겠다는 그의 말은 이승이야말로 연옥에 가깝다는 그의 생각과 맥이 닿아 있다. 도덕을 위반하면 그 대가로 참혹한 죽음이란 형벌이 따라온다는 맥락이 아니라, 윤리를 좇아 열심히 살았지만

실패해도 봐줘야지 죽음이 형벌로 귀결되지는 말아야 한다는 말이다. 그에게
연옥은 하자 많은 인간들이 살아보려고 발버둥치는 가여운 연민의 공간인 셈
이다.

"옆에서 누군가 우산 쓰고 신발에 흙 묻히며/ 같이 걷고 있는 기척,/ 감각에
돋는 소름, 치수구나!/ 어디부터 다시 함께 걸었지?/ 가만, 간 지 얼마 안 되
는 저세상 소식 같은 거/ 꺼내지 않아도 된다./ 너 가고 얼마 동안 나는 생각
이 아팠다. 그저 말없이 같이 빗속을 걷자./ 봄 길에 막 들어서는 이 세상의 정
다운 웅성웅성 속에/ 둘이 함께 들어 있는 것만으로 그저 흡족타." (봄비-김
치수에게)

지난해 저세상으로 먼저 떠난 벗 김치수를 생각하며 시인은 '생각이 아팠다'
고 썼다. 없어도 곁에서 봄비를 맞으며 함께 걷는 듯하다. 세상의 정다운 '웅
성웅성' 속에 여전히 그가 있다. 그는 아끼던 제자의 부음을 듣고는 "걸음을
멈추고 아는 별들이 제대로 있나/ 잊혀진 별자리까지 찾아보았다./ 더 내려오
는 별은 없었다./ 땅으로 숨을 돌리자 풀벌레 하나가/ 마음 쏟아질까 가늘게
울고 있었다"고 「그믐밤」에 썼다. 그는 사랑하던 제자의 죽음 앞에서 슬픔을
이겨내기 위해 이 시를 썼다고 했다. 모든 좋은 문학작품은 위기를 극복하는
것이라고 했다. 소설가 황순원의 아들로 태어나 서울대 영문과를 나와 이 학
교 같은 과에서 교수로 정년퇴직했고, 현대문학상, 대산문학상, 미당문학상,
호암상 등을 두루 받았으며 술과 음악과 벗들과 더불어 한 세상 건너온 그이
다. 그이에게도 좌절과 울음의 순간들이 있었을까 싶다.

"상대적으로 내가 그런 생활을 가진 건지는 모르겠지만 좌절도 많이 했어
요. 고등학교 때는 음악을 하려다 발성음치여서 포기했고 학문을 하면서는 땅
에 뺨을 비비며 운 적도 많았습니다. 어디를 가나 늘 아버지의 그림자가 나를
가리곤 했는데 예순을 넘어서니 해방시켜주더군요. 지난 시절에는 술 말고는
의존할 데가 없었어요. 예전에는 1년에 350일 정도 마셨는데 지금은 조금 줄
어서 300일 정도 청탁을 가리지 않습니다."

술을 마셔도 그가 쓰는 시의 긴장은 흐트러지지 않는다. 시에 대한 염결성

이 추동하는 힘일 것이다. 그는 종교는 삶의 일부이지만, 시는 그 삶을 다루기 때문에 종교보다 외연이 더 넓다고 했다. 종교보다 넓은 시는 그의 삶의 중요한 일부를 이루었고 그 시 때문에 미적으로나 윤리적으로 시적 자아가 나아졌다고 본다. 자신이 생각하는 시가 자기가 쓰는 시보다 높기 때문에 시와 대화하게 되면 자신도 조금 높아진다고 했다. 그가 고3 때 쓴, "밤이 들면서 골짜기엔 눈이 퍼붓기 시작했다 내 사랑도 어디쯤에선 반드시 그칠 것을 믿는다"로 이어지는 「즐거운 편지」를 그의 대표작으로 떠올리는 이들도 많다. 그의 많은 시의 배경은 겨울이고 눈이 내리는 경우가 많다.

전쟁 직후 서울은 오줌과 똥이 흐르는 폐허였는데 어느 날 눈이 내려 그곳을 하얗게 덮었을 때 감격했다고 했다. 그에게 눈과 겨울은 맑고 명징하게 세상을 감싸는 휘장이었다. 젊은 시절은 갔고, 이제 장년을 넘어서 노년의 깊은 골목까지 당도한 생이다. 이번 시집이 마지막 시집일지도 모른다고 말하는 등단 58년 차(1958년 《현대문학》) 시인은 시적 긴장이 사라지면 그만 써야 한다고 했다. 사라진다는 것에 대한 두려움은 없다고 했다. 자신이 죽으면 가루로 만들어 맑은 동해에 뿌려달라고 가족에게 부탁했다는데, 독실한 기독교 신자인 그들이 소원을 이루어줄 것 같지는 않다고 말하며 웃었다. 후배들에게 당부할 말을 묻자 "이 세상에서 가장 중요한 건 사소한 이익 따지지 않고 그저 열심히 사는 것"이라고 했다. 돌아와서 다시 시집을 들춰보니 그는 이미 시로 말하고 있었다.

"선배랍시고 한마디 한다면/ 시에도 시독詩毒이 있네./ …목에 두른 시구詩句 같은 것 모두 풀어버리고/ 시원하게 '나'도 풀어버리고/ 시가 아니어도 좋은 시의 세상에/ 길 트시게." (젊은 시인에게)

〈2016.11.28.〉

그런 시인은 시인이 아니다

정현종 시인

서울 동부이촌동에서만 30년 가까이 살고 있는 시인은 아파트에서 나와 길 하나만 건너면 국립중앙박물관에 이른다. 매일 아침 박물관 정원을 산책한다. 그곳이 곧 시인의 앞마당인 셈이다. 정원 연못가에서 시인을 만났다. 정현종 (76) 시인은 흰 머리칼에 큰 눈이 상징이다. 일찍이 고은 시인이 '수묵화 같다' 고 했고 작고한 평론가 김현은 '맑고 깨끗하다'고 언급했던 그 눈이다. 늘 만나 던 이처럼 친근한 모습이다. 그가 1965년 《현대문학》에 박두진 추천으로 등단 한 이래 시력 50년을 맞았다. 이를 계기로 신작 시집 『그림자에 불타다』는 7년 만에, 산문집 『두터운 삶을 향하여』는 26년 만에 《문학과지성》사에서 각각 묶 어냈다. "언어라는 건 근본적으로 불완전한 연장입니다. 젊어서부터 절감했지 요. 시로 묘사하는 건 한계가 분명합니다. 아무리 언어로 꽃을 표현해도 꽃 자 체는 아닙니다. 시인의 비극인 거지요. 사물이 지니고 있는 꿈을 잘 끌어내야 하는데 어려울 수밖에요. 어떤 중국 인사는 나무를 그리기 위해서는 자신이 그 나무가 될 정도로 계속 바라보았다고 합니다."

정현종이 등단 이후 펴낸 첫 시집이 『사물의 꿈』(민음사, 1972)이다. 그는 일찍이 이 시집의 표제작에서 "가지에 부는 바람의 푸른 힘으로 나무는/ 자기의 생生이 흔들리는 소리를 듣는다"고 했거니와 나무 같은 자연으로 표상되는 객체와 일체가 되려는 자세로 일관되게 시의 길을 걸어왔다. 그의 정서 밑바탕에 깔리는 자연에 대한 경외와 사랑은 성장기의 전원 체험이 없으면 불가능했을 자질이다. 그는 서울에서 나서 서너 살 무렵 경기도 화전花田으로 이사를 가 그곳에서 고교에 입학할 때까지 산야를 누비며 자연과 맨몸으로 접촉하면서 성장했다.

"내 작품의 생명력은 어린 시절 자연 체험 덕분입니다. 손으로 만져보고 쥐어보고 잡아먹은 생물이나 식물이 한두 가지가 아니예요. 메뚜기, 가재, 방게, 방아깨비, 쏘가리, 모래무지, 딸기, 까마중, 버디, 오디, 칡… 내 손바닥에는 일종의 고고학적 지층이 새겨진 셈이지요. 보이지 않는 미생물이 흙을 풍요롭게 하듯 그 체험이 내 몸속 어느 구석에 나도 모르게 들어와 내 시의 밑바닥을 형성한 겁니다."

가난했지만 저 풍요로운 체험은 가난을 모르게 했고 팔순을 바라보는 노년에 이르기까지 원체험으로 축적돼 쉼 없이 새로운 언어로 발효돼온 것이다. 그는 시뿐 아니라 모든 예술이 최상의 작품이 되려면 거의 자연에 가까워져야 된다고 생각한다. 다시 말하면 최고의 예술은 사람이 만들어낸 자연, 곧 '인공자연'이라는 언설이다. 정현종은 자신이 1980년대 국내에 시집을 번역 소개한 칠레의 시인 파블로 네루다(1904~1973)야말로 언어로 '인공자연'을 가장 근접하게 구사한 인물로 꼽는다.

"아무도 들어가지 못한 미답의 정글 같은 세계, 한마디로 상상력의 분류奔流를 온몸으로 쏟아낸 사람이지요. 그 사람 전체가 한 덩어리 시예요. 몸으로 겪고 몸으로 쓴 거죠. 네루다가 유년기에 체험한 칠레 남부의 자연은 거대한 것이었습니다."

『스무 편의 사랑의 시와 한 편의 절망의 노래』를 번역해 네루다의 새로운 면

모를 대중에게 널리 알렸던 정현종은 네루다의 진면목으로 놀라운 상상력과 더불어 진정성을 꼽았다. 그는 "요새 정치하는 사람이 많이 써먹어서 이젠 쓰기가 거북하지만 나는 옛날부터 써온 말인데 시에는 사람 됨됨이가 다 녹아 있다"면서 "요즘 젊은 시인들의 시는 기계가 쓴 것처럼 자연이 거세된 듯한 느낌을 주는 것들이 눈의 띈다"고 말했다. 자연체험이 성장기부터 막힌 젊은 세대는 의도적으로라도 부지런히 전원에 내려가 몸으로 접촉해야 한다고 그는 말한다. 네루다나 역시 그가 번역한 페루의 세자로 바예호 같은 시인의 시들은 심지어 '가차 없는 진정성'이라는 표현을 쓸 정도로 뜨거운 정서가 흐른다고 했다.

정현종을 대중에게 널리 각인시킨 작품은 「섬」이라는 짧은 시편이다. '사람들 사이에 섬이 있다/ 그 섬에 가고 싶다'는 단 두 행으로 끝난다. 사람들 사이에 섬이 있다니, 아무리 친근하게 수많은 대화를 나누어도 사람들 내면에는 누구나 저마다 쓸쓸한 공간이 있는데, 아무도 닿을 수 없는 그곳에 가고 싶다는 비원이 서글픈 시편이다. 그가 인도에서 열린 세계시인대회에 참석해 이 시를 낭송했을 때 세계 각지에서 모인 시인들 500여 명이 삼삼칠 박수를 치며 환호했다고 한다. 어느 학생은 엠티를 갔다가 「섬」을 낭독했는데 그 자리가 울음바다가 됐다고 시인을 찾아와 보고한 적도 있다. 대기업 입사 면접에서 아는 시를 암송해보라면 짧고 기억하기 쉬워 응시자들의 단골 작품으로 활용된다고 시인은 웃으며 전했다. 짧으면서 깊은 울림을 주기는 쉽지 않다. 진정성은 물론이요 집착을 버릴 줄 아는 헛헛한 자연의 생태를 몸으로 체현하지 않으면 어려운 일이다.

"선운사 도솔암 마애불 배꼽/ 그 구멍 속에는/ 실물대實物大 호랑이 가죽에/ 석필石筆로 쓴 한 비전秘傳이 들어 있는데/ 옛날에 그걸 꺼내 본 사람이 어떤 귀에다/ 그 내용을 입김으로 불어넣어 주었습니다.// 시를 쓴다는 사람이/ 오로지 저 자신에게만 관심이 있고,/ 일견 그럴듯해 보이는 작품이 대부분,/ 거기 들어 있는 감정이며/ 알량한 앎이며가 대부분/ 실은 자기 과시에 지나지 않는(!)/ 그런 시인은 시인이 아니다./ 그런 사람이 만일 자의에 타의 뇌동으로/ 시인 행세를 한다면/ 그건 머리끝에서 발끝까지/ 가짜 시인이니라"

정현종이 이번 시집에 수록한 「한 비전」이라는 시편이다. 그는 "누구나 다소 간 이기적이지 않은 이가 없겠지만 모름지기 시인이라면 나르시시즘에서 벗 어나 '큰 나'를 이야기해야 한다"고 말한다. 그는 이어 '가짜 시인은 남에 대해 이야기할 때도 자신에 대해 말하고 진짜 시인은 자신을 말할 때도 타인을 대 하듯 한다'는 멕시코 시인 옥타비오 파스의 말을 거론하면서 "모든 번성하는 시대에는 사람들이 객관화하는 면이 강했지만 퇴락하고 망해가는 세태에는 그런 능력이 모자랐는데, 아무리 땅덩어리가 작다고 해도 우리에게는 모든 위 대한 정신들이 지닌 그런 자질이 부족하다"고 한탄했다.

그에게 지난 50년은 말 그대로 '초로草露'요 '수유須臾'라고 했다. 눈 깜짝할 사이에 지나간 세월이지만 인간들과 나눈 교류에서보다 자연에서 얻은 게 더 많은 시간이었다고 했다. 그가 "견딜 수 없네./ 시간의 모든 흔적들/ 그림자 들/ 견딜 수 없네."라고 안타까워하는 건 유독 시인이라는 존재에게 더 모질 게 "모든 흔적은 상흔傷痕이니" 어쩔 수 없는 일이라 쳐도, 지나고 보면 잠깐이 요 머물러 응시하면 흐르지 않는 시간은 어찌 다스릴까. "밤에는 깊은 꿈을 꾸 고/ 낮에는 빨리 취하는 낮술을 마시리라/ 그대, 취하지 않으면 흘러가지 못 하는 시간이여"라고 노래한 시인의 심정을 알기 위해서는 더불어 '낮술'을 영 접해야만 하는가.

박물관 레스토랑에서 나와 시인이 매일 만나는 돌부처와 남계원 7층 석탑이 있는 대숲 산책길로 갔다. 정현종은 연록이 풍성한 그 길에서 하얀 꽃잎을 바 라보며 슬며시 웃었다. 백발과 꽃의 빛깔이 조화로웠다.

〈2015. 5. 11.〉

추억은 아름답지 않다

허만하 ^{시인}

"변방에는 중심과 다른 문화 코드가 있습니다. 중앙에 대한 저항 개념이 항상 있고 새로움의 씨가 있습니다. 지리적으로 부산 또는 시골 이런 개념도 없지 않겠지만 의식 속에서 나를 지속적으로 변방에 몰아넣는 거죠. 그래서 새로워지고 싶고, 그것이 나에게 시를 연속적으로 쓰게 만드는 힘입니다."

'변방'의 원로 시인 허만하(86)를 부산에서 만났다. 그에게 변방 개념은 물리적인 먼 곳이 아니다. 아무도 가지 않은 곳, 그 순수하고 거친 야생의 영역을 언어로 끊임없이 탐색하려는 '정신의 변방'이다. 그는 최근 펴낸 일곱 번째 시집 『언어 이전의 별빛』(솔) 서문에도 "시의 힘은 오로지 그 고립에 있다"면서 "나를 시인으로 길러준 정신의 변방에 감사한다"고 썼다. 그가 시인으로 살아온 변방의 역사는 돌올하다.

허만하는 1957년 조지훈 이한직 박남수 시인의 추천으로 《문학예술》을 통해 등단했다. 경북대 의대를 수석으로 졸업하고 병리학을 연구하는 의사생활과 시인의 업을 같이 시작했다. 1969년 첫 시집 『해조』를 낸 후 그는 부산 고신대에서 병리학을 연구하고 가르치면서 홀로 읽고 쓰는 삶을 오래 살았다. 그를 '발견'한 문학평론가 임우기의 청탁으로 솔 출판사에서 『비는 수직으로 서서 죽는다』가 1999년 첫 시집 이후 30년 만에 나왔다. 평단은 스톤헨지를 발굴했다고 떠들썩했다. 이후로는 3~4년마다 펴낸 시집으로 받은 상만 '이산문학상', '목월문학상', '박용래문학상', '청마문학상', '대한민국예술원상' 등 8개에 이른다. 한국 시들에서는 쉬 찾아보기 힘든 견결한 시어와 사유가 돋보였다. 강고하게 깊이 파고드는 바위 같은 시어들은 감상을 허락하지 않는 태초의 순수와 헛헛함을 추구한다.

'나의 관념은 흐르지 않는다. 한자리에서 가늘게 떨 뿐이다. 페름기 죽은 시간이 가지런히 쌓여 있는 석탄층 검은 침묵 안에서, 시간 이전의 별빛처럼 최초의 표현을 위하여 보일락 말락 섬세하게 떨고 있을 뿐이다.'

허만하는 이번 시집에 수록한 「시간 이전의 별빛처럼」에서 2억 년 전 '페름기'의 죽은 시간, 그 침묵을 언어로 되살리기 위해 떨고 있다. 그 시간 이전의 별빛, 혹은 언어를 표현하기 위해 고투한다.

"인간이 지구에 깃들기 이전 삶, 아무것도 훼손되지 않은 있는 그대로를 쓰고 싶습니다. 그 상태는 아무리 쓰려고 해도 수사를 거부합니다. 사실 인식 자체도 불가능하겠지요. 억지로 별빛이라는 용어를 붙이기는 했지만, 그것을 쓰기 위한 수련이 시의 길이라고 생각합니다. 결론이 나 있는 대상을 쓰는 게 아니라 대상에 이르는 과정 자체도 시가 될 수 있습니다."

과연 이번 시집에는 그의 시론을 시로 형상화한 작품이 많다. 그는 "견고하고도 눈부신 광물질처럼 번득이며 치열하게 눈이 내리는 날, 나는 환하고 투명한 새로운 세계를 찾아 썰매를 끌며 자욱한 눈발에 휩싸인 알류샨 열도를 건넜던 인디오의 달력에 깃든 내 언어의 원시를 회상한다"고 했다. 그러면서 시를 쓰는 일은 "아직 태어나지 않는 미래의 풍경을 경험하기 위하여 인적미답의 은백색 기다림 안으로 눈사태처럼 들이닥치는 침입자가 아니라, 계곡 하나 건너는데 열흘이 걸리는 봄철 산벚나무 개화기처럼 찬찬히 걸어 들어가는

알뜰한 필연성이다"고도 설파한다. 나아가 그는 "한 발 헛디디면 그대로 나락
으로 떨어지는" 시는 벼랑의 질서라면서 "쓰는 일이 운명에 대한 유일한 저항
이 되는 한계까지" 언어를 추적하겠다고 다짐한다. 이리 명징하고 단호하게,
한 치의 흐트러짐도 없이 긴장된 자세로 시어를 탐구하는 그가 이제 구순을
바라보는 노익장이라는 사실은 감동적이다.

그는 50대 말 강단에서 뇌졸중으로 쓰러진 이후로는 지팡이가 새로운 발이
된 거동이 불편한 몸이었다. 대학에서 정년퇴직하고 본격적으로 새로운 시인
인생을 살아온 셈인데, 이 세월 내내 중앙 시단과의 접촉은 전혀 없었고 지역
에서도 홀로 머리맡에 책을 두고 시어를 탐구하는 고독한 삶을 살아왔다. 그
는 청소년기에 물리학자를 꿈꾸었다. 식민지 시절 일본 물리학자 유카와 히데
키가 중성자를 발견해 노벨 물리학상까지 받는 것을 접하면서 과학자로서 일
본을 따라잡겠다는 의지를 굳혔다. 물리학은 '수학'이 모자라 포기한 뒤 의대
에 들어가 교양과정 교수로부터 '릴케'를 비롯한 문학 세례를 받았다. 특히 전
후 실존주의에 강력하게 '오염'돼 그는 인과관계를 탐구하는 병리학과 논리를
벗어난 문학의 틈새에서 지금까지 자신이 설정한 생의 수수께끼를 풀기 위해
매진해왔다고 말한다.

"내가 연구한 의학은 병리학 중에서도 면역 병리학입니다. 자아와 타자를
구분 짓는 메커니즘이지요. 시를 쓰면서도 자연스레 그런 맥락이 깃들었고 과
학정신 때문인지 내 표현들에는 기름기 없는, 지방이 적은 담백한 것이라는
평가를 받았습니다. 인과관계를 벗어나는, 과학정신으로 포착되지 않는 그 세
계를 시로 탐색해온 거지요. 그 세계야말로 정신의 변방이기도 합니다."

허만하는 중력에 저항하는 '수직'의 운명에 일찍이 눈을 떴다. 『비는 수직으
로 서서 죽는다』의 표제인 '저무는 흐름 위에 몸을 던지는 비, 비는 수직으로
서서 죽는다'는 〈프라하 일기〉의 한 대목에 따온 것이다. 실제로 프라하에는
가보지 못했지만, 그는 뇌졸중으로 생과 사를 넘나드는 경계를 지나오는 과
정에서 끝까지 수직으로 죽는 꼿꼿한 죽음의 이미지가 떠올랐다. 허만하에게
'수직은 실존'이다. 릴케의 철학적인 시와 사상을 탐닉하고 특히 그가 좋아하

는 철학자 메를로 퐁티의 "서 있는 것은 중력에 위협받아 객관적 존재의 평면에서 벗어나 있는 실존인 것이다"라는 구절에 '오염'된 그는 모든 서 있는 것이야말로 실존의 벼랑 끝에서 분투하는 수직의 운명이라고 본다. 면역병리학자인 그는 실존주의에도, 메를로 퐁티에도, 릴케에도 모두 자신이 '오염'됐다는 표현을 썼다.

"의사 시인이란 표현은 안 좋아합니다. 시인 이미지를 훼손할 수 있어요. 일생을 고등중학 영어 교사로 산 프랑스 시인 말라르메를 영어 교사 말라르메, 그러면 안 좋거든요. 시를 쓰는데 생업이 무엇이건 관계있나 싶어요. 누구도 해내지 못한 나만의 고유한 사유가 깃든 시를 완성하고 싶습니다."

새벽에 일어나 머리맡에 연필을 끼워둔 채 읽다 만 시론과 철학 서적을 붙들다가, 광안리 바다가 내려다보이는 집에서 아침 식사를 한 후 다시 책을 붙들고 '벌이 꿀을 채집하듯' 시상을 메모하는 시간을 보낸다고 했다. 생의 마지막에 대한 두려움은 없는지 조심스럽게 물었다.

"추억이 아름답다고 하는데 그렇지 않습니다. 언젠가는 당신을 고문하고 칼로 찌를 수 있습니다. 죽음에 대한 공포 같은 건 없습니다. 누구나 죽는다는 평범한 입장입니다. 죽음을 주제로 삼아 고민해야 참된 예술가인지는 모르지만 저는 그렇지 않습니다. 살아 있는 세상에 대한 애정일까요."

허만하는 「풀밭을 걷는 시인」에 이렇게 썼다. '회한 없는 목숨이 어디 있는가. 철새여, 시여. 피로의 극한에서 다시 날개를 젓는 목숨. 언어 이전의 바깥과의 단 한 번의 대면을 위하여 한 시인이 이슬이 내리고 있는 여름 아침 풀밭을 한 마리 짐승처럼 횡단하고 있다.'

⟨2018.6.25.⟩

사랑할 때 사랑하라

천
양
희

시인

"'나에게 남은 유일한 진실은 내가 이따금 울었다는 것'이라는 말을 가슴에
안고 살아왔는데 어느 순간 갑자기 울음이 딱 그치더니, 소리 내어 우는 것도
음陰이더라구요. 어느 단계를 지난 것 같아요. 못 견디겠다 못 살겠다 이러는
터널… 이젠 종심從心을 넘어서서 그런지 니체가 말하는 어린아이 차원까지
온 것 같아요."

시인 천양희(75)는 30대 초반부터 울면서 살았다. 4대가 같이 사는 유복한
대갓집 2남 5녀 중 막내딸로 태어나 아버지의 극진한 사랑을 받으며 귀하게
살았던 그녀에게 생의 검은 터널은 뒤늦게 기다리고 있었다. 이화여대 국문
학과 3학년(1965년) 때 박두진 추천으로 《현대문학》을 통해 등단하고 5년 연
애하던 남자와 결혼해 5년을 살다가 남자는 물론 다섯 살 난 아이와도 헤어졌
다. 그 해에 아버지와 어머니마저 한꺼번에 세상을 떴다. 햇빛 속에 있다가 갑
자기 캄캄한 터널 속으로 들어선 셈이다. 폐결핵까지 앓고 있었던 그녀는 세

상과 연락을 끊고 각혈을 하며 울면서 살았다. 터널에서 꺼내준 건 정작 그동 안 외면하고 살았던 시였지만, 시를 쓰면서도 울음은 내내 따라다녔다. 근년 들어서 생각이 달라졌다.

천양희는 최근 펴낸 여덟 번째 시집 『새벽에 생각하다』(문학과지성사)에 "웃 음과 울음이 같은 音이란 걸 어둠과 빛이/ 다른 色이 아니란 걸 알고 난 뒤/ 내 音色이 달라졌다// …웃음의 절정이 울음이란 걸 어둠의 맨 끝이/ 빛이란 걸 알고 난 뒤/ 내 독창이 달라졌다"(「생각이 달라졌다」)고 썼다. 수락산역에 서 만나 어린 왕자 벽화가 그려진 그녀의 단골 카페에 가서 사월 햇빛이 비끼 는 창 아래 앉았다.

"젊은 날에는 높이가 좋아서 산에 대한 시가 많았는데 중년쯤에 인생의 깊 이를 알고 이럴 때는 물에 대해서 쓰게 되더니 이후에는 넓이도 높이도 아닌, 경계가 없는 바다나 하늘 이런 데 관심이 가더라구요. 이번 시집에는 마음의 매듭이 풀어지면서 상처가 꽃으로 피었달까, 사람들에게 조금 더 가까이 다가 간 것 같아요. 내가 그렇게 괴로워하던 인생에게 고맙다는 말도 나오고… 이 제 사람이 넓어지더라구요."

이번 시집 '시인의 말'에 "새벽에 생각하니 시여 고맙다 네가 늦도록 나를 살 렸구나 너는 내 고단한 생각을 완성해주었다"고 쓴 것처럼 시는 그녀를 막막 한 어둠에서 구원한 유일한 생명의 밧줄이었다. 그는 "피그미 카멜레온은 죽 을 때까지/ 평생 색깔을 바꾸려고/ 1제곱미터 안을 맴돌고/ 사하라 사막개미 는 죽을 때까지/ 평생 먹이를 찾으려고/ 집에서 2백 미터 안을 맴돈다// 나는 죽을 때까지/ 평생 시를 찾으려고/ 몇 세제곱미터 안을 맴돌아야 하나"(「맴돌 다」)라고 고뇌하면서도 "막차 기다리듯 시 한 편 기다릴 때/ 세상에서 가장 죄 없는 시 쓰는 일일 때/ 나는 기쁘다"(「나는 기쁘다」)라고 썼다. 그녀에게 시는 사모하는 연인이기도 하고 경배하는 대상이기도 하다.

갑자기 터널 속에 들어섰을 때 그녀는 남편 뒷바라지를 위해 생업으로 운영 하던 의상실도 접고 방 안에 틀어박혔다. 가까운 이들과 연락도 끊은 채 그렇 게 어둠 속에서 생의 절벽에 매달려 가까스로 살았다. 형제들조차 소식을 몰라 그녀의 고향 부산에서 토막 살인이 일어났을 때 그녀가 피해자가 아닌 지 수소문할 정도였다. 그런 세월이 10년 가까이 흘렀을 때 손을 내민 건 시였다. 내변산 직소폭포에 가서 자신의 기구한 삶을 '직소'하고 죽으려다가 한 줄기 바람에 영혼이 흔들리는 체험을 하고, 강원도에서 어린 시절 친숙했던 수수밭을 만나 목놓아 울다가 문득 울음을 그치고 붙잡은 게 시였다. "나는 다시 배운다/ 절창絕唱의 한 대목, 그의 완창을" 같은 「직소포에 들다」나 "정신이 들 때마다 우짖는 내 속의 목탁새들"이 담긴 「마음의 수수밭」은 그렇게 지금도 대표작으로 꼽는 명편으로 탄생했다.

"시를 쓰는 게 나에게는 사는 것이죠. 사람과 소통하는 것보다 시하고 같이 있을 때 가장 덜 외로워요. 다른 건 필요 없어요. 내가 좋아하는 시와 일생을 마칠 수 있다는 게 얼마나 감사한 일이에요? 시가 곧 내 생명입니다. 누추한 삶을 뛰어넘게 해준 힘이 됐어요. 시처럼 정말로 나를 구원해줄 사람이 있다면… 없어요."

사람과 시를 동렬에 놓고 말하는 그녀에게 대체시라는 존재는 얼마나 잘나고 좋은 대상이냐고 재우쳐 물었더니 "괴롭히기 때문에 오히려 기쁨을 주는 존재"라고 답했다. 그는 "그게 정말 화려한 것이라면 오히려 나는 구원을 못 받았을 것"이라며 "시 때문에 잠도 못 자고 밥맛도 없고 며칠을 뜬눈으로 새워 몸을 상하기도 하지만 그래도 버릴 수 없다"고 했다. 그 괴로움이 끝나면 자신은 아무것도 아니라고도 했다. 그녀는 시를 쓸 때 책상에 앉지 않고 교잣상을 침대 머리맡에 놓고 앉아서 쓴다. 그래야 하심下心이 생긴다고 했다. 커튼을 치고 음악도 다 끈 뒤 자판을 치는 소리도 거슬려 손으로 종이에 써내려간다. 그녀는 "다른 사람들이 보면 웃겠지만 시가 곧 내 운명이고 그래서 시에 순정을 바친다"면서 "사람과 달리 시는 순정을 다 바치면 받아준다"고 말했다.

"어느 시인의 시집을 받고/ 정진하기를 바란다는 문자를 보낸다는 것이/ 'ㄴ'자를 빼먹고/ 정지하기를 바란다고 보내고 말았다/ 글자 한 자 놓친 것 때문에/ 의미가 정반대로 달라졌다/ 'ㄴ'자 한 자가 모자라/ 신神이 되지 못한 시처럼// 정진과 정지 사이에서/ 내가 우두커니 서 있다"(글자를 놓친 하루)

받침 하나가 모자라 신은 되지 못했지만 시는 그녀에게 종교의 차원일까. 그녀는 강하게 부인했다. 겉으로 보기에 살아온 삶은 수도자의 그것과 다르지 않지만 세속에 발을 딛지 않는 수도자는 시를 쓸 수 없다고 했다. 그는 "세상은/ 아무나 잘 쓸 수 없는 원고지 같아/ 쓰고 지우고 다시 쓴다// 쓴다는 건/ 사는 것의 지독한 반복학습이지/ 치열하게 산 자는/ 잘 쓰인 한 페이지를 갖고 있지// 말도 마라/ 누가 벌 받으러/ 덫으로 들어갔겠나 그곳에서 나왔겠나"라면서 「시라는 덫」에 매인 삶을 하소연하지만 그 덫에 기꺼이 몸을 던지는 삶을 살아왔다.

후배들 시를 꼼꼼히 읽는다는 그녀는 시를 잘 쓰기 위해서는 끊임없이 공부를 해야 한다고 했다. 시는 70퍼센트의 영감과 30퍼센트의 노력으로 완성된다고 보는 그는 자연 공부, 인생 공부, 책 공부… 이런 게 다 들어가야 시가 되지 가만히 있다고 저절로 오는 건 아니라고 후배들에게 각별히 강조했다. 사랑할 때 사랑하라고도 했다. 사랑이야 변하지 않는 지순한 것이지만 사람이 그 사랑을 망친다고 했다. 해 그림자가 길어져 자리에서 일어날 무렵 그녀가 덧붙인 말.

"오십육십 늦은 나이에도 연애하는 사람을 보면, 나를 좋아한다는 사람들도 더러 있었는데 한 사람 상처 때문에 모든 사람을 신뢰하지 못했구나… 싶어요."

〈2017.4.24.〉

편하면서도 좀 불안한, 헐렁헐렁한

안
도
현

시인

'누이야, 이렇게 시작하는 시를 쓰면/ 우리 애들과 조카들이 좋아할 것 같았다/ 고모가 생겼으니 고모부도 생기고/ 고종사촌도 생기니 좋을 것 같았다/ 그러나 어머니는 자궁을 꺼내 내다 버렸고/ 시는 한 줄도 내게 오지 않았다// 저녁이 절룩거리며 오고 있었다/ 술상에는 소고기육회와 문어숙회가 차려졌고/ 우리는 소주를 어두운 뱃속으로 삼켰다/ 폐허가 온전한 거처였다/ 누구도 폐허에서 빠져나가지 않았다// 안동시 평화동 낡은 아파트 베란다 바깥으로/ 쉬지 않고 눈이 내리고 있었다'

안도현(56) 시인이 절필 선언을 한 지 3년 5개월 만인 지난해 12월부터 다시 시로 돌아와 최근 《창비》 여름호에 보낸 신작 시 「안동」 부분이다. 어머니는 자궁을 꺼내 내다버려서 더 이상 누이를 만들 수 없고, 내게도 시는 한 줄도 오지 않았다지만 사실 '누이 같은' 시가 올 수 없게 자궁을 꺼내버린 건 정작 그 자신이었다. 토끼 간처럼 꺼내어 말려둔 자궁을 다시 찾아오긴 했지만 메마른 곳간에 시는 쉬 찾아들지 않았다. 그는 박근혜 정부에서는 시를 쓰지 않겠다고 선언했고 실제로 박근혜 전 대통령의 탄핵 의결이 이루어질 때까지 그 결의를 실천했다. 2012년 대선 과정에서 문재인 캠프 공동선거대책위원장을 맡아 활동하면서 올린 트윗이 빌미가 되어 그는 3년여 동안 대법원까지 가는 긴 재판을 거쳐 무죄판결을 받기도 했다. 욕지기가 날것으로 시에 담길까 봐, 시를 다치게 하고 싶지 않아서, 시인의 순정을 스스로 보호하고 싶어서 내린 결단이었을까.

"시를 보호한다기보다 박근혜 정부가 어처구니없는 형태를 너무나 많이 보여서 시인 입장에서 그런 걸 비판하고, 발로 차고 꼬집고 때리고 하는 시를 써야 하는데, 옛날 저항시처럼 쓸 수도 있겠지만 그건 시인으로서 나한테 별 의미가 없는 거고, 그래서 오히려 쓰지 않음으로 해서 시인의 결기랄까 그런 걸 보여주는 것도 필요하다고 생각했던 겁니다."

안도현을 전주에서 만났다. 완주군 구이면 신원마을, 그의 작업실로 먼저 가서 시인 부부가 마당의 잔디를 깎는 과정을 지켜본 뒤 다시 시내로 나와 정좌했다. 오래 미뤄둔 집안일이라고 했다. 20여 년 전 빈 집을 구해 개조한 작업실이다. 그는 지난해 12월 시 쓰기를 재개한 뒤 《시인동네》에 2편을 발표했고, 이번에 다시 청탁받은 2편을 쓰는 중이라고 했다. 다시 쓰기로 작정한 뒤로는 '많이 빨리' 쓰고 싶은데 지난 4개월 동안 시가 잘 나오지 않아 고생했다고 털어놓았다.

"시인이 시를 쓰지 않았다는 건 결과적으로 게으른 것일 수 있지요. 30년 넘게 시를 써왔는데 그중 10분의 1이 넘는 기간 동안 한 줄도 안 썼으니까. 막상 쓰기로 마음을 먹으니까 나 스스로 게으른 게 아니었나 싶은 생각이 드는 거였고 나에 대한 빚을 갚기 위해서 더 많이 쓰고 싶은데… 이제 잘 써질 거 같아요, 대선도 끝났으니."

문재인 후보를 지지하는 시민사회 네트워크 '더불어포럼' 공동대표도 맡아 새 정부 탄생에 적극 기여했던 시인이고 보면 대선이 끝나 홀가분해졌다는 마음은 충분히 이해할 만하다. 그런데도 그의 얼굴은 그리 밝지만은 않았다. 대선이 끝나자 여기저기서 전화가 왔는데, 새 정부에 입각하느냐에서부터 이런저런 민원까지 몰려들어 짜증이 났다고 했다. 그는 후보에게도 여러 번 말했지만 선거가 끝나면 시인의 자리로 돌아가겠다고 했는데도 주변이 오히려 시인을 괴롭히는 형국이라고 했다. 시인이 정치의 근거리에 있을 때 겪어야 할 응보인 걸까.

"그건 감수해야 한다고 생각합니다. 우리가 군부 시절을 오랫동안 살아왔기 때문에 시인이 현실 정치에 대해 발언하지 않는 게 순수한 것처럼 왜곡된 측면이 있어요. 권력에 붙어서 개인적인 이득을 취하기 위해서가 아니라 민주사회에서는 시인도 그냥 시민의 하나로 자기 이야기를 할 수 있다고 생각해요. 신경림 황현산 같은 원로분부터 소장 문인들까지 이번에 지지선언을 하게 된 것도 그런 맥락이지요."

그를 만나러 내려가는 기차 안에서 검색해본 그의 트위터는 그동안 날선 트윗들과는 달리 아늑했다. 처마 안쪽 딱새 둥지의 새끼들이 눈을 떴을지, 노란 입들을 벌리고 먹이를 기다리고 있을지, '나의 요즘 최대 관심사는 딱새의 육아'라고 했다. 안도현이 다시 시를 쓰기로 한 뒤 처음 쓴 시는 「그릇」이다. 오래 된 그릇을 얻어 자세히 보니 '자잘한 빗금들이 서로 내통하듯 뻗어 있었다'고, 그 사이에는 때가 끼어 있었다고 시인은 썼다. 그 '버릴 수 없는 내 허물이 나라는 그릇이란 걸 알게 되었다'고, '그동안 금이 가 있었는데 나는 멀쩡한 것처럼 행세했다'고. 깊어진 연륜이 보이는 시라고 했더니 그는 가볍게 '반성문'이라며 웃었다. 또 다른 시 「뒤척인다」는 주어를 배격하고 서술어로만 이어지는 형식 실험이 눈에 띈다.

'미끌거린다 매슥매슥하다 뜨고 있다 추근거리는데/ 콩당콩당한다 띄운다 뜬다 흘러들어 간다 아롱거린다/ 차오르고 있다 켜진다 따돌린다 떼쓰고 만지고/ 다짐받고 투항하고 졸랑대는데 싸르륵거린다 내린다/ 망해도 좋아, 날 좀 내버려둬, 작렬하고 있다 모여든다/ 흩어진다 뿌린다 두드러진다 더듬거린다 쿨럭이다가/ 다물어진다 수런댄다 미끌어지고 있다 갈망한다'

인간관계에서 일어날 수 있는 다양한 감정들이 세밀하게 응축돼 있기도 하고 육체적인 사랑 행위를 중계하는 듯한 관능이 느껴지기도 한다. 정작 시인은 미혼모가 되겠다는 딸과 다투는 엄마의 관계를 묘사한 것이었다고 했다. 그는 오래전부터 "주어가 '갑'이고 서술어가 '을'인 셈인데 '을'로만 채우는 시를 써보고 싶었다"면서 "형용사는 머물러 있는 형상인데 비해 꿈틀거리고 뒤척이는 동사 자체는 관능적인 속성을 지닌다"고 말했다. '묵정밭' 시기를 거쳐 다시 농사를 짓기 시작한 밭에서 그는 어떤 시들을 길러내고 싶을까.

"시를 쥐어짜면서 쓰는 스타일입니다. 수도 없이 퇴고하고 허점이 없나 다시 보고, 아등바등 시를 쓰거든요. 그게 사실은 완전주의를 추구하는 건데 내가 아무리 완벽한 시를 발표하려고 해도 지나고 나면 완벽하지 않은 거더라구요. 그렇게 단단하지 않아도 이제는 좀 헐렁헐렁한 시를 쓰고 싶어요. 너무 정돈되고 정렬된 형식으로서의 시 말고, 편하면서도 좀 불안하고, 새롭고 서늘한 감동을 주는 그런 시…"

그를 만나고 돌아와서 뒤늦게 그가 완성해서 《창비》에 보냈다는 두 편을 받아본 것인데, 그중 한 편인 「편지」는 암향暗香으로 퍼지고 있었다. '이런 날이 올 줄 몰랐습니다 누님, 누님이 위독하다는 소식이 봄날의 화유花遊였으면 했습니다. 누님의 위독한 증세는 매화나무로 이주해 매화꽃은 뱃속에 큰 병을 얻었습니다. 울지도 못하고 꽃이 피었다가 무너지고 있습니다. 죽음은 한 차례도 닿지 못한 누님의 내해內海 같아서, 살고 죽는 일이 허공에 매화무늬 도배지를 바르는 일과도 같아서'라고. "왜 이리 어두우신가" 물었더니 "사회적 상상력이 가미되지 않은 편안한 시를 써보고 싶었다"는 답이 돌아왔다. 시는 본디 어두운 것이라고, 말했다.

〈2017.5.22.〉

딱딱하게 슬프고, 알알이 슬픈

박
상
순 시인

"제 오랜 친구인 슬픔을 감자와 물질적으로 결합한 건데 슬픔조차도 이렇게 이리로 옮겼다가 저리로 옮겼다 할 수 있는 대상으로 치환시킨 것이죠. 이 발상이 어디서 왔는지 설명할 순 없겠지만 아마 새로운 범주를 제시하기 위한 끊임없는 노력 가운데 어느 순간 잡혔을 겁니다. 논리적인 실험으로 생겨났다고는 말할 수 없어요."

박상순(55) 시인이 13년 만에 펴낸 네 번째 시집『슬픈 감자 200그램』(난다)의 표제시에 대한 시인의 변이다. 전위적인 시를 써 온 박상순의 시치고는 상대적으로 덜 난해한 편이다. 슬픔을 감자 200그램으로 바꾸어 옆으로 옮기고 신발장 앞으로도 옮긴다. 다음날엔 침대 밑에 넣어두기도 하고 오늘 밤엔 의자 밑에 숨긴다. 슬픈 감자 200그램은 딱딱하게 슬프고, 알알이 슬프다. 1990년대 벽두에「빵공장으로 통하는 철도」라는 파격적인 시로 문단에 충격을 주며 시단에 나왔던 그이도 이제 유연해진 걸까.

"기차가 지나갔다/ 그들은 피 묻은 내 반바지를 갈아입혔다/ 기차가 지나갔다/ 그들은 나를 다락으로 옮겨놓았고/ 기차가 지나갔다/ 첫 번째 기차가 아버지의 머리를 깨고 지나갔다/ 두 번째 기차가 어머니의 배를 가르고 지나갔다/ 세 번째 기차가 내 눈동자 속에서 덜컹거렸고/ 할머니의 피묻은 손가락들이 내 반바지 위에/ 둑둑 떨어지고 있었다/ 기차가 지나갔다/ 나는 뒤집힌 벌레처럼 발버둥쳤다/ 기차가 지나갔다/ 달리는 기차에 앉아/ 흰 구름 한 점 웃고 있었다/ 기차가 지나갔다" 「빵공장으로 통하는 철도」

논리적으로 연결되거나 설명할 수 있는 시가 아니다. 막연히 처절한 느낌인 건 분명히 알겠다. 기차가 아버지와 어머니와 할머니를 깨거나 가르거나 잘라 내 피를 부른다. 내 반바지에조차 피가 묻어난다. 나는 뒤집힌 벌레처럼 통곡을 하며 악을 쓰지만 기차는 지나가고 그 기차 지붕 위로 흰 구름은 무심히 웃는다. 1980년대의 강파른 시대적 환경은 문학조차 내버려두지 않았다. 아니, 문학도 자발적으로 그 시대를 위해 복무했다. 자연스레 공동체를 우선하며 투쟁의 도구로 활용됐고 그러한 문학이 주류를 이루었다. 1990년대 접어들어 광장에서 밀실로, 집단에서 개인으로 관심이 바뀌기 시작했고 이 흐름의 선두가 시 쪽에서는 박상순이었다고 해도 과언이 아니다. 1991년 등단작인 「빵공장으로 통하는 철도」는 파격 그 자체였다. 첫 시집을 내기도 전에 소문이 나서 그가 근무하던 민음사 구석방에 대체 박상순이 누구냐며 시인들이 일부러 들러 얼굴을 보고 가기도 했다.

"지나치게 편파적일 만큼 개인적 언어를 사용한 것 때문에 난해하게 읽히는 부분이 확실히 있을 거예요. 제가 등단하던 시점을 기준으로 한국 현대시에도 상당한 변화가 일어났는데, 그 부분은 아마 저의 작업을 포함한 어떤 흐름이었을 겁니다. 저는 슬픔이나 고독 같은 것을 개별자의 관점으로 다루기 때문에 보편적인 공감대 형성에 어려움이 있었을지 몰라요. 박상순이 나오고 난 뒤 얘들이 난해해졌다, 니가 망쳐놓았다는 식으로 농담을 하는 어른들도 있었어요."

집단보다는 개인을 클로즈업시키고, 살을 다 발라내 뼈만 남긴 뒤 재구성하는 방법으로 추상화를 그려내는 시. 박상순의 이러한 시작詩作 태도는 여느 시인들의 출발점과는 확연히 다른 뿌리에서 기인한다. 서울대 미대를 졸업한 뒤 군대에 다녀와 시를 쓰기 시작했다. 미대에서 배운 서양미술이론은 물론 회화 판화 설치미술에 이르는 다양한 표현기법까지 모두 시의 자양분으로 작동했으니, 그가 그려내는 시의 질감과 기법이 다를 수밖에 없었다. 현대문학상(2006년)을 수상했을 때 심사위원 유종호는 "대담한 환상, 현재와 과거의 혼성, 이미지의 빠른 회전을 통해서 자명한 세계의 전복을 이루어내고 있다"면서 "이미지의 빠른 회전은 흡사 환등을 보고 있는 것 같은 느낌을 준다"고 평가했다. 자명한 것처럼 보이는 세계를 전복하는 환등기 속 판타지 같다고 본 것이다.

"시적 대상은 리얼리티 속에 있겠지만 개인을 클로즈업시키다 보니 저도 은연중 환영적인 장치들을 넣은 게 확실합니다. 현실을 환등기 속 장면으로 뽀얗게 처리하고, 그렇게 처리된 요소들이 제멋대로 저희들끼리 무대를 꾸미게 하는, 또 한 번 변형의 길을 가게 한 거지요. 언어놀이 같은 초현실적 세계와 현실에 밀접한 듯 하지만 말장난인, 두 경향이 교차 반복되어온 셈이지요."

난해한 작법에도 불구하고 박상순의 시를 공통으로 관류하는 정서는 슬픔과 고독이었던 것 같다. 최승호 시인은 "나는 그의 외로움이 그동안 단절의 문법, 독해가 불편한 문법을 만들어왔다고 생각한다"고 평가했다. 슬픔은 자신의 오랜 친구라고 시인 자신이 고백했다. 슬픔이라는 도구를 동원해 세상에서 가장 따뜻한 봄날을 그리고 싶다고 그는 이번 시집 후기에 썼다. 그의 시에서 슬픔과 고독은 눅진하거나 질척거리는 범상한 감정이 아니라 벼리고 깎아낸 미니멀한 상징으로 내재한다.

"고독을 견디고 나아가기 위해 선택한 것이 언어를 가지고 노는 새로운 방식의 놀이지요. 독자들과 소통하기 위해 달라지기보다는 오히려 훨씬 고독의 문법에 저를 더 정교하게 가두는 게 필요하다고 생각해요. 이러한 태도를 두고 독자의 이해를 거부하는 것이라고 말할 수도 있겠지만 저에게는 다른 노력이 더 필요합니다."

지난해 한국문학번역원 지원으로 프랑스에서 열린 '한불공동번역아틀리에'에 참석해 불어로 그의 시가 번역되고 낭독회도 열렸을 때 한 프랑스 여성 시인이 "앞으로 내가 쓸 시가 당신 때문에 바뀌게 될 것 같다"고 했다는 발언은 시사하는 바가 크다. 박상순은 설명하지 않는 장르라는 매력 때문에 미술을 선택했고, 회화의 언어는 글로벌 언어여서 세계인과 소통할 수 있다는 장점에 매료됐다고 한다. 소수 언어인 한글로, 그것도 대중과 쉽게 소통하지 못하는 태도로 시를 쓰는 그의 소출은 오히려 해외에서 더 잘 통할 수 있다. 명사와 동사가 주류인, 형용사는 극히 배제된 채 이미지로 완성하는 편인 그의 시들은 외국어로 번역했을 때 손실이 적은 스타일인 셈이다.

"빵공장은 구체적으로 존재하는 것이었습니다. 그 안의 극한 슬픔은 실체가 있습니다. 왜 그래야만 했는지 구체적인 지난 이야기를 털어놓고 싶지는 않습니다. 과거의 보따리를 풀어놓기보다는 이제 그것을 어떻게 극복하느냐가 더 중요합니다. 이야기를 해부하고 나면 구체적인 사건과 행위만 남는데 저는 그걸 통해서 세상을 조금 더 다른 관점에서 보고 싶었습니다."

여느 인터뷰에서처럼 그가 문학으로 가게 된 성장기의 환경을 물었지만 그는 구체적으로 답하지 않았다. 설명하는 걸 싫어하는 그의 문학적 태도와 일치한다. 시인이 발명한 슬픈 감자 한 알이 모니터에서 굴러 나온다.

〈2017. 2. 27.〉

오래 들여다보면 응답이 온다

송찬호 시인

오전 열 시에 집을 나섰다니 약속 장소까지 오는 데만 다섯 시간 남짓 걸린 셈이다. 충북 보은군 마로면 관기리에서 보은 읍내까지 군내버스를 타고 나와 버스를 갈아타고 청주까지 가서 조치원행 버스에 다시 오른 다음 조치원에서 내려 다른 버스로 세종시까지 오는데 걸린 시간이다. 승용차로는 훌쩍 넘어올 길이지만 그는 평생 운전을 해본 적이 없다.

송찬호(57) 시인을 만난 곳은 세종시 '해피공군' 아래층 커피숍이었다. 7년 만에 나온 그의 다섯 번째 시집 『분홍 나막신』(문학과지성사) 이야기를 들을 겸 김영남 시인이 생업을 꾸리는 현장 가까이에서 셋이서 합류하기로 약속한 터였다. 그가 버스를 네 번씩이나 갈아타고 올 줄 알았다면 보은으로 갔을 것이지만 정작 그는 버스시간표가 머릿속에 들어 있어 그리 불편하지는 않다고, 「안부」도 버스를 기다릴 때 떠올린 것이라고 했다.

충북 보은에서 문우를 만나기 위해 버스를 네 번 갈아타고 세종시에 온 송찬호 시인. 그는 "자정 너머 달리는 심야 막차 풍경 같은 고단한 풍경의 시들이 이 시집에 실려 어디론가 흘러간다"고 다섯 번째 시집 『자서』에 썼다.

"그대여, 내 옆구리에서 흘러나오는 사이렌 소리를 듣고/ 멀리 나를 찾아온 대도/ 이번 생은 그른 것 같다/ 피는 벌써 칼을 버리고/ 어두운 골목으로 달아나버리고 없다// 그대여, 내 그토록 오래 변치 않을 불후를 사랑했느니/ 점점 무거워지는 눈꺼풀 아래/ 붉은 저녁이 오누나/ 장미를 사랑한 당나귀가/ 등에 한 짐 장미를 지고 지나가누나" 「안부」

옆구리에서 흘러나오는 사이렌 소리라니! 생의 고통을 사이렌이라는 청각으로 환치시킨 감각이 놀랍다. 시적 화자는 정황상 옆구리에 칼을 맞은 지 꽤 시간이 지났고 피는 골목 끝까지 흘러가 살기는 이미 그른 것 같다. 피도 붉고 장미도 붉고 오래 변치 않을 불후를 갈망했던 이의 눈꺼풀 아래로도 붉은 죽음이 온다. 어떤 뜨거운 사연이 이런 시를 쓰게 했느냐는 헐거운 농담에 송찬호는 "오래 집을 떠났다가 고통의 사이렌 소리를 듣고 찾아오는 정황이니 어떤 사연인지는 모르지만 어긋난 삶일 것"이라며 "통 못 보던 이를 상가에서 죽은 자와 산 자로 만나기도 하듯 만남이란 극단적인 고통을 전제로 하는 것 아니냐"고 말했다.

송찬호 시인은 《문학과지성》이 신군부에 의해 폐간되자 제호를 바꾸어 무크지로 발행하던 《우리시대의 문학》 6집으로 1987년 등단했다. 첫 시집 『흙은 사각형의 기억을 갖고 있다』(1989)를 내면서부터 문단과 독자의 강력한 주목 대상이었고 『10년 동안의 빈 의자』(1994), 『붉은 눈』, 『동백』(2000), 『고양이가 돌아오는 저녁』(2009)들을 띄엄띄엄 내면서 동서문학상, 김수영문학상, 미당문학상, 대산문학상, 이상시문학상 등을 휩쓴 초야의 고수다. 고전적 시학을 바탕에 깔되 고도의 상징과 관념이 조화를 이루어 전문가 집단과 대중 독자 사이에서 적당한 위치를 확보한 시들을 선보여 왔다. 다섯 번째 시집 『분홍 나막신』은 어떤 변화를 보이고 있을까.

"일상적인 소재보다는 사회적 현실에 더 가까이 다가간 것 같습니다. 저도 이런 시들이 마뜩지는 않은데 관건은 현실 문제를 어떤 방식으로 건드리느냐이겠지요. 완전히 현실을 떠난 시란 존재할 수는 없습니다. 다만 저는 시를 쓸 때 구체적으로 희로애락을 직접적으로 표현하진 않아요. 그걸 감추거나 구부려서 제가 드러내고자 하는 시적 의도대로 언어를 운용해온 편입니다."

그의 말대로 이번 시집에는 한국 사회의 어둡고 일그러진 모습들이 많이 드러난다. 날것의 풍자는 아니다. 이를테면「귀신이 산다」는 광복 이후 전쟁과 독재의 시절을 거쳐 온 지금까지도 좌우 진영으로 나뉘어 쌈질하는 현실을 서글프면서도 섬뜩하게 그려낸다.

"그는 전쟁과 독재 시절의 과거에서 왔다/ 어느 장의사가 못질을 잘못한/ 대지의 관을 간신히 빠져나왔다// 헝클어진 머리/ 천 개의 캄캄한 밤을 이미 본 듯한 퀭한 눈/ 더구나 오래 씻지도 않을 것 같았다/ 검푸른 이념의 곰팡이가/ 보기 흉하게 온몸을 덮고 있었다// 그는 가끔 누구와 이야기하고 있는 듯/ 혼자 중얼거렸다/ 어깨 위 허공으로/ 바나나와 사과를 건네기도 하였다// 한참 거리를 쏘다니다/ 쇼윈도 거울 앞에 이르러/ 자신의 어깨가 조금 기우뚱한 걸 알아챈 것 같았다/ 그는 히죽 웃으며, 오른쪽 어깨 위의 귀신을 왼쪽 어깨로 옮겨 앉혔다."「귀신이 산다」

진영 논리로 찢어진 현실을 이만큼 우화적으로 선명하게 풍자한 시도 드물다. 전쟁과 독재의 시절에나 살았을 법한 '이념'이라는 귀신이 대지의 관을 뚫고 나와 노숙자처럼 활보한다. 그 귀신은 오른쪽 어깨에서 왼쪽으로, 다시 오른쪽으로 옮겨 다니며 히죽거린다.

"저 물의 깨진 안경을 보오/ 저 물의 젖은 손수건도 보오/ 물속에 4인 가족 자동차가 살고 있소"로 시작하는「저수지」같은 시편도 현실에 한 발짝 더 다가선 대표적인 경우다. 마지막 연에 이르면 이승에서 시달린 일가족의 사연이 드러난다. "저들이 어떻게 사나 가끔씩/ 돌을 던져보아도 좋소/ 물가까지 쫓아온 빚쟁이들도 안부를 묻고 가오/ 찢어진 물은 곧 아물 거요/ 벌써 미끄러운 물 위로 바람이 달리고 있소"

사회적 현실이 드러나는 시들이 눈에 띄기는 하되 송찬호만의 사유가 드러나는 고전적인 시편들이 여전히 더 많은 편이다. "멀리서 보니 그것은 금빛이었다/ 골짜기 아래 내려가 보니/ 조릿대 숲 사이에서/ 웬 금동 불상이/ 쭈그리고 앉아 똥을 누고 있었다"로 시작하는 「금동반가사유상」은 송찬호가 발견한 득의의 장면이다. 그는 "경배의 대상이었다가 쓰임새가 다 되어 금칠도 벗겨지고 절에서 버려졌을 때, 억압이나 경배의 형식에서 자유롭게 풀려났을 때 종교적으로 더 장엄해지는 장면"이라고 말했다.

동시집 『저녁별』을 내기도 했고 두 권 분량의 동화도 이미 써놓았을 정도로 아이들의 세계에도 관심이 깊은 만큼 이번 시집에서는 우화적인 틀로 사물과 사람과 욕망을 들여다보는 시들도 많이 보인다. "님께서 새 나막신을 사 오셨다/ 나는 아이 좋아라/ 발톱을 깎고/ 발뒤꿈치와 복숭아뼈를 깎고/ 새 신에 발을 꼬옥 맞추었다"로 이어지는, 억압이나 굴레로도 작동하는 사랑의 양면성을 묘파한 표제작 「분홍 나막신」이 대표적이다.

"다른 시인들의 시각이나 상상력이 사물들을 다 털어갔는데 거기에서 내가 건질 것은 무언가 고민이지만 제 나름으로 대상을 오래 들여다보면 응답이 보이는 것 같습니다. 천재들은 뛰어난 직관과 상상력으로 바로 발견하겠지만 저는 오래 건드리고 두드리고 들여다봅니다. 시인의 호명을 기다리는 것들은 여전히 많습니다."

보은 시골집을 떠나는 일이 많지 않은 송찬호는 "문단 모임이나 행사에 불려나가는 일도 거의 없지만 소외감을 느껴본 적은 없다"면서 "성격 자체가 단순하고 단조로운 것에 잘 적응할뿐더러 전혀 따분하지 않다"고 말했다. 그렇게 사는 시인을 두고 아내조차 "신기하다"고 말한다며 그는 옅게 웃었다. 그날 저녁 시인은 '다행히' 다시 버스들을 갈아타고 늦은 밤 보은까지 돌아갈 일은 없었다. 오랜만에 중원에서 만난 이들은 동학사 앞까지 나아가 '사모思慕의 거미줄을 쳐놓고' '천둥으로 울면서 돌아올' 장미를 말하며 붉게 밤을 새웠다.

〈2016.3.31.〉

낭만이란, 끊임없이 새로워지는 것

김 · 주 · 연 문 · 학 · 평 · 론 · 가

담쟁이 잎이 검붉다. 아직 햇빛이 그리 야윈 건 아닌데도 겨울을 예감하고 서둘러 연록의 청춘을 지우는 담쟁이의 생존법을 탓할 수만은 없다. 사진 속에서 김주연(72) 숙명여대 석좌교수는 담쟁이를 배경으로 검은테 안경을 잠시 들추고 있다. 먼 청춘을 되짚는 눈빛이 아득하다. 담쟁이가 타고 올라간 벽은 서울역사박물관이다. 이곳은 김 교수가 반세기 전 다녔던 서울고등학교 자리이기도 하다. 그가 지난달 펴낸 『사라진 낭만의 아이러니』(서강대학교 출판부)를 계기로 광화문에서 오랜만에 만난 날이었다.

평준화 이전 서울고는 경기고와 더불어 수재가 아니면 입학하기 힘든 명문고였다. 혜화초등학교 4학년 때 일어난 6·25전쟁으로 이후 초등학교를 4곳이나 전전해야 했던 김 교수는 어머니의 노력으로 가까스로 돈암초등학교에 편입해 졸업할 수 있었다. 불쑥 졸업반에 나타난 정체 모를 아이가 서울고 입학원서를 쓰겠다고 하는 것도 미심쩍었는데 정작 담임이 밀었던 학생들은 다 떨어지고 혼자 합격했다고 한다. 합격 사실을 알리러 갔더니 담임이 축하하기커녕 "붙을 만한 애들은 떨어지고 이상한 놈이 됐다"고 했다던 말, 눈물이 나올 만큼 서운했다고 했다. 60년 가까운 세월이 흐른 지금도 여전히 가슴에 남아 있다니, 어린 마음을 두고 말 한마디 함부로 할 일 아니다. 그 '이상한' 아이가 서울대 문리대 독문과를 거쳐 한국의 대표적인 문학평론가이자 원로 인문학자로 살고 있으니 더 말할 것 없다.

"솔직히 청춘을 위로하는 요즘 자기계발서들 너무 싫습니다. 달콤한 말로 토닥인다고 힘들어하는 청춘에게 도움이 되는 건 아닙니다. 정말 그들이 아프고 절망스럽다면 끝까지 가게 밀어붙여야 합니다. 차라리 그곳에 답이 있고 위로가 있습니다. 부딪쳐서 끝까지 가는 것이야말로 인문학의 본질입니다."

그가 이번에 펴낸 책의 첫 장은 시대만 다를 뿐 나란히 29세에 요절한 시인 기형도(1960~1989)와 소설가 김유정(1908~1937), 이들보다 앞서 불과 스물여섯 살에 세상을 떠난 독일 소설가 볼프강 볼헤르트(1921~1947)가 집필한 「절망의 노래」로 시작된다. 채 서른 살에 닿지도 못하고 일찍 세상을 떠난 청춘들이지만 이들이 지상에서 부른 노래들은 불멸의 생명을 얻었다. 기형도가 살다 간 청춘기는 1980년대라는 암울한 지형이었다. 캠퍼스에는 최루탄 연기 걷힐 날 없었고 시인 자신의 실존적 가난도 어둠을 더했다. 김 교수는 "기형도는 자기 시대의 공포와 그 분위기에 짓눌렸으나 물리적 저항 대신 시와 노래의 위대성을 모색하였고, 결과적으로 승리하였다"고 썼다. 김 교수가 기형도의 승리로 예를 든 대표적인 시는 널리 알려진 「빈집」이다.

"사랑을 잃고 나는 쓰네// 잘 있거라, 짧았던 밤들아/ 창밖을 떠돌던 겨울 안개들아/ 아무것도 모르던 촛불들아, 잘 있거라/ 공포를 기다리던 흰 종이들아/ 망설임을 대신하던 눈물들아/ 잘 있거라, 더 이상 내 것이 아닌 열망들아// 장님처럼 나 이제 더듬거리며 문을 잠그네/ 가엾은 내 사랑 빈 집에 갇혔네"

기형도보다 더 암울한 일제강점기를 살다간 김유정. 그는 소설 『만무방』에서 절망을 유머로 다스린다. 빚만 잔뜩 진 채 굶주림에 찌든 집을 떠나면서 젓가락이며 밥사발 등을 싸우지 말고 잘 나누어 가질 것을 당부하는 성명서를 빚쟁이들에게 남긴다. 김유정 못지않게 혹독한 나치 시대를 살다 간 볼프강 보르헤르트(1921~1947)는 투옥과 석방과 전쟁터를 넘나들다가 세상을 떠났다. 그는 『이별 없는 세대』에 이렇게 썼다.

"우리는 두려움 때문에 사진을 찍고 두려움 때문에 아이를 낳으며 두려움 때문에 여자 속으로, 항상 여자 속으로 파고들며 두려움 때문에 심지를 기름에 담그고 불을 붙입니다. 그러나 우리는 여전히 바보입니다."

김 교수는 "역설의 패러독스와 반어, 유머가 뒤섞인 놀라운 공포의 진술"이라고 보았다. 나치의 폭압 정권에서 감옥을 들락거리며 사형의 위기에까지 처했지만 나치처럼 주먹을 쥐는 대신 인문학적 저항을 택했고, 그 노래는 지금까지 살아남았다는 것이다.

김 교수가 20대에 요절한 이들 문인을 거론한 것은 두말할 것도 없이 (인)문학의 힘을 강조하기 위함이었다. 청춘의 아픔을 그저 위로하는 것만으로는 치유할 수 없다는 그의 말도 이런 맥락에서 이해할 수 있다. 이를테면 취업이 되지 않는 물성화된 절망을 극복하는 건 같은 차원에서 해결하는 길밖에 없다. 그렇지만 다른 층위에서 정신적 충격을 가하는 '낭만'은 절망의 밑바닥에서도 노래로 솟구치게 만드는 힘이라는 것이다.

'낭만'이라는 단어를 국어사전에서 찾아보면 '실현성이 작고 매우 정서적이며 이상적으로 사물을 파악하는 심리 상태. 또는 그런 심리 상태로 인한 감미로운 분위기'라고 풀이돼 있다. 흔히 '현실적' 혹은 '이성적'이라는 말과 대비되는 맥락이다. 현실에 발을 딛지 못한 채 치기를 부리는 이미지로 다가오기도 한다. 이는 낭만의 본디 의미를 제대로 파악하지 못한 상태에서 일본을 통해 수입되면서 한 번 굴절된 데다, 이를 받아들인 한국 지식인들이 퇴폐와 허무의 이미지로 낭만이라는 단어를 소모했기 때문이라고 김 교수는 본다.

"낭만의 본질은 머무르지 않고 끊임없이 파괴와 생성을 거듭하는 겁니다. 진보라는 건 자기 쇄신을 향해 나아가는 과정과 방법에 대한 이름이죠. 보수와 진보는 같이 얽혀서 가는 건데, 낭만이 사라진 우리 정치는 물론 문학이나 문화 모두 말로만 진보 운운하지 사실 모두 보수에 가깝습니다. 다 머물러 있는 걸 좋아하니까."

김 교수의 견해에 따르면 낭만이란 "끊임없이 새로워지는 것"이다. 새로워지기 위해서는 자기 성찰이 선행돼야 한다. 그는 합리적 이성만이 유일한 도구인 계몽의 산물로 나타난 현대 문명이 더 이상 나아가지 못한 채 머무르고 있고, 머무르지 않는 것처럼 보이는 포스트모더니즘도 정체가 드러났다고 판단한다. 계몽에 대한 반성처럼 보이지만 나타나는 건 좀비 현상이라는 것이다. 결국 포스트모더니즘 역시 모더니즘에 대한 반성이 아니라 극대화라는 얘기다. '낭만'의 본고장인 독일에서는 피히테나 훔볼트 같은 인문학자들이 청춘들을 정신적인 창조성의 공간으로 유도하기 위해 '학생건달조합Studenten burschenschaft'을 장려하기도 했다. 이 조합의 기치는 "술에 취하고, 사랑에 취하고, 공부에 취하라"는 것이었다. 정상적인 일상 세계 질서의 반복으로부터는 어떤 새로움도 창출할 수 없으니 디오니소스의 세계에서 창의성을 기대했다는 얘기다.

세계 무역 규모 10위 안에 드는데도 늘 쫓기듯 살고 있는 한국 사회에서 낭만을 거론했다가는 몽상가로 취급받기 십상이다. 스펙을 쫓느라 허덕거리는 대학가의 청춘들, 창의성과 새로움에 불을 지필 낭만의 힘이라곤 찾아볼 수 없는 그들에게 19세기 독일의 '학생건달조합'이라도 수입해줘야 하는 걸까. 보수니 진보니 편만 가를 뿐 제 몫을 다하지 못하는 정치판에도 낭만의 힘은 시급한 듯하다. 광화문 골목길 한적한 카페 이층에서 창문으로 비껴드는 석양을 받으며 오래 침착하게 이야기를 끌어가던 인문학자 김주연 교수. 그는 이 지면에 다 전하지 못한 많은 이야기 끝에도 다시 낭만과 영성을 말했다.

"인문학은 근본적으로 사람을 살리는 생명의 영성에 대한 외침입니다. 우리 사회는 인문학의 상징인 낭만성으로 거듭 태어나야 할 상황에 직면해 있습니다. 부서지고 새로워져야 하는 과정이 긴요한 만큼 낭만성에 대한 그리움은 절실합니다."

〈2013.11.4.〉

비평가란 작가의 앞도 뒤도 아니다

최원식 문학평론가

"나는 요새 세상이 납작해졌다고 봐요. 문학에 불리한 조건이지요. 문학적 천재는 각이 있어야지 둥글면 안 돼요. 요새는 그 각을 잘라내는 경향이 있어요. 납작해진 세상에도 불구하고 작가들이 천재성을 최대한 발휘할 수 있도록 보호하는 게 비평가들의 기능이라고 봐요. 문학은 뭐라고 해도 자기 시대와 불화하면서 다른 세상을 꿈꾸는 게 핵심이지요."

한국 문단의 핵심 축 하나를 지탱한 《창비》의 평론가 최원식(69) 인하대 명예교수가 평론집 『문학과 진보』(창비)를 펴냈다. 본격 평론을 모은 평론집으로는 마지막이라고 스스로 밝힌 책이다. 민족문학 진영의 중심에 서서 비평을 해온 그는 '좋았던 시절'과 달리 문학의 존재감이 희미해지는 환경에서 작금 한국문학의 향배를 어떻게 보고 있을까. 계명대와 영남대를 거쳐 33년간 재직했던 인하대에서 2015년 정년퇴직한 뒤 새로 둥지를 튼 인천 학익동 연구실에서 그를 만났다. 최원식은 "1970년대 민족 민중문학으로 돌아가자는 건 아니다"면서도 "민족문학은 여전히 유효하다"고 말했다.

"사르트르의 '앙가주망'을 번역한 이식적 성격의 '참여문학' 대신 표현의 자유와 민주와 통일을 내거는 '민족문학'이 한반도 현실에 적합했지요. 남북이 만났을 때 양쪽 문학을 아우르는 의미에서 민족문학은 여전히 필요합니다. 절차적 민주주의는 이제 뒤엎을 수 없는 단계까지 왔지만 안으로도 민주주의는 완성된 게 아니라 끝없는 도정에 있습니다. 민족문학을 깃발처럼 들고 다니는 시대는 아니지만 여전히 유효한 건 사실이지요."

그는 '좋았던 시절'처럼 문학이 한반도의 현실에 도움을 주는 역할을 해낼 수 있는지 묻자, '문화의 대폭발'을 거론했다. 지금처럼 한반도의 운명이 중대하게 갈리는 시기, 통일이라는 '대사업'을 앞둔 시점에는 과거 문명사를 되돌아볼 때 문화적 폭발이 일어났다고 했다.

"우리 통일사업이 중대한 국면에 있는데 보통 일이 아닙니다. 남북뿐 아니라 동아시아에 평화를 가져오고, 한반도라는 화약고가 세계평화까지 가져오는 사업 앞이나 뒤에 과거의 예들처럼 문화적 폭발이 예견됩니다. 영국이 섬나라 침략의 역사에서 다른 단계로 넘어갈 때 셰익스피어가 나왔고, 독일도 역사적 전환기에 괴테가 나와 독일 문학을 세계문학으로 추동했지요. 이탈리아에서도 통일 직전에 베르디 오페라의 폭발이 있었습니다. 희한하게 대사업 앞뒤에는 문화적 폭발이 일어났어요."

그는 우리도 예외는 아니라고 했다. 3·1 운동이야말로 그냥 운동이 아니라 문화적 폭발이었다고 규정한다.

"3·1 운동 세대가 1920년대 신문학이라는 제도를 만들어냈고 우리는 지금도 그 제도 속에 살고 있어요. 서정시 단편 장편 희곡, 이 제도가 그 당시에 만들어졌던 거예요. 김소월을 비롯한 그때 시인 소설가의 작품 한 편 한 편이 한국 근대문학을 만들어놓은 과정이었죠. 나는 어떤 문화적 폭발이 일어날지 지금 굉장히 궁금해요. 3·1 운동이 근대문학을 만들어놓고 4월 혁명이 새로운 문학을 만들었다면, 이제는 또 다른 새로운 문학이 절실한 시점이지요."

그는 새로운 싹을 이미 목도하고 있다고 했다. 젊은 작가들이 과거 김지하

황석영 스타일과는 다른 새로운 사회성과 새로운 예술성을 획득해야 하는데 그 기미가 보인다는 판단이다. 현 단계는 앞 시대와는 다른 단계로 가는 암중모색의 국면이라고 했다. 이런 환경일수록 비평의 역할이 중요한데 정작 존재감이 현저하게 약화된 형국이다. 그는 이번 책에서 "평론가가 작가의 눈치를 슬슬 살피며 책 읽은 자랑이나 늘어놓는, 물에 물 탄 듯 술에 술 탄 듯, 요령부득의 글쓰기를 능사로 삼는" 현실에 대해 개탄했다. 2015년 신경숙 표절 파문과 관련해 자신이 '창비' 주간 재직 시절 나온 소설집이라 책임에서 자유로울 수 없다고 인정하면서도 애초 신경숙 작품에 대한 문제가 제기됐을 때 제대로 된 비평이 이루어지지 못했던 사실이 가장 뼈아프다고 진술했다.

"비평의 핵은 뭐라 해도 비판이지요. 비평이라는 건 살아 있는 작가들과의 대화인 만큼 어차피 협상이기도 합니다. 어떡하든 내부를 읽고 그 작가가 더 훌륭한 창작으로 나아가게 도와주는 게 비평 아닌가요. 협상의 기술이기도 하죠. 비판하더라도 강도라든가 여러 가지를 조절하면서 각 작가에 맞게 문제를 제기하는 거죠. 비판을 제대로 보전하기 위해서는 말을 건네는 기술도 필요합니다."

그는 비평가란 작가의 앞도 아니고 뒤도 아니며, 작가 앞에서 작아져서도 커져서도 안 된다고 했다. 비평가란 좋은 독자라는 원칙을 다시 확인하는데서 출발하고 싶다고 썼다. '자력갱생의 시학'에서는 한국 시에도 도래한 위기에 대해서 성찰했다. 그는 "세태의 경박함에 탓을 돌리는 사이비 귀족주의는 정말 사절"이라며 "골방에서 웅얼거리는 난해시의 아류도 고통이지만, 쉬우면서도 지루한 시는 못내 괴롭고, 공연히 행갈이를 포기하고 김 빠진 맥주 같은 산문 한 토막을 시의 이름으로 양산하는 최근 산문시는 더욱 질색"이라고 일갈했다. 김수영 50주기 심포지엄을 앞두고 김수영론을 집필 중인 그는 민족·민중문학 진영에서 부정됐던 김수영이 최근 이 진영의 최대 문제로 부각되고 있다고 전했다.

최원식은 1999년 이른바 회통론(리얼리즘과 모더니즘의 회통)을 발표하면서 리얼리즘과 모더니즘 양쪽 진영으로부터 욕을 많이 먹었다고 했다. 그는 사실 김수영이야말로 리얼리즘과 모더니즘의 전형적인 회통 사례라고 말했다. 더 거슬러 올라가면 1930년대 프로 문학과 모더니즘은 정세에 따라 숨바꼭질을 했을 뿐 동시에 전개된 회통의 뿌리라고 보았다. 그는 '리얼리스트가 아닌 시인은 죽은 시인이다, 그러나 리얼리스트에 불과한 시인도 죽은 시인'이라는 파블로 네루다의 말을 참 좋아한다고 했다.

일찍이 자신에게 창작의 재주는 없다는 사실을 알았지만 책을 좋아했는데 다행히 제물포고 선배들(김흥규, 조남현)을 잘 만나 연구자의 길도 있다는 사실을 깨우친 뒤, 서울대 국문과에 들어가 비평가의 길을 일찌감치 걷기 시작했다. 그는 1977년 평론을 기고하면서 《창비》와 인연을 맺은 이래 주간까지 장기 역임하면서 40여 년간 《창비》의 평론가로 살아왔다. 그는 "《창비》는 무명의 필자였던 나에게 기회를 준 고마운 존재"라면서 "문학적 후속 세대를 적극적으로 확보하지 못한 건 아쉽다"고 말했다. 그는 또래 문인들의 발문 정도는 쓰겠지만 이제 본격 평론은 접겠다고 했다. 대신 국문학자라면 마지막 과제로 설정하는 문학사 정리에 힘을 쏟을 예정이다. 이에 앞서 단재 신채호의 『이순신전』과 박태원이 해설한 충무공 조카 이분의 『이순신전』을 정리해 해제와 함께 책을 내는 일을 먼저 마무리할 생각이다. 작금 문학 환경에 절망하는 이들에게 당부하는 말.

"왕년에 문인들이 누렸던 문학에 대한 존중이 약화된 상황에서 새로운 사회적 기능을 만들어내야 하는 부담이 굉장히 크지요. 그렇지만 이전과는 다른 사회성과 예술성을 만들어낼 거라고 봅니다. 이 명예로운 일을 작가들이 반드시 완성해야 우리나라가 진짜 제대로 21세기로 이동할 수 있을 거라고 생각해요. 정말 간절합니다."

〈2018.9.4.〉

두 분 행복하세요!

이동진

김중혁

영화평론가

소설가

'성실한 사람. 집요한 사람. 섬세한 사람. 꼼꼼한 사람. O형.'

'다감한 사람. 민감한 사람. 산만한 사람. 엉뚱한 사람. O형.'

서로 진술한 상대의 인물평이다. 둘 다 혈액형까지 동일한 '사람'이라는 사실은 맞지만 살아온 내력과 내공까지 아우르는 기준으로 보자면 분명 다른 '인물'들이다. 이들은 인기 절정의 책 관련 팟캐스트 '이동진의 빨간책방'(이하 빨책)에서 요즘 세대에 부응하는 만담 같은 세련된 입담을 과시해왔다. 두 O형 중 어느 인물이 이동진이고 김중혁인지 맞혀 보시라.

이동진은 잘 알려진 영화평론가로 지상파 라디오 심야방송을 오래 진행해 왔고 영화판에서는 그가 매기는 별점의 영향력이 만만치 않은 스타 평론가이다. 《조선일보》 영화담당 기자로 13년 동안 일하다 '좋은 동료와 환경'에도 불구하고 스스로를 밀어내는 '척력斥力'에 손을 들고 나온 뒤 '운이 좋아' 프리랜서로 성공했다고 자평한다. 김중혁은 2000년 《문학과 사회》에 중편소설 「펭

권뉴스』를 발표하면서 등단한 소설가로 이후 소설을 꾸준히 쓰면서 다양한 재능과 아이디어로 에세이와 그림 장르까지 넘나들며 활발한 활동을 펼쳐왔다. 웹디자이너와 시사주간지 기자로도 일했다. '빨책'에 출연하면서부터 '말 잘하는 소설가'로도 호가 높아졌다. 더 들어보자.

'다정한 사람. 천진난만한 사람. 마음이 여린 사람. 여린 마음이 부서지지 않도록 다짐과 반성으로 갑옷을 만드는 사람.' '여자들에게는 언니 같은 남자. 수다의 맛을 잘 알고 대화의 흥도 잘 아는 사람. 귀가 깊어 대나무 숲이 되어 줄 것 같은 사람. 파스타를 잘 만드는 사람.'

점입가경이다. 어느 쪽이든 말만 들어보면 최상의 인물들이다. 서로 존중하는 내면이 애틋하다. '언니 같은 남자'는 연하의 김중혁(43)이고, '마음이 여린 사람'은 연상의 이동진(46)이다. 이들은 2012년 5월 '빨책' 첫 방송 때부터 지난 11월 26일 100회를 맞을 때까지 1시간이 훨씬 넘게 진행되는 책 소개 코너 '책, 임자를 만나다'에서 활약해왔다. 매번 15만 회 이상의 다운로드를 기록하며 책 관련 팟캐스트에서 부동의 1위를 고수했다. '빨책'에 소개된 책들은 미미하던 존재가 하루아침에 베스트셀러로 등극하기도 했다. 지구촌 어디에 있든 인터넷만 가능하다면 언제라도 청취할 수 있는 팟캐스트가 한국에서 그것도 '빨책'의 경우처럼 대중적으로 성공한 경우는 흔치 않다. '나꼼수' 같은 방송이 사회적 이슈를 타고 폭발적인 호응을 얻은 경우는 있었지만 책 관련 '고급 문화'를 대중과 오래 뜨겁게 교류하며 지속해온 건 이례적 현상이다. 그간 소개한 책들 중 7편의 외국소설을 선택해 이들이 방송에서 나눈 대화를 글로 엮어낸 책『우리가 사랑한 소설들』(위즈덤하우스)도 곧 나온다.

이번 책에는 그간 방송에서 다루었던 많은 소설과 비소설 중에서도 반응이 좋았고 애착이 갔던 소설, 그중에서도 외국소설에서 7편을 뽑아냈다. 『속죄』(이언 매큐언), 『참을 수 없는 존재의 가벼움』(밀란 쿤데라), 『예감은 틀리지 않는다』(줄리언 반스), 『호밀밭의 파수꾼』(제롬 데이비드 셀린저), 『파이 이야기』(얀 마텔), 『그리스인 조르바』(니코스 카잔차키스), 『색채가 없는 다자키 쓰쿠루와 그가 순례를 떠난 해』(무라카미 하루키) 등이 그 목록이다. 방송에서 나눈 '수다'를 다시 책으로 엮어낼 정도로 자리 잡은 팟캐스트 '빨책'의 인기 요인은 무엇일까.

이동진이 특유의 농담으로 '우리는 오락방송'이라고 말할 때의 그 '재미'가 무엇보다도 큰 이유일 것 같다. 두 사람은 진지한 책 이야기를 하면서도 서로 슬쩍 놀리고, 재치 있게 받아치고, 상대방 의견을 인정하는가 하면 다른 생각을 내세우면서 듣는 이들을 불편하지 않게 시종 웃긴다. 진지하기만 하면 아무리 지식 욕구를 채워준다고 해도 한 번에 10만 명 넘는 이들이 다투어 다운받기는 쉽지 않을 터이다. 《창비》나 《문학동네》에서 운영하는 팟캐스트들이 나름의 특징을 지니지만 인기 차원에서는 '빨책'을 따라잡지 못하는 중요한 요소일 것이다.

"우리는 숭고하고 깊은 이야기를 전달하기 위해 당의정을 입히자는 차원에서 농담을 하는 건 아닙니다. 그냥 농담 자체를 즐기는 거고 그게 '빨책'의 중요한 일부입니다. 중혁 작가나 저나 원래 그런 사람 같아요."

이동진의 말처럼 이들이 일부러 웃기자고 작정한 사람들은 아닌 것 같다. 서로에 대한 배려와 예의를 기본으로 책에 대한 자신만의 관점을 분명하게 개진하면서 상대방의 이야기를 경청하는 태도가 자연스레 흐름을 만들어간다. 농담이란, 작은 이음매만 드러나도 금세 썰렁해지는 법이다. 더욱이 이 팟캐스트는 책을 좋아하는 이들이 듣는 방송 아닌가.

김중혁은 "소설을 볼 때 선배는 분석적이고 저는 쓰는 사람 입장에서 좀 감정적"이라고 했고, 이동진은 "중혁 작가와 문학에 관한 이야기를 하다 보면 창작의 세계에 대해 배우거나 깨닫거나 느끼는 부분이 많다"고 말했다. 이동진은 "영화감독이든 화가든 좋아했던 사람이 그 이상으로 증폭되는 경우는 드문데 중혁 작가는 더 좋아하게 된 한국에는 없는 인간형 같다"고 상찬했다. 멋쩍음을 상쇄하기 위해 "아까 이야기해 달라고 그랬지?"라고 중혁을 향해 '드립' 치는 것도 잊지 않으면서.

이동진은 '빨책'의 성공 요인으로 김중혁이라는 캐릭터와의 호흡도 중요하지만 '신뢰'야말로 또 하나의 축이라고 방점을 찍었다. 그는 이 팟캐스트는 출판사 '위즈덤하우스'가 제작하는데 "단 한 번도 자사의 책을 소개해 달라고 청하거나 압력을 넣은 적이 없다"고 말했다. 전적으로 이동진이 소개할 책을 선정하거니와 '사'가 끼지 않은 이런 선택이야말로 방송 횟수가 쌓이면서 자연스레 듣는 이들도 인정하는 신뢰의 기반이 되었다는 이야기다.

"저에게는 딜레탕트적 속성이 있는 거 같아요. 한 세대를 뛰어넘어 읽힐 굵직한 족적을 남길 영화평론에 대한 마음도 없어요. 즐거워야 할 수 있는 정신의 쾌락주의적 속성이 강한 거지요. 영화뿐 아니라 책이나 음악도 마찬가지여서 문화건달로 살기 쉬웠는데 취미가 직업이 된 운이 좋은 경우죠."

이동진의 이 말에 김중혁은 "맞아, 선배는 운이 좋은 거 같다"고 응답해 웃었는데, 이는 김중혁이 팟캐스트에서 말솜씨를 입증한 뒤로 여러 매체에서 유혹이 왔지만 글 쓰는데 집중하기 위해 '빨책' 하나만 유지한다고 말했을 때 "외모에 자신이 없나봐!"라고 공격한 이동진에 대한 응사였을 것이다. 김중혁이 보기에 이동진은 "의외로 미디어에 약한데 1인 미디어로 시작해 팟캐스트 선두주자가 돼 있으니 어떻게 보면 이상한 일이지만 영화와 음악과 책을 붙들고 그것들을 벼리듯 나아가는 태도가 놀랍다"는 맥락의 놀림이었고, 이동진은 "충분히 다양한 매체에 출연하면서 자신의 입지와 경제적 기반을 다질 수 있을 터인데도 소설에 순정을 집중하는 김중혁의 태도"에 대한 반어적 찬사였다. 이러니 최근 새로운 게스트로 합류한 《씨네21》 이다혜 기자가 방송 말미에 "두 분 행복하세요!"라고 날린 질투 섞인 멘트도 이해가 간다.

서로를 배려하는 예의가 넘치지만 책에 대한 생각에서는 서로 밀리지 않는 예각의 날을 세우는 두 사람이다.

〈2014.12.8.〉

*팟캐스트 '이동진의 빨간책방'은 2012년 5월 첫 방송을 시작한 이래 2018년 11월 14일 현재 293회를 기록했다.

여 기 가
끝 이 라 면

2부

조정래 소설가
이제하 소설가
전경린 소설가
김숨 소설가
정유정 소설가
진런순 소설가
김선우 시인 · 소설가
천명관 소설가 · 데이비드 밴 소설가
김용만 소설가
박미하일 소설가
김초혜 시인
김용택 시인
김혜순 시인
구광렬 시인 · 소설가
류기봉 시인
최동호 문학평론가 · 시인
김성곤 문학평론가
권성우 문학평론가
김병종 화가
요조 가수

강철도 때론 울음으로 단련된다

조정래

소 설 가

　소설가 조정래(73)가 최근 교육 문제를 다룬 2권짜리 장편소설 『풀꽃도 꽃이다』(해냄)를 펴냈다. 대하소설 『태백산맥』 이래 누적 판매부수 1500만 부를 넘어선 베스트셀러작가답게 이번 책도 출간 사흘 만에 인터넷서점 예스24 베스트셀러 1위에 올랐고 열흘 남짓 만에 20만 부를 넘겼다. 갈수록 독자들이 줄어든다는 한숨소리가 들리는 문학판에 어떤 힘이 독자들의 변함없는 성원을 끌어내는 걸까.

　"문학은 수많은 발명품 중 하나입니다. 인간이 발명한 수천 가지 중에 3대 발명품이 정치, 종교, 언어이지요. 언어 중에서도 최고로 치는 게 문학입니다. 모든 발명품의 공통점은 인간의 삶에 유익하다는 점입니다. 유익하지 않으면 필요 없어요. 문학 또한 발명품으로 인간의 삶에 유익해야 합니다. 그 유익성을 잊어버리지 않으면 독자들은 따라옵니다. 목마른 자에게 물이 필요하듯이 배고픈 자에게 밥이 필요하듯이 허기진 영혼, 괴로운 영혼들에게 유익을 주는 한 독자는 끝없이 존재하게 마련입니다.”

땡볕을 피해 서울 프레스센터 기자클럽 한적한 창가에서 만난 조정래는 초반부터 거침이 없었다. 그는 “사람들이 가렵고 괴로워할 때 그 문제를 구체화시키는 것이 작가의 의무”라고 했다. 분단의 원인을 정면에서 파고든 『태백산맥』, 일제강점기를 다룬 『아리』, 산업화 과정을 다룬 『한강』, 기업의 문제를 다룬 『허수아비 춤』과 중국과의 교류 문제를 파고든 『정글만리』에 이르기까지 그의 장편소설에 담긴 문제의식은 말 그대로 대하大河처럼 흘러왔다.

이번에 그가 천착한 문제는 교육 현실이다. 3년 동안 초중고 현장을 답사하고 취재한 뒤 40조 원에 육박해 경제까지 휘청이게 만든다는 사교육, 왕따, 학교폭력, 원어민 강사, 청소년 아르바이트 문제에 이르기까지 다양한 문제들을 시종 빠르고 긴박한 톤으로 그려냈다.

“교육문제를 해결하기 위해서 제일 중요한 첫째는 정책입니다. 두 번째는 그 정책을 실현하려는 정치가의 의지예요. 세 번째는 당사자들인 학생과 학부모의 노력이고, 네 번째는 학력에 대한 편견을 깨는 사회체계의 변화지요. 이 네 가지가 동시에 작동이 되면 우리는 충분히 교육 문제를 해결할 수 있습니다. 꿈도 꾸지 못했던 국민소득 만 불대를 이룩한 경제개발 5개년 계획의 경험이 있지 않습니까? 20세기의 기적이라고 일컫는 우리의 경제 발전과 민주화 과정은 단순히 우리가 잘나서가 아니라 역사와 전통의 힘인 겁니다. 교육문제도 마찬가지로 해결할 수 있습니다.”

한국 교육 현실의 문제들은 그동안 수없이 지적되고 논의돼 왔지만 특별히 개선될 조짐은 보이지 않는 것이 사실이다. 여전히 사교육 시장은 번창하고 갈수록 개천에서 용이 나기 힘든 구조로 전락해 가는 현실이다. 조정래 소설의 지적들은 새삼스럽게 다시 어떤 의미를 지니는 것일까. 그는 회의적 시선을 일축하면서 당장 책 출간 사흘 만에 국회 교육분과위원회에서 강연 요청을 했다고 전했다. 자신의 강연을 듣고 공동토론을 통해 결실을 맺고 싶다고 연락해 왔다는 것이다.

이 인터뷰를 끝낸 뒤 실제로 지난 달 27일 국회에서 그를 초청한 강연이 진행됐다. 조정래는 "어느 정권도 손을 못 대게 국민 전체가 참여하는 국가교육위원회를 만들어 연차적으로 5개년 계획을 세우는 법을 경제개발하듯 국회가 만들어야 한다"고 역설했다. 교과서 파동에서 보듯 민감한 교육 문제에 여야가 쉽게 합의할 수 있을지 의심스럽다고 지적했지만 그는 낙관적이었다.

"교육문제는 국가의 미래가 달려있는 보편적 문제이기 때문에 오히려 쉽게 합의할 수 있어요. 모두 문제가 있다고 의식하기 때문에 뜻밖에도 빨리 추진될 수 있습니다. 처음 대안학교가 만들어질 때도 다 비웃었지만 6~7년 사이에 300여 개로 늘어나지 않았어요? 국민이 절실하게 원하면 되는 것이 민주사회 민주국가의 힘입니다. 국회에서 시동이 걸린다면 소설 쓰는 시간을 할애해서라도 무료봉사를 하겠어요. 내가 소설로 쓰는 문제가 현실에서 해결된다면 그것처럼 반가운 것이 없겠죠."

그가 『태백산맥』을 쓸 때만 해도 조금이라도 지루하면 금방 채널을 돌려버리는 텔레비전 리모컨과의 싸움이라고 생각했다고 했다. 이번에는 스마트폰을 염두에 두고 썼다고 했다. 『태백산맥』은 굉장히 빠른 속도로 얘기가 진행돼 아껴가며 읽었다는 소리를 들어가면서 리모컨과의 싸움에서 이겼다면, 이번에는 얼마나 많은 사건을 가지고 빠른 속도로 엮어가는지 보라고 했다.

『태백산맥』이 공안몰이를 당해 10여 년에 걸쳐 경찰과 검찰에 불려가 조사를 받을 때 100퍼센트 검찰이 요구하는 객관적 자료를 모두 찾아 들이대 이겼다고 했다. 그 과정 내내 고통에 시달렸지만, 그 고통을 주는 쪽의 핵심전략이 더 이상 글을 쓰지 못하게 하는 것이라고 판단해 조사받는 내내 한 번도 연재 펑크를 낸 적이 없다고 했다. 자신과의 싸움에서 이긴 것이고 싸우면 반드시 이겨야 한다고 했다. 지금까지 싸움에서 한 번도 진 적이 없다고 했다. 아내 김초혜 시인이 "저 징그러운 사람"이라고 자신을 칭하면서 "부부가 레일 위를 걸어가는데 나는 계속 떨어졌다가 다시 올라가도 저이는 한 번도 떨어진 적이 없었다"고 했다는 말을 인용했다. 보통 인간이 아닌 쇠로 만든 철인 같은 느낌이다. 그는 과연 한 번도 회의한 적 없는 강철 인간일까.

"나도 고민하고 회의하지만 애를 쓰면서 빠른 시간 내에 그 답을 찾아요. 사람들이 보는 것은 마냥 글 쓰는 모습이죠. 글을 쓰는 건강성이 인간의 건강성과 직결되어야 한다고 생각해요. 민중은 개돼지라는 도저히 용납할 수 없는 발언을 비판할 때 그 발설자야말로 기생충이라고 나도 모르게 목소리가 커졌잖아요? 논리적 증오와 이성적 분노가 필요해요. 작가라면 논리를 가지고 따져 봐도 도저히 증오하지 않을 수 없는 이성적 분노를 가슴에 지녀야 진정한 힘을 발휘할 수 있다고 봐요."

그는 이미 다음 소설을 위한 인터뷰 준비와 자료 조사에 착수한 상태다. 한 줌도 안 되는 세력들이 국민을 농락하고 안하무인의 태도를 취하는 모습을 보면서 국민에게 국가란 무엇인지 파헤치겠다고 했다. 그는 "국가야말로 허구이면서 구체적인 조폭 조직"이라면서 "정치를 거부할 수 없듯 받아들일 수밖에 없는 국가가 제대로 처신하지 못하는 국민들을 어떻게 취급하는지 똑똑히 알아야 한다"라고 했다.

한 가지를 결정하면 뿌리를 뽑아버리는 강한 기질을 지니고 있다는 그는 "인생이란 자기 스스로를 말로 삼아 끝없이 채찍질을 가하면서 달려가는 노정"이라고 했다. 이 강철 인간에게도 휴식이 있을까. 그는 잠을 청하다가 써 놓은 글이 아니다 싶을 때는 벌떡 일어나 펜을 들고 고치다 보면 새벽이 밝아오고 비로소 성취감이 찾아든다고 했다. 석가모니만 열반의 희열을 느끼는 게 아니라 예술가도 그렇다고 했다. 그도 운 적이 있다. 작품 속 인물의 처절한 상황을 접하면서는 가슴줄이 젖도록 속으로 울곤 했지만 작품 외적인 일로는 딱 한 번 울었다. 아내가 오래전 수술을 받을 때 처음으로 기도라는 걸 알았고 굉장히 깊이 울었다고 금세 젖어든 눈으로 말했다. 강철도 때론 울음으로 단련된다.

〈2016.8.1.〉

카페 마리안느, 하오의 적막

이
제
하

소
설
가

"내 페친들은 10대 어린 중학생에서부터 나이 든 분들까지 세대가 다양해
요. 사회생활을 하면 자연스레 어른들 세계에 편입돼 제도권 패턴을 따르게
되는데, 나는 직업이 없이 제멋대로 살아왔으니까 젊은 사람들과 얘기를 해야
뭔가 되고 나이 든 사람들과는 고루해서 이야기가 안 돼요. 어떻게 보면 정신
연령이 어리다는 이야기일 수도 있지요."

  문학은 물론 미술 음악 영화에 걸쳐 전방위 예술가로 살아온 소설가 이제
하(78). 팔순을 목전에 두고 있지만 그이야말로 '만년 청년'이요 나이와 무관
한 자유인이라 불러도 손색이 없는 사람이다. 웬만한 청년들보다 먼저 페이스
북을 시작해 그림을 덧붙인 빈번한 포스팅으로 많은 페친들을 거느리고 있고,
영화 칼럼니스트로 활약했을 뿐만 아니라 요즘도 장편소설을 쓰기 위해 원주
토지문화관에 들어가 젊은 벗들과 숙식을 함께하고 있으며, 전람회 준비를 위
해 캔버스 앞을 지키기도 하고 공연 요청이 들어오면 기타를 들고 무대에 선

다. 그렇기는 하되 그가 스스로 한국 예술계에서 주류를 자처하며 나선 적은 없는 것 같다. 오히려 변방에서 아웃사이더로 살아가는 것이 그의 정체성인 것처럼 느껴질 정도다. 자신이 스스로 명명한 '환상적 리얼리즘' 작가로, 교과서에도 실린 그의 소설 「초식」이나 시나리오를 직접 쓰고 이장호 감독이 영화로 만든 『나그네는 길에서 쉬지 않는다』가 웅변하듯 한국 문단의 중심 작가이면서도 왜 늘 아웃사이더의 포즈일까. 대학로 '카페 마리안느'에서 그를 만났다. 평창동에서 시작해 이곳으로 옮겨 10여 년째 그가 운영하는 카페다.

"어머니는 독실한 크리스찬이었고 아버지는 굉장히 현실적인 분이었습니다. 일제 때 아버지는 외지로 많이 떠돌아 2~3년 만에 집에 돌아오곤 했습니다. 아버지에 이어서 나도 2대 독자였는데 어머니와 누나 둘 밑에서 귀하게 대접받다가 웬 낯선 사람이 집에 들어와 화를 내니까 줄기차게 울었는데 그 아버지가 나를 설거지하는 개숫물통에 집어넣었어요. 그때 이후로 아버지가 보기 싫어 겸상을 하면서도 눈을 감고 밥을 먹을 정도였습니다. 강력한 오이디푸스 성향이 날 외곬으로 몰아 방에 처박혀 책이나 읽게 되면서 문학 쪽으로 빠진 거지요. 나중에 아버지도 소시민이요 연민의 대상임을 깨닫게 되면서 아버지에 대한 콤플렉스가 사회 현실에 대한 저항적 성찰로 소설에 연결된 거지요."

이제하의 대표작 중 하나로 거론되는 단편 「초식草食」은 국회의원 선거 때만 되면 채식을 시작하면서 출마하는 아버지를 주인공으로 내세운다. 그 아버지는 매번 낙마하는데 4·19 혁명과 5·16을 통과하면서 혈서까지 쓰지만 결국 환멸에 직면한다. 돌아보면 이제하의 예술인생은 이른바 '민중'을 구호처럼 내걸었던 이들보다 저항적이고 끈기 있는 일관된 행로였다. 아버지 콤플렉스가 그 뿌리였다는 사실이 흥미롭다. 마산중고등학교 시절 이제하는 문학 천재였다. 그가 당시 최고 인기를 구가하던 청소년 문예지 《학원》에 투고만 하면 매달 산문이 게재됐다. 작품이 발표될 때마다 전국 청소년들로부터 팬레터가 10여 통씩 답지했다.

그중 경복중학교 학생이던 시인 유경환(1936~2007)으로부터 '친구 하자'

는 편지를 받고 학교 뒷산으로 올라가 처음 쓴, "청솔 푸른 그늘에 앉아/ 서울 친구의 편지를 읽는다/ 보랏빛 노을을 가슴에/ 안았다고 해도 좋아"로 이어지는, 「청솔 푸른 그늘에 앉아」가 '학원문학상' 대상을 차지해 전국 소년소녀의 가슴을 다시 움켜쥐었다. 팬레터뿐만 아니라 '마산 시골학생'에게 책을 보내주던 정신여고 여학생은 그가 서울로 올라와 대학에 입학하자 시를 달라고 하더니 미당에게 찾아가 보여주었고, 서정주 추천으로 《현대문학》을 통해 시인으로 등단했다. 이후 다시 《신태양》과 《한국일보》신춘문예를 거쳐 소설가로 자리 잡았다. 홍익대 미대에 들어가 처음 접한 표현주의와 초현실주의 화집을 보면서 그는 큰 충격을 받았다. 첨단 미술사조를 소설에 도입해 추구한 스타일을 스스로 '환상적 리얼리즘'이라고 명명했거니와 당시 비평가들은 코웃음을 치더라고 이제하는 말했다.

"해방 직후부터 좌우가 투닥거리는 거 하나도 안 달라졌어요. 그때도 골목에서 병 깨지는 소리 들렸는데 왜 이런 꼴만 보면서 일생을 살아야 하는지 어이가 없습니다. 어리석은 민족이에요. 조금만 지혜가 있었더라면 벌써 통일이 되든지 무슨 수를 냈을 텐데 권력에 눈이 멀어 심지어 동서로까지 분열이 된 겁니다. 나는 진보도 보수도 아닌 아나키스트를 자처합니다. 내 주변에도 이런 친구들이 많아요. 이쪽저쪽 편을 들 수 없을 정도로 꼴들이 너무하니까."

그의 반골기질은 50년 역사를 넘긴 전통 문예지 《현대문학》과의 애증관계로도 이어져 근년에 파문을 일으키기도 했다. 1973년 《현대문학》 신인문학상을 거부한 뒤 40년 만인 2013년 그의 연재소설이 '박정희'와 '유신'이 거론된 탓에 거절됐다고 페이스북에 올린 이래 문인들이 집단으로 반발하는 사태로 이어졌다. 1973년에는 문단 권력을 향한 집착으로 씁쓸한 모습을 보인 당시 주간 조연현 때문에 문학상을 거부했다고 술회했다. 연재 거부 파문으로 주간과 편집위원들이 사퇴하는 결과로 이어진 연전의 사태와 관련해서는 "나에게 페이스북은 문예지 역할을 하는 매체이기 때문에 독자들에게 저간의 사정을 알릴 필요가 있었다"면서 "잠시 딴 길로 갔다고 유서 깊은 잡지가 없어져서는 안 된다"고 《현대문학》에 대한 애증을 피력했다. 그는 올 여름 대산문화재단에서 발행하는 잡지에 기고한 글에서 "동란 후에 폐허가 된 잿더미에서 그나마 거의 유일하게 인간적인 정신을 잃지 않고 그 정서의 연결고리를 끊지 않으려 하는 그런 문화공간이 존재할 수 있었다는 것은 획기적인 일"이라고 회고하기도 했다.

"신경숙 표절 파문으로 올 한 해는 문학이 한 대 얻어맞은 것 같습니다. 모두 의기소침해져서 의욕을 잃어버린 듯 보여요. 요즘 소설 쓰는 후배들을 보면 싸워야 할 대상을 확실히 못 잡아서 부유하는 것 같습니다. 서사가 약하고 디테일 쪽으로만 가고 있어요. 시대적인 윤리, 그 하나의 기둥을 세워 놓고 좌표를 삼아 나아가야 하는데 그게 없어요. 이 기둥에다가 자신만의 '알파(α)'를 추가해야 합니다."

페이스북에 그가 올리는 글들에는 대부분 그의 전매특허처럼 등장하는 말 그림이 따라붙는다. 야생의 생명력을 실내로 가져올 때 생기는 긴장감을 즐긴다는 그의 태도는 제도에 매이지 않고 생명력을 추구하는 성정을 그대로 반영한다. 1998년 회갑 때 지인들의 강권으로 그의 작사 작곡으로 CD음반을 만들었고, 그중 '모란 동백'은 조영남이 가져가 단골 레퍼토리가 됐다. 요즘도 '노래하는 시인들'을 모아 토지문화관 무대에 서기도 했고 가끔 지역의 문인들 무대에 초청돼 노래한다. 그가 '빈 들판'을 경상도 억양의 숙명 때문에 '빈 덜판'으로 부르는 바람에 조영남은 디너쇼 때마다 이를 흉내 내어 좌중을 웃기기도 한다. '아웃사이더' 이제하는 "제대로 된 걸 몇 개 더 써야 하는데 몇 년이나 남았는지 초조하다"면서 곁을 떠나지 않는 하얀 털북숭이의 등을 연신 쓰다듬었다. 이제하의 말투에는 카페 마리안느 하오의 적막이 묻어 있었다.

〈2015.12.21.〉

이마를 비추는, 발목을 물들이는

전경린 소설가

"나는 지금까지 한 번도 고독을 극복해야 한다는 식으로 생각해 본 적이 없
어요. 오히려 고독을 긍정하는 편이지요. 이 시대는 고독을 갖지 못한 사람이
더 위험할 수 있습니다. 고독은 한 개인 개인이 가진 유일한 내적 질서 틀이
고, 그걸 누군가가 함부로 침해할 수도 없는 것이고, 그것이 고독의 질서인 거
죠. 고독이 문제가 아니라 고독에서 자기만의 질서를 구축해가는 것이 중요한
거죠. 소설 속 '나애'를 안정시키는 것도 오히려 고독이죠. "

소설가 전경린(56)이 장편 『이마를 비추는, 발목을 물들이는』(문학동네)을
펴냈다. 1995년 《동아일보》 신춘문예로 등단한 이래 12번째 장편이니 평균 2
년마다 장편소설을 펴낸 셈이다. 여기에다 단편을 묶은 창작집과 산문집이 8
권이다. 질긴 근육으로 쉬지 않고 글을 써왔다는 방증이다. 그녀도 심정적으
로는 지난 6년간 극심한 단절을 겪었다. '염소를 몰고' 남쪽에서 상경해 서울
에서 활발한 창작활동을 하다 2010년 낙향해 작가 전경린이 아닌 그녀의 본명

'안애금' 교수(경남대 교양기초교육부)로 살았던 세월이 그것이다. 지난해 교수를 그만두고 다시 고향 마산을 떠나 일산에 정착한 후 처음 펴낸 장편이 이번 소설이니, 그녀에게는 다시 시작하는 의미가 깃든 각별한 작품이다.

서정적인 제목의 이 장편에는 전경린의 유년과 성장기 기억들이 눅진하게 배어들었다. 일찍이 등단 초기 썼던 단편 「첫사랑」에 성장기 흔적들이 개입됐지만 이후 '앞으로 나아가기 바빠서' 잊고 있었던 기억이라고 했다. '나애'는 어린 시절 같이 어울렸던 "고아인 '도이'와 폭력적인 편부 슬하의 '상'과 정신적인 사고무친인" 자신을 동지로 여긴다. 상은 자살을 하고 도이는 마약에 찌든 폐인이 되어 요양원에 갇힌다. 그들로 인해 심연에서 솟구치던 '등불', 존재를 일으키고 다시 나아가게 하는 그 이마의 빛은 이제 희미해졌고 상실감은 발목을 무겁게 붙잡는다. '나애'는 현재 시점에서 그 상실을 내면화한 채 '강'과 '희도'라는 남자 사이를 떠도는 불안정한 존재다. 이 여성이 심연에서 끌어올린 자존의 등불을 다시 이마에 켜고 나아가게 만드는 힘은 무엇일까.

"학교에 있을 때, 서류와 행정상의 이유로 명함과 연구실과 엘리베이터 안내판에 본명을 썼어요. 학교 측에서는 그래야만 한다더군요. 내가 문제 삼고 학생들이 항의해 연구실에는 그나마 반쪽 크기의 이름을 두 개 붙이고 지냈어요. 메일이든, 다른 교수들이든, 교내에서는 본명으로 통했는데 그게 갈수록 힘들더군요. 전경린이라는 이유로 학교에 갔는데, 오래 작가로 살아온 이름을 하루아침에 박탈당하니 정체성 혼란과 갈등이 심했어요. 부르는 사람들도 애매하기는 마찬가지였고요. 20년 가까이 장롱 속에 넣어두었던 이름으로 불리자니 외투를 잃은 사람처럼 모호하고 연약해진 거죠."

교수 생활을 청산하고 고향에서 상경해 장편을 펴낸 소설가 전경린. 그녀는 "모든 극복이 자유를 확장하듯이, 이번 소설을 쓴 뒤로 한결 자유로워질 것 같다"고 썼다.

전경린은 학생들과 함께하는 보람도 있었지만 지난 6년을 비워둔 괄호를 채우는 시간으로 여기며 견디었다고 했다. 그 괄호는 안애금과 전경린 사이의 괄호이기도 하고, 단호히 작별했다고 여긴 성장기의 어느 기억과 현재 사이의 공백이기도 했다. 이번 장편이 그 사이를 채운다는 맥락이다. 첫 창작집 『염소를 모는 여자』처럼 가정과 고향을 떠나온 뒤, 남한의 최북단 파주까지 가서 살다가 최남단 바닷가로 내려갔던 그녀가 다시 시작하는 여정은 어떤 빛일까.

"상처를 많이 받고 실패를 겪었는데도 내면에서 계속해서 새어나오는 빛은 무엇일까, 사실은 이런 생각이 계기가 된 소설이에요. 제목도 여기에서 나온 거지요. 나의 내면에서 새어나오는 불굴의 빛은, 나를 계속해서 소생시키고 또 글을 쓸 수 있도록 하고 다시 경험하게 하는 그 빛을 최초로 인식한 건 언제였을까. 그런 생각을 하다가 유년의 존재를 떠올린 거죠. 누구에게나 타오르는 처음부터 존재했던 심연의 빛이 있는데 그걸 중간에 잃을 수도 포기할 수도 있지만 '나애'는 그 빛을 들고 계속 가는 여자이지요."

'나애'는 전경린의 「첫사랑」에 나오는 '은무'와 동일한 뿌리를 지닌 '안애금'처럼 보인다. 애금은 일찍이 어린 시절부터 어른들의 세계로부터 단호하게 등을 돌린 아이였고, 성장기에는 그림을 그리고 싶어 하는 아이였다. 테크닉을 배우고 재료를 사야 하는 어려움 때문에 포기했다. 대학에 들어가 신입생 시절 소설로 문학상을 받으면서 글쓰기의 정체성을 확보했다. 졸업한 뒤에는 방송작가로 글쓰기의 근육을 단련하면서 20대 후반 '운동권 남자'와 결혼해 산속에서 살다가 등단했다. 자연 속에서 마음을 열고 쓴 소설이 생각보다 빨리 신춘문예에 당선됐다. 그 울타리에서 '비 오는 날 박쥐우산을 쓰고 염소를 끌고' 나온 이래 심연의 빛이 희미해진 적은 간혹 있었을지라도 꺼뜨린 적은 없었다. 그렇지만 정작 소설 속 '나애'는 이야기가 끝날 때까지 어디에도 정착하지 못한 부유하는 존재다.

"그건 '나애'의 당연한 한계이죠. 자신이 지향하는 장이 현실에 없는 자의 길, 그게 그녀의 존재태인 거죠. (염소를 몰고 나오던) 우리 때보다 페미니즘이 더 극렬해진 걸 보면 세대마다 자기가 지향하는 장이 여기에 없는 거예요, 진행 방향이 있을 뿐이고. 오늘날 여성은 불안정하고 고독한 존재태예요. 여성뿐 아니라 남성도 마찬가지로 불안정하고 유동적이죠. 사랑이든 직장이든 모든 게 임시적인 게 오늘날 키워드가 아닐까 싶어요."

전경린은 사랑도 매 시기마다 달랐던 것 같다고 했다. 유치원 시절에는 놀이터에서 많이 태워주는 남자가 좋았고, 20대에는 감정이 소중했고, 30대에는 몸의 욕망이 중요했다고 했다. 지금은 삶, '같이 살아지는 그 관계'가 사랑인 것 같다고 했다. 사랑이라고 하는 것도 정적인 게 아니라 시절과 나이에 따라 달라진다는 것이다. 사랑에 대해서도 존재 전부를 걸지 않고 걸 필요도 없는 '임시적인 것'이 현대인의 트렌드라고 전경린은 말했다.

막상 다시 '전경린'이 되어 문학판에 돌아와 보니 문예지도 얇아지고 작가들도 많이 사라져 초라하고 왜소해진 느낌이다. 예전에는 소설 쓰기에만 갇혀 폐쇄적으로 지냈지만 이제 사람도 많이 만나고 여행도 하면서 독자들과도 자주 어울리고 싶다. 전경린은 "한 개인, 한 여자가 자유의 지평을 확대하기 위해 써왔다는 생각이 든다"면서 "그 외에는 쓰는 게 본능이고, 쓰지 않으면 참을 수 없는 기관을 가지고 있는 게 아닌가 싶다"고 했다. 누구에게나 타오르는 심연의 빛이 있지만 누구나 그 빛을 끝까지 품고 가지는 못한다. 전경린은 이 소설이 누군가의 이마를 희미하게라도 비출 수 있기를 바란다고, 썼다.

'누구에게나 이마를 비추는, 발목을 물들이는 이야기들이 있을 것이다. 기쁨과 슬픔의 이야기, 열정과 향수의 이야기들… 나는 밤마다 공작새의 깃털 눈처럼 많은 이야기의 눈꺼풀을 모두 잠긴 뒤에야 마지막으로 잠들 수 있었다. 삶이라는 곳은 참으로 이상한 장소이다. 아무리 시간이 가도, 아무리 멀리 떠나가도 언제나 지난 삶의 한가운데이다. …이제 일어서야 할 때라는 느낌이 든다.'

〈2018.1.8.〉

연민이 저를 힘들게 해요

김
숨
소설가

전쟁은 인권을 말살한다. 전장에서 죽어가는 병사들은 말할 것도 없겠지만 후방에 있는 약한 존재들마저 여지없이 고통으로 몰아넣는다. 일본 제국주의가 광기 어린 군국주의로 전쟁을 벌였을 때는 아예 여성들을 전장 한복판으로 끌어내 군인들 소모품으로 내몰았다. 참담한 범죄를 저지르고도 그들은 여전히 피해 생존자들 앞에서 변명과 발뺌으로 일관하고 있다. 상황이 이러할수록 참상을 제대로 기억하고 인간의 존엄을 세우는 일은 지속돼야 한다.

소설가 김숨(44)이 2년 전 위안부 이야기를 다룬 소설『한 명』을 펴낸데 이어 이번에는 당시 전쟁터 위안소를 배경으로 소녀들이 겪은 참상을 직접 그린 소설『흐르는 편지』(현대문학)를 내놓았다. 다음 주 광복절 전날에는 김복동, 길원옥 할머니의 증언을 토대로 집필한 증언 소설『숭고함은 나를 들여다보는 거야』와『군인이 천사가 되기를 바란 적 있는가』도 잇달아 펴낸다.

"위안부 이야기는 너무 뻔한 것처럼 돼버렸잖아요? 우리는 너무 숲만 보는 거 같아요. 숲보다도 나무, 딱 한 분의 증언만이라도 집중해서 들어보면 위안부에 대한 이해가 빠를 거라고 생각해요. 그분이 어떻게 동원됐고 어떤 경험을 했고 어떻게 살아 돌아왔으며, 그 후 어떻게 살았는지 집중해서 들여다보는 노력들이 필요한 것 같아요. 위안부이기도 하지만 한 인간이기도 하거든요."

광화문 카페에서 만난 김숨은 작은 목소리로 조근조근 말했다. 그가 위안부 소설을 2년 전 처음 펴낸 것은 자신의 이상문학상 수상작 중편「뿌리 이야기」에 스치듯 등장시켰던 위안부 피해자를 제대로 바라보기 위해서였다. 다양한 자료를 섭렵하고 공부해 펴낸 장편이『한 명』이었다. 갑자기 한 달에 두세 명씩 위안부 할머니들이 사망하던 해, 이러다가는 곧 위안부 피해자가 한 명밖에 남지 않을 것이라는 생각이 떠올라서였다. 기존 증언들을 찾아 소설에 녹여내 썼지만 체화가 안 됐다는 아쉬움이 컸다.

『한 명』을 쓰고 나서도 심포지엄도 찾아다니며 공부를 계속했다. 전쟁을 체험하지 않은 그녀 세대가 머리로만 이해하기에는 너무 큰 고통이었다. 어느 정도 체화가 됐다고 생각했을 때 비로소『흐르는 편지』를 완성할 수 있었다. 열다섯 살 소녀가 위안부로 끌려와 일제강점기 군용 콘돔인 '삿쿠'를 강물에 씻으면서 물결 위에 검지로 어머니에게 편지를 쓴다. '어머니, 나는 아기를 가졌어요. 오늘 새벽에는 초승달을 보며 아기가 죽어버리기를 빌고 빌었어요… 어머니, 나는 아기가 죽어버리기를 빌어요. 눈동자가 생기기 전에… 심장이 생기기 전에…' 김숨이 들여다본 '나무'의 결을 따라가다 보면 구호와 분노로서의 위안부 문제가 아닌 인간의 고통을 만나게 된다.

"결국엔 제가 위안부가 아니라 인간에 대해 쓰고 싶었던 거 같아요. 피해자나 생존자라는 수식어를 걷어내고 한 인간으로 바라보게 돼요. 우리는 위안부 생존자들에게 너무 고통스러운 이야기들만 끌어내는데 집중한 것 같아요. 고통만 간직한 사람이 아니라 그리운 것도, 좋아하는 색깔도, 외로움도 모두 있을 텐데…. 길원옥 할머니가 어느 날 인터뷰를 끝내고 가려 할 때 가지 말라고, 내 등에 붙어 자고 가라고 했을 때는 울컥했어요."

'정대협' 관계자의 부탁으로 위안부 쉼터에서 기거하는 김복동, 길원옥 할머니를 올 초부터 6개월 동안 인터뷰한 뒤 증언 소설을 펴내는 김숨은 피해 할머니들의 인간적인 면을 드러내려고 애썼다고 했다. 영상에서는 꼿꼿하고 카리스마가 넘치는 김복동(92) 할머니에게 항암치료를 받으며 홀로 외롭지 않으냐고 물어도 겉으로는 그렇지 않다고 부인하다가도 김숨의 거듭된 질문에 끝내 할머니는 울었다. 그러다가도 다시 질문을 하면 외롭지 않다고 예의 꼿꼿한 모습으로 돌아갔다. 노래를 잘 불러 지난해 음반까지 펴낸 길원옥(90) 할머니는 치매 초기 증세가 있지만 김숨과는 노래를 부르듯 즐겁게 대화를 나누었다고 했다. 김숨은 길원옥 증언소설『군인이 천사가 되기를 바란 적 있는가』 작가의 말에 '보름달이 뜬 밤, 영혼과 영혼이 야생의 들판에서 만나 이중창을 부르는 것 같은 황홀함을 선물해 주었다'고 적었다.

울산에서 조선소 노동자로 일하던 아버지는 김숨을 낳고 유년기에 중동 건설 노동자로 떠났다. 철이 들었을 때 아버지는 부재했다. 어머니는 2남 1녀를 데리고 아버지가 없는 집에서 유리창이 바람에 흔들리면 함께 흔들렸다. 성장기에 특별히 문학에 뜻을 두진 않았다. 고교시절 문예반에서 시를 습작했을 따름이다. 대학에서도 사회복지학을 전공했다. 졸업 후 1년 남짓 장애우들 복지 프로그램을 설계하는 사회복지사로 일했다. 대학을 졸업하던 해 쓰던 시가 길어져 처음으로 소설을 써서 신춘문예에 응모했다가 소설가의 길로 나섰다.

김숨은 《대전일보》 신춘문예(1997)와 《문학동네》 신인상(1998)으로 문단에 나온 뒤 첫 장편『백치들』에는 사막의 노동에서 돌아와 백치가 돼버린 아버지와 동류의 무기력한 사내들을, 두 번째 장편 '철'에는 쇳가루가 날리는 그로테스크한 조선소 동네에서 벌어지는 붉은 녹 같은 삶의 만화경을 담아냈다. 잇따라 펴낸 '나의 아름다운 죄인들'에도 여전히 어둡고 힘든 삶을 사는 군상이 등장하지만 작가 연륜이 깊어가면서 전작들에 비해 속 깊은 곳에 진을 치는 막막한 슬픔이 보다 따뜻해진다.

"연민이 저를 힘들게 해요. 다른 이들보다 더 절절하게 느낀다고는 감히 말할 수 없지만 연민을 일으키는 존재들에게 제가 많이 취약한 것 같아요. 어떤 인간이든 입체적으로 들여다보면 연민하게 되는 거 같아요. 누구나 그 사람의 역사가 있잖아요? 어머니나 아버지, 그분들이 자라온 환경을 보면 연민이 생길 수밖에 없는 것 같아요. 항상 그런 건 아니겠지만 소설을 쓸 때 좀 더 연민의 시선이 강하게 스며들었던 것 같아요."

위안부 소설을 쓰기 전에는 이한열 열사의 운동화 복원 이야기를 다룬 『L의 운동화』도 펴냈다. 개인의 고통에서 나아가 사회적인 관심사로 소설의 향배가 바뀐 것일까. 김숨은 "특별히 의도했던 건 전혀 아닌데 시선을 끄는 이야기들을 따라오다 보니 자연스럽게 여기까지 왔다"면서 "이런 소설들을 쓰면서는 책임이 뒤따른다는 것을 알게 됐고 시야도 넓히는 계기가 되었다"고 했다.

이번 증언소설까지 합치면 장편만 열세 권째 펴내는 김숨은 쉼 없이 쓰는 존재로 살아왔다. 그녀는 "쓰는 일이 공기를 들이마시거나 밥 먹는 일과 같다"면서 "그것이 저를 저답게 살게 해주는 행위"라고 했다. 소설을 쓰지 않을 때도 무언가를 쓰고 있더라고 했다. 어린 시절 놀이를 할 때부터 자신은 경쟁력 있는 인간이 아니라는 걸 알았고, 싸워서 질 거라는 걸 잘 아니까 이기려 하지 않았다고 했다. 그녀만의 이기는 방법은 쓰기를 통해 존재들의 고통을 연민으로 나누는 일일까. 열다섯 살 위안부 소녀가 흐르는 물에 검지로 쓴 마지막 편지.

'어머니, 오늘 밤 나는 아기를 낳을지도 몰라요. 닭띠 아기를요. 어머니, 나는 무슨 죄를 지은 걸까요.'

〈2018.8.6.〉

깨지지 않고 시작한 적 없다

정
유
정

소
설
가

　광주로 내려가겠다고 카톡을 띄웠다. 이미 정유정의 『히말라야 환상 방황』 (은행나무) 서울 출판기념회 자리에서도 보았고, 그녀의 히말라야 파트너였던 소설가 김혜나와 인사동에서도 자리를 함께 했었다. 2007년 제1회 세계청소년문학상 당선작 『내 인생의 스프링캠프』로 처음 만난 이래 2009년 제5회 세계문학상 수상작 『내 심장을 쏴라』로 다시 인터뷰를 한 뒤 이런저런 행사나 출판기념회 자리에서 적지 않은 이야기들을 나눈 편이다. '나마스테'를 앞두고 굳이 광주로 내려가 인터뷰를 하고자 한 건 소설가 정유정(48)에 대해 정작 아는 것도 많지 않고 그렇다고 모르는 것 같지도 않은 애매한 상태에 대한 새삼스런 자각 때문이었다. 광주행 KTX에 올랐다.

　"세월호 선장, 수백 목숨들을 놓아두고 홀로 빠져나와 돈을 말리고 있었다죠? 인간 밑바닥에 있는 악을 들여다보고 싶어요. 인간의 악이 어떻게 발현되고 어떤 방식으로 발전하는지 생생하게 보여줌으로써 특정인만 이상하게 악한 사람이 아니라 인간이라면 누구나 그렇게 될 수 있다는 걸 깨닫게 하고 싶어요. 세상에서 가장 극악무도한 짐승이 인간이라는 생각입니다. 지금까지는 그들을 3인칭 타자로만 다루었는데 내가 직접 그들 속으로 들어가서 1인칭으로 끝까지 파헤치고 싶어요."

그녀는 히말라야 방황기를 펴낸 후 스페인 산티아고 900킬로미터 넘는 길을 걸었고 이젠 다시 인간의 악을 천착하는 소설을 집필하기 위해 온 신경을 쏟고 있다. 산티아고 순례길을 걸으면서 마지막 바다가 보이는 코스에 이르렀을 때 홀로 길에 주저앉아 통곡했다고 했다. 히말라야에 가서 어머니를 보내고 왔다고 생각했는데 산티아고 길을 걸으면서 좋은 풍경이 나타날 때마다 다시 어머니를 불러냈고, 하루에 50킬로미터를 주파하는 괴력을 발휘해 다다른 바다 앞에서는 그동안 내면에 쌓아둔 설움들이 한꺼번에 터져 나왔다고 했다. 집필을 시작할 소설의 지독한 사이코패스 인간과의 직면도 이제 준비가 됐다고 했다.

그녀가 최근 첫 에세이로 펴낸 히말라야 기행집은 「유머」, 「작가노트」, 「인생방황」 3종 경기로 펼쳐지는 명품이다. 우선 재미있고 읽다 보면 실없이 킬킬거리게 돼 공공장소 독서는 민망할 수도 있다. 정유정의 성장기와 작가가 된 배경과 현재의 다양한 심경들이 세밀하게 녹아든 책이다. 그는 이 책의 한 대목에 이렇게 썼다. '나는 나를 연료로 태워 움직이는 인간이었다. 스물두 살은 내 생의 랜드마크였다. 필요에 의해 선택한 성격과 달리, 나는 태생적인 겁쟁이다. 나는 노는 일마저 훈련해서 노는 인간이 되었다. 안나푸르나에 오면서, 링이 아닌 놀이터에 나를 부려놓으리라, 결심했다.'

정작 안나푸르나에 오면서 그녀는 이미 자신이 싸움꾼의 체질로 굳어졌음을 자각했다. 5416미터 쏘롱라패스를 넘어가면서 그 사실을 받아들였고, 아늑한 휴양지 포카라로 내려와 쉬는 내내 휴식을 즐기지 못하는 장애를 고백했다. 그녀에게 이런 강박감을 심어준 사람은 어머니였다. 어머니는 2남 2녀 중 장녀인 정유정에게 강인해질 것을 요구했다. 나가서 맞고 오면 불같이 화를 냈다. 차라리 때리고 오라는 쪽이었다. 초등학교 때부터 과외선생을 붙여주었고, 의사가 돼야 한다고 주입했다.

정작 정유정은 이야기꾼 자질을 타고난 아이였다. 할머니와 함께 천막극장
에 다녀오면 아이들에게 서커스는 물론 변사의 이야기까지 자신의 버전으로
숨 쉴 틈 없이 재미나게 들려주었다. 할머니도 옆에서 듣고 '우리 새끼 장하
다!'고 흥을 돋우었다. 고등학교 때까지 각종 백일장이나 문예지에 그녀의 글
이 당선되고 실렸지만 어머니는 그럴 때마다 괴로운 표정을 지었다. 외삼촌이
희곡을 쓴답시고 고통 속에 흘러 다니다 일찍 죽은 전례가 어머니에겐 큰 트
라우마였다고 한다. 어머니가 말릴수록 "돼지발톱 어긋나듯" 정유정은 오히
려 글쓰기 쪽으로 쏠렸지만 그녀보다 훨씬 기가 센 어머니를 이길 수는 없었
다고 했다.

고등학교 때 문과로 신청해놓으면 어머니가 와서 이과로 바꾸어놓기를 3
번, 결국 광주기독간호대학(이 학교 원서도 어머니가 일방적으로 썼다)에 입
학해 간호사의 길을 걷다가 먼 길을 돌고 돌아 지금 소설가로 서 있다. 그것도
작금 한국 작단에서 힘 있는 서사를 구사하는 작가로 사랑받으면서 초대형 베
스트셀러를 구가하는 처지를 누리고 있다. 데뷔 과정은 길어졌지만 어머니가
키워준 승부근성과 싸움꾼 기질은 한국 문단에서 평범하지 않은 '전사'로 키워
낸 일등 요인인 셈이다.

그녀가 히말라야로 간 건, 『내 인생의 스프링캠프』, 『내 심장을 쏴라』, 『7년
의 밤』, 『28』로 이어지는 하드보일드 장편을 연달아 쓴 뒤 기진하고 탈진한 상
태에 대한 자각 때문이었다. 『내 심장을 쏴라』에 나오는 청춘이 눈이 멀어가면
서 가고자 했던 '신의 땅' 히말라야에 가서 새로운 에너지를 충전하고 싶었다.
결과적으로 그녀의 선택은 탁월했다. 쏘롱라패스 5416미터, 세상에서 가장 높
은 언덕이라는 그곳을 고산증을 극복하며 넘어온 좌충우돌 여행기를 건졌거
니와 무엇보다도 어머니가 강박했던 자신을 내려놓고 통곡할 수 있는, 밑바닥
과 만날 수 있었기 때문이다.

그녀의 '인생 쏘롱라 패스'는 스물두 살이었다. 평소 입버릇처럼 "네가 엄마
대신이다"고 강조했던 어머니가 정유정 20대 초반에 세상을 떴다. 그 시절 세

동생과 유독 어머니를 사랑했던 아버지까지 거느린 가장이었다. 글쓰기에 대한 욕망은 접어둔 채 20대를 헌신적인 가장으로 살아야 했던 맥락이다. 29살에 살가운 연하의 남편을 만났고 30대 초반에 번듯한 직장을 때려치우고 남편의 배려 아래 글쓰기에 전념하다 인생의 '쏘롱라패스'를 넘어온 그녀였다.

그녀는 새로운 일을 시작할 때마다 '깨지는' 징크스를 겪어야 했다고 『히말라야 환상 방황』에 고백했다. 이를테면 간호사 일을 처음 시작할 때 겪었던 '고추값 파동'이 대표적인 경우다. 햇병아리 간호사 시절 응급실에 근무하고 있을 때 엊그제 포경수술한 자리가 찢어져 피가 흐르는 남자가 나타나 다짜고짜 의사를 불러댔다. 접수부터 하라고 했지만 "과다출혈로 죽으면 네가 책임질 거냐?"고 윽박지르는 바람에 당직 레지던트를 불러 꿰매고, 게다가 옆에 서서 피 흘리는 고추를 외면하며 실까지 잘라냈는데, 정작 이 남자 병원비도 안 내고 슬그머니 도주하는 바람에 수간호사에게 된통 당했다는 게 그 파동의 웃을 수도 울 수도 없는 전말이다. 소설가가 되기 위해서도 11번 공모전에 응모한 끝에 '세계청소년문학상'에 12번째 당선됐으니 '깨지지 않고' 시작한 적이 없다는 말, 이즈음 청춘들에겐 용기를 줄 만하다.

"유산을 받으려고 부모를 잔인하게 살해한 박한상이나 유영철 같은 살인마를 직접 인터뷰하고 싶어요. 이들처럼 겉으로 드러나진 않아도 인간 사회를 피멍 들게 하는 사이코패스나 소시오패스, 마키아벨리스트들의 밑바닥을 철저하게 들여다볼 생각입니다. 차가운 바닷속 우리 아이들, 세상이라는 또 다른 바닷 속에서 남모르게 고통받는 이들에게 한 줌이라도 도움이 돼야죠."

〈2014.4.28.〉

*정유정은 사이코패스를 일인칭 '나'로 내세운 장편소설 『종의 기원』을 2016년 5월 펴냈다.

당신들의 고향은 나의 고향

진린순

소
설
가

"춘향은 절대 열녀가 아닙니다. 미모에다 남자가 자고 싶으면 자주고, 남자
가 떠나면 정절을 지키고, 그런 여성은 사실 없습니다. 조선 반도 남성이 만들
어낸 상상 속 여성일 뿐입니다. 이몽룡 같은 인물이 와서 구원해줄 필요도 없
고, 구원받고 싶으면 자기 스스로 구원하면 됩니다."

중국에서 열 손가락에 꼽히는 작가로 각광받고 있는 조선족 작가 진린순金仁
順(47)이 2012년 '준마문학상'을 수상한 장편 『춘향』에서 춘향은 이몽룡에게 돌
아가지 않는다. 왜 그런 결말을 지었는지 묻자 진린순은 명쾌하고 단호하게
답했다. 어렸을 때부터 들었던 춘향전은 하층 계급 여자가 미모를 통해 구원
받는 이야기였는데, 춘향이라는 인물의 내적 갈등이나 심리에 대해서는 누구
도 관심을 보이지 않는 게 안타까웠다고 했다. 그녀가 지은 소설에서 춘향은
어머니 '향부인'(월매)을 비롯한 약한 여성들끼리 서로 돕고 연대하면서 강한
존재가 되고, 그 유토피아에서 스스로 구원받는 이야기로 끝을 맺는다. 이 소

설 속 춘향은 전통적인 이야기 속의 인물과는 전혀 다르다고 했다.

지난 17일 제11차 한중작가회의가 열리던 중국 지린성 창춘 쑹위안 호텔에서 진런순을 독대했을 때 춘향 이야기부터 물었다. 한국에 번역되지 않은 그녀의 장편인데 춘향이 이몽룡에게 돌아가지 않았다는 소개 글을 접하고 이 이야기에서부터 진런순 문학의 실마리를 풀어볼 수 있을 거라고 생각했다. 그녀는 두 종류의 소설을 쓰는데, 하나는 객관적인 중국 현대인의 삶이고 또 하나는 자신의 뿌리인 조선족 관련 이야기라고 했다. 조선족 이야기를 쓸 때면 자신도 모르게 페미니스트가 된다고 했다. 그녀는 한반도가 여성에 대한 비하적 전통이 강했고 지금도 그런 것 같다고 덧붙였다.

춘향 이야기로 진런순에 대한 섣부른 선입견을 가질 필요는 없다. 귀국해서 국내에 유일하게 2014년 번역된 그녀의 소설집 『녹차』(글누림)를 읽으면서 이런 작가를 늦게 알았다는 사실이 미안했다. 중국에서 영화로 제작돼 인기를 끌었다는 현대 남녀의 연애 심리를 다룬 표제작에서는 그냥 머리를 끄덕였지만, 첫머리로 돌아가 읽기 시작한 「복숭아꽃」은 가위 절창이다. 남자를 둘러싼 모녀의 애증을 담담하게 풀어가는 절제된 문장 속 이야기가 뜨거웠다. 이어지는 '성안에 봄이 오니 초목이 무성하네'는 단아한 문체에 실린 관능과 사랑의 슬픔이 잔잔하고 격하게, 스미듯 아프게 읽혔다. 조선어를 모르는 그녀는 이 한국어판 소설집 서문에 "엄마와 아빠의 타향이 나의 고향이긴 하지만 당신들의 고향은 나의 고향이기도 하다"고 적었다.

진런순의 부모는 일제강점기 중국으로 건너와 지린성에서 4남매를 낳았다. 아버지는 탄광촌 구락부(극장) 책임자였는데, 어린 시절부터 아버지에게 점심을 배달하며 극장에서 살다시피 하면서 영화는 물론 각족 공연에 접하면서 진런순은 성장했다. 문화혁명이 막 끝나던 1970년에 태어나 각종 세계문학이 구비된 도서관에서 책을 끼고 살기도 했다. 작가가 될 수밖에 없었던 천혜의 환경을 누린 셈이다. 정작 미대를 가려다가 우연찮게 길림예술대학 연극문학부에 들어갔다. 이미 고등학교 시절부터 각종 문예지에 투고해 원고료가 생활비를 상회할 정도로 문재를 발휘했는데, 대학시절부터는 본격적으로 소설을 쓰기 시작했고 졸업 후에는 《작가》라는 문예지에서 10여 년간 편집자로 일하면서 수많은 투고작들을 줄이고 고치는 일을 했다. 이때 경험이 자신의 문체를 단정하게 만드는데 기여했다고 술회한다.

한국과는 달리 중국에서는 유수의 문예지에 고르게 작품을 발표하고 나서야 작가로 대접을 받는데, 이 과정을 1996~1997년 수행했다. 정치적 이념에서 자유로워진 중국의 '치링허우'(1970년대생 출생자) 유명 문예지 작가 특집(1998년)에 진런순이 선정되면서 그녀는 전국적인 주목을 받기 시작했고, 『녹차』가 영화로 각광받은 뒤 〈엄마의 장국집〉이라는 드라마도 썼다. 그녀의 작품이 러시아 연극 무대에 올랐고, 영어로 번역된 작품도 다수다. 정작 한국에서 그녀의 작품이 홀대받는 편이다. 4남매 중 막내인 그녀만 형제 중에서 조선어를 할 줄 몰라 통역을 옆에 두고 대화를 나누는 안타까움이 컸다.

"제 신분은 조선족 작가라기보다 먼저 작가, 글 쓰는 사람입니다. 처음부터 조선족 관련 글을 쓰기는 했지만 누구도 관심 갖지 않았고, 중국은 땅이 너무 크고 민족들이 많아서 소수민족 작가 중 유명 작가들이 많지만 누구도 소수민족이라고 생각하지 않고, 저 자신도 조선족을 의식하지 않았습니다. 전국적인 소수민족문학상인 '준마 문학상'을 받으면서부터 아, 진런순이 조선족이구나, 그래서 그렇게 썼구나, 비평가들이 인식한 거였죠. 중국에서는 조선어를 몰라 조선족 작가와 교류하지 못하고 한국에 가면 중국 작가라는 두 개의 변경 지대 신분, 괜찮아요. 작가로서는 오히려 좋습니다."

하나하나의 작품에 최선을 다해서 쓸 뿐, 대작에 대한 욕망은 없다고 했다. 사람과 사람 사이의 교류에 관심을 가지고 있는데 결국 소통은 불가능하다는 결론이다. 그녀는 "가장 가까운 부부 사이에도 이해와 소통이 어렵고 혈통과 혈맥은 한반도 사람인데 이렇게 한국 기자를 만나서도 통역이 필요한 한계가 있듯 결국 인간이라는 존재는 고독하고 외로운 존재"라면서 "소통 자체는 불가능하지만 소통하려는 과정에서 인간 사이에 생기는 미묘한 따스함과 부드러움, 그것이 알고 싶고 표현하고 싶은 주제가 아닌가 싶다"고 말했다.

싱글의 이미지가 강해 조심스럽게 결혼 여부를 물었더니 조각을 하는 길림

예술대 교수 남편과 아빠를 닮아 공예 솜씨가 좋다는 열세 살 딸아이와 단란하게 살고 있다고 했다. 가정생활과 문학 작품은 분명하게 구별한다고, 웃으면서 못 박았다.

주로 중단편에 매진한 그녀는 두 번째 장편으로 중국에 와 있는 한국사람, 한국에 가 있는 중국 노동자와 유학생들을 다루면서 작금 중국 사람들의 정체성에 대해 쓰고 싶다고 했다. 연말쯤 한국에 들어와 체류하면서 구체적인 취재와 집필에 몰두할 예정이다.

진런순이 지금까지 써온 소설의 3분의 1 정도는 중국 고전소설의 전통을 활용한 조선 이야기였다. 이런 류의 작품은 아주 정치하고 아름답고 화려하게 썼는데 외국 독자들도 좋아해서 항상 선집에 들어가고 번역됐다고 한다. 황진이가 파계시킨 지족 선사와 나눈 정신과 육체에 관한 담론을 소설로 승화시킨 〈승무〉라는 작품은 모스크바에서 연극으로도 상연했다. 이 작품 속 황진이도 페미니스트냐고 물었더니 김인순 씨, 명쾌하다.

"물론이죠. 내가 쓴 인물인데."

〈2017.10.30.〉

사람들아, 사랑은 이렇게 하는 거다

김선우 시인·소설가

'저는 성심을 다해 넘어지고 성심을 다해 일어날 겁니다. 곁에 있든 없든 제가 언제나 당신과 함께임을 잊지 마세요. 당신은 내 사람입니다. 내 사람만으로 머물러서는 안 되는 내 사람입니다. 저 역시 그렇습니다. 저는 당신의 사람입니다.'

이런 사랑의 말, 마다할 사람 누굴까. 언제나, 곁에 있든 없든, 당신은 내 사람이라는 말. 토를 달기 힘들다. 이들이 처음 시선을 마주치는 순간, 남자의 '가슴속 깊은 곳 어디선가 통증이 욱신' 지나갔고 '막막하면서도 감미로운, 망망대해의 한 점 유배지에 가득 핀 꽃 무더기 속에 갑자기 파묻힌 듯한, 몽롱하고도 아련하며 애달프고 날카로운 외줄의 현이 가슴속 어딘가에서 퉁겨지며 떨고 있는 것' 같았다. 지상의 우여곡절을 통과해 처음 몸으로 사랑을 나누는 이런 대목은 어떤가.

'뜨거운 입술이 지나갔다. 다시 몸이 열리고 몸이 섞였다. 꽃이 피고 꽃의 은하가 열렸다. 불일불이한 우주가 일렁이며 흙의 냄새와 물의 냄새와 불의 냄새와 바람의 냄새가 중심으로부터 흘러넘쳤다. 그와 함께 무한히 텅 빈 허공이 역동했다. 몸의 모든 변방에서 꽃들이 떨리며 피어났다.'

원효(617~686)는 한반도 최초, 최고의 사상가로 추앙받는 신라의 고승이요, 요석공주는 신라 태종 무열왕 김춘추의 딸로 삼국유사에 과부로 기록된 여인이다. 시 쓰는 소설가 김선우(45)는 이들 남녀의 사랑을 아름다운 우주적 사건으로 만들어냈다. 장편소설 『발원發願─요석 그리고 원효』(전2권·민음사)가 그 모체다.

"원효는 고3 때부터 사랑했던 남자였어요. 당시 한참 카프카나 카잔차키스에 빠져 있었는데 원효가 이쁘장한 선방이 아니라 무덤 속에서, 그것도 하필 해골바가지 물을 마시다 대오각성을 했다는 우화가 강력하게 문학적으로 다가오는 거예요. 삼국유사에서 일연이 원효를 과부와 몸을 섞어 파계한 부도덕한 존재로 그려놓은 건 미심쩍을 뿐 아니라 참을 수 없더군요. 내가 사랑하는 남자를 제대로 그려내고 싶었어요."

김선우가 원효를 알게 된 건 그녀와 열한 살 차이 나는 언니 때문이었다. 가장 가까웠던 둘째 언니가 왜 그때 엄마 아빠 반대를 그토록 무릅쓰고 고교 선생을 하다가 출가를 해야만 했는지 궁금했다. 언니 편이긴 했지만 속생각이 궁금해서 불교 관련 서적을 들추다가 만난 인물이 원효였다. 대학에 들어가 일연의 『삼국유사』를 접하고 의심을 키우다가 《불교신문》 연재 제의를 받고 오랫동안 품어왔던 원효의 사랑을 자신의 시각으로 재해석할 기회를 얻게 된 것이다. 청탁한 쪽에서는 세상을 이롭게 한다면 어떤 소재라도 마음대로 쓰라고 했다. 그렇긴 해도 정작 원효를 쓰겠다고 하자 조계종 화쟁위원장 도법 스님은 말문을 닫았다.

잠시 후 스님은 "원효가 쉬운 인물은 아니다. 공부도 많이 해야 되는데 가능하겠느냐"고 물었다. 김선우는 정말 잘 쓸 수 있노라고 장담했고, 이후 문장들을 살과 피로 바꾸는 정진이 이어졌다. 서울 종로 조계사 앞에서 만난 김선우는 이 소설을 펴낸 후 5kg이 빠졌다고 했다. 절집에서 사진을 찍고 인근 찻집에서 마주 앉았을 때 가까이서 본 그녀의 얼굴은 해쓱했다.

"자루 없는 도끼를 주면 하늘을 떠받치는 기둥을 만들겠다고 설파한 『삼국유사』 속 원효의 말은 음란한 파계의 말이 아니었습니다. 그것은 진짜 사랑, 온 존재를 바친 사랑이 아니었을까요? 그들은 서로 신뢰하고 응원하면서 향상시키는 관계였다고 봅니다. 서로에게 구속되지 않고 저마다 삶에 최선을 다하면서 성숙시키는 그런 관계 말입니다. 그들이 사랑을 나누는 장면은 작심하고 썼습니다. 사람들아, 사랑은 이렇게 하는 거다,라고."

도끼의 자루란 권력을 상징하거니와 김춘추의 딸 요석이 남편과 사별한 상태가 바로 자루 없는 도끼 형국이다. 도끼는 흔히 여성의 성기로 상징되는데 여기에 기둥을 세우겠다니, 원효가 시중에 퍼뜨린 말은 김춘추 입장에서는 얼마든지 권력에 위협적 존재인 원효에게 딸을 내주어 파계승으로 몰아붙일 명분인 셈이다. 원효가 한갓 파계승일 리 없다는 의심은, 김선우는 물론 이번 책 뒤에 해설을 붙인 철학자 강신주도 의견이 같다. 다만 강신주는 원효가 과부를 긍휼히 여겨 파계의 명분을 제공했을 뿐 몸을 나눈 관계는 아니었다고 주장하고, 김선우는 조금은 시혜적 입장의 남성적 시각에 동의할 수 없다면서 자신만의 사랑법을 두 사람에게 투사한 형국이다.

이 소설이 두 남녀의 사랑을 기본 축으로 삼고 있긴 하지만 더 두드러지는 대목은 사실 김선우가 바라보는 삼국시대 민중의 삶과 정치적 역학관계다. 그녀는 삼국통일에 목을 매던 신라에서 전쟁을 반대하는 인물이요, 국가무용론을 펼친 '혁명가'로 원효를 규정했다. 부상한 백제의 소년 병사를 품에 안은 원효의 입을 빌리자면 국가란 이런 존재다.

'조국, 충, 용맹, 임전무퇴. 이 모든 관념은 한 줌 지배 귀족의 권력 욕망에 소모되는 가여운 희생을 낳을 뿐이다. 헛된 망상을 조장할 뿐이다. 어떤 것도 생명 앞에서는 모두 삿되다. 나는 있는 그대로 보겠다. 있는 그대로 고통의 실상과 대면하겠다. 신라는 보이지 않으나, 저 소년은 보인다. 신라의 맥박은 뛰지 않으나, 저 소년의 맥박은 뛰고 있다. 내게 조국이 있다면 그것은 인간이 경계 지어놓은 삿된 국경보다 더 큰 조국이어야 할 것이다. 나는 새로운 조국

을 찾아낼 것이다. 조국의 이름으로 살생하지 않아도 되는 조국을.'

이쯤 되면 원효는 작가 김선우의 아바타인 셈이다. 『금강삼매경론』, 『대승기신론소』같은 정치한 저작물들을 남겨 중국 일본 인도에서까지 '해동 원효'로 추앙받는 고승을 이리 쉽게 자신의 시각으로 재단해도 되는가. 김선우는 인사동 찻집에서 말했다.

"원효는 정치한 사유로 엄청난 저작을 남긴 사상가이지만 그것으로 그친다면 매력이 없는데 그런 사람인 데도 진짜 부처가 어찌 발현돼야 하는지 고민하고 함께 행한 존재, 앎과 실천이 함께 간 인물이라 매력적인 거지요. 활로가 없는 신라 사회에서는 원효가 보여주었던 자유의지야말로 당연히 돋보입니다. 지금 왜 이 시대에 원효인가 돌아볼 때 가장 강조하고 싶었던 부분이기도 합니다. 국가주의적 망상에서 벗어나 스스로 자유로워져야 한다는 강력한 선언, 당대 국왕의 입장에서는 불편할 수밖에 없지요. 삼국통일 과업을 앞두고 반전이라니. 원효가 실제로 그리 했냐구요? 당연하죠. 내가 사랑하는 남자니까."

소설 속 원효의 말과 행동은 물론 작가의 상상이다. 김선우는 그녀가 사랑하는 남자라면 응당 그리했을 것으로 생각하는 인물을 원효를 통해 선명하게 그려냈다. 그녀는 이번 소설을 마친 후 후회가 없다고 했다. 만족스럽다는 것과는 다른 표현인데 그만큼 최선을 다했다는 말이다. 매번 그녀는 시건 소설이건 쓸 때마다 온 존재를 다 바친다고 했다. 시를 쓸 때는 지상에서 2cm쯤 떠 있는 시의 몸을 만든다. 세상 모든 것들과 소통하는 열린 몸을 만들어 보름이나 한 달쯤 시에 몰두하다가 일상을 견인하는 소설가의 책상의 위로 돌아온다. 성골만 쓸 수 있다는 '시'에서 내려와 잡인들의 '소설'에 투신한 김선우의 '발원', 아름답다. 시인의 문장이 세속의 저자에 스미었다.

〈2015.6.8.〉

서울에서 만난 남성 작가들의 수다

소설가 데이비드 밴 천명관

한국 소설가 천명관(52)과 미국 작가 데이비드 밴(50)은 지난달 말부터 이번 달 초까지 일주일 동안 서울의 같은 호텔에서 숙식하며 파트너로 지냈다. 두 남자 모두 굵직한 뼈대가 눈에 띄는 건장한 체격이다. 이들이 같이 지냈다는 건 말 그대로 함께 지근거리에서 서로의 작품을 읽고 '수다'를 풀고 낭독공연을 보면서 문학을 나누었다는 의미. 한국문학번역원이 격년으로 진행하는, 국내외 문인 28명이 참여한 6회 서울국제작가축제(9월 25일~10월 1일) 자리였다. 여느 해보다 내실 있고 관객들의 반응도 좋았다는 평가다. 이 기간에 서울 대학로 마로니에공원에서 두 사람을 만났다.

천명관은 2003년 단편 『프랭크와 나』로 《문학동네》 신인상을 받으며 문단에 나와 이듬해에는 다시 장편소설 『고래』로 《문학동네》 소설상을 받아 본격적으로 알려지기 시작했다. 이후 장편 『고령화 가족』, 『나의 삼촌 브루스 리』를 연달아 펴냈고 소설집 『유쾌한 하녀 마리사』, 『칠면조와 달리는 육체노동자』도

묶어냈다. 쉼 없이 이어지는 호쾌한 남성적 서사로 독자들을 사로잡는 그의 서사 스타일은 '문학주의'에 답답한 독자들에게는 돋보이는 것이었다. 그는 최근 뒷골목 건달들의 좌충우돌 서사를 그려낸 신작 장편 『이것이 남자의 세상이다』(예담)도 펴냈다. 국내에 장편을 새로 선보이기는 데이비드 밴도 마찬가지다. 이 장편 『아쿠아리움』(아르테)은 데이비드의 출세작 『자살의 전설』처럼 가족을 소재로 어머니와 할아버지의 화해를 그려낸 작품이다. 12살 때 접한 아버지의 자살로 인해 내내 트라우마를 안고 살다가 소설로 풀어내기 시작해 메디치 외국문학상, 캘리포니아 북어워드 등 전 세계 12개 문학상을 수상했고 20개 언어로 번역돼 각광받는 작가로 살고 있다.

첫인상을 묻자 천명관은 "자살한 아버지 이야기를 쓴 미국의 50대 아저씨라니 처음에는 음울하고 지루한 만남이겠다 싶었는데 막상 보니 에너지가 넘치고 유머러스하고 사교적이어서 약간 조증 같은 느낌을 줄 정도였다"고 말했고, 데이비드는 "처음에는 너무 겸손해서 출판한 책이 많을 뿐 아니라 많이 팔리고 영화로까지 만들어졌다는 걸 몰랐을 정도였는데 으스대면서 스스로를 과장하지 않는 건 내가 좋아하는 스타일"이라고 화답했다. 데이비드가 "영역해 수록한 자료집에서 천명관의 「프랭크와 나」를 읽었는데 유머러스한 부분이 좋았고 특히 돈에 대한 이야기는 미국 작가에게서도 접하는 것으로 외국 작가의 글을 읽는 것 같지 않고 친근했다"고 이어가자, 천명관은 "데이비드 작품은 다른 미국 작가들에 비해 묘사가 정밀하고 시적인 면이 느껴졌다"면서 "장면 묘사가 다음으로 넘어가는 감각이 되게 독특하고 플롯에 대한 감각이 독창적이어서 지금도 그러하지만 앞으로 더 크게 빛날 작가일 것 같다고 생각했다"고 답했다.

데이비드는 최근 그리스 비극을 소재로 한 「메데아」라는 소설을 탈고해 가족 서사에서 벗어나는 중이라고 하지만 가족이 그의 문학의 출발점이자 뿌리라는 사실은 부인할 수 없다. 천명관은 개인사를 배제하고 외부에서 소재를 구해 상상력을 발휘해온 편이라지만 역시 가족 자체에 대한 관심으로부터 자유로울 수 없다. 자살한 아버지 『자살의 전설』, 아예 존재가 보이지 않는 아버지 『고령화 가족』)를 그리는 이들에게 아버지는 현대사회에서 어떤 위상일까.

"아버지 이미지는 많이 바뀌고 있어요. 아픔의 상징이었던 치과병원도 요새는 아픔을 덜어주는 요소를 많이 보완하듯 아버지들도 가족과 감정적으로 많이 교류하려고 노력하는 편인데 앞으로는 이미지가 많이 나아지지 않을까요?"

12살짜리 아들에게 1년만 같이 살자고 청했지만 거절당하고 자살했던 아버지에게 부채감을 안고 살아온 데이비드. 그는 바닥까지 추락한 아버지의 미래에 대해 정작 낙관적으로 말했지만 천명관은 비관적이다.

"한국 사회의 가장 큰 변화의 핵심은 아버지의 죽음이라고 봅니다. 대를 이어 내려오던 연속된 삶의 패턴이 완벽하게 단절되면서 대단히 심각한 양상인데 어떻게 해결돼야 할지 잘 모르겠습니다."

가족처럼 가장 가까운 이들이 왜 더 깊고 큰 상처를 주는지 다시 물었다.

"가족은 우리를 만들고 파괴시키기도 합니다. 가족이 실패하면 우리는 사랑을 주고받을 기회나 화해할 기회도 놓치게 됩니다. 어쩔 수 없이 외로움을 느끼고 상처를 받는 아픈 일이 생기지요. 가족은 우리를 세상과 연결해주는 관계이고 우리의 존재 이유이기 때문입니다. 사실 저는 10년 동안 어머니와 연락을 두절한 채 살았습니다. 서로 용서하는 방법을 몰랐던 것인데 이번에 한국에 소개한 『아쿠아리움』은 가까운 사람에게 받은 상처를 어떻게 극복하고 용서할지 다루었습니다."(데이비드 밴)

"저는 가까운 사람들 이야기를 쓸 용기가 없었어요. 그걸 들여다보는 게 너무 힘들어서 가능하면 저로부터 먼 이야기를 쓰려고 노력하고 3인칭의 재미있는 이야기를 구상하곤 했지요. 내면에 들어앉은 과거의 제 이야기는 딱 단편 두 편에 쓴 적 있는데 나머지는 저랑 상관없는 이야기들이에요. 다 못 배우고 가난하고 무지하고 어리석고 언제나 곤경에 처해 있는 그런 사람들 이야기가 대부분이지요. 제가 아는 사람들, 쓸 수 있는 사람들은 그런 사람들입니다. 믿어지지 않겠지만 저는 서른 살 넘을 때까지 대학 나온 사람을 한 번도 본 적 없어요."(천명관)

천명관이 개인사와 관련해 딱 두 편 썼다는 단편은 「우이동의 봄」과 「봄날」. 막노동을 하며 폐암 걸린 할아버지를 봉양하던 이야기와, 이십대의 암울하지만 애틋한 추억이 음악다방 디제이박스와 헤어진 다방 여자 이야기를 배경으로 서럽게 흐른다. 카카오스토리에 연재하고 이번에 책으로 묶어낸, 자신의 작품들 중 가장 문학적 요소가 적을지 모른다는 흥미진진한 이야기 「이것이 남자 세상이다」의 저류에도 기실 페이소스가 감도는 건 인터뷰 자리에서 돌아와 저 단편들을 읽고 난 여파였을까.

일주일 동안 함께 숙식하며 각국 작가들과 어울리면서 '작가들의 수다'와 밤마다 열린 낭독공연은 물론 서울 야간기행, 진관사 워크숍까지 더불어 체험한 서울국제작가축제에 대한 소감을 묻자 데이비드는, "다양한 사람들을 만나 제가 작가 세상이라는 커뮤니티의 일부가 된 것 같아 기뻤다"면서 "세계 각지에서 개최되는 70개 정도의 작가 페스티벌에 참석해보았지만 다양한 형태의 낭독공연까지 곁들여진 이 축제가 가장 독특한 것 같다"고 말했다. 천명관은 "등단 이후 문단에 있으면서도 항상 혼자라는 기분으로 살아왔는데 이번에 좋아하는 작가들도 만나 같이 어울려서 좋았다"면서 "작가들이 전부 다 다른 방식으로 접근해서 다른 작품을 만드는 걸 느꼈고 제 글쓰기에도 도움이 될 것 같다"고 소감을 밝혔다.

파트너가 여자가 아니어서 실망하지 않았느냐는 질문에 데이비드는 솔직히 약간(a little bit) 실망했다며 환하게 웃었고, 천명관은 첫날 둘 다 늦게 일어나 엘리베이터에서 처음 상면했을 때 비슷한 사람들끼리 단박에 서로 알아보았다고 조용히 웃었다.

〈2016.10.17.〉

문학이라는 종교를 믿는
마지막 신도

김
용
만

소
설
가

'나에게는 불치의 병이 있다. 아름다움을 느끼지 못하는 병이다. 빨갛고 노란 꽃이나 단풍을 고운 제 색깔로 느끼지 못하는 병, 하지만 나는 그 병을 고치려고 애써본 적이 없다. 그 병이 나를 괴롭히는 게 아니라 내가 그 병을 좋아하기 때문이다. 그리고 그 병은 늘 문학을 나의 상식적인 삶으로 유도했다.'

아름다움을 느끼지 못하는 병이라니, 하물며 그 비정상적인 상태를 좋아한다니 어떤 심리일까. 소설가 김용만(76)이 첫 소설집 『닝 내 각시더』 서문에 적은 말인데, 그는 이를 '고통론'이라고 명명했다. 그는 자신이 걸어온 길도 그러했지만 설혹 안온한 행복이 찾아온다 하더라도 이를 거부하겠다는 다짐이다. 이유는 단 하나, 문학이 그에게서 달아날까 봐 노심초사하는 것이다. 문학이 무엇이기에, 인간의 행복을 위해 기여하는 게 문학일진대 그는, 왜 이리 고통을 스스로 영접하는 것일까.

"어렸을 때부터 문학이 꿈이었는데 그걸 제대로 이루지 못하고 사라진다고 생각하면 한이 맺힙니다. 문학은 나에게 신앙 차원의 종교와 같습니다. 이곳은 내 문학의 성전인 셈입니다."

경기 양평군 서종면 문호리 북한강변 '잔아문학박물관'에서 만난 김용만 관장은 자신이 일군 '성전'의 뜨락에서 방문객을 맞았다. 자신의 별호이자 소설 속에서 사용하는 주인공 이름 '잔아'를 앞에 내세운 사설문학박물관이다. '잔아殘兒는 김용만 소설에 등장하는 여주인공 이름인데 '마지막 아이'라는 뜻으로 성장 과정에서 혹독한 시련과 슬픔을 온몸으로 체험한 그의 분신이기도 하다. 1990년대 초반 잘나가던 서울의 살림살이를 접고 이곳으로 거처를 옮긴 이래 문학도와 문인들의 공부 장소로 활용돼온 공간을 확대해 2010년 박물관을 열었다. 한국문학관, 세계문학관, 아동문학관 등 3개의 전시실에서 작고 문인들과 대표적인 생존 문인, 세계적인 대문호들의 테라코타 흉상과 사진 자료, 희귀 문예지와 육필 등을 볼 수 있다. 여느 문학관과 차별화되는 지점은 김용만의 아내이자 시인인 여순희(66)씨가 직접 흙으로 빚은 테라코타들이 문학관 도처에서 관람객들을 맞는다는 점이다. '글과 흙의 놀이터'라는 수식이 이 문학관 앞에 붙는 배경이다. 신경림 유종호 정현종 김승옥 김화영 오정희 함민복 등 생존 문인들의 테라코타를 만들고 있는데 현재 28명까지 완성된 상태다. 30명이 채워지면 따로 전시도 할 예정이라고 한다.

김용만은 49세에 등단한 대표적인 늦깎이 작가로 꼽힌다. 그가 문학의 꿈을 꾸기 시작한 건 '배냇짓'을 할 때부터였다고 하니 문학의 품에 제대로 안기기까지는 긴 세월이 흐른 셈이다. 그 세월 동안 김용만이 걸어온 길은 '파란만장'이라는 진부한 수식어가 어색하지 않다. 그는 머슴살이를 하다 불목하니로 들어간 부친과 눈이 먼 어머니를 둔 외아들이었다. 충남 부여에서 간신히 초등학교까지는 부모 슬하에서 마쳤지만 더 이상 상급학교에 진학할 수 없어 부산으로 가출을 감행했다. 고마운 사람을 만나 부산중을 거쳐 용산고등학교를 마치고 사립대에 합격했지만 더 이상 학비를 감당할 수 없어 포기해야 했다. 제대 후 부산에서 다양한 노점 대열에 끼었지만 실패하고 자살하기 위해 태종대 바위까지 올라갔다. 몸과 마음이 분리된 상황에서 자살에 실패하고 돌아오던 길에 경찰 모집공고를 접하고 간신히 물로 불린 체중으로 관문을 통과해 경찰이 되었다.

경찰생활을 하면서도 문학에 대한 꿈을 버릴 수 없어 서울에서 부산으로, 다시 강원도로 임지를 옮겨가며 '읽고 쓰는' 생활에 빠져들었다. 휴전선 인근 최전방 동해 바닷가에서 공비들이나 살인범을 비롯한 범죄자들과의 만남은 후일 그의 소설의 소중한 자산이 되었다. 경찰을 그만두고 다시 서울로 올라와 공사판 인부와 리어카 행상을 전전하며 밑바닥 삶을 살다가 우여곡절 끝에 '춘천옥'이라는 이름의 보쌈집으로 대대적인 성공을 거두었다. 구로공단 오거리의 이 집은 연예인은 물론 정치인과 스포츠인들까지 북적이는 소문난 집으로 널리 알려져 돈을 세기조차 귀찮을 정도로 호황을 누렸다. 종업원을 40명 가까이 거느릴 정도로 성공했을 때 김용만은 과감히 춘천옥을 접고 양평으로 내려갔다. 그대로 계속 음식점을 운영했다면 웬만한 중소기업 뺨치는 수익을 올렸을 상황이었다. 이때의 성공스토리는 KBS 라디오 일일연속극으로도 방송된 그의 장편『능수엄마』에 상세하게 기록돼 있다.

"돈을 좇다가 돈을 피해 도망한 셈입니다. 남들은 왜 잘나가는 업소를 정리하고 시골로 들어갔느냐고 안타까워하지만, 더 일찍 정리했더라면 그만큼 빨리 내 재능을 문학에 투여할 수 있었을 텐데 아쉬울 따름입니다. 늦게 데뷔했어도 호평이 쏟아졌는데 더 일찍 문단에 나왔더라면 좀 더 내 문학이 영글었을 거라는 생각을 하면 한스럽습니다."

이런 자격지심에 사로잡혀 있던 시기에 양평에 어렵게 마련한 땅을 누가 사려고 하자 두말없이 시세의 10분의 1 가격에 거저 넘기다시피 팔아버린 일화도 있다. 돈에 미련이 있었더라면 상상할 수 없는, 그의 아내는 눈물을 흘리며 통탄한 일이었다. 문학이 무에 그리 대단한 것이기에 이토록 매달리는가.

그는 여름날 마당에 모닥불을 피워놓고 멍석 위에서 밤하늘을 올려다보며 별을 유난히 좋아했던 아버지로부터 문학의 DNA를 물려받는 것 같다고 했다. 낯 놓고 기역자도 모르는 부친이었지만 우주에 대한 호감과 상상력은 유별났다. 어린 아들은 "저 별들은 천장에 딱 박혀 있는 게 아니고, 우리 방이 우주라면 요강단지 재떨이 담뱃대 모자, 저런 것들이 다 별인데, 이것이 벽이나 바닥에 박혀있는 게 아니라 둥둥 떠 있다고 생각하면 된다"고 배운 티를 냈다. 그랬더니 아버지는 "둠벙에 둥둥 떠 있는 개구리마냥 그런 것인 모양"이라면서 "야, 그럼 이쪽에서 저쪽 갈라면 명주실로 몇 타래나 된다냐?"고 물었다고 했다. 몇 만 광년의 별과 별 사이를 명주실 몇 타래로 표현하다니 사실 부친이야말로 타고난 시인이었던 셈이다. 그 아버지는 어린 시절 동생들 딸린 장남 처지에서 밭일을 하다 호미를 던지고 남사당패를 따라나선 적도 있었다니 뜨거운 피는 그대로 아들에게 이어진 셈이다.

"아버지도 단지 글을 못 쓰신 것뿐이지 먹고 살 만했으면 웬만한 글쟁이 못지않았을 겁니다. 눈 오는 날 밤 어두운 눈밭에서 우는 거지를 안방으로 들일 정도로 한없이 선량하던 아버지 아래서 내 허무는 배냇짓의 숙명으로 싹튼 거지요. 어릴 때는 천문학자가 되고 싶었습니다. 사실 춘천옥 시절 장사에 미쳤던 것도 허무와 슬픔을 극복하기 위한 몸짓이었을지 모릅니다."

1989년 《현대문학》에 「은장도」를 발표하면서 데뷔한 이래 1993년 첫 창작집 『넌 내 각시더』가 문단의 호평을 받으면서 그는 본격적으로 문단에 이름을 알리기 시작했다. 이후 『칼날과 햇살』, 『인간의 시간』등 장편을 펴냈고 세계 100여 개 국을 돌아다닌 뒤 『세계문학관기행』을 펴내기도 했다. 근년에는 주간신문 《양평시민의 소리》에 3년 남짓 자전적 장편 『미친 사랑』을 연재했다. 뒤늦게 광주대 문예창작과와 경희대 국문과 대학원 박사과정까지 마친 그는 계간 《미네르바》에 국내 대표적인 시인들과 시를 길게 살핀 글도 기고하는 중이다. 문학이라는 종교를 떠받드는 우리 시대 마지막 문인 그룹의 일원인 김용만은 성전을 나와 서울을 향해 비 오는 국도를 달리면서도 자주 "한스럽다"고 말했다.

〈2016.2.18.〉

헬렌의 시간, 사과가 있는 풍경

박미하일 소설가

    소설가 윤후명이 1995년 이상문학상을 수상한 작품은 「하얀 배」라는 중편이었다. 이 작품에는 주인공이 카자흐스탄에 가서 한국에서부터 만나고 싶었던 고려인 소녀 '류다'를 찾아가는 여정에 길잡이 역할을 하는 고려인 청년 미하일이 등장한다. 1990년 옛 소련이 붕괴하자마자 카자흐스탄 알마타에 한글을 가르치는 한국교육원이 들어섰는데, 이곳에서 한글 교육을 받은 1세대가 바로 미하일이었다. 그는 19세기 말 할아버지의 할아버지가 블라디보스토크에 정착해 씨를 뿌린 고려인 5세다. 연해주에서 스탈린 강제이주 정책으로 추방당해 간 우즈베키스탄에서 만난 부모가 미하일을 낳았다. 그는 우즈베키스탄에서 태어나 열두 살 때 카자흐스탄으로 이주해 성장했다. 두샨베 미술대학을 졸업한 뒤 다시 우크라이나와 키르기스스탄을 거쳐 카자흐스탄에서 본격적으로 소설을 쓰다가 모스크바에 정착했다. 윤후명은 미하일의 소설 발문에 "일견 낭만적으로 보일지는 몰라도 그의 생은 고난과 역경의 연속이기만 하다"면서 "나로서는 옆에서 바라보는 것만으로도 그의 '유랑'이 아득하기만 하다"고 기록했다.

"목수이자 엔지니어였던 아버지는 직장에 갔다가 집에 들어오면 식사를 하고 수채화를 그렸어요. 학교에 들어가기 전 어렸을 때 저도 아버지를 보면서 따라 그렸어요. 아버지가 처음에는 꽃을 그려보라고 하더군요. 제가 소질이 있었는지 그때부터 아버지가 그림을 가르쳐 줬습니다. 글을 쓸 때는 그림을 그리고 싶고, 그림을 그릴 때는 글을 쓰고 싶었어요."

소설집 『사과가 있는 풍경』(전성희 옮김·상상)을 펴낸 박미하일(69)을 서울 인사동 갤러리에서 만났다. 그림과 소설을 병행해온 그는 한국에서만 열네 번째 전시를 하는 중이었다. 러시아 여인이 자작나무 숲에서 금발을 올리는 〈여름 아침〉에서부터 한국 파주의 붉은 봄꽃, 명멸하는 빛의 날갯짓을 반추상으로 표현한 〈새〉 등 20여점이 걸려 있었다. 이 중 절반은 이미 팔렸다고 했다. 러시아에서 소설 9권을 펴내면서 유명 문예지 주관 카타예프문학상을 두 번에 걸쳐 수상하고, 러시아작가협회에서 주는 쿠프린문학상까지 받은 유명 소설가인 그는 한국에서도 6권이 번역됐고 재외동포재단과 팬클럽에서 주는 문학상과 KBS예술문학상을 받았다.

그가 처음으로 한국 제주를 배경으로 한국인 '강소월'을 주인공으로 내세운 장편 『헬렌의 시간』(상상)에는 화가의 필치로 묘사한 아름다운 풍광과 선한 글로벌 이웃들의 사랑이야기가 따스하게 흘러간다. 『사과가 있는 풍경』이나 『해바라기』에도 아름다움을 채집하는 사진작가나 테러에 부상당한 소년의 동화 같은 이야기가 격렬하진 않지만 잔잔한 사랑과 함께 스며든다. 반 고흐가 사랑한 따스한 노란색을 좋아하는 그의 글에도 그 색깔의 질감이 읽힌다.

"미대를 졸업할 무렵 처음 쓴 단편이 카자흐스탄 신문에 실렸어요. 눈 덮인 산을 그리는 화가 곁에 놀러 오는 소녀 '사울레느' 이야기였지요. 그 소녀는 도시로 가야 하는데 아름다운 풍광을 눈에 담아 잊지 않기 위해 날마다 화가 곁에 오고, 화가는 소녀를 위해 그림을 남겨두고 떠납니다. 카자흐스탄으로 이주하면서부터 「대나무 음악」이라는 중편을 필두로 본격적인 소설을 쓰기 시작했습니다. 인간이 무엇인지 알기 위해 그림을 그리고 글을 써왔지만 아직 안 잡혀요. 잡힐 듯하다 날아가 버리곤 합니다."

그의 소설들에서는 몽상과 동화적인 분위기가 읽힌다. 관능적인 사랑도 은은하게 깔린다. 마냥 부드러운 것만은 아니다. 소련이 해체되던 혼돈기를 다룬 장편 『밤, 그리고 또 다른 태양』에는 낡은 열차를 타고 이주하는 시인 지망생 청년의 혼돈이 자욱하게 깔렸다. 미하일은 이 소설이야말로 자신이 살아온 세계와 꿈을 보여주는 대표작이라고 말했다. 러시아에서 태어나고 자랐기 때문에 얼굴은 한국 사람이지만 본인은 러시아 사람이라고 생각하는데 글을 쓰면 러시아 사람이 쓴 게 아닌 것 같다고 평론가들이 말한다고 했다. 자신도 모르게 한국의 혼이 드러난다는 평가인데, 그는 이 말이 듣기 좋았고 뿌리에 대한 자부심도 느낀다고 했다.

"처음 한국에 왔을 때 깜짝 놀랐죠. 자유가 있지만 다 법을 지키고, 조용하고, 강도들 그런 거 하나도 없고 밤에 혼자 다녀도 누가 해치지 않아서 다 좋았어요. 당시 러시아는 소련이 해체되면서 모든 것이 혼돈이었습니다. 알마타 조선예술극장에서 일할 때 북한에도 한 번 가봤는데 그곳 역시 이데올로기 때문에 특별히 새롭지는 않았습니다. 독립된 카자흐스탄은 자기네 말만 쓰기를 강요해 러시아어로 글을 쓰는 입장에서 어쩔 수 없이 모스크바로 떠날 수밖에 없었지요."

그가 처음 한국에 온 것은 1992년 알마타 한국교육원에서 연수차 보내준 것이 계기였다. 이 해에 알마타에서 윤후명을 만났고 그의 도움으로 이듬해 인사동에서 첫 전시를 열었다. 친구처럼 지낸 윤후명을 통해 한국의 역사 문화와 일상에 대해 많은 지식을 얻을 수 있었고, 그이 또한 한국의 문학이 궁금해 찾아 읽다가 러시아에 한국문학을 소개하기 시작했다. 이문열 『사람의 아들』(2004)과 윤후명의 『둔황의 사랑』(2011)을 번역했고, 박경리의 『토지』 1권 (2006)에 이어 2권 번역을 마쳐 올여름 모스크바에서 출간될 예정이다. 『토지』에는 그가 그린 삽화 40여 장도 수록됐다.

"한국 작품들을 번역하면서 이곳 도시 생활과 젊은 사람들 생각도 여러 가지 알게 됐습니다. 박경리 선생 『토지』에서는 조상이 같다는 생각을 절실하게 하게 됐죠. 평사리라는 조그만 마을 역사를 통해 한국의 근현대사를 제대로 학습하게 됐습니다. 언어도 생활도 슬픈 사랑도 모두 인상적이었습니다. 러시아 독자들이 한국문학을 다 좋아하는 편이지만 특히 문학하는 사람들은 『토지』를 더 재미있게 보는 것 같습니다."

미하일은 처음 한국을 방문한 이래 매년 한국을 다녀갔다. 대전 인근 계룡시 엄사리에서 오래 거주하기도 했고, 근년에는 그의 딸이 정착한 파주에서 4년째 머무르는 중이다. 모스크바와 한국을 오가며 살아온 세월 속에 한국말이 늘었지만 깊은 인터뷰를 하기에는 한계가 느껴졌다. 한국어는 달변이 아니어도 한글로 번역된 소설들을 보면 깊은 사유와 따스한 서정을 충분히 접할 수 있다. 그에게는 소설과 그림이 서로 다른 장르가 아니라 그의 생각을 펼치는 같은 도구이다. 둘 중 하나만 선택해야 하는 순간이 온다면 그림보다는 글이라고 했다. 더 많은 이야기를 표현하기에는 아무래도 글이 더 적합한 수단이라는 생각 때문이다. 유랑의 DNA를 숙명으로 타고난, 칠순에 이른 한민족 디아스포라 예술가 박미하일은 소설 후기에 이렇게 썼다.

"지난 몇십 년 동안 나는 늘 '나는 다른 문화를 어떻게 받아들이고 있는가, 나의 정체성을 잃어가고 있는 것 아닌가?'라는 질문을 던진다. 또한 항상 나 자신에게 '인간은 누구인가'라는 질문을 남긴다. … 우리는 커다란 세계에 살고 있지만 그 세계를 깨는 것 또한 어렵지 않다."

〈2018.6.11.〉

사랑하는 재면아!

김초혜 시인

세상의 모든 사랑은 같고 다르다. 누군가를 좋아하는 상태는 비슷하지만 그 무늬와 질감은 천차만별이다. 드라마나 영화 같은 대중 장르에서 사랑은 남녀 간 전유물로 도드라져 보이지만 이성 관계를 뛰어넘는 영역에서 그 사랑은 더 깊고 넓다. 스킨십이나 이해관계를 떠난 사랑이야말로 쉬 변하지 않는 금강석이다. 이런 사랑이란 기실 피를 나눈 사랑 바깥에서 찾기 힘들다. 부모 자식 간 사랑은 종족 보존을 위한 본능적인 DNA 명령이 일차적 원인이겠지만, 그렇더라도 그 사랑의 금강석 같은 속성을 누구도 부인하기 어렵다. 부모 자식 사이보다 더 절절한 게 조부모의 내리사랑이다. 이 사랑, 맹목盲目이다.

김초혜(71) 시인이 노년에 매일 절절한 사랑의 편지를 썼다. 그 대상은 태어난 지 7년을 갓 넘긴 손자 조재면. 2008년 1월 1일부터 그해 12월 31일까지 하루도 거르지 않고 썼다. 200자 원고지 3장 안팎의 짧은 분량이지만 그 안에는 손자가 인생을 살아가는데 필요한 여러 가르침이 스며들었다. 독서에 대한 중요성이 여러 번 언급되고 인간관계와 실용적인 건강 관리 요령까지 그때 그때 생각나는 대로 할머니의 모든 지혜를 다 전수해주기로 작정하며 써내려갔다.

김초혜 시인 본인이 중학교에 입학할 때 오빠로부터 톨스토이 인생독본을 선물 받았다. 이 책은 50년 넘게 보관해오고 있는데 겉장과 내지가 닳고 닳아 너덜거린다고 했다. 쉬 너덜거리지 않을 고급 노트를 사서 시인은 손자가 초등학교에 입학하던 해 자신이 직접 인생독본을 썼다. 오빠가 자신에게 그랬던 것처럼 손자 재면군이 중학교에 입학할 때 이 편지가 담긴 노트를 선물로 주었다. 할머니는 손자의 '윤허'를 받아 손자가 초등학교 1학년 때 만든 공작을 표제로 삼아 『행복이』(시공미디어)라는 이름으로 책을 발간했다.

"사랑하는 재면아! 이 산도 저쪽에서 보면 저 산이고, 저 산도 저쪽에서 보면 이 산이다. 내 것만이, 내 생각만이 옳은 것은 아니다. 자기만 아는 척 고집을 부리거나, 잘난 척 나서는 것은 못내 수치스럽고도 어리석은 짓이다." 「2월 21일」

"사랑하는 재면아! 단맛만 알지 말고 쓴맛도 단맛으로 익힐 줄 아는 지혜로운 재면이가 되어라. 눈밭에 나가 눈싸움을 즐기는 너를 그려본다. 감기 들지 않게 몸조심하거라. 지금도 밖에는 눈이 하염없이 내리는구나." 「2월 28일」

"사랑하는 재면아! 자기 자신을 귀하게 만드는 것은 부모도 아니고 친구도 아니다. 바로 너 자신이라는 것을 항상 마음에 새겨두고 정진하라." 「3월 10일」

"사랑하는 재면아! 거문고의 맑고 고운 소리는 줄의 강약을 잘 조절해야만 나온다고 하는구나. 무작정 강하게 튕기면 줄이 끊어지고, 약하게 튕기면 제대로 소리가 나지 않는단다. 세상의 모든 이치도 이와 같아서 거문고의 조화로운 이치를 생각하면서 세상살이를 한다면 별 탈 없이 순조로울 것이다." 「3월 12일」

할머니가 70여 년 살아온 지혜를 모두 모아 어떻게 인생을 대해야 할지 깊은 마음으로 서술한 사랑의 자취들이다. 손자 '재면'에게만 국한된 사랑을 뛰어넘기에 이 책의 의미는 공공 영역에서 가치를 지닌다. 이렇게 지극한 사랑으로 내남없이 공들여 키워놓은 자식들이 차가운 바다에 수장된 '세월호' 사태 앞에서는 말문이 막힐 수밖에 없다. 이제 훌쩍 자라 중학교 2학년이 된 재면 군이 세월호 사태에 대해 묻자 김초혜 시인은 이렇게 답했다고 전했다.

"인간경시 혹은 무시풍조가 세상을 뒤집었다. 돈이면 안 되는 일 없는 경쟁 사회의 천민자본주의가 그 원흉이다. 사회 구조만 바꿔서는 안 되고 인간 구조를 바꿔야 한다. 이를 위해서는 문사철 중심의 인문학이 인간 내면에, 생활 속에 깊이 육화되지 않고서는 도저히 극복할 수 없다. 네가 어른이 됐을 때는 천민자본주의가 훨씬 지금보다 기승을 부릴 지도 모르지만, 돈만 벌겠다고 생각하면 불행해진다. 절대로 돈이 많아서 행복한 건 아니다. 할머니는 결혼 초기부터 객관적으로는 가난했지만 주관적으로는 가난하거나 불행하다고 느낀 적은 한 번도 없었다."

김초혜를 소설가 조정래와 떼어놓고 말할 수 없다. 김초혜가 시인으로 데뷔한 건 1964년 동국대 국문과 2학년 때였다. 일찌감치 대학신문 등을 통해 두각을 나타내던 김초혜에게 미당 서정주가 시노트를 가져오라고 하자 차일피일 미루다 가져다주었다. 그 길로 수월하게 《현대문학》을 통해 데뷔했다. 초등학교 때부터 각종 백일장을 통해 이름을 날렸고 중고 시절에는 문예반 반장으로 살다가 장학금을 받고 동국대에 들어갔던 처지이니, 김초혜는 어린 시절부터 시인의 자부심으로 가득차 있던 캐릭터였다. 오히려 데뷔 이후 기대했던 만큼 청탁이 오지 않아 시인의 자존감에 상처를 입은 편이었다. 이처럼 돋보이는 여학생에게 용기 있게 접근한 이가 같은 과 동갑인 남학생 조정래였다.

청주에서 살다 올라와 남학생 천지인 캠퍼스에서 어색할 수밖에 없던 상황에서 그가 장난을 쳤다. 만년필을 잠시 빌려달라고 했다가 가지고 도망친 뒤만날 때마다 돌려달라고 채근하는 김초혜를 피해 다녔다. 그는 몇 달 뒤 김초혜의 꽃수가 새겨진 하얀 무명 원피스의 작은 구멍에 만년필을 꽂아주었다. 이를 계기로 자연스럽게 대화를 나누며 교류하는 처지였는데, 조정래가 군에간 뒤 집안에서 선을 보게 했고 이 사실을 기별받은 조정래는 서둘러 처가의 면접을 거친 뒤 휴가를 나와 김초혜와 혼인을 치렀다. 김초혜는 피아노 레슨과 과외와 국어 교사로 전전하면서 생계를 꾸렸다.

　서울 효자동에서 살다가 6·25 전쟁 때 청주로 피난 가 성장기를 보냈다. 그는 전쟁 때 실종된 부친 대신 오빠를 아버지처럼 여기며 살았다. 탈향과 부친의 부재 같은 조건은 감수성 여린 이 소녀의 가슴에 그리움을 일찍이 깊이 심어주었다. 시인으로 살아오면서 '그리움'을 누구보다 깊이 가슴에 음각하고 시에 드러낸 배경이다. 1985년에 나온 『사랑굿』 연작시는 180만 부 넘는 초대형 베스트셀러를 기록했다. 그리움이 세상사는 아픔을 껴안아 사랑을 한판 굿으로 만들어낸 것이다.

　현대문학상(1996년)을 안겨준 수상작 「만월滿月」에는 "달밤이면/ 살아온 날들이/ 다 그립다// 만리가/ 그대와 나 사이에 있어도/ 한마음으로/ 달은 뜬다// 오늘밤은/ 잊으며/ 잊혀지며/ 사는 일이/ 달빛에/ 한 생각으로 섞인다"고 썼다. 이 그리움이야말로 절대적인 사랑과 잇닿아 있으니 그 대상이 이제 눈앞에 현현한 손자일까. 할머니 시인이 손자에게 매일 편지마다 쏟아붓는 애정과 근심과 배려의 문장들에는 세상의 모든 사랑을 다 녹여낸 절절함이 배어 있다. 자신의 죽음 뒤 손자에게 미칠 상실감까지 우려한 이 편지는 어떤가.

　"태어나는 것이 자연의 뜻이었다면, 죽음 또한 자연의 숭고한 뜻이란다. 이 세상에서 재면이를 제일로 사랑한 할머니가 지금은 하늘나라에서 재면이의 행복을 위해 기도하고 있음을 믿거라. 재면이 마음에 슬픔이 고일까 봐 죽음은 깊은 잠일 뿐 특별한 의미가 없다는 것을 미리 말해 두는 것이다. 언젠가는 재면이와 헤어진다고 생각하니 할머니 가슴이 저려 오는구나." 「3월 14일」

〈2014.5.19.〉

힘이 안 든 인생 어디 있겠어

김
용
택

시인

시인은 진메마을 입구 느티나무 아래 앉아 있었다. 그가 50년 전에 심어 지금은 우람한 기둥으로 자라 울창한 가지와 나뭇잎으로 뒤덮인 그 나무 아래에서 동네 노인들과 이야기를 나누고 있었다. 객을 마중 나온 마실이었을 것이다. 그이를 따라 시인의 생가 뒤편에 낮게 앉은 다갈색 벽돌집으로 들어섰다. 시인의 아내가 주방에서 일을 하다 환하게 객을 맞는다.

"힘이 안 든 인생이 어디가 있겠어. 남에게 말할 수 없는 일들을 수도 없이 겪고 살잖아. 그렇다고 해서 그런 삶을 버릴 수도 없는 것이고 빼낼 수 없는 거잖아. 그것도 내 삶이라는 생각이 드는 거지. 뭔가 비루하고 굴욕적이고 참을 수 없는 일들을 겪고 살잖아. 인생이라는 게 땅이 푹 꺼져버리고 캄캄한 절벽 앞에 서 있고 낭떠러지 위에 있어도, 그래도 살아온 거지. 그럼에도 사는 게 중요한 거지. 그렇게 생각해 보면 아 저렇게 어렵고 고통스럽고 절망스러운 거 자체도 그게 내 것이지 절대 빼낼 것이 아니다 싶지. 그런 편안함 같은 게 이번 시집에 들어 있을 거야."

12번째 시집 『울고 들어온 너에게』(창비)를 펴낸 섬진강 시인 김용택(68)을 만나러 전북 임실군 덕치면 진메마을 시인의 집을 찾았다. 시인은 인근 덕치 초등학교에서 만 37년을 살았다. 31년 교사 생활을 했고 6년은 어린 시절 직접 다녔다. 5년마다 임지를 옮겨야 하는 규정 때문에 잠깐씩 인근 학교에 머물다 왔을 뿐 그는 오롯이 이곳에서 살아왔다.

지난 4월 총선이 끝난 직후 이곳 생가 주변에 새로 지은 살림집과 집필실에 정착했다. 식구들이 20년 전 전주로 이사한 뒤 이곳을 오가는 생활을 하다 정착한 셈이다. 이를 두고 고향에 다시 돌아온 시인이라는 타이틀로 여기저기서 조명하지만, 그는 따지고 보면 한 번도 이곳을 떠난 적이 없다고 말했다. 이번 시집은 여백이 많다. 말이 많이 줄었다. 이를테면 "진달래야/ 너 인자 거기 서 있지 마./ 그리 갈 사람 없어."가 「마을」의 전문이다.

"나이가 들어서 그런 것 같아. 이제 잔소리가 시가 아니었으면 좋겠어. 다시 안으로 집어넣어서 가다듬어 내보내야 하지 않을까, 그런 생각이 들어. 사실 시는 짧아졌지만 많은 이야기들이 들어 있다고 봐야지. 「그동안」이라는 시가 있는데, 여기에 내 삶이 들어 있는 것 같아. 내 삶뿐이 아니라 우리 인생이라는게 그런 것 아닌가."

「그동안」이라는 시 전문은 이렇게 흐른다.

"농부의 아들로 태어났다./ 초등학교 선생이 되어 살았다./ 글을 썼다./ 쓴 글 모아보았다./ 꼬막 껍데기 반의반도 차지 않았다./ 회한이 어찌 없었겠는가./ 힘들 때는 혼자 울면서 말했다./ 울기 싫다고. 그렇다고/ 궂은일만 있었던 것은 아니다./ 덜 것도/ 더할 것도 없다. /살았다."

짧지만 여운은 길다.

그가 지금 들어와 사는 새 집은 군에서 지어준 것이다. 생가와 주변 땅을 군에 기부 체납하였고 군에서는 그의 생가를 관리하면서 살림집과 서재를 지어주었다. 이 집의 이름을 군에서는 처음에 '김용택 문학관'으로 제안했지만, 그는 '문학관'이라는 이름이 어색해 '김용택의 작은 학교'라는 이름으로 하자고 요청했고 받아들여졌다. 주말이면 전주 한옥마을에서 출발한 버스 두 대가 사람들을 가득 태워 그의 집을 방문하고, 주중에도 많은 방문객들이 이곳을 찾는다. 큰 도로에서부터 김용택 시인의 집으로 가는 길 안내판은 친절하게 서 있다.

"지금도 군에서는 그냥 문학관이라고 부르는데 내가 어떻게 문학관이라고 그러겠어. 그러지 말자, 그냥 작은 학교라고 하자, 이 마을 전체가 학교라고 생각을 하자고 설득해서, 그렇게 공식명칭이 지어졌어. 학생과 어른들까지 다양한 계층과 직업을 지닌 사람들이 이곳에 오는데, 오면 편안하나봐. 동네 어르신들에게 폐를 끼칠까봐 내 서재에 가둬놓고 아이들과 놀다가 글쓰기를 시키면 너무 잘 써. 이곳에 오면 편안한가 봐."

김용택은 30년 넘게 봉직했던 초등학교 교사직을 환갑을 맞던 해인 2008년 그만두었다. 아이들과 함께 놀고 가르치면서 동심을 축적했던 그이였다. 동시집도 『콩, 너는 죽었다』를 필두로 올초 낸 『어쩌려고 저러지』까지 합하면 다섯 권이다. 아이들과 떨어져 그의 일상을 가장 크게 파고든 건 전국 각지를 돌며 시와 인생에 대해 강연하는 것이었다. 그의 이런 모습은 그가 직접 배우로 출연한 이창동 감독이 연출한 〈시〉에서도 볼 수 있다. 이 깜짝 출연 이후 각종 드라마와 영화에서 캐스팅 요청이 쇄도했지만 그는 연기를 한 게 아니라 실제 자신의 모습을 보여주었을 뿐이어서 모두 고사했다. 그는 아이들과 떨어진 대신 각계각층의 강연 요청을 수용해 사회라는 큰 학교의 교사로 다시 살고 있는 셈이다. 전국 지방자치단체 모든 곳을 거의 다 돌아보아, 어느 곳이 어떤 분위기인지 눈 감고도 다 알 수 있을 정도라고 했다. 기업체 학교 노숙인 노인들을 망라해 그가 행한 강연을 되돌아보면 그 횟수는 천 번이 넘는다. 그는 그 중에서도 할머니들 앞에서 강연할 때가 제일 좋다고 했다.

"아무도 나만큼 할머니들 앞에서 강연을 못해. 그분들에게 지식을 줄 필요가 없어. 알아서 뭐하게. 이 지식이라는 게 삶을 방해했어. 그들은 그냥 잘 살았어. 책을 안 읽어도 밥도 잘하고 떡 잘하고 잘 산 거야. 그렇게 여러분은 사셨다, 며느리와 자식새끼들이 얼마나 싸가지가 없는가 흥보면 자기 얘기를 허벌나게 해주니까 막 울어. 끝나면 어떻게 내 속을 들어갔다 나온 것 같당가, 하면서 내 손을 잡고 울어. 공무원이든 교사든 학생이든 할머니들이든 내가 강연을 하면 잠을 안 자.”

도시에 살 때는 오히려 외로운 적도 있었는데 이곳에 정착한 뒤로는 나날이 즐겁다고 했다. 그는 어린 시절부터 같이 살아 이제는 모두 늙어버린 동네 사람들과 교류하면서 그들과 나눈 일화들을 매일 일기처럼 기록하고 있다. 아내 이은영씨에게도 쓰자고 권유해 같은 일을 서로 어찌 보는지 나중에 비교해 보자고 했다. 그이에게 가장 절친한 벗은 그의 아내다. 지방 강연길 그를 태우고 다니기도 하고 매일 아침 같이 산책하면서 꽃 이름과 마을 사람들 이야기를 나눈다. 그 아내는 애기나팔꽃, 과꽃, 바늘장미, 노란 어리연꽃 등을 키우며 새로 지어 정착한 이 집도 담을 낮추고 마을에 숨어 어울리도록 섬세하게 설계를 상관했다.

김용택은 이곳을 한 번도 떠난 적이 없다고 했지만 고향에서 새로운 삶을 다시 시작한 것을 부인하기는 어렵다. 지나온 모든 삶을 헛헛하게 받아들이고 삶을 관조하게 된 여유도 다시 돌아온 진메마을 곁을 흐르는 섬진강의 서정이 큰 힘을 발휘하기 때문임은 두말할 것 없다. 소낙비 내리는, 눈송이 떨어지는, 오리가 좌르륵 내리는, 억새가 피어 있는 그 강물의 힘을 그는 안다. 시인은 새롭게 정주한 이곳 강가에서 만년문학을 완성해 가는 중이다. 그의 새 시집 표제시는 따뜻해서 뜨겁다.

“따뜻한 아랫목에 앉아 엉덩이 밑으로 두 손 넣고 엉덩이를 들었다 났다 되작거리다보면 손도 마음도 따뜻해진다. 그러면 나는 꽝꽝 언 들을 헤매다 들어온 네 얼굴을 두 손으로 감싼다.”(「울고 들어온 너에게」 전문)

〈2016.9.26.〉

늘 도망 중인 것 같아요

김혜순 시인

"결국 남는 건 리듬, 어떤 박자 같은 것… 거기에 우리가 휩쓸려가는 거죠. 그 리듬에 사계절이 움직이고 밤낮이 계속되고 시간의 지우개도 다 들어 있어요. 안산이라는 곳에 꽃이 만발하면서, (죽음들이) 싹 없었던 일이 되면서, 국회의원 선거 플래카드가 내걸리면서, 제가 생각하고 떠올렸던 죽음들마저 그리듬 속으로 다 들어가고 말더라고요. 그 흐릿한 리듬을 관장하는 흐릿한 분을 본 것 같은 느낌도 들었습니다."

지난 주말 오후 김혜순(서울예술대 교수·61) 시인을 서울 성북구 한 카페에서 만났다. 독하게 죽음과 대면하고 난 뒤 어떤 느낌이었느냐는 질문에 시인이 말한 건 허무하게 반복되는 세상의 '리듬'에 관한 것이었다. 소설가 이인성이 주도적으로 꾸리는 '문학실험실'에서 첫 단행본으로 최근 펴낸 그의 시집 『죽음의 자서전』에는 죽음을 정면으로 바라본 49편의 시가 실렸다. 죽은 이의 혼이 저승으로 떠나기까지 이승에 머문다는 49일을 하루 단위로 쪼개어 죽음을 말하는, 49편의 시가 한 편의 시로도 읽히는 시집이다. 지난해 지하철역에서 쓰러졌던 경험을 토대로 시의 화자가 죽은 자신의 몸에서 나와 혼으로 떠돌며 죽음을 말하는 형식이다. "저 여자는 죽었다. 저녁의 태양처럼 꺼졌다./ 이제 저 여자의 숟가락을 버려도 된다./ 이제 저 여자의 그림자를 접어도 된다./ 이제 저 여자의 신발을 벗겨도 된다."(「출근_하루」)로 시작해 "온 세상에 내려앉아서 울며불며 수런거리며 눈 속에 파묻힌 눈사람 같은 네 몸을 찾지 마요, 예쁘게 접은 편지를 펴듯 사랑한다 어쩐다 너를 그리워 마요"(「마요_마흔아흐레」)로 끝난다.

김혜순은 1979년 《문학과지성》을 통해 등단한 이래 11권의 시집을 내면서 한국 시단에서 여성시의 독특한 전범을 구축해왔다. 도발적 상상력으로 새로운 내용과 형식에 대한 갈증을 다양한 형태로 분출해왔다. 김수영문학상, 소월시문학상, 미당문학상, 대산문학상 등 굵직한 상을 모두 휩쓸었고 해외, 특히 미국에 그의 시들이 많이 번역돼 반응이 뜨거운 편이다. 올봄에는 프랑스에서 그의 시집 세 권이 한꺼번에 출간돼 파리 낭트 등지에서 열린 낭독회에도 참석했다. 그가 5년 전 『슬픔치약 거울크림』을 낸 이후 올해 한꺼번에 시산문집 『않아는 이렇게 말했다』와 죽음을 천착하는 시집 『피어라 돼지』를 낸데이어 이번에는 직접 자신의 죽음을 그린 시집까지 내면서 '죽음의 굿판'을 한 판 크게 벌인 셈이다.

"시인은 죽음, 소멸이라는 것을 생각하지 않을 수 없는 존재지요. 시적 감수성이라는 게 일종의 죽음에 대한 선험적 체험 같은 게 아닐까 생각해요. 죽음의 자서전을 내고 나니 깊은 병에 걸려서 죽음 직전까지 다녀온 이가 어떤 해방감이나 그 전과는 다른 시선으로 세상을 보게 되는 느낌, 한 번 더 눈이 떠지는 그런 느낌이에요. 그래서 투명하고 밝아진, 현실적으로 말하면 조금 더 관용적인 눈을 뜬 것 같기도 해요. 생육하고 번성하다 소멸한다는 것에 대한 관용 말입니다."

교사 부부의 5남매 중 장녀로 외가인 경북 울진에서 태어난 김혜순은 초등학교 졸업 무렵까지 부모와 떨어져 외할머니 밑에서 자랐다. 수학 교사였던 부친이 전근이 잦은 데다 동생들이 차례로 태어나 외가에 맡겨졌던 것인데 서점을 하는 외가에서 외할머니의 넘치는 사랑을 받으며 자랐으니 이 시절 이미 시인의 뿌리가 내려졌음 직하다. 어머니가 다니러 오면 좋아서 까무러칠 정도로 감정이 풍부한 아이였다. 각종 백일장 대회를 휩쓸기는 했지만 그걸로 문학을 했다고 여기지는 않는다. 고등학교 졸업 후 대학(강원대 국문과)에 입학하기 전까지 3개월 동안 두문불출 세계문학을 섭렵했다. 이후 대학에 들어가서 도서관에 가보니 대부분 그녀가 모두 읽은 책들이었다고 한다. 본격적인 문학의 길은 이때부터 시작됐다. 대학 졸업 무렵《동아일보》신춘문예에 문학평론으로 먼저 당선됐고 이듬해《문학과 지성》으로 데뷔한 이래 시의 외길을 달려왔다. 그가 써 온 시들은 대중보다는 문학에 대한 이해가 깊은 독자들 사이에서 각광받아온 편이다.

"시는 현실에 떠 있는 다른 차원의 말이라고 생각하고 봐줘야 하는데 그런 게 없는 게 우리나라 독자 같아요. 그렇게 보면 어렵지 않거든요. 예술이라는 게 원래 어려운 거고, 아름다운 걸 원하는 게 어려운 거거든요. '시의 나라'에는 그 나라의 말이 있고 문법이 있고 그 나라의 세계가 있으니 그 안에도 정서가 있어요. 그림을 볼 때도 조금 알면 입체적으로 더 잘 보이거든요. 시도 한국어로 쓴다고 해서 30분 안에 다 독파되는 게 좋은 시집인지는 생각해 볼 필요가 있어요."

김혜순은 "시는 오해받는 장르"라고 했다. 그는 "어떤 예술작품이든 땅에 파묻으면 자기 것이겠지만 세상에 내놓았을 때는 향유자들의 그릇의 크기 또는 각도에 따라 달라지는 것"이라면서 "오해를 받기도 하지만 그건 그의 것이라고 생각하면 제가 편하다"고 말했다. 사실 그는 인터넷서점의 댓글들에 상처를 적지 않게 받은 편이다. 해외에서 책을 낼 때는 그런 일이 거의 없고 댓글도 대부분 점잖은 편이라고 했다. 심지어 외국 저널에 인터뷰한 글에도 한국인들이 찾아와 폭력적인 댓글을 다는 경우도 있다고 한다. 최근 한국 현대시를 영어로 번역해 해외 문단에 알리고 있는 제이크 르빈이라는 젊은 시인이 한 매체와 나눈 인터뷰에서 "도발적인 상상력으로 독특한 미학을 구축해온 김혜순 같은 여성 시인"을 극찬하더라고 전했더니 정작 김혜순은 그를 알지 못했다.

　김혜순의 시는 미국에 많이 번역 소개된 편이어서 르빈도 자신의 작품을 접했던 것 같다면서 국내보다 해외에서 오히려 리뷰가 활발하고 높이 평가하는 경우가 많다고 했다. 김혜순의 시집 『당신의 첫』영역으로 미국에서 아시아문학 번역상까지 받은 최돈미씨가 시인에게 전해주는 해외 반응이다. 김혜순의 상상력이 처음 보는 것이라거나 미국 현대시가 중단된 어떤 지점에서 다시 시작하게 하는 상상력이라고 평가한다는 것이다. 그들은 그의 시에서 타자를 대하는 태도가 정치적이라고 평하고 그로테스크한 상상력, 호러영화 보는 느낌, 리드미컬한 언어 사용 등을 지적하는 다양한 반응을 보인다고 했다. 끊임없이 새로운 형식과 내용을 추구하는 것이야 모든 예술의 숙명이겠지만 김혜순의 경우는 이런 태도에 특히 철저한 편이다.

　"시 한 편 한 편마다 몸을 바꾸어야 한다고 생각해요. 시인의 몸을 바꾸어야 또 한 편이 나오고 매번 시에 대한 다른 정의를 내려야 되기 때문이죠. 힘든 건 모르겠어요. 저는 시집을 내고 나면 돌아보지 않아요. 평론가들이 제 시를 인용한 걸 보면 낯설어요. 빨리 잊어야죠. 버려야죠. 늘 도망 중인 것 같아요."

　그가 데뷔하던 무렵인 1970년대 후반 출판사에 근무할 때 검열 당국에 자신이 들고 간 저자의 원고들이 빨갛게 지워질 때 그는 절대로 지워지지 않은 글을 쓰겠다고 다짐했다고 한다. 검열자들이 눈치채지 못하게 행간에 자신의 의도를 구부려서 넣으려는 무의식이 그때부터 그의 시의 한 특징으로 굳어졌을지도 모를 일이다. 그에게 '도망'은 그러니 많은 것들을 놓아두고 잊어버리고 버려온 시의 행로를 일컫는 상징적인 단어인 셈이다. 내내 데리고 다니던 죽음은 이번 시집에 다 내려놓았다는 시인은 이제 일상적인 유머 코드가 담긴 시들을 쓸 것 같다고 말했다. 검은 옷이 환했다.

〈2016.6.9.〉

사람의 목소리가 바람이란 걸 알았습니다

시인·소설가

구광렬

"하늘은 커다란 유방을 팜파에 물리고, 무지갯빛 젖은 또옥, 똑 떨어져 양, 말, 나무는 목덜미를 젖혀 양수를, 수액을… 하지만 나무의 뿌리가 땅에만 있는 게 아닙니다 수유를 마친 하늘이 새끼들을 데불고 오르는 밤 양, 말, 소들은 밤새 하늘을 휘젓는 '늙은이의 수염' 아래 잠이 듭니다."

하늘이 대지에 젖을 물리고 양과 말과 나무들에게 양수와 수액을 수유하는 풍경. 스페인어와 한국어로 시를 쓰는 '바이링구얼(Bilingual)' 시인 구광렬(울산대 스페인중남미학과 교수·59)의 「파타고니아에선」이란 시편 중 일부인데, 파블로 네루다를 닮은 낭만적 에너지가 벅차다. 청소년기부터 파타고니아에 가서 양을 치는 목동으로 사는 게 소원이었다는 그이였기에 오래 농축하고 발효시킨 문향은 강렬할 수밖에 없다.

울산에 내려가 그를 만났다. 그가 최근 펴낸 장편소설 『여자 목숨으로 사는 남자』(새움)가 계기였지만, 중남미 정서로 충만한 그를 진작에 만나보고 싶었다. 그는 20대 중반에 멕시코로 건너가 멕시코국립대학에서 노벨문학상을 받은 가브리엘 가르시아 마르케스와 옥타비오 파스로 석사, 박사 학위를 받았다. 이 시절 스페인어로 시를 써 현지에서 여러 문학상까지 받았다. 스페인어 시집만 7권이 넘는다. 한국에서도《현대문학》에 시를 발표하면서 본격적인 시작활동을 한 이래『불맛』,『슬프다 할 뻔했다』등 5권의 시집을 상재했다. 장편소설도 이번 작품까지 합치면 3편에 이른다.

"어린 시절부터 동물을 너무 좋아했습니다. 마당 넓은 집에 살았는데 병아리, 강아지, 고양이에서부터 심지어 매도 키웠어요. 학교 앞에서 병아리를 사다가 큰 닭으로 키워내기가 쉽지 않은데 성공률이 반이 넘었지요. 아침에 일어나 마당에 나가면 병아리와 닭들이 줄을 지어 따라다니며 모이를 달라고 뒤꿈치를 쪼아요. 고등학교 1학년 때 김찬삼의 세계여행기에서 남미의 파타고니아를 접한 뒤부터는 그곳에서 가서 양을 치는 게 꿈이 되었습니다."

대구에서 나고 자라 그 지역 명문고로 소문난 경북고에 다녔는데, 대부분 법대나 의대를 지망하는 학생들 사이에서 파타고니아 목동을 꿈꾸었으니 엉뚱하달 수밖에 없다. 모친은 의대를 강력히 희망했지만 '다행히' 신체검사 결과 적록색약이 밝혀져 문과로 갔고, 한국외대 스페인어과에 입학했다가 군대를 다녀온 뒤 멕시코국립대학 3학년으로 편입하면서 오래된 꿈의 첫 단추를 꿰기 시작했다. 박사과정을 앞두고 스페인어로 쓴 시를 지도교수에게 보여주었더니 그가 주관하는 문예지《엘 푼도》에 실어 호평을 받기 시작한 이래 지금은 멕시코는 물론 우루과이 브라질 아르헨티나 페루 등 중남미 문단에서 시 청탁이 꾸준히 이어지는 시인으로 살고 있다.

아르헨티나 FM방송 시 소개 코너를 진행하기도 했던 그의 시「야생의 꽃」은 우루과이 작곡가 겸 가수 레오나르도 피게라가 노래로 만들어 불렀다. 그가 멕시코에 거주한 기간은 1982년부터 1990년까지 8년 남짓하다. 7년 만에 학업을 끝내고 서울대에서 잠시 강의를 했지만 '자유를 맛본 이의 구속'을 견디지 못하고 다시 멕시코로 갔다가, 목숨을 끊겠다는 협박까지 불사하는 모친의 종용으로 귀국해 울산대 교수로 정착했다. 정착이라곤 하지만 방학이면 남미로 날아가 정서적으로는 '갈라진' 삶을 25년 가까이 살아왔다.

"한국은 스트레스 지수로 치면 세계 최고일 겁니다. 남미는 그 대척점에 있습니다. 나는 사실 중남미에 가면 긴장을 안 해요. 이곳에서는 사람을 만나면 늘 긴장하는 편인데 그곳에서는 사람이 나무나 돌, 동물처럼 느껴져 편안합니다. 그들에게는 서로 다른 것이 원칙이고, 우리는 같은 것 혹은 같아야 한다는 것이 상식처럼 여겨지는 사람들이니 극과 극인 셈이지요. 혼혈이 정체성인 그곳 문화에서는 내가 그들과 다른 걸 인정하고 깊이 알려고도 하지 않습니다."

라틴아메리카 원주민들은 콜럼버스가 그들의 대륙을 탐하기 시작한 이래 3000만 명 넘게 학살됐다고 한다. 히틀러가 죽인 유대인 1000만 명의 3배에 이른다. 그 과정에서 정복자들은 사해동포주의, 혹은 가톨릭 전파를 앞세워 피를 섞기 시작해 쌍둥이 자매조차 흑인과 백인으로 나뉠 정도로 다양한 피부와 종으로 뒤섞인 것이 현실이다. 그들에게 서로 다른 것은 자연스러운 문화이고 이런 문화와 인종의 용광로야말로 남미문학의 중요한 배경이다. 이번에 구광렬이 펴낸 장편『여자 목숨으로 사는 남자』는 남미의 역사적 맥락과 멕시코의 부조리한 현실을 배경으로 한국인 '강경준'이라는 인물이 겪은 이야기를 담았다.

"남미를 오가며 살아온 지 30여 년이 흘렀지만 끈질긴 청탁에도 불구하고 산문이나 칼럼은 한 번도 쓰지 않았습니다. 잡문이 아니라 시나 소설로 써야 한다는 강박 때문이었지요. 이번 소설에 담아낸 '죽음을 기다리는 즐거움'으로 사는 남자 이야기는 제 청춘이 투영된 흔적이기도 합니다."

멕시코에 유학 온 강경준은 중고차를 잘못 거래했다가 구속돼 세계적으로 악명 높은 나우칼판 감옥에 수감된다. 변호사는 돈만 떼어먹고 달아나고 5년형을 선고받아 수감생활을 하면서 마약조직과 관련된 수감자들을 만나고, 지진이 일어난 틈에 탈출했다가 멕시코 반군 사파티스타의 거점인 치아파스에 들어가 저격수로 복무하다 재수감돼 99년을 언도받은 청춘의 이야기가 숨 가쁘게 펼쳐진다. 실제로 중고차를 잘못 팔아 수감됐다가 한 달 만에 운 좋게 풀려난 체험과 원주민들과 2년간 함께 거주하며 목동으로 살았던 경험들이 생생하게 반영된 이야기다. 진정으로 사랑하는 여자의 목숨을 대신 받아 살아가는 마야첼탈족 전설을 모티프 삼아 '죽음이 마려운' 남자의 장렬한 투쟁과 삶을 부정부패로 얼룩진 멕시코 현실을 배경으로 치밀하게 직조한 작품이다. 애초 스페인어로 써서 멕시코 에온 출판사에서 간행하려다 막판에 좌절됐는데 원고마저 바이러스로 파괴된 것을 한국어로 되살린 것이다.

"체 게바라는 햄릿형 돈키호테였습니다. 무모한 듯 보이지만 치밀했고 치밀하지만 시적 감흥으로 넘친, 동물을 사랑하는 애틋한 사람이었습니다. 굳이 말하자면 나도 햄릿에 가까운 돈키호테일 겁니다. 세상과 사람을 세밀하게 관찰하는 소심한 보통사람인데, 돈키호테처럼 보이기도 하는 모양입니다."

남미의 직업혁명가 체 게바라가 죽을 때 배낭에 남긴 필사 시들을 분석해 국내에서 책을 펴내기도 했던 구광렬은 '체'야말로 감수성이 풍부한 햄릿이었다고 말했다. 그는 요즘도 승합차 지붕에 텐트를 싣고 다니며 동해 바다나 산 밑으로 가 별빛 아래 뒤척이며 시와 소설을 쓴다고 했다. 문수산 아래 마당 넓은 집을 지어놓고 원숭이도 13마리나 키우다가 죽은 녀석이 안타까워 모두 떠나보냈다. 남미의 성스러운 '목소리' 메르세데스 소사의 죽음을 접했을 때는 울다가 이렇게 썼다.

'사람의 목구멍이/ 골짜기란 걸 알았습니다/ 물이 흐르고 새가 지저귀고/ 꽃이 피는// 사람의 목소리가/ 바람이란 걸 알았습니다/ 물소리, 새소리, 꽃향기를/ 코, 귀에까지 실어다 주는(「메르세데스 소사」)

〈2015.8.3.〉

눈물이 밭에 내리고 있다

류기봉

시인

김춘수 시인은 "모쪼록 그의 선한 의지가 유종의 미를 거두기를 빈다"고 1998년 열린 첫 포도밭예술제 팸플릿 서문에 썼다. '그의 선한 의지'가 이제 유종有終한다. 류기봉(51) 시인은 김춘수(1922~2004) 시인의 제안으로 시작한 경기 남양주시 장현리 포도밭예술제를 9월 3일 오후 2시 19회째로 열고 막을 내린다. 마지막이니만큼 이번 예술제는 행사를 처음 제안한 스승 김춘수 시인을 추모하는 내용으로 꾸릴 예정이다.

"이른 새벽부터 늦은 저녁까지 손이 다 부르트고 등이 휘도록 나무를 자르고 넝쿨을 걷어내며 산을 일구어서 이 포도밭을 일구었습니다. 하늘 아래 둘도 없는 예쁜 밭은 실은 산에서 겨우 밭이 된 거친 땅이었죠. 아버지의 땀이었습니다. 42년 동안 경작해온 이 포도밭은 주인이 몇 번 바뀌었고 최근에는 싸게 사서 비싸게 팔아먹는 기획부동산이 개입해 땅 주인을 바꾸고 하루아침에 나가라는 통보를 받았습니다. 분쟁 때문에 포도밭예술제의 이미지까지 훼손할 수 없어 초창기부터 깊은 애정을 보여주신 시인 분들의 의견을 들어 이 행사는 그만 내리기로 결정했습니다."

류기봉의 포도밭예술제는 시가 포도와 만나는 상징적인 행사로 연륜을 쌓아왔다. 포도밭 사이에 김춘수 조정권 정현종 서정춘 노향림 이문재 박주택 심언주 등 내로라할 시인들의 시가 적힌 광목을 걸어놓고 솔바람 소리를 배음으로 포도밭 머리 잣나무 숲에서 시낭송을 하고 창을 들으며 무용을 보는 명품 예술제로 소문난 포도밭 행사였다. 단순한 농업이 아니라 문화 농업을 제안한 김춘수 시인의 아이디어로 시작했지만 포도밭 농부 아들로 태어나 군입대 기간을 제외하곤 한 번도 포도와 떨어져 본 적 없는 농부 시인 류기봉의 근면과 근력이 뒷받침되지 않았다면 힘들었을 역사다.

기독인인 부친의 영향으로 한국성서대학을 다니던 그가 김춘수 시인을 만난 건 용산도서관에서 열린 시소리 낭송회 자리에서였다. 선생의 자택이 있던 서울 강동구 명일동이 자신의 집에서 30분 거리에 떨어져 있다는 사실을 알고 그때부터 선생을 태우고 다니며 충실한 말벗으로 살기 시작했다. 처음에는 얼음처럼 차가웠던 선생도 두 번째 시집을 낼 즈음에서야 그의 시를 상찬 하고 발문까지 써주겠다고 약속했지만 이승의 거주 기간이 짧아 지키지 못했다. 김춘수는 새로 지은 시를 차 안에서 읽어주며 그의 느낌을 청했고 13년 간 매주 그와 보내며 얻은 이야기들은 '김춘수의 시노트'라는 이름으로 이번 마지막 예술제에서 공개한다.

"포도는 나의 시고 내 시는 포도입니다. 포도의 눈물이 많을수록 충실한 열매가 열리듯 내 시도 포도의 향기를 닮고 싶습니다. 포도밭에 손이 상대적으로 덜 가는 한가한 때는 오히려 시가 안 나오고 새벽 5시에 일어나서 저녁 9시까지 일할 때, 그 생생한 포도밭의 현장감이 시를 밀어냈습니다. 예술제는 끝내지만 포도와의 인연은 끝나지 않을 겁니다. 다만 새로운 생의 전환점에 선 거지요. 너무 포도에만 갇혀 있다는 자각에서 시도 새로움을 모색하고 싶습니다."

만날 적자만 보는 유기농 포도 농부의 아내 이명신(49)씨는 한 번도 남편이 자신보다 먼저 자거나 늦게 일어나는 걸 본 적이 없다고 했다. 수확철이면 새벽부터 포도밭에 나아가 해가 뜨기 전에 포도를 따서 그날 오후에 서울 경기 일원에 직접 포도를 배달한다. 아침 일찍 포도를 따야 당분이 제대로 저장돼 있어 가장 달콤한 상태를 유지할 수 있다는 믿음 때문인데, 택배로 보냈다가 망가지는 바람에 일일이 직접 배달하며 포도 상자 안에는 자신의 시를 포함한 포도밭예술제 시인들의 시를 선별해 담은 시집까지 넣었다. 시인이 직접 배달하자 반갑고 놀란 고객들은 그를 안으로 들여 음료수까지 대접하지만 그는 특유의 어색한 농부 웃음만 날리고 서둘러 다음 배달지로 뛰어야 하는 처지였다.

"일을 하다가 시가 떠오르면 비를 가릴 수 있는 포도밭 몇 군데에 동생이 중고 컴퓨터를 취급하는 바람에 얻어온 서너 대의 노트북을 가져다 놓고 달려가 시를 치는 거지요. 최근 몇 년 사이에 걷잡을 수 없이 시가 밀려와 200여 편이 축적됐습니다. 포도밭예술제를 끝내면서 한 권은 일반 시집의 내용과 형식으로, 또 한 권은 제 포도밭 인생 역사를 담은 시집으로 두 권을 내고 싶습니다. 포도는 사람들이 좋다고 맛있다는 이야기를 많이 듣는데 시는 어떨지 모르겠습니다."

그의 '포도 시'는 각별하다. "봄비라는 포도가 있다. / 아내라는 봄비다. / 눈물이 밭에 내리고 있다. / 큰 포도 인지 중간 포도인지 작은 포도인지/ 비슷비슷하게 생긴 여자 세분"(「도로 내리는 비」)이라고 썼듯이 그는 포도가 자신의 애인이자 자식이자 친구라고 말했다. 산문집 『포도밭 편지』를 비롯해 시집 『장현리 포도밭』, 『자주 내리는 비는 소녀 이빨처럼 희다』, 『포도눈물』 등에 그의 포도밭 사연은 촘촘히 녹아 있다. 포도밭 예술제를 20년 가까이 진행해오는 동안 각종 매체의 인터뷰와 기사만으로도 그는 포도와 시의 상징적인 결합체로 알려져 온 셈이다. 그것도 농약을 쓰지 않는 생태농법의 유기농 포도로 자긍심을 지켜왔다.

"사실 그동안 유기농을 하면서 마음이 많이 아팠습니다. 풀이 많이 자란다고 공무원이 와서 팔십 대 노인이 농사를 지어도 이보다는 낫겠다는 핀잔도 했고, 경동시장에서 한약찌꺼기를 받아다 밭에 뿌리니 이건 자연 농법이 아니라고 한 방송인 거들기도 하더군요. 산더덕을 캐다 발효시켜 뿌리기도 하고 바흐나 모차르트 음악을 들려주기도 했습니다. 이러저러한 수많은 변화를 주었는데, 이제 와서 생각해보니 이건 포도나무 입장이 아니라 제가 좋아서 했던 행동들 같습니다. 아무리 나무가 아파도 약 한 번 쓰지 못하는 심정, 알아서 스스로 극복하도록 방치해두는 그런 이기심에서 이제는 그만 벗어나서 유연하고 자연스럽게 새로운 포도 농사를 시작하고 싶습니다."

스피커들을 구해서 포도밭 구석구석에 비치하고 음악을 들려주다 문득 생각해보니, 이건 자신이 좋아서 하는 행위이지 포도나무는 광릉 숲의 새소리 바람소리 빗소리를 더 듣고 싶어 했을지 모른다는 자각이 생긴 것이다. 대부분 포도 농가는 비닐하우스를 씌워 자연과 차단하는 게 상례인데, 그도 어쩔 수 없이 비닐 천장은 씌웠지만 최대한 광릉숲과 소통하도록 배려하며 포도농사를 지었다. 포도와 자신을 일치시키는 감성으로 보자면, 유기농은 반드시 아름다운 농법인 것만은 아니었던 셈이다. 아프면 약을 주고 싶었다는 시인 농부의 마음이 애처롭다. 먹는 사람 입장에서만 유기농이 아름다울 뿐, 사실 포도나무 입장에서는 다른 시각이 필요한 것일지 모른다. 서정춘 노향림 조영서 심언주 시인의 시를 서울에서 광목에 받아온 날 오후, 류기봉은 남양주 포도밭에서 말했다.

"멧돼지들이 내려와 봉지를 벗기고 가지까지 찢어놓고 달아납니다. 우리 집 개가 그놈들과 싸우다 피투성이 돼 포도밭 가운데서 신음하고 있는 걸 본 적도 있어요. 이 녀석 며칠 겨우 간호해봤더니 다시 싸우러 가더군요. 멧돼지가 건들지 못한 햇포도가 50리터짜리 독에서 마지막 예술제를 위해 포도주로 익어가고 있습니다."

〈2016.8.29.〉

고치고 또 고쳐서 좋은 시가 된다면

문학평론가·시인

최동호

　최동호(고려대 명예교수·67) 시인은 미당과 두보를 시작詩作 태도의 한 모범으로 거론했다. 그가 고려대 국문과 교수에서 은퇴하기 1년 전인 2012년부터 고향 수원에서 이어 온 '남창동 최동호 시 창작교실' 수료식에서였다. 지난주 목요일, 1월 29일은 강좌가 5기째 마무리되는 날이었다. 그는 미당의 시작노트를 인용해 서정주가 시를 다시 고치는 과정을 설명하면서 수강생들을 향해 곡진하게 당부하고 설명했다. 1968년《현대문학》에 실린 미당의 시「내가 돌이 되면」의 초고와 완성본은 달랐다.

　"내가/ 돌을/ 만들면// 돌은/ 연꽃을/ 만들고// 연꽃은/ 호수를 만들고// 하늘 밑에 있는 것은/ 이 호수뿐이니// 여기에서/ 알라스카까지/ 애인아/ 너는 혼자/ 왼켠으로 돌아가고/ 알라스카에서/ 여기까지/ 나는 혼자/ 바른켠으로 돌아오"로 이어지는 초고를 미당은 완성본에서 "내가/ 돌이 되면// 돌은/ 연꽃이 되고// 연꽃은/ 호수가 되고// 내가 호수가 되면// 호수는 연꽃이 되고// 연꽃은/ 돌이 되고"로 바꾸었다고 제시했다. '만들면'을 '되고'라는 시어로 고치고 나니, 잡다한 산문이 사라지면서 아연 견고하고 확장된 상상력이 펼쳐졌다는 이야기다.

최 시인이 20세기 후반 한국 최고의 시인으로 평가하는 미당조차 고치고 또 고치는데 진력했다는 증거를 대면서 하물며 시를 배우는 사람들이야 지적을 당하고 고치는 일을 부끄러워하거나 멈칫거려서는 안 될 일이라는 말을 하기 위한 수료식 특강 자리였다.

"두보는 '내 시가 사람들을 놀라게 하지 않는다면 죽을 때까지 멈추지 않겠다'고 했어요. 대단한 노력형이죠. 천재는 빨리 죽어요. 이 나이까지 사는 사람들은 모두 요절에 실패한 사람들 아녜요?"

고치고 또 고쳐서 좋은 시가 된다면 그는 분명 좋은 시인이라는 언설이다. 고쳐서 오히려 나빠진다면, 그건 좀 곤란하다. 선생을 잘못 만난 탓일지 모른다. 최동호는 타고난 재능을 탓하는 건 부모를 원망하는 것이라고 했다. 두보에 대한 언급은 "이백 같은 이는 타고난 천재성으로 일필휘지했다는데 시는 아무래도 타고난 재능이 필요한 것 아니냐"는 물음에 대한 대답이었다.

이 대답은 뒤풀이 자리에서 얻었다. 수료식이 진행된 곳은 수원 화서문 인근 선경도서관이었고, 인근 식당이 뒤풀이 장소였다. 시낭송과 노래와 덕담이 이어졌다. 이날 남창동 창작교실에서는 애초 등록은 70여 명이 했지만 최종 22명이 수료장을 받았다. 모두 12회 강의 중 3번 이상 결석하면 통과할 수 없는 엄격한 규율 때문이다. 여러 번 창작교실에 등록했다는 최고령 수강생 이병희(85) 씨는 이날 뒤풀이에서 자신의 창작시에 곡을 붙여 즉석에서 노래로 불렀다.

그녀는 "좋아졌다고 누가 그리 말했던가요/ 글 안 쓰면 행복이 무엇인지를/ 몰랐으니 글을 써야죠"라면서 "돈 많다고 행복했나요/ 글 쓰러 갑니다 행복을 찾아서"라고 흥에 겨워 불렀다. 글을 쓰는 일이 행복이라니, 그것도 85세 노파에서부터 20대 여성에 이르기까지 현장의 주민들이 즐거워하는 글쓰기라니.

"아버지는 타지의/ 직장으로/ 멀리 전근 가시고// 어머니도 없는 빈 집에/ 늙은 박쥐/ 날아드는 소리 천장에서 들리는 밤// 옛 이야기 팔달산 영 넘어 가면/ 졸음에/ 사윈 눈꺼풀 할머니 속적삼에 풀려// 전설이 굽이도는/ 외진 산모롱이/ 옷고름 길에 풀잎처럼 잠드는 아이들"(최동호,「팔달산 아이들」)

최 시인은 수원에서 태어나 남창초등학교를 졸업하고 수원중학교를 1학년까지 다니다 목포 유달중학교로 전학했다. 아버지가 목포 세관장으로 봉직할 때 할머니 밑에 있다가 어머니 품이 그리워 떠났다고 했다. 53년이 지난 2013년 그는 수원중학교 명예졸업장을 받았다. 정조대왕의 그늘이 깊어 세계문화유산으로 지정된 수원 화성 인근 남창동은 증개축도 마음대로 안 돼 쓸쓸한 거리로 황폐해져가던 터에, 주민들과 최동호 시인의 의기투합으로 새로운 인문거리로 탄생한 보답이었다. 공식 뒤풀이 후 남창동 카페로 자리를 옮겨 '남창동 최동호 시 창작교실'의 자취를 더듬었다.

최동호 시인은 수원 명문가를 외가로, 집현전 학자를 지낸 목포 친가를 배경으로 인텔리 집안 8남매 중 둘째로 태어났다. 아버지는 5·16 이후 공직에서 물러나 힘겹게 현실을 지탱했고 어머니가 8남매 모두 대학까지 보냈다. 아버지를 지켜본 형제들은 돈을 벌어야 한다는 형과 그래도 명예와 가치를 더 붙드는 동생 같은 두 부류로 나뉘었다고 했다. 최 시인은 그때 이래 지금까지 돈보다 가치를 좇았고 세속적 평가까지 아우른 결실도 좋았다.

혹독한 시간강사 시절을 거쳐 경남대, 경희대, 고려대 교수로 교직을 이어 갔는데 고려대 국문과에서 학생들을 '등단과 등산'으로 엄하게 수련시킨 일화는 유명하다. 신춘문예에 그해 등단한 제자들은 산 밑에 남겨놓고 떨어진 제자들은 자신이 이끌고 등산을 시켰다. 그의 문하에서 등단한 제자들만 100여 명이 넘는다고 하니, 그 에너지가 실감 난다. 그가 이제는 고향 거리의 사람들을 시로 움직이는 중이다.

최동호 시인 옆자리에는 아내 김구슬(협성대 영문과 교수·62) 시인이 앉았다. 그녀는 국내에 한시를 제대로 각인시킨 학자 시인으로 호가 높은 김달진(1907~1989)의 딸이다. 최동호 시인이『한국의 한시』(전3권·민음사)를 비롯해

『김달진 전집』까지 출간하면서 공들이지 않았다면 외로운 노시인이 지금처럼 세간에 알려졌을지는 미지수다.

꽃다비, 어질이, 구슬 같은 한글 이름을 딸에게 지어준 김달진은 최동호의 장인이다. 소개팅으로 만났다가 헤어질 뻔했는데 최동호 첫 시집 『황사바람』을 본 김달진이 딸에게 "그 사람 좋은 사람인 것 같다"고 거들어 30년 넘게 해로하는 부부가 됐다. 불경 번역에 매진하다 말년에는 시까지 접은 김달진은 차갑고 조용한 방에서 스님처럼 자신을 맞았다고 최 시인은 장인과의 첫 만남을 술회했다. 김구슬 교수도 2009년 시인으로 데뷔해 『삶과 꿈』에서 펴내는 '올해의 좋은 시'에 뽑히기까지 했다. 최동호 시인은 옆자리에서 "(그 소식을 들은) 어제저녁에는 내가 좀 위협을 느꼈다"고 웃었다.

올 5월에는 오래 준비해 온 정지용 시 발굴, 비평, 사전까지 포함한 전집을 낸다고 한다. 교수 시절부터도 쉼 없이 일을 놓지 않다가 퇴임 후에는 다시 고향에서 일을 '벌이는' 그의 에너지가 경이로운 차원이다. 그는 "마지막 순간까지 읽고 외우고 고쳐 쓴 미당의 기록을 접하면서 끝없이 포기하지 않는 그분들을 새삼 존경한다"고 말했다. 카페를 나섰을 때 수원 화성 서쪽 문은 여전히 환한 빛 아래 있었다. 시와 처음 입 맞춘 기억을 시인은 이렇게 적었다.

"첫사랑 시의 입맞춤 남몰래// 화령전 붉은 기둥에 새겨놓고// 나비 날아간 그 꽃밭 사잇길// 누가 볼세라 잠 못 든 어린 날"(「화령전」)

〈2015.2.2.〉

한국문단, 경계를 넘어라

김 성 곤 문학평론가

　매년 10월 둘째 주 목요일 저녁이면 노벨문학상 수상자가 발표된다. 스웨덴 시간으로는 오후 1시, 한국 시간으로 저녁 8시 정각이다. 이 시기에 촉각을 세울 나라는 아마도 아시아에서는 한국과 일본 뿐일 것 같다. 중국은 연전에 『붉은 수수밭』의 소설가 모옌이 수상했고, 일본은 가와바타 야스나리와 오에 겐자부로 두 명이 일찌감치 수상했지만 무라카미 하루키의 인기에 고무돼 다시 그의 수상에 목을 길게 빼고 있는 형국이다. 한국은 두말할 것도 없다. 문학적 자존심으로 치면 일본은 물론 중국에 뒤질 게 없는데 이른바 '문학올림픽'에서 한 번도 금메달을 못 받은 것처럼 답답한 분위기다. 다시 그날이 불과 3주 앞으로 다가왔다. 다음 주부터는 한국문학번역원 주최로 세계 젊은 작가들을 초청해 국내 문인들과 짝을 지어 페스티벌을 벌이는 '서울국제작가축제'도 열린다. 이 시점에 김성곤(65) 한국문학번역원장을 찾아간 이유다.

　"노벨문학상은 결과로 주어지는 것이지 원한다고 주는 건 아닙니다. 좋은 작품, 좋은 번역, 좋은 해외 출판사로 연계되고 있으니 한국 작가가 수상하는 건 시간문제라고 봅니다. 때는 됐습니다."

　김성곤 원장은 한국 작가의 노벨문학상 수상에 낙관적인 편이다. 그 시점을 아무도 예측할 수 없긴 하지만 대체로 그의 낙관론에 수긍하는 분위기다. 소수 언어를 사용하는 한국문학이 제대로 세계 언어로 번역되지 못한 게 가장 큰 요인이라는 사실에 모두 동의해 왔다. 한국문학번역원이 문화체육관광부 산하 공조직으로 2001년 태동해 13년째 유지되고 있는 배경이기도 하다. 김성곤 원장은 2012년 임명돼 이제 3년 임기를 다 채워가는 시점이다.

　풀브라이트 장학금으로 미국 유학을 떠나 뉴욕대에서는 영문학 박사를, 다시 컬럼비아 대학에서는 비교문학 박사 공부를 하는 일방으로 미국의 유수한 작가들을 인터뷰해 한국에 소개했던 그이다. 1984년 서울대 영문과 교수 자리로 귀국하면서부터는 포스트모더니즘을 한국에 본격 소개하며 새로운 바람의 진원지 역할을 했다. 리얼리즘과 모더니즘, 혹은 참여와 순수라는 명분으로 갈라진 한국문학 판에 포스트모더니즘이라는 제3의 길을 제시하며 영화를 비롯한 문학의 경계 너머 장르를 아울러온 이력의 소유자이기도 하다. 그가 한국문학번역원장으로 취임한 이후 달라진 건 그동안 부진했던 한국문학의 영미권 진출이 분명히 가시화됐다는 점이다.

　미국에서 해외문학을 번역 출판하는 가장 큰 달키Dalkey Archive Press에서 한국문학전집 25권이 출간된다. 이미 10권이 나왔고 올가을 프랑크푸르트 도서전에 5권이 추가되며 내년에 완간될 예정이다. 김 원장이 서울대 출판문화원장이던 시점에 달키로부터 제안을 받았지만 공적인 조직이 더 적합하다는 의견을 제시했고, 마침 그가 번역원장으로 부임하면서 순풍에 돛을 단 프로젝트였다. 그는 부임하자마자 영미권에서 어린 시절 공부를 한 한국 직원들을 채용해 막강한 영미팀을 만들었다. 이어 전자책 시대에 대비한 'E-Book팀'도 조직해 가시적인 성과를 냈다. 미국 최대 온라인 서점인 아마존의 전자책 온라인 잡지에 한국 작가 배수아의 단편 「푸른 사과가 있는 국도」를 올렸고, 내년에는 그녀의 장편 『철수』도 같은 라인에 오른다. 이 같은 유명세로 배수아는 올여름 뉴욕 펜대회 초청으로 미국을 다녀오기도 했다.

"프랑스나 독일만 해도 문화적 의미를 배려하지만 영미권에서는 이득이 나지 않는 출판을 꺼리는 명백한 경향이 있습니다. 우선 출판사가 출판 의지를 가지도록 만들어야 하고 당연히 독자들의 환호가 필요한 거지요. 이를 위해서 한국의 순문학 작가들이 경계를 뛰어넘어 장르문학의 기술을 과감하게 수용할 필요가 있습니다."

김 원장은 최근 《문학사상》 9월호 '세계문학 속 한국문학 전망과 과제'라는 특집에 기고한 글을 통해 "한국은 추리소설 전통이 약해서 세계로 내보낼 만한 적당한 작품을 찾기 어렵다"면서 "가장 좋은 방법은 우리의 순수문학 작가들이 추리소설 기법을 차용한 작품을 쓰는 것인데, 그것은 결코 현실과의 타협이 아니라 현명한 세계화 전략이라고 보는 것이 정확하다"고 주장한 바 있다. 김 원장의 이 같은 주장은 한국 문단에서 이제는 통용될 만도 한 시점이다. 그동안 미학적 순수문학에 길들여온 작가들 입장에서는 '몸을 파는' 것 같은 낯선 배반감에 시달릴지 모르지만 경계를 허물지 않으면 살아남을 수 없는 '포스트모던'의 본질 앞에서 자세를 가다듬을 수밖에 없다는 이야기다. 사실 이즈음 한국 젊은 작가들 소설에서는 장르문학적 특성을 따로 구분해내는 일 자체가 부질없는 면도 있다.

김 원장은 인문학 위기국면에 대응하는 세 가지 어리석은 태도를 적시했다. 하나는 그냥 '이대로 살다 죽겠다'는 태도이고, 또 하나는 '위기라는 건 강조하지만 아무런 대응도 하지 못하는 상태', 나머지 하나는 '적개심을 가지고 십자군 정신으로 다른 장르와 싸우려는 태도'라는 것이다. 그는 한 원로 문인의 "영화 때문에 소설을 읽지 않으니 영화 안 보기 운동이라도 펼쳐야 한다"는 이야기를 듣고 개탄했다고 한다. 제인 오스틴의 『오만과 편견』이 고전 속에 갇혀 있다가 영화 덕분에 떠서 번역가가 부자가 됐다고 한다.

평론가 요하임 패히는 "영화는 책의 적이 아니라 마치 잠자는 공주를 깨우는 왕자와 같아서 아무도 안 읽는 문학 작품을 깨워서 읽힌다"고 했다는 대목도 김 원장은 언급했다. 그는 "이른바 순수문학과 대중문학은 '미녀와 야수' 같다"면서 "거대한 영화와 인터넷 시장으로 상징되는 야수에 잡힌 순수문학이라는 미녀는 결혼을 통해 미남 왕자도 얻고 성주가 됐다"고 비유했다. 경계를 뛰어넘고 담을 허물지 않는 한 활자 매체의 예정된 죽음 앞에서 문학이 야수의 성을 탈출할 가능성은 없다는 말이다.

"예전에는 지식과 정보를 얻는 게 주로 책이었지만 지금은 엄청난 다매체 시대입니다. 할아버지 세대에서 손자로 세월이 흐르듯 서서히 진행될 뿐이지, 활자매체의 소멸은 어쩔 수 없는 현실입니다. 다른 매체와 손을 잡고 다시 한 번 경계를 넘어야 문학은 생존하고 융성할 수 있습니다."

김 원장은 미군정청 통역관으로 일했던 부친이 서재에 꽂아둔 책들에 영향을 받아 문학과 외국어에 빠져들었다고 한다. 초등학교 시절에는 만화도 좋아했고, 중학교 시절에는 세계문학을 섭렵하는 건 물론 영어판 『앵무새 죽이기』에 깊은 감명을 받으며 자연스레 문학에 빠져들었다. 대학신문에 『방화放火』라는 단편소설이 당선되기도 했다. 영화에도 빠져들어 문학평론가의 영화 읽기로 교과서에까지 소개될 정도로 각광을 받았다. 그는 골프나 음주를 삼가는 대신 그 시간에 집에 들어가 영화관처럼 꾸며놓은 스크린을 앞에 두고 빽빽한 DVD '서가'에서 뽑아낸 영화를 보는 게 낙이라고 했다. 이론을 공부하면서 창작으로부터 멀어졌다는 그는 올여름 30여 년 대학 교수를 마감하고, 본격적으로 소설 창작에 매진할 뜻도 분명히 밝혔다.

"움베르토 에코의 『장미의 이름』이나 오르한 파묵의 『내 이름은 빨강』 같은 작품을 쓰고 싶습니다. 추리기법을 동원하되 다양한 지식을 공유함으로써 지금 세계 지성과 독자들이 원하는 코드를 향해 나아가야 합니다. 어떻게 쓰면 해외 독자들과 소통할지는 분명히 알 것 같습니다."

소설가 김성곤도 기대되지만 한국문학번역원장의 짧은 소임도 아쉽긴 하다. 그는 한국문학번역원장 일이야말로 30여 년 동안 축적해온 비교문학과 영문학, 포스트모더니즘과 해외 인맥 쌓기의 결실인 셈이라고 말했다. 그의 말마따나 한국문학번역원은 이제 도약할 시점이다.

〈2014.9.15.〉

*문학평론가 김성곤은 2012년 2월 7일부터 2017년 12월 31일까지 한국문학번역원 5~6대 원장으로 재임했다.

비평가가 고독할수록
한국문학은 덜 외롭다

문학평론가 권성우

"수상 소식을 듣고 사실 만감이 교차하는 기분이었습니다. 학교 때는 열정적으로 일을 하면 평가를 받는 느낌이었는데 문단에 나와서는 솔직히 정직하게 글을 쓰면 쓸수록 소외당하는 그런 느낌을 받았죠. 이런 구조라면 내가 상을 받을 일은 없겠구나, 그걸 운명으로 알고 쓰고 싶은 글을 쓸 수밖에 없다, 이런 생각을 했죠. 비평집으로는 등단 30년 만에 처음 받는 상이라서 커다란 영광이고 기쁨입니다."

문학평론가 권성우(숙명여대 한국어문학부 교수·54)가 지난해 펴낸 여섯 번째 비평집 『비평의 고독』(소명출판)으로 올 임화문학예술상을 수상한다는 소식을 접하고 광화문에서 만났다. 의미 있는 상 중 하나이기는 하되 그가 수상자가 아니었다면 굳이 따로 만나지는 않았을 것이다. 1985년 서울대 국문과 재학시절 「이문열론」으로 대학문학상을 받고, 이어 1987년에는 서울신문 신춘문예 평론에 당선돼 또래에 비해 일찍 비평가로 등단한 권성우는 한국 문단에서 논쟁적인 평론가로 호가가 높다. 《창비》와는 「정치적 올바름과 미학적 품격」에 대해, 《문학과지성》과는 작고한 평론가 김현에 대한 평가를 둘러싸고, 《문학동네》와도 문학권력을 두고 논쟁을 벌였다. 한국 평단에서는 이례적으로 이른바 주요 문학 에콜을 상대로 모두 논쟁을 벌인 이력에서 드러나듯 그는 아웃사이더 이미지가 강한 편이다.

"임화는 당대 가장 잘나가는 평론가요 시인이면서 카프(KAPF) 서기장까지 한 사람임에도 죽음과 같은 고독을 이야기하는 참 단순치 않은 내면을 가진 사람이었죠. 만약 단 하나의 상을 제 인생에서 받을 수밖에 없다면 임화의 이름으로 주는 상이야말로 제일 받고 싶은 상 중 하나가 아닌가 싶었어요. 중심에 있었으면 오히려 안주했을지도 모르는데 소외되면서 논쟁을 한 게 저를 더 단련시켰을 거라고 덕담을 하시는 분도 있더군요."

사실 권성우를 만나러 가면서 가장 궁금했던 건 그를 문단의 '공격수'로 만든 뿌리였다. 에두르지 않고 먼저 물었다.

"공격이라기보다는 작품을 볼 때 좋은 점도 있지만 아쉬운 점도 지적하는 게 비평의 대단히 중요한 사명이자 임무라고 생각해요. 저를 만나서 이야기해보면 온순한 사람인데 어떻게 용기 있는 글을 쓰느냐고 묻는 사람도 있어요. 용기가 있는 건 아니고 저에게 약간 반골 성정이 있지 않나 싶어요. 가장 온순한 사람이 가장 열렬한 투사가 될 수밖에 없다는 말에 공감합니다. 저는 운 좋게 대학 선생이 일찍 됐고, 흔히들 말하는 좋은 대학을 나와 혜택을 받으면서 글쓰기를 하고 있어요. 그러니 약간 힘들고 때론 손해를 보더라도 할 말은 해야 되는 거 아닌가, 이런 생각을 했던 것 같아요."

명동에서 오퍼상을 하는 친척을 돕기 위해 경상도에서 상경한 부모가 명동에서 신혼살림을 시작해 그를 낳았다. 명동에서 태어나고 자란 흔치 않은 문인인 셈이다. 5층 옥탑에서 살았던 그의 집과는 달리 명동에는 살림집이 많지 않아 어린 시절 친구가 거의 없었다. 장난감과 친구가 없는 대신, 어머니가 사다준 계몽사판 『소년소녀 세계문학전집』 반질을 손때가 타도록 읽고 또 읽었다.

그는 유하 감독 영화 〈말죽거리 잔혹사〉에 나오는 것처럼 친구들이 죽 둘러싼 가운데 그 원 안에서 둘이서 싸움을 벌인 적도 있었다고 했다. 그를 괴롭히던 동급생이 있었는데 참고 참다가 싸움판을 벌이게 된 거였다. 권성우가 그럴 줄 몰랐다며 실망한 여선생에게 가혹한 체벌을 받았지만 상대방에게서 더 피가 많이 났고 그 싸움에서 지지 않았다고 증언한다. 본인도 인정하는, 어느 정도 반골 기질을 타고났음을 부인하기 힘든 흥미로운 에피소드다.

"솔직히 권력에 대한 욕망이 전혀 없었다면 거짓말이겠지만 저 자신에 대해 스스로 분석해보면 뭔가 중심에 서는 걸 불편하게 생각하는 성향이 있어요. 수업에 들어가도 절대 앞에 안 앉았어요. 지금도 무대공포증이 있는데 선생이 된 지 30년이 되어도 앞에 나가서 가르치는 게 어색하고 쑥스러운 면이 있어요. 제가 펴낸 책을 사람들이 좋아해주면 그건 커다란 즐거움이지만 먼저 나서서 중심에 서는 스타일은 아닌 것 같아요."

권성우는 자신에게 씌워진 전투적 이미지에 대해 안타까워했다. 그는 비평의 균형을 시종 강조했다. 칭찬하는 비평도 나름 의미가 있지만 최소한 애정 어린 비판을 하는 비평도 있어야 한다는 것이다. 한국 평단은 칭찬만 있지 비판은 실종됐다는 게 그의 분석이다. 웬만큼 평가를 받는 작가라면 설혹 한 에콜이나 출판사에 '소속'된 어떤 평론가가 비판을 하면 얼마든지 기다리고 있는 다른 출판사로 옮겨갈 수 있으니, 비판이 사라질 수밖에 없는 구조라는 이야기다.

정치 사회적인 맥락에서는 진보적인 비판을 서슴지 않으면서도 정작 작품에 대해서는 비판을 자제하는 문예지의 모순도 이런 구조 속에서 가능한 셈이다. 그는 자신이 애정 어린 비판을 하고 적극적인 옹호도 한다는 사실을 사람들이 알아주면 좋겠다고, 비판만 하는 비평가가 아니라고 말했다.

"나름대로는 애정을 담아 비판하려고 노력했지만 한국 사회에서 참 논쟁은 쉽지 않은 것 같아요. 인구밀도가 높고 세 사람만 연결하면 다 아는 연고 문화에서 소신 있는 비판이 쉽지 않습니다. 이런 환경에서 작가들이 칭찬에 익숙해져서 그런지 의미 있는 비판조차도 잘 받아들이지 못하는 것 같습니다. 어떤 분은 제가 메타비평만 하고 작품론을 제대로 안 쓴다고 이야기하는데 그건 논쟁을 하면서 형성된 편견 때문이 아닌가 싶습니다. 최인훈 조세희 김석범 같은, 고전적 작가에 대한 가치를 정확하게 해석한 제 나름의 칭찬의 비평도 꽤 많이 썼거든요."

동안인 권성우도 벌써 50대 중반이다. 3년 전 모친이 작고한 뒤 그 애절함을 페이스북에 올려 많은 페친들의 위로와 격려를 받았다. 따뜻하고 엄격했던 그 엄마의 다운그레이드 '미모'를 자신이 물려받았다고, 엄마의 사진을 여러 장 올리면서 그는 슬픔을 스스로 달랬다. 만년 청년 이미지여서 그가 결혼은 했는지, 자녀도 있는지 믿기지 않아 우문을 던졌더니 늦게 결혼해 얻은 슬하의 딸이 고등학교 2학년이라고 했다.

"마음이 좀 젊은 것 같아요. 좋게 보면 열정이 있는 건데 약간 철이 없기도 하죠. 너무 낭만적이고 비현실적인 면이 있는 것 같다는 이야기를 들을 때도 있어요. 어떤 선택을 하면 고립되리라는 것, 패배하고 손해를 본다는 게 딱 보여요. 그런데 이상하게 그걸 선택하게 되더라고요."

'고독한' 비평가 권성우는 좋게만 말하지도 말고 너무 애정 없이 비판할 필요는 없지만 이 시대 한국문학의 성취와 결여를 균형 있게 평가하는 작업이야말로 지금 가장 중요하다고, 말미에 거듭 강조했다. 비평가가 고독할수록 한국문학은 덜 외로워지는가.

〈2017.8.21.〉

서설瑞雪 속에 천국으로
올라가는구나

김
병
종

화
가

"어제 올겨울 들어 가장 많은 눈이 내리는 가운데 영구차가 눈 속으로 갔습니다. 유난히 곱고 깨끗한 걸 좋아했던 사람이어서 펑펑 쏟아지는 눈을 소재로「폭설」이란 희곡을 썼는데, 풍성하고 이쁘게 날리는 서설 속에 천국으로 올라가는구나 싶었습니다. 생물학적 삶을 연장시키는 데는 실패했지만, 이 사람의 문학적 삶은 사력을 다해 연장시키고 싶습니다."

폭설이 내리는 토요일 오후, 과천에서 김병종(64) 서울대 미대 교수를 만났다. 국내외에서 입지가 탄탄한 존경받는 화가로 그를 인터뷰하기 위한 자리가 아니라, 급작스럽게 세상을 떠난 그의 아내 소설가 정미경(1960~2017.1.18)을 돌아보는 자리였다. 그날은 그가 아내의 장례를 치른 다음 날이었다. 예술의 길을 같이 가는 동반자로서 두 사람의 결속력이 남달랐던 만큼 김병종이 겪는 상실감과 충격은 짐작하기 쉽지 않다. 그는 "꿈꾸는 것 같다"고 했다.

정미경은 이화여대 영문과를 나와 1987년 《중앙일보》 신춘문예에 희곡「폭설」이 당선됐고 2001년 《세계의 문학》에 단편 「비소 여인」을 발표하며 본격적으로 소설가의 길을 걸었다. 이후 소설집 『나의 피투성이 연인』, 『발칸의 장미를 내게 주었네』, 『내 아들의 연인』, 『프랑스식 세탁소』 장편 『장밋빛 인생』, 『이상한 슬픔의 원더랜드』, 『아프리카의 별』 등을 펴내며 왕성하고 꾸준한 작품 활동을 이어왔다. 오늘의작가상, 이상문학상을 받았다. '서사 구조의 고전적 안정성, 미묘한 정서를 전하는 섬세한 문체, 존재와 삶을 응시하는 강렬한 시선'으로 우리 문단에 독특한 위상을 차지한 작가였다는 평가다.

정미경의 부음은 갑작스러운 것이었다. 그녀가 아프다는 소식은 문단에 전혀 알려지지 않았다. 그녀는 암 선고를 받고 홀로 집에서 남편과 지내다 한 달 만에 떠나버렸다. 사망 소식조차 제대로 알려지지 못했다. 아들 결혼식을 치른 지 3일 만에 당한 상이라서 부고를 내지 않고 조용히 가족장으로 치르려 했기 때문이다. 지난해 12월 16일 고양행주문학상 시상식에 다녀온 후 극심한 피로를 호소해 그가 동네병원에 데리고 갔는데 그곳에서 큰 병원으로 가기를 권유해 결국 간암 말기 선고를 받았다고 한다. 아내는 수술이나 항암 치료를 거부하고 집에 있겠다고 했다. 그동안 서로 바빴는데 같이 시간을 보내자고 했고, 같이 산책하고 기도해주면 충분하다고 했다. 이날부터 김병종은 모든 일정을 파기하고 24시간 그녀 곁에 머물면서 모든 노력을 기울였다. 그 아내는 아들 결혼식에 참석하려다 거울 속 스산해진 자신의 모습을 보고 모든 이에게 '덕'이 될 것 같지 않다고 포기한 지 3일 만에 떠났다.

"믿으실지 모르겠지만, 이 사람은 평생 남에게 조금이라도 상처가 될 만한 말을 하지 못하고 심지어 남편이나 두 아들에게도 단 한 마디 나쁜 언사를 하거나 공격 성향을 보인 적이 없어요. 거의 순백에 가까운 정신세계였고 별다른 욕심이나 집착 같은 게 없었어요. 이제 와서 보니 문학이 과연 제 아내에게 구원의 도구였는지, 아니면 연약한 생명을 위해하는 그 무엇이었는지 잘 모르겠습니다. 문학으로 인해 기쁨도 있었지만 문학으로 인해 상처받고 좌절하는 모습을 옆에서 너무 많이 지켜봤기 때문에 문학에 대한 재능이 축복인지 저주인지 돌아보게 됩니다."

남편이 전해준 바에 따르면, 정미경은 작업실로 향하는 화가 남편과 역시 화가와 조각가인 두 아들에게 도시락까지 싸준 후 방배동 반지하 작업실로 향하곤 했다. 반지하 창문 위로 사람들이 걸어 다니는 발을 보면서 채탄하러 들어온 광부 같다는 심정도 토로하곤 했다. 습하고 햇볕도 안 드는 곳인데 그곳을 가야 비장해진다면서 점심도 달걀 한두 개나 감자 한 알 정도 가지고 갔고, 그마저 그냥 가져오는 경우가 많았다. 밥을 먹으면 나른해져서 글도 그러하다는 게 이유였다. 바깥나들이도 많지 않았다. 김병종은 결혼한 이후 평생 저녁을 집에서 아내가 해주는 밥을 먹었다고 했다. 뛰어난 아내의 솜씨가 아니면 입맛에 맞지 않았다고 했다. 그의 조카가 "평생 숙모를 수탈한 것"이라고 비판하자 아내는 그 조카를 나무라며 "내가 좋은 걸 어쩌냐"고 했다 한다. 그녀가 남긴 글을 보면 행복한 노동 쪽에 가까운 것 같다. "밤이 늦도록 우리집 세 남자가 일하는 시간에 나는 자판을 두드리다 말고 그들을 위한 간식거리를 준비하러 일어선다. …소설가 아무개는 그들 속에 흡수되어버리는 느낌이다. 하지만 경계가 무뎌지고 세 사람의 '쟁이'들 속으로 흡수되어버리는 그 느낌이 나는 좋다. 팔자일까, 운명일까."

이대문학상 수상자인 정미경에게 역시 대학문학상을 받았던 서울대 미대생 김병종이 편지를 띄웠고, 6개월 동안 그렇게 편지만 주고받다가 만나 사귀다가 정미경이 대학을 졸업하던 23살에 결혼했다. 그들의 금실은 단순한 부부관계를 떠나 예술적 동지 차원의 것이었다. 수업이 없는 날 아침이면 아내와 함께 문학 역사 미술 철학에 대해 차를 마시며 몇 시간이고 함께 보냈다. 문상 온 사람들이 식사 걱정을 하는데 정작 그이는 이런 동지적 관계의 단절이 더 견디기 힘들 것 같다고 했다.

"대학을 졸업하자마자 시집와서 남편과 자식 뒷바라지하면서 틈틈이 써온 소설들을 컴퓨터가 망가지는 바람에 날려버렸어요. 그때 거미처럼 한 이틀 동안 방안에 누워 있더라고요. 다시 일어나 도전해서 지금까지 혼신의 힘을 다해 글쓰기를 이어온 거지요. 아침에 일어나 신문을 주워 들고 아내의 칼럼을 읽을 때마다 놀라곤 했습니다. 칼럼 하나 쓰는 데만도 엄청난 공력을 들여 쓰고 지우기를 수없이 반복하더군요. 소설은 말할 것도 없어요. 내가 인정하는 글쟁이는 많지 않은데 아내의 글은 정말 존중하고 존경했습니다."

아무 흠결 없는 완벽한 부부 관계가 가능할까. 그는 "왜 갈등이 없었겠느냐"고 반문했다. 자신이야말로 흠결 투성이였지만 그걸 아내가 늘 덮었다고 했다. 남편 김병종은 "사력을 다해 아내를 살리고 싶었다"고 했다. 그 희망은 좌절됐지만 평생 아내가 자신을 위해 뒷바라지했으니 이제는 그가 아내의 문학적 삶을 연장시키기 위해 노력할 시점이라고 했다.

"옆에서 보기에 아내의 작품에 대한 세상의 평가는 함량과 노력에 비해 미미한 편이었습니다. 아내는 단 한순간도 그런 결과에 대해 한탄을 하거나 좌절한 적은 없습니다. 나는 그 여자의 재능을 스물두 살에 발견해서 한 번도 그 재능에 대해서 흔들리지 않은 증인입니다. 당대에 엄청난 평가를 받았는데 스러져버린 경우가 있는가 하면, 정말 힘든 삶을 살았는데 복원돼서 제대로 평가를 받는 경우가 미술사에는 많습니다. 모든 내 작품을 지금까지 관리하고 조언해주어 내 미술세계를 위해 신께서 이 사람을 나에게 붙여주셨구나 생각했는데, 이제는 내가 아내의 문학적 성과에 대한 세속적 반향을 책임져야 한다는 소명이 느껴집니다."

여전히 눈은 내리는데, 잠을 자지 못한 그의 눈은 꿈을 꾸듯 몽롱했다.

〈2017.1.30.〉

눈감은 한낮에 넌 잊으라 하네

요조 가수

"이 책을 읽으면서 독서가 굉장히 자유로워졌어요. 그 철학가는 책에 끌려 다니지 말라고 이야기를 하거든요. 사실 어떤 책을 읽을 때 이해가 안 된다거나 할 때 굉장히 스트레스를 받잖아요. 책을 읽으면서 무얼 느끼고 있고, 책이 나에게 와서 무슨 의미가 되는지 집중할 수 있게 도와준 책이 그 책이에요."

가수 요조(본명 신수진·37)는 프랑스 철학자 피에르 바야르가 지은 『읽지 않은 책에 대해 말하는 법』을 접한 뒤 독자가 책에 끌려가거나 잠식되지 말고 책을 이끌어야 한다는 걸 알았다고, 그가 최근 펴낸 독서일기 『눈이 아닌 것으로도 읽은 기분』(난다)에 썼다. 이른바 보통사람의 눈높이에서 적어 내려간 독서일기, 지난해 1월부터 6월까지 매일 기록한 그녀의 '책일기'는 특별한 형식이나 내용에 강박당하지 않은 편안함이 특징이다. 편집자 김민정 시인이 요조를 비롯해 매일 책을 만지는 이들(장석주·박연준, 장으뜸·강윤정, 김유리·김슬기, 남궁인)에게 책일기를 청탁해 한꺼번에 내놓은 독서일기 5권 중 하나다.

"제 책을 보고 독서일기를 써보고 싶다는 분들이 많아요. 그동안 책을 부단히 열심히 읽고 SNS에 소감을 올리기는 했어도 이렇게 착실하게 6개월간 써본 적은 없었어요. 고비도 있었지만 겪고 나니까 진짜 보석 같은 버릇이 남게 되더라고요. 지금은 책 한 권 읽고 뭘 기록하지 않으면 다 읽었다고 할 수 없는 찜찜한 기분이 남아요. 기록하면서 다시 의미를 정리하는 그 순간이 중요한 것 같아요."

책을 좋아해 음악이 본업이면서도 2015년 서울 종로구 계동에 '책방 무사'를 열었다가 지난해 11월 제주 성산읍으로 책방을 옮긴 요조를 만났다. 서울은 겨울날씨치고는 화창한 편이었는데 제주에는 오후 내내 겨울비가 장맛비처럼 내렸다. 서울에서 책방을 열 때도 '진미용실'이라는 간판을 내리지 않고 내부만 바꾸어 책방을 운영했는데, 서귀포시 성산읍 수산초등학교 가로변에 문을 연 '책방 무사'도 귀퉁이가 떨어져 나간 간판 '한아름상회'를 그대로 놓아두었다. 외관을 마음대로 바꾸는데 불만이 많은 그녀는 인근 제주 사람들이 성산읍 수산 쪽 한아름상회, 하면 다 알아서 더 바꾸면 안 되겠다고 생각했다.

요조 자신이 읽은 책들을 중심으로 전시하는 책방은 페미니즘 서적들이 한 구석을 채우고 있고, 시집을 비롯한 다양한 책들이 구멍가게 벽면에 가득 꽂혀 있다. 문간에서 요조가 지은 노랫말과 기타 악보를 담은 『요조, 기타 등등』을 펼쳤다.

'우리는 선처럼 가만히 누워/ 닿지 않는 천장에 손을 뻗어보았지/ 별을 진짜 별을 손으로 딸 수 있으면 좋을 텐데/ 그럼 너의 앞에 한쪽만 무릎 꿇고/ 저 멀고 먼 하늘의 끝 빛나는 작은 별/ 너에게 줄게/ 다녀올게/ 말할 수 있을 텐데…'

요조의 속삭이는 듯한 목소리에 실린 시적인 노랫말을 좋아하는 이들이 적지 않다.

"시와 노래 가사가 전에는 막연하게 비슷하다고 생각했는데 시를 좋아해서 직접 써보려니까 다르다는 걸 알겠더라고요. 노랫말에는 멜로디가 들어갈 빈자리를 의식하는 마음가짐이 있는데 시에는 확실히 더 정면 승부의 느낌이 있어요."

책방 안쪽 좁은 방, 빗물이 비끼는 창문 곁에 마주 앉아 작지만 선명하게 들리는 요조의 말을 들었다. 그녀는 대학(경기대 불문과)시절 음악이나 책 읽기에 얼떨결에 빠져들었다고 했다. 대학로 재즈카페에서 아르바이트를 하다가 우연히 '허밍어반스테레오'의 〈샐러드 기념일〉이라는 노래의 가이드보컬을 했는데, 그 음원이 그대로 음반에 실려 화제가 되었고 홍대 카페에서 노래를 부르면서 일약 '홍대 여신'으로 각광받기 시작했다.

2007년 첫 음반 '트래블러'를 내면서 정식으로 가수로 데뷔한 뒤 최근에는 자신이 직접 감독해 영상을 입힌 3집 〈나는 아직도 당신이 궁금하여 자다가도 일어납니다〉까지 냈다. 제주에 놀러 온 캠핑 남녀들이 이웃 캠프 노파의 죽음을 궁금해하는 스토리에 음악을 만들어 넣었다.

죽음을 입힌 건 동생 때문이냐고 했더니, 큰 눈에 금방 물이 차서 넘쳤다. 요조가 첫 음반을 내던 2007년, 부모의 반대에도 자신의 지지를 받아 사진을 찍기 시작했던 8살 아래 동생 수현 씨는 청량리로 촬영을 나갔다가 지하철 공사장 크레인에 깔려 사망했다.

"처음에는 공포나 겁이 동반된 트라우마였다고 한다면, 지금은 체화가 된 것 같아요. 매일매일 죽음에 대해 생각하게 돼요. 하루를 마치고 잘 준비를 할 때면 오늘 죽어도 후회 없이 잘 살았나 돌아보고, 아침에 일어날 때도 오늘 죽을 수도 있으니 후회하지 않게 살자고 다짐해요."

요조보다 키가 컸던 동생 별명 '자이언트'가 그녀가 처음 지은 노랫말이 되었다. '늦은 밤 너는 내게 어서 자라 하네/ 눈 감은 한낮에 넌 잊으라 하네/ fly away fly away fly away fly away/ 애타는 꿈 속 어디에도 널 볼 수 없어/ 눈 뜨면 이미 나는 너의 우주 안에 있네…' 가사는 슬프지만 노래는 허공을 나는 듯한 가벼움에 맑은 기운이 감도는 곡이다. 요조는 우스꽝스러운 피에로가 주는 슬픔처럼 모순에서 오는 재미를 좋아하는 것 같다고 했다.

끝없이 타인을 의식하고 자신을 괴롭히는 연약한 부적응자로 여러 번 자살을 시도했던 가엾은 사내, 무한한 보호본능을 일으킨 다자이 오사무의 『인간실격』 주인공 '오바 요조'에 빠져 예명까지 '요조'라고 지은 신수진은 서른 살

넘어서면서부터 요조가 못마땅해졌다고 했다. 요조는 그대로 책 속에 봉인돼 있지만 책 밖의 요조 신수진은 나이가 들면서 변하고 있기 때문이다. 음악이 본업이고 책 읽기가 생활인 요조. 그녀도 사람들이 열광하고 소비하는 음악이 너무 빨리 변해서 음악이 언제까지 본업이 될지 모른다는 비애가 가끔 찾아든다고 했다. 어떤 음악을 완성하고 싶을까. 책방을 나설 때도 비는 그치지 않았다.

"어떤, 만 없으면 돼요. 어떤 음악이 아니라 그냥 음악을 계속하고 싶어요. 노래할 때 제가 가장 마음에 들어요."

〈2018.1.22.〉

여 기 가
끝 이 라 면

3부

그때 문학이 나타났소

이 문 열 소설가

이문열 대하소설 『변경』은 한 작가의 성장소설이자 당대의 사회와 문화, 정치적 배경을 종합적으로 망라한 시대의 '벽화'에 가깝다. 가장은 3남매와 만삭의 아내를 남겨두고 홀로 월북했고 남은 이들은 간난신고의 세월을 남쪽에서 견뎌야 했다. 이들 가족이 살아남은 개인사이자 현대사가 다양한 에피소드를 업고 흥미롭게 흘러가는 이야기가 『변경』이다.

제목 '변경'은 말 그대로 변두리라는 의미로 미국과 구소련으로 상징되던 두 제국의 끄트머리, 그 변경이 맞닿은 한반도의 삶을 드러내는 것이다. 남쪽에 남은 월북한 이동영의 장남 명훈과 차남 인철, 장녀 영희와 막내 옥경의 삶을 각각 따라가는 구성이다. 4·19가 발아된 1950년대 후반부터 '10월 유신'이 발동되던 1970년대 초까지가 배경이다.

전 12권으로 이루어진 이 대하 장편은 1986년 집필을 시작해 12년 만인 1998년 완간을 보았다. 출세작 『사람의 아들』이나 『우리들의 일그러진 영웅』, 『평역』같은 밀리언셀러에 미치지는 못하지만 50만 부 넘게 팔려나가던 터에

2003년 이문열은 이 책의 절판을 선언했다. '홍위병' 발언이 도화선이 돼 급기야 그의 책을 불태우는 퍼포먼스가 집 앞에서 벌어진 사태의 충격 때문이었다. 다시 10여 년이 지난 뒤 그는 자신의 모든 것을 쏟아부었다는 이 대하소설을 지난해 6월부터 1000매가량을 고치고 새로 써서 최근 세상에 내놓았다. 처음 집필을 시작한 지 28년 만이다.

이 긴 소설의 첫머리는 인철이 등굣길에 하이칼라 신사복 차림의 남자가 나타나 풀빵집에 데려가 아버지에 대해 묻는 장면으로 시작한다. 그 하이칼라가 소곤거리듯 "실은… 네 아버지의 오랜 동무란다"고 말할 때 초등학교 5학년짜리 어린아이는 "문득 세상이 고요해지면서 알 수 없는 한기가 온몸에 오싹 소름을 돋게 했다"고 썼다. 아버지라는 말 자체에 짓눌려 잠시 멍해 있던 '철'이 겨우 정신을 가다듬어 대답한 말은 "저는… 아버지가 없어요"였다. 경찰이 감시하고 있다는 사실을 안 어머니는 대경실색한다. 이 상황에서 아이들 아버지이자 지아비인 그 남자는 유령처럼 그들 가족을 위협하는 존재일 따름이다. 어머니는 아이들을 데리고 밤기차를 타고 남쪽으로 도피한다. 남편은 이미 없는 존재로 치부했지만 나타나면 그게 더 큰 재앙이다. 이문열은 소설에서 이렇게 썼다.

'아아, 아버지, 아버지. 얼굴은 말할 것도 없고 제대로 된 사진조차 본 적이 없는 그 막연한 추상, 그러나 집안 구석구석 살아서 떠돌며 끊임없이 재난과 불행의 먹구름을 몰고 오던 두렵고 음산한 망령, 정액 몇 방울의 의미로서는 너무 무겁던 내 삶의 부하負荷였으며, 알 수 없는 원죄를 내 파리한 영혼에 덮어씌우던 악몽, 깊은 밤 선잠에서 깨어나 듣던 어머님의 애절한 흐느낌과 몽롱한 내 유년 곳곳에서 한과도 같은 그리움을 자아내던 이었으되 또한 듣기만 해도 놀라움과 두려움으로 소스라쳤던 이름의 주인…….'

이문열(66)을 경기도 이천 '부악문원'에서 만났다. 만나러 가기 전 전화 통화에서도 그랬지만 목소리에는 활기가 넘쳤다. 체증처럼 남아 있던 작품을 다시 세상에 내놓아서일까. 그는 1998년 『변경』 완간본 초판 서문에 "내가 산 시대의 거대한 벽화를 남기겠다고 공언했고 은밀하게는 그걸로 오랜 세월의 비바람을 견뎌 낼 내 문학의 기념비를 삼을 야심까지 품었다"면서 "지금까지의 내 삶에 축적된 모든 직·간접의 경험, 모든 기억과 사유 중에서 문학적 소재 혹은 장치로 유효하고 또 적절하다고 판단되는 것은 아낌없이 썼다"고 밝혔을 정도로 이 작품에 대한 애정이 각별했다.

"아버지로부터는 모두 세 통의 편지를 받았습니다. 이 중 사적인 편지는 마지막 한 통밖에 없었고 앞의 두 통은 아마 공식적으로 (강요에 의해) 쓰인 것 같습니다. 문장이 장중하고 유장한 편이었는데 이를테면 '조국은 나의 실존이다' 같은 대목이 기억나요. 아버지가 직접 쓴 것이라면 내가 아버지의 문재를 물려받은 셈이지요."

부친은 사적인 편지에서 북에서 결혼해 낳은 5남매에 대해서 언급하며 형제로 생각하라고 당부했다고 한다. 그렇지만 정작 어머니에 대해서는 한마디 언급도 없었다. 김영삼 정권에서 남북정상회담을 추진할 때 그가 방문단의 작가로 포함돼 방북을 준비할 무렵 어머니가 그를 부르더니 "니 이번에 가서 너 아버지 만나면 원망 안 한다고 전해라"라고 말했다고 한다. 어머니는 몇 개월 뒤 세상을 떠났다. 소설에 기술되는 구체적인 이야기들이야 작가의 픽션이겠지만 전체를 관통하는 기본 정조는 그가 처한 환경을 뚫고 나온 실제 바탕색일 수밖에 없다. 그는 소설 속 장남 명훈의 입을 빌어 이렇게 선언한다.

'터무니없는 원죄의식에 억눌려 무슨 일이든 반공反共의 부적만 내밀면 소스라쳐 움츠러들었다. …어떤 죄도 최소한의 생존조차 요구할 수 없을 만큼 크지는 않다. 하물며 그 죄란 것이 단지 피로 물려받은 원죄, 아시아적 전제 왕조의 잔해에 끈질기게 남은 연좌의 사슬임에야.'

이문열은 서울대 사대를 다니다 자퇴하고 사법고시를 준비하던 중 문학의 길로 들어섰다. 그는 자신의 소설처럼 '원죄의식'을 극복하고 문학을 통해 새로운 구원의 길을 발견한 셈이다. 그가 문학을 선택한 구체적인 이유도 『변경』의 편지 한 대목에 생생하게 드러난다.

'나는 조금씩 국외자, 일탈자로서 살아가야 할 앞날이 아득해지기 시작하였소. …그때 문학이 나타났소. 나는 거기서 한 구원을 본 듯한 느낌을 받았소. 국외자, 일탈자이면서 시대와 절연되지 않고 살아갈 길이 거기 있다고 본 것이오. …헤롯의 하관下官이 되기를 포기한 변경의 얼치기 지식인에게 남은 길은 열심당이 되거나 성전聖殿에조차 좌판 펼치기를 서슴지 않는 장사치가 되는 길밖에 없겠지만, 이도 저도 못해 하는 선택이라고 해도 좋소.'

로마 제국의 변경에서 왕 노릇을 하던 헤롯. 2000년도 훌쩍 넘는 세월이 흘렀지만 여전한 제국의 변경에서 그와 다르지 않은 체제의 하급 관리가 되니 반대편인 열심당으로 뛰거나 천민자본주의에 편승하는 길만이 살아남는 방편이었는데, 문학이 구원했다는 얘기다. 그가 하고 싶은 문학이란 다시 소설의 대목을 빌리면 "다만 자신을 위해 복무하며, 충돌하는 계급 이익과 사회적 정치적 헤게모니 쟁탈전을 조정하고 제어하는 임무"라고 했다. 그가 매진해온 문학이 실제로 이런 임무를 감당하고 있는지는 독자들이 판단할 몫이다.

이문열은 2001년 그의 책 장례식이 지역감정으로 오도돼 충격이 컸다고 말했다. 이번 『변경』 재간본 서문에도 '디지털포퓰리즘의 첨병들과 가망 없는 진지전을 벌여야 했던 그 우울하고 참담했던 봄날'이라는 표현을 썼다. 그는 "SNS로 상징되는 디지털 시대의 '광장'은 즉각 판단하고 대답해야 하는 위험한 속성을 지니고 있다"면서 "인터넷으로 인해 '광장'의 상시화가 이루어졌지만 언제 어디에서나 광장에 접속해 발언하는 게 좋은 소통방식으로만 보이지 않는다"고 덧붙였다.

그는 "1960년대야말로 1980년대와 이어진 뿌리"라면서 "이제 1980년대를 본격적으로 소설로 써볼 계획"이라고 밝혔다. 두꺼운 책 3권 분량, 200자 원고지 3000~4500매 정도로 구상하고 있다고 했다. 『변경』의 뒷세대가 기본 틀로 등장하지만 완전히 새로운 인물이 될 것이라고 한다. 이문열은 1999년 아버지를 만나러 중국에 갔다가 사망 소식만 듣고 발길을 돌려야 했다. 오이디푸스처럼 의식 속에서는 이미 20대에 아버지를 살해했지만 소설 속 어머니의 대사는 여전히 애잔하다.

"아이고, 이것들아 내 새끼야… 어디서 어떻게 지냈니? 혁명이고 건국이고 정말로 정말로 몸서리난다. 제 한 몸으로 못 갚고 너희까지 이 꼴로 만들었구나. 꼭 거지새끼 꼴이구나."

〈2014.7.14.〉

나는 이야기하는 바람이다

박범신 소설가

"작가란 자기 문장을 찾아서 떠도는 난민이 아닐까요. 작가가 행복하게 써
야 독자들도 행복해지지 않을까 싶었는데 이 소설은 굉장히 행복하게 썼어요.
그동안 단련하고 훈련한 모든 것들이 내 몸 어딘가에 쌓여서 이야기도 저절로
아귀가 맞춰지고 문장도 저절로 익어서 나오는 느낌이었습니다. 소설을 쓸 때
마다 한두 번 고통스러운 지점에 빠지는데 그런 적 한 번도 없었고 연필만 들
면 줄줄이 이야기가 오는 느낌이었어요. '나의 문장'을 완성했다는 건 작가로
서 40년 넘게 훈련받아 얻을 수 있는 자부심이고 행복이지요. 이제 어떤 주제
어떤 이야기도 두렵지 않고 고뇌하지 않아도 될 것 같아요."

소설가 박범신(71)이 통산 43번째 장편소설 『유리』(은행나무)를 펴냈다. 등
단 44년 만에 장편소설만 43권을 펴냈으니 매년 한 권씩 장편을 써낸 셈이다.
엄청난 에너지다. 장편 외에 에세이들까지 포함하면 그동안 펴낸 책만 60여
권이 넘는다. 이번 장편 『유리』는 그중에서도 박범신 작가 인생의 새로운 변곡

점이 될 더욱 각별한 작품이라고 했다. 그는 이번 작품을 쓰면서 비로소 문장을 완성했다는 자부심을 느꼈다고 했다. 40여 년 집필 체험이 축적돼 문장이 저절로 이야기를 끌고 가는 행복한 과정을 겪었다고 했다.

『유리流離』는 제목 그대로 떠도는 자의 이야기다. 1915년에 태어나 2015년에 죽은, 동아시아 100년을 살아낸 유리라는 인물이 한반도에서 두만강을 건너 만주 벌판과 티베트를 지나 서역의 사막까지 다녀온 광활한 이야기다. 한국과 중국 일본 삼국을 수로국, 대지국, 화인국이라는 명칭으로 바꾸어 상상력을 구속하지 않도록 설정한 뒤 판타지와 우화를 섞어 대하서사시처럼 유려하게 풀어간다. 이 작품은 대만 최고 권위의 문예지 《INK》와 한국에서 동시 연재한 뒤 책을 내기로 작정하고 모바일 플랫폼 카카오페이지에 2016년 3월부터 6개월가량 연재했던 작품이다. 올여름 대만에서는 먼저 단행본으로 나왔지만 국내에서는 작가가 500장가량을 덧붙여 뒤늦게 출간됐다.

"젊은 독자들은 역사를 무겁게 생각하니까 지울 수 없는 고통에 찬 우리 역사를 재미있게 풀어서 읽히게 할 수 없을까 해서 구상한 작품입니다. 내가 설정한 지난 100년은 짐승의 시대인데, 한 인간으로서 그 시대를 떠돌 수밖에 없었던 소통 불능의 시대를 그려낸 거지요. 이 소설은 그 어떤 소설보다 자부심이 강해요. 대개 소설을 써서 책을 내면 독자들을 설득할 수 있을지 불안한데 이 소설은 그런 게 전혀 없습니다."

그가 지난여름 추가한 500장 분량은 주로 위안부 문제를 보강하고 연재할 때는 축약했던 박정희시대를 강화하는 내용이다. 초반에는 유리라는 인물이 어떻게 수탈의 선봉에 선 양아버지를 죽이고 산맥을 타고 두만강을 건너 대륙으로 가는지 보여준다.

이 과정에서 유리가 고향에서 만난 소녀 '붉은 댕기'는 소설 내내 실물로 등장하지는 않지만 유리가 궁극에 만나야 할 이상적인 사랑의 가치이자 정주의 대상으로 상정된다. 이 붉은 댕기가 위안부로 끌려가고 참혹한 시련을 당한 끝에 그녀의 손녀가 늙은 '미스터 유리'의 후일담을 듣는 형식이 이 소설의 축이다. 유리는 어떤 집단이나 이념에도 구속당하기를 거부하는 전형적인 아나키스트의 속성을 담보한 인물이기도 하다. 그는 소설 속에서 "당파를 이루면 이념을 앞세워 제도를 만들고 제도는 사람의 영혼과 삶을 가두고 옥죄기 마련"이라며 "할 수 있다면 사람을 당파적인 체계 안에 편입시켜 지배하려는 모든 것을 때려 부수고 싶기도 했다"고 토로한다. 어떠한 것에도 구속당하기를 거부하는 유리의 캐릭터는 박범신의 분신이기도 하다.

"이 소설을 쓰면서 아나키스트에 대한 지향이 본질적으로 강한 욕망이란 걸 깨달았어요. 내가 실천적으로 정치적 전선에서 아나키스트로 산 적은 없지만 본원적으로 집단에 대한 거부감과 어디에도 소속되지 않으려는 강한 욕망은 나를 구성하는 기본적 원소인 것 같았습니다. 그래서 내 자신의 내면을 따라갔더니 아나키스트 인생을 그리는데 전혀 지장이 없더군요. 나도 유리처럼 평생을 길에서 길로 떠돌면서 살아오지 않았나 싶어요."

박범신은 이 소설에서 사랑도 소유욕을 넘어서서 특정 사람에 매이지 않는 윤리로 아나키스트의 이데올로기와 엮어서 설파하는데 그는 "내 사랑의 윤리학이 너무 이상적이어서 독자를 설득하기 어려울지도 모르겠다"고 말했다. 유리가 서커스단에서 만난 여인 접시돌리기의 딸 황금희는 그이와 붙박이 삶을 갈구하지만 그는 떠나간다. 박범신은 지난 100년은 모든 사람들이 정주하고 싶어도 떠돌 수밖에 없는 말이 통하지 않는 '짐승의 시대'였다고 말한다. 인간이 짐승이니 짐승도 인간의 말을 한다. 구렁이와 은여우와 햄스터와 원숭이가 유리의 동반자로 등장하는 이유다.

이번 소설이 대만판과 함께 지난여름에 나오지 못한 것은 지난해 박범신이 빠졌던 이른바 '성추문'의 블랙홀 때문이었다. 박범신 팬클럽 회원과 방송작가가 모인 자리에 합석한 출판사 여직원이 그 자리의 말과 스킨십이 불쾌했다고 3년 후 트위터에 올린 게 광풍으로 휘몰아쳤다. 이 자리에 참석했던 다른 6명의 여성들은 페이스북이나 언론사에 직접 보낸 메일을 통해 성적 모욕이나 불쾌감을 느끼지 않았노라고, 팩트 자체를 부인하는 '증거'들을 남겼음에도 박범신은 고통스러운 시간을 보내야 했다고 말한다. 그는 문제가 제기되자 자신으로 인해 상처받은 이가 있다면 미안하다는 사과 글부터 트위터에 올려, 결과적으로 제기된 문제를 모두 시인하는 꼴이 돼버렸다고 했다.

"평생 두 가지 이데올로기가 나를 지탱하고 있었다고 봅니다. 하나는 아직도 여전히 문학소년 같은 문학순정주의인데 이게 굉장히 강인한 것 같아요. 문학의 제단 앞에 무릎 꿇고 헌신하고 싶은 욕망으로 문학이라는 것 자체와 알몸뚱이로 한 덩어리로 살았어요. 또 하나는 어떤 정파에도 소속되지 않는다는 것인데, 나는 좌파도 아니고 좌파에 소속된 적도 없습니다. 굳이 말하자면 인간주의에 소속됐을까. 문학적 순정주의와 온정적 인간주의 같은 겁니다. 사과부터 먼저 한 것도 이런 맥락입니다."

그는 작가 생활에서 두 번의 죽음을 맞았다고 했다. 한 번은 1993년 일간지에 소설을 연재하다 절필 선언을 하고 스스로 죽음을 선언했던 것이고, 또 하나는 작년의 사태였다고 한다. 박범신은 "두 번의 죽음이 나에게 준 건 작가로서의 정체성을 더 강화시키는 결과로 나타나고 있다"면서 "사회적 자아로서는 좌절하고 무섭고 두려웠지만 예술적 자아로서의 나는 더 강하고 내 안에서 충만감을 가질 수 있음을 알았다"고 말했다. 그는 '이야기하는 바람'으로 살고 싶다고 썼다.

ㅡ매일 상승하고 매일 추락하는 일. 끔찍한 생성 황홀한 멸망의 나날. 유리에게 '맨발'이 있듯이 내겐 오래 제련해온 '나의 문장'이 있다. …나는 '이야기하는 바람'이다. 앞으로도 그럴 것이다. '이야기'로서 나는 당신을 잡을 수 있지만 당신은 '바람'인 나를 결코 잡을 수 없을 거라고 상상하면 짜릿하다.

〈2017.11.27.〉

더듬거리며 허우적거리며
말을 찾아 나설 수밖에

소설가
이인성

"이런 식으로 흘러가다 결국은 인류가 망하고 마는 것 아닌가, 그런 생각이 너무 자주 듭니다. 한편으로는 사는 한, 남들과 얽혀서 살고 있는 것이니까 그 삶이 난장이 되게 할 수는 없는 것 아닌가, 의미 없이 그냥 살라 하면 약육강식 동물의 삶으로 가는 거니까, 없는 의미를 부여하면서라도 질적인 가치가 있는 삶을 추구해야 되는 것 아닌가, 그런 생각을 합니다."

'어떠한 일이 있더라도 살아서 이 세계의 무의미와 싸워야 한다'고 썼던 스승 김현(1942~1990)의 생각에 대해 소설가 이인성(62)에게 물었을 때 돌아온 답변이다. 이 세계가 정말 의미가 있는 것인지는 '무서운 질문'이라고 했다. 그는 스승이 "의미가 없을지 모르지만 의미가 있어야 한다고 믿고 그쪽으로 자신을 던지는, 일종의 내기를 건 것일지 모른다"고 부연했다. 그 의미를 만들어내는 수단이 '문학'이어야 하는 절실한 이유는 무엇일까.

"문학은 근본적으로 언어를 사용해서 되풀이 생각하고 반성하는 걸 기본으로 하는 기록이고, 그 기록을 다시 보면서 세계를 그려보는 상상이 동원됩니다. 영상매체도 물론 같은 기능을 수행할 수 있지만 세상을 느끼고 사유하는 방식이 근본적으로 다릅니다. 시청각 매체는 테크닉이 더 발달할수록 압도적으로 그 기능을 소비하는 쪽이라면, 언어는 해독을 해야 하고 머릿속에서 앞뒤 짜 맞춰야 하니까 그것을 향유하는 사람들의 사고나 상상을 조금 더 주체화시킨다고 할까, 그런 힘이 더 강한 것이죠. 문학이 이 지점에서 더 기여해야 합니다."

이인성을 만난 곳은 서울 종로구 혜화로 '문학실험실' 사무실이었다. 그는 올봄 김혜순 성민엽 정과리와 더불어 사단법인 '문학실험실'을 만들고, 지난달에는 반연간 순수문예지《쓺―문학의 이름으로》창간호도 펴내면서 작금 피폐한 한국문학 판에서 적극적으로 실험을 모색하는 중이다. 그는 창간호 권두언에서 편집 동인들을 대표하여 "우리는 무엇을 쓸어내 버리고 무엇을 쓸어 모으려 하는가?"라고 자문하며 "이 시대의 문학 기제를 거의 기능 정지시키다시피 녹슬게 만들고 있는 패배적 순응주의와 이를 합리화하려 드는 허위의식을 걷어내고, 그것을 다시 작동시키게 할 윤활유로서의 저항적 실험정신과 이를 밑받침하는 부정의 의식을 채우자는 것!"이라고 자답했다.

"패배주의란 문학도 어쩔 수 없이 신자유주의의 흐름에 편승할 수밖에 없다는 생각, 허위의식이란 결국 그런 식의 상업주의에 편승하면서도 그럴듯한 명분으로 포장하는 태도를 지칭한 겁니다. 어떻게 대처해야 하는지 명백하게 답이 주어진 게 아니기 때문에 계속 시도하고 도전해야 하는 과정 자체를 실험정신이라고 본 거죠."

'한국문학이 너무 상업주의적으로 흘러 본격적으로 추구할 문학의 자리가 필요하다는 생각'으로 이인성이 나름의 구상을 하기 시작한 건 3~4년 전부터였다. 이 생각을 언젠가 친구들과 만난 자리에서 털어놓은 적이 있는데 지난가을 우연히 중소기업을 경영하는 친구가 도와줄 수 있을 것 같다고 제안해 고심 끝에 용기를 냈다고 했다.

사학자 이기백(1925~2004)의 장남으로 태어나 경기중·고등학교를 거쳐 서울대 불문과를 나와 서울대 교수로 재직하다, 정년을 13년이나 남긴 시점에서 2006년 교수직을 던지고 전업으로 소설 쓰기에 매진해왔다. 대학 시절부터 대학신문 문예 공모에 당선돼 소설을 쓰기 시작했던 그는 1980년 《문학과 지성》에 「낯선 시간 속으로」를 발표하면서 본격 작가의 길을 걸어왔다. 멈칫거리고 두리번거리면서도 정곡을 향해 언어를 정련해 깊숙이 파고드는 그이만의 문체와 작법은 쉬 흉내 낼 수 없는 독보적인 스타일로 각광받았다. 그는 "진정한 문학은 눌변으로부터 시작되는 것"이라면서 "달변을 믿을 수 없으므로, 그것은 '저들'의 체계이자 함정이므로, 문학은 더듬거리며 허우적거리며 자기 말을 찾아 나설 수밖에 없는 것"이라고 일찍이 첫 소설집 뒷표지에 명기했다. 더듬거리는 만큼, 서사보다는 언어를 붙들고 더 씨름하는 만큼 그의 소설이 독자에게 쉽게 읽히는 편은 아니다.

"이야기는 사람이 가진 본능적인 자기 정리 방식이기도 하고 즐기는 것입니다. 소설 속에도 이야기가 있지만 소설은 이야기를 언어로 특별하게 다루는 방식이기 때문에 이야기를 다루는 언어 쪽에 방점이 찍혀야 한다는 입장입니다."

서사보다 언어의 빛깔과 사유를 더 기대한다면 이인성의 소설은 분명 색다른 독서의 즐거움을 보장할 수 있다. 그의 글쓰기에 대해 비판하는 쪽도 만만치 않았다. 엄혹한 정치 사회적 환경이 도래한 1980년에 등단, 그 시절 내내 언어의 유희에 가까운 방법론을 선택한 그이에게 고운 시선이 꽂히긴 힘들었을 테다.

"욕 엄청 먹었죠. 예상을 하고 시작했으니까 상처 받진 않았습니다. 언어가 구호는 될 수 있지만 구호로 세상이 바뀌는 것도 아니고, 그렇다면 언어 자체의 갱신이 문학적으로 필요한 것 아닌가, 언어를 통한 사고나 상상 자체가 바뀌어야 길게 보면 근본적으로 세상을 바꿀 수 있는 것 아닌가, 비록 당장 사회적으로 큰 힘을 발휘하진 못해도 그런 것들이 쌓여나가면 장기적으로 근본적인 변화의 힘이 되지 않겠는가, 이런 생각을 했습니다."

그의 소설 쓰기에 환호하는 독자들도 적지 않았다. 상대적으로 소수인만큼 그들의 충성도는 더 각별했다. 이인성은 "누가 뭐래도 당신의 소설을 좋아하기로 했다"고 전혀 모르는 독자가 군대에서 보낸 편지가 아직도 기억에 남는다고 했다. 그는 "내 소설을 전혀 아무도 알아주지 못했다면 자살했을지도 모른다"면서 "문학을 하다 보면 같은 방향으로 가는 사람을 옆에서 보게 된다"고 말했다. 지난여름 신경숙 표절 파동을 지나오면서 대다수 문단인들이 겪었을 '심리적 실어증'에 대해 묻자 "참혹할수록 우리가 너무 오랫동안 상실하고 있는 문학적 자의식, 작가의식을 회복해야 한다"고 이인성은 답했다. 그는 후배 문인들이 "좁은 차원에서 자기 이야기 쓰고 원고료 받고 그런 정도에서 만족하고 있는 건 아닌지 걱정된다"면서 "그냥 팔아먹을 수 있는 것만 쓰라는 상업주의 영향이겠지만, 자기와는 다른 문학에 대한 폭넓은 성찰과 관찰이 절실하다"고 덧붙였다. 그는 "이런 고민들 대신 그냥 문학을 일종의 기술로 생각하는 경향이 전반적으로 확대된 상황"이라고 안타까워했다.

"독자와 문학을 어떤 식으로든 가깝게 연결하려는 노력은 필요하지만, 한쪽으로만 쏠리는 게 문제입니다. 사람이 아프면 아프게 만드는 조건을 바꿔야 하는데, 아프기 전 상태로만 돌려놓자는 게 지금 유행하는 힐링의 사고방식입니다. 근본적인 바탕을 바꿔야 합니다."

더듬거리며 자주 뒤돌아보면서도 고집스럽게 자신의 길을 걸어온 배경에는 '소명의식'을 무의식으로 전수해준 부친이 있을지도 모른다고 했다. 남강 이승훈(1864~1930)으로부터 이어지는 '계몽주의' 학자 집안 출신 서울내기 이인성은 수더분한 촌사람 분위기였다. 돌아와 사진을 보니, 귀공자풍 우수와 자존이 눈매에 설핏 드러나는 것 같기도 하다.

〈2015.10.12.〉

어머니에게 바치는 복숭아 향기

이승우 소설가

"환경으로부터의 도피도 작용했을 거 같아요. 나는 고아였고, 태어날 때부터 아버지가 없었고, 아버지란 존재를 피부로 느낀 개념이 없는데, 어느 순간 종교의 영역 안에서 그게 느껴진 거죠. 그 상황 속으로 피신하면서 몰입됐어요."

"고아였다고요?"

"그랬다고 봐야죠. 사실 되게 복잡해요. 계셨는데 안 계신 거. 아버지인 줄 몰랐으니까. 아버지는 병들었겠죠. 아버지라고 부르질 않았으니까. 어떤 분이 있다는 건 알았지."

우리는 모두 세상에 던져진 존재다. 아버지가 누구인지 알고 태어나는 존재는 처음부터 없었다. 태어나고 보니 나는 누군가의 아들이고 어떤 존재는 나의 아버지였다. 성경에서 그 아버지는 바로 신적 존재이고, 그 절대적 존재는 늘 '한낮의 시선'처럼 어디선가 나를 지켜보고 내려다본다.

소설가 이승우(58)에게 신학대학에 갔던 배경을 물었을 때 그는 '고아'란 말을 꺼냈다. 그가 최근 단편들만 모은 열 번째 소설집『모르는 사람들』(문학동네)을 펴냈다. 단편만 모아 열 권씩 펴낸다는 건 대단한 성실성에다 평단의 끊임없는 관심이 충족되지 않으면 불가능한 '업적'이다. 이를 계기로 월요일부터 목요일까지 광주 조선대에서 문예창작과 교수로 사는 그를 만나러 KTX로 내려가 수업과 수업 사이 짧은 점심시간, 충장로에서 만났다.

이승우를 어느 정도 알고 있다고 생각했는데 그가 스스로 '고아'라고 언명하는 순간, 짧은 전율이 일었다. 외로운 이들은 누구나 고아 의식을 지니고 있을 법도 하지만, 그에게 들어본 고아의 정체는 그가 지금까지 써온 소설을 이해하는 가장 기본적인 바탕이었다.

이승우는 전남 장흥 태생이고 그곳에서 중학교 1학년 때까지 큰아버지 아래 살았다. 장흥 명문가의 소생이었지만, 이후 몰락한 그곳 벽지에서 살다가 중2 때 상경해 서울신학대학에 들어가 신학을 공부하다 소설가로 들어선 경우다. 그는 성장기 내내 세상과 인간과 불화했다. 분노와 울분이 가득 찬 내면이었다.

'그러니까 세상에 대한 나의 그와 같은 원한과 적의는 실은 질시와 투기에 다름 아니었던 셈이다. 이것이 아닌 어떤 것, 여기가 아닌 다른 어떤 곳. 아침에는 밤을 기다리고, 밤에는 아침을 기다렸다. 그러나 충족감은 어디서도 오지 않았다.'

이승우가 처음으로 문학상을 받은『생의 이면』에 나오는 이 문장들은 성장기의 상황을 대변한다. 『생의 이면』은 2000년 프랑스에 번역돼 그곳 평단에서 대단한 스포트라이트를 받았다. 이후 2006년 역시 프랑스에 번역된『식물의 사생활』은 평단은 물론 프랑스 독자들에게 더 많은 사랑을 받았다. 초판은 바로 매진됐고 이후 국내에서보다 프랑스에서 더 많은 인세를 받았다. 『생의 이면』,『식물의 사생활』이전에 그를 문단에 내세운 데뷔작은『에리직톤의 초상』이었다. 이 세 작품을 평론가 신형철은 '마태복음을 세 번 읽은 듯하다'고 쓴 적도 있다.

"그랬다고 봐야죠. 아버님은 없었고, 사실 되게 복잡해요. 계셨는데 안 계신 거… 아버지인 줄 몰랐으니까. 아버지는 병이 나서… 금치산자였죠. 아무 활동 못하고 갇혀 있다시피 했고, 약간 폭력적이기도 했고, 공부하다가 정신적으로 이상이 온… 어머니는 시댁 식구들이 가라고 해서 친정에 가고… 어머니 이야기를 다 들어보면 그래요."

이승우가 1회 대산문학상을 수상한『생의 이면』은 이러한 가족사를 배경으로 한 존재가 어떻게 소설을 쓰는 예술가로 지금 서 있는지, 평전 형식으로 추적한 격렬한 장편이다. 자전적인 형식인데 디테일은 다르지만 작가의 내면 서술은 큰 틀에서 실제와 다르지 않다. 어머니는 시집오자마자 이상한 성격의 남편으로부터 폭력을 당하고 결혼생활은 파탄에 이르렀으며, 쌍둥이 아들을 낳았다. 그중 하나가 이승우였다. 쌍둥이 형은 광주로, 이승우는 전기도 들어오지 않는 벽촌 장흥의 바닷가에서 중학교 1학년 때까지 살다가, 아버지인 줄도 모르는 이의 장례를 치르고 난 뒤 서울로 유학을 떠났다.

『생의 이면』에서 추상적이고 관념적으로 고백한 자서는 이번 열 번째 소설집에 보다 진솔하게 등장한다. 짧지만 긴 여운을 남기는 두 번째 수록 단편「복숭아 향기」가 그것이다. 이 소설 속에서 어머니는 시집오자마자 정신이상의 폭력적인 남편을 맞고 그로 인해 유폐되는 상황에 이른다. 아들이 그 전모를 뒤늦게 파악해나가는 줄거리인데, 그 아들이 쥔 결론은 어머니가 스스로 남편을 가엽게 여겨 처음부터 그 남자의 불행을 껴안은 것으로 귀결된다. 이를 감싸는 신비스러운 배경은 과수원을 가득 채운 복숭아 향기였다. 그 향기가 아니라면 인간 세상의 합리로는 선택할 수 없었던 헌신이었던 셈이다.

"이 단편을 쓸 때 하나의 동기가 있었습니다. 어머니의 삶을 문학적으로, 신화를 쓰는 것처럼 보상해주자, 그런 마음이 있었지요. 디테일은 많이 다르지만 우리 어머니는 실제로 그렇게 시집왔고, 오자마자 남편이 이상해졌고 굉장히 불행한 삶을 살았지요. 어머니에게 내가 문학적으로 뭔가 해주고 싶은 마음을 첫 번째로 쓴 게 이 작품입니다."

이승우는 이 단편을 필두로 다섯 편쯤 연작으로 쓸 생각이었는데 아직 못 썼다고 했다. 어머니가 이 남편을 선택한 것이 주변의 환경 때문이 아니라 주체적인 선택이었다고 쓴 게 그의 위로다. 그에게 존재하지만 부재했던 아버지, 존재하지만 늘 떨어져 살아야 했던 어머니. 그 사이에서 이승우는 아버지와 어머니 사이에 존재하는 관념적인 신에게 그 자신을 의탁했던 건 아니었을까. 세속에서 그를 장악한 건 소설이었다. 어머니에 대해 비로소 자유로워진 위안을 전한 이 단편에 이어 이번 소설집 앞머리를 장식한 표제작 「모르는 사람들」은 아버지에 대한 이야기다.

이 소설 속 아버지는 '모르는 사람'이다. 어느 세상에서 어떤 생각을 하는지 모르는 막연한 추상의 아버지. 그가 어느 날 사라졌다. 십일 년 만에 확인된 그 아버지는 아프리카에서 선교 생활을 하다 말라리아에 걸려 죽었고, 어머니는 그이가 소속한 회사 모델과 바람을 피우다 실종된 것으로 믿고 싶어 한다. 이승우는 끝내 어머니 편을 들고야 말았다.

"때로는 나를 간섭하고 있는 모든 관계로부터 잠적해버리고 싶은 게 있어요. 그게 남겨진 사람들 입장에서 볼 때 이건 뭘까 싶겠지만 내 소설에서 아버지는 있어도 없거나 허영에 매몰된 그런 사람들로 많이 그려지는데, 처음에는 아버지의 삶을 긍정한다는 쪽으로 가다가 나중에는 어머니 편을 들어요. 삶에 적극성을 가진 사람을 너무 함부로 대해서는 안 되는 거죠."

이번 열 번째 소설집 첫머리 두 편은 아버지와 어머니에게 바치는, 보다 자유로워진 이승우의 부모에 대한 화해의 서사라면 이후 전개되는 단편들은 탄핵 국면 같은 상징적인 사회 상황이 작가의 내면에 미친 반영들이 신선하게 다가온다. 2001년 광주 조선대 문예창작과 교수로 살면서부터 그는 소설을 더 열심히 썼다고 했다. 제자들에게 가르칠 것은 작가로서 살아가는 자신의 내용과 자세라는 사실을 일찌감치 절감했다고 한다. 그는 "내가 좋은 작가를 보여주는 게 내가 할 수 있는 가장 좋은 교육"이라고 말했다. 서둘러 오후 3시 수업을 향해 택시를 잡는 이승우와 전남도청 앞에서 헤어졌다.

〈2017.9.18.〉

달맞이고개 청사포 언덕길
방아 향초香草

함
정
임

소
설
가

프랑스 시인 폴 발레리는 "허무에 진상하듯 귀중한 포도주 몇 방울을" 바다에 따른 뒤 "그 포도주는 사라지고 물결은 취해 일렁이는 도다!"라는 시를 썼다. 한국에는 '잃어버린 포도주' 혹은 '사라진 포도주'라는 제목으로 소개된 시편인데, 소설가 함정임(동아대 문예창작과 교수·50)은 20대 초반 이 시에 취했다. 이화여대 불문과를 나온 그녀의 청춘기 소원은 스스로 경비를 마련해 프랑스로 가는 것이었고, 결국 스물여덟 살에 파리로 갔다. 그곳에서 한 달 동안 머물며 프랑스 남부 몽펠리에까지 갔고, 다시 서쪽으로 거슬러 올라가 폴 발레리가 「해변의 묘지」를 썼던 세트의 묘지에 당도했다. "바람이 분다/ 살아야겠다"는 명구로 기억되는 그 시편의 무대이다.

낭만적이고 풍부한 감성으로 일렁이던 이 여인은 1990년 《동아일보》 신춘문예 단편소설로 등단했다. 《문학사상》, 《작가세계》같은 문예지에서 편집자로도 일했던 함정임이 누구와 만나 결혼하느냐는 당시 문단의 상당한 관심사였다. 그녀의 배우자는 그녀보다 1년 늦게 《경향신문》 신춘문예로 등단한 소설가 김소진(1963~1997)이었다. 절집에서 내린 사주팔자 예언에 따르면 두 사람이 결혼할 경우 '단명'한다는 친정어머니의 지독한 만류에도 불구하고 함정임은 김소진과 합체해 아들 태형을 낳고 '솔' 출판사에 다니며 살뜰하게 살았다. 사주의 예언이 소름 끼치는 대목인데, 김소진은 함정임과 1993년 결혼한 뒤 4년 동안 살다가 췌장암이 발견된 지 40여 일 만에 황망히 이승을 떠났다.

지난주 화요일 오후 KTX를 타고 부산에 내려가 막차로 올라왔다. 소진이 떠난 이후 세계 각지를 노마드로 유랑하며 요리와 문화예술을 담아낸 책『먹다 사랑하다 떠나다』(푸르메) 출간이 명분이었다.

그녀는 "이 책은 바다에 떨어뜨린 몇 방울의 포도주가 일으킨 마법에 흘려 떠난 모험의 일종이자 그 과정에 얻은 발견의 기록"이라면서 "한 편의 시에 이끌려 소리와 색과 향과 맛의 세계에 이르는, 문학과 예술, 음식의 탐험이자 그 과정에 펼친 아름다운 향연"이라고 서문에 썼다. 맞다. 아름다운 향연이다. 그리스 에게해 물결과 부주키 선율 따라 올리브와 포도잎 쌈밥 돌마데스, 문어 요리 오카포디와 밤의 산토 와인 닉테리를 소개한다. 체코, 멕시코, 쿠바에서 혀를 사로잡는 요리와 문인들의 발자취를 접하고 파리의 에스카르고에서 아를의 카마르그 흑소 등심스테이크, 옹플뢰르의 폼므칼바도스까지 섭렵한다.

이 정도 현란한 음식의 향연으로 아찔해질 수 있지만 시작일 따름이다. 함정임이 20여 년간 섭렵한 각지의 요리와 예술은 벅차게 전개된다.

부산역에 내릴 때부터 비가 내렸다. 일몰 시각이 얼마 남지 않아 사진 찍기 어려울 것 같아 서둘렀지만 함정임이 세계 각지를 향해 출발하는 청사포에 이를 때쯤에도 여전히 비는 그치지 않았고, 사방이 어두워진 시각이었다. 가로등과 멀리 보이는 청사포 어선들의 불빛에다 그녀가 몰고 온 차의 헤드라이트 불빛까지 모두 조명으로 삼아 비 오는 청사포 언덕길에서 사진을 찍었다. 초점이 맞지 않아 흐릿했다. 겨우 건진 사진 하나, 빗물에 찡그리면서도 참고 있는 그녀의 밤 얼굴이 미안하고 고맙다. 그녀가 세계로 떠나기 전 늘 들른다는 바닷장어 전문 '수민이네 집'에 힘겹게 안착해 이야기를 나누기 시작했다. 우아하고 조용한 집이 아니라 깡통 식탁이 포진한 노천카페 같은 분위기였는데, 달맞이고개 특유의 향초 '방아'와 곁들여진 부드러운 바닷장어의 담백한 살맛은 좋았다. 왜 그리 떠나는 게 관행처럼 굳어졌느냐는 취지의 질문에 그녀는 어느 순간 "소진이 가고, 무덤의 잔디를 살리기 위해 둘째 오빠의 도움을 받아 한여름에도 약수통을 두 개씩이나 가지고 다니며 물을 주었는데, 그 오빠마저 화재로 하늘이 데려가 버렸다, 어떻게 이런 공간에서 버틸 수 있겠는가"라고 말했다.

함정임은 어린 아들을 캥거루처럼 품고 틈만 나면 이 땅을 떠나 유랑했다. 정작 그 뒤로는 잡지사와 출판사의 각종 기획과 청탁에 따라 세계를 떠도는 노마드가 되었다. 유럽행 비행기를 갈아타는 카타르 공항에서도 마감을 위한 글을 쓰고 현지에 도착하면 이른 아침 그곳의 재래시장을 찾아 장을 보는 게 습관으로 굳어졌다. 그녀는 소설이나 다른 어떤 글을 쓰고 난 뒤에도 가장 먼저 달려가는 곳은 잠을 보충하기 위한 침대가 아니라 시장이라고 했다. 파리든 세계 어느 곳이든 그녀는 현지에 도착하면 아침에 시장으로 달려가 현지의 식재료를 사와 요리를 한다고 했다. 그녀에게 떠남은 여행이라기보다 삶의 연장이기 때문일 것이다. 사방이 사막인 터키 아나톨리아 고원에서도 주변 재료를 구해 백김치를 담았다는 그녀다.

'운명이 뒤통수를 칠 때 더 이상 이곳에서 숨을 쉬기 힘들었습니다. 떠났지요. 떠난다고 달라질 건 없지만, 세상은 공간의 차이만 있을 뿐 모두 같다는 사실을 새삼 확인했습니다. 우리는 먹고 사랑하고 기도하고 아끼는 자세로 나아갈 뿐입니다. 더 이상 많은 걸 기대하지 마세요. 요리는 만질 수 있지만 글은 그럴 수 없습니다. 둘 중 하나를 포기하라면 어느 걸 선택하겠느냐구요? 말이 안 되는 질문입니다. 글을 쓰는 건 직업이고 요리하는 건 숨 쉬는 행위와 같습니다. 숨을 쉬면서 글을 써야지요!'

이 대화를 작은따옴표로 처리한 건 그녀의 직접 멘트가 아니라 그 발언들을 종합한 결과이기 때문이다. 짧은 시간이지만 밤의 청사포에서 함정임과 알뜰하게 대화를 나누었다. 일일이 중계하기에는 지면이 좁다. 그녀의 말을 다시

종합해 보면 이렇다.

'어린 아들 태형을 꺼안고 소진이 죽은 다음 해인 1998년 파리에서 몇 개월 살았다. 파리에 베이스캠프를 차리고 독일을 비롯한 각지를 다녔다. 2000년 부터는 출판사나 잡지사의 청탁이 이어져 일 때문에라도 떠날 수밖에 없었다. 한가로운 여행이 아니라 일하러 떠나는 생활의 연장이었다. 생각을 조금만 바꾸면 우리는 언제든지 떠날 수 있다. 다만 떠나려는 의지와 실천의 문제만 남아 있을 따름이다.'

함정임은 2005년 박형섭 부산대 교수와 재혼해 결혼식 대신 아들과 함께 아일랜드 여행을 보름 남짓 다녀왔다. 그녀는 청첩장 대신 그렇게 다녀오겠다고 문단 사람들에게 편지를 보냈다. 그녀는 지금 해운대 달맞이고개 집에서 청사포 위 '문탠로드'를 정원처럼, 바다는 호수처럼 거느리며 살고 있다. 그 집에 머무르는 시간이 많지는 않다. 늘 유동하기에 진정한 집은 공간과 시간을 떠난 어디쯤에 있을 것 같다. 함정임은 청사포 '수민이네집'을 책에 이렇게 썼다.

"그 집, 수민이네집으로 말할 것 같으면, 내가 부산으로 내려와 처음 '방아'라는 한국산 향초와 바닷장어구이를 맛보았던 식당이었다. 또한, 크고 작은 원고 마감을 할 때면, 마감과 동시에 기다리고 있는 일상의 업무들을 신속하고도 힘차게 수행해야 할 때면, 또 먼 곳으로 씩씩하게 여행을 떠나거나 돌아올 때면, 언덕을 달려 내려가 380년 된 수호송守護松옆에 희고 담백한 바닷장어구이로 탕진해버린 에너지와 잠시 마비된 일상의 리듬을 되찾곤 하는 곳이었다."

수민이네집을 나와도 어두워 청사포는 보이지 않았다.

〈2014.10.27.〉

장편 작가의 삶은 호랑이

김탁환 소설가

"이 소설을 쓰기 전 김탁환과 쓴 후 김탁환은 완전히 다른 사람이다. 골방의 몽상과 현장의 생생함을 아우르는 '취재형 작가'로 불혹의 10년을 활활 태우겠다. 아직도 내겐 젖은 장작이 많다."

소설가 김탁환(47)이 장편소설 『나, 황진이』 후기에 붙인 말이다. 삼십 대 벽두에 소설가 출사표를 던진 이래 일 년에 두세 편씩 장편소설을 펴내며 초인적인 필력을 과시한 그가 '아직도 내겐 젖은 장작이 많다'고 투지를 불태운 글이다. 과연 그의 화력은 대단했다. 사십 대에 접어들어 그가 마음먹고 쓴 '힘센' 장편만 세 권이고 여타 덧붙인 소설들은 여럿이다. 최근에는 영화와 소설의 결합을 표방하는 『무블(Movie+Novel=Movel)』시리즈로 『조선 마술사』(민음사)를 추가했는데, 등단 20년 남짓에 51권째 장편소설이다. 놀라운 생산력이다.

"영화로 팔아먹기 위해 소설을 쓰지 않습니다. 저에게는 두 가지 직업이 있습니다. 소설가 김탁환과 영화기획자 김탁환입니다. 소설을 잘 쓰면 영화 기획을 잘할 수 있을 거라고 생각하는데 그건 착각입니다. 최소한 5~6년 동안 영화 기획피디를 하면서 밑바닥에서 배웠습니다. 『나, 황진이』같은 소설은 여성 1인칭 고백체로 내면을 옮긴 것이어서 절대 영상이 안 될 거라고 생각했는데 영화로 만들어졌어요. 최인호의 『황진이』를 비롯한 많은 버전이 있는데 주제가 확실하고 같은 인물이라도 새로운 이야기라서 그런 것 같습니다."

김탁환의 말을 들어보면 『조선 마술사』는 소설보다는 영화 기획에 가깝다. 애초 '무블'이라는 작명으로 드러내놓고 시작한 작업이다. 다음 달 유승호 주연으로 개봉된다. 『열하일기』의 '환희기'에 박지원이 묘사한 청나라 저자 거리 요술사들의 이야기를 실마리로 조선 마술사 '환희'가 '청명' 공주와 사랑을 나누며 조선 땅을 넘어서 서역을 건너 유럽까지 치닫는 활달한 상상력을 펼친다.

이 소설은 고향 친구 이원태와 공동 작업했다. MBC 피디 출신으로 온갖 진기한 이야기를 모아 픽션으로 구성한 〈서프라이즈〉 시리즈를 100회가량 만들었던 이원태 감독은 타고난 이야기꾼이라고 김탁환은 말했다. 그 친구와 싱가포르 여행을 갔다가 밤새 구상해 영화와 소설로 나온 첫 번째 결실이 고종황제와 커피 이야기 『노서아 가비』였다.

서울 목동에 '원태'와 '탁환'이 함께하는 '원탁'이라는 기획사무실을 차렸다. 소설 쓰기는 파주 작업실에서 한다. 파주에 가면 소설가요, 목동에 오면 영화 기획자로 사는 것이 이즈음 그의 패턴이다. 김탁환의 소설들은 이미 많은 영화와 드라마로 만들어진 터였다. KBS 대하드라마 〈불멸의 이순신〉과 〈황진이〉를 비롯해 백탑파 시리즈 중 하나로 흥행에도 성공한 〈열녀문의 비밀〉들이 그것이다. 개마고원을 누비고 백두산을 휘달리던 흰머리 호랑이와 개마고원 명포수 이야기 『밀림무정』의 작가답게 그는 글쓰기를 호랑이의 삶으로 말했다.

"장편 작가의 삶은 호랑이와 비슷합니다. 사자와 달리 혼자 다니는 점이 첫 번째요, 반경 200~300㎞를 돌며 끊임없이 새로운 걸 찾아다니는 점이 그 두 번째이며, 사냥할 때는 열흘씩이나 굶어가며 집요하게 추적하면서도 존재를 감추는 점이 세 번째 그것이고, 마지막에는 붕 떠올라 단번에 앞발로 목을 쳐서 한방에 끝낸다는 점입니다. 장편 작가도 문장으로 한방에 가둬 가지고 독자들이 절대 빠져나가지 못하도록 만들어야 합니다."

김탁환은 창원에서 나서 서울대 국문과와 대학원을 거쳐 평론가로 살다가 해군사관학교 교수 요원으로 복무했다. 해사 시절『열두 마리 고래의 사랑 이야기』를 펴내며 소설가로 데뷔했고『불멸의 이순신』초고 4000매를 써서 제대한 후 베스트셀러 작가로 이름을 날리기 시작했다. 40대에 접어들어서는 조선의 혁명가를 다룬『혁명—광활한 인간 정도전』, 한국 자본주의는 어떻게 시작됐는지를 다룬『뱅크』, 인간과 자연의 대결을 다룬『밀림무정』에 필력을 집중했다. 괴력에 가까운 글쓰기 노동력은 어디에서 발원한 것일까.

"외할아버지가 백 그루 넘는 앵두나무를 키웠습니다. 막내 외삼촌은 앵두나무 밑에서 쉼 없이 소설을 썼습니다. 삼촌은 제가 다섯 살 때도 앵두나무 밑에서 소설을 쓰고 있었고, 열다섯 살 때도 쓰고 있었으며 스무 살 대학에 입학하기 위해 상경할 때도 여전히 쓰고 있었습니다. 5년 전 암에 걸린 삼촌이 드디어 40년 동안 써온 소설을 읽어보라고 건네더군요. 등단할 수준이 아니었습니다. 자비를 들여서라도 출판해 드려야 할지 고민하다가 솔직하게 고백했습니다. 삼촌은 웃었고, 지난해 돌아가셨습니다. 내내 앵두나무 밑에서 글을 쓰다 간 삼촌은 나무 밑에 묻혔습니다. 평생 쓰면서 인생을 성찰하고 자신을 단련시키다 간 겁니다. 그 삼촌이야말로 제 문학의 아버지입니다."

어린 시절부터 소설을 쓰는 삼촌을 보아온 김탁환은 자연스럽게 문학의 분위기에 젖어들 수 있었다. 백일장에 나가 쓴 글들을 삼촌에게 보여주면 액자로 만들어 걸어놓곤 했다. 자전적인 소설집『진해 벚꽃』을 보면 김탁환의 성장기가 그려진다. 창원에서 마산으로 전학 나오던 열세 살 봄 폐결핵 진단을 받았다. 축구선수, 사냥꾼, 마라토너가 꿈이었던 소년은 이후 감히 그 멋진 희망들을 입 밖에 내지 못하고 책 속에 파고들었다. 소년이 대리만족한 책 속의 세상은 끊임없이 광활한 세계를 꿈꾸는 '모험을 떠나지 않는 삶은 삶도 아닌' 삶이었다.

"지금까지 써 온 소설들을 관통하는 공통점은 별로 없습니다. 한 인간이 어떻게 변화하는가, 변화에 대한 관심은 있습니다. 상식적으로 이해가 안 될 정도로 크게 요동을 치는 인간이 있습니다. 그런 사람들에게 끌립니다. 이해가 되는 인물은 쓰지 않습니다. 아무리 생각해 보아도 이해가 안 되면 문장으로 그 사람을 살아보면서 알아나가는 거지요."

김탁환에게 슬럼프는 딱 한 번 있었다. 2003년 오페라 이순신 대본을 쓴 뒤 하루 두 문장도 나오지 않는 시간이 두어 달 계속되어 미칠 지경까지 갔다. 하릴없이 러시아 오페라 공연을 따라갔는데 그곳에서 한 여기자의 조언을 얻어 수염을 깎지 않았더니 거짓말처럼 글이 다시 쏟아지기 시작했다. 그때 이후 김탁환 마스크의 상징은 코 밑과 턱을 감싸는 검은 수염으로 굳어졌다. 김탁환은 지난해 시작하려다 세월호 때문에 대신 『목격자들』을 썼지만 소설가로서 가장 써보고 싶은 소설은 '사랑 같은 혁명, 혁명 같은 사랑'이라고 했다. 그는 "사랑은 심장을 바꾸는 일"인데 현실에서는 이루어지기 힘들어 '판타지'일 수 있지만 그래도 사랑을 믿는다고 말했다.

아리스토텔레스 이래 수만 가지 이야기들이 끊임없이 나왔지만 인간들은 여전히 이야기에 굶주리고 열광한다. 김탁환은 "근본적으로 인생은 한 번밖에 못 살기 때문에 다른 인생에 관심이 많은 것"이라고 분석했다. 이야기꾼 김탁환, 그는 2006년 펴낸 소설집 후기에 "10년 후에도 작업실 문 앞에 '지금 내 인생의 대표작을 집필 중이니 방해 말 것'이라는 오만한 문장이 붙어 있기를 바란다."고 썼다. 김탁환은 여전히 오만하게 대표작을 집필하는 중이다.

〈2015.11.23.〉

왜 어떤 삶은 애를 쓸수록
몰락하는지

편혜영 소설가

"제 책이 출간된 나라에 가는 건 처음 가는데도 친근해요. 뭔가 이해받는 느낌, 그런 마음이 일단 있으니까 여행 가는 것보다 고마운 느낌이에요. 작은 마을의 도서관에서도 독자들을 만났는데 그런 경험 드물잖아요? 되게 고마웠고 격려를 받는 느낌이었어요."

폴란드어로 번역 출간된 소설가 편혜영(45)의 장편 『재와 빨강』이 지난 1월 폴란드 문학 전문 온라인 커뮤니티(Granice.pl)에서 '2016 올해의 책'으로 선정됐고, 편혜영은 지난 5월 바르샤바 도서전에 참가해 그곳 독자들을 만나고 왔다. 100만 명이 넘는 구독자를 자랑하는 90여 년 역사의 주간지 《뉴요커》 7월 10일자 판에는 그의 단편 「식물 애호」가 전재됐다. J D 샐린저, 앨리스 먼로, 무라카미 하루키, 블라디미르 나보코프 등 쟁쟁한 작가들의 작품을 소개한 지면에 고은, 이문열에 이어 세 번째로 한국문학 작품을 올렸다. 바야흐로 세계문학의 무대에 올라 펜을 쥔 편혜영을 광화문에서 만났다. 먼저 최근 바르샤바에 다녀온 소감부터 물었는데, 그는 담담한 편이었다.

"예전에 나왔던 장편이잖아요? 그때 나왔던 장편에 대한 질문을 다 까먹었는데 폴란드 대학생들이 읽고 와서 당시 받았던 비슷한 질문들을 던지는 거예요. 외국의 독자들인데도 텍스트를 읽고 느끼는 소감이나 질문은 공통된 게 많더라구요. 굳이 한국적인 정서를 설명할 필요가 없는 작품 내적인 질문만 많았어요."

편혜영은 2000년 서울신문 신춘문예로 등단해 그동안 단편집 4권, 장편 4권을 포함한 8편을 생산하며 꾸준히 달려왔고 한국 문단에서 작가들에 주는 굵직한 동인문학상, 현대문학상, 이상문학상 등을 두루 받았다. 그의 작품이 대중에 친숙한 편은 아니다. 첫 창작집 『아오이가든』에서 보여주듯 전염병이 창궐한 도시에 개구리가 비처럼 쏟아지고 퀴퀴하고 더러운 냄새가 점령한 공간의 디스토피아가 그의 작품을 특징 지우는 세계였다. 이후 『사육장 쪽으로』를 거치고 최근 『홀』이라는 장편으로 이어지기까지, 그는 습도 높은 잔인한 세계에 '제습기'를 돌려 건조하지만 아이러니한 쪽으로, 추상의 세계에서 조금씩 발걸음을 떼어 왔다고 말한다. 에이전시에서 《뉴요커》에 단편을 투고하겠다고 한 건 1년 전이었는데 지난 4월에 최종 결과를 통보받았다고 한다. 장편 『홀』의 씨앗이 된 단편 「식물 애호」가 그것이다. 200자 원고지 90장 분량인데, 한강의 『채식주의자』와 제목의 이미지는 겹치지만 생의 함정 혹은 구멍에 빠진 이의 고요한 절규를 담은 단편이다. 8월 1일 이 단편을 확대한 장편 『홀』이 미국에서 출간될 예정이어서 타이밍이 절묘하다.

"계절로 표현하면 장마철 소설처럼 제 첫 장편이 약간 끈적거리는 느낌이었다면 이후 소설들은 아무래도 도시 한복판에 사는 사람들의 일상적이고 단조로운 삶을 쓰다 보니까 좀 더 건조하고 무감한 그런 소설들이 된 거 같아요. 사실은 잘 살기 위해서, 삶이라는 게 나아질 수 있다고 믿었던 사람들이어서, 그게 뜻대로 잘 안 된 인물들에 대한 애틋함과 안타까움이 커요."

편혜영의 소설은 지금까지는 '전락의 서사'가 중심축인 것 같다. 첫 장편 『재와 빨강』에서는 C국으로 파견된 인물이 어떻게 쓰레기장과 맨홀을 거쳐 겨우 존재만 희미하게 살아남았는지 보여주고, 가장 최근작인 장편『홀』에서는 교통사고로 옴쭉달쭉 못하는 자의 독백과 회한이 아프게 펼쳐진다. 모두 전락한 자들이다. 그들이 과거에 저질렀던 잘못의 응보인 것처럼 소설에서는 슬쩍 내보이기도 하지만 정작 작가 자신은 그런 것만도 아니라고 했다.

"죄의 응징만은 아니었어요. 가해와 피해가 교묘하게 섞여 있는 것 같아요. 가해의 징벌로서 재앙의 세계를 맞기보다는 그냥 그 두 개가 이상하게 경계 없이 공존하는 상황인 것 같아요. 오기라는 인물도 아내에 대해서 좀 무책임하게 방임하고 자기가 도덕적이거나 윤리적이지 못하게 군 지점은 있지만 분명히 그렇기는 해도 지금 몸을 움직일 수 없는 상태의 오기에게 가해진 상황은 가혹한 것 같거든요."

《뉴요커》에 실린 「식물 애호」를 늘린 장편『홀』에 대한 작가의 말이다. 그는 '오기'라는 인물이 처한 식물인간 상태의 재앙에 대해 차분하게 기술하며 비극의 뿌리를 파고든다. 편혜영은 '오기'라는 인물의 작명을 무심코 모음 발음이 편해 '오'자를 선택하다 이후 '기'를 붙였을 뿐인데, 중의적인 의미로 '오기'를 부리는 이름으로 해석하는 평이 흥미로웠다고 했다. 편혜영의 소설들에서는 일관되게 생의 밑바닥으로 떨어진 인물들이 등장한다. 그것은 일말의 연민도 배제한 냉정한 서술로 읽히거니와 참혹하고 서글픈 '전락의 서사'라 일컬을 만하다.

"뭔가 되게 애틋해요. 그 사람들이 전락하기 위해 살았던 게 아니라 사실은 잘 살기 위해서, 삶이라는 게 나아질 수 있다고 믿었던 사람들이고, 나름대로 자기가 주어진 환경이나 생활에 충실하려고 했으나 그게 뜻대로 잘 안 된 인물들이잖아요. 그래서 어쩔 수 없이 최선을 다했지만 예기치 않은 결과를 맞게 되는 전락이라서 그런 아이러니가 애틋했어요. 왜 어떤 삶은 살려고 하면 할수록 몰락이 되는지 그게 좀 애틋하기도 해서, 그런 서사 엄청 많이 썼던 것 같아요."

그는 어떤 잡지에서 대지진이 일어날 거라고 예고된 나라에서 아주 미약한 강도의 지진이 일어나도 사망자가 많이 발생한다는 기사를 보았다고 했다. 미리 불안해서 겁을 먹고 건물 밖으로 뛰어내리는 상황 때문이었다. 살기 위해서 선택한 행동인데 남보다 때 이른 사망에 이르는 아이러니를 어떻게 설명해야 할까.

"선의도 악의도 전혀 없고 단지 계속 살고 싶다는 욕망이나 죽을지도 모른다는 불안이 그 사람이 그런 선택을 하도록 충동질을 했잖아요? 그 이상한 아이러니에 늘 끌려요. 애쓰면 애쓸수록 잘되는 삶에는 별로 서사가 없는 것 같아요. 애써도 뭔가 잘 안 되고 실패하고 그리고 모든 걸 다 잃어버릴 것 같고 하는 그런 걸 자꾸 들여다보게 돼요."

편혜영의 이런 디스토피아적 암울한 '애틋함'의 심정적 뿌리는 어디에 있는 걸까. 그를 만나기 전부터 궁금했는데 의외로 특별한 게 없어서 그녀의 소설처럼 새삼 섬뜩해지는 느낌이었다. 광주에서 두 딸을 낳고 서울 변두리로 상경해 그녀와 오빠를 낳은 부모. 그들은 편혜영이 어려서부터 맞벌이를 했고, 자유방임 상태였던 그녀는 동화의 세계를 훌쩍 건너뛰어 언니들이 보는 '성인'의 세계부터 책으로 섭렵했다. 서울예술대에 입학해 막연하게 꿈꾸었던 글쓰는 자의 삶이 구체화됐고, 《서울신문》 신춘문예 당선작 「이슬털기」는 고전적인, 진도 씻김굿이 소재로 등장한 작품이었다.

등단 이후 청탁이 뜸하다가 잔혹의 마술적 리얼리즘 같은 단편 「아오이 가든」을 발표한 뒤 그의 색깔이 문단에 선명해진 것인지 지속적인 관심을 받았다. 잔혹을 전시하는 단계에서 벗어나 그만의 건조한 도시의 서사를 전개한 것은 「재와 빨강」 이후 지속된 흐름이다.

"뭔가를 잃어가는 사람들을 보면서 울었어요. 잃고 나서도 여전히 살아가려고 애쓰는 사람들…. 기본적인 관심이나 세계관이 달라지지 않을 테니 제가 쓰는 이야기가 많이 달라질 것 같진 않은데 그들이 조금씩 다른 행동을 하고 다른 판단을 할 것 같아요."

〈2017.7.17.〉

꿈을 꾸었다고 말했다

손홍규 소설가

"처음 서울 왔을 때 '인간이 너무 흔해', 이런 시구는 받아들여지지 않더라구요. 그게 모던하고 도시적인 감각일지 모르지만 저는 촌놈이라 그런지 사람이 많으니까 너무 좋았어요. 사람이 많아서 지구가 좁아지는 게 아니라 사람이 많아지면 그만큼 사연도 생겨나고 지구를 아름답게 만드는 것이지 절대로 조롱할 일은 아닙니다. 인간이 얼마나 숭고하고 신비한 존재인지, 그것을 느낄 수 있는 소설을 쓰는 게 저에게는 중요합니다. 탈신비, 탈신화화된 시대에 인간의 신비성을 돌려주는 소설을 쓰고 싶어요."

올 이상문학상 대상을 수상한 소설가 손홍규(44)를 조금 늦게 만났다. 수상 소식이 전해진 건 지난달 초였지만 수상작 「꿈을 꾸었다고 말했다」를 수록한 작품집을 접한 뒤 그를 만나고 싶었다. 소설가 윤후명은 "근래 우리 소설이 나침반을 잃고 헤매고 있는 것 같아 안타까울 뿐"이라면서 "감각적인 제목에 집요한 필력이 돋보이는 이런 힘이 아직은 우리 소설에 있기에 희망을 품을 수 있는 것"이라고 심사평에 언급했거니와, 수상작은 암울한 절망의 비가를 정통 문법으로 담아낸 묵직한 중편이다.

아들은 아버지에게 맞고 집을 뛰쳐나갔고 딸은 딸대로 원망스러운 눈빛으로 집을 나갔다. 아내는 어느 순간 남편을 포기하고 남편은 그 아내의 농성 현장에 갔다가 용역들에게 맞아 피투성이가 된다. 평론가 김형중이 작품 해설에 손홍규가 깊은 우울증에 빠진 것 아니냐고 썼을 정도로 소설은 암울한 편이다.

"글쎄요. 제가 기본적으로 인식하는 세계가 아무래도 비참한 쪽이다 보니까 전반적으로 상황 자체가 우울하게 그려지는 것 같아요. 그렇기 때문에 그런 상황에서 인간이 무엇인지를 어떻게 보여주느냐가 더 의미 있지 않을까요? 이번 소설을 쓰기 위해 '나 여성노동자'를 보면서 20여 년 전 사례들이 지금도 똑같이 벌어지고 있다는 사실에 깜짝 놀랐어요. 상식이 통하는 시대가 됐다지만 그때나 지금이나 근본적인 문제들은 해결되지 않은 거지요."

살면서 소설처럼 극심한 상실을 느껴본 적이 있느냐고 물었더니, 정작 자신에게 닥친 것들은 아무것도 아니었는데 아버지에게서 그런 느낌을 받은 적이 있다고 했다. 손홍규는 정읍에서 태어나 자랐고 고등학교는 전주에서, 서울에 올라와서는 동국대 국문과를 다녔다. 대학시절에는 '전문연'(전국대학생문학연합) 6기 의장을 맡아 수감생활까지 했던 '마지막 운동권' 세대이기도 하다. 대학을 졸업하면서 2001년 《작가세계》로 등단했을 때 소식을 전했더니 아버지는 "월급이 얼마냐"고 물었다. 그 아버지가 조경 노동을 하다 높은 나무에서 떨어져 크게 다쳤을 때, 수술비도 제대로 마련할 수 없는 외아들 손홍규는 너무 가슴이 아팠다고 했다.

아버지는 탈곡을 하다 오른손 검지를 잘린 뒤 논밭 두어 마지기를 팔고 어머니와 함께 그릇, 운동화, 닭 내장, 청과물까지 파는 트럭 행상으로 오래 살았다. 아들은 확성기 방송용 목소리를 녹음하면서 부끄럽긴 했지만 정작 소설가 손홍규를 만든 건 전적으로 그의 고향이요, 부모라고 해도 전혀 과하지 않다.

어린 시절 그의 고향집에는 할머니를 중심으로 동네 사람들이 모여들어 많은 이야기꽃을 피웠다. 할머니가 돌아가신 뒤에는 어머니 곁으로 동네 아주머니들이 모였다. 손홍규는 일찍이 중학교 시절 무렵부터 고향 사람들 이야기를 글로 써내고 싶다는 열망을 품었다고 했다. 그 형태가 소설인지 아닌지는 중요하지 않았다. 이야기를 쓰기 위해 자연스럽게 국문과에 진학했고 소설가의 길을 걸었다. 대학에 들어가 충격을 받은 것은 가브리엘 가르시아 마르케스 『백년의 고독』과 마술적 리얼리즘이었다. 초기작들에는 그 환상성을 어떻게 한국적으로 보여주느냐 골몰한 흔적이 역력하다. 어느 순간, 마르케스의 환상성은 철저한 사실을 기반으로 한 것인데 자신은 환상성만 닮으려고 한 것 아닌지 자각하기 시작했다. 그리하여 지금 이곳의 현실을 다시 제대로 돌아보았고, 그중 일부는 이번 수상작품집에 수록한 자선대표작 「정읍에서 울다」와 아버지의 가출을 모티브로 삼은 「그 남자의 가출기」처럼 고향과 부모에 대한 헌사로 나왔다.

아버지가 나무에서 떨어져 수술을 받은 뒤로 인생에 허무를 느껴 가출을 감행, 2년여 만에 집으로 돌아오는 이야기이다. 집에 도둑이 들었다고 어머니가 아들에게 전화를 해서 내려가려니, 그 도둑이 아버지였다고 다시 연락이 왔다. 아버지가 어머니 몰래 집에 들어가 먹을거리를 챙겨 간 것인데 이후로는 어머니가 아예 도둑을 위해 청국장 같은 꾸러미를 챙겨놓았다. 아버지는 그것을 가져가는 자리에 수박을 놓아두고 가기도 했다. 이 소설 마지막 문장은 '언제부턴가 그는 그렇게 집으로 가출해버렸다'고 썼다. 집으로 돌아간 행위는 인생의 근본 문제를 여전히 해결하지 못한 또 다른 가출일 뿐이라고.

"고향은 저에게 우주입니다. 항상 어렵고 힘들 때, 글을 쓰다 막힐 때 그곳에서 영감을 얻습니다. 삶의 모든 고비마다 고향은 항상 저에게 고전처럼 들춰보고 위로받을 수 있는 그런 곳입니다. 「정읍에서 울다」는 딱히 어머니 아버지 이야기라기보다 인생에서 허무를 느끼는 고향 사람들 속마음을 들여다보고 싶어 이런저런 사연을 뭉뚱그려서 쓴 겁니다. 어린 시절부터 고향 사람들의 가슴 아픈 사연부터 포복절도할 사연들을 듣는 게 너무나 좋았습니다. 한 사람을 안다는 것은 그 사람의 이야기를 모르고서는 불가능한 일입니다."

『꿈을 꾸었다고 말했다』는 제목은 인생은 한바탕 꿈이었다는 맥락이기도 한데, 손홍규는 예전에 어른들이 하던 '인생이 재미가 없다'는 말을 떠올리며 '재미'의 뉘앙스를 곱씹어보았다고 했다. 소설 속에서는 아버지가 가족들을 지키기 위한 꿈을 꾸고 나서 슬픈 꿈을 꾸었다고 말한다. 암울하지만 희망의 끈을 놓치는 않았다. 남편과 아내가 처음 만나 말을 하지 않아도 순수하게 서로 이해할 수 있던 때로 돌아가면서 소설을 끝낸 건, 수십 년 부부생활을 하면서 갈라지고 넘을 수 없는 벽이 생겨 증오까지 하더라도 어느 순간 그때를 돌아보면서 다시 사랑하고 소통하고 이해하고 싶은 열망이 살아나지 않을까 싶어서였다.

『사람의 신화』, 『봉섭이 가라사대』, 『톰은 톰과 잤다』, 『그 남자의 가출』 등 창작집 네 권에다 장편 『귀신의 시대』, 『청년의사 장기려』, 『이슬람 정육점』, 『서울』 등을 내며 꾸준히 성실하게 소설 밭을 경작해온 손홍규. 그는 "좋은 문학이란 이 시대에서 눈 돌리지 않고 동행하는 것"이라면서 "남들이 알아주든 안 하든 소설을 쓰는 사람이 소설가"라고 그날 광화문에서 낮은 목소리로 말했다.

"수상 소식을 듣던 날 점심 먹을 때까지도 아내와 함께 왜 이렇게 운이 없고 가난하냐면서 이름을 바꿔야 하는 것 아니냐고 농담을 했습니다. 다른 많은 작가들에게도 제가 받은 격려가 똑같이 받아들여졌으면 좋겠습니다. 문학은 경중을 가리는 것보다 자기 세계를 완성하는 게 더 중요하니까요."

〈2018. 2. 5.〉

저는 '월급사실주의자'입니다

소설가

장
강
명

"대작을 쓰고 싶습니다. 당대의 이야기가 다 있는 『전쟁과 평화』나 『레미제라블』 같은… 나중에 몇 십 년이 지나도 다양한 캐릭터가 나오는 그때 그 책을 읽으면 당시 한국이 어떤 사회였나 알 수 있는… 제가 지금은 그런 대작을 쓸 만한 실력이 안 됩니다. 실전을 통해 여러 훈련을 하는 중이라고 생각해요."

소설가 장강명(41)이 말하는 '훈련'의 목록은 장편소설 『표백』(한겨레문학상), 『호모도미난스』, 『그믐』 또는 『당신이 기억하는 방식』(문학동네작가상), 『댓글부대』(4·3평화문학상, 오늘의작가상), 『열광금지, 에바로드』(수림문학상), 『한국이 싫어서』이고 연작소설집 『뤼미에르 피플』, 단편 『알바생 자르기』(문학동네 젊은작가상), 에세이집 『5년 만에 신혼여행』 등이다. '실전 같은 훈련'으로 써낸 작품들 중에는 공모전 4개에서 뽑혀 등단 5년 만에 확보한 상금만 2억 원을 웃돈다. 심사위원은 물론 독자들까지 사로잡으며 기세 좋게 작단을 누비는 중이다. 최근에는 통일 이후 상황을 최선의 시나리오로 예측한 장편『우리의 소원은 전쟁』(예담)을 추가했다. 쌀쌀한 날 서울 역사박물관 앞마당에서 그를 만나 서둘러 사진부터 찍고 인근 카페에 들었다.

"저는 운이 좋은 사람인 것 같습니다. 한국 독자들이 서사가 있는, 현실이 많이 담긴 장편소설을 원하는 시점에 문장이 조금·덜 유려해도 신문기자 출신이라는 후광을 달고 딱 나왔는데 이게 잘 맞아떨어졌고, 문학판에 있는 분들도 이런 신인작가가 필요하다고 보고 많이 밀어주었어요. 저처럼 지원을 많이 받은 사람이 또 있나 싶습니다."

장강명은《동아일보》기자 출신이다. 사회부 정치부 산업부 같은 스트레이트 부서에서 기사를 썼고 훈련 받았다. 그는 소설 쓰기에 좋은 '최고의 학교'를 졸업했다고 했다. 기자 시절 쓴 장편『표백』으로 한겨레문학상을 받았고 10년 차에 기자를 그만둔 뒤 기사를 쓰듯 소설에 전념했다. 단지 기자 체험이 그를 문학으로 이끈 요인일까. 성장환경을 물었더니 더 이상 말이 필요 없을 정도였다. 유복한 가정, 독서량이 많은 아버지, 1남 1녀 중 장남, 어머니는 일찍이《경향신문》신춘문예 단편소설에 당선된 인물, 이 환경에서 특별히 문제가 없다면 글이나 사색에 친숙해지지 않을 수 없었을 것 같다.

장강명은 성장기에 로봇 만화에 심취해 유난히 SF소설에 관심을 쏟았고, 연세대 도시공학과에 입학해서는 피씨통신 SF동아리에서 활동하면서 글을 썼다. SF는 당대가 아닌 주로 미래 이야기를 쓰는 장르여서 지금 그가 사는 시대의 이야기에 대한 자의식이 싹터 신춘문예에 자신의 이야기를 응모하기도 했지만 여의치 않았다. 당시에는 무라카미 하루키에게 관심이 있었다. 눌러 참고 직장을 다니다가 터뜨린 게 다행이었다고 그는 말한다.

"정치부에서 국회 출입할 때, 제일 바쁠 때, 쓰기 시작했습니다. 집에도 매일 자정 넘어 들어가는데, 말단이라 기사 쓸 일도 없고 어디 가서 뻗치기나 하고 기사를 써도 단순한 역삼각형만 쓰니까 너무 피곤해도 오히려 제 글을 쓰고 싶더라구요. 집에 한 자정쯤 와가지고 그때부터 한 시간씩 쓰고, 잠을 줄여서라도 그렇게 쓰는 행위가 오히려 마음의 회복제가 됐습니다. 잠자는 것보다 그게 나았습니다."

그렇게 3년 동안 쓴 작품을 아내는 냉정하게 아니라고 평가했다. 다시 써서 공모전에 응모했고 한겨레문학상이 응답했다. 기자를 그만두면서 아내에게 약속했다. 일정 기간 소설가로서 희망이 보이지 않으면 다시 샐러리 노동자로 돌아가겠다고. 그는 1차 독자이자 엄정한 판관으로 모시는 아내를 통과해 지금에 이르렀다. 그가 써 온 소설들은 작금 한국사회의 현실을 예리하게 비판적으로 드러내는 것들이다. 『표백』은 청춘의 하릴없는 절망을, 『댓글부대』는 인터넷 생태계를 유린하는 세력의 통탄할 현실을, 『한국이 싫어서』에는 부조리한 한국사회의 시스템과 정서를, 불편하지만 흥미롭게 독자들을 껴안는 이야기들이다.

　"사람들을 불편하게 만드는 대목들이 제 소설에 늘 있었던 것 같습니다. 그게 메시지인 경우도 있었고 주된 소재인 경우도 있었고, 약간 독자들을 도발하는 것들이었지요. 자살이라든가 이민이라든가 한국이 싫다면서 이민을 간다는 그런 게 사람 마음을 불편하게 하잖아요. 저도 제가 그런 작가인 줄 몰랐거든요, 쓰다보니까 알게 됐는데, 그런 소재나 그런 관점으로 제가 자꾸 쓰게 되고, 저라는 인간이 좀 이렇게 약간 회의적인 데가 있고 허무적인 데도 있어서, 게다가 신문기자를 하면서 모든 사물로부터 늘 거리를 두는 그런 버릇이 있어서 그런 게 반영된 것 같습니다."

　최근 출간한 『우리의 소원은 전쟁』도 그런 불편한 맥락에 있다. 통일이 됐을 때 그나마 최선의 상황을 그린 것이라곤 하는데 남과 북이 여전히 경제적으로 분리된 채 지옥 같은 현실이 전개되는 양상이다. 북에서는 힘 센 자들이 남아 조폭 같은 현실을 꾸려가고 남에서는 경계하면서 적절히 거리를 유지하는 양상이다. 그 속에서 힘없는 자들의 비극은 이어진다. 이야기는 추리 장르물처럼 물 흐르듯 이어지고 암흑가의 차가운 비정이, 짐짓 냉정하게 액션으로 전개되기도 한다. 그는 왜 이런 장르 추리 통일 소설을 쓰게 됐을까. 통일이 정말 필요한 건지, 짐짓 '위험한' 질문을 던져보았다.

　"아니요. 우리에게 필요한 게 뭐냐는 질문을 먼저 해야지, 우리가 여태까지 받았던 질문이 다 통일이 필요하냐 안 하냐 이런 질문이었습니다. 몇 년 전까지만 해도 통일이 절대 과제라고 아예 그런 질문조차 하지 못했죠. 그 질문이 잘못됐다고 생각해요. 지금 우리가 해야 하는 질문은 한반도에 필요한 게 뭐냐는 것인데, 제 생각에는 북한 인권 향상과 급변사태 충격에 대비하는 겁니다. 통일이 질문 앞에 나오는 것 자체를 반대합니다. 우리에게 필요한 것은 따로 있습니다."

그에게 따로 필요한 것은 통일보다 실질적인 평화가 아니었을까. 예단일지 모르지만 그는 통일이라는 이데올로기 혹은 지상명제 때문에 간과되고 있는 참혹한 현실, 그리고 그것의 지연에 대해 안타까워하는 듯했다. 그는 '중도우파'라고 했다. 약육강식 사회에서 이상론을 믿지 않는다고 했다. 그 룰이 너무 잔인하지 않게 하자는 정도의 시각이라고 했다. 그래도 그의 소설 『댓글부대』에 드러나는 분노는 강렬하다. 국정원의 사주로 상징되는 댓글부대의 인터넷 생태 교란 전략은 그를 분노하게 했다. 이 소재를 선택한 것만으로도 한국 사회에서는 '좌파'로 분류될 법하지만 그는 아니라고 했다. 투박한 이분법이라고 했다. 스탈린을 비판한 사회주의자 조지 오웰이 그의 롤 모델이다. 이상적인 세상은 기대하지 않지만 냉정하게 중간에서 관찰하고자 하는 자의 이야기, 그가 기록할 '대작'은 여전히 예열 중이다.

"'후장사실주의'라는 말도 있던데 그리 보면 저는 '월급사실주의자'입니다. 현실적 감각이 있는 사람들, 문학 그 자체에 꽂혔다기보다 땀 흘리는 노동으로 샐러리와 시급을 받으면서 살아가는 독자층을 감안한, 저를 포함한 그런 소설을 쓰는 사람들을 일컫는 말입니다."

〈2016.12.12.〉

네가 생의 저쪽으로 간 이유

존 차

소설가

　여동생 피살 현장에는 검은 장갑 한 켤레가 떨어져 있었다. 그냥 떨어져 있는 게 아니라 양 손가락을 구부리고 발견자를 향해 막 기어오르려는 자세였다. 팔이 잘린 살아있는 손 같았다. 오빠는 그 모습을 선명하게 기억한다. 오빠에게 그것은 단순히 흩어진 유품이 아니라 동생이 절체절명의 마지막 순간까지 혼신의 힘을 다해 설치하고 간 작품으로 다가왔다.

　불과 8년 남짓 짧은 작품 활동을 하다가 젊은 나이에 비극적으로 떠났지만 백남준 이후 한국인으로는 처음으로 뉴욕 휘트니미술관에서 작품들을 전시하고 세계적인 예술가 반열에 뚜렷하게 등재된 테레사 차(차학경·1951~1982)가 그녀다. 동생을 강간하고 교살한 범인을 법정에 세워 5년에 걸친 재판 끝에 배심원 전원 유죄 평결을 받아낸 오빠 존 차(차학성·71)는 이 기록을 30여 년에 걸친 고투 끝에 실화소설『안녕, 테레사』(문형렬 옮김, 문학세계사)로 최근 펴냈다. 동생이 죽어가면서 남긴 마지막 작품을 세상에 증언하고 그녀의 부활을 염원한 결실이다.

"장갑을 발견했을 때 그게 살아 있는 것처럼 보였어요. 나중에 장갑을 가지고 그 모습을 그대로 재현해보려고 했는데 안되더라구요. 마지막 순간에 어찌 그렇게 했는지 모르겠어요. 그때 사진이라도 찍어놓았으면 좋았을 텐데… 동생의 기록을 정리하면서 매 장면마다 울었어요."

소설 출간을 계기로 한국에 온 존 차를 그의 영문을 번역한 소설가 문형렬과 함께 광화문에서 만났다. 존 차의 목소리는 느리지만 정감이 있었고 희미하게 자주 웃었다. 오랜 세월 고통으로 단련된 이만이 내보일 수 있는 헛헛한 웃음이었다. 문형렬은 "뾰족하고 날 선 얼굴들이 많은 이즈음 오래전 사라진 한국인의 넉넉한 얼굴을 존에게서 본다"고 옆에서 말했다.

문학, 미술, 사진, 조각, 그림, 영화, 퍼포먼스에 걸쳐 전방위예술을 구사한 테레사 차는 피살당하기 직전 『딕테』라는 책을 써서 지금까지도 미국인은 물론 세계인에게 '디아스포라 예술'의 전형으로 각광받고 있는 작가이다. 그녀는 1982년 남편을 만나기 위해 뉴욕의 한 빌딩으로 갔다가 그곳 경비원 백인 남자에게 어두운 지하 주차장으로 끌려가 강간당한 뒤 살해당했다. 시신은 네 블록 떨어진 곳에 버려졌다. 경찰이 피살 현장 수색에 실패하자 존 차를 포함한 가족들이 나서서 문제의 검은 장갑을 비롯한 핏자국을 인근 빌딩 지하 주차장에서 찾아냈고 이때부터 지루한 재판이 시작되었다. 범인으로 지목된 자의 정황 증거만 존재하는 상황이었지만 오빠의 끈질긴 노력으로 검사가 세 번씩이나 바뀌는 우여곡절 끝에 범인은 결국 유죄 평결을 받았다.

"재판이 끝난 뒤 기억이 생생할 때 기록을 남겨놓아야겠다고 생각했어요. 그동안 6번이나 써놓은 걸 갈아엎었지요. 증오와 분노가 차츰 가라앉으면서 어느 정도 객관화되고 저 자신의 평화를 위해 그만 잊고 용서해야 한다는 충고도 들었지만 여전히 용서하긴 힘들어요. 동생의 죽음은 제 삶을 완전히 바꾸어놓았습니다."

존 차는 1945년 만주 용정에서 태어나 이듬해 남쪽으로 내려온 뒤 경기고등학교 1학년을 마치고 1961년 도미했다. 4·19 국면에서 '광기'에 휩싸여 시위 대열을 쫓아다니던 아들의 안위를 염려한 아버지의 '추방'이었다. 먼 친척 할머니가 사는 하와이로 홀로 갔다가 이듬해 가족이 모두 건너와 합류한 뒤 샌프란시스코에 정착했다. 대학에서 토목공학을 전공한 뒤 해양시설 엔지니어로 세계를 누비면서 살았다. 테레사 차는 버클리대학에서 미술과 비교문학을 공부했고 장학금을 받아 파리에서 영상이론도 공부했다. 오빠와 동생은 떨어져 지내면서 많은 편지를 주고받았다. 존 차 자신도 어린 시절부터 책 읽고 글쓰기를 좋아해 작가의 길을 꿈꾸었지만 미국 땅에서 작가로 살아가는 건 엄두가 나지 않는 일이어서 엔지니어로 방향을 잡았다고 했다. 오빠는 동생의 죽음을 기록하면서 생의 반환점을 돌아서야 문학의 길을 걷기 시작했다.

존 차가 1990년 「사랑손님과 어머니」를 영어로 번역해 당시 문예진흥원에서 주는 한국문학번역대상을 받은 건 어머니의 권유 덕이었다. 남매의 모친 허형순 여사는 용정에서 자라면서 윤동주의 시에 등장하는 '순이'의 모델이었을 만큼 아름다운 문학소녀였다. 그 모친의 강력한 자장이 장남은 물론 죽은 여동생에게도 강력하게 미쳤음을 짐작하기는 어렵지 않다.

이후 존 차는 다시 도산 안창호의 딸 안수산 여사의 전기 『버드나무 그늘 아래』를 출간했고 황장엽 북한 노동당 전 비서 일대기를 집필하기도 했다. 안수산 전기는 소설가 문형렬 번역으로 2003년 국내에도 선보였다. 이보다 앞서 1990년대 중반에는 문씨의 장편 『바다로 가는 자전거』를 존 차가 영어로 번역해 코리아타임스 번역상도 수상했다. 한국어와 영어를 서로 번역해주는 사이로 존 차와 20여 년 동안 긴밀한 관계를 이어온 소설가 문형렬은 "존 차의 영어 문장에서는 휘파람 소리가 난다"면서 "아름다운 리듬감이 살아있다"고 평했다.

"동생의 작품들은 말로 설명하기 힘들지만 커다란 울림이 있어요. 문장을 읽을 때마다 느낌이 달라지는데 우리만이 느낄 수 있는 어떤 무의식이나 정서가 울게 만들어요. 샤만적인 울림이 있어요. 동생의 영어 문장은 워낙 특이하고 탁월해서 어떤 이들은 새로운 영어를 발명했다고 말하기까지 해요. 학경이가 제일 좋아하는 단어는 추방, 망명, 유배의 의미를 담은 에그자일exile이었어요."

한창 감수성이 예민한 소녀 시절에 이 땅을 떠나 타국에서 디아스포라의 그늘을 누구보다 민감하게 느꼈을 테레사 차. 그녀는 떠도는 존재의 숙명을 문자와 소리와 그림에 자기만의 방식으로 음각해 놓고 떠난 셈이다. 이번 소설을 쓰면서 가장 가슴 저렸던 장면에 대해 묻자 존 차는 서슴없이 어머니의 꿈에서 본 피살 현장을 찾는 대목이었다고 답했다. 어머니는 꿈속에서 710이라는 세 숫자를 선명하게 보았는데 나중에 현장을 발견하고 보니 시멘트 기둥 넘버가 710이었다고 한다. 존 차의 모친을 생전에 만났던 번역자 문형렬은 "그리움이 얼마나 깊을 수 있는지 이 소설을 번역하는 내내 절감했다"고 말했다.

"내 안에서 동생은 한 번도 죽은 적이 없어요. 살아 있으면 환갑일 동생의 생일을 기념한다고 몇 년 전 동생을 아끼는 이들이 연락을 하던데 내 안에서는 영원히 서른한 살일 뿐이지요. 동생이 마련해준 문학의 길을 계속 갈 겁니다. 어머니로부터 수도 없이 들었던 만주 용정의 삶을 구체적으로 파고들면서 한반도와 미국까지 이어지는 디아스포라의 총체적인 면모를 다시 소설로 시작해볼까 싶어요."

슬픔이 오래 씻겼을 때 나올 법한 낮고 잔잔한 목소리로 오빠는 내내 말을 이었다. 죽은 동생에게 쓰는 편지 형식으로 흘러가는 『안녕, 테레사』는 이렇게 끝난다. '네가 생의 저쪽으로 간 이유는 이승에서 네가 할 일을 완성했기 때문이라는 생각에 위안을 얻는다. 그리고 나는 나의 일을 완성하지 않았기 때문에 이곳에 있다. … 때로는 내 꿈에 찾아와 차를 마시고, 너의 황금 숨결을 가진 황금 사슴과 깃털 펜으로 글을 쓰는 사람들에 대해 말해주려무나.'

〈2016. 4. 15.〉

문학은 인간을 살리는 또 하나의
의학

마종기 시인

마종기(75) 시인은 한국 시단에서 독특한 존재다. 이미 성장기에 뛰어난 문재로 이름을 알린 청소년 스타시인이었고 대학 시절에 본격적으로 문단에 데뷔했으나 청년기에 이 땅을 쫓기듯 떠나 미국에서 방사선과 의사로 50년 가까이 살았다. 의사 시인이 드문 건 아니지만 오래 모국어의 공간을 떠나서도 그이처럼 고국의 독자들에게 줄기차게 사랑을 받는 일도 쉽지 않다. 근년에는 아들뻘인 가수 루시드 폴(조윤석·39)과 서신을 교환한 뒤 그 서간들을 책으로 펴내 다시 큰 호응을 얻었다. 최근 출간된 두 번째 서신집 『사이의 거리만큼, 그리운』(문학동네)도 세대와 공간을 뛰어넘어 소통하는 아름다운 삶이 깃들어 있긴 마찬가지다.

미국 플로리다 집으로 출국하기 며칠 전 서울 강남의 주점에서 그를 만났다. 진작에 그를 만나고 싶었다. 조용필 노래 〈바람이 전하는 말〉의 출전이 그의 시라는 사실을 듣고 난 뒤부터였을 것이다. 알고 보니 '착한 당신, 속상해도 바람소리라 생각하지 마'로 끝나는 조용필 노래는 '착한 당신, 피곤해져도 잊지 마,/ 아득하게 멀리서 오는 바람의 말'로 끝나는 마종기의 시 「바람의 말」에 빚을 지고 있었다. 착한 당신이라니, 착하다는 형용사가 '당신' 앞에 붙으니 아연 애잔하고 서러워진다. 그 당신이 헤어진, 혹은 멀리 떨어진 대상이니 착한 그리움에 바치는 헌사는 저절로 더욱 애절할밖에.

"우리가 모두 떠난 뒤/ 내 영혼이 당신 옆을 스치면/ 설마라도 봄 나뭇가지 흔드는/ 바람이라고 생각지는 마.// 나 오늘 그대 알았던/ 땅 그림자 한 모서리에/ 꽃나무 하나 심어놓으려니/ 그 나무 자라서 꽃 피우면/ 우리가 알아서 얻은 모든 괴로움이/ 꽃잎 되어서 날아가버릴 거야."

마종기가 이 시를 쓴 시점은 1970년대 후반이었다. 고생 끝에 미국에서 존경받는 의사로 자리를 잡았지만 고국에 돌아가고 싶은 생각이 깊어지던 중에 모교(연세대 의대)와 서울대에서 동시에 교수로 초빙을 받았던 터였다. 의지와는 다르게 그는 결국 주저앉을 수밖에 없었다. 이때의 안타까움이 시로 쏟아져 나왔다고 했다. 태평양 너머 고국에서 불어오는 바람에 자신의 말을 의탁한 셈이었다.

"세상살이라는 게 계획대로만 살 수 없다는 거, 그 방향을 모르는 삶 자체가 바람이 아닌가 싶어요. 자신의 의지대로만 살 수 없게 만드는 눈에 보이지 않는 우주적인 흐름, 그것이 바람일지 모릅니다."

마종기는 아동문학가 마해송(1905~1966)의 장남이다. 중학 시절부터 《학원》 창간호에 시를 발표하며 청소년 문예스타로 각광받았다. 당연히 문과로 진로를 잡아 신문기자가 되려고 했으나 가난한 나라에서 과학을 공부해야 한다는 같은 동네의 학자 동주 이용희(1917~1997)의 충고를 들어 연세대 의대에 특차로 입학했다. 본과 1학년인 1959년 박두진 추천으로 『현대문학』에 공식 데뷔했고 의대 졸업 후에는 공군 군의관으로 복무했다. 그때까지 그의 앞날에 거칠 것은 없어 보였다. 문제는 군인 신분으로 1965년 굴욕적인 한일회담 반대에 문인 105명과 함께 서명한 게 화근이었다. 방첩대에 끌려가 고문을 당했고 출국을 조건으로 겨우 풀려났다. 그러니 1966년 그가 외롭게 미국 땅으로 떠난 건 추방 혹은 망명에 가까운 행위였던 셈이다.

"군의관 계급장도 빼앗기고 수염은 꺼칠하게 자라고/ 자살방지라고 혁대도 구두끈도 다 빼앗긴 채/ 곤욕으로 무거운 20대의 몸과 발을 끌면서/ 나는 그 바다에 누워 눈감고 세월을 보내고 싶었다.// 면회 온 친구들이 내 몰골에 놀라서 울고 나갈 때,/ 동지여, 지지 말고 영웅이 되라고 충고해줄 때,/ 탈출과 망명의 비밀을 입 안 깊숙이 감추고/ 나는 기어코 그 섬에 가리라고 결심했었다./ 이기고 지는 것이 없는 섬, 영웅이 없는 그 섬."(「섬」)

아들의 수감과 고초에 만날 술을 들이켜던 아버지 마해송이 그가 미국에 도착한 지 불과 몇 개월 만에 작고했지만 갈 수 없었다. 이 시절 그를 밝혀준 등불이 시였다. 고국을 떠나올 때는 다시는 문학을 하지 않으리라 생각했지만 이성과 달리 그를 위무할 유일한 대상은 시였던 셈이다. 그는 미국에서 뛰어난 수련의로 우수한 성적을 거두었고 오하이오주 북서부 인근에서 유일한 소아 방사선과 전문의로 각광받았다. 고국에서 그를 원하는 곳도 많았다. 귀국을 결심할 시점에 어려서부터 늘 한 방을 쓰며 형 말이라면 무조건 따랐던 동생이 일간지 기자로 잘나갔는데, 남북대화 국면에서 이산가족인 큰아버지의 간청을 못 이겨 편지를 몰래 북의 기자를 통해 전해주다 신문사에서 쫓겨나자 형을 찾아 미국으로 훌쩍 건너 와버렸다. 지근거리에서 함께 외로움을 달래며 잡화점을 운영하던 그 살가운 동생은 10여 년 후 창졸간에 강도에게 목숨을 잃었다. 빛바랜 세월에도 시인의 눈가에는 금방 눈물이 돌았다.

"피붙이의 황량한 묘지 앞에 서면/ 생시의 모습이 춥고 애잔해서/ 눈 오시는 날에도 가슴 미어지는구나.// 살고 죽는 것이 날아가는 눈 같아/ 우리가 서로 섞여서 어디로 간다지만/ 그 어려운 계산이 모두 적멸에 빠져/ 오늘은 긴 눈발 속에 아무도 보이지 않네."(「겨울묘지」)

이화여대 무용과를 만든 어머니 박외선 여사도 은퇴 후 이 시점에 아들에게 의탁하러 미국으로 왔다. 고국에 돌아오고 싶어도 갈 수 없는 부양가족의 올가미에 갇혀버린 셈이다. 이 시점에 한국에 왔다면 그이의 문학은 새롭게 개화했을지 모른다. 그도 이 부분을 인정하고 안타까워한다. 그렇지만 미국도 한국도 아닌 디아스포라離散의 비애를 체화한 그 시점의 시들이야말로 빛난다. 「바람의 말」도 이 시점에 나왔다. 마종기는 어린 아들과 나누는 대화체로 「안 보이는 사랑의 나라」에 이렇게 썼다.

"사랑은 아무데서나 자랄 수 있잖아?/ 아무데서나 사는 건 아닌 것 같애./ 아빠는 그럼 사랑을 기억하려고 시를 쓴 거야?/ 어두워서 불을 켜려고 썼지./ 시가 불이야?/ 나한테는 등불이었으니까./ 아빠는 그래도 어두웠잖아?/ 등불이 자꾸 꺼졌지./ 아빠가 사랑하는 나라가 보여?/ 등불이 있으니까./ 그래도 멀어서 안 보이는데?/ 등불이 있으니까."

시라는 등불을 켜고 살아온 마종기 시인. 그는 2002년 이른 은퇴 후 한국의 모교에 '문학과 의학'이라는 과목을 개설해 강의를 하는 한편 한국문학의학학회 회장직을 맡아 학회지 《문학과 의학》도 8호 째 내고 있다. 그는 "미국에서는 냉혹한 환경에서 의사들이 정신과 상담을 받거나 자살하는 경우가 많다"면서 "이런 문제를 미국 의대에서는 어떻게 해결하나 봤더니 어지간한 곳에서는 모두 의대생들에게 문학을 가르치는 사실을 확인했다"고 말했다. 그가 서둘러 은퇴하고 모교에 돌아와 간호사와 개업의들까지 청강하는 '행복한 의사, 좋은 의사'가 되기 위한 강의를 개설한 배경이다.

어떤 시를 궁극적으로 완성하고 싶은지 물었을 때는 "수많은 죽음과 고통을 목격한 의사이기 때문일지는 모르되 문학의 효용은 인간의 생명과 연계돼야 하고, 반드시 되어야 한다"고 못을 박았다. 의사 시인 마종기에게 문학은 인간을 살리는 또 하나의 의학인 셈이다.

〈2014.6.30.〉

당신의 등에 얼굴을 묻고 울었다

시인·문학평론가

장석주

부러웠다. 새벽 4시에 눈을 떠서 글쓰기를 하다가 오후에는 책을 읽고 산책을 한 뒤 9시 무렵이면 잠에 드는 단순한 생활을 한다고 했다. 사람도 거의 만나지 않고 술도 마시지 않는다고 했다. 산책과 클래식 음악을 듣는 일을 빼면 나머지 일과는 대부분 읽기와 쓰기로 채워진다. 그의 읽기와 쓰기는 생계에 얽매인 노동이 아니라 자발적인 것들이다. 순수한 호기심과 탐구심으로 읽고 싶은 책을 찾아 읽는 쾌락을 누리며 자생적으로 솟아오르는 생각들을 쓰기로 받아내는 스타일이다. 그렇게 받아내 펴낸 책만 60권이 넘는 장석주(60) 시인을 말하는 중인데, '활자 중독자'인 그는 고요한 평정심을 유지하며 이렇게 살아가는 지금이 인생에서 가장 행복한 시절인 것 같다고 말했다.

"먹을거리가 없으면 배가 고프듯 읽을 책이 없으면 굉장히 불안해요. 저에게는 책이 말 그대로 양식인 셈입니다. 생업을 위해 읽는 건 아니고 책이 좋아 읽게 되고 읽다보니 글로 생산되는 게 생활이 된 겁니다. 저에게 활자 중독은 새로운 책을 낳으니 좋은 의미에서 생산적인 중독인 거죠."

읽고 쓰고 걷고 음악을 듣는 생활이 중심인 그가 인터넷에 접속하는 건 온라인 서점에서 신간을 검색하고 구입할 때이다. 일주일이면 책이 한 박스씩 오는데 평균 7~12권, 한 해에 800~1200권이 쌓여 도서 구입 예산으로 1000만 원 정도가 소요된다. 읽지 않더라도 쌓아 놓아야 안심이 된다고 하니 중독이 맞다. 그는 최근 자신이 읽은 책들에 대한 단상을 계절의 순환을 배경으로 묶어낸 『일요일의 인문학』(호미)에서 이렇게 고백한다.

'어쩌다 보니, 이 지경까지 이르렀다. 임상학적으로 말하면 활자 중독이고, 흔한 말로 하면 독서광이며, 예스럽게 말하자면 간서치다. 바로 내 얘기다. 어떤 사람에게 맥주 없는 인생은 달 없는 밤이요, 또 어떤 사람에겐 바흐 없는 인생은 벚꽃 없는 봄이라지만, 내겐 책이 없는 인생이 딱 그러하다. …지금 당장 써먹을 수 없는 것들, 시와 예술 따위가 지닌 쓸모없음이 인간을 구원한다. 인간만이 그런 쓸모없음의 유용함을 찾아낸다. …일요일을 위한, 일요일에 의한, 일요일에 펼쳐 읽기 좋은 책을 써보고 싶었다.'

그를 서울 종로구 운니동 오피스텔에서 만났다. 안성 호숫가에는 '수졸재'라는 집필실과 서고를 두고 서울 서교동에 거주하는 그는 이즈음은 주로 오피스텔에 나와 읽고 쓴다. 세 곳에 분산돼 있는 책은 3만권에 육박한다. 어쩌다 책과 이리 깊은 인연을 맺게 된 것인지.

"6살 무렵부터 외할머니 팔을 베고 잠을 청할 때 괴로웠습니다. 어린 나이에도 인간이란 어떤 존재인지 형이상학적인 의문이 괴롭혔죠. 또 하나는 외로움 때문이었습니다. 친구들이 없는 건 아니었는데 그들로는 해소되지 않는 고독감 같은 게 있었습니다. 그래서 주변에서 손에 잡히는 모든 걸 읽기 시작했죠."

2남 3녀. 5남매 중 장남이었던 그는 9살 때까지 부모와 떨어져 고향 논산의 비산비야非山非野에서 외할머니와 살았다. 서울로 와서는 문화적 충격 속에 다시 스스로 이방인이 되었고 본격적으로 한국문학전집을 접하게 되면서 중학교 2학년 때 《학원》지에 시를 투고해 우수상으로 뽑혔다. 이후 투고할 때마다

고은 시인이 뽑아서 계속 실었고 고등학교에 올라가서는 소설도 3편이나 실었다. 중학교 때 미술반에 들어가 그쪽으로 가보려 했으나 그 길을 가면 가난하게 산다고 집안 어른들이 반대해 부모 눈에 띄지 않는 글쓰는 쪽으로 틀었다고 했다. 인터뷰 말미에 스마트폰 사진 폴더를 열어 보여준 남미 문호 호르헤 루이스 보르헤스 캐리커처는 섬세했다.

《월간문학》에 투고한 시가 덜컥 신인상에 당선돼 20세 이른 나이에 등단했다. 올해가 등단 40년째다. 등단은 했지만 문학으로 스스로 부양할 수 있을지 미래에 대한 불안과 회의가 컸다고 했다. 정독도서관 남산국립도서관을 돌며 책을 읽고 종로 일대 대형 서점들에 들러 신간을 섭렵하면서 자신의 재능을 더 확인하려고 신춘문예에 응모했는데, 1979년 《조선일보》와 《동아일보》 신춘문예에 시와 문학평론이 동시 당선됐다.

당시 굴지의 문학출판사였던 고려원에서 스카우트 제의가 들어왔고 그곳에서 쓴 책 광고 카피가 베스트셀러 행진을 하면서 입사 6개월 만에 편집장으로 승진했다. 이후 그가 쓴 카피들은 연속해서 잭팟을 터뜨렸다. 3년 후 고려원을 나와 '청하' 출판사를 차렸다. 헤르만 헤세 잠언록이 비소설 베스트셀러 1위를 기록하면서 그해 50만 부 넘게 팔려나갔다. 서정윤의 『홀로서기』는 190만 부를 넘겼다. 출판사를 시작할 때 꿈이었던 니체 전집도 새로 번역해 출간했고, 니코스 카잔차키스 『영혼의 자서전』도 소개했다.

절정기이던 1992년 마광수의 『즐거운 사라』를 낸 뒤 저자와 함께 61일간 수감됐다가 집행유예로 풀려났다. 그때 "책을 내는 일에 보람을 잃었고 분노와 환멸, 사회적으로 모욕당하는 느낌"이었다고 했다. 제주에 내려가 분을 삭이다가 거래 관계를 모두 청산하고 출판사를 접었다. 이 시기에 한국문학사 집필 제의를 받고 5권짜리, 200자 원고지 1만5000장에 이르는 『20세기 한국문학의 탐험』을 역제의해 7년에 걸친 각고 끝에 2000년에야 마무리했다. 안성으로 내려가 본격적인 읽기와 쓰기를 이어갔고, 그가 내는 책들은 꾸준히 독자들의 호응을 얻어 지금에 이르렀다.

"20세기 한국문학을 탐험하면서 7년을 버티고 나니까 무얼 쓰라고 해도 다 쓸 것 같은 자신감이 생기더군요. 매일 뒷산에 올라가 기도했습니다. 이걸 끝내게 해달라고. 이후 안성에 내려가 장자 노자를 포함한 동양고전을 읽고 또 읽었고 인문서는 물론 자연과학을 포함해 만화까지 저에게 지적 자극과 영감을 주는 책이라면 장르를 불문하고 넘나들었습니다. 독서는 아직도 최고의 생존 스킬입니다. 이 위기의 시대에 살아남을 지적 근육을 만들어 주지요. 책 읽기는 앉아서 하는 여행이고 여행은 돌아다니면서 하는 독서라고 할까요? 놀이이자 도락이기도 합니다."

그가 이즈음이 인생에서 가장 행복한 시절이라고 말한 배경에는 25년 연하 여성 시인과 올초 혼인신고를 마친 사연도 작용한 듯싶다. 그는 "도망다니다가 받아들였다"고 했는데, 그녀와 다음 달 시드니로 떠나 지인이 제공한 집에서 한 달 동안 머물며 에세이집 한 권을 공동 집필할 예정이라고 했다. 고은 시인이 주례를 맡겠다고 호언했지만 고사하고, 이들이 같이 살고 있는 공간을 테마로 『서교동에 산다』(가제)를 연말쯤 펴내 '책 결혼식'으로 대신할 예정이라고 한다. 시집 2권과 산문집 1권을 펴내 알 만한 이들은 주목하는 젊은 아내의 이름은 아직 밝히지 말아달라고 했다.

그는 최근 출판사에 넘긴 등단 40년 기념 15번째 시집 원고에 "당신의 등에 얼굴을 묻고 울었다"고 썼다. "당신은 먼 곳이었으니까, 설사/ 우리가 연인이나 자매 사이였다 해도 괜찮다./ 실컷 울고 났더니 얼굴이 사라졌다./ 당신이 오지 않았으니/ 내 몸통에 물고기처럼 비늘이 돋았다 할지라도/ 나는 괜찮다"(「일요일의 저녁 날씨」)고.

〈2015. 8. 17.〉

*장석주 시인은 1980년생 박연준 시인과 호주 시드니에 머물렀던 이야기를 담아낸 『우리는 서로 조심하라고 말하며 걸었다』를 2015년 12월 24일 결혼식 대신 펴냈다.

영원히는 지키지 못할 그 약속

황인숙 시인

그날 후암동 커피집에서 만난 황인숙(58) 시인의 얼굴은 어두운 편이었다. 이야기를 듣다 보니 얼마 전 입양 보낸 새끼 고양이 때문이었다. 밤에 고양이들 먹이를 주러 걸어가는데 길 건너편에서 어떤 고양이가 야옹거리면서 그녀를 극성스럽게 불러서 가봤더니 새끼 고양이였다고 했다. 밥을 주기 시작했는데 두세 달 지난 뒤 보니 얼굴이 찌그러진 그 아이가 그녀에게 뭐라 뭐라 하소연을 하더라고 했다. 곁을 안 주던 녀석과 다행히 가까워져 우여곡절을 겪다가 도저히 방치해둘 수 없는 환경임을 깨닫고 운 좋게 후배 시인에게 입양시켰는데, 그곳에서 잘 적응해 기뻤는데, 워낙 발랄한 녀석이어서 이번에는 아래층에서 심각하게 문제를 제기하는 바람에 걱정이 크다고 했다.

후암동 고양이 엄마로 오래전부터 소문난 시인이지만 막상 만나서 들어보니 고양이의 하소연을 알아듣고 얼굴에 드러나는 외로운 표정까지도 섬세하게 느낄 정도로 사랑은 훨씬 깊은 것이었다. 10년 전부터 후암동 고양이들은 물론 서울역 근처 동자동 고양이들까지 90여 마리의 밥을 매일 챙기는 그녀는 본디 고양이와 어쩌면 숙명적인 인연으로 태어난 것인지도 모른다. 20대 후반, 1984년《경향신문》신춘문예에 당선된 시부터「나는 고양이로 태어나리라」였다. 자유롭게 빈 벌판을 쏘다니는 "놓친 참새를 쫓아/ 밝은 들판을 내닫는 꿈을" 꾸는 명랑하고 기개 넘치는 고양이였다.

"원래 동물을 좋아했어요. 근데 고양이가 제가 가까이 한 동물이 아니어서, 관념적으로 알고 있어서, 아마 그렇게 시를 썼을 거예요. 우리나라 사람들이 고양이를 대하는 꼴을 알았으면, 진짜 고양이의 삶을 알았으면 고양이로 태어나리라 같은 시는 못 썼겠죠, 안 썼겠죠. 우리나라 사람들 동물을 얼마나 쉽게 버리는데요. 그냥 길에서 태어난 아이들이랑 버려진 애들은 또 달라요. 길에서 태어난 아이들도 가엾지만 버려진 애들, 걔네들은 얼굴에 외로움이 있어요."

그녀는 그 외로움을 읽을 수 있다고 했다. 집에서 살던 고양이들은 길고양이와 달리 표정도 사람과 닮는다고 했다. 키우다 정 힘들면 다른 주인을 찾아주든가, 그도 아니면 차라리 죄값을 안고 '애'를 안락사 시키든지 해야지, 버려진 고양이는 안 보면 모르지만 한 번 보면 도저히 그냥 지나칠 수 없다고 했다. 그렇게 그녀는 낮에 가까운 곳을 들르고 어둑할 무렵, 고양이 먹이를 준다고 타박하는 이들과 갈등을 피해 저녁에 본격적으로 두 시간에 걸쳐 매일 먹이를 나른다. 2006년부터 시작했으니 올해로 10년째다. 그녀가 고양이와 부대낀 그 세월 정서가 바탕에 가라앉은 새 시집을 낸다. 2007년『리스본行 야간열차』를 낸 이후 근 10년 만에 나오는 7번째 시집『못 다한 사랑이 너무 많아서』(문학과지성사)는 다음 달 초에 나온다.

"이전 시집의 연장선상이겠지만 나이가 느껴지는 것 같아요. 전에는 잘 몰랐는데 노년에 접어드니까 젊음을 잃는 거에 대한 공포나 시름, 젊지 않음에 대한 이물감 같은 게 느껴져요. 늙음에도 층하가 있다면 아직은 도태 단계 육신의 노화에는 안 들어서서 다행인 거죠. 글쎄, 그때가 되면 또 그런 글을 쓰겠지만…."

이 땅에서 전업시인으로 살아가려면 물려받은 재산이나 능력 있는 배우자에 기대지 않는 한 가난을 감수할 수밖에 없는 처지이다. 황인숙은 지금까지 싱글로, 전업시인으로, 고양이들까지 부양하며 용케 살아온 셈이다. 그녀가 이번 시집의 표제로 삼은 「못 다한 사랑이 너무 많아서」는 하얗고 시리다. "하얗게/ 텅/ 하얗게/ 텅/ 눈이 시리게/ 심장이 시리게/ 하얗게// 텅/ 네 밥그릇처럼 내 머릿속/ 텅// 아, 잔인한, 돌이킬 수 없는 하양!/ 외로운 하양, 고통스런 하양,/ 불가항력의 하양을 들여다보며// 미안하고, 미안하고,/ 그립고 또 그립고" 황인숙 특유의 '발랄한 페이소스'가 이번 시집에도 여일하게 관류하지만 밑바닥 삶들에 대한 보다 직접적인 관찰이 많이 드러나는 편이다.

그녀는 10년 동안 딱 한 번 동네 아주머니에게 고양이 밥 주는 걸 맡기고 여행 가본 것을 제외하곤 하루도 빠지지 않고 후암동 길거리를 낮과 밤에 돌았다. 그 과정에서 본 건 고양이의 비참뿐 아니라 그들 곁에 누워 있는 노숙인들이었다. 삶의 고단한 바닥을 절감한 세월이었던 셈이다. 왜 가련한 사람 새끼들도 많은데 고양이들에 집착하느냐는 질문도 수없이 받았지만, 처음부터 두 개의 선택지가 있었던 것도 아니라고 했다. 긴박한 조건에서는 물론 사람을 먼저 구하겠지만, 사람을 죽이면 안 되는 사람 위주의 세상에서 고양이를 돌보게 되는 건 어쩔 수 없었다고 그녀는 말했다.

"뺨에 쩍쩍 들러붙는 삭풍의 채찍질/ 걸음을 재촉하네/ 내 고양이들은 예제서 뒹굴고/ 보일러는 자주 기적을 내겠지/ 따끈따끈 바닥이 달궈진/ 방이 기다리는/ 집으로 들어가는 길// 달의 고드름 아래/ 뱃속까지 얼어서/ 죽을 때까지 살아 있는/ 길의 사람들/ 길의 고양이들/ 밖에 두고 문을 닫네"(「겨울밤」)

추운 거리의 고양이들을 두고 문을 닫는 시인의 마음이 적막하다. 시인에게 길의 사람들도 무거울 수밖에 없다. 또 다른 '겨울밤'은 이렇게 길게 흐른다.

"변두리, 라지만 종점이 한참 남은 지하철역/ 7번 8번 9번 출입구 방향 지하도에서/ 강아지, 노란 강아지가/ 멍멍 짖고 있다/ 타일 벽 아래서 한 아주머니가/ 담요로 둘둘 싼 등짝을 보이고/ 쪼그려 앉아 느릿느릿 짐을 꾸리고 있다/ 강아지는 아주머니 주위를 뱅뱅 돌면서/ 까딱까딱 꼬리치며 짖는다/ 추리닝

장수도 도넛 파는 아가씨도 안 보이고/ 세밑의 늦은 밤/ 행인은 나 하나/ 온종일 아주머니 곁을 지켰을 강아지가/ 열심히 짖고 있다/ 아주머니 등짝보다 커다란 상자에/ 맨 나중에 담길/ 태엽 달린 노란 강아지// 8번 출입구/ 으스름 계단을 다 올라가서/ 나는 아주 잠깐 발을 멈추고/ 아주 잠깐 고개를 돌렸다/ 팝송에 맞춰 신나게 몸을 흔드는 얼룩 호랑이나/ 크리스마스캐럴 부르는 흰 염소도 없이/ 뱅글뱅글 돌면서 멍멍 짖을 뿐인 노란 강아지"

지난 10년간 거리의 사람과 동물을 통해 길어 올린 절창들이다.

황인숙은 "이상하다/ 거품이 일지 않는다// 어제는 팔팔했는데/ 괜히 기진맥진한 오늘의 나/ 거품이, 거품이 일지 않는다"고, 갈수록 '묽어지는 나'를 본다고 시에 썼다. 그리하여 "슬픈 마음을 짓뭉개려 걸음을 빨리 한다/ 쿵쿵 걷는다/ 가로수와 담벼락 그늘 아래로만 걷다가/ 그늘이 끊어지면/ 내 그림자를 내려다보며 걷는다/ 그림자도 슬프다"(「그림자에 깃들어」)고 했다. 아무리 묽어지고 피로하고 생활에 지쳐가도 깊은 곳에 묻힌 식지 않는 사랑은 어쩔 수 없는 축복이자 천형인 것 같다. 그녀는 언젠가 헤어져야 한다면 지금이라도 너를 먼저 버릴까 싶다고, 고백을 한다.

"영원히는 지키지 못할 그 눈빛/ 네 연한 레몬 빛/ 내 머릿속에 시리게 쏟아지네// 차라리 얼른 저버릴까/ 영원히는 지키지 못할 그 약속/ 가슴 저미네/ 영원히는 뛰지 못할 내 가슴"(「영원히는 지키지 못할 그 약속」)

〈2016.10.31.〉

매화를 이끌고 올라온 황어가
요동을 쳤다

이
원 ^시
규 ^인

섬진강 오토바이 시인 이원규(52)로부터 페이스북 담벼락에 편지가 도착했다. '여기 섬진강과 지리산도 마침내 만화방창萬化方暢이네요. 햇살 좋은 날 잡아 한번 다녀가시길… 청노루귀 사진 한 장 첨부합니다.' 그렇지 않아도 섬진강 내려갈 날을 궁리하던 터에 시인의 꽃소식이 달뜨게 했다. 아무에게나 쉬 자태를 보여주지 않는다는 청노루귀는 시인의 사진 속에서 청보라빛 이파리와 솜털을 역광에 빛내며 춘정을 자극했다. 사실 그의 페이스북에는 현란한 자태를 뽐내는 야생화 사진이 수시로 올라와 보는 이들의 탄성을 이끌어내던 이 즈음이었다. 사진 솜씨도 날이 갈수록 프로 뺨치는 수준으로 올라가고 있었다. 매화가지 사이로 뜬 눈썹달에다 금방 향이 코끝에 파고들 듯한 꽃들이 사랑스럽게 담겼다. 이 야생화 사진들에다 짧은 감상과 함께 거기에 어울릴 만한 자신의 시를 곁들여 페북을 장식하는 중이다.

이원규 시인이 지리산에 내려온 건 16년 전, 1998년이다. 서울에서 기자생활을 하며 생계의 밧줄을 잡고 있다가 하루아침에 모든 걸 접고 홀로 지리산에 내려왔다. 집 대신 오토바이 하나 장만해 지리산은 물론 전국의 길을 내달렸다. 그 유랑은 그대로 시가 되어 터져 나왔고 지리산 오토바이 시인으로 대중에게 각인된 지도 오래 되었다. 이곳에 내려와 새 인연도 만났다. 섬진강에 내려간 날 저녁에는 시인과 단출하게 대작할 수 없었다. 이미 그날 저녁 술자리에는 서울에서 내려가 지리산 둘레길을 걷고 온 소설가 김훈 부자가 있었고, 숙소의 주인인 소설가 권행연 씨를 포함한 일꾼들이 불을 가운데 두고 둥그렇게 앉아서 술잔을 기울이고 있었다. 시인과는 짬짬이 대화를 나누는 수밖에 없었다.

이원규가 시인이 된 데는 아버지가 어머니에게 심어놓고 간 한이 작동한 듯하다. 그의 아버지는 빨치산이었다. 휴전이 된 후 남한 땅에 남겨진 빨치산은 거의 섬멸됐지만, 이원규의 부친 같은 패잔병들은 이름까지 바꾸고 생활 속으로 도피했다. 고향의 아내에게는 밤에 몰래 도둑처럼 다녀갈 수밖에 없었다. 그렇게 다녀갈 때 용케 심어진 생명 중 하나가 이원규였다. 어린 시절 그는 어머니가 동네 사람들에게 '화냥년'이라며 똥물을 뒤집어쓰던 기억을 선명하게 지니고 있다. 누군가는 이원규가 고향 동네 경찰서장을 닮았다고도 입방아를 찧었지만 어머니는 부정도 긍정도 할 수 없는 처지였다. 아버지는 고향 옆동네에 와서 죽었다. 마을 사람들이 서둘러 화장을 했다. 1989년 《실천문학》에 실린 그의 데뷔작은 「빨치산 아내의 노래」 연작시 15편이었다. 유령 같은 아버지가 존재만으로도 아들을 시인으로 만든 셈이다. 그날 밤 술김에 그에게 물었다. 아버지를 본 적이 정말 한 번도 없느냐고.

"6살 때 어떤 아저씨가 날 안아주던 기억이 나요. 구레나룻이 길었어요. 나중에 학교에 다니면서 알게 된 링컨 수염과 비슷해서 이후 그이는 링컨 이미지로 남았는데, 그날 나를 안아준 뒤 사흘 후에 죽었다고 해요. 정작 나는 그때 아버지가 가져온 고무로 만든 말을 가지고 노느라고 정신이 없었어요."

아버지는 광산촌 등지를 떠돌면서 폐인처럼 살다가 삶을 마쳤다고 했다. 어머니 밑에서 홀로 성장한 이원규는 고교 시절 출가했다가 우여곡절 끝에 환속해 대학을 마치고 시인이 되었다. 샐러리맨으로 평범하게 한곳에 붙박여 살지 못한 건 아들도 마찬가지였다. 그는 아버지의 흔적이 깃든 지리산으로 훌쩍 내려온 이래 오토바이 하나에 의지해 길을 집 삼아 떠돌았다.

그가 야생화에 빠진 건 그리 오래 되지 않았다. 생명평화 탁발순례를 한다고 걸어서 3만리나 이 땅을 누볐고 바이크를 끌고 지리산 곳곳은 물론 전국을 다녔지만 정작 자신이 거주하는 곳의 꽃 이름 하나 제대로 알지 못한다는 사실에 충격을 받았다. 야생화를 좋아하는 김인호 시인의 말 한마디가 벽력처럼 꽂혔다고 했다. 지난해 1월부터 이원규는 야생화 사진에 목숨을 걸고 매달리다시피 했다.

다음날 오전 시인은 하동군 화개면 덕은리, 섬진강 모래톱이 한눈에 내려다보이는 그의 집으로 안내했다. 지리산 빈 집을 찾아다니던 안목으로 멀리서 턱 바라보기만 해도 저 집은 사람이 사는 집인가 아닌가를 쉬 분별할 수 있게 됐다고 한다. 지금 사는 이 집도 섬진강 건너편에서 올려다보니 빨래가 오래 걸려 있어 분명 빈 집임을 직감하고 올라와 대처에 사는 주인에게 연통을 넣어 저렴한 비용으로 얻은 집이라고 했다. 섬진강변 시누대와 매화와 멀리 흘러가는 지리산 능선이 한눈에 다 들어오는 명당이 따로 없다.

지리산에서 만나 10여 년째 해로하는 그의 아내 신희지(46) 여사, 공지영의 『지리산행복학교』에서 동네밴드 보컬이라 하여 '고알피엠' 여사라고 별칭을 붙였던 그녀가 남편의 시에 곡을 붙인 노래 〈지푸라기로 다가와 어느덧 섬이 된 그대에게〉를 그 아침에 직접 불러주었다. 이어 정태춘 박은옥 부부가 이곳에 들렀다가 이원규를 생각하며 지었다는, "가난한 시인네 외딴 빈 집 개만 짖는데/ 강이 그리워, 네가 그리워/ 그치지 않는 네 노래 들으려 여기까지 왔지"로 이어지는 〈강이 그리워〉를 박은옥의 목소리로 들려주었다.

노래에 잠시 취했다가 시인 뒤를 따라 청노루귀가 피어 있는 현장을 향해 차로 달렸다. 야생화를 10년 넘게 쫓아다닌 사람이라도 친구를 잘못 만나면 청노루귀 한 번 찍을 수 없다고 했다. 그만큼 같이 사진을 찍으러 다니는 이들이라도 자신만이 발견한 야생화의 현장을 쉬 발설하지 않는 게 이 바닥의 속성이다. 1년 전에 만났던 꽃이라도 누가 다시 어디에서 무슨 꽃을 찍었다는 소식이 전해지면 다시 보고 싶어서 미치는 게 이들의 심정이란다. 다시 내 생에 봄이 올지 모르고, 온다 치더라도 이 꽃을 볼 수 있을지 조바심에 몸이 근질거린다고 했다.

우리가 당도한 계곡에는 과연 청노루귀가 낙엽들 사이에 앙증맞게 자리 잡고 있었다. 하도 작은 녀석들이라서 문외한은 쉬 지나칠 수도 있는 곳이었다. 청노루귀 주변에는 소문을 듣고 온 사람들이 배를 깔고 사진을 찍어대는 바람에 맨흙이 번들번들하게 보일 정도였다. 다행히 그들도 청노루귀에는 손을 대지 않아 저 홀로 고개를 외로 꼬고 서 있었다. 초보들이 쉬 야생화를 발견하지 못하는 이유는 으레 꽃들이 햇볕이 잘 드는 남동쪽 사면에 있으려니 착각하기 때문이라고 한다. 희귀종일수록 북동쪽 계곡에 피어 봄풀이 솟아나기 전에 짧게 피었다 스러진다. 이른 봄 짧은 시간에 피니 벌들이 찾아들 틈은 상대적으로 줄어들 수밖에 없다. 그 찰나의 시간에 사랑을 나누지 못하면 사라질 수밖에 없는 운명인 것이다.

이원규는 지리산에 내려와 십 수 년을 넘기면서 어느 골짜기 어디에는 누가 살고 있는지 환히 꿰고 있지만 정작 그 산속에 어떤 꽃들이 피어있는지는 몰랐다고 말했다. 이제는 오토바이를 타고 지나치면서도 산 속의 생명들이 환히 눈에 들어온다고 했다. 청노루귀 계곡을 떠나 섬진강을 따라 청매실 농장쪽으로 내려오는 차 안에서 다시 고알피엠 여사가 노래를 불렀다. 캐나다 이민 가방을 꾸려 공항까지 갔다가 대책없이 비행기표를 물리고 지리산으로 내려와 이원규와 합쳤다는 여인이다. 그녀가 그날 차 안에서 불렀던 일본 가요 〈고이비토요戀人よ〉를 처음 듣고 시인이 적극적으로 대시했다는 이야기도 웃음 속에 흘러 다니는 차 안이었다.

이원규는 직접 부르는 대신 "기다림이란 설레임이야/ 말없이 보내주고도 기쁠 수 있다는 건…"으로 이어지는 〈기다림 설레임〉을 선곡했다. 묘하게 울렁거리게 만드는 강허달림의 허스키한 목소리가 차창을 넘어 섬진강 모래톱으로 퍼져나갔다. 강물에서는 남해에서 매화를 이끌고 올라온 황어가 요동을 쳤다.

〈2014.3.17.〉

사람이 그리워 마십니다

류근 시인

'싸나희의 순정엔 미래 따윈 없는 거유. 그냥 순정만 반짝반짝 살아 있으면 그걸로 아름다운 거유. 그런 세계를 몰르니까 세상이 이렇게 팍팍하고 험난한 게 아니겠슈. (…)유씨는 몰러유, 유씨는 아무것도 몰러유. 유씨는 싸나희의 순정을 몰러유.'

유씨란 『싸나희 순정』(문학세계)을 펴낸 류근(49) 시인의 분신이고 이 발언을 한 '주인집 아저씨'는 이름은 없지만 이 책에서 시종 강렬한 캐릭터로 등장하는 인물이다. 공간 배경은 '마가리'인데 "눈이 푹푹 쌓이는 밤 흰 당나귀 타고/ 산골로 가자 출출이 우는 깊은 산골로 가 마가리에 살자"로 이어지는 백석의 시 「나와 나타샤와 흰 당나귀」에서 따왔다. 어느 날 기차를 타고 나타샤도 당나귀도 없이 변방으로 떠나다 차창 너머 피어 있는 도라지꽃을 보고 무작정 내려 정착한 곳을 시인은 '마가리'로 설정했다. 이곳에서 세든 주인집 아저씨가 걸물이다. 뽕밭을 일구는 그이는 동화작가 지망생인데 만날 술에 절어

사는 유씨를 타박한다.

'유씨는 텔레비전에서 보니까 시인이라고 나오던데, 시인이면 민족의 지도자 같은 냥반이라고 내가 일찍이 믿어 온 바가 있고 배워 온 바가 있는데 그렇게 허랑방탕하니 인생을 빨랫줄에 널어놓고 함부로 살아 버리면 우리 자라나는 어린 민족들이 어디다 마음을 얹고 비비고 개기고….'

그때마다 유씨는 툴툴거리며 무어라 대꾸해보지만 번번이 말문이 막혀 애꿎은 '시바' 소리만 반복한다. 시인이 자신을 '을'로 만들어놓고 전개하는 주인집 아저씨 이야기들은 페이스북에서 뜨거운 반응을 얻었다. 2년여 동안 페북에 올렸던 이야기들을 일러스트레이터 퍼엉(puuung)의 그림들과 함께 엮어냈다. 만화라기에는 이야기가 많고 스토리를 부각시키자니 그림의 비중이 만만치 않다. 출판사에서 고심하다 '스토리툰'이라고 작명했다는데 서점에서는 소설 코너에 꽂혀 있다.

"일류가 뭔지는 모르겠지만 삼류의 자리는 압니다. 일류는 남들과 소통하지 않겠다는 작전이지만 어떻게든 소통하겠다는 전략을 가지고 있는 게 삼류지요. 작정하고 그러는 게 아니라 그 자체가 전략이 돼버린 겁니다. 일류와 이류 쪽에는 아류들이 많은데 저는 그냥 삼류 본류입니다. 저같이 아무런 이야기나 닥치는 대로 쓸 수 있는 시인도 필요합니다. 변방에는 변방에서 할 이야기들이 많아요."

시인이 독자들과 적극적으로 소통하려는 열망을 가지는 거 자체가 '삼류'라고 류근은 정의했다. 독자들이 자신의 시를 쉬 이해하면 오히려 자존심이 상하는 부류도 있다니 그의 역설적 화법이 이해되지 않는 바 아니다. 그는 『싸나희 순정』에서 말했다. '머리로 쓴 시를 하필 머리로 읽으니까 머리가 아프지요. 누군가 마음으로 쓴 시를 마음으로 읽으면 마음이 아플 텐데, 그렇게 마음이 아프고 나면 세상이 조금 덜 아파질지도 몰라요.'

류근과 이야기를 나눈 곳은 드라마 〈가을동화〉 촬영지였던 대관령 삼양목장 '은서네 집'이었다. 시인이 '고모'를 찾아 그곳에 왔고, 일행은 그 고모를 따라 목장에 갔다. 고모란 사진작가 이해선을 지칭하거니와 류근이 중앙대 문예창작과 시절 수시로 드나들던 학교 앞 카페 '동인'의 주인이었다. 매일 강의실처럼 들러 많은 추억을 쌓았던 카페 주인을 문창과 학생들은 모두 '고모'라고 불렀다. 고모는 대관령으로 가는 차 안에서 류근이 문창과 오리엔테이션 때부터 술에 취해 겨울 길거리에 쓰러져 동사할 뻔한 에피소드를 전해주었다. 류근의 술 이야기는 이번 책에도 그렇고 페북에서도 중요한 매개로 자주 등장하거니와 '술의 세계'를 빼놓고 '유씨'를 말할 수는 없다. 그는 '주인아저씨' 입을 빌려 "유씨는 말유, 고독이 고이는 시간을 참지 못하구 허구헌 날을 술로 인생을 조지고 있잖유. 그건 예술가의 세계가 아닌 거쥬"라고 스스로 타박하지만 술과 헤어지기는 어렵다.

"맨 정신으로 버티는 게 어려울 때, 불필요한 자의식들이 발동될 때, 온갖 상처들이 튀어나올 때 술을 마셔요. 절대 혼자 마시지는 않습니다. 사람들이 그리워 마십니다."

첫 시집이자 유일한 시집인 『상처적 체질』(문학과지성사, 2010년)의 제목처럼 류근은 상처에 유난히 민감한 편이다. 그는 이번 책 서두에 '가난과 슬픔의 양 손으로 양육당하던 유년'이라고 썼거니와 가난은 그의 무의식을 점령한 가장 큰 트라우마였던 것 같다. 경북 문경에서 태어난 지 백일 만에 어머니는 어린 자녀들을 끌고 안고 충주로 야반도주했다. 부친은 자신의 집안은 물론 소문난 부자였던 외가까지 거덜내고 헤어진 터였다.

4남 2녀 6남매 중 막내였던 류근은 가난에 뼈가 저렸지만 형과 누나들의 사랑만큼은 함뿍 받으며 자랐으니, 가난과 사랑이라는 쓸쓸하고 따스한 질료가 시인의 자양분을 일찌감치 수유한 셈이다. 그 형과 누나들도 집안의 부침에 따라 뿔뿔이 흩어졌다가 서울에 다시 모였는데, 어린 시인과 손위 누나만 시골에 떨어져 사춘기 시절을 보냈다. 그 시절 외로움과 지금 국어교사를 하는 둘째 형이 보내준 삼중당 문고판 사랑시집, 박인환을 좋아했던 중학교 시절 여자 국어선생님이 그를 본격적으로 시인을 향해 담금질했다.

서울로 올라와 오산고등학교 1학년 때부터 문예반 생활을 했다. 학교 신문에 「동작동」이라는 시를 발표했더니 선배들까지 교실로 찾아와 '류근이 누구냐'고 물을 정도로 단박에 스타가 됐고, 교내뿐 아니라 전국 단위 백일장들에서 1등을 석권해 천재로 각광받았다고 했다. 고등학교 연합문예반 시절 술을 배우기 시작해 이미 고교시절 소주 9병 주량까지 넘어섰다는 그이고 보면, 술은 일찍이 뗄 수 없는 친한 벗이었다.

6남매를 반듯하게 키운 건 어머니의 힘이었다. 어머니는 강원도 접경을 넘나들며 행상을 했고 동네 사람들이 모아준 돈으로 다방을 운영하기도 했다. 충주 시내까지 진출해 5층짜리 '독일제과' 주인도 했지만 부침이 심했다. 디제이를 4명이나 거느린 공간도 운영했는데 그 덕분에 류근은 옛 노래들은 다 꿰는 편이며 일찍이 '딴따라 정서'에 익숙했다. '삼류 트로트 통속 연애 시인'이라고 자처하는 문화적 배경이다. 어머니는 곧고 단정할뿐더러 어디를 가나 인심을 잃지 않는 분이었다고 회고한다. 마지막 요양원에서조차 인기가 많았던 모친은 사람들 앞에서는 의연하지만 '돌아서면 피멍드는' 가슴을 지닌 분이어서 류근 자신도 그런 영향을 많이 받은 것 같다고 했다. 새삼 이번 책을 톺아보니 호박꽃 된장국이나 비 오는 날 수제비를 배달해준 '마마담'에서도 4년 전 작고한 어머니의 그림자가 보인다.

"어른이 뭔지는 모르겠지만 정서적으로는 아직 어머니로부터 독립하지 못한 것 같습니다. 시가 없으면 폐인이지요. 시는 산문의 삶을 극복한 경건한 것입니다. 그 경건함에 길들여지면 함부로 허물어지기 힘듭니다. 시가 없으면 나는 죽었습니다."

양들이 노닐고 풍력 날개가 도는 언덕을 내려와 은서네 집에서 어둠이 짙어질 무렵까지 시인은 더불어 술잔을 기울였다. 말미에는 노래를 불렀다. 그가 작사한 김광석의 〈너무 아픈 사랑은 사랑이 아니었음〉을 대신, 〈보고 싶은 얼굴〉을 떨리는 미성으로 불렀다. 노래 가사는 죽기 전 딱 하나만 더 써서 최백호에게 주고 싶다고 했다.

〈2015. 7. 20.〉

*류근 시인은 2016년 8월 두번째 시집 『어떻게든 이별』을 펴냈다.
앞 사진은 중앙대 문예창작과 시절 자주 들러 많은 사연을 만들었던 학교 앞 주점의 주인, 그 인연으로 지금도 그가 '고모님'이라고 부르는, 글솜씨도 탁월한 사진작가 이해선 님이 찍었다.

내가 사모하는 일에
무슨 끝이 있나요

문태준 시인

"사모라는 말은 사랑과는 다릅니다. 사모라는 말은 누군가를 가슴속에 모시는 의미지요. 남녀의 애정을 넘어선 좀 더 우주적인 표현입니다. 어두워지는 순간에 나는 돌이고 꽉꽉 우는 까마귀이고 나무이고 풀벌레라는, 이 우주 속 아주 작은 생명일 뿐이라는, 내 존재가 너의 존재와 다르지 않다는 생각이 이번 시집에 조금 있는 것 같습니다."

사모한다는 말에는 깊은 곳에서 길어 올린 따스하고 질긴 정감이 배어 있다. 사랑이라는 말보다 더 헌신적이고 지극한 느낌이다. 『내가 사모하는 일에 무슨 끝이 있나요』(문학동네)는 나라는 존재가 얼마든지 돌과 꽃과 새와 나무로 바뀔 수 있는 이 우주에서 다른 대상을 사모하는 일에 무슨 끝이 있을 수 있는지 묻는, 문태준(48)의 일곱 번째 시집이다. 그는 "내가 들어서는 여기는/ 옛 석굴의 내부 같아요// 나는 희미해져요/ 나는 사라져요// 나는 풀벌레 무리 속에/ 나는 모래알, 잎새/ 나는 이제 구름, 애가哀歌, 빗방울"이라고 '저녁이 올 때' 썼다. 누군가를 사모할 때 목소리는 그래야 하는 것처럼 광화문에서 만난 문태준은 작고 낮은 목소리로 말했다. 그가 하는 말은 또렷하게 들렸다.

"자연에 대한 생각이 조금 바뀐 것 같습니다. 공유하는 자연 같은 거죠. 예를 들어 수로에 흐르는 물이나 저수지의 물을 여러 생명들이 공유하는 그런 느낌. 외할머니가 시 외는 소리를 듣는 게 나쁜 아니라 생명이 있는 거나 없는 거나 여러 존재들이 동시에 경험하고 동참한다는 느낌이 좀 더 강화된 것 같습니다. 자연은 평면적이고 평온한 대상이 아니라 실제로 알고 보면 내적인 동력을 가진 세계지요. 자연의 서정을 입체적으로도 표현해보고 싶었어요."

이전 시집들과 차별화되는 지점에 대해 물었을 때 문태준은 '공유하는 자연'과 '입체적인 서정'에 대해 언급했다. 서정시의 맥을 이어온 문태준이 한 발짝 더 밀고 나아간 단아한 '신서정'이 이번 시집에 촘촘하다. 고요하고 정적인 연못 풍경이 아니라 '달이 연못을 밟는', '야생의 흰 코끼리가 연못을 밟는', 그리하여 '온순하고 낙천적인 투명 유리를 깨트리는', 평면적인 서정을 입체적으로 바꾸는 '단순한 구조'가 그렇다. '어릴 적 어느 날 들었던 외할머니의 시 외는 소리'를, '해마다 봄이면 외할머니의 밭에 자라 오르던 보리순 같은 노래'를, '몰래 들은 어머니와 누나와 석류꽃과 뻐꾸기와 햇빛과 내가 외할머니의 치마에 그만 함께 폭' 싸였다는 고백 또한 그러하다.

문태준의 외할머니, '이제 모서리가 닳고, 울분도 모르는/ 어깨도 없이 마냥 안쪽으로 안쪽으로 웅크린 돌' 같았던 '장봉순 할머니'는 그를 많이 아꼈던 정이 많은 할머니였다. 경북 김천 외곽 황악산 자락 가난한 산골 동네에서 태어나고 자랐는데, 아버지 어머니가 남의 집 일하러 떠나기 위해 아침 일찍 직접 가꾸는 작은 채마밭에 들르면 이웃마을 외할머니가 우렁각시처럼 메고 간 흔적이 느껴웠다.

문태준은 고등학교 때까지 문학에는 뜻을 두지 않았으나 기자가 되기 위해 고려대 국문과에 들어갔다가 문학동아리에서 접한 신경림 김용택 등의 시집들을 끼고 여름방학 때 고향 마을에 돌아와 자두와 포도농사를 도우며 시의 움을 틔우기 시작했다. 1994년 《문예중앙》 신인문학상으로 등단한 뒤 불교방송 피디로 입사해 일하면서 조금 늦게 2000년 첫 시집 『수런거리는 뒤란』을 펴냈다. 이후 그는 2~3년 간격으로 성실하게 『맨발』, 『가재미』, 『그늘의 발달』, 『먼 곳』, 『우리들의 마지막 얼굴』들을 꾸준히 상재했고 굵직한 문학상을 줄줄이 받으면서 신서정의 기수로 각광받았다. 평론가 신형철은 그를 두고 '다정증多情症' 환자라고 규정하면서 그것은 소중한 환후患候인데 그가 낫지 말아야 우리가 산다고 쓴 적 있다.

"청소년기에 큰 병을 앓아 내 앞에 캄캄한 죽음이 있다는 걸 느꼈던 충격이 계속 남아 있습니다. 열 살 무렵 새싹처럼 가슴에 움텄던 첫사랑도 아직까지 남아 있는 게 신기합니다. 사람들에 대한 애석하고 애틋한 생각들이 많은 것 같습니다. 마음의 여지, 유연함에 대한 가치가 제 시에 남아 있으면 하는 바람입니다. 활동하는 내면을 스스로 보게 한다든지, 그런 것을 환기시킨다면 제 서정의 역할로 족하다고 생각합니다. 서정은 구태요 낡은 것이라는 이야기는 수긍하기 어렵습니다. 서정 아닌 것들도 사람과 세계를 움직이게 하지만, 어떤 사람의 생각이나 사회 시스템을 부드럽게 다른 자리로 옮겨놓는 게 서정의 힘입니다."

문태준은 열다섯 살 무렵 고열과 환청에 시달리는 큰 병을 앓았다. 멀리 떨어진 읍에서 무당을 모셔다가 밤새도록 굿을 벌였고 마당에 그를 내다놓고 멍석에 말아 악귀를 쫓는 의식까지 행했다. 동네 사람들도 집에 들러 마을에서 귀염받던 그가 살아 있는지 안부를 묻고 갈 정도로 심각한 국면에서 살아났다. 간단히 병을 앓고 난 정도가 아니라 이처럼 큰 의식을 치렀으니 그의 무의식에 죽음이 어느 정도 각인됐을지 짐작할 만하다. 이성복 시인은 문태준을 두고 "늙은 아이 같고 아이 늙은이 같은 장수하늘소 한 마리"라고 썼는데, 그것은 자신의 성장기 죽음 체험과 무관하지 않은 것 같다고 했다. 늙은 아이, 그 동심은 이번 시집에 동시로도 담겼다.

"엄마는 나한테 가랑잎 같은 잔소리를 해요. / 그래도 나는 엄마에게 쪼그만 가랑잎이 되어요/ 엄마 무릎 아래/ 잠이 올 때까지 가랑잎처럼 뒹굴어요"(「가을」) 이 엄마, "그릇과 수저처럼 닮은 어머니/ 나의 밤에 초승달 같은 어머니"

가 지난 몇 년 동안 항암투병을 했다. "고서古書같이/ 어두컴컴한/ 어머니// 샘가에 가요/ 푸른 모과 같은/ 물이 있는/ 샘가에 가요// 작은 나뭇잎으로/ 물을 떠요// 다시/ 나를 업어요/ 당신에게/ 차오르도록"(「샘가에서—어머니에게」)

그가 올해 불교방송 입사 22년차다. 불교적 세계와 호응하는 그에게는 결과적으로 시쓰기에 도움이 되는 직장이 아니냐고 물었더니 웃으며 고개를 끄덕였다. 이곳에서도 잠시 시련이 있어 춘천으로 옮겨간 적이 있었는데 그 기간 그는 물을 접하면서 호수 연작을 쓰기도 했다. 절망도 자산인 시인의 특권이 부럽긴 하지만 오후에 출근해서 밤늦게 퇴근하는 라디오 피디라는 직업, 일상에서 시를 가두고 살기에는 벅찬 직업이다. 그는 편성과 제작을 책임지는 중책을 거쳐 지금은 밤 아홉시 자용스님이 진행하는 〈최고의 하루〉를 맡고 있다. 문태준은 "나의 등 뒤에는/ 수평선이/ 한결같이 따라온다"면서 "아아 이 숙명을 …나는 어쩔 수 없다"던 박목월의 제주 시편을 언급하면서 '시의 불'에 대해 말했다.

"생업의 일들을 해야 하니까 시가 마음속에 살아있도록 하는 게 쉽지는 않아요. 내 가슴속에 시의 불이 꺼지지 않도록 하는 게 중요하죠. 그러면 시는 언제 어디서든 쓸 수 있으니까요. 시라는 것이 늘 수평선처럼 등 뒤에 따라다녔으면 좋겠어요."

〈2018.2.19.〉

여기까지 온 건 우연이지만
고마운 일입니다

유종호 문학평론가

문학은 이제 한물갔다는 말이 심심찮게 들린다. 영상의 득세, 활자 매체의 쇠퇴와 더불어 책을 읽지 않는 사람들이 늘어나면서 문학은 아예 종언을 고했다고 단언하는 이들조차 있다. 과연 문학은 끝났는가. 존경받는 석학으로 살아온 유종호(문학평론가·80) 대한민국예술원 회장이 작심하고 책으로 답했다. 한국연구재단 주관 '석학과 함께하는 인문강좌'에서 4회에 걸쳐 행한 강연을 묶어낸 『문학은 끝나는가』(세창출판사)가 그것이다.

"문학이 죽었다는 담론은 서양에서 시작된 겁니다. 예전에는 시차가 있었는데 요즘에는 바로 건너옵니다. 종래의 이론이나 문학 교육에 정면으로 도전하는 건데, 문학을 가르치고 문필활동을 하는 입장에서 가만히 있는 것은 문제지요. 문학이 죽거나 사라질 종류가 아니고 문학 내부의 조정은 있을지 모르지만 계속된다는 믿음을 가지고 있었기 때문에 나 나름의 반론 담론을 가져야하는데 마침 기회가 주어져 평소 생각을 마무리한 겁니다."

소년기부터 팔순에 이를 때까지 문학을 붙들고 살아온 석학이 자신의 인문적 통찰을 전부 쏟아 부어 현 단계 문학의 운명을 진단한 역작이다. 그는 이 책에서 "흔히 문학의 위기 혹은 문학의 죽음이란 말로 지칭되는 상황은 문학의 위상 격하 혹은 하락이라는 말로 완화해서 부르는 것이 적정하다"면서 "극단적인 어사가 환기하는 종말론적 이미지는 아무래도 과장 어법의 소산"이라고 말한다. 그는 "부자는 망해도 삼 년 먹을 것이 있다는 속담처럼 오랜 역사를 가진 문학이란 제도도 하루아침에 무너질 정도로 가난하지도 허약하지도 않다"고 단언한다. "가라타니 고진의 『근대문학의 종언』이란 문학의 종언을 이르는 게 아닙니다. 일본 근대문학, 그중에서도 시를 제외한 1960년대까지 근대 소설의 종언을 말하는 거지요. 서구 선진국과 어깨를 나란히 하기 위해 문학에서도 근대국가를 앞당기는 데 기여해야 한다는 일본 엘리트 문학인들의 사명감이 투사된 그들의 근대 소설이 끝났다는 것이지요. 앞뒤도 모른 채 작금의 우리 현대문학을 자해하는 데 일부 젊은 평자들이 이를 인용, 복창해 온 셈입니다."

박근혜정부의 문화융성위원회에도 참여해 '인문특별위원장'으로 지난 1년간 활동했던 유 회장이 인문주의를 무조건 옹호하는 건 아니다. 그는 이번 책의 서두에 먼저 로맹가리의 단편소설 「어떤 휴머니스트」를 인용한다. 히틀러가 정권을 잡고 유대인을 학살할 때 철저한 인문주의자였던 유대인 공장 주인이 어떻게 그 인문주의의 함정에 빠져 곤경에 처하는지 상징적으로 보여주는 단편이다. 유대인 칼 뢰비는 믿었던 집사가 지하실에 가져다주는 음식을 먹고 학살의 시절을 지나지만 전쟁이 끝난 뒤에도 그의 재산을 차지하려는 집사의 농간에 속아 넘어간다. '히틀러가 영국을 점령했다'고 뻔뻔하게 말한 집사의 손에는 괴테의 책이 그의 행위를 합리화하는 상징처럼 들려 있다.

"유대인을 학살하는 임무를 맡았던 수용소장도 고전음악을 좋아하고 자녀나 아내에게 보낸 편지를 보면 인간미가 넘칩니다. 비인간적인 것과 인문주의 사이에는 어떤 공모관계가 있다는 비판도 무시할 수는 없습니다. 이 모순을 어떻게 극복해야 할까요? 이용당했다고 파기할 대상이 아니라 인문주

본래 정신을 더 투철하게 받아들이고 제대로 실천하지 못한 사실을 반성해야 합니다."

그는 문학의 죽음이라는 담론을 확대하면서 이른바 '엘리트 문학'을 깎아내리려는 흐름에 대해서도 분명하게 선을 그었다. 급진적 평등주의가 '엘리트주의'의 탈신비화에 기여했지만 고급문학의 존재 이유는 여전히 분명하다고 확신한다. 그가 이 책에서 설파하는 '근접 행복체험론'이 흥미롭다.

'우리는 북한산이나 관악산에 올라가 도시의 혼탁한 거리에서 경험하지 못한 독특한 상쾌함을 느낀다. 그것은 일종의 근접 행복체험이다. 이 근접 행복체험은 설악산이나 지리산 같은 원격공간에서 더욱 고양되고 중국의 장자제張家界나 미국의 그랜드캐니언이 촉발하는 숭고미를 접할 때 더욱 고양된다. 문학이나 예술에서도 사정은 같다. 북한산도 설악산도 보지 못한 채 어릴 적 뒷동산의 행복체험 수준에서 제자리걸음하는 정신이 있다면 답답한 일이다.'

오랜만에 서울 인사동에서 만난 그는 예전보다 활기차 보였다. 말의 속도도 약간 빨라진 듯하고 목소리 톤도 조금 높아진 듯했다. 예술원 회장을 맡고 1년여 쯤 흘러 처음 만난 자리여서 "회장이라 그런 것 같다"고 슬쩍 웃었더니 그는 강하게 부인했다. 예술원 회장 자리는 시간만 뺏기고 생색은 안 나는 '주부' 같은 자리라고 했다. 산만해서 글쓰기에 도움이 되지 않는 '명예' 혹은 '허영'에 떼밀린 자리라고도 했다. 활기차 보인다면 그건 오히려 팔십이라는 나이에 도달한 안도감 때문일지 모른다고 했다.

"젊었을 때 일본 신문 잡지 광고에 나온 「여든 살의 봄」이라는 수필 제목을 보고 놀랐습니다. 80세까지 산다는 것도 놀라운 일인데 그 나이에 글을 쓴다는 건 선망의 행위였지요. 여든 살이 되어 봄을 맞을 거라고 젊은 시절에는 상상도 못했습니다. 이 험악한 세상에 여기까지 온 건 우연이지만 고마운 일입니다."

'우연'이란 생이 어떻게 펼쳐질지 한치 앞을 모르는데 큰 문제없이 많은 이들의 존경을 받으며 살아왔다는 사실에 대한 겸손의 표현일 터이다. '고맙다'는 말은 그리하여 안도한다는 다른 어사일 것이다. 1935년 일제 강점기에 태

어나 일본어 교과서로 배우다 광복을 맞고 사춘기인 10대 중후반에 참혹한
6·25전쟁을 겪은 뒤 황폐한 전후에 청춘기를 보냈으니 '우연이지만 고맙다'는
그의 말은 새삼스럽지 않다. 그가 지금까지 큰 곡절 없이 살아올 수 있었던 힘
의 가장 큰 원천은 두말할 것도 없이 '문학'이었을 터이다.

그는 최근 인터넷 포털사이트 네이버에 기고한 에세이 「산수유 꽃 피기를
기다리며」에 브레히트의 『살아남은 자의 슬픔』을 인용하며 "남보다 오래 살면
서 좋은 소리만 들으려는 것도 허영이요 당치 않은 과욕일 것"이라고 썼다. 네
이버에서 마련한 '열린 연단 – 문학의 안과 밖' 자문위원으로 활동하면서 매주
토요일 석학들의 강연을 기획하고 주기적으로 글을 기고하는 일이 요즘 가장
큰 비중을 차지한다. 탁월한 기억력으로도 호가 높은 유 회장은 요즘에는 옛
날 기억을 되살려 월간 《현대문학》에 6·25전쟁 체험을 연재하는 중이고, 계간
《시인수첩》에는 『유종호의 시화詩話』도 쓰고 있다. 웬만한 청년 못지않은 활발
한 집필활동이다. 일찍이 담배를 끊고 술은 평생 입에 대지 않은 견결한 태도
도 큰 힘이다.

"담배는 피우다가 끊었지만 술은 솔직히 돈이 없어서 배우지 않았습니다.
젊은 시절 문학지를 편집하던 전봉건 시인이 원고료 대신 술을 사준다기에 냄
비국수를 사달라고 한 적이 있습니다. 젊어서는 가난해서 술을 멀리했고 여유
가 생긴 뒤에는 술자리의 방만함이 싫어 마시지 않았습니다. 시간을 낭비하는
게 싫었습니다. 회한이 있다면 공부를 더 많이 하지 못한 겁니다."

평생 성실하게 책과 씨름해온 인문학자의 회한이 '공부'에 대한 갈증이라니
범부로서는 유구무언이다. 문학이 죽고 사랑마저 희미해지는 세태라지만 은
발 성성한 이 고전적인 인문학자의 존재만으로도 우리의 미래는 아직 그리 암
담하지는 않다는 사실, 과장일까.

〈2015. 3. 30.〉

*유종호 문학평론가는 대한민국예술원 36대 회장을 2013년 12월 20일부터 2015년 12월 19일까
지 역임했다.

잘 사는 나라는 가치기준이 높다

김우창 문학평론가

　'당대 최고의 석학이기도 했지만 아주 양심적이고 깨끗한 이였다. 나와 수십 년을 함께 사귀었어도 변한 게 없다. 지금까지 내가 함께 일해본 사람 중에서 가장 깔끔한 선비라는 느낌이다. 그와 한 시절 같이 일했다는 사실이 자랑스럽다.'

　문학평론가 김우창(80)을 민음사 박맹호(82) 회장이 자서전 『책』에서 이리 언급했다. 박 회장은 1966년 민음사를 창립해 1970년대 한국 본격 문학의 대중화를 선도한 원로 출판인이거니와 그가 기획한 문예 계간지 《세계의 문학》 편집 동인으로 '삼고초려'해 모신 인물이 김우창이다. 수많은 베스트셀러와 문인들을 접해온 '동물적 감각'으로 정평이 난 박 회장의 인물평이니 김우창은 꼭 만나볼 만한 인물이었다. 그가 1965년 평론가로 데뷔한 이래 써온 모든 글을 박 회장이 김우창 전집 19권으로 묶어내고 있는데 지난해 말 그중 7권이 먼저 출간됐다.

"박 회장은 대학 선배인데, 『궁핍한 시대의 시인』을 처음 내게 하는데 애를 많이 썼지요. 안 내려고 해도 하도 간곡하게 내자고 해서…. 다시 《세계의 문학》을 하자고 해서 다른 사람들을 소개해 주다 참여하게 됐는데 진짜 세계의 문학을 소개한다면 하겠다고 응답했던 겁니다."

서울대 영문과를 나와 미국 코넬대에서 영문학 석사, 하버드대에서 미국 문명사로 박사학위를 받은 김우창이다. 불문과 선배인 박맹호와의 인연을 서두에 언급한 배경은 그의 인문적 자질에 비해 나서기 쑥스러워하고 뒷전에만 머무르는 성정이 그나마 세간에 알려진 내력을 소개하는 맥락이다.

서울 안국동에서 만난 '네이버 문화재단' 자문위원장 김우창은 '근본주의자'였다. 근본이 종교와 친해지면 수니파나 시아파니, 기독교나 유대교니 IS가 생겨나겠지만 그이는 인간과 사회의 '근본'을 궁구하는 학자였다. 그에게 진영 논리로 찢겨져 갈등하는 한국 사회에 대해 물었다.

"민주화 이후 복지 문제는 계속 강화돼 왔는데 좌든 우든 정도 차이는 있지만 근본 취지는 차이가 별로 없습니다. 민주화라는 분명한 목적이 있을 때는 많은 이들이 서로 생각하는 게 달라도 같이 뭉쳤는데 걱정들이 적어져서 그런 것 아닌가 싶습니다. 지금은 이해관계에 휩쓸려 진영이 이루어지는 것 같아요. 굉장히 유감스러운 일이지요. 그렇지만 한편으로는 큰 문제가 없다는 방증이기도 합니다."

그를 만나면 꼭 물어보고 싶은 이야기여서 먼저 꺼낸 이슈인데 그는 의외로 낙관적이었다. 그가 작금 한국 사회에 대해 만족한다는 이야기는 아니다. 강파른 정치적 지형에서 선명하게 통일과 민족을 외치지 않아 비판받기도 했지만 그이의 입장은 분명했다. 통일만 외친다고, 민족을 더 강조한다고 해서 당장 더 유리한가.

"통일에 대한 구체적인 미래 지형을 이야기하면 북쪽에서 곧이곧대로 받아들이겠어요? 민족으로 모든 걸 해결하는 건 옳지 않다고 보았습니다. 좀 더 보편적인 인간주의가 중요했습니다. 어떤 때는 인간이, 개인이 더 중요합니다. 민족도 중요하고 개인적 실존도 중요하다, 이것이 내 입장이었습니다."

김우창과 고려대에서 오래 같이 근무한 후배 교수가 전해준 인물평이 이 대목에서 유효할 듯하다. 그이는 "김우창은 100% 순진한 사람이다"면서 "자기 것은 아무것도 챙기지 못하지만 남들에 대해서는 세속적인 부분까지 걱정해 준다"고 말했다. 그는 늘 "중심을 맴돌면서 그것을 어떻게 표현해야 될지 고민하는 사람"이라고 덧붙였다.

김우창은 전남 함평에서 태어나 광주에서 성장했다. 1951년 6·25전쟁이 마무리되지 않은 시점에 광주고등학교에 입학했는데, 광주는 전쟁 초기 말고는 참화에서 비교적 안전한 공간이었다. 오히려 전쟁통에 쏟아져 나온 책들로 인해 헌책방에서 충분히 문학 철학 세례를 받을 수 있었던 시기였다. 이를 두고 누군가는 황태자처럼 '목가적 공간'을 누렸다고 비난하기도 했지만 어쩔 수 없다. 김우창은 그 독서체험을 바탕으로 서울대 정치학과에 입학했다가 이듬해 영문과로 바꾸었고 오늘날 듬직한 인문학자로 생존해 있다.

"우리가 이 정도면 됐지 더 잘살 필요가 있는지 문학 철학 이런 것들이 물어봐야 돼요. 이 테두리 안에서 더 인간적으로 살아야 된다는, 경제적인 이해관계를 떠난 관점에서 인생에 대해 이야기할 수 있는 입장을 인문과학이 지켜야죠. 이래야 된다, 저래야 된다고 말하는 게 인문학이 아니라 인생이라는 게 이런 구조로 돼 있다는 걸 보여줘야 정치하는 사람들도 결정하는데 도움을 받지 않겠는가 싶어 예전부터 '인문과학'이라는 말을 주창해 왔지만 안 먹혀들어가요."

그는 "우리 사회에 분명한 가치가 있어야 한다"고 강조했다. 반성이 존재할 수 있는 문화적 기초가 있어야 한다고 했다. 유럽 몇몇 선진 나라가 지금처럼 상대적으로 잘살게 된 것은 부가 축적돼서가 아니라 반대로 "가치기준이 높은 사회여서 경제발전을 이룩한 것"은 아닌지 그는 생각한다고 했다.

"일본 사람들에게 위안부 죄악을 강제로 사과하라고 해서, 사과한다고 해서 진심으로 사죄받은 거는 아니라고 봅니다. 일본놈들 죽일 놈들이라고 이야기할 게 아니라 구체적인 개인들의 아픔을 기록해 그들에게 보여주는 방식으로 접근하거나 자신들의 사회가 진정 좋은 곳이 되기 위해서는 여성들을 존중하는 그런 분위기가 돼야 한다는 맥락의 이야기로 접근해야 합니다."

이즈음 한국 문학에 대해 물었더니 그는 "시는 더러 보는데 정말 우리 시가 별로 좋지 않은 상태에 있는 것 같다"고 특유의 신중한 태도로 말했다. 그이의 말투로 재단하자면 대단히 실망스럽다는 속마음일 수도 있다. 그는 "꽃이 필 때 비가 꽃잎을 어루만지기 위해 내린다는 하나마나 한, 재담에 치우치는 시가 아니라 우리를 잠깐이라도 각성시키는 게 있는 시가 필요하다"고 말했다. 한용운 시론을 독보적으로 써낸 그이의 활발한 현장비평가 시절을 상기하면서 문학 본디의 자리로 돌아가 원로의 말을 곱씹을 필요가 있다. 200자 원고지 분량 통산 5만5000장으로 19권에 이르는 분량이다.

흥미로운 팁 하나. 그는 설순봉 여사와 2남 2녀를 두었는데 생물학을 전공한 장남은 미국 펜실베이니아대학에서, 수학을 가르치는 차남은 영국 옥스퍼드대학에서, 수학과 컴퓨터에 조예가 깊은 따님은 영국 명문 글래스고대학에서 교수로 살고 있으며, 또 다른 따님은 미국에서 변호사가 싫어 음식점을 운영하고 있다고 한다. 어찌 그리 자식들 잘 키웠는지 비결을 묻지 않을 수 없었는데 "방치했다"면서 "어른들도 8시간 일하면 쉬자고 하는데 아이들도 그래야 하는 것 아니냐"고 대수롭지 않게 김우창은 말했다.

〈2016.1.18.〉

나는 너를 사랑한다는 말

박철화 문학평론가

"처음부터 문학을 하고 싶다는 생각은 없었는데 선생 글을 접하면서 문학병에 감염된 거죠. 공부는 둘째치고 내가 살 수는 있으려나 싶었는데 선생이 연구실에 들르라 했을 때, 그건 정신적인 구원 같은 것이었어요. 드디어 어떤 출구가 열리는 기분이었습니다. 캄캄한 어둠 속에 있던 나에게 누군가 이리로 와라 불러준 거죠."

예리하고 풍성한 감성의 촉수로 당대 한국 문학을 감별하고 한 지형을 선도했던 문학평론가 김현(1942~1990)의 '마지막 제자' 박철화(53)의 말이다. 박철화는 서울대 불문과 학생으로 김현을 만나 그가 작고하기까지 마지막 3년 동안 따뜻한 교류를 통해 가르침을 받으며 가까이서 지켜본 제자였다. 그 스승으로 인해 문학의 길로 온전히 들어서서 평론가의 길을 걸어온 그가 선생이 작고한 지 28년 만에 그와 나눈 내밀한 풍경들을 『김현, 따뜻하게 타오르는 말』(에피파니)이라는 자전적 고백 형식의 단행본에 담아냈다.

신병에다 시대 분위기가 겹쳐 공부에 그다지 흥미를 느끼지 못했던 박철화가 오랜만에 강의에 들어가자 김현은 그를 연구실로 불렀다. 사랑을 다룬 텍스트로 리포트를 써오면 그동안의 결석을 봐주겠다는 그의 말에 박철화는 박완서의 『나목』을 읽고 제출했고, 이후 스승은 정기적으로 자신의 연구실에 들를 것을 주문했다. 박철화를 온전한 문학의 길로 이끈 스승과의 만남은 이렇게 시작됐다.

　"처음 연구실에 불러서 너는 글을 안 쓰고는 사는 게 행복하지 않을 거라고 말씀하셨을 때 한편으로는 많은 가능성 앞에서 너무 단정하는 것 아닌가 싶었고, 또 한편으로는 내 안에 이런 소리를 들을 능력이 있나 싶었지요. 선생을 만난 이래 내 삶의 중심은 늘 좋은 글을 쓰는 일이었고, 못 써서 괴롭지 내 삶이 어떠해야 하는지를 몰라서 괴로운 건 아니었습니다. 삶의 이유를 찾도록 해주신 것에 대해 늘 감사하는 마음이고 그만큼 성실하게 못해서 죄책감을 느낄 따름입니다. 선생을 만난 건 엄청난 선물이고 행복이었습니다."

　박철화는 김현의 추천으로 1989년 《현대문학》에 「황지우론」을 발표하면서 등단했지만 김현은 이미 투병 중이었다. 곁에서 선생의 마지막을 지켜보다가 이듬해 여름 그 스승을 떠나보내야 했다. 이제 갓 부화시킨 제자를 두고 스승이 서둘러 떠나버린 셈이다. 그 스승은 떠나기 전에 박철화 세대의 언어를 모으는 무크지 《비평의 시대》를 지지했고 선생은 그 동인들(권성우 류철균 이광호 우찬제 박철화)에게 술 한 잔 사겠다는 약속을 결국 지키지 못했다. 박철화는 무크지 첫 호가 나오는 것을 보고 프랑스로 유학을 떠나 6년 만인 1997년 귀국했다. 그는 비슷한 처지에서 교수로 가려는 선후배 30여 명과 경쟁을 포기하는 대신 글을 쓰는 사람으로 남아 활발한 비평 활동을 벌였다.

　박철화가 이번 책에서 강조한 스승의 비평 언어는 '사랑의 말'이다. 그는 "진정한 비판은 도달할 수 있는 최대한의 사랑의 진경을 보여주는 일"이라면서 "그럴 수 있는데 그러하지 못함이야말로 가장 아픈 비판"일 것이라고 썼다. 그는 "'상대가 무덤에서라도 울 소리는 하지 말아야 한다'고 적은 질 들뢰즈의 입장 역시 비판에 대한 같은 맥락에 있다고 생각한다"면서 "나는 선생의 비평 언어가 그러한 사랑의 말이라고 생각한다"고 강조했다. 종합하자면 "문학이란 '나는 너를 사랑한다'는 말의 가장 깊고 다양하며 섬세한 변주 양식"이라는 것이다.

"진정한 사랑이란 이전의 내가 아닌 다른 존재로 태어나게 하는 겁니다. 어떤 말을 통해서 전율과 같은 경험을 하면서 존재가 변환되는 게 아니라 신념을 재확인하고 자신을 단지 강화하는 것에 불과하다면 문학은 그렇게 대단한 게 아닐 수 있죠. 그건 오히려 정치적 프로파간다나 신앙이 훨씬 더 잘하는 기능이지요. 낯설고 때로는 불편하고 때로는 고통스러운 그런 언어를 만나면서 강렬한 전율과 함께 내가 다른 존재로 변하도록 이끌어주는 말, 그 폭발의 에너지가 내 안에서 나를 변화시키는 체험이기 때문에 문학은 '나는 너를 사랑한다'는 말의 양식인 거지요."

박철화는 사랑의 비평을 추구하면서도 정작 자신에게는 냉정한 잣대를 들이대는 편이다. 그는 "지나친 개인주의적 성향으로 사람들 틈에 끼기를 싫어하는 나를 문학의 판으로 이끌려는 선생의 섬세한 흉계(?)이자 배려였을 것"이라거나 "나의 서투른 일처리와 사회적 친화력 없음이라는 원죄"를 고백하기도 하고 "나는 게으른 몽상가이지 성실한 이론가는 아니다" 혹은 "나는 잘해야 B급 글쟁이"라고 발설하기도 한다.

"사실 선생 앞에서는 겸손해질 수밖에 없죠. 문학은 함께 나눌 수 있는 사람들과 즐겁게 하는 건데 저는 사람들과 어울리는 걸 좋아하지 않고 우리 세대 판을 만드는 것도 못했고 선배들과도 유기적으로 관계를 맺지 못했습니다. 선생은 나에게 좋은 걸 알려주셨는데 내가 여러모로 부족했다는 걸 고백한 거죠. 젊은 날 성정이 성말라서 유머러스하게 공격하지 못하고 거칠게 비판하는 글도 썼습니다. 제 능력이 부족해서 그렇게 표현된 겁니다."

박철화는 뒤늦게 중앙대 문예창작과 교수로 들어갔다가 자유로운 글쓰기를 위해 2014년 10년 만에 물러났다. 이번 책은 젊은 날의 관성적인 글쓰기로부터 벗어나 이제야말로 본격적인 자유로운 글쟁이로 살겠다고 스승에게 신고하는 의미라고 했다. 그는 마지막 투병을 하면서도 죽음 앞에서 의연함을 잃지 않았던 스승의 모습이야말로 허무를 극복하고 살아 있는 동안 행복하고 즐겁게 살 권리가 있다는 것을 알려준 귀한 가르침이었다고 술회한다.

"비평이나 비판이라는 것이 '비批'라는 의미 때문에 따지고 지적하는 것으로 규정되는 측면이 있는데, 나뭇잎 흔들리는 파란 하늘, 화단의 예쁜 꽃, 날아드는 나비와 벌, 이런 것만으로도 생은 충분히 행복한 것이고 우리 또한 그런 감각적 즐거움을 통해 존재의 행복을 누려야 할 권리와 의무를 갖고 있다고 생각합니다. 이지적, 논리적 삶을 선택하지 않겠다는 선언으로 첫 책 제목도 『감각의 실존』이라고 지었습니다. 문학에서건 삶에서건, 이 태도를 지금까지 유지하려고 애썼고 앞으로도 그럴 것입니다."

박철화는 "지난 시대 비평은 근대를 빨리 따라잡아야 하는 환경에서 손쉬운 정답을 전해주는 역할을 했다"면서 "이제는 대중으로부터의 소외와 고독을 감내하면서 정말 어떤 작품이 왜 좋은지, 그 작품의 언어가 어떠한 가능성을 갖고 있는지 드러내는 문학적 전위로서의 역할을 해야 할 것"이라고 덧붙였다. 지금 스승이 앞에 있다면 무슨 말을 하고 싶을까. 그는 "당신으로 인해 온전한 정신적 존재가 된 것 같아 고맙고 감사하다"면서 "좀 더 많은 것들을 배울 가능성을 잃고 혼자 좌충우돌하다 보니 실수도 많이 하고 한참 성숙해야 할 때 부딪치고 상처받느라 힘들었는데 왜 그리 서둘러 가셨는지 안타깝다"고 말했다.

〈2018.7.9.〉

죽을힘을 다해 꽃은 피어난다

금강 스님

"물은 흘러가는 겁니다. 그 물이 흘러오면서 노루와 입을 맞추기도 했을 테고, 꽃밭 사이를 내려오기도 했을 겁니다. 다시 돌아갈 수는 없습니다. 물은 계속 흐르고 흘러갑니다. 이 물이 다시 어느 풍경을 만나고 어떤 구비를 돌아갈지는 모릅니다. 새 풍경 속으로 물은 흘러갈 뿐입니다."

물과 꽃의 본성을 담은 에세이집을 펴낸 미황사 금강 스님. 그는 "모든 사람에게는 본래 번뇌를 일으킬 필요가 없는 단순함의 적적寂寂이라는 코드가 있다"면서 "그 코드를 잊어버린 채 우리의 감각기관은 끝없이 비교하고, 분별하고, 욕심을 부리는 번뇌들로 가득하다"고 썼다.

새벽 예불을 올리는 종소리에 잠이 깼다. 사이를 두고 길게 울리는 법당 종소리는 잠든 뇌를 쥐고 가볍게 흔들며 정신을 일깨운다. 지난밤 금강 스님의 목소리가 다시 들렸다. 노루와 입을 맞춘다. 들을 때는 막연했는데 다시 떠올리니 이만한 구체적이고 시적인 묘사가 따로 있을까 싶다. 노루가 흘러가는 물에 입술을 대고 목을 축이는 상황인데 입장을 달리하면 물이 입을 맞춘 셈이다. 어느 좋은 시절 그렇게 물은 노루와 입을 맞추기도 했을 테고, 꽃들이 만개한 길을 흘러내려올 때는 황홀하기도 했을 터이다.

지금 그 물은 어디를 어떻게 흐르고 있을까. 금강은 다만 살아서 흘러갈 뿐이라고 했다. 과거도 공이요 미래도 공이라고 했다. 지금 바로 이 진공상태에 생명의 '묘용妙用'이 있다고 했고, 이러한 조건에서 죽을힘을 다해 꽃은 피어난다고 했다. 그가 '만리청천 운기우래 공산무인 수류화개萬里靑天 雲起雨來 空山無人 水流花開'라는 송나라 황정견의 시를 각별히 좋아하는 배경이다.

에세이집 『물 흐르고 꽃은 피네』(불광출판사)를 펴낸 미황사 금강 스님을 만나러 해남 땅끝마을 달마산 아래로 갔다. 바람이 많이 불어 절 입구 오래된 나무들은 거세게 머리채를 흔들었지만 빠르게 흐르는 구름을 머리에 인 달마산 바위는 묵묵히 절집을 내려다보았다. 금강은 이날도 어김없이 새벽 4시 30분에 일어나 아침 예불을 마치고 아랫마을에 죽순을 따는 울력을 다녀와서 미황사 괘불을 목포에 실어 보내고 동거차도 미역을 팔기 위해 붓글씨를 쓰다가 잠시 쉬는 중이었다. 늦은 오후에 도착해 성급하게 인터뷰를 시작했는데, 피로한 스님의 눈이 자꾸만 작아진다. 말씀을 저녁 예불 뒤로 미루고 조용히 선방을 나왔다.

"현대인은 늘 비교하는 버릇이 있어요. 자기 자신에 대한 믿음이 별로 없고, 과거나 다른 사람과 비교해서 나를 봐요. 그러다가 지치는 거죠. 자기가 주인 되게 못 살아요. 자기가 주인 된다고 해서 다른 사람을 의식을 안 하는 게 아니라, 내 삶은 내가 주인이라는 거죠. 나라고 하는 존재가 독립적인 존재가 아니거든요. 연관성 속에서 내 삶은 내가 잘 가꾸자는 거죠."

저녁 공양 후 대웅전 옆 '염화실'로 걸어가며 다시 듣기 시작한 금강의 말씀. 1982년 17살 때 해남 대흥사에서 출가해 중앙승가대 총학생회장과 승가대신문 편집장, 전국불교운동연합 부의장, 범종단개혁추진회 공동대표, 달라이라마 방한추진위원장, 미황사 주지 등으로 이어지는 삶을 살아온 스님이다. 그는 백양사에서 노스님 서옹의 뜻을 받들어 IMF때 자살 위기까지 가던 대중에게 선체험과 수행을 가르치는 프로그램을 진행한 이래, 미황사에서 2005년부터 7박 8일 수행하는 '참사람의 향기'를 지난 2월까지 100회 진행하면서 2000여 명과 1대1 면담을 했다. 이들을 만나본 결과 공통적인 고민은 바로 남과 비교함으로써 생긴 번민이었다고 했다.

"아침에 난 참 행복하다, 그래요. 이런 나를 보호해 주는 이런 집이나 방에서, 이렇게 눈을 뜰 수 있으니까. 봄이 되면, 아주 날씨가 좋고 평화롭다가도, 돌풍이 불 때가 있어요. 바람이 불고 비 오기 전날 스님 한 분과 같이 이 방에서 자다가 밤에 한시쯤 일어났어요. 갑자기 걱정이 든 게, 바람이 얼마나 센지 밤새 나무가 흔들리는 거예요. 우는 거죠, 산이 우는 소리가 들려요. 산에 사는 사람들은 봄에 새들이, 철새들이 날아오는 게 느껴져요. 그 새들이 짝짓기 하는 목소리도 들리고, 부지런히 집 짓고 알 낳는 것, 이게 이제 느껴지죠. 새들이 걱정된다고 했더니 옆자리 스님이, 산에 오래 살더니 달마산이 다 식구구만, 그러더군요."

행복은 그렇게 가까이 있지만 슬픔도 멀리 있지 않은 게 '수류화개水流花開'의 삶이다. 금강은 단기출가체험을 비롯한 재가자 수행도량으로 미황사를 온전히 만들기 위해 2014년 정초부터 3년간 바깥 출입을 금하고 수행결사하려고 했다. 그의 발심은 무위로 돌아가고 말았다. 미황사 응진전에서 다도해를 굽어보면 멀리 왼쪽으로 동거차도가 보인다. 그날 유난히 붉은 노을이 내려앉았는데 밤이 되니 그 바다에서 유난히 밝은 별이 솟아올랐다. 세월호 참사현장 조명탄이었다. 금강은 수학여행 떠난 아이들이 저 아래 어둠 속에서 불안에 떨고 있는데 내가 왜 여기 있나, 싶었다고 했다.

그는 그 길로 1000명분 떡을 해서 팽목항으로 달려갔다. 전국 사찰 스님들에게 문자를 보내 텐트 법당을 차렸다. 잠수사들에게도 먹을 것과 위로를 보냈다. 최종 인양 결정이 날 때까지 뒷전에서 보살피는 반장 역할을 했다. 조용히 거들었다. 동거차도에서 인양을 감시하던 세월호 유가족들이 주민들에게 보답하기 위해 미역 채취를 돕다가 미황사에도 미역을 보내왔다. 금강은 올해도 '미황사 돌미역'이라는 붓글씨를 일일이 300여 장에 써서 비닐포장에 끼워

넣는 울력을 했다.

"지금 나라고 하는 건 실체가 없어요. 사람들은 나라는 걸, 내것이라는 것을 만들어놓고 끝없이 그것을 지키기 위해 갈등하고 알아 달라고 몸짓을 합니다. 변화하는 내가 있을 뿐, 변함없이 늘 존재하는 독립된 나라는 건 없어요. 이 가짜 나를 내려놓아야 진짜 나를 만날 수 있습니다. 나에 집착하는 그 마음을 내려놓아야 지금 현재 생생한 나를 만날 수 있어요."

염화실에 간간이 목탁과 염불소리가 끼어들었다. 밤 소쩍새도 울었고 바람소리는 거셌다. 고등학교에 들어가 절친들이 도시로 떠나자 술 마시고 방황도 한 금강, 그는 우연히 혜능 스님의 『육조단경』에 나오는 '백천만겁난조우百千萬劫難遭遇, 만겁의 시간이 지나도 만나기 어렵다'는 글귀를 접하고 충격을 받았다고 했다. 백천만겁 만에 태어난 귀하고 귀한 사람의 삶, 이 삶이야말로 절호의 기회인 것이다.

"사람들은 늘 목표를 정해두고, 틀어지면, 좌절하고 포기하고, 자기가 원하는 것이 아니라고 생각하고 심지어는 자살까지도 해요. 실제론 강물이 사과밭으로 갈 수도 있고, 논으로 갈 수도 있고, 동물 입속으로 들어갈 수도 있는데, 그렇게 다양한데…."

흐르는 강물은 바다를 꿈꾸지 않는다고 했다. 언제 어디로 흘러든다고 해도 스미고 휘어져서 삶을 완성하듯이, 그렇게 살아야 한다고 금강은 이번 에세이집에 굵은 글씨로 음각해 넣었다. 아침 공양을 마치고 부도전까지 산책을 다녀온 후 작별인사를 하려다 그만두었다. 초파일을 앞두고 그는 다시 '동거차도 돌미역'을 쓰는 중이었고, 바람은 여전히 그칠 줄 몰랐다.

〈2017.5.9.〉

여 기 가
끝 이 라 면

4부

한승원 소설가

윤후명 소설가

현기영 소설가

윤대녕 소설가

은희경 소설가

이순원 소설가

윤성희 소설가

천운영 소설가

조광희 소설가

샤힌 아크타르 소설가

신경림 시인

이시영 시인

문정희 시인

박남준 시인

이재무 시인

손세실리아 시인

김병익 문학평론가

김윤식 문학평론가

김화영 문학평론가

이명수 심리기획자

죽음을 살겠다

한 소
승 설
원 가

남해 바닷가 '해산토굴' 앞은 바야흐로 선경이다. 천리향이 향기를 뿜고 빨간 동백이 시야를 희롱하는데 벚꽃과 산목련이 소복 차림으로 춤을 춘다. 가까운 산에는 연분홍 진달래까지 피어 수를 놓고 그 숲 어디선가 산비둘기가 내내 운다. 득량만은 해무에 가려 뿌옇다. '해산토굴'은 소설가 해산海山 한승원(75)이 기거하는 전남 장흥군 안양면 율산마을 집필실 이름이다. 10여 년 전에 왔을 때보다 꽃과 나무가 많아지고 토굴 앞에는 군에서 지어준 '한승원문학학교' 건물도 생겼다. 서울 생활을 접고 고향으로 내려온 지 18년째다. 이곳에서 많은 소출이 있었다. 다산과 추사와 원효를 공부하면서 그들의 일대기를 소설로 펴냈고, 동학에도 천착하여 역시 작품을 펴냈다. 거의 매 해 거르지 않고 작품을 생산해냈으니 해산토굴은 풍요로운 자궁인 셈이다. 많은 작품들을 펴내면서도 어린 시절부터 가슴에 품어왔던 뜨거운 사랑, 임방울에 대한 소설은 정작 올봄에서야 펴냈다. 등단 46년 만에 『사랑아 피를 토하라』(박하)라는 이름으로 오래 가슴에 품어왔던 사랑을 세상에 내보냈다.

임방울(1905~1961)은 타고난 천재성과 각고의 독공獨工으로 일제 강점기 수많은 이들의 가슴을 위무했던 전설적인 판소리 명창이다. 한서린 계면조의 서편제를 바탕으로 웅혼한 동편제까지 소화하며 일본 컬럼비아 레코드사 등에서 취입한 판소리 음반들이 100만 장 넘게 팔려나가 세살배기 아이들까지도 임방울이라는 이름을 알았다고 하니, 이즈음 아이돌 가수도 따라잡기 힘든 암울한 식민지 시절 조선 최고의 슈퍼스타였다. 한승원이 '작가의 말'에 언급한 임방울과의 첫 인연은 애잔하다.

"내가 신화적이고 전설적인 그의 소리 〈앞산도 첩첩하고〉를 접한 것은 아홉 살 되던 해, 앞산 뒷산에 진달래꽃이 불처럼 타오르던 봄날이었다. 고향 마을에 살던 한 이십대 초반의 청년이 꽃다운 아내와 사별한 다음 아내의 무덤 주변을 진달래 꽃밭으로 만들기 위해 산을 오르내리면서 앞산도 첩첩하고 뒷산도 첩첩한데 혼은 어디로 행하는가를 부르곤 했다. 그 구슬픈 소리가 가슴을 울렸으므로 나는 보리밭 언덕에서 넋을 놓고 앉아, 그 청년이 안고 가는 진달래꽃 무더기를 쳐다보곤 했다."

'앞산도 첩첩하고 뒷산도 첩첩헌 디 혼은 어디로 향하신가. 황천이 어디라고 그리 쉽게 가던가'로 시작해 '보고 지고 보고 지고 임의 얼굴 보고 지고'로 끝나는 한바탕 통곡 같은 소리였으니 어린 마음에도 깊이 각인됐을 법하다. 이 노래 〈앞산도 첩첩하고〉는 임방울이 사랑했던 기생 산호가 죽자 하관할 때 즉흥적으로 창작해 부른 노래로, 이후 음반으로 나오면서 나라 잃은 백성들의 설움까지 이입돼 조선 천지를 눈물바다로 만들었던 소리다. 한승원은 열한 살 때는 목수에게 졸라 〈쑥대머리〉를 배워 부르고 다녔고, 소설이 신춘문예에 당선되자마자 상금으로 전축을 사서 임방울 음반을 죄 사들였다고 한다. 그가 등단 이래 써온 많은 작품의 바탕색에는 임방울의 소리 한이 배어 있다. 이리 깊이 품어온 임방울을 이제야 펴낸 연유는 무엇일까.

"임방울과 인연을 맺은 이들이 살아 있어서 조심스러웠습니다. 세월이 흘렀어도 등장인물 한 명은 이름을 바꾸었습니다. 또 하나는 임방울의 소리를 신화적으로 다루고 싶은 욕심 때문이었습니다. 그의 소리에는 쉬 흉내낼 수 없는 '촉기觸氣'가 있습니다. 영혼을 감지하는 안테나 같은 것이지요. 이곳에 내려와 다산, 추사, 원효 같은 인물을 그리기 위해 유학은 물론 불경, 주역 같은 방대한 공부가 필요했습니다. 그들을 지나와 이제야 마음에 여유가 생겨 임방울을 꺼낸 거지요. 이미 4년 전 완성한 뒤 오래 다듬었습니다. 내가 가진 시적, 서사적 영감을 총동원했어요."

해산토굴 집필실에서 스님처럼 반듯이 좌정하고 차를 우려내면서 한승원은 이야기를 풀어나갔다. 폭포처럼 솟구치다가 간절한 애원성으로 넘어가는가 하면 매혹적으로 꺾어지고 흥겹게 출렁거리는 소리를 언어로 표현하는 건 지난한 일이다. 임방울의 소리가 가진 생명과 한승원의 언어가 지닌 생명이 만나 '촉기'를 담아내기 위해 오랜 숙성의 세월이 필요했던 것이다. 이를테면 이런 문장에 담긴 소리의 맛은 어떤가.

"목화밭의 무에 단맛이 들듯이, 담근 김치에 새곰하고 고소한 맛이 들듯이, 끓인 국에 그윽한 손맛이 들듯이… 소리에는 맛이 들어야 한다. 그냥 밋밋하게 하는 소리는 맹물처럼 밍근하고 덤덤한 맛이다. 소리의 굽이굽이에 곡진한 맛이 들어야 한다. 겉절이와 고등어 살에 간이 들듯이 소리에도 간이 들어야 한다. 꽃이 향기를 풍기듯이 소리도 향기를 품어야 한다."(65쪽)

『사랑아 피를 토하라』는 제목처럼 임방울의 여인들에 대한 이야기도 이 소설의 중심 서사다. 여성 소리꾼들이나 그에게 반한 기생들이 임방울을 거쳐 갔다. 일본 공연에서 대대적인 환영을 받고 귀국했다가 조총련 주최 측과 연결됐다는 이유로 심한 고문을 받은 뒤 무대에서 쓰러진 임방울. 그의 장례는 최초의 국악인장으로 치러졌는데 행렬 뒤를 소복을 입은 여류 명창 200여 명이 상여소리를 부르며 따르는 모습은 전무후무한 장관이었다. 기생 출신 젊은 여인의 헌신적인 병구완을 받으며 죽어가면서 옛날 일들을 회고하는 얼개로 이 소설은 전개된다.

"나는 정말로 예술가다운 예술가는 '식물성 아나키스트'라고 봅니다. 파괴적이지 않은 무정부주의자, 공격해서 남에게 피해를 주지 않는 나비나 두루

미 같은 아나키스트의 이미지 말입니다. 소리를 주고받다가 전율이 일면 겨드랑이에서 귀뚜라미가 울지요. 소리꾼들 사이의 사랑은 소리의 전율 그 자체가 육체적 오르가슴으로 이어지는 굉장히 자연스러운 관계였습니다."

토굴에서 나와 여다지해변 한승원 산책로로 갔다. 한승원의 시들이 새겨진 돌들이 700여 미터에 이르는 해변길에 늘어서 있다. 주소 표기 방식이 바뀌면서 아예 이 지역 공식 주소도 '한승원 산책길'로 정해졌다. 해무가 여전히 걷히지 않은 '한승원 산책길 158번지' 횟집에서 와인을 가운데 두고 마주 앉았다. 그는 해산토굴 앞마당에 석탑과 상석을 마련했는데, 자신이 죽은 뒤 그리우면 그곳에 꽃 한 송이 올리라고 했다. 옛 선인들은 자기가 담겨갈 관을 옻칠해서 깨끗하게 만들어 며느리에게 곡식 담는 그릇으로 쓰게 하고, 가묘를 만들어 자기가 벌초도 하면서 죽음과 친숙해지기 위한 연습을 했다고 말했다.

"나는 요새 이별연습을 하는 중이오. 마누라와도 그렇지만 이 세상과도 이별연습을 해요. 언제 내가 여기 또 오겠느냐 생각하면 피는 꽃이나 나무 같은 온 세상은 물론 컴퓨터까지 그렇게 소중할 수가 없어요. 사실 나는 욕심이 많은 사람인지도 모르겠소, 죽음을 살겠다는 심산이니까…."

한승원의 눈가가 젖어들었다고 생각한 건 해무 가득한 뻘밭을 흘깃거리며 마시는 대낮의 와인 때문이었을지 모른다. 그에게 소리를 청한 것은 단지 이런 분위기를 바꾸기 위함은 아니었다. 서울살이 할 때 문인들의 모임에서 술이 제법 들어가면 어김없이 부르곤 했다는 그의 수궁가나 적벽가 한 대목을 꼭 들어보고 싶었다. 그의 시집 제목을 따서 명명한 토굴 아래 『달 긷는 집』으로 올라갔다. 흥이 오른 그가 김선두 화백이 그려주었다는 달 그림 앞에 북을 잡고 앉아 적벽가의 〈새타령〉, 수궁가의 〈토끼 화상〉, 춘향전 〈옥중가〉를 연이어 불렀다. 오랫동안 가슴에 품고 살아온 소리답게 듣는 이의 심장을 따뜻하게 덥히는 소리였다. 해무는 가시지 않았고 천리향과 동백과 산목련 너머 숲속에서 산비둘기도 울었다. 해산토굴 주인은 "10년 후에도 보자!"고 손을 흔들었다.

〈2014.3.31.〉

사랑은 인문학을 곁들여야 완성됩니다

윤후명 소설가

"술병을 들고 의사를 만났습니다. 의사가 마음대로 하라고 그러더군요. 나와서 마시다가 한 번 다시 들어가 보자고 했는데 철커덕, 문이 닫히는 거요. 문 두께가 이만 해요. 혁띠를 다 풀고 거기에 남겨졌는데 처음에는 아주 그냥 원망하고 또 원망했는데, 나중에는 원망할 수도 없는 거야. 가만히 보니까, 빨리 나가는 길이 있어요. 1+1은 뭐죠? 여기는 일본입니까, 대한민국입니까? 화가 나가지고 견딜 수가 없어. 그때 화를 내지 않아야 돼. 그 의사 나가서 들어와 똑같은 과정 되풀이해. 바보가 된 느낌이었는데 그렇게 한 두어 달 있었어요."

소설가 윤후명(69)에 대해 말하는 중이다. 그는 시인으로 먼저 데뷔해 소설가로 더 이름을 날린 경우다. 그러하기에 그의 소설은 여느 소설가와는 달리 서사보다는 그 서사를 감도는 아우라가 더 다가오는 작가다. 술은 그에게, 지척이 보이지 않을 때, 허무에 휩싸여 있을 때 유일하게 의존할 수밖에 없는 마취제였을 것이다. 마시면 끝까지 갔다. 그렇게 마시는 그들을 두고 '자멸파'라고 불렀다. 이 자멸파에게 불현듯 한 여성 독자가 찾아왔다. 그들은 해프닝처럼 결혼했다.

술 때문에 이혼하고 폐인처럼 살고 있던 경기 안산 시절, 그 여인이 찾아온 시점은 1991년 겨울이었다. 그 여인은 책을 많이 읽는 윤후명의 순수한 독자였다. 그해 여름 남해의 섬 '수국'에서 작가와 독자들이 만나는 모임이 있었는데, 정확히 말하자면《한국일보》전 고문 김성우가 자신이 결혼할 장소로 마련해 둔 공간이 그 섬이었는데, 전날 저녁 윤후명이 소설가 이문열과 바둑을 두다가 "나와 결혼하자는 여자가 있다"고 발설했더니 이문열은 "무조건 하라, 그렇지 않으면 당신은 죽는다"고 했는데, 다음날 일어났더니 결혼식이 준비됐다고 나오라고 했단다. 그 자리가 텔레비전 프로그램〈전국은 지금〉으로까지 생중계됐다니 빼도 박도 못할 정황이었다. 이 결혼식 후 윤후명은 서울대병원 알코올중독치료 폐쇄병동에 들어갔다.

소설가 윤후명의 어떤 매력 때문에 미지의 여성 독자가 그를 구원하기 위해 찾아 왔을까. 윤후명은 강릉에서 태어나 군 법무관 아버지를 따라 대전, 부산 등지를 떠도는 삶을 살았다. 아버지는 그를 끔찍이 사랑했고 법관의 길을 강요했다. 그는 끝까지 거부했고, '당신'이 원하는 법관 못지않은 글을 쓰겠다고 다짐했다. 그 아버지는 생부가 아니었다. 고등학교 때 외삼촌이 알려주어 인지했는데, 그렇지 않아도 어머니가 자신을 대하는 태도가 동생들과 다르다는 서러움을 느끼고 있던 터였다. 이러한 조건이 윤후명 문학에 반영됐는지 묻자 그는 "어느 정도 영향을 받았을 것"이라고 답했다.

그는 시를 먼저 썼다. 연세대 철학과에 입학하자마자《연세춘추》에 시를 발표했고 재학 중《경향신문》신춘문예에 「빙하의 새」라는 시가 당선됐다. 거칠 것 없는 문학청년이었을 테다. 술을 마셨고 또 방황하다 결혼도 했지만 1978년 2월 8일 이혼했다. 그는 "그쪽에서 봐서는 당연했을 것"이라면서 "나는 거의 폐인이었다"고 말했다. 헤어지고 나서 노동으로 생계를 꾸리려고도 했지만 불가능하다는 사실을 감지했다. 그는 원고지, 싫어했던 '소설 노동'을 받아들일 수밖에 없다는 자각으로, 써서 당선되지 않으면 죽겠다는 각오로 마지막 2편을 신춘문예에 응모해 1979년《한국일보》신춘문예 단편소설 부문에「산역」으로 당선됐다.

이후 그가 써 온 소설은, 공교롭게도 광주항쟁으로 이어지는 리얼리즘의 시대에 발표하게 됐는데, 서역과 서해에 대해 말하는 허무의 소설들은 그 시절 분위기와 완전히 차별화되는 작품들이었다. 그는 "1960년대부터 같이 시를 써온 문우들조차 나를 매도하는 발언들을 해 그 시절 힘들었다"면서 "문학은 시와 소설의 접점, 그 어딘가에서 새롭게 발견할 수 있다"고 말했다. 그를 만난 곳은 서울 종로구 서촌, '문학 비단길' 사무실이었다. 그의 '문학교실'에서 등단한 제자들이 모임을 만들어 정기적으로 스승과 만나는 모임 '문학 비단길' 정기 콘서트를 앞둔 자리였다.

"소설이 뭐냐고 가르쳐달라고 오는 이들이 처음은 태반이에요. 나는 말하죠. 소설이란 원래 갖추어진 꼴이 없다고, 당신들이 만들어야 한다고. 소설은 당신이 하고 싶은 이야기를, 비로소 당신 투로 말하는 글입니다."

그가 1988년 문학아카데미에서 소설 강의를 시작한 이래 1997년에는 독자적인 강좌를 출범시켜 지금까지 27년 동안 한 번도 쉰 적이 없다. 소설은 시와 달라서 등단해도 줄곧 쓰기가 힘든, '노동'의 영역이기 때문에 그만둔 이들이 많다. 등단한 제자들이 찾아와 두려움에 움츠리며 어떻게 더 써야 하는지 일일이 물어와 그들을 대상으로 한 달에 한 번씩 만나는 모임으로 결성한 것이 '문학 비단길'이다. 그들이 서울 혜화동 '게릴라극장'에서 북콘서트를 준비하는 날, 윤후명을 만난 것이다.

평생 '사랑의 완성'이라는 화두를 붙들고 소설을 써왔으니 그는 '사랑'에 대해 이제 제대로 알고 있을까. 그는『협궤열차』에서 "남자와 여자는 합쳐졌을 때 비로소 완전한 하나가 되지요. 하지만 밥과 사랑의 허기는 영원히 어쩌지 못한답니다"고 말했거니와, 당연한 의문과 질문이다. 그는 "사랑은 모색"이라고 말했다.

"모색이겠죠. 인생에서 그것이 무엇인지 알아내는 과정이 사랑인지도 모르지요. 남녀 간에 섹스가 중요한데, 나중에는 그 기능이 조금 바래집니다. 그걸 메우는 게 인문학입니다. 인문학 반경이 넓긴 하지만 이것까지 합쳐질 때 진짜 사랑입니다. 남녀가 헤어진다고 해도 거기에 인문학이 곁들여 있지 않으면 완성되지 않습니다."

그가 평생 추구해 온 소설은 허무와 사랑과 그것을 극복해온 언어의 또 다른 층위일 것이다. 윤후명은 『협궤열차』의 허무와 서글픔을 딛고 어떻게 여기까지 왔을까. '협궤열차'란, 말 그대로 기우뚱거리는 협소한 수인선 협궤를 운행했던, 지금은 사라진 장난감 같은, '색소폰 소리보다 조금 더 깊은 폐부에서부터 울려 나오는 듯한 경적 소리, 잘가락잘가락 밟히는 바퀴 소리, 그리고 갓 출가하여 여대생 티가 가시지 않은 채 팔뚝에 연비 자국이 아직 아물지 않은 수해 스님을 태워 보내기 위해서 어느 날 새벽별을 보며 배웅나갔던 여섯시 반의 이른 새벽 열차'였다. 그 독한 알코올의 터널을 지나온 그는 이제 허무를 극복했을까.

"젊은 시절에는 미래가 보이지 않았지요. 지금은 할 일이 많습니다. 문학이라는 개념이 존재하지 않던 시절부터 있었던 언어의 DNA를 찾아내 문학의 본디를 찾아내는 역할이, 중요합니다. 그걸 하고 싶습니다. 시와 소설이 결합되고, 문학이 없던 원시의 언어까지 불러내는 그런 소설, 그것이 내 꿈입니다."

허무할 짬 없다는 윤후명은, 일찍이 『협궤열차』에서 이렇게 쓴 적 있다. "남자와 여자는 합쳐졌을 때 비로소 완전한 하나가 되지요. 하지만 밥과 사랑의 허기는 영원히 어쩌지 못한답니다." 그 허기를 끝내는 길, 죽음뿐인데, 어찌할까.

〈2015.11.9.〉

돈벌이와 문학을 구분해 달라

현
기
영

소
설
가

　"이 사건이 망신스러운 것은 신경숙을 한국 대표작가로 만들어 버렸다는 데
있습니다. 신경숙은 (특정 스타일로 쓰는) 한 분야의 작가일 뿐인데 마치 한국
모든 작가를 대표하는 것처럼 돼 버린 현실입니다. 출판사와 그 출판사 평론
가들의 잘못이지요. 한국 대표작가가 일본 우익 대표작가 미시마 유키오를 표
절했다고 알려진 건 국제적 망신입니다."

　이른바 신경숙 표절 파문 광풍이 조금 꺾인 지난 주말 서울 인사동 찻집에
서 소설가 현기영(74)을 만났다. 올해 등단 40주년이기도 하고 이를 기념해
출판사 창비에서 중단편전집도 나왔다. 1975년 《동아일보》 신춘문예로 등단
한 뒤 1978년 계간지 《창작과비평》에 중편 「순이 삼촌」을 발표한 이래 제주
'4·3'이라는 한국 현대사의 참혹한 단면을 소설에 녹여 왔다. 창비와 인연을
맺은 지 40년 가까운 세월이 흘렀는데, 그가 '고문'까지 맡고 있는 그 창비에
서 낸 신경숙 소설이 표절 파문에 휩싸여 오욕의 시간을 통과해 왔으니 심정

이 어떠할지 짐작이 간다. 그는 한 매체와 나누었던 전화인터뷰에서 "이번 사태로 속상하다 못해 **뼈가 아프다**"고 말했거니와 이날도 곤혹스럽게 말을 이었다.

"이야기(소설)가 시장을 생각하지 않을 수 없다면 그런 문학은 대중문학으로 분류하고 일찍이 창비가 버린 거시서사, 역사·정치·사회와 관계된 공동체 인간들의 삶을 다루는, 사회 배면의 심층을 이야기할 수 있는 그런 문학을 격려하고 가꾸어야 될 것 아니냐, 시장주의로만 나가면 안 되지 않느냐고 말해왔지만, 안 돼요. 주식회사는 이윤을 남겨야 한다는 겁니다."

신경숙이 본격적으로 창비와 연을 맺은 건 출판사 문학동네에서 출간한 『외딴방』이 1996년 창비에서 주관하는 만해문학상을 수상하면서부터였다. 시골에서 올라와 산업체특별학교를 다니다 문예창작과에 들어가는 자전적 삶을 풀어낸 이 작품은 "미시서사가 집단적 기억으로 환원될 수 있음을 확인시켜" 새로운 리얼리즘의 가능성을 여는 작품으로 상찬을 받았다.

"그때 창비에서 시상식 축사를 부탁해 나이도 어리고 의외이기는 했지만 앞으로는 소녀적 감수성에서 벗어나 나이를 먹어감에 따라 중후한 세계로 가주었으면 좋겠다고 말한 기억이 납니다. 이후로도 신경숙이 소녀적 감수성과 센티멘털리즘에 영합하는 소설을 계속 썼는데 그걸 경고했던 겁니다. 이즈음 한국문학은 창비나 문학동네나 문학과지성에서 출간하는 작품들이 거의 구별이 안 돼요. 한결같이 개인의 일상이나 겨우 나아가면 가족문제 정도의 미시서사만을 옹호하기 때문입니다."

그는 창비가 신경숙을 영입해 '상업적으로' 성공했을지는 모르지만 '문학'으로는 그렇지 않다고 잘라 말했다. 문제는 리얼리즘이었다.

"사실 시장에 저항하는 것은 리얼리즘입니다. 모든 가치가 시장에 의해 결정돼 버리는 세상에서 그게 아니라고 이야기할 수 있는 건 리얼리즘 문학밖에 없습니다. 돈벌이와 문학을 구분해 달라고 했는데 항상 베스트셀러가 있어야 한다는 강박에서 벗어나지 못하고 여유가 생겨도 좋은데 쓸 생각을 못합니다."

리얼리즘, 혹은 민족문학이란 창비가 주축이 되어 1980년대 문학의 헤게모니를 쥐었던 장르이다. 1990년대로 접어들어 이른바 '공동체 서사'에서 급격하게 개인의 일상을 다루는 '미시서사'로 관심이 옮겨가면서 창비 또한 '신경숙'으로 상징되는 미시서사의 스타를 영입했다는 것이다. 이후 창비가 '리얼리즘'을 홀대하고 대세를 좇아 신경숙과 함께 작금 사태에 봉착했다는 생각이다.

"아름다운 문장은 수단이지 목적이어서는 안 됩니다. 후배들 중에는 유머도 그 어떤 것에 도달하는 수단이어야 하는데 목적인 경우가 보여요. 문학이 왜소해져서는 안 됩니다. 소위 일상생활을 기반으로 하는 미시소설이 지금 대세인데 그중 좋은 작품을 선택하는 것을 문학권력이라고 이야기하는 건 곤란합니다. 예쁜 미시서사 바깥의 투박하면서도 감동적인 리얼리즘은 투고해도 받아들이지 않는 걸 권력의 남용으로 보면 모를까."

굳이 '같은 밥 같은 나물'들을 두고 다투는 '문학권력'에 대해 현기영은 냉소적인 편이다. 어떤 작품을 선택하든 배제된 자들이 절대다수일 수밖에 없는 조건에서 싹트는 불만과 구조적인 문제에 대한 치열한 논란은 쉬 잠재울 수 없다. 더욱이 그 과정이 공평하지 못하다고 생각할 때 신경숙 사태 같은 계기를 만나 치솟는 분노는 뜨거울 수밖에 없다. 이 차원을 넘어서서 현기영은 작금 한국문학의 근본 형질에 대한 문제 제기를 하고 있는 셈이다.

리얼리즘은 유신 치하와 군부독재시절 민주화투쟁을 거치면서 당위의 문학으로 위세를 떨쳐 딱딱한 이데올로기적인 장르로 대중에게 인식된 측면도 부인할 수 없다. 독자 대중이 원하지 않는(다고 보이는)데, 시대가 바뀌었는데, 자본주의 주식회사인 대형 출판사가 그것에 올인할 수는 없는 일이다. 그렇지만 현기영은 바로 그 지점에서 한국문학은 많은 독자를 잃어버렸다고 말한다. 편견에서 벗어난 리얼리즘이란, 바로 지금 이곳 공동체의 깊숙한 속살을 감동적으로 드러내 공유하고 성찰하는, 과감하게 시장의 가치를 부정할 수 있는 문학이라는 것이다.

현기영은 제주에서 태어나 만 7세 때 '4·3'을 겪었다. 참수된 이웃의 머리에서 흘러내린 피가 백설 위에 동백꽃처럼 선연한 장면들을 보았다. 이제 막 세상의 장면들이 흡수되기 시작할 성장기 초입에 그런 재난을 겪었으니, 그의 무의식에 축적된 트라우마의 깊이는 충분히 짐작할 만하다. 중학교 때 제주도 전체 백일장대회에서 1등을 했고, 2학년 때는 전국 문예대회에서 2등을 거머쥐어 천재 문학소년으로 제주에서 호를 날렸다. 신춘문예로 문단에 나온 뒤로는 내면을 억압하고 지역공동체의 집단무의식을 사로잡은 4·3의 비극을 글로 풀어내지 않는 한 작품 활동을 하지 못할 것 같아 중편 「순이 삼촌」을 써서 창비에 보냈다. 제주에서 일어난, 좌익 소탕을 빌미로 수많은 양민이 학살된 그 비극은 그때까지는 봉인된 것이었다. 현기영의 이 작품으로 인해 4·3은 새롭게 햇빛을 보게 됐고, 작가는 유신 붕괴 후 전두환 군부 보안사에 끌려가 야만적인 고문을 당했다.

그는 그동안 4·3에서 벗어나 이른바 본격 혹은 순수문학이라는 이름의 다른 문학을 해보려는 욕망을 지니지 않았던 게 아니지만 두 번이나 혹독한 고문을 더 당했다고 했다. 꿈속에서 다시 보안사에 끌려가 고문을 받았는데 이번에는 그 고문 주체가 "네가 무얼 한 게 있다고 도망가려느냐"고 힐난하는 4·3영령들이었다는 것이다. 그는 "제주말로 무당이 심방인데, 나 같은 작가는 천생 그 운명을 벗어날 수 없는 모양"이라고 말했다. 그는 이즈음 4·3영령들을 진정성을 담아 진혼하는 장편을 준비 중이다. 자료는 모두 확보해 놓고 구상까지 마쳤지만 책상 앞에 앉아 시작하기가 힘들어 2~3년째 고심 중이라고 했다.

늦게 도착한 후배 시인 박철을 앞에 두고 현기영은 석양녘에 노래를 불렀다. 아일랜드 민요 가락에 얹은 잉글랜드 노래 〈대니 보이〉. 청년기 제주에서 좋아했던 여학생이 폐결핵에 걸려 죽으면서 자신의 묘비명으로 써 달라고 했다는 2절 가사 마지막 부분을 그는 직접 노래로 불렀다. 한국작가회의 후배들이 주는 '아름다운 작가상'도 받은 그이를 두고 박철 시인은 젊은 후배들과 가장 가까운 선배, 어느 술자리에서든 가장 끝까지 앉아 있는 낭만적 리얼리스트라고 귀띔했다.

〈2015.7.6.〉

가련한 존재들이 밤새 이야기를
나눌 집

윤대녕 소설가

소설가 윤대녕(54)씨가 11년 만에 장편소설『피에로들의 집』(문학동네)을 펴
냈다. 우리 시대 '난민'들의 현주소를 천착한 작품이다. 작가가 포착한 우리
사회의 난민이란 사전적 의미의 피난민들이 아니라 가족은 해체되고 일그러
진 상처를 안고 살아가며 정체성조차 모호한 이들을 일컫는다. 소설의 무대인
'아몬드나무 하우스'에서 같이 사는 고등학생과 대학생, 30대의 남자와 여자
들, 현대사를 관통해온 노파는 서로 핏줄로 연결된 관계가 아니다. 모두 나름
의 상처를 내재한 인물들로 이야기가 진전됨에 따라 그 사연이 드러난다.

"저 자신이 많이 떠돌아다닌 노마드였는데 그 시절에는 주로 개별적인 난민
들을 소설에서 많이 다루었다면 이번에는 공동체 배경의 난민 이야기에 집중
한 거지요. 생물학적 나이가 중요하더군요. 사십대 후반에서 쉰으로 넘어오는
즈음부터 기성세대에 대한 자각이 커졌습니다. 어쩔 수 없이 받아들일 수밖에
없는 몸의 노쇠 사이에서 회한 같은 게 생기면서 자연스럽게 생각이 옮겨가는

과정이었겠지요. 시각이 타자로 옮겨가고 타자성에 대한 고민이 깊어지면서 공동체를 생각하게 됐습니다."

1990년 등단한 윤대녕은 신경숙과 더불어 90년대 대표작가로 거론됐다. 군사독재 치하에서 문학이 민주화의 도구로 활용된 측면이 강했던 80년대를 지나며 동구가 무너지고 광장에 지친 이들이 개인의 내밀한 밀실을 다시 갈망하면서 1994년 윤대녕이 발표한 첫 창작집 『은어낚시통신』은 그러한 지향을 상징적으로 대변했다. 시원을 찾아나서는 존재의 깊은 고뇌와 방황이 윤대녕의 세계였다. 리얼리스트들의 비판에도 자신의 색깔을 고집스럽게 바꾸지 않았지만 이번 장편에서 새로운 시도를 했다는 말이다. 제주에서 살다가 올라와 2005년 장편 『호랑이는 왜 바다로 갔나』를 펴낸 이후 11년 동안 어떤 변화가 있었던 것일까. 윤대녕은 2008년부터 오랜 전업 작가 생활을 청산하고 동덕여대 문예창작과 교수로 살기 시작했다.

"강의를 설렁설렁 하는 스타일이 아니라 주중에는 소설을 쓸 짬이 거의 나지 않습니다. 주말에는 집안일을 도와주고 일요일은 다시 강의 준비를 합니다. 그동안 장편은 여러 번 시도해서 400장 정도까지 쓰다가 일관된 호흡을 유지하기 힘들어 덮은 적도 더러 있습니다. 방학이 돼야 소설을 쓰러 집을 떠나곤 하지요. 가족을 건사하기 위한 노동은 거룩합니다. 때론 쾌감까지 느낍니다. 쓸 때는 최선을 다해서 쓰지만 일상인으로서 삶 자체를 충실하게 사는 게 중요하다는 생각입니다. 전업 작가로 살 때 소설 쓴다고 일상에서 벗어나 가까운 이들을 힘들게 했던 건 회한입니다."

교수로 살면서 그동안 산문집과 단편소설 모음집을 각각 2권씩이나 냈으니 창작 성과가 그리 부진한 것은 아니지만 일관된 호흡과 리듬이 필요한 장편소설을 집필하기에는 쉽지 않은 여건이었던 것이 사실이다. 《문학동네》의 연재 청탁을 미루고 미루다 『피에로들의 밤』 연재를 시작했는데 1회를 쓰고 난 뒤 바로 세월호 참사가 일어났다. 겨우 2회를 쓰고 끝내 3회는 펑크를 내고 말았다. 세월호는 가뜩이나 섬세하고 예민한 성정의 윤대녕에게 심각한 내상을 입혔고 기성세대와 공동체에 대한 무거운 성찰을 이끌어냈다.

"세월호 참사가 터지면서 많이 흔들리고 막막했습니다. 학생들 보는 게 죄책감이 들어 강의를 못 들어가겠더라고요. 나름대로 절박하게 소설을 써왔지만 기성세대의 무책임에 대한 자각과 자아비판이 앞서면서 새삼스럽게 문학의 효용에 대한 회의가 밀려왔습니다. 그동안 동어반복이라는 비판까지 들으면서 내 나름의 문학적 방식을 고집스럽게 지켜왔는데 세월호가 1970~80년대 문학 같은 리얼리즘적 자각을 일깨우더군요. 이번 장편은 연재를 끝내고도 1년 넘게 무수히 고쳐서 내놓은 겁니다."

윤대녕은 지난해 연구년을 맞아 1년 동안 캐나다 밴쿠버 브리티시콜롬비아대학 아시아학과 방문학자로 지내다 왔다. 그에게는 장편을 마무리하고 고칠 절호의 기회였으나 그 기간이 결코 편안했던 건 아니었다. 쓰고 고치는 와중에 스트레스로 응급실까지 실려간 뒤 한 달 동안 누워서 지내기도 했다. 그만큼 이번 장편에 쏟은 공력은 그동안 펴낸 소설들에 비해 다른 질감이다. 윤대녕 문체의 시적인 아우라가 찬찬히 뜯어보면 여전히 숨어 있긴 하되 각 인물들의 서사를 건조하게 드러내는 쪽에 더 방점이 찍혀 있다.

중심 화자인 극작가이자 연극 연출가 출신 36세 김명우에 작가의 정체성이 많이 투사돼 있는데, 그는 좌절했다가 다시 일어서는 '예술가 성장소설' 스타일의 캐릭터라고 윤대녕은 말했다. 현대사를 관통해오며 영욕을 겪은 '마마'라는 늙은 여자를 수직으로 세우고 기성세대 폭력의 희생자인 고등학생 정민, 생부를 모르는 현주, 정체성을 상실한 젊은 세대의 상처를 대변하는 대학 휴학생 윤태와 영혼의 자유를 갈망한 윤정 들은 생명의 탄생을 축하하는 고흐의 그림 〈꽃 피는 아몬드 나무〉가 걸린 집에서 공생한다.

윤대녕은 김명우의 입을 빌려 "아몬드나무 하우스에 살고 있는 이들 모두가 실은 난민이나 고아 같은 존재들"이라고 말하거니와 "수년 전부터 도시 난민을 소재로 한 소설을 구상했는데 가족 공동체의 해체를 비롯해 삶의 기반을 상실한 채 실제적 난민으로 살아가는 사람들이 점점 늘어나고 있다고 보았던 것"이라고 작가의 말에 썼다. 그는 "근본적으로 타인과의 유대가 붕괴되면서 심각하게 정체성의 혼란을 겪는, 이들 훼손된 존재들을 통해 새로운 유사

가족의 형태와 그 연대의 가능성을 모색해보고 싶었다"고 덧붙였다. 가뜩이나 갈수록 개인들이 더 단자화되는 세상에서 유사 가족 같은 연대가 현실적으로 가능한가.

"산다는 것은 결국 혼자만의 일이 아니라 타인이 없으면 죽을 수도 있다는 사실을 직시해야 합니다. 문학은 모듬살이의 총체적 건강성에 영감을 줄 수 있는 것이어야 한다고 생각합니다. 타자의 절대적 고귀함에 대한 인식, 그로 인해 발생하는 관계의 공동체에서 서로서로 귀한 마음을 가지는 삶에 어떤 영감을 제공할 수 있어야 합니다. 삶 자체가 불안한 것인데 계속 살아갈 이유를 제공할 수 있는 것, 그것이 소설 문학의 역할이었으면 좋겠습니다."

윤대녕은 "문학에 환호하던 시대는 이미 지나간 것 같지만, 그렇다 해도 삶은 필연적으로 이야기를 통해 존속되게 마련이므로 다시 또 쓸 수밖에 없으리라는 예감이 들고 마땅히 그래야만 한다"고 썼다. 이야기가 무엇이기에 삶의 필수 요소인가. 그는 "삶은 시간적인 것의 연속인데 시간 경과의 내용이 없으면 정체성이 사라지고 타인과의 관계도 불가능해진다"면서 "이야기가 없으면 내가 누구인지 당신이 누구인지 어떻게 알겠느냐"고 말했다. 이야기가 없는 존재란 삶이 없는 존재라는 이야기다. 연재 당시에는 피에로들의 '밤'이었지만 책으로 펴내면서는 '집'으로 제목을 바꾸었다.

이 시대 난민들에게는 짧은 몽환보다 같이 오래 부대낄 집이 더 절실한 게 맞다. 가련한 존재들이 밤새 이야기를 나눌 그런 집, 그리하여 어쩌면 그들 사이에 연민과 연대가 싹틀지도 모를 그런 희망의 집.

⟨2016. 3. 3.⟩

다른 모든 눈송이와 아주 비슷하게 생긴 단 하나의 눈송이

은희경 소설가

고양이가 소년의 뺨을 핥았다. 소년은 자살하기 직전이었는데 고양이가 부드럽게 위무하자 비통한 계획을 철회한다. 소년도 알고 있었다. 고양이가 핥는 것은 소년의 눈물이 아니라 과자 부스러기였다는 사실을. 서로 이용하지만 거짓은 끼어들지 않은 관계다. 허기와 절망, 그런 감정들은 행복의 변방에서 바라보는 순간 경계를 넘어 조용히 연대한다. 그것은 세상에서 가장 쓸쓸한 연대일 것이다. 최근 출간된 은희경(55)의 5번째 창작집 『다른 모든 눈송이와 아주 비슷하게 생긴 단 하나의 눈송이』(문학동네)라는 긴 제목의 창작집에 수록된 단편소설 「T아일랜드의 여름 잔디밭」의 서두에 나오는 대목이다. 고독한 이들의 실존은 이 소설집에서 6편의 이야기로 세밀하게 변주된다.

등단 20주년에 창작집까지 낸 은희경을 광화문에서 만났다. 그날 그녀는 '고독의 연대'에 대해 자주 말했다. 고독하지 않은 이 없는데, 그 고독은 고통스러운 각자의 몫이지만 서로 고독한 이들을 알아보는 것만으로도 따뜻한 연대가 이루어질 수 있다고 했다. 고독을 못 견디고 소통한다는 명분으로 기를 쓰고 상대방을 장악하려고 할 때 오히려 평화는 깨진다고 그녀는 말했다.

"누구에게나 예민한 부분은 있게 마련입니다. 예전에 『마이너리그』를 썼을 때 한 평론가가 '이 작가는 메이저일 텐데 왜 마이너를 쓰는가'라고 언급한 글을 보고 마음이 좋지 않았어요. 본인이 아니면 어떤 일로 고통받고 고민하는지 대체 누가 어떻게 그 마음을 알겠어요? 문학이라는 게 마이너의 아픔을 위무하는 장르인데 그런 식으로 규정해버리면 어떡해요? 고독은 틈이 생길 때마다 찾아드는, 나에게는 특히 예민한 정서입니다. 이번에 묶은 소설들이 예전에 비해 따뜻해졌다고 말하는 이들도 있는데 고독한 사람들의 연대감 때문일지 몰라요. 따지고 보면 혼자만의 고독이 아니라는 사실만으로도 따스한 위로를 받을 수 있는 겁니다."

은희경은 1995년 서른여섯의 나이에 《동아일보》 신춘문예 중편소설 부문에 「이중주」가 당선돼 문단에 나왔다. 가사와 직장 일에 얽매였던 그녀는 신춘문예 마감을 두 달 앞두고 지방으로 짐을 싸서 내려가 봇물처럼 터져 나온 단편 5편을 단숨에 써서 올라왔다. 일상으로 복귀해 중편도 하나 더 썼다. 결국 중편이 선택받았지만 엄청난 에너지가 발산된 시점이었다. 등단한 해 여름에는 작심하고 장편까지 썼다. 그 작품 『새의 선물』이 제1회 문학동네소설상을 받으면서 은희경이라는 존재를 제대로 알리기 시작했다. 이 장편은 지금까지 그녀의 대표작으로 꼽힌다. 등단 3년 만에 초고속으로 이상문학상을 받았고 동인문학상, 한국일보문학상, 이산문학상, 동서문학상 등 많은 문학상을 휩쓸었다.

지금까지 펴낸 소설 목록만 열거해도 그녀가 잠시도 한눈 팔지 않고 20년 동안 성실하게 달려왔음을 쉬 간파할 수 있다. 장편 『새의 선물』, 『마지막 춤은 나와 함께』, 『그것은 꿈이 아니었을까』, 『마이너리그』, 『비밀과 거짓말』, 『소년을 위로해줘』, 『태연한 인생』, 이번 신간을 포함한 소설집 『타인에게 말 걸기』, 『행복한 사람은 시계를 보지 않는다』, 『상속』, 『아름다움이 나를 멸시한다』 등 모두 12권에 이른다. 매번 스타일을 바꾸기 위해 노력했다. 소설마다 새롭게 정복할 코드를 스스로 설정하지 않으면 도전할 흥미를 못 느낀다고 했다. 이번 소설집은 특정 캐릭터를 만들어놓고 정조는 같지만 여러 단편에서 각기 다른 이야기로 풀어놓는 연작 형식을 취한 점이 눈에 띈다.

첫 단편의 제목 「다른 모든 눈송이와 아주 비슷하게 생긴 단 하나의 눈송이」는 일본 시인 사이토 마리코가 한글로 쓴 「눈보라」라는 시에서 따왔다. 자욱하게 내리는 눈발 속에서 어느 한 눈송이에 눈을 맞추어 땅에 닿기까지 주시하는 풍경이다. 모두 비슷한 것처럼 보이지만 그 한 눈송이는 다른 눈송이와 명백하게 다른 춤을 추고 땅에 닿는 순간도 미세하게 모두 다를 수밖에 없다. 이 단편에 등장하는 1976년의 19살 소녀와, 그녀 또래가 긴 고독의 여정을 통과해 현재에 이르는 시간을 세밀화로 묘사하는 게 이 소설집의 얼개다. 마지막 단편 『금성녀』에 이르면 사소하게 스쳤던 소녀들이 어떻게 인연을 맺게 됐는지 보여준다. 샛별이라는 의미를 지닌 '금성녀'金星女의 언니가 76세에 자살로 이생을 마감한 장례식 장면을 은희경은 이렇게 묘사했다. "그 작고 총명한 모습으로 무대에 등장했던 배우는 이제 인생이라는 긴 영화의 촬영을 끝마쳤다. 조금 뒤 많은 사람들이 한자리에 모여 머릿속에서 각자의 시사회를 할 것이다." 은희경에 따르면 '장례식은 인생이라는 영화의 시사회!'인 것이다.

은희경은 우연한 스침과 짧은 만남들이 결코 사소하지 않게 인생이라는 피륙의 무늬를 만들어내는데 긴요하게 쓰인다고 생각한다. 우연과 스침의 여정에 숭숭 뚫린 구멍에는 쉼 없이 바람이 드나든다. 그 바람 속에 각자 고독하게 놓인 공간의 생각들이야말로 인류의 풍성한 사유에 일조할 수 있다는 맥락이다. 그녀는 '생각의 사생활'이라는 표현을 썼다. '세대'라는 제복, '가족'이라는 이데올로기, 다양한 유행 따라잡기 같은 것들은 잠시도 한 인간을 자유롭게 내버려두지 않는 구속이라는 것이다. 자신만의 생각을 할 때, 비로소 한 눈송이가 세상 어느 눈송이와도 다른 실존을 확보할 수 있기 때문이다.

2007년 동인문학상을 안겨준 소설집 『아름다움이 나를 멸시한다』에 은희경은 "좋은 인간이 되려고 노력하던 시절이 있었다"면서 "덕분에 내 머릿속에는 상식적인 생각이 가득 차 있고 머리를 열면 그것이 제일 먼저 튀어나오는데 나의 진짜 생각을 끄집어내기 위해서는 중력과 반대 방향으로 나 자신의 근육을 사용해야 한다"고 썼다. 그녀는 성장기 내내 모범생이 되어야 한다는 강박증에 시달렸다고 했다. 주변에 실망을 주지 않기 위해 아등바등 달려왔다는데 소설가로 등단한 이후에도 이런 관성이 사라지진 않았다. 소설가의 바탕색에도 여전히 모범생 콤플렉스가 깔려 있었던 셈이다. 그녀의 소설쓰기는 이 강박을 극복하면서 획일적인 연대에서 벗어나 고독하지만 따뜻한 '생각의 사생활'을 확보하기 위한 지난한 싸움의 여정이었다. 독자들과 더불어 자신의 생각을 찾기 위해 교신해온 세월이었다.

"소설만 보면 굉장히 자유로울 것 같지만 사실 저도 성장기에 주입된 틀에서 못 벗어나요. 못 벗어난 이들이 자유를 갈구하는 이야기가 제 소설입니다. 저 자신을 포함해 독자들이 개인을 찾아가는 작업이 제 글쓰기의 목적인 거지요. 그렇다고 강요하는 건 절대 아녜요. 노골적으로 가르치거나 무얼 의도하는 게 아니라 있는 그대로 보게 하고 싶습니다. 우리는 너무 많은 가림막 때문에 제대로 못 보고 있을 뿐이니까요."

뿌리내리지 못하는 존재의 고독을 쓸쓸한 문체로 써내려간 『다른 모든 눈송이와 아주 비슷하게 생긴 단 하나의 눈송이』는 은희경이자 우리 모두인 것이다. 눈보라 속에서 단 하나의 눈송이에 눈을 맞추어 지상에 떨어지는 풍경을 관찰했던 사이토 마리코는 "나는 한때 그런 식으로 사람을 만났다"면서 "아직도 그 눈송이는 지상에 안 닿아 있다"고 「눈보라」에 썼다.

〈2014.3.3.〉

삿포로와 대관령에 내리는 봄눈

소설가

이순원

대관령 동쪽 아랫마을에서 태어나 스무 살까지 살았던 소설가 이순원(59). 그에게 대관령은 단순한 고향 이상의 공간이다. 겨울이면 '눈을 뜰 수 없는 눈보라'와 '처마까지 닿는 눈'과 '밤이면 낮보다 하얀 밤'이 되는 순백의 공간이요, 낮은 지대에서는 볼 수 없는 마가목 같은 흔치 않은 식생이 선연하게 떠오르는 고원의 유토피아이기도 하다. 성인이 되어 그 공간을 떠나 대처로 떠돌았지만 대관령은 자석처럼 늘 그를 끌어당겼다. 그 고개에서 시작하는 '바우길'을 만들어 고향에 봉사하기도 했고 그 공간을 무대로 『19세』, 『아들과 함께 걷는 길』들도 썼다.

그가 6년 만에 내놓은 장편소설 『삿포로의 여인』(문예중앙)은 지난시절 대관령의 풍광과 사람을 보다 세밀하고 서정적으로 그렸다. 봄눈처럼 스러지는 안타깝고 순수한 사랑이 긴 여운으로 남는 남자와 여자의 이야기이지만 대관령이 주인공처럼 다가오는 소설이다.

"삿포로에 갔더니 자연 환경이 대관령과 흡사하더군요. 거기가 위도는 위쪽인데 아래쪽 대관령은 고도가 높아서 날씨가 비슷합니다. 눈은 거기가 두 배정도 더 와요. 눈이 쌓이면 방에 들어앉아 화투를 치는 사람들 머리 위로 눈터널을 걷는 발자국 소리가 들렸지요. 삿포로나 대관령 사람이 서로 출신지를 방문해도 그리 낯설게 느껴지지 않을 겁니다. 우리 고향 사람들은 소설 속 연희가 뉘집 딸이냐고 물어 난감한데 삿포로와 대관령 사이에 봄눈 같은 사랑 이야기 하나 충분히 있을 법하지 않나요?"

이순원은 강릉시 성산면 위촌리에서 태어나 대학에 진학하기 전까지 전기가 들어오지 않던 그곳에서 살았다. 대한민국에서 아직까지도 유일하게 촌장이 존재하는 전형적인 유교 마을이다. 그는 여전히 갓 쓰고 노론과 남인을 말하는, 밤이면 캄캄한 그 동네를 벗어나기 위해 고교 1년 때 무조건 학교를 벗어나 외삼촌이 있는 대관령 위로 올라가 고랭지 배추농사에 참여했다. 그렇게 대관령에서 겨울을 두 번이나 났다. 소년 낭인으로 살다가 다시 마을로 내려와 고교에 복학한 후 춘천 강원대학교 경영학과에 입학하면서 처음으로 고향을 떠났다.

어린 시절부터 집에서 책을 많이 접했던 그는 글쓰기에는 그다지 큰 욕망이 없었는데 대학 2년때 당구장에서 조세희의 「난장이가 쏘아올린 작은 공」이 실린 문예지를 접하고 충격을 받았다. 그때부터 쓰기 시작해 졸업 무렵 강원일보 신춘문예에 당선됐고, 3년 후에는 《문학사상》 신인상으로 문단에 얼굴을 내밀었다. 이후 『우리시대의 석기시대』를 필두로 연작소설집 『압구정동에는 비상구가 없다』를 비롯해 지금까지 10권 넘는 장편소설을 써냈다. 술을 마실 때 술잔 숫자를 헤아리지 않듯 이번 장편이 몇 번째인지는 잘 모르겠다고 말할 정도로 열심히 많이 써왔다. 그의 소설은 사회비판적인 맥락에서부터 서정적이고 시적인 글쓰기까지 넓은 스펙트럼을 과시한다. 출세작인 『압구정동…』은 영화로도 만들어졌고 '광주'가 배경인 「얼굴」 같은 단편을 통과해 「수색, 그 물빛 무늬」라는 서정적인 작품으로는 동인문학상을, 현실에 없는 고갯길을 만들어낸 중편 「은비령」으로는 현대문학상도 받았다.

"운이 좋은 건지 내 작품이 교과서에 많이 실려 있어요. 「아들과 함께 걷는 길」은 초등학교에서부터 중고등학교 교과서에까지 모두 실렸는데 발췌 대목과 시험문제 수준이 달라지는 게 차별점이라더군요. 여기저기 강연 요청은 많이 들어오는데 될 수 있는 한 작가는 글을 쓰고 살아야 한다는 신념에 변함은 없어요."

강릉과 대관령의 상징적인 작가로 이미지가 굳어진 그는 고향을 위해 '바우길' 개척 작업의 선두에 서기도 했다. 사단법인 강릉바우길 이사장으로 전국 20여개 길 관련 단체 연합 '한국길모임' 초대 상임대표까지 역임했다. 중편 「은비령」은 현실에는 존재하지 않는 한계령의 한 고개를 무대로 쓴 소설인데 독자들이 그곳을 찾아가 실제 행정구역 지명을 무시하고 현지 주민들에게 오히려 은비령이라고 우겨댐으로써 아예 실제 지명조차 바뀌었다고 한다. 현실에 없는 길을 소설가가 글로 만들어낸 셈이다. 이순원은 '글로 만들어가는 길'이야말로 작가의 길 아니냐고 말한다. 그는 글이 아닌 길을 만드는 현실의 모든 책무를 내려놓고 다시 글쓰기에만 매진하는 중이다. 한강의 맨부커 인터내셔널상 수상 소식으로 화제가 옮겨가자 이순원은 자신이 수상한 것처럼 반색했다.

그는 "지난해 표절 파문을 거치면서 한국문학 자존심이 다쳐 작가들은 말할 것도 없고 독자들까지 많이 상처받았을 것"이라며 "참혹한 어둠 속에서도 지하로 강 같은 암반수가 흐르고 있었던 것이지 갑자기 용암이 터진 건 아니다"고 말했다. 그는 "대한민국 작가들 단편만 놓고 보면 연전에 노벨 문학상을 받았던 앨리스 먼로의 단편들보다 더 수준이 높을 것"이라면서 "우리가 변방의 언어를 쓴다는 것뿐이지 정교함과 깊이와 구성의 묘미에서 볼 때 한강 못지않은 뛰어난 작가들 작품이 많다"고 목소리를 높였다. 후배 작가들이 안타깝다는 말도 했다. 작금 소설에 서사가 약하다는 말이 많은데 이는 후배 세대가 사회로부터 차단됐기 때문일지 모른다는 것이다. 예전 이순원 세대는 쉽게 직장에 들어가 부대낄 수 있었지만 이즈음은 웬만한 스펙을 쌓아도 사회 경험을 할 수 없는 구조적인 문제를 적시한 맥락이다. 어려운 한국문학 창작 환경 속에서 전업 작가로 살아가기 힘들지 않느냐는 질문에는 헛헛한 답변이 돌아왔다.

 "작품으로 '길'을 만들고 많은 작품이 교과서에 들어가 있으며 인세로 먹고
사는데 이런 나조차 엄살을 부리면 후배 작가들과 독자들에 대한 예의가 아닐
겁니다. 내 고향은 유교적 삶을 사는 400년 넘은 공동체 마을인데 내 안에 그
런 따뜻한 삶에 대한 그리움이 바탕에 깊게 깔려 있지 않나 싶어요. 이번 소설
에서도 그런 부분들이 감성을 자극한 것 같습니다. 뱀의 독을 다 빼도 뱀독은
남듯 추리소설을 쓰는데도 어쩔 수 없이 서정성은 감출 수 없는 것 같습니다.
지금까지 다양한 스펙트럼으로 작가의 길을 걸어왔는데 더 다채롭고 깊은 작
품을 쓸 겁니다. 가을 벼는 석양에 익는 법입니다."

 압구정과 수색과 대관령을 거쳐 온 이순원은 역사추리소설로 다시 새로운
길을 개척할 작정이라고 했다. 포르말린에 표백된 과거의 전형적 인물이 아
닌, 현대인 곁에서 숨쉬는 듯한 인간형을 창출할 것이라는 다짐이다. 아내조
차 읽고 울었다는 『삿포로의 여인』 후기에 이순원은 썼다. 삿포로에서 태어나
대관령에 와서 사는 여자에게도 사랑하는 사람이 있고, 대관령에서 태어나 삿
포로에 가서 사는 여자에게도 사랑하는 사람이 있다고, 사랑이 그들의 몸을
움직이게 하고 마음을 움직이게 한다고, 그들의 겨울눈 같은 사랑과 봄눈 같
은 사랑 이야기를 하고 싶었다고. 그리하여 겨울눈은 무거워 운명적이고 봄눈
은 미처 눈을 돌릴 사이 없이 녹아버려 안타깝다고, 나는 여전히 대관령의 봄
눈을 기다린다고.

〈2016.5.26.〉

*이순원은 이 장편으로 2016년 11월, 19회 동리문학상을 받았다.

딴청 부리기, 슬퍼하지 않기,
희망은 조금 남겨두기

윤성희 소설가

"아파트단지 일천 세대에 불이 켜져 있으면 저 안에 적어도 이삼천 명은 있을 텐데 저들의 이야기는 무얼까 생각해봐요. 와글와글한 사연들을 하나의 주제나 문장으로 압축하지 않으려다 보니 이야기가 필요한 것 아닐까요. 어릴 때부터 쟤는 내성적이다, 이렇게 한마디로 요약하는 게 싫었어요. 인간을 이해하려면 이야기가 필요해요. 요약하지 않고 풀어놓는 이야기가 많아야 세상이 훨씬 유연하고 재미있고 좋아져요. 소설에만 국한된 말은 아닙니다. 이런 세계관을 가지면 정치고 뭐고 좀 더 재미있는 방식으로 풀려나가지 않을까요?"

소설가 윤성희(45)는 1999년 신춘문예로 등단한 이래 20년 가까이 다양한 군상의 사연을 지치지 않고 세밀하게 풀어온 스타일이다. 그녀의 소설에 등장하는 수많은 인물의 이야기를 두고 이달 초 작고한 평론가 황현산은 "어린 시절 1000명의 부처를 묘사한 천불도를 보고 무한한 감동을 느꼈는데 훗날 윤성희의 소설을 보고 그와 비슷한 느낌을 받았다"고 상찬했다. 그녀가 또 하나의 독특한 인물을 경장편 『첫 문장』(현대문학)에 빚어냈다.

남자의 아버지는 그가 엄마 뱃속에 있을 때 밀린 월급을 받으러 갔다가 공장 옥상에서 투신자살했다. 그는 엄마를 따라 새아버지를 만났고 성장하면서 죽을 고비를 네 번이나 넘겼다. 아홉 살 때 신발 속에 양말을 벗어 옆에 두고 다리에 앉아 있다가 떨어져 피를 흘리며 기절한 그를 두고 사람들은 환경을 비관해 일부러 뛰어내렸다고 믿었다. 일층인 줄 알고 교실 창밖으로 뛰어내렸다가 삼층에서 떨어졌을 때도 왕따를 당했기 때문이라는 오해를 받았다. 그는 굳이 해명하지 않았는데, 딸이 죽었을 때 비로소 자신이 그 오해의 힘으로 사춘기를 버렸다는 사실을 알았다. 정작 죽을 고비를 여러 번 넘긴 자신은 살아 있는데 딸은 한순간에 죽었다. 아내마저 곁을 떠났다. 이 남자는 우연히 고속버스를 탔다가 집으로 돌아가지 않고 전국 고속버스 터미널을 떠도는 것으로 죽고 싶은 마음을 견디면서 딸이 썼을 자서전의 '첫 문장'을 탐색한다. 마지막까지 입안에서 뱅뱅 도는 그 문장은 겨우 '나는 열일곱 살'이었다. 윤성희가 캄보디아에서 귀국하던 날, 수원 그녀의 아파트 앞 카페에서 이야기를 청했다.

"세월호에 영향을 받아 쓴 건 아녜요. 고통을 겪고 죽는 주인공보다는 참혹을 견디고 그 후를 살아가는 사람들에게 관심을 기울인 작품들이 전에도 많았어요. '그날 이후의 서사'라고 할까요, 사랑하는 사람을 잃는 과정보다 잃은 후 혼자 어떻게 견디느냐를 쓴 거죠. 우리가 흔히 잘 견딘다는 건 삶의 원 궤도로 돌아온다는 걸 말하는 건데, 그게 과연 상처를 극복하고 잘 견디는 건지는 모르겠어요. 남들이 보기에 저 정도면 잘 이겨냈어 하지만 그 사람 내부는 무너질 수 있는 거잖아요. 그럴 바에는 떠돌면서 무너지는 게 그 사람에게는 치유가 될 수도 있지 않을까요?"

세월호가 직접 이 서사에 영향을 미친 건 아니지만 적어도 소설을 쓰는 태도는 바꾸었을 수 있다고 했다. 자신의 문장이 비유를 많이 넣는다거나 힘을 주는 편은 아닌데도, 크게 상처를 받은 사람의 내면을 다 아는 듯이 과한 문장을 쓰는 건 자제해야겠다고 생각했다. 추상의 문장이 아닌, 좀 더 삶에 가까운 언어를 많이 구사해야 되는 것 아닌지 소설 쓰는 내내 생각을 많이 하게 됐다. 그녀는 이번 소설 작가의 말에 '이 소설에서 중요한 것은 문장이 아니다. …어떤 문장도 주인공의 마음을 헤아릴 수 없다'고 썼거니와 "메모장에 평범하게 쌓인 낙서 같은 문장들만으로도 터미널을 떠도는 남자의 마음이 헤아려지기를 바란 것"이라고 말했다. 윤성희는 2016년 한국일보문학상을 받는 자리에서 '이야기들이 궁금해서 소설가가 됐지만 최근에는 인간이란 존재는 어느 정도의 슬픔을 감당할 수 있는지, 작가는 얼마만큼의 슬픔과 희망을 감당할 존재인지로 질문의 방향이 바뀌었다고 피력했다.

"주인공과 더 밀착해서 쓰면 감당하기 어려워지는데 사실 사람들 슬픔을 다 감당하지 않아도 소설을 쓸 수는 있거든요. 이제는 인물들 내면에 더 다가서서 감당할 수 있는 문장을 쓰고, 감당할 수 없는 문장은 세련된 방법으로 감추는 변화가 필요해요. 소설이 너무 구구절절해질 것 같은 걱정도 있지만, 저만의 감각과 스타일을 모색해야겠지요."

윤성희는 어릴 때부터 마냥 이야기가 좋았다고 했다. 책 읽는 것도 물론 좋았지만 여성지 Q&A도 좋아하고, 터미널에서 남들 수다 떠는 이야기도 좋아하고, 저 할머니는 이십대에는 예뻤을 텐데 어쩌다 마귀할멈이 됐을까 궁금하기도 해서 혼자 있어도 심심하지 않았다. 매사 강한 호기심이 그녀를 소설가로 만들었지만, 정작 성장기에 문학에 뜻을 둔 건 아니었다. 고등학교 시절에는 문예반에도 끼지 못했다. 호기심을 해결하러 청주대 철학과에 들어갔지만 그녀의 호기심은 만물의 근원에 대한 것이 아니라 잡다한 것이라는 사실을 알았다. 철학과 다니는 내내 문예지를 탐독했고 졸업한 후에는 서울예대 문예창작과에 다시 들어갔다.

문창과에 갔더니 주변에 다들 자의식이 강한 사람들 천지여서 평범한 자신은 무얼 써야 되는지 기가 죽었다. 작가가 되고 싶은 꿈은 너무 큰 것이고 그냥 뭔가 글이라는 걸 배워보고 싶었고 쓰는 삶을 살고 싶었다고 했다. 그러다가 "내 안에 있는 것은 많지 않지만 소설가는 오히려 천진난만한 백지여야 많은 주인공들을 내 안에 끌어올 수 있다"는 생각을 하며 학창생활을 즐겼다고 했다. 다분히 '명랑소녀' 기질인 그녀의 소설들은 '딴청 부리기, 에둘러 가기, 조금씩 드러내기, 슬퍼도 슬퍼하지 않기, 그래도 희망은 조금 남겨두기'로 대부분 흐른다.

"저는 소설 쓰는 게 재미있어요. 작은 눈뭉치 하나를 굴리다 큰 동그라미를 만들 듯 사람들에 대해 생각해 나가는 게 중독성이 있는 것 같아요. 라디오에서 새벽 고속도로를 달려 휴게소에서 어묵 하나 먹고 온다는 사연을 듣고, 이 사람이라면 이런 경우 어땠을까 무엇을 좋아했을까 거꾸로 생각하게 돼요. 그렇게 노는 과정이 재미있어요. 이렇게 지지고 볶아도 어느 삶에는 이런 비밀이, 이런 아름다움이 있는 걸까 생각한다면 저는 좋아요."

일정한 간격으로 여일하게 소설집을 펴내고 최근에는 올겨울이나 내년 초 다듬어 출간할 두 번째 장편 「상냥한 사람」도 창비 블로그에서 연재를 마쳤다. 뜨거운 주목 속에 데뷔하지도 않았고 특별히 격하게 팔리지도 않은, 1만명 안팎의 꾸준한 독자와 더불어 달려왔다는 대목이 갈수록 황폐해지는 한국문학 독서 환경에서는 오히려 다행인 면도 있다고 했다. 한편으로는 너무 자신의 스타일만 고집하다 한국문학 독자들을 잃게 만드는데 일조하지 않았나 싶은 반성도 조금 한다고 했다. 오빠 하나 둔 막내로 큰 곡절 없이 성장한 윤성희는 지금도 태어난 수원에서 살고 있다. 9년 전 부모 집 인근 아파트로 독립해 여전히 홀로 사는 그녀는 "풍부한 경험을 위해 일부러 가족을 만드는 건 아닌 것 같다"면서 "이렇게 사는 게 좋은데 어떡하겠느냐"고 명랑한 듯 환하게 웃었다.

〈2018.8.20.〉

왜 먹이면 마음이 편해지는지

소설가
천운영

"그동안 나는 아니라고 이야기했지만 소설가의 권위를 등에 업고 살았던 건 맞아요. 그거를 떨치려고 이 길로 들어서기도 한 건데, 결국은 그거를 다시 갖고 가고 있어요. 식당에 찾아오는 사람들 봐요. 그게 아니었으면 누가 이렇게 새로 오픈한 구석탱이를 찾아오겠어요?"

소설가 천운영(47)이 서울 마포구 연남동 골목에 스페인 요리를 파는 식당 '돈키호테의 식탁'을 연 건 지난해 12월 15일이었다. 이제 막 한 달이 지나는 시점인데, 그 사이 소문이 나 문인들은 물론 그녀의 팬들로 문전성시를 이루는 중이다. 그녀와 살가운 대화를 나누기 위해 그 식당을 찾는다면 그건 오산이다. 천운영은 내내 주방에서 직접 스페인 음식을 요리하느라 정신이 없다. 최근에는 몸살이 나서 식당 문을 이틀씩 닫기도 했다. 그녀를 만난 건 하오의 이른 시간이었다. 하루 중 유일하게 노트북 앞에 앉는 자신만의 시간인데 인터뷰로 뺏었다는 사실은 나중에야 알았다.

"식당을 하면서 확실히 느껴지는 게, 나는 갑이었어요. 떵떵거리면서 내 문장 고치지 마세요, 하면서 어쨌든 버텨왔거든요. 여기서 저는 완전히 을이에요. 을도 이런 을이 없어요. 너무 사소한 것들이어서 문학에서 배척하는 일상에 얼마나 많은 일과 고통이 있는지 벌써 한 달도 안 됐는데 준비 과정에서부터 느껴 왔어요. 이걸 하기 잘했다고 생각하는 두 번째 이유예요. 내가 또 한 번 제대로 세상을 배울 수 있는 계기를 나 스스로 선택했구나, 어떤 결과가 오든 나쁜 일은 아니다, 그런 생각인 거죠."

천운영은 2000년 《동아일보》 신춘문예로 문단에 나와 소설집 『바늘』, 『명랑』, 『그녀의 눈물사용법』, 『엄마도 아시다시피』 등 네 권과 장편소설 『잘 가라, 서커스』, 『생강』 등 두 편을 펴내며 꾸준히 작품 활동에 매진해온 작가다. 그녀가 스페인과 인연을 맺은 건 2013년 문화예술위원회의 지원으로 말라가에 6개월간 머무르며 집필할 수 있는 레지던시 프로그램에 선택되면서부터였다. 그녀는 그곳에서 만난 스페인 사람들, 특히 그들의 어머니나 동네 아주머니들과 특유의 친화력으로 친교를 터 스페인 요리를 배웠다. 레지던시에서 돌아와서는 세르반테스 문학기행을 세 차례에 걸쳐 다시 다녀오면서 돈키호테와 산초가 먹었던 음식들을 죄 섭렵했다. 작년에는 다시 마드리드 요리학교에 가서 6개월간 배우기도 했다. 사실 요리와 그녀의 인연은 스페인보다 훨씬 앞선다.

"저는 일곱 살 때부터 공순이었어요. 공장 일을 하지 않으면 아빠가 절대로 용돈을 주지 않았어요. 아줌마들과 똑같이 시급을 주어서 대학생 때도 금토일 일을 했어요. 용돈보다도 엄마가 힘든 게 너무 싫어서 일을 했어요. 내가 일을 조금 더 하면 엄마가 편할 거 같아서. 그냥 엄마랑 있는 게 좋았어요. 엄마가 제일 예뻤고, 커서 엄마가 되겠다는 말을 정말 많이 했어요. 그냥 엄마가 예뻤어요. 어릴 때에는 엄마 옆에서 떨어지는 게 무서웠어요."

아버지는 《대한일보》에서 쇠를 부식시켜 활자를 만드는 일을 하다가 신문사가 없어지는 바람에 가내수공업형 '부식腐蝕공장'을 차렸다. 이 공장에서 일했던 '언니 오빠'들의 밥을 해대는 게 엄마의 일이었다. 전라도 순천 출신 엄마 남명자(69)씨의 음식 솜씨는 탁월했다. 후일 이 공장 출신 성공한 남자가 엄마를 찾아와 그때 그 찌개를 잊지 못하겠다고 무릎 꿇고 절을 올렸다는 일화는 단적으로 그 자질을 증명한다. 그렇게 좋아하고 떨어지기 싫어한 엄마의 솜씨를 천운영이 몸에 새기지 않았을 리 없다. 그녀는 문단 동료와 선배들을 불러 음식을 만들어 파티를 즐기곤 했다. 오래 만났던 사람과 헤어지던 날도 꽃게 다섯 마리를 사다 삶아서 살을 발라 꽃게죽을 만들어 먹여 보냈다.

"게살죽을 한다는 건 일일이 살을 다 발라내야 하는데 그 오래 걸리는 시간 동안 지난 몇 년의 시간들을 곱씹어 봤을 테고, 정말 헤어져야 하나 등등에 대해서 생각했을 테고, 그런 시간을 벌고 지난 시간을 녹이는 일일 수 있을 거고… 잘 모르겠어요. 왜 먹이면 마음이 편해지는지. 그냥 그래야만 할 것 같아요. 근데 어쨌든 요리하는 일을 좋아해요. 소설이 잘 안 풀릴 때는 멸치똥을 바른다거나, 북어를 두들겨서 보풀이 일게 만든다거나 그런 일을 하면 마음이 편안해지거든요."

누군가를 먹이는 일이야말로 기초적인 모성이 아닐까. 모성이라는 말에 천운영은 쉬 수긍하진 않았다. 여성의 원초적인 본성 때문이라기보다 세상을 곱씹어서 자신만의 방식으로 대접하고 위로하는, 보다 크고 넓은 어느 경지에 대해 말하고 싶은 듯했다. 천운영은 근년 들어 두 번에 걸쳐 남극에 다녀왔다. 만화작가 윤태호, 영화감독 정지우 등과 다녀올 때는 다큐멘터리를 촬영 편집해 지난해 〈남극의 여름〉 감독으로 데뷔하기도 했다.

"내가 먹은 세상, 그것이 어떻게 소화되었는지를 보여주고 싶은 요리, 그것이 요리의 언어잖아요? 음식의 언어잖아요? 내가 먹고 보고 듣고 한 세상을 글로 표현한 건 소설이고, 그래서 내 몸 안에 들어 있던 그 소화된 어떤 세상을 영상언어로 보여주는 건 다큐인 거고, 근데 정말로, 남극 이야기는 소설로도 산문으로도 모자라더라구요. 가장 적절한 언어를 찾은 거 같아요."

지금 어떤 기로에 서 있느냐는 질문에 그녀는 "늘 가던 길에 풍경만 바뀌었을 뿐 방향을 왼쪽이나 오른쪽으로 바꾼 게 아니다"고 답했다. 다만 바뀐 풍경에 날씨도 다르고 바람 온도 습도도 다른 그 풍경에서 살짝 몸이 다른 방식으로 적응하면서 여전히 걷고 있는 중이라고 했다. 길이 바뀌는 게 아니라 몸이 바뀔 수는 있다고 했다. 그것은 생을 표현하는 도구의 변화에 대한 언급이었다.

인터뷰 시작 무렵 장을 본 식재료들이 가득 든 가방을 끌고 들어왔던 남명자씨는 "다른 거 다해도 식당은 안 한다고 작심했는데 이걸 본다"면서 "지가 한다는데 어떡해, 할 수 없는 거"라고 말하며 웃었다. 엄마는 남도 삭힌 홍어야말로 최고라고 했고 딸은 그 홍어 소스를 빵에다 얹은 요리를 선보이고 싶다고 거들었다. 딸은 늙은 엄마가 심야에 골목길로 다시 가방을 끌고 돌아가는 뒷모습을 볼 때마다 눈물 짓는다고 했다.

그녀는 언제 다시 소설을 쓸까. 안 그래도 "문장에 대한 그리움이 넘쳐나서 죽을 것 같다"고 했다. 그래서 "비워 둔 우물이 채워지기를 기다리고 있고 그래야 콸콸 넘칠 것"이라고 했다. 지금 읽어도 모든 인물의 전형이 놀랍게 다 살아 있는 『돈키호테』의 작자 세르반테스도 감옥생활 끝에 늙어서 결국 두 편을 써낸 건데, 죽을 때까지 소설을 쓸 수 있다면 좋겠다고 말했다. 몸으로 써나갈 그녀의 소설이 옹골차다.

"문장을 수백 개 썼다가 퇴고와 지난한 과정을 거쳐 몇 개 남기는 게 소설이잖아요? 어떤 건 틀린 문장이고 어떤 건 나쁜 문장이지요. 그 문장들을 체에 걸러서 나오는 게 소설이라고 생각해요. 삶도 마찬가지예요. 지금은 제가 잘 못하는 일들이 많겠지요. 여기에서도 난 문장을 시간마다 쓰고 있는 거예요, 단어 하나 문장 하나."

〈2017.1.16.〉

*천운영은 '몸으로 체험한' 소설을 글로 옮기기 위해 2018년 11월 24일 '돈키호테의 식탁' 문을 닫았다.

어떠한 가치도
그 자체로 옳은 것은 없다

조
광
희

소설가

"권력은 누구는 쥐고 있고 누구는 없다고 생각하기 쉽지만 사실 어디에나 거미줄처럼 전략적으로 퍼져 있습니다. 각자 권력을 행사하기도 하고 당하기도 하는데 그 권력이 사람의 선의나 원칙이나 민주주의 방식으로 작동한다면 물론 좋겠지요. 그렇지 않은 권력이 스며들어서 모든것을 오염시키고 나쁘게 하는 측면이 많습니다. 이러한 상황을 헤쳐나가기 위해선 각별한 노력이 필요합니다."

한명숙 재판에 강금실 전 법무부 장관과 함께 법무법인 원 소속 변호인으로 참여했고 대선 국면에서는 정치 일선을 깊숙이 경험했으며 영화 관련 법률 자문을 하다가 영화사 대표까지 맡았던 조광희(51)변호사. 현직 영화제작가협회 부회장도 맡고 있는 그가 최근 자신의 법조 정치 영화 관련 경험들을 생생하게 반영하는 장편소설 『리셋』(솔)을 펴내며 소설가로 나섰다. 소설에 이어 그동안 써온 에세이와 칼럼을 모은 산문집 『그래봐야 인생, 그래도 인생』(강)까지 잇달아 펴내면서 문필가로 입지를 굳히는 양상이다.

그는 시종 구체적인 정황 묘사와 긴박한 줄거리로 권력과 기업인의 유착을 다루는 이번 소설에서 주인공 변호사 강동호를 통해 '권력이 나쁜 공기처럼 도처에 퍼져 있는 이 세상'을 헤쳐갈 수 있도록 지혜를 달라고 호소한다. '촛불 혁명'까지 치러낸 한국 사회는 이제 많이 나아진 게 아닌가. 광화문에서 만난 그는 여전히 미흡하다고 답했다.

"예전에 비해 좋아지고 있는 건 분명합니다. 제도나 민주주의가 확립돼 갈수록 권력이 어떻게 할 여지는 점점 줄어들 텐데 아직 충분히 나아가진 못했다고 생각합니다. 민주화되었다고 하지만 실제 관계에서 부정적으로 작동하는 권력이 별로 없느냐, 그렇지 않습니다. 굉장히 많습니다. 나쁜 권력은 정도의 차이가 있을 뿐 어느 사회에나 존재한다지만 그러한 권력이 상식적으로 용인할 수 있을 정도로 줄어들어야 하는데 아직 우리 사회는 멀었다고 봅니다."

소설에선 기업 회장이 유력 정치인을 등에 업고 협잡을 벌이는 가운데 미술관 관장과 언론인도 호출된다. 이들의 부패를 밝히는데 동원된 이가 강동호라는 변호사다. 이른바 사회파 추리소설로 분류될 법한 장르문학에 가깝지만, 지은이의 전문성과 경험을 동원한 구체적인 세목들이 빛을 발한다. 국내에도 법조인 출신 소설가들이 근년 들어 몇몇 등장했지만 이미 서구에서는 의사나 법조인 같은 전문직 작가들의 활약이 활발했다. 누구나 할 수 있는 이야기지만 아무나 묘사하기 힘든 구체성을 확보하면서 자신만의 철학이 자연스럽게 녹아들 때 전문직이라는 배경은 대단히 유리한 입지인 셈이다.

조광희『리셋』은 이러한 유리한 배경이 제대로 '작동한 작품이다. 권력의 배후에서 조종당하는 듯한 검사와 일전을 벌이는 변호사의 대결 국면이 생생하고, 작품 속에 시나리오 전 단계의 '트리트먼트'로 등장하는 이야기도 흥미롭다. 소설 속 액자 형태로 제시되는 이야기의 중심이 '리셋'이다. 이 생에서는 거짓으로 완전히 사라지게 도와주는 법무법인 소속 변호사와 이들의 '리셋' 행각을 파헤치는 이들 이야기다. 인생을 통째로 갈아엎고 다시 시작하고 싶은 이들이 사실 어디 한둘일까. 그렇지만 다시 시작한다고 해도 자신만의 분명한 주관과 기준이 존재하지 않는 한 그들은 똑같은 실수를 되풀이할 가능성이 높다. 조광희는 강동호가 목숨을 위협받는 선택의 기로에서 상기하는 스승의 가르침을 통해 자신의 철학을 내보인다.

'인간은 자신도 모르게 어떤 가치를 답습하려고 하지만, 어떠한 가치도 미리 존재하지 않는다. 어떠한 가치도 그 자체로 옳은 것은 없다. 가치의 선택은 오로지 자신의 몫이고, 그 선택의 결과를 감당하면 된다. 여러분은 어떠한 가치도 주어지지 않았다는 것에 절망하지 말고, 그것을 다행으로 받아들여라. 그것은 여러분이 자유라는 뜻이다.'

동호는 이 가르침에 힘입어 젊은 날 더 이상 허무의 공간을 헤매지 않았다. 주어진 가치가 없다는 것, 인생에 특별한 의미가 없다는 것이 무척 다행스럽게 느껴지기도 한다고 진술한다. 그리하여 자신은 '이 세상이 좀 더 나은 곳이 되도록 해 보자'는 가치를 선택하기로 했고, 그 선택의 길을 가는 과정에서 위험한 상황에 내몰렸을 때도 후회하지 않는다는 맥락이다. 주어진 가치가 미리 존재하는 건 아무것도 없고 누구나 자신이 가치를 부여하기 나름이라는, 그래서 자유라는 말은 매혹적이다.

조광희는 시골에서 상경한 가난한 부부의 둘째 아들로 당시로서는 서울 변두리인 '모래내' 개천가에서 태어났다. 내향적인 성격인 데다 서울 변두리에서 겨우 살아가는 아이의 아픔과 결합된, 중심에서 밀린 듯한 경계인의 성정이 내면의 바탕 정서를 이루었다고 했다.

아버지는 고향을 등지는 결단을 내려 도시에서 나름 성공을 거두어 임종 직전에는 '괜찮은 삶'이었다고 술회했지만, 그는 지금까지 '아스팔트 소년'의 정서로 내내 고향을 찾는 심정으로 살아왔다는 생각이다. 서울대 법대를 졸업하면서 사법고시에 합격하고 대학원을 마저 다닌 뒤 사법연수원에 들어갔다가 곧바로 변호사를 시작하면서 '민주사회를 위한 변호사모임'에서 사무차장으로 봉사도 했다. 영화 관련 법률 자문을 하다가 많은 영화인들과 어울리면서 영화사 '봄' 대표를 맡기도 했다. 2012·2017 대선국면에서는 안철수 후보의 비서실장으로 정치에도 참여했다. 경계인의 정체성으로 격렬한 정치판에서 버티는 일이 만만했을까.

"제가 당사자라면 견디기 쉽지 않았을 텐데 도와주는 입장이니까 할 수 있는 것을 다했다고 봅니다. 몇 번 겪어보니까 확실히 제가 있을 곳은 아니라는 결론을 내리게 되더군요. 좋은 의미든 나쁜 의미든 정치판에 맞는 사람들이 있는 거 같습니다. 다행히 크게 상처를 받지는 않았습니다. 그쪽에 갔다가 상처받고 바보가 되는 사람들도 많습니다. 미친 듯이 달리면서 한쪽은 모든 수단을 다 쓰겠다고 작정하는 판에 다른 한쪽은 원칙을 고수한다면 진다는 걸잘 알기 때문에 피차 모든 수단을 다 동원하는 거지요. 거기서 겪다 보면 비슷하게 되지 않으려는 사람은 결국 도태돼 있고, 악화가 양화를 구축하듯 비슷한 사람들만 남게 되는 거죠."

이번 소설에 대한 주변의 평은 한결같이 '영화 같다'는 것인데, 반드시 좋은 평은 아니라는 생각이지만 흥미롭다는 이구동성에 다분히 격려를 받은 느낌이라고 했다. 그는 앞으로도 자신의 경험을 반영하는 작품을 계속 써볼 작정이라고 밝혔다. 다만 너무 폼 잡지 않고 어렵지 않게, 가르치려고 하지 않고끝까지 대중과 눈높이를 맞춰나가는 자세가 중요하다고 했다. 이번 소설에도 산스크리트어 표기법이나 푸코와 라캉 이야기도 살짝 등장하지만 흥미를 돋우는 양념으로 삼을 따름이다.

인공지능이 대거 등장하는 근미래의 법적 윤리적 문제야말로 그가 다루어볼 수 있는 영역이라는 생각에서 이와 관련된 차기 소설을 이미 준비하는 중이다. 그는 소설 연극 영화를 막론한 모든 이야기들은 "가장 있을 법하지 않은데도 기어이 현존하고 마는 이 불완전한 세계에 대한 야유"라며 "현실의 완고한 관성에 언제나 복종하고 마는 무력한 자신에서 벗어나려는 간절한 소망"이라고 산문집에 정의했다.

〈2018.5.14.〉

위안부 고통에 연대하는
벵골 여성들

아크샤 타힌 소설가

방글라데시 여성 작가 샤힌 아크타르(54)를 서울 연희문학창작촌에서 만난 건 지난 2일 오후였다. 그를 만나러 가는데 방글라데시 수도 다카 외곽 식당에서 테러범들이 인질들을 붙잡고 총격전을 벌이고 있다는 속보가 연이어 올라왔다. 그날 사태는 코란을 외우지 못하는 인질 20여 명이 참혹하게 살상당하는 참극으로 이어졌다. 아크타르는 서울문화재단 연희문학창작촌이 '문학이 기억하는 도시-서울, 아시아'를 부제로 내걸고 개최한 '2016 아시아문학창작워크숍'(6월29일~7월3일)에 참가하기 위해 서울에 왔다. 이 행사는 중국 몽골 일본 터키 필리핀 태국 인도네시아 인도 등 9개국 작가가 참여해 낭독공연을 하고 아시아 현대사와 자신들의 문학에 대해 이야기를 나누는 형식으로 진행됐다.

이 행사에 참석하기 위해 터키 작가가 서울에 도착하던 지난달 28일에도 40여 명이 사망한 이스탄불 국제공항 테러가 일어났다. 말 그대로 '요동치는'

아시아가 새삼스럽게 실감되는 일련의 참극이었다. 아크타르는 "이런 종류의 테러가 다카에서 일어나기는 처음"이라며 "가까운 사람들 안위가 걱정되고 이런 현실이 닥쳐서 슬프고 걱정된다"고 운을 뗐다.

아크타르는 방글라데시 여성들의 현실을 천착하면서 하층민들의 삶을 세밀하게 들여다보고 자국의 역사에도 깊은 관심을 보이는 작품들을 써왔다. 다카 대학에서 경제학을 공부한 뒤 인도로 건너가 다큐멘터리 영화를 배우고 다시 다카로 돌아와 소설로 전향해 많은 작품들을 써왔다. 그중에서도 그녀의 두 번째 장편 『수색』(2004년)은 특히 눈길을 끌었거니와 그는 이 작품에서 1971년 파키스탄과 해방전쟁을 벌일 때 강간당한 벵골 여성들의 전후 학대 현실을 깊이 들여다보았다.

"정확한 숫자는 알려지지 않았지만 수백만 여성들이 파키스탄과의 전쟁에서 피해를 입었습니다. 전후 그들을 사회에 통합시키기 위한 일시적인 노력은 있었지만 몇 년 안에 그들의 존재는 금방 잊히고 말았지요. 방글라데시의 공식 담론은 '이 여성들이 파키스탄군에 의해 강간당했기 때문에 고통받는 것이지 자신들이 비판받을 이유는 없다'는 태도입니다. 전쟁이 끝나고 방글라데시가 독립된 이후에도 정부로부터 버려지고 제대로 치유되지 못하고 있는 현실에 대한 문제 제기를 하고 싶었던 거죠."

1억6000만 명에 이르는 방글라데시 인구의 압도적 다수인 85%가 이슬람교이고 나머지는 힌두교와 기독교, 소수의 불교도로 구성됐다. 강간 피해 여성들이 종교적인 이유로 고통받는 건 아니라고 했다. 힌두교의 경우 다른 종교를 지닌 남자에게 강간당할 경우 집안에서 내쫓기기도 하지만 이슬람은 오히려 받아주고 잘 돌보려고 한다고 했다.

그녀는 이 장편을 쓰기 위해 강간 피해여성들을 인터뷰하러 다니던 무렵인 2000년 12월 도쿄에서 열린 '일본군 성노예 전범 여성국제법정' 현장에도 참석했다. 중국 대만 인도네시아 등 8개 아시아 국가 위안부 피해자들이 참석한 세계 시민 재판 형식의 이 법정에서는 히로히토 일왕과 일본 정부, 전범 9명에게 유죄를 선고했다. 방글라데시에서는 피해 여성들에게 '영웅'이라는 호칭을 붙여주었지만 그 영웅들은 사회에서 외면당한 채 비참한 삶을 살고 있었는데 도쿄의 증언 소식을 듣고 큰 용기를 얻었다고 했다. 이미 많은 방글라데시 '영웅'들을 인터뷰하고 있던 터에 도쿄 재판에까지 참여해 아크타르의 장편 집필은 더욱 탄력을 받았던 셈이다.

"파키스탄도 우리에게 사과하지 않은 건 마찬가지이지만 일본이 위안부 피해자들에게 제대로 사과를 하지 않고 있다는 사실은 참으로 안타깝습니다. 한국에 있는 일본 대사관 앞 소녀상을 일본이 철거하라고 요구한다는데 우스운 얘기입니다. 한국 정부가 이를 협상 대상으로 받아들인다면 더 말이 안 되는 거죠."

그녀가 작품에서 드러내는 남성 중심의 가부장적 현실의 윤곽을 진지하게 대면하기보다는 자신에게 페미니스트 딱지를 붙이고 쉽게 외면해버리는 현실도 안타깝다고 했다. 자신이 여성들의 현실뿐 아니라 역사를 소재로 한 다양한 작품들을 쓰고 있는데 페미니스트로만 규정하는 건 오해라는 것이다.

국내에는 아직 번역된 그의 장편들이 없고 유일하게 「화장품 상자」라는 단편이 계간 《아시아》 10주년 기념호에 소개돼 있을 뿐이다. 창녀라는 이유로 묻힐 곳을 찾지 못하는 살해당한 여동생 시신을 끌고 헤매는 언니 이야기다. 어렵사리 남 몰래 강가에 묻은 동생의 무덤에 '히잘 꽃'들이 떨어져 핑크빛 이불처럼 덮어주는 묘사가 인상적이다. 이 작품을 소개한 전승희씨가 장편 『수색』을 한글로 번역하는 중이다.

어린 시절부터 문학을 좋아했던 외삼촌과 어머니 영향을 받았고 코밀라에서 홀로 수도 다카로 올라와 기숙사 생활을 하며 대학시절을 보내면서 혼자 지내야 하는 다카 여성들의 수난을 체험한 뒤 후일 이 시절을 첫 소설 『도망갈 곳은 없다』에 담아내면서 본격적으로 소설을 쓰기 시작했다. 다큐 영화를 찍다가 "눈앞 사실보다도 오히려 허구를 통해 더 많은 이야기를 할 수 있을 것 같아서" 소설로 전향했다고 했다.

방글라데시에서는 보통 작가들이 매년 2월에 열리는 북페어에 출품하기 위해 1년에 한 권씩 작품을 내놓지만 자신은 3~4년 만에 완성하는 리듬이어서 출판업자들이 너무 게으른 거 아니냐고 묻는다고 했다. 그는 자신만의 스타일을 고집하며 공을 들여 신중하게 쓰는 일에 매진하고 있다고 답했다. 주제를 정하면 그것에 맞는 형식을 고민해 지금 5번째 장편을 쓰고 있지만 그동안 집필한 작품들의 스타일이 모두 다르다고 했다. 인권단체에서 실무자로 일하면서 무슬림 여성들의 글을 모아 엔솔로지 3권을 편집하기도 했다.

아크타르는 "파키스탄과 인도에서 열린 문학제에 참석한 적이 있지만 그 행사들은 완전히 상업적인 성격이었다"면서 "서울 작가 워크숍은 각국의 언어를 존중하면서 진지하게 서로 문학을 나눌 수 있어서 좋다"고 말했다. 짧은 체류 기간이지만 깨끗하고 잘 조직된 환경과 한국 사람들의 친절이 인상적이었다고 덧붙였다.

태평양과 대륙을 넘어선 구미의 문학은 잘 알면서 정작 같은 문화권의 아시아에 대해서는 잘 모르는 현실은 분명 제국주의적 질서의 유산일 터이다. 우리가 모르고 있을 뿐, 아시아 각국에서도 자신들의 현실을 담아낸 핍진한 문학은 두말할 것도 없이 축적됐다. 샤힌 아크타르는 "제가 쓰는 작품이 사회를 바꿀 수 있다고는 생각하지 않지만 간접적으로 도움이 될 수는 있다고 생각한다"면서 척박한 현실에서 길어낼 궁극적인 아름다움에 대해 말했다. 순한 미소가 평화로웠다.

"세속적인 이야기보다는 영적으로 아름다운 것이 좋아요. 이 끔찍한 세상에서 아름다움을 찾아내보고 싶습니다."

〈2016.7.7.〉

*샤힌 아크타르는 2018년 11월 8일 광주 국립아시아문화전당에서 열린 제2회 아시아문학페스티벌에 참가해 '차별없는 세상을 향하여'를 발제하고 토론했다.

저승인들 무어 다르랴

신경림 시인

충무항에서 배를 타고 남해의 섬으로 민요기행을 떠나던 시절 신경림(79) 시인은 이제 막 50대에 접어들었고 나는 파릇한 20대 청춘이었다. 그 사이 30년이 흘렀다. 겉으로 달라진 건 팔순의 선생 얼굴에 주름이 더 늘었다는 것, 이제 그의 옛 나이 50대에 겨우 당도한 내 머리칼이 불경스럽게도 조백투白이라는 것, 이런 사소한 외피의 변화들만 빼면 사실 달라진 건 그리 없다. 선생은 변함없는 동안이었고, 웃을 때 짧게 안으로 말아서 내는 경쾌한 성음은 여전히 정겨웠다. 11번째 시집 『사진관집 이층』(창비)이 나와 오랜만에 인사동에서 만난 그날은 이전과 조금 다른 느낌이었다. 선생은 술을 마시지 않았고, 살아온 날들이 '행복하지 않았다'고 여러 번 말했다.

"지금도 밤늦게 술주정 소리가 끊이지 않는/ 어수선한 달동네에 산다/ 전기도 없이 흐린 촛불 밑에서/ 동네 봉제공장에서 얻어온 옷가지에 단추를 다는/ 가난한 아내의 기침 소리 속에 산다/ 도시락을 싸며 가난한 자기보다 더 가난한 내가 불쌍해/ 눈에 그렁그렁 고인 아내의 눈물과 더불어 산다// 세상은 바뀌고 바뀌고 또 바뀌었는데도/ 어쩌면 꿈만 아니고 생시에도/ 번지가 없어 마을 사람들이 멋대로 붙인/ 서대문구 홍은동 산 일 번지/ 떠나온 지 마흔 해가 넘었어도/ 가난한 아내와 아내보다 더 가난한 나는/ 지금도 이 번지에 산다"(「가난한 아내와 아내보다 더 가난한 나는」)

이 시에 등장하는 아내와는 7년 정도 살다 사별했다. 일곱 살, 네 살, 두 살 된 아이들을 남겨둔 채 아내는 고생만 하다 떠났다. 젊은 아내를 잃은 애통은 이전 시집들에도 간간이 배어나온다. 이를테면 "아내는 눈 속에 잠이 들고/ 밤새워 바람이 불었다/ 나는 전등을 켜고/ 머리맡의 묵은 잡지를 뒤적였다"(「고향에 와서」)랄지, "아내가 고향에 가 묻히던 날은 비가 내렸다/ …비가 내렸다 그녀와 헤어지던 그 가을/ 무력한 내 손에 꽂히던 연민과 경멸의 눈빛/ 머리칼이 젖고 목덜미가 젖고 나뭇잎이 젖고/ 우리들 오랜 떨림과 기쁨이 젖고"(「비」)처럼 죽은 아내를 시에서 불러내곤 했다. 그 아내가 이번 시집에도 다시 나와 눈물 그렁거리며 '자기보다 더 가난한 시인'을 불쌍해한다.

1970년대 '안양 비산동 489의 43'에서 시인은 아버지와 할머니와 아내를 모두 잃었다. 100호 남짓한 동네에 초상 난 집이 한 곳도 없었는데 유독 시인의 집에서만 세 번이나 상을 치렀다고 했다. 아버지는 중풍의 반신불수로, 할머니는 치매로, 아내는 암으로 앓다가 세상을 떠났다. 그 시절 사찰기관에서는 하루도 빠지지 않고 형사가 출근해 그의 동태를 살폈고, 다니던 출판사마저 '기관'의 뻔질난 출입 때문에 그만두어야 했다. 집안의 어두운 환경에다 실직까지 겹쳤으니 최악의 시절이었던 셈이다. 되돌아보면 그나마 그 시절로 돌아가고 싶다고 했다. 암울한 시절이었지만 그때는 그래도 희망이 있었다고 했다. 핍박이 아무리 심해도, 그럴수록 들떠서 활기가 넘치던 때였다고 했다.

"그리워서 찾아가는 나의 젊은 날이 싫다./ 아무것도 하는 일 없이 빈둥대다가 저녁이 되면/ 친구들을 만나 터무니없이 들뜨던 술집이 싫고,/ 통금에 쫓겨 헐레벌떡 돌아오면 늦도록 기다리다/ 문을 따주던 아버지의 앙상한 손이 싫다./ 중풍으로 저는 다리가 싫고/ 죽은 아내의 체취가 밴 달빛이 싫다./ 지금도 꿈속에서 찾아가는, 어쩌다 그리워서 찾아가는/ 어쩌면 다시는 헤어나지 못한다는,/ 헤어나도 언제가 다시 닥칠지 모른다는 두려움에 떨던,/ 나의 마흔이 싫다."(「나의 마흔, 봄」)

그 시절이 그립다면서도 시에서는 정작 '싫다'를 연발하지만, 그립다는 말과 크게 다르지 않거니와 오히려 더 간곡한 그리움이 담긴 반어법으로 읽힌다. 팔순에 이른 생물학적 나이 때문인지 이번 시집에는 유난히 슬픔이 배면에 깔린 듯하다. 한글로 시를 써온 반세기 동안 신경림 시인은 시단은 물론 독자들에게 뜨거운 사랑을 받은 '성공한' 시인이었음은 누구도 부인할 수 없다. 왜 그리 행복하지 않느냐고 재우쳐 묻자 시인은 "사람 사는 게 슬픈 거 같아. 왜 그런지는 모르겠어. 하여간 뜻대로 사는 사람이 별로 없잖아? 뜻대로 살아도 별게 아니고…"라고 부연했다. 태생이 슬프다는 말도 납득하겠고 뜻대로 사는 사람이 별로 없다는 말에는 동의하겠지만 '뜻대로 살아도 별게 아니다'는 시인의 허무는 날카롭게 가슴을 벤다.

시인은 어린 시절부터 고향에서 제일 먼 곳, 절대로 돌아올 수 없는 곳까지 가서 살고 싶은 게 꿈이었다고 했다. 1990년대에 이를 때까지는 여권이 발급되지 않아 나라 바깥으로 나갈 수 없었고 대신 전국을 민요기행 등을 빙자해 떠돌아다녔다. 1994년 처음으로 여권이 나와 그때부터는 1년에 서너 번씩 줄기차게 해외여행을 다녔다. 주로 프랑스, 독일, 일본, 중국 같은 나라에서 초청을 받아 나갔고, 이집트나 쿠바, 멕시코, 콜롬비아까지 다녀왔다. 시인은 정작 그리 많은 곳을 돌았어도 정릉 골목에 붙박여 30년을 살았던 어머니보다 더 많이 본 건 없는 것 같다고 썼다.

"어머니가 본 것 수천 배 수만 배를 보면서,/ 나는 나 혼자만 너무 많은 것을 보는 것을 죄스러워했다./ 하지만 일흔이 훨씬 넘어/ 어머니가 다니던 그 길을 걸으면서,/ 약방도 떡집도 방앗간도 동태 좌판도 없어진/ 정릉동 동방주택에서 길음시장까지 걸으면서,/ 마을길도 신작로도 개울도 없어진/ 고향집에서 언덕밭까지의 길을 내려다보면서,/ 메데진에서 디트로이트에서 이스탄불에서 끼예프에서/ 내가 볼 수 없었던 많은 것을/ 어쩌면 어머니가 보고 갔다는 걸 비로소 안다.// 정릉동 동방주택에서 길음시장까지,/ 서른 해 동안 어머니가 오간 길은 이곳뿐이지만."(「정릉동 동방주택에서 길음시장까지」)

요즘도 홀로 두세 시간씩 버스를 타고 낯선 곳으로 가서 골목길을 헤매기도 하고 찻집에 앉아 있다가 돌아오는 게 소소한 일상이라고 했다. 혼자 있는 게 전혀 외롭지 않고 오히려 홀가분하다고 한다. 두보杜甫를 닮은 '한국의 시성詩聖'이라는 별칭이 썩 어울린다. 신경림 시인이 젊은 시절 시가 아닌 소설도 열심히 썼다는 사실은 모르는 이가 많다. 주변에서 시가 더 맞는 것 같다고 충고했을 뿐 아니라 본인도 진득하지 못한 자신의 성정을 돌아보고 포기했다고 한다. 그는 이번 시집 표제작 「사진관집 이층」에서 자신의 오래된 꿈을 담담하면서도 명징하게 고백한다.

"사진관집 이층에 하숙을 하고 싶었다./ 한밤에도 덜커덩덜커덩 기차가 지나가는 사진관에서/ 낙타와 고래를 동무로 사진을 찍고 싶었다. / …살아보지 못한 새로운 세상으로 가는 첫날을/ 다시 그 삐걱대는 사진관집 이층에 가 머물고 싶다."

시인은 이미 예전 시편에서 "저승인들 무어 다르랴 아옹다옹 얽혀 살던/ 내 가족 내 이웃이 다 거기 가 살고 있는데"(「강 저편」)라고 직설적으로 읊은 적 있다. 두말할 것도 없이 '살아보지 못한 새로운 세상'이란 이승의 경계 너머를 이르는 말일 터이다. 동안의 시인이 이쪽 경계에서 더 써야할 시를 기다리는 독자들은 많다. 그의 절친이자 고등학교 선배인 유종호 대한민국예술원 회장이 그날 인사동에 나와 "늙을수록 시에서 허풍이 사라지기 때문에 더 훌륭한 시를 쓸 수 있다"면서 "행복하지 않은 대신 시를 건지지 않았느냐"고 옆에서 거들었다. 시인에게 물으려다 말았다. 다시 태어나 세속의 행복과 시 중에서 택일할 수 있다면 어느 걸 고르겠느냐고.

〈2014.1.20.〉

자유로운 영혼과 활달한 기개

이시영 시인

지난주 토요일(2014.11.22) 서울 중구 다동 일대 주점에서는 문인들의 노랫소리와 술잔 부딪치는 소리가 흘러나와 스산한 가을밤을 덥혔다. 한국작가회의 소속 문인들이 서울시청 다목적 홀에서 창립 40주년 행사를 마치고 쏟아져 나와 이곳에서 뒤풀이를 치른 것이다. 지방에서 올라왔거나 새벽에 미처 귀가하지 못할 문인들을 위해 주최 측은 인근 여관까지 잡아놓고 친절하게 약도를 인쇄해 배포하기도 했다. 엄혹한 유신체제에 맞서 성명을 낭독하면서 시작된 '임의 단체'가 이제 성년을 훌쩍 넘기고 책임감 막중한 '사단법인'이 되어 불혹의 나이에 이른 것이다. 팔순의 고은 시인에서부터 이십대 소설가까지 모처럼 한자리에서 만난 이들은 빛깔은 다르지만 모두 깊은 감회에 젖어든 풍경이었다.

행사 하루 전인 지난주 금요일 오후, 광화문에서 한국작가회의 이사장을 맡고 있는 이시영(65) 시인을 만났다. 그는 작가회의 전신인 자유실천문인협의

회(자실)가 1974년 출범할 때 문인 101인 성명서를 낭독하는 고은 시인 뒤에서 소설가 송기원과 플래카드를 들고 서 있던 26살의 청년이었다. 자실의 막내였던 그가 이제 그 단체의 대표가 되어 40주년 행사를 준비하고 치러낸 것이다.

"뭣도 모른 채 플래카드 들고 거리의 결사체로 시작해 40년이 지나 그런 단체의 장이 돼서 기념식을 치르리라곤 꿈에도 몰랐습니다. 강령이 있던 것도 아니고 사무실이 따로 있던 것도 아니었습니다. 우리가 들고 다니는 가방이 캐비닛이었고 앉아 있는 곳이 사무실이었죠. 101명으로 시작된 그런 단체가 이제 지회 지부까지 합쳐 3000명이 넘는 회원을 거느리는 문인 대중단체가 됐습니다. 내일 행사에서 이사장 자격으로 폐회사를 할 때 '작가회의 40년 기념식을 끝으로 이상 해산하겠습니다'라고 말하는 건 어떠냐고 농담한 적도 있습니다."

물론 다음날 그가 농담을 실천에 옮긴 건 아니다. 사실 1974년 생겨난 '거리의 문인단체'는 그 시대가 요구한 자연스러운 내발적 표출이었다고 보는 시각이 맞다. 4·19혁명의 기운이 10여 년간 무르익어 김동리 조연현이 장악한 문인협회만으로는 감당할 수 없는 시대적 상황이었던 것이다. 이후 1984년 5공화국의 문인 탄압이 절정을 이루던 시점에서 재창립을 했고, 6월 항쟁 이후에는 '민족문학작가회의'라는 명칭으로 바뀌었다가 글로벌시대에 맞춰 '한국작가회의'로 거듭난 과정이 시대마다 달라진 요구를 대변한다.

"신경림 시인의 『농무』나 황석영의 『객지』 같은 새로운 문학이 나오지 않았다면 자실 창립은 불가능했을지 모릅니다. 이런 조건에서 김지하라는 인물이 옥중에서 투쟁하는 가운데 고은이라는 순수 허무주의 시인이 급격한 전향을 해서 열정을 불살랐고 백낙청 염무웅 같은 평론가들이 《창비》라는 후방기지에서 이론을 생산해내면서 단체가 생겨나고 지속 가능했던 거지요. 이제 박민규에서 고은까지 3세대가 공존하는 거대 단체가 됐어요. 이들에게 공통되는 최소 강령은 '민주주의'밖에 없을지 모릅니다. 그렇지만 이 시대의 문학적 요구도 점차 선명해질 것 같습니다. 세월호 사건 이전과 이후의 문학이 확연히 달라지리라고 봅니다. 이미 그런 조짐은 나타나고 있습니다."

　1970년대나 1980년대처럼 '운동'이 전면에 부각되어서는 안 되고 문학을 통해 삶을 증언하고 풍요롭게 하는데 우선 방점이 찍혀야 한다는 내부 목소리도 있다고 한다. 그렇지만 젊은 문인 회원들이 피상적으로 알던 '유신'이나 '광주' 같은 과거에 비해 '세월호'는 직접 어린 생명들이 수시간에 걸쳐 수장되는 과정을 생생한 중계 영상으로 접한 것이어서 이들이 느낀 충격은 결코 만만치 않을 것이라는 진단이다. 문학동네에서 펴낸 박민규 진은영을 비롯한 젊은 문인들의 에세이집 『눈먼 자들의 국가』가 작지 않은 파장을 일으킨 데서 증명되듯이 '새로운 참여문학'이 전개될 것이라고 이시영 시인은 본다.

　전남 구례에서 자작농의 아들로 태어나 전주 영생고를 거쳐 서라벌예대 문예창작과를 졸업한 이 시인은 대학 입학 이듬해인 1969년 《중앙일보》 신춘문예와 《월간문학》에 시조와 시가 연달아 당선되면서 무난하게 문단에 입성했다. 이미 고교시절부터 《학원》 문단에서 이름을 날렸던 문학 영재였다. 서정주 김동리가 그의 스승이었다. 대학시절에 단짝이 된 소설가 송기원도 만났다. 이 두 사람은 흑석동 하숙집에 같이 있다가 엉겁결에 '남산'으로 끌려갔다. 1974년 1월 7일 문인 61인 개헌지지 선언자 명단에 평론가 염무웅이 허물없는 후배들이라고 이름을 올린 탓이었다. 그것이 그의 기나긴 인생의 한 방향을 결정지은 단초가 되었다. 이후 이시영과 송기원은 자실의 막내로 잡다한 실무를 감당하는 '움직이는 사무실'이 된 것이다. 1980년 출판사 창작과비평사에 입사하면서는 창비의 주간이자 편집장으로 폐간을 겪었고, 김지하 시집 『타는 목마름으로』를 펴낸 뒤 끌려가 고초를 당했으며, 80년대 말에는 황석영의 방북기를 계간지에 실었다가 급기야 구속까지 되었다.

　그가 1976년 펴낸 첫 시집에는 「정님이」나 「후꾸도」 같은 이야기 시가 농촌 공동체의 서정적인 감성을 배경으로 흘러간다. 관념적인 시들이 대접을 받는 1960년대 후반 신경림 시인의 「농무」 같은 이야기 시가 던진 충격은 컸다. 장삼이사의 이야기를 잘 포착해서 들려주는 것만으로도 감동을 수반한 훌륭한 문학이 될 수 있다는데 이 시인은 눈을 떴다고 했다. 교과서에도 실려 있는

「정님이」의 마지막 부분은 이렇게 흘러간다.

'빈 정지 문 열면 서글서글한 눈망울로/ 이내 달려나올 것만 같더니/ 한번 가 왜 다시 오지 않았는지 몰라/ 식모 산다는 소문도 들렸고/ 방직공장에 취직했다는 말도 들렸고/ 영등포 색시집에서 누나를 보았다는 사람도 있었지만/ 어머니는 끝내 대답이 없었다/ 용산역전 밤 열한 시 반/ 통금에 쫓기던 내 팔 붙잡다/ 날랜 발, 밤거리로 사라진 여인'

그는 "밭에서 무까지 다 뽑고 가을걷이가 끝나면 시골의 적막한 풍경을 견디지 못하고 집중적으로 처녀들이 야반도주를 했는데, 뭔가 쓸쓸하고 기적 소리 울리면 떠나고 싶은 그런 아련한 정서가 내 시의 기본 바탕을 이룬 것 같다"고 말한다. 첫 시집 이후로는 80년대 고난의 터널을 통과하면서 시에 집중하지 못하다가 10여 년이 지난 뒤에서야 후속 시집을 냈다. 이후 그는 신문 기사를 시로 원용하는 형식 실험도 하고 짧은 한두 행의 시를 구사하기도 하면서 이야기 시와 짧은 시를 오가는 창작 활동을 펼쳤다. 2003년 창비주간 겸 부사장 직함을 마지막으로 '자유인'이 되면서 펴낸 『은빛 호각』 같은 시집에 이르러서는 시대의 부채감에서 벗어나 자유로운 서정을 한껏 펼치면서 백석문학상 현대불교문학상 등을 연달아 수상했다. 단국대 문예창작과 초빙교수이자 이 대학 국제문예창작센터의 책임자까지 겸하고 있는 그는 담담하게 만년의 소망을 털어놓는다.

"사회적 책임에 매여 나 자신을 뛰어넘는 큰 세계, 대자유를 체험하지 못했습니다. 일상에서 고뇌하면서 성실하게 살아낸 두보의 삶도 훌륭하지만 이백 같은 자유로운 삶과 기개가 부러운 게 사실입니다. 문학이란 기본적으로 자유로운 영혼과 활달한 기개에서 나오는 거지요. 이젠 나 자신의 삶을 살고 싶습니다."

〈2014.11.24.〉

*이시영 시인은 한국작가회의 16대(2012.2.11.~2016.1.23) 이사장을 역임했다.

여기까지 온 건
내가 나를 믿었기 때문입니다

문
정 ^시^인
희

'체 게바라가 볼리비아 정글에서 마지막 숨을 거둘 때 시를 필사한 녹색 노트를 품고 있었다지요? 쿠바 혁명의 자궁 속에는 시가 들어 있다고 생각했습니다. 그 시의 나라에 왔습니다. 두 번째 방문인데 처음에 왔을 때는 물과 화장실, 이 두 마디밖에 알지 못했습니다. 어린아이 말 같지만 생명을 유지하는 데 긴요한 단어지요. 오늘 나는 절박한 말 하나, 더 배웠습니다. 레스 키에로! 당신들을 사랑합니다!'

지난달 12~16일 한국과는 미수교국인 쿠바의 아바나 카바냐 성에서 국제도서전이 열렸다. 올해 31개국에 199개 출판사, 24개국 문인 184명이 초청된 이 도서전은 쿠바에서 가장 역사가 오래된 문학행사로 꼽힌다. 한국문학번역원(원장 김성곤)과 외교부 후원으로 한국 문인으로는 공식적으로 처음 문정희 시인과 소설가 오정희가 이 도서전에 참석했다. 개막 다음날 아바나 시내 호텔 나시오날에서 열린 '한국문학의 밤'에서 문정희 시인은 준비해간 원고를 제

쳐놓고 즉흥적으로 소감을 털어놓았다.

"쿠바 국민을 절반은 만난 것 같아요. 사람들이 너무너무 많이 왔어요. 많은 해외 도서전을 가봤지만 그렇게 열광적인 반응은 처음이었습니다. 그 열기에 도식적인 연설은 어울리지 않을 것 같아 원고는 던져버렸지요."

쿠바 행사를 마친 뒤 지인들이 있는 미국으로 건너가 머물다가 지난주 수요일 밤 늦게 귀국한 문정희 시인을 이른 오전 호텔 커피숍에서 만났다. 귀국 다음 날에는 미당 탄생 100주년 시낭송회에 참석했고, 인터뷰 당일은 조찬 모임에 연사로 초빙돼 막 행사를 끝낸 참이었다. 얼굴에 피로한 기색이 보여도 시인의 목소리에는 아직 쿠바의 열기가 남아 있었다. 그는 스페인어로 번역된 자신의 시집 『나는 문이다』를 들고 갔는데 그날 연설 말미에 "문(moon)은 영어로는 달이지만 한국에서는 문학이자 여닫는 문이기도 하다"면서 "나는 여러분의 창문을 통해 문학을 열고 싶은데 뮤즈가 만져지거든 나를 기억해 달라"고 맺었다고 부연했다.

"프랑스나 미국 같은 곳의 환대는 가부장적인 동아시아에도 우리와 생각이 통하는 당신 같은 여성 시인이 있다니 놀랍다는 반응으로 느껴집니다. 쿠바에서는 좋은 시인 그 자체에 대한 열광을 느꼈어요. 쿠바는 체제만 사회주의이지, 국민 감수성은 발랄하고 깨어 있는 편입니다. 이 나라에서는 시라는 존재가 권위 있을 뿐 아니라 성스럽기까지 하고 자신들이 사랑해야 할 본질적인 가치로 받아들이는 느낌을 받았습니다."

자본주의적 시각으로 바라보면 변방의 작은 나라 도서전에 큰 의미를 부여할 수 없을지 모르지만 쿠바는 언어의 힘과 순수한 열정이 살아 있는 국가라고 그는 말했다. 자본주의의 문학 언어는 엔터테인먼트의 일부로 재미있어야 하는 강박에서 자유로울 수 없지만, 쿠바는 아직도 다른 오락물이 많지 않으니 순수 문학에 자연스레 집중할 수 있는 측면도 있다고 덧붙였다.

이번 도서전에 가지고 간 문정희의 스페인어 시집을 쿠바 출판사 두 곳에서 출판하고 싶다고 제안했다. 아바나에서 발행하는 유서 깊은 타블로이드판 문학신문은 그녀의 시 10편을 게재하겠노라고 허락을 구하기도 했다. 도서전 주최 측에서는 '한국문학의 밤' 행사를 준비하면서 쿠바의 대학생들에게 미리 문정희의 시 「집 이야기」와 「화장을 하며」를 읽힌 후 독후감을 그림으로 받아놓았다. 이 중 우수상 2명을 가려 행사장에서 문 시인이 직접을 시상을 했는데 라틴 특유의 화려한 색감과 판타지가 가미된 수작이었다.

"태어날 때부터 여자들은/ 몸 안에 한 채의 궁전을 가지고 태어난다/ 그래서 따로 지상의 집을 짓지 않는다/ 아시다시피 지상의 집을 짓는 것은 남자들이/ 철근이나 시멘트나 벽돌을 등에 지고/ 한 생애를 피 흘리는/ 저 남자들의 집짓기, 바라보노라면/ 홀연 경건한 슬픔이 감도는/ 영원한 저 공사판의 사내들/ 때로 욕설과 소주병이 나뒹구는/ 싸움을 감내하며/ 그들은 분배를 위한 논리와/ 정당성을 만들기 위한 계략을 세우기도 하지만/ 우리가 사랑하는 남자들은/ 이내 철거되고야 말 가뭇한 막사 한 채를 위하여/ 피투성이 전쟁터에서 생애를 보낸다"(「집 이야기」)

문정희는 여성성과 야성의 생명력이 넘치는 시 세계를 구축해왔다. 태어날 때부터 생명을 키우는 '궁전'을 지니고 나온 여성에 비해 평생 집 한 채 구하기 위해 투쟁하며 살아야 하는 남성을 연민의 시선으로 바라보는 「집 이야기」는 그녀의 작품세계를 상징적으로 보여주는 명편이다. 시인 자신조차 해독할 수 없을지 모를 난해한 관념어를 나열해 놓고 한 울타리 속 이른바 전문가들의 엄호 아래 문학상으로 권위를 인정받는 스타일에 비하면, 좌고우면할 필요 없는 생생함이 오히려 투박하게 느껴지는 시편이다.

"한국 시의 수준은 굉장히 높은 편입니다. 한국인만의 사투리에 갇혀 있을 필요는 없어요. 우리는 한국에 살지만 지구에 사는 글로벌 시인이기도 합니다. 국경은 더 이상 무의미해요. 작년에 일본에 갔을 때 미시마 유키오의 연인이었던 시인이 당신의 국적은 '시의 나라'라고 말해 감동한 적이 있습니다. 아무리 글로벌 시를 지향해도 한국인의 생래적 지문과 나이테는 그대로 남을 테니 걱정할 것 없습니다. 진정 좋은 작품은 번역을 뛰어넘고 작은 오역조차 소통에 방해될 것 없다고 봅니다."

문정희는 일 년이면 최소 서너 번 이상은 해외 각지의 도서전이나 시낭송축제에 초청을 받아 세계무대를 누비는 중이다. 재작년에는 프랑스의 봄을 여는 유명한 '프랑스 시인들의 봄'에 초청받았고 비엔나, 베를린, 튀빙겐 등지를 돌아 지난해에는 일본에서 중국 시인 베이타오, 신경림 시인들과 더불어 시를 교류했고 사마천학회 초대로 시안에 가서 자신이 썼던 사마천 시의 무대를 직접 돌아보기도 했다. 올 4월에는 스페인 마드리드 대학에, 여름에는 러시아어 번역시집 출간에 맞춰 모스크바에 간다. 영어 불어 스페인어를 포함해 인도네시아어, 알바니아어에 이르기까지 다양한 언어로 여러 나라에서 그녀의 시집이 번역됐다. 연전에는 스웨덴에서 시카다상까지 받았다.

국내에서는 지난해 한국시인협회 회장으로 취임해 바쁜 나날을 보내는 중이다. 지난달 시인협회 신년회 겸 봄맞이 행사에 문정희 회장은 회원들에게 의상에 초록 깃털을 꽂고 나오라고 사발통문을 보냈다. 문 시인은 이제 죽음의 터널에서 빠져나와 생명의 모드로 전환하자는 의지의 상징으로 녹색 드레스코드를 주문했다고 한다. 그는 지금 이 시대 문학이 껴안아야 될 강력한 주제는 바로 '생명'이라고 거듭 강조했다.

"여행을 하면 좀 더 온몸으로 살아야겠다는 생에 대한 강렬한 의욕이 생겨요. 더 이상 주저하고 멈칫거리거나 수식을 많이 달지 않으려고 해요. 시간이 없습니다. 생명을 포효하기에도 아까워요. 사실 나의 내면은 늘 팽개쳐진 아웃사이더였요, 노마드였습니다. 떠도는 이산의 삶, 디아스포라 그것이었죠. 내가 가고 있는 (문학의) 길이 맞다고 믿는 일이 힘들었습니다. 여기까지 온 건 기죽지 않고, 내가 나를 믿었기 때문에 가능했을 겁니다."

시인은 "내가 먹어야 할 유일한 푸드는 고독, 마셔야 할 유일한 공기는 자유"라고 말미에 덧붙였다. 자유, 고독, 디아스포라… 언어와 국경을 넘나들며 생명을 품는 시인의 높고 가난한 남은 양식이다.

〈2015.3.2.〉

배고플 때 먹으면 눈물 나고
배불리 먹으면 죄스러운

박
남 ^{시인}
준

"혼자 먹는 밥은 눈물 나고 배고픔을 달래기 위해 먹는 밥은 쓸쓸했거든. 주변에서 풀을 뜯어와 된장 풀고 혼자 가지고 들어와 먹는 거지. 물양치질까지 끝내고 아랫목에 누워 있다가 벌떡 일어나 바깥세상은 아직 아우성인데 나만 혼자 산속에서 이렇게 행복하게 배불러도 되는 건가, 죄스러웠어."

경남 하동군 악양면 동매리, 지리산 자락에 홀로 사는 박남준(59) 시인에게 먹는다는 건 "배고플 때 먹으면 눈물 나고 배불리 먹으면 죄스러운" 행위였다. 시인은 일찍이 전주 인근 모악산 빈집으로 들어가 '사지 않고 쓰지 않는' 삶을 실천하기 시작했다. 시를 써서 받는 최소한의 원고료만으로는 도심에서 살기 어려웠다. 산속에 들어가 쌀과 된장만으로 주변에 널린 푸성귀만 얹어서 문명의 값을 치르지 않는 삶을 시도한 것이다. 그가 차려온 밥상은 모악산과 지리산에 25년 넘게 살면서 터득해온 생계형 레시피인 셈이다.

소박하지만 주변의 자연을 활용해 꾸려내는 시인의 솜씨는 최근 소설가 공지영이 그와 함께 1년간 체험한 에세이 『시인의 밥상』(한겨레출판)으로 출간됐다. 호박국, 콩나물국밥, 가지선, 굴밥, 유곽, 도다리쑥국, 진달래화전, 냉이무침, 채소 겉절이, 토마토 장아찌, 냉소면, 오방색 다식, 생감자 셰이크 같은 시인의 레시피들을 소개한다. 이 레시피들에 같이 맛을 본 사람들 이야기를 풍성하게 얹었다. 시인을 만나러 악양에 내려갔다. 시인은 너무 알려져 번잡해진 모악산 집을 떠나 13년 전쯤 이곳 악양으로 들어왔다.

"세상에 없는 음식들을 차려 먹은 것인데, 퓨전이라기보다 배고픔을 달래기 위한 것이었어. 반찬 플라스틱통 내놓고 혼자 밥을 먹으려면 너무 고통스럽고 쓸쓸했거든. 내가 이렇게 살아야 하나, 존재론적 회의마저 밀려오니 견딜 수가 없었어. 그럴 때 문득 마당에 나가 잎 하나 꽃 하나 가져와 그릇에 얹고 김치라도 덜어 먹으면 너무나 다르더라고. 그건 멋을 내기 위한 장식이 아니라 울지 않기 위한 짓이었어."

텃밭에 시인이 직접 키운 재료를 중심으로 주변 풋것들까지 활용해 끼니때마다 다양하게 조리해 먹었던 밥상은 공지영이 찬탄했던 것처럼 창의적이고 독특한 것이었다. 여기에 결정적으로 꽃과 이파리로 장식하는 미감은 가위 전문 셰프의 '데커레이션'을 뺨치는 장인의 솜씨다.

대화를 나누다 술병을 꺼냈더니, 시인은 잠시 자리를 비웠다가 찻잎과 산국을 얹은 토마토 장아찌 접시를 안주로 내왔다. 짙푸른 찻잎과 노란 산국의 조화가 소박하고 화려했다. 토마토 장아찌는 시인의 발명품이기도 하다. 공지영은 '오이도 아닌 것이 무도 아니고 연근도 아닌 것이 아삭하며 새콤 칼칼하고 간간 습습하다'고 지난해의 맛을 적었거니와 시인이 갓 내놓은 올해 토마토 장아찌는 시지도 달지도 않으면서 깊이 숨어든 어린 토마토의 희미한 향이 새콤하게 침샘을 자극하는 독특한 맛이었다.

시인이 이번 책에 소개한 것들은 그동안 만들어온 것들의 일부일 뿐이라고 했다. 그래도 이번 책에 진설된 메뉴 중 상대적으로 더 애착이 가는 걸 물었더니 잠시 망설이다가 콩나물국밥을 거론했다. 사실 이 메뉴는 시인의 레시피가 아니라 전주 장뻘 콩나물국밥집 주인 것이라고 했다. 이 집 주인아주머니는 시인이 들를 때마다 절대로 국밥값을 받지 않았다. 가난한 시인이 무슨 돈이 있느냐고, 성공하면 갚으라고. 텔레비전에도 나와 성공했으니 이제 받으라고 해도 주인은 막무가내였다. 한번은 돈을 내놓고 몰래 나왔다가 아주머니와 시내를 달리는 육상 경기를 벌이다가 끝내 잡혀 실패하고 말았다. 이 사연은 시로도 썼는데 그 아주머니는 시인이 성공하기 전에 암으로 세상을 떠났다. 벗들과 함께 시인을 만나러 전주와 악양에 드나든 지 오래인데 사실 우리는 전주에 내려갈 때마다 짜고 진한 장뼐 콩나물국밥을 마다하고 맑은 콩나물국밥을 택하곤 했다. 그때마다 안도현과 합세해 시인은 서울것들은 진짜 맛을 모른다고 집중 타박했다.

이번 책에는 거문도까지 원정을 가서 한창훈 소설가와 더불어 엉겅퀴 이파리를 넣어 끓인 갈치국 '항각구국' 이야기도 나온다. 엉겅퀴 잎 특유의 향이 밴 갈치국에 대한 공지영의 상찬은 화려한데 정작 이 꼭지에서 눈길을 끈 것은 근처 성당 마당에 있던 엉겅퀴꽃을 주워온 이에게 5000원을 건네며 꽃값을 놓고 오라고 말하는 시인의 염결성이었다. 이번 책이 시작된 계기는 시인이 산문을 쓰지 않겠다고 선언한 데서 비롯됐다. 시인의 레시피에 대한 산문을 재촉하던 공지영이 자신이 쓸 테니 시인에게 요리를 하라고 했다. 다시 시인에게 물었다, 산문과는 여전히 이별이냐고.

"응, 안 써. 그동안 나만큼 산문집 많이 낸 시인도 드물 거야. 청탁이 들어오면 거의 가리지 않고 생계형으로 썼어. 마감 스트레스에 쫓겨 가며 산문을 쓰고 나도 환희심이 안 생겨. 시는 한 편 써놓고 스스로 정화도 되고 읽어보면 그래도 내가 했구나, 하는 보람 같은 게 생겨. 산문을 안 썼더니 시가 잘 떠올라."

예전에는 한 달에 한 편 꼴로 시를 썼는데 산문을 버리고 난 뒤로는 벌써 1년 사이에 30편이나 썼다고 했다. 편수가 늘어난다고 좋은 시가 생산되는 건 물론 아니다. 그는 "시가 풀어지는 걸 경계하고 있다"면서도 "젊은 날에는 팽팽한 긴장감으로 쓰는 것이고 나이 먹으면 자연과 함께 그냥 늙어가는 순리를 아는 그런 시를 쓰지 않을까 싶다"고 덧붙였다. 완성하고 싶은 궁극의 시는 어떤 경지인가.

"내 삶을 뛰어넘는 시는 거짓말이야. 자연 현상계에 내 몸과 마음이 순응하고 도리에 어긋나지 않는 그런 조화로운 시를 썼으면 좋겠어."

〈2016.11.14.〉

시와 생활이 따로 놀면 안 됩니다

이 재 무 시인

"나에게 슬픔이란 서울생활 30년 동안 나도 모르게 생겨난 생활의 감정입니다. 슬픔은 눈물과 달라요. 눈물이라는 것은 슬프지 않아도 흘릴 수 있어요. 눈물은 남을 속일 수도 있고 이기적인 감정이나 자기 연민으로 흘릴 수 있지만 슬픔은 속일 수 없어요. 슬픔은 더 근원적이죠. 나를 키운 건 8할이 슬픔입니다."

이재무 시인이 회갑을 맞아 시선집 『얼굴』(천년의시작)을 펴냈다. 평론가 유성호가 이재무의 35년 시업 중 펴낸 시집 11권에서 가려 뽑아 편집한 책이다. 시골 출신 시인의 상경 분투기가 요약된 여정이라고, 누군가는 시선집 뒤에 수록한 좌담에서 말했다. 광화문에서 만난 이재무는 부인하지 않았다. 그는 '시골쥐'가 '서울쥐'가 되는 과정의 슬픔은 간단치 않았다고 했다. 그는 "검고 칙칙한 지하선로/ 살찐 쥐 한 마리 걸어간다/ 누군가 검붉은 침을/ 아직 불이 살아 있는 담배꽁초를/ 그의 목덜미께로 뱉고 던진다/ 쥐는 동요하지 않는

다/ 전방 500m 화물열차가/ 씩씩거리며 달려오고 있다/ 그는 동요하지 않는
다/ 선로를 가로질러 태평하게 저 갈 곳을 가는/ 그는 나보다도 서울을/ 잘 살
고 있다/ 한 무리의 쥐들이 열차에 오른다"고 「신도림역」에 쓰기도 했다.

"나도 서울쥐가 빨리 되고 싶었던 거지요. 서울쥐들은 화물열차가 달려오는
데도 여유를 부리는데 시골쥐는 두리번거리면서 뭐가 뭔지 모릅니다. 더러운
침을 맞고도 극성스럽게 경쟁력을 확보하는 쥐를 묘사한 것은 바로 나의 미래
를 향해 침을 뱉은 셈이죠."

이재무 시인은 충남 부여 출생으로 전통적인 농경사회 집성촌에서 5대 장손
으로 컸다. 부유하진 않았지만 자존만큼은 누구보다 드높았던 성장기였다. 한
남대 국문과에 들어가기 전까지만 해도 문학과는 인연이 없었다. 군에 다녀와
복학한 뒤 문학하는 선배들 술심부름을 하다가, 우연히 그가 끄적여 놓은 시
편을 본 선배가 상찬을 하며 추천해 대학 교지에 첫 시가 실렸고 선배들이 편
집하는 무크지《삶의문학》에 1983년 시를 발표하면서 시인의 길을 걷기 시작
했다.

그의 표현을 빌리면 '쌩리얼리즘' 시였다. 시라곤 제대로 배워본 적도 없었
고, 어머니의 이른 죽음을 설워하며 부의賻儀노트 뒷장에 써내려간 「엄니」라는
시가 최초의 시가 되었다.

"지척거리며 바람이 불고 캄캄한 진눈깨비 몰려와/ 마루 꿍꿍 울리는 동지
초이틀/ 성성하던 엄니의 기침 소리는/ 아직 살아 문풍지를 흔드는데/ 다섯
마지기 자갈논 가쟁이 모래밭 다 거둬들이던/ 그 뜨겁던 맨발 맨손 왜 자꾸 식
어가는규/ 가뭄 탄 잡초 같은 엄니의 입술 보며/ 크고 작은 동생들 올망졸망
함께 모여서/ 지청구 한마디가 듣고 싶은디/ 왜 시종 말이 없는규"

대학시절《민중교육》이라는 무크지에 학생 신분으로 교사 채용 비리 고발
글을 써서 졸업한 친구들은 대부분 2급 정교사 자격증을 땄지만 그는 블랙리
스트에 올라 그마저 어려워 선배의 소개로 서울에 올라와 출판사에 잠깐 다니
다 다시 낙향, 이후 민족문학작가회의 상임 간사로 불려 올라와 고달픈 서울
살이가 시작됐다. 출판사 편집자, 학원 강사, 대학 보따리 시간강사 생활이 그

때부터 죽 이어졌다.

"처음부터 문학 세례를 받은 시인들 중에는 모더니스트였다가 리얼리즘 시를 쓰는 경우는 있어도 나처럼 처음부터 쌩리얼리즘을 쓰는 경우는 없어요. 내 시는 거의 일기 같은 육질이잖아요. 사실 나는 내내 그것이 트라우마였습니다. 내가 제대로 문학 수업을 처음부터 받았다면 좀 더 세련되고 모던하게 시를 쓰지 않았을까. 나는 미학적 완결성이 뒤로 갈수록 시를 쓰면서 좋아진 경우일 겁니다. 대부분 시인은 첫 시집이 정점이었다가 하락세를 보이는 경우가 많은데 나는 가면서 완성도가 높아졌습니다. 뒤늦게 공부하면서 깨치고 깨치면서 그런 패턴이 생긴 거지요."

사실 문학은, 그중에서도 시를 쓰는 일은 타고난 환경과 재능이 많은 부분을 차지한다. 이재무의 경우 서정의 깊은 우물인 스러진 농경공동체에서 자존감을 키웠고, 그것은 누구의 가르침 없이도 활화산으로 분출됐거니와 그 자신의 깊은 열정이 시의 준령을 본격적으로 등정하게 만든 셈이다. 수능 대비 학원 강사로 7년을 살았는데, 그 과정이 제대로 시를 학습하게 만든 과정이었다고 했다. 사실 낯을 가리는 내성적인 성격인데 친화감이 생기면 자신의 밑바닥을 서슴지 않고 내보이며 특유의 입담으로 좌중과 상대를 휘어잡는 스타일로 그는 문단에서 유명하다. 솔직하게 욕망을 드러내고 상대의 긴장을 풀게 만들어 "속 환히 들킨 채 사는 물고기. 몸피 작아 적게 먹으니 크게 감출 것도 꿍꿍이도 없는 투명 찬란한 물고기/ (…) 해마다 겨울이 오면 도시에서 몰려온 천렵꾼들 주전부리로 떼죽음 당하는 눈먼 물고기"라고 그가 쓴 '빙어'라는 별명을 얻기도 했다.

"나라고 왜 비밀이 없겠어요? 그런데 비교적 솔직한 건 사실이에요. 좋은 뜻으로는 솔직하지만, 나쁜 쪽으로 보면 감정적이죠. 제 하고 싶은 말을 뱉는 거죠. 다혈질 때문에 관계의 공든 탑이 무너지기도 하고 저를 좋아하는 사람은 되게 좋아하지만 싫어하는 사람도 많습니다. 「존재의 혹」이란 시를 쓴 적도 있어요. 누구에게나 난쟁이 혹처럼 존재의 혹이 있고 나에게 그 혹은 다혈질이고 '버럭'인데 그걸 캐내면 죽음이지요."

그는 페이스북에서는 '좌파 홍준표'라는 별명이 붙을 정도로 과격한 발언을 해서 '버럭 시인'이라고 불리기도 한다지만 시를 쓸 때는 미학적인 장치를 중시한다고 했다. 그의 말처럼 이번 시선집 뒤에서 좌담한 평론가들(유성호 이형권 김춘식 홍용희)은 사회비판적인 시들조차 상당히 밀도 높은 서정성을 확보하고 있다고 평가했다. 타고난 격정과 마지막 농촌공동체의 서정을 안고 동시대의 담론을 경험에서 끌어올려 표현하는 이재무의 시에 대한 열정은 주목할 만하다. 근년 들어서는 그의 시가 성찰적 인식에 중점을 둔다는 평가를 받는다.

　"나 자신 1980년대 계몽의 아들이긴 하지만 시가 너무 교훈적이면 안 된다고 생각합니다. 시는 종교도 철학도 이념도 아닙니다. 시는 생활입니다. 시는 사실 작고 보잘 것 없고 왜소하고 약자들이 하는 거고 콤플렉스와 트라우마를 앓는 사람들이 치유하기 위해 하는 것이지 결코 성공한 사람들이 할 수 없습니다. 시인이나 예술가에 중요한 태도는 자신을 타자화할 수 있는 능력이지요. 시와 생활이 따로 놀면 안 됩니다."

　이재무는 2년 전 드디어 서울 마포 한강변에 아파트를 장만했다. 처음 19평 아파트를 수원에 마련했을 때는 너무 행복해서 석 달 간 술도 안마시고 일찍 들어갔다고 했다. 그는 그동안 써 온 시들을 선별한 작품들을 보면서 "건방지게 잘 살아왔다고 말하긴 힘들지만 가끔 만족하기도 한다"면서 "영혼을 잠식하더라도 불안은 시인에게 필요한 법인데 지금은 내 생에서 최고로 안락한 시기여서 두려울 때도 있다"고 말했다. 그 말끝에 시와 안락 중 하나를 선택하라면 어떤 쪽이냐고 물었더니 그는 단호하게, 생활이라고 답했다.

〈2018. 3. 5.〉

네 안에 있는 희망이 너의 신神

손세실리아 시인

"이 공간을 드나들면서 행복해하는 사람들을 볼 때마다 내가 이 집을 선택한 게 아니라 집이 나를 선택했구나 싶어요. 이 집이 더 이상 버티지 못할 것 같으니까 나를 불러들인 거구나, 생각했어요. 처음부터 인테리어 걱정 같은 건 하나도 없었어요. 시집만 벽에 꽂아놓지 뭐, 이렇게 생각했지요."

손세실리아(53) 시인이 제주 조천 바닷가 폐가와 만난 건 6년 전이었다. 여행을 좋아하고 걷는 것을 좋아하는 시인이 제주를 늘 오가면서 이곳에 작은 공간을 마련하는 게 꿈이었는데 후배가 이 폐가를 소개했다. 처음 보는 순간부터 끌려들었다. 족히 8년은 아무도 살지 않아 가을 풀이 키 높이로 자라 있는 마당으로 홀리듯 쑥 빨려 들어가는 시인의 모습을 보고 후배는 집이 끌고 들어가는 것 같아 무서웠다고 했다. 그녀는 100년 넘은 이 집의 골조를 그대로 살리고 담장을 낮춰 바다를 시야에 끌어들여 오랫동안 꿈꾸었던 카페 '시인의 집'을 열었다. 근년 들어서는 서울에도 시집을 파는 전문서점이 두어 군데 문을 열었지만 '시식詩食코너'에 시인들의 사인본을 비치하고 책장에는 누구나 꺼내 읽을 수 있는 시집을 가득 채운 이 집은 시를 누리는 매력적인 공간으로 먼저 자리 잡은 곳이다.

"여행지 카페에 들러서 소설 한 권 읽기는 쉽지 않지만 시라도 한 편 읽었으면 좋겠다는 바람에서 시작했어요. 시인의 집이라고 이름을 붙인 것도 사실 시인이 살아서가 아니라 이 폐가를 카페로 만들 때 이런 후미진 곳까지 찾아오는 분들의 마음이야말로 시인이 아닐까 싶어서 그렇게 지은 겁니다."

마을 쪽으로 바다가 아늑하게 휘어 들어온 곳으로 마중 나오듯 앉아 있는 시인의 집 창가에서 시인은 낮은 음색으로 자분자분 이야기를 시작했다. 창 너머 바다 위로는 여인의 실루엣을 간단한 철선 하나로 휘어서 설치한 조형물이 부드러운 입술로 하늘을 만지고 있었다. 세실리아는 가톨릭 세례명인데 광주대 사회교육원 문예창작과에서 만난 스승 조태일(1941~1999) 시인이 세실리아, 세실리아라고 불러 굳어진 이름이다. 30대 후반 원치 않는 일상으로부터 도피하기 위해 문창과에 갔고 그곳에서 조태일 김준태 시인을 만났다. 자연스럽게 시라는 '황홀한 업'을 받아들이게 됐고, 그녀의 첫 시집 『기차를 놓치다』의 표제작처럼 낮은 곳에 시선을 두고 시를 쓰기 시작했다.

"골판지 깔고 입주한 지 얼마 안 되는/ 말수 없고 어깨 심히 휜 사내를 향해/ 눈곱이 다층으로 따개비를 이룬/ 맛이 살짝 간/ 나 어린 계집의 수작이 한창 물올랐다/ 농익은 구애가 사내의 귓불에 가닿자/ 속없는 물건은 불끈 일어서고// 새벽, 영등포역// (…) //살 한 점 섞지 않고도/ 이불이 되어 포개지는/ 완벽한 체위를 훔쳐보다가/ 첫 기차를 놓치고 말았다/ 고단한 이마를 짚고 일어서는/ 희붐한 빛,/ 저 철없는 아침"(「기차를 놓치다」)

영등포역에 이른 시각 누군가를 마중 나왔다가 목격한 노숙인 남녀의 겹친 자세를 보고 쓴 시인데 사람에 대한, 낮은 자리의 생명에 대한 그녀의 연민이 상징적으로 드러나는 작품이다. 이주노동자를 위한 문화제에서 시 한 편 낭송해달라는 청을 받고 갔다가 완성한 「시캬」라는 시도 그 전형이다. 그곳에 "마트라는 한글 상호 하단에 siekya라 써넣은 상점"이 있는데 "국적불명의 이 영

단어에는/ 이주노동자들의 신산한 삶이 배어 있다는데/ 말하긴 뭣하지만 이 새끼 저 새끼/ 망할 놈의 새끼… 할 때의 영문표기"란다. 손세실리아는 두 번째 시집 『꿈결에 시를 베다』(실천문학사)에 수록된 이 시편을 이렇게 맺었다.

"샬롬의 집에 초대 받아 시를 낭송했다/ 손가락 세 개를 공장 마당에 묻고/ 방글라데시로 추방당한 씨플루에게/ 폐암 말기로 고국에 돌아가/ 히말라야 끝자락에 묻힌 네팔인 람에게/ 열세 번의 구조요청을 묵살당한 채/ 혜화동 길거리에서 얼어 죽은/ 조선족 김원섭 씨에게 사죄하고자 섰다."

손세실리아의 시들은 이처럼 낮지만 당당한 시들보다는 타고난 설움이 느껴지는 깊은 정조가 더 지배하는 편이다. 주방에서는 텔레비전 예능 프로에서 가수 윤민수의 아들 '윤후'가 들러 먹고 가는 바람에 이후 북새통이 된 적도 있는 그 피자를 시인의 딸이 만드느라 도마질 소리가 리듬감을 돋우는데, 갑자기 늙은 목청의 '사랑이 무어냐고 물으신다면…'이 흘러나왔다. 시인이 휴대전화 벨소리로 설정한 노모의 노래. 기실 시인을 만든 팔 할은 그 여인일지 모르겠다. 엄마는 정읍 지주의 씨받이로 들어가 그녀를 낳았다. 늙은 아버지는 그녀를 애지중지하다 일찍 세상을 떴다. 그녀에게 씨 다른 오빠가 둘 있었는데, 얼굴도 이름도 모르는 그 핏덩어리 큰 오빠는 엄마가 유부남 생부에게 데려다 주라고 역에서 만난 인삼장수에게 맡겼다고 했다. 그길로 끝이었는데 이산가족 상봉 장면이 텔레비전에 나올 때마다 '늙은 누룩뱀'은 눈물을 그치지 못했다.

작은 오빠는 다른 생부의 집에서 컸는데 초등학교 때 자신을 '버린' 엄마에 대한 그리움을 못 견뎌 찾아왔다. 유달리 다정하고 따스했던 그 오빠는 군에 입대해 첫 휴가를 나왔다가 열 살짜리 그녀 앞에서 스스로 죽었다. 결혼식 전날에서야 엄마는 살뜰했던 그녀의 아버지도 생부가 아니라고 고백했다. "철들고도 한참을/ 이름 대신 팔삭둥이라 호명되던" 이유를 그제야 알았다. 정읍에 홀로 사는 노모가 근년 들어 통화하다가 "미안하다, 잘못했다"고 말해 그녀는 "왜 이런 말을 해? 이러지 않잖아. 왜 이제 와서…"라고 화를 냈다고 했다. 그 시인 딸은 정작 이런 시를 썼다.

"하루 반나절을 내리 고았으나/ 틉틉한 국물이 우러나지 않아/ 단골 정육점에 가서 물어보니/ 물어보나마나 암소란다/ …… / 뼛속까지 갉아먹고도 모자라/ 한 방울 수액까지 짜내 목축이며 살아 왔구나/ 희멀건 국물,/ 엄마의 뿌연 눈물이었구나"(「곰국 끓이던 날」)

'생불' 같다고 시에 썼던 시인의 딸이 잘 구운 피자를 가져왔다. 정읍사람 솜씨가 아니면 나올 수 없는 이 집만의 피자인데 유일하게 그 딸이 함께 만든다고 했다. 불면의 밤을 보내고 아침 비행기로 내려온 피로를 가리기 위해 연거푸 마신 와인 기운에 창 너머 조천 바다가 아득하다.

"바다를 보는 건 신을 읽는 시간 같아요. 신이 있다면 어떻게 저런 끔찍한 것들을 용서할 수 있는가 분노하다가 와인 두어 잔 마시다 바다를 보면 어느새 물이 들어와 반쯤 차올라 있어요. 그 순간 신은 그냥 고요히 보여주시는 것 같아요. 너희가 아무리 부정해도 나는 네 곁에 있다고, 네 안에 있는 희망이야말로 너의 신이라고, 네 희망이 스러지면 신도 함께 죽어가는 것이라고."

납작 엎드리는 것만으로도 듣기 어려울 때, 그녀는 무릎걸음으로 다가서서 힘든 시절을 살아가는 대상에게 귀를 기울이고 싶다고 했다. 두 번이나 문이 잠겨 있어 허탕을 쳤다는 늙은 이모와 조카딸 쌍이 시인의 집을 찾는다. 정겹고 촌스럽고 느리고 따뜻하다는 '정읍 여자'는 갠지즈강가에서 이렇게 썼다. '내 오랜 그늘이여, 눈물이여, 원망이여, 한숨이여, 고질적인 가위눌림이여……. 나마스테!'

〈2016.8.15.〉

더불어 온 쉰 해 글반지를 끼우며

김병익 ^{문학평론가}

"가장으로서 굶기지는 않았지만 호의호식을 시키지도 못했습니다. 그걸 이해하고 신뢰하면서 서로 등을 기대고 지나온 세월입니다. 집사람이 남의 사정을 배려하는 이해력이 좋아서 현실적으로 다투는 일은 거의 없었습니다. 자식 넷을 2년 터울로 낳아 결혼시켜 내보낼 때까지 하던 일을 그만두고 근 30년 동안 시간과 정열을 가족에게 다 바친 고마운 사람입니다."

원로 문학평론가이자 '문학과지성사'를 만들고 이끌어온 김병익(78)은 결혼 50주년 기념으로 아내 정지영(76)씨에게 책을 헌정했다. 일간지에 연재한 칼럼을 『시선의 저편』(문학과지성사)이라는 이름으로 묶어 발행일을 결혼기념일인 지난 11월26일에 맞추었다. 그날은 출판사도 노는 토요일이었지만 그가 부탁했다. 그는 책머리에 "지영에게/ 더불어 온 쉰 해/ 글반지를 끼우며"라고 썼다. 책은 그가 아내에게 표현하는 고마움과 사랑의 '글반지'인 셈이다.

초등학교 동기동창인 정지영을 김병익은 서울대 캠퍼스에서 다시 만났다.

설레는 마음으로 데이트 신청을 했지만 "까였다"며 웃었다. 대학을 졸업하고 김병익은 《동아일보》 신참기자로 살고 있었고 정지영은 한국은행에 다녔다. 기자들이 노는 '신문의 날'에 옛 인연들을 정리하려고 정지영에게 전화를 걸었는데 응해줬고 대화를 나누다 '어린 왕자' 불어판을 빌려줘 다시 만날 불씨를 살렸다. 1년 후 그들은 결혼했고 50년 동안 서로 '등을 맞대고' 기대어 한 길을 걸어왔다. 일견 평범하지만 이만큼 평온하게 한 생을 걸어오기도 결코 쉽지 않다.

"살아만 있다면 누구나 이 나이까지 오겠지만 미처 예상하지 못했던 나이에 이르고 보니 그동안 만났던 사람들을 자주 생각하게 돼요. 제 경우는 순탄했다고 할까, 다행스럽다고 할까, 한 번도 가난한 적도 부자인 적도 없었습니다. 극단을 오가지 않고 정말 작은 진폭 속에서 숱한 사람들과의 인연으로 여기까지 왔습니다."

많은 이들이 그러하겠지만 김병익에게 사람들과의 인연은 갈림길마다 새로운 행로를 결정하는데 많은 영향을 끼쳤다. 성장기에 여느 소년들처럼 문학을 좋아하긴 했지만 문학이란 천재들의 몫이라는 생각을 일찌감치 하면서 사회과학 분야 대학에 진학했다. 정작 서울대 정치학과에 입학해서 문리대 수석으로 소문난 황동규 시인과 만나 시가 무엇인지 교류하면서 전공과는 멀어졌고, 졸업 후 동아일보에 입사해 문학 출판 담당 기자로 일하면서 김현을 비롯한 문인들과 더욱 가까워졌다. 엄혹한 유신 독재가 시작되면서 기자협회 회장을 하다 '자유언론선언'으로 해직된 후로는 김현의 '꼬드김'으로 68문학 동인에 참여했고 '문학과지성사'를 대표하는 출판인으로 삶의 진로를 변경해야 했다. 초등학교 1학년 때 광복을 맞았고 6·25전쟁과 분단을 통과해서 4·19, 유신, 광주항쟁, 6·10항쟁 등 한국 현대사의 굴곡을 생생하게 통과하며 한국의 대표적인 지식인으로 오늘에 이른 그이가 바라보는 작금의 촛불 탄핵 시국은 어떠할까.

"우리나라, 우리 민족에 대한 경외랄까 신기한 박력이랄까 그런 걸 느끼게 돼요. 2차대전 후 해방된 나라로서 유일하게 다른 나라를 지원하는 국가가 된

저력을 실감하거든요. 제가 겪어온 한국 현대사가 전쟁 분단 유신 같은 정치사적으로는 늘 험한 일만 당해왔는데 결과적으로 선진국으로 발돋움하고 있지 않아요? 참 이걸 어떻게 말해야 할지…. '다이내믹 코리아'가 맞아요. 우리가 여러 가지로 혼란스럽지만 지금까지 역사로 보아서는 충분히 이겨낼 수 있다고 봅니다. 모든 것이 파괴되고 없는 6·25라는 '그라운드제로'가 생존 욕구를 자극해 조용한 나라의 무기력한 국민에서 다이내믹한 한국으로 바뀌지 않았나 생각해 보기도 합니다."

그가 대학 4학년 때 4·19를 맞았는데 처음에는 시니컬하게 사태를 인식했다고 한다. 등굣길에 만난 고교생들이 시위 후 히히덕거리는 모습을 보면서 진정성에 대해 회의했는데 한참 후에야 깨달았지만 한국 현대사의 중요한 고비들은 모두 하찮게 보이는 실마리에서 출발한 것 같다고 했다. 한 주검의 발견으로 촉발된 4·19나 고문당하다 죽은 학생으로 도화선에 불이 붙은 6·10항쟁이나, 시작은 작은 것이었지만 그때까지 축적된 모순과 불만이 폭발된 시대적 흐름이었다는 것이다. 그는 작금의 촛불 시위 국면도 그러한 연장선에 있다고 본다.

"4·19는 봉건 농경제사회에서 탈피하는 총과 돌멩이의 싸움이었고, 6·10항쟁은 산업화된 사회의 노동자들과 여유를 갖게 된 중산층이 협력한 최루탄과 화염병의 투쟁이었고, 지금은 차벽과 촛불이 만나는 문화적인 항의 국면인 거지요. 4·19는 장기독재를 종식시켰고 6·10항쟁이 군부세력을 견제해서 민주주의를 시민의 힘으로 지키고 이룩해냈다면, 지금 촛불시위는 그 민주주의를 일상화시키는 의미입니다. 일상 속으로 파고드는 민주주의가 이제 필요한 거지요. 단 한 사람의 연행자와 부상자도 없는 이렇게 조용하고 평화로운 시위가 있었나요? 이건 기적에 가까운 겁니다."

김병익은 대한민국 사회의 수준이 여기까지 이른 데는 출판의 힘이 컸다고 믿는 쪽이다. 그에게는 문학평론가, 출판인, 서평가, 번역가, 기자 등 다양한 직함이 따라다녔다. 그중에서도 가장 방점을 찍고 싶은 게 있다면 무엇인지 물었더니 '편집자'라고 했다. 작고한 문학평론가 김현이 그가 해직기자가 된

후 밀어붙여 꾸려나온 '문학과지성사'에서 편집한 책만 1000종 남짓이다. 그 중에서도 엄혹한 시절 펴낸 정문길의 『소외론 연구』나 조세희의 『난장이가 쏘 아올린 작은 공』, 김학준의 『러시아혁명사』가 유독 기억에 오래 남는다. 마르 크스라는 말만 들어가도 경기를 일으키던 검열 당국을 통과하기 위해 '마르크 스 소외론'을 '1840년대 소외론'으로, '마르크스의 위대한 저작'을 '마르크스의 문제적 저작'으로 원문을 윤문하는 '얌체짓'을 해서 무사히 출판했던 추억을 그는 떠올렸다.

"원고가 좋으면 아무리 어렵고 전문적인 책이라도 최소한은 나간다는 신념 을 갖게 됐지요. 이런 생각은 지금도 여전합니다. 요즘은 제가 사서 보는 입장 인데 정말 놀랍게도 별의별 책이 다 나와요. 한국인의 지적인 열망은 이제는 일본 이상으로 선진적이지 않나 싶습니다. 출판이 불황이라는 말은 1960년대 부터 지속적으로 똑같이 반복돼왔습니다. 60년대에 참고서와 만화를 빼면 고 작 1000종 안팎의 단행본이 나왔는데 지금은 수만 종이 나오죠? 해외 인구까 지 합쳐도 6000만이 넘지 않는 나라에서 책이 이렇게 많이 나오는 건 정말 존 경의 위의를 표해야 합니다."

화요일마다 오후에 만나 회포를 푸는 멤버들이 인터뷰가 진행되던 문학과 지성사 6층 회의실로 모여들기 시작했다. 김형영 시인에 이어 김주연 평론가 가 들어왔다. 이들 외에도 오생근 황동규 정현종 김광규 서우석 홍정선 주일 우가 곧 들이닥칠 터였다. 서둘러 마지막 질문을 던졌다. 작은 진폭 속에서 사 람들과의 인연으로 잔잔하게 이곳까지 잘 왔다는 그이에게도 회한은 없는지.

"절망할 것도 희망하는 것도 없는 나이에, 산다는 것, 존재한다는 것 자체가 허망한 것 아닌가요?"

〈2016.12.26.〉

읽다 그리고 쓰다

김윤식 문학평론가

  〈읽다 그리고 쓰다〉. 문학평론가 김윤식의 팔순을 기념해 제자들이 한국현대문학관에서 기획한 '김윤식 저서 특별전'(2015.10.11~12.11) 제목이다. 그의 삶을 평가하는 다른 수사를 찾기는 힘들다. 김윤식은 읽고 쓰는 외길을 수도승처럼 걸어왔다. 1962년 《현대문학》에 추천 완료된 이래 지금까지 내놓은 저서만 200권이 넘는다. 본인도 다 기억하지 못한다. 제자들이 그 목록을 찾아 완성해 놓은 것만으로도 이번 전시는 의미가 깊다.

  문학평론가 김윤식은 서울대 국문과 교수로 정년을 마쳤고, 한국의 근대에 대한 실증적 탐색을 문학과 연계시킨 공이 크다. 그는 이광수, 임화, 염상섭 등 근대 극복 의지를 문학에 내장한 이들의 텍스트 안팎을 샅샅이 파헤쳐 한국문학이 제국주의 식민사관에서 벗어나는데 기여했다. 현장비평에도 개입해 각종 문예지에 발표된 작가들의 작품을 꼼꼼하게 읽고 월평이라는 형식으로 40여 년째 지금도 현역으로 기고하고 있다. 읽고 쓰는 삶의 여일한 여정이다.

'국가와 민족 그리고 시대가 그대 소년들에게 명한다. 선진 제국주의 학자들이 말하는 식민사관이 과연 과학적·학문적으로 성립하는가 아닌가를 증명하라. 만일 성립된다면 도리 없다. 새 나라를 만들 필요도 없고, 전처럼 남의 종살이를 열심히 하면 된다.'(『내가 살아온 한국 현대문학사』)

식민사관의 요체는 말 그대로 조선이 외부의 도움 없이는 근대화할 능력이 없었으니 식민 지배를 고마워하라는 이야기다. 과연 그러한가. 경제학 분야에서 이미 조선 후기에 자본주의 맹아가 싹트기 시작했다는 연구가 있었고, 북한에서는 금광 같은 자원으로 인해 표나게 자본주의적 경영방식이 움튼 사례가 먼저 증명되기도 했다. 이러한 맥락에서 문학이 식민사관을 극복해온 과정은 오로지 연구자들의 몫이었던 셈이다. 이 역할을 수행한 선구적인 연구자가 김윤식이었다. 그는 『이광수와 그의 시대』를 필두로 임화, 염상섭, 이상 등 일제강점기 걸출한 작가들을 탐색해 밀도 높은 연구서들을 펴냈다.

"윤달에 태어났어요. 그것도 낮 12시. 그러니까 내 생일은 19년 만에 돌아와요. 내가 태어난 곳은 경남 진영 산골짜기. 거기서 10리 길 초등학교 다니며 개근을 했어요. 내가 태어났을 때 큰 누님은 시집가고 없었고 둘째 누나가 초등학교를 다녔어요. 동네에서도 한참 떨어진 강변 버드나무집에서 벗이라야 까치나 까마귀 메뚜기밖에 없었어요. 초등학교에 먼저 들어간 둘째 누나가 학교에서 돌아와 교과서를 펼치면 거기에 못 보던 여러 가지가 다 들어 있어요. 안 자고 옆에서 그 책을 들여다보면서 나도 저 세계로 가고 싶다 생각했지. 엄한 아버지가 그런 모습을 보고는 아무 소리도 안 했어요.

마산상고를 다녔는데 졸업 무렵에 아버지가 너 돈벌이해서 뭐하겠느냐면서 교장선생이 되라고 해요. 서울 가서 교원양성소에 들어갔는데 그게 서울대 사범대학인 겁니다. 글을 쓰면서 가르치는 일을 병행할 예정으로 그 학교에 들어갔는데 순경음이니, 반치음이니 가르치고 글 쓰는 것도 도움이 되지 않아 군대로 가버렸어요. 군대에서 돌아오니 친구들도 사라지고 갈 데가 없어 문리대 도서관에서 살다가 신용하(전 서울대 사회학과 교수) 패들과 의기투합했어요. 독립운동 하는 마음으로 각 분야에서 식민사관을 극복할 학술적 논거를 찾아 달려간 겁니다."

김윤식의 개인사는 알려진 부분이 미미해 처음부터 작정하고 성장기와 문학에 입문한 배경을 물었더니 그는 간명하게 정리하고 다음 질문을 기다렸다. 현대문학관 응접실에 함께 나온, 결혼 50년째 접어든 그의 아내 가정혜 씨가 "저이는 원래 그래요!"라고 남편을 해명한다. 아내의 말이 아니더라도 '김윤식 스타일'에는 어느 정도 익숙했던 편이다.

"근대는 사실 200년 정도밖에 안 돼요. 우주에서 보면 한순간에 불과하지요. 지금 사회에서 근대라는 건 아무 의미도 없습니다. 지금은 포스트 근대 아녜요? 너희들이 식민사관 극복을 위해 근대를 외쳐댔지만 요새는 어떤 시대인지 아느냐고 묻겠지요. 그럼 우린 허깨비였느냐? 맞습니다. 그렇게 묻는 너희들도 조금 있으면 허깨비가 될 운명입니다."

그는 영원한 진리는 없다는 『열린사회와 그 적들』의 저자인 철학자 칼 포퍼(1902~1994)의 말을 덧붙였다. 포퍼는 "진리라는 것은 없다. 가짜가 될 가능성을 그 속에 갖고 있을 동안만 진리"라고 설파했다. 진짜는 가짜가 될 가능성을 갖고 있는 동안만 진리라는 말인데, 작금의 진리는 깨어지기 전까지만 진리라는 언설이다. 그렇다고 허무에 빠질 수는 없는 일이다. 주어진 당대의 소명에 충실하게 응답하는 것만이 영원한 현재진행형 진리를 따르는 셈이다.

김윤식은 실증적 연구 작업과 더불어 지금까지도 40여 년째 현장비평을 수행하고 있는 현역 비평가이다. 그는 《문학사상》에 오랫동안 월평을 연재해 왔다. 다양한 문예지에 막 발표된 단편소설들을 끈질기게 읽고 그에 대한 자신만의 독특한 평을 붙이는 데서 기쁨을 찾아왔다. 그는 "작품과 작가를 구별하여 이 작가는 누구의 자식이며 어느 골짜기의 물을 마셨는가를 문제 삼지 않고 오직 작품만 보고 그 속에서 시대의 감수성을 얻고자 했다"고 최근 출간한 『내가 읽은 우리 소설』 서문에 썼다.

"작품을 통해서 현실을 내가 배우는 겁니다. 현실에서는 배울 능력이 없고 복잡하니까. 그리하여 얻은 이 시대의 감수성은 다양합니다. 이전에는 이데올로기니 분단 같은 준거들이 있었고 '우리는 민족중흥의 역사적 사명을 띠고

이 땅에 태어났다' 같은 거룩한 사명이 있었는데 요즘은 전혀 다릅니다. 사르트르는 애비가 세 살 때 죽고 누나 같은 어머니와 살았지요. 그는 나는 자유다, 자유 때문에 꼼짝 못하겠다고 외쳤는데, 오늘날 작가들 감수성이라는 게 전부 그렇습니다."

김윤식 슬하에서 많은 제자들이 나와 한국문단을 종횡하는데, 하고 싶은 말이 없느냐고 묻자 그는 "저그들이 다 잘나서 그렇다"면서 "내가 사기친 책들로 배운 사람들은 많을 것"이라고 답했다. 후학이나 작가들에게 주고 싶은 말을 재우쳐 묻자 "자기가 좋아하는 걸 하되 위기에 처했을 때 머리보다 가슴이 판단하는 쪽을 선택하는 것이, 후회하기는 마찬가지일 테지만 그래도 덜 후회할 수 있다"고 말했다. 지난여름 신경숙 표절 파문으로 빚어진 참담한 한국문학의 그늘에 대한 견해를 묻자 잠시 침묵을 지키다가 선문답을 이었다.

"이 세상에 머리 숙일 데는 두 군데밖에 없습니다. 하나는 하늘, 또 하나는 여러분을 낳아준 부모. 이 외에는 머리 숙일 데가 절대 없어요. 머리 꼿꼿하게 세워 가지고 살아요. 머리 숙일 데가 어디 있어?"

1962년 문학평론 데뷔 소감에 '노예선의 벤허처럼 눈에 불을 켜야만 나는 사는 것이었다'고 썼던 김윤식은 노년에 이르러 서울대 고별강연에서는 "인간으로 태어나서 다행이었고, 문학을 했기에 그나마 다행이었다"고 발언한 바 있다. 그가 있어서 한국문학도 다행이다.

〈2015.10.26.〉

*문학평론가 김윤식은 2018년 10월 25일 저녁 7시 30분 숙환으로 별세했다.

인생은 찬미하면서 살기에도
짧습니다

김화영
문학평론가

"사람들이 날 번역가라고 할 때가 제일 싫었습니다. 뭔가 숨기고 싶은 걸 들킨 심정이랄까, 번역 뒤에 숨어서 내 글을 쓰지 못하는 사람 취급을 받는 느낌이었습니다. 아마 시인이 못 돼서 그랬을 겁니다. 번역이라는 알리바이로 늘 딴 짓을 하고 있었던 거지요. 돌이켜보니 번역가이기도 하네요."

40여 년 동안 프랑스 문학을 100종 넘게 번역해 역자 후기만을 모아 『김화영의 번역수첩』(문학동네)까지 펴낸이의 말치고는 의외다. 김화영(고려대 명예교수·74)은 장 그르니에, 르 클레지오, 파트릭 모디아노 같은 대가들의 작품을 국내에 처음 소개하며 프랑스 문학의 충실한 전달자로 독자는 물론 작가들의 시야를 확장시키는데 큰 역할을 해온 인물이다. 그가 이번에 펴낸 『번역수첩』은 그동안 냈던 번역서들의 역자 후기들만 선별해 모은 책이다. 역자 후기만으로 두툼한 책 한 권을 낸다는 것 자체가 그만한 종수가 확보되지 않고서는 불가능할 뿐더러 드문 일이다. 사실 그의 말마따나 김화영은 엑상 프로

방스의 태양을 품에 안고 돌아온 이래 감각적이고 탐미적 문장을 '쓰는' 사람이요, 여전히 한국 문학 최전선에 서 있는 비평가의 이미지가 돋보이는 문인이다. 눈 내리는 날 광화문에서 그를 만났다.

"우리가 자랄 때 문학 속에는 감상주의가 있었습니다. 너무 가난해 반항 대신 감상에 빠져 들 수밖에 없는데 바로 그 감상이 문학이라고 생각했던 겁니다. 카뮈의 세계에는 흐릿한 안개 같은 건 없어요. 놀랍게도 『이방인』에는 밤이 없고 낮밖에 없습니다. 프로방스의 햇빛 속으로 갔더니 '문제'를 해결하는 게 아니라 시체를 화장하는 것처럼 태워버려요. 답을 주는 게 아니라 문제를 없애버릴 수도 있다는 사실이 큰 충격이었습니다."

김화영은 프랑스 정부 국비 장학금을 받아 1969년 엑상프로방스로 유학을 떠났다. 그곳에서 5년 만에 알베르 카뮈(1913~1960)에 관한 연구로 박사학위를 받고 귀국해 펴낸 첫 산문집이 『행복의 충격』이다. 40여 년이 지난 지금까지 절판 한 번 되지 않은 스테디셀러로 각광받았다. 카뮈는 그의 열렬한 찬미 대상이다.

"정의를 구현하려는 노력이 너무 오래 가면 그 정의의 근원이었던 사랑이 메말라간다는 말이 있습니다. 카뮈에게는 그 두 개의 균형이 중요했습니다. 정의는 사랑과 함께 구현해야지, 사랑 없는 정의는 의미가 없다는 거지요. 지식인은 그 두 가지의 위태로운 균형 속에서 일생 동안 회의하는 자입니다. '너 죽고 나 죽자'는 니힐리스트가 아니라 '너도 살고 나도 살자'는 균형, 그 줄타기야말로 예술가의 운명입니다. 카뮈를 전공해서 좋다고 생각하는 건 그 긍정적인 세계입니다."

그러고 보니 김화영은 늘 에너지가 넘치고 환한 편이다. 프로방스의 태양과 카뮈의 긍정적 세계관 덕일지는 모르되 그의 성장기를 들어보면 이미 타고난 조건이었던 것 같다. 경북 영주 산골에서 초등학교만 마치고 홀로 서울로 유학해 다시 프랑스로 떠나기까지 김화영은 '시인'의 삶을 살았다. 경기중학교 2학년 때부터 보름마다 발행되는 학교 신문 《순간 경기》 기자로 미당 서정주를 만난 이래 내내 그의 사랑을 받았다. 미당은 그에게 책을 사인해 줄 때면 '김화영 시우詩友'라고 적곤 했다.

김광섭 이헌구 등이 주축인 전국문화단체연합회 백일장에 경기중학교 대표로 나가 장원을 받았다. 그 상을 받았던 1957년 10월 9일이야말로 "내 인생의 기점"이라고 말한다. 그날 이후 언어와 문학에 들린 삶을 살아왔다. 서울대 불문과 재학 시절《조선일보》 신춘문예에 당선작 없는 가작으로 「육성」이라는 시편이 뽑혔고, 이어령 선생이 주관하던 잡지인《세대》의 이상문학상 1회 수상자로 선정됐다. 바야흐로 시인의 운명이었지만 그 당시 최고의 직장인 은행원으로 취직해 3년 동안 일하다 프랑스로 유학을 떠난 이후 '신학문'을 연마하다 보니 '시적 고요함'이 사라져버렸다.

그는 "시라는 것은 마음의 빈 터가 많고, 일시적 감흥이 아니라 전 존재를 투여해 끊임없이 관심을 기울이는 사람이 쓰는 것"이라고 말했다. 프랑스로 유학을 떠나지 않았다면 은행을 다니며 계속 시를 썼을지 모르겠다고 부연했다. 프랑스에서 돌아와 고려대 불문과 교수로 자리를 잡은 이래 카뮈 전공자인 그는 자연스레 소설 쪽으로 기울었다.

"엄밀하게 말하면 시와 소설이 형식은 다르지만 근원적인 지점은 다르지 않습니다. 지금 우리 독자들이 알고 있는 소설은 대부분 19세기 발자크나 톨스토이의 소설 양식입니다. 소설은 어마어마하게 식욕이 왕성한 장르입니다. 시도 산문도, 뻬라도, 모든 언어를 다 빨아먹고 큰 놈입니다. 그런 의미에서 소설은 시정의 더럽고 아름답고 냄새나는 그런 모든 걸 담아내는 흥미진진한 산문인 거지요."

그는 동인문학상 종신심사위원으로 한 달에 최소 5권 이상 노소 작가들의 소설을 정독하는 노동을 지속하고 있다. 그는 '즐거운 노동'이긴 하지만 등장인물들을 일일이 메모해가며 읽어도 이해가 쉽지 않은 '괜히 어려운' 젊은 작가의 작품을 대할 때면 난감하다고 했다. 프랑스는 한국처럼 세대에 따라 문학의 간극이 크지는 않지만 압축 성장을 한 한국의 상황을 고려해야 한다고 설명했다. 그는 "나는 이미 과거의 문학에 깊숙이 빠져 습관이 된 사람이니까 여기에 적응하느라 노력을 많이 하지만 우리 세대가 쓴 글도 앞 세대 입장에서 충격이었을 것"이라면서 "사실 내가 지금 이 세대였다면 더 재미있는 일을 많이 벌였을 지도 모른다"고 덧붙였다. 그에게 유난히 어두운 터널을 지나가는 한국문학의 희망에 대해 물었다.

"내가 왜 그렇게 난감한 소설들에도 희망을 버리지 않느냐면 한국은 너무 보수적이기 때문입니다. 다른 말로 하면 사고가 게을러요. 그러니까 젊은이들 이해하려고 노력해야 해요. 그들이 역부족이더라도 그 태도 자체를 배워야 합니다. 우리는 너무 편한 것에 길들여져 있어요. 문학은, 예술은, 사실 불편하게 하려고 있는 거지요."

김화영은 "한 작가가 어떻게 등단해 변화했는지 다 꿰뚫게 된다"면서 "한국 문단이 살아있는 내 몸을 지나가고 있다는 사실이 흥미롭다"고 말했다. 한국 문학 현장의 오래된 현역이다. 시는 이제 포기했을까. 미당이 살아 있을 때 만날 때마다 시집을 내라고 말했지만 '추억'만으로 어떻게 시집을 내느냐고 얼버무렸다고 했다. 그는 앞으로 시를 쓰지 않겠다고 잘라 말하진 않았지만 다른 누구보다도 자신에게 평가받는 게 무섭다고 했다. 언제쯤 자신도 찬미할 수 있을까.

"문학을 하면 대선배들의 작품이 너무 좋아서 찬미하지 않을 수 없습니다. 요즘은 선배들 작품을 좋아하지 않고 무조건 쓰는 것 같아요. 누구를 좋아하든 찬미하는 사람이 없다면 문학을 왜 합니까? 나는 '문학공화국'에서 카뮈로부터 '찬미'를 배웠습니다. 인생은 찬미하면서 살기에도 짧습니다."

〈2015.12.7.〉

시가 사람 목숨을 살릴 수도 있어요

이
명
수

심
리
기
획
자

　'시는 그 자체로 부작용 없는 치유제다. 시가 그런 치유제인 까닭을 나는 숨
도 쉬지 않고 반 페이지쯤 읊어낼 수 있다. … 물 끓는 냄비에 수제비 떠 넣듯
시를 골랐다. 종내엔 찰지고 따뜻한 수제비 한 그릇이 되기를 바라면서, 누군
가는 시의 수제비 한 그릇으로 허기를 면하고, 그 한 그릇으로 정서적 기아상
태에 있는 또 다른 사람의 목숨을 구했으면 싶다. … 사람들이, 마음이 지옥인
거대한 난파선에서 시의 구명보트를 타고 탈출하는 광경은 상상만으로도 장
엄하고 설렌다.'

　이 에필로그를 쓴 이는 시인이 아니다. 문단이나 출판계에 종사하는 이도
아니다. 유례가 없는 '심리기획자'라는 타이틀을 스스로 만들어 실천해온 이명
수(58)씨다. 그이가 최근 자신이 모아둔 수천 편의 시 중에서 82편을 골라 다
양한 상황에서 마음을 치유하는 처방을 제시한 『내 마음이 지옥일 때』(해냄)를
펴냈다. 시가 공허하게 문학 마니아들 사이에서 그들만의 암호 주고받기로 끝

나는 차원을 넘어서서 현장에서 실용적으로 어떻게 기능할 수 있는지, 실감나는 문학의 힘을 보여준다.

마음을 지옥으로 만드는 심리를 16가지로 나누어 각각의 경우에 읽으면 좋을 시를 골라놓았다. 이를테면 첫째 항목 「징징거려도 괜찮다」에서는 "내 마음이 지옥일 만큼 상처를 입었을 때 그 상처는 고름과 같다"면서 "감정토로는 고름을 빼는 과정"이라고 전제한 뒤, 마종기 박시교 정현종 최서림 박남준의 시를 제시하며 각 시편들에도 자신만의 독후감을 간단히 제시하는 형식이다. "밤새 조용히 신음하는 어깨여,/ 시고 매운 세월이 얼마나 길었으면/ 약 바르지 못한 온몸의 피멍을/ 이불만 덮은 채로 참아내는가."(마종기, 「꿈꾸는 당신」)

"10여 년 가까이 40~50대 기업 임원들을 대상으로 심리 치유 프로그램을 운영한 적이 있는데, 그때 약을 처방하듯 그들 각자의 사연에 맞는 시를 한 편씩 골라주었더니 우는 남자들이 많았어요. 그 시를 액자에 표구해서 사무실이나 서재에 놓아두고 혼자 있을 때 물끄러미 바라보며 자신의 삶을 돌아보곤 했다는 이들도 있었습니다. 4년 가까이 아침마다 트위터에 밑줄 그어놓은 시의 한 구절을 올릴 때도 시가 이렇게 좋은 줄 몰랐다는 반응이 뜨거웠어요. 안산으로 가면서 중단했다가 이번에 책으로 내게 된 거지요."

이명수는 정신과의사 정혜신과 같이 사는 남자다. 고통 받는 현장에 뛰어들어 치유자로 살아온 정혜신의 곁에는 이명수가 있었고, '심리기획자'라는 타이틀을 만들고 실천해온 이명수 옆에 정혜신이 있었다. 아내는 남편을 '정혜신의 심리적 구루'라고 하고 남편은 아내를 '이명수의 심리적 공중급유기'라고 칭한다. 틈날 때마다 공개된 지면이나 인터뷰에서 서로가 서로에게 얼마나 지극한 존재인지 치켜세우는 커플이다. 이번 책에도 정혜신은 '영감자'라는 수식을 달고 공저자로 등재됐다. 이들은 세월호 참사가 일어난 후 양평에서 거처를 안산으로 옮겨 '치유공간 이웃'을 만들고 희생자 유가족 트라우마를 치유해왔다. 희생된 학생들 생일에 시인에게 아이의 목소리로 시를 쓰게 한 뒤 이를 단체로 낭송하는, 이명수가 기획한 '생일 모임'은 시의 치유력을 극적으로 보여준 사례다.

"엄마들이 우리 아이가 그 아이 목소리로 괜찮다는 한마디만 하면 (떠난 걸) 인정하겠다고 그래요. 그래서 고민하다가 시를 생각한 거죠. 시인들이 고생을 엄청나게 했어요. 엄마들에게 상처를 줄 만한 대목들을 잘라내고 아이의 육성을 쓰자니 고민이 이만저만이 아니었죠. 내 어쭙잖은 요구를 자존심이 생명인 예술가들이 다 수용해 줬어요. 이들이 써온 시를 그 자리에 모인 희생자의 친구들이 모여 한꺼번에 낭송을 하면 울음바다가 돼요. 그렇게 실컷 울고 나면 비로소 애도가 시작되는 거죠. 어떤 엄마는 이제야 우리 아이를 결혼시킨 것 같다고 해요. 같이 살지는 않고 독립시킨 것 같다는 거죠. 처음에는 주인공 없는 생일 모임을 거부하던 유가족들이나 참석자들도 그걸 겪고 나면 자신들이 치유받은 느낌이라고 해요. 세상 사람들이 자신의 아이가 존재하지 않는 것처럼 희생자의 한 무리로만 생각을 할 때 상실감은 말도 못할 정도로 큰데, 개별적으로 자신의 아이만을 호명했다는 사실만으로도 막강한 힘을 발휘하는 거죠."

이들이 거리의 치유자로 나선 건 이 경우가 처음은 아니다. 자살자만 20여 명이나 속출한 쌍용차 해고노동자들을 위해 '와락'을 만들어 현장에서 활동했고, 고문 받은 이들을 포함한 국가폭력 피해자들 치유에도 기여해 왔다. 안온한 공간에서 상담을 하며 편안하게 살 수 있는 이들이 무엇 때문에 아무런 보상도 없는 아픈 현장을 찾는 걸까.

이명수는 "남들이 이타적으로 볼지 모르지만 그런 것만은 아니다"고 말했다. 그들 자신의 평화를 도모하는 행위라고 했다. 철저하게 개인주의적 성향이라는 이명수는 새가 위에서 아래를 내려다보듯 늘 자신도 그렇게 스스로를 성찰한다고 했다. 때로는 그 새 위에 다른 새들이 여러 마리 떠 있는 경우도 있다. 그렇게 생각하고 관찰하는 과정에서 내리는 합리적인 이성이 행동을 명령하는 스타일이다.

상대적으로 이성이 더 크게 작동하는 이명수에 비해 정혜신은 '공감의 천재'라고 했다. 머리보다 공감이 앞서는 그녀는 세월호 참사 직후 팽목항에 내려가 그 현장을 목도했다가 상경해서는 밤이면 팔다리를 떨며 흐느꼈다고 했다.

아내를 '살리기' 위해, 그들은 '살기' 위해 열흘 만에 거처를 안산으로 미련 없이 옮겼고, 치유하는 삶을 살면서 활기찬 평상심을 찾았다.

"저는 독학을 한 거니까 재야심리학자인 셈이죠. 심리학이 정말 인간에게 유익해야 하는 학문인데 어느 선생님에게 배웠느냐, 어디서 공부를 했느냐, 자격증이 있느냐, 이걸 자꾸 따지니까 곤란해요. 무조건 병원만 가야 하는 게 아니라 실용적으로 치료를 할 수 있는, 큰 상처가 아니면 집에서 연고 바르고 대일밴드만 붙여도 되는 그런 '적정심리학'에 대해 아내와 함께 연구하는 중입니다. 어떤 순간에는 시가 사람의 목숨을 살릴 수도 있어요. 그런 적정심리학의 일원으로 이번 책을 먼저 내보낸 겁니다."

대학에서 경영학을 공부하고 대기업 마케팅팀에서 근무하다 광고 일도 했던 이명수는 정혜신을 만난 이후에는 치유의 인프라를 만드는 '심리기획자'로 살아왔다. 아내 정혜신은 그를 끊임없이 응원하는 둘도 없는 지원자다. 남편 이명수 또한 아내에게는 '생명의 은인' 같은 존재라고 했다. 생각을 오래 하는 편인 남편에게 아내는 그의 쉰 살 생일날, "왜 백미터 늦게 달리기는 없을까/ 만약 느티나무가 출전한다면/ 출발선에 슬슬 뿌리를 내리고 서 있다가/ 한 오백 년 뒤 저의 푸른 그림자로/ 아예 골인 지점을 지워버릴 것"이라는 이원규의 「속도」를 편지와 함께 축하시로 선물했다. 남편은 큰 힘을 얻었다고 했다. 당신은 가만히 서 있기만 해도 결국 골인할 거라는 '변함없는 내편'의 맹목적인 지지, 생각만으로도 따스하다.

〈2017.3.13.〉

*정신과 의사 정혜신의 적정심리학 『당신이 옳다』는 2018년 10월 출간됐다.

여 기 가
끝 이 라 면

5부

김성동 소설가

서영은 소설가

유순하 소설가

이경자 소설가

강석경 소설가

윤정모 소설가

한창훈 소설가

배수아 소설가

송은일 소설가

정호승 시인

도종환 시인

김사인 시인

조은 시인

유용주 시인

이정록 시인

유희경 시인

황현산 문학평론가

권영민 문학평론가

김종회 문학평론가

박찬일 셰프

조선 문장을 초혼招魂했다

김 성 동 _{소설가}

"교정을 보면서 혼자 많이 울었어. 바로 오늘의 현실에 있는 내가 어디서 왔냐 이거지. 오늘날 요 모양 요 꼴이 된 이유가 뭐냐, 이 말이지. 그게 역사인데, 결국은 아버지 할아버지들이 왜놈 양놈에 짓밟히면서 내 개인사도 무너지고 나로서는 할 수 없이 마지못해 문학으로 온 거여. 그거밖에 길이 없으니까. 와서 봤더니 이게 또 엄청난 동네야, 불교적 깨달음 못지않은 세계란 말이여. 더 기가 막힌 것은 어지간한 일은 10년만 하면 기술자가 되는데 문학은 내가 40년 넘어 반세기 가까이 해오고 있는데도 매번 처음 하는 거 같다는 거지."

소설가 김성동(71)이 격변하는 조선조 말기의 이야기를 담은 대하 장편소설 『국수(전6권·솔)』를 완간했다. 1991년 일간지에 연재하기 시작한 이래 27년 만이다. 임오군변(1882)에서 시작해 동학농민운동(1894) 전야까지 충청도 내포지방(예산 덕산 보령)을 배경으로 양반과 노비, 선승과 동학접주, 빼어난 기생과 미천한 계급의 인물들까지 다양하게 등장시켜 그 시대의 삶을 구체적으로 풀어냈다.

김성동은 당대 내포지방의 언어를 충실하게 살려내, 아름다운 우리말을 발굴하고 복원하는데 심혈을 기울였다. 이 대하소설 마지막 6권은 소설에서 쓰인 '낯선' 우리말을 풀이하는 사전으로 꾸려졌다. 갈수록 왜소해지는 문학판에 굵직한 사건을 만들어낸 그를 지난주 기자간담회가 끝난 후 따로 만났다.

'국수國手'란 본디 각 분야의 최고를 일컫는 말인데 의미가 축소돼 바둑이나 장기의 최고수를 일컫는 단어로 굳어진 표현이다. 김성동은 이 소설에서 바둑 이야기는 상징적인 차원으로 수용하고 지난 시대의 문화와 풍속사를 당대의 언어로 세밀하게 묘사하는 이 시대 문학의 '국수'로 나선 셈이다. 그가 이 소설을 집필하게 된 건 단지 이런 이유 때문은 아니다.

부친 김봉한(1917~1950)은 일제 때 독립운동을 하다 해방공간에서 서북청년단에 체포돼 6·25전쟁 국면에서 같이 수감됐던 이들과 함께 집단 처형돼 시신도 찾을 수 없었다. 올 3월 96세로 작고한 모친도 고문과 수감 생활을 되풀이해야 하던 숙명이었다. 아버지가 처형될 때 네 살이었던 김성동은 할아버지 아래서 구술 역사를 들으며 성장했고, 서슬퍼런 연좌제 아래 제대로 사람 행세를 할 수 없다는 절망에 고등학교를 중퇴하고 입산했다가 결국 문학의 길로 들어섰다. 문학은 그나마 그에게 '면죄부'를 주었다.

"1980년대 초에 아버지가 처형당했다는 대덕군 산내면 낭월리로 가서 집을 짓고 살았어. 기가 막힌 게, 나는 어머니를 속이고 어머니는 나를 속인 거야. 나는 어머니가 설마 아버지가 돌아가신 현장을 알지 못할 거라고 생각한 건데 어머니가 모를 리 없었지. 나는 아버지 혼령을 천도하려고 매일 아침 목탁을 치고 어머니는 어머니대로 서로 모르게 한 거지. 서로가 모르는 줄 알고 속인 건데, 그 피어린 현대사는 꿈에서라도 누가 들을까봐 한 식구라도 절대 이야기를 안 했어. 어머니도 잡혀가 고문당한 걸 이야기 안 하고 지병이 도졌다는 식으로 말을 하곤 했어. 기가 막힌 이야기지."

김성동은 1978년 승려 생활을 바탕으로 쓴 『만다라』가 성공한 이래 짧은 시간 각광을 받고 한 서린 가족사를 써서 잠시 호평도 받았지만, 이후로는 줄곧

고난의 세월이었다. 1990년대 접어들어 피어린 가족사를 직접 쓰는 대신 그들이 투쟁할 수밖에 없었던 현실을 배태한 뿌리를 톺아보기 위한 시도로 시작한 소설이 바로 국수였다.

"아버지의 뿌리로 올라간 거지. 150년 전이나 지금이나 다른 게 하나도 없었어. 갑오봉기 때 윗동네 전라도 일원에서는 동학 전야로 들끓고 있었는데 그 이웃 동네 호서 충청도에서는 무슨 생각으로 어떻게 움직였을까. 역사에서는 빠져버렸지만 갑오년 동학 때 충청도에서 굉장히 중요한 구실을 했거든. 마지막 조선왕조 노을진 그 시절의 삶을 전통적 어법으로 제대로 보여주고 싶었던 거여. 현대어로 쓰면 의미가 없다고 봤지. 다른 이들은 안 하는지 못 하는 건지 모르겠지만 언어는 시대와 계급과 장소의 산물이여. 벽초 홍명희『임꺽정』이 아쉬운 건 지배자나 피지배자의 언어가 똑같다는 거야."

실제로『국수』를 접해 보면 무수히 나오는 옛 언어들의 주석을 하단에서 챙겨보느라 독서 속도가 느려질 수밖에 없다. 어느 순간에는 이야기의 흐름은 차치하고라도 그 시절 사람들의 풍속과 심성이 자연스럽게 체화되는 걸 느끼게 된다. 이 소설을 추동하고 펴낸 평론가 임우기의 "문장 하나하나를 만든 게 아니라 조선 문장을 초혼招魂한 것 같다"는 말에 고개가 끄덕거려지는 배경이다. 사라지거나 변질된 수많은 우리말 중 '안해'라는 단어를 김성동은 '안에서 뜨는 해'라는 말로 '해방 8년사'가 끝나는 1953년 7월 27일까지 쓰였던 말이라고 풀이했다. 국어사전에는 '아내의 옛말'이거나 '아내의 북한말'이라고 표기돼 있다.

"답답한 게 페미니스트들이 이 말의 의미를 몰라. 여자가 남자의 종속된 개념이 아니라 내부에서 동등한 태양으로 뜨는 존재라는 거지. 우리 겨레의 특성이 그거야. 내 할아버지도 존대말을 쓰면서 할머니를 굉장히 인격적으로 대했어. 그게 바로 '고루살이'라는 거야. 서양 특정 종교의 '공동체' 개념과는 달라. 아버지가 어머니에게 보냈던 편지를 지금도 가지고 있는데 거기 보면 '안해'라는 말이 나와. 북한에서 만든 말이 아니고 원래 조선말이었는데 그걸 쓰고 안 쓰는 그런 차이가 생긴 거지. 여기는 모든 말이 왜화, 양화돼버렸어."

아버지 어머니가 '혁명'에 투신할 수밖에 없었던 '모순'의 뿌리를 '국수'를 통해 펼쳐낸 만큼 김성동은 이제 아버지에게 어느 정도 당당해졌을까. 할아버지가 항상 말하던 아버지라는 뛰어난 존재의 무게에 늘 '쫄아 있었다'는 그는 "아버지의 정신이 옳은 것이었다면 나도 그런 삶을 살아야 하는데 나에게 허여된 붓을 통해 사는 수밖에 없다"면서 "이제 아버지 어머니의 목소리로 그분들의 시대를 소설로 써내고 싶다"고 말했다.

김성동은 아버지에 대한 이야기를 발표할 지면을 찾지 못해 방황하다가 계간 《황해문화》(2016년 겨울호)에 「고추잠자리」라는 중편으로 어렵사리 발표했지만, 산으로 들어간 아버지들을 위해 주먹밥을 싸다가 체포돼 '반역행위'로 투옥과 고문의 연속된 삶을 살아야 했던 어머니나 남에서도 북에서도 지워진 아버지 같은 존재들을 제대로 부각시키는 게 남은 목표다. 지난봄 어머니를 떠나보낸 늙은 아들의 말.

"어린시절 어머니는 늘 옆에 없었습니다. 어디를 가셨을까, 왜 잠깐 나타났다 사라질까, 항상 의문이었습니다. 처음에는 몰랐는데 나중에 알고 보니 형무소에 있었던 겁니다. 잠깐 왔다가는 또 잡혀가고…. 내가 증언해야겠구나 싶었지요. 어머니 개인 이야기가 아니라 피나는 현대사였습니다."

〈2018.7.23.〉

사랑은 운명을 발견해 가는 힘

서영은
소설가

"사랑은 목숨 같은 거야. 목숨을 지키려면 의지를 가져야 해. 그 사람에게 고통을 준다고 생각하지 말고, 니 목숨을 지킨다고 생각해라."

이렇게 말한 사람은 한국문학의 무거운 존재 김동리(1913~1995)였고, 그가 그토록 묶어두고 싶은 대상은 푸른 20대 서영은이었다. 김동리는 첫째 부인과 이혼하고 둘째 부인 손소희 소설가와 살고 있던 50대 남자였다. 서영은은 박경리의 소개로《현대문학》추천을 받기 위해 소설을 들고 가 만났다.《현대문학》창작실기 강사였던 박경리는 서영은의 습작 소설을 보고 이대로도 충분히《현대문학》에 추천될 만하니 김동리에게 이 소설을 들고 가보라고 권했다. 어지러진 거실에서 내의 바람으로 서영은을 맞았던 김동리. 그렇게 처음 만났던 그들이 운명이라는 이름의 드라마를 살기 시작하리라고 첫 눈빛에 서로 알아보았을까.

그가 오면 물을 데워 발가락 하나하나 샅샅이 씻겨주었다. 서영은이 그 남자를 처음 만났을 때 그에 대해서는 전혀 무지한 상태였다. 박경리가 김동리에게 찾아가 작품을 보여주라고 했을 때 서영은은 "저는 그분 소설을 안 좋아하는데요"라고 말하자 박경리가 "우리나라 최고 작가인데 그분을 안 거치고 어떻게 문학을 하려고 하느냐"고 말했다고 그녀는 술회한다.

서영은은 스물다섯 살 무렵 김동리를 만났다. 평범한 건 싫어하는, 시시포스 신화를 동경했던 고집스럽고 독특한 개성의 서영은은 김동리를 그 나이에 만났다. 만났다는 건, 단순히 얼굴만 대했다는 의미가 아니다. 선생은 명동 중앙극장에서 영화를 보자고 했다. 〈콰이강의 다리〉였던가. 주머니에서 대단히 조심스럽게 무언가를 꺼내 손이 닿을까봐 조심하면서 건네주었다. 초콜릿이었다. 그날 그들은 따뜻해졌다. 그 남자 부인이 누구인지 어떤 조건인지 아무것도 몰랐다. 다만, 그날, 그 남자를 받아들이고 운명을 예감했을 뿐이다.

"사랑은 운명을 발견해 가는 힘인 것 같아요. 어떠한 관계에서도 경계에만 머물면 아무것도 볼 수 없어요. 그 관계를 수임할 때 비로소 시간이 흐르면서 본인의 얼굴을 만나게 되는 거지요. 시간 속에서 발자취가 드러나는 삶의 서사, 그거야말로 운명 아닐까요. 조금 힘들다고 다른 길을 찾고, 다른 데서 다시 찾다가 또 다른 곳을 엿보는 삶이란, 겨처럼 날리는 가벼운 존재이지요. 그렇게 살아서는 자신의 운명을 직면할 수 없습니다. 깨달음이란 지식이 아니라 마음이 깊어지는 경지입니다."

소설가 서영은은 김동리의 세 번째 아내였다. 이 단순한 문장을 완성하기까지 서영은은 고통스러운 시간을 거쳐야만 했다. 물론 그 두 남녀가 비밀연애를 했던 세월을 포함하면 행복했던 시간이 더 많았을 테다. 김동리의 두 번째 부인인 소설가 손소희 여사가 1987년 사망한 뒤, 알려지지 않았던 김동리의 연인 서영은은 정식으로 절에서 단출하게 결혼식을 치르고 어두컴컴한 성채 같은 김동리의 집에 입성한다. 그 이후부터 전개된 삶의 빛과 어둠을 그가 『꽃들은 어디로 갔나』(해냄)라는 장편소설로 펴냈다.

둘째 부인 분향소를 일 년이 넘도록 집에 차려놓고 그녀에게 예를 강요했던 그이. 몰래 만났던 20여 년 세월이 끝나고 그 집에 들어갔을 때 발견한 건 '무거운 짐을 진 거북이 같은 남자'였다. 그이는 인색했고, 폭군이었고, 이기적인 남자였다. 그리하여도 그 남자는 운명이었고 애틋했다. 김동리라는 문학 천재는 그리 간단치 않았다. 말 한마디 감응이 평범하지 않았다. 일찍 어머니를 여의고 젖동냥을 했던 원초적 경험이 결핍감을 돋워 소유에서 내내 자유롭지 못했던, 연인마저 끝내 움켜쥐어야만 했던 배경을 생각하면 더욱 애틋하다고 서영은은 인터뷰와 소설에서 드러냈다.

"선생과 나는 꽉 찬 자유였어요. 갇히면 답답하다고 하지만 그분과 나는 꽉 찼기 때문에 더 이상 구속되지 않는 자유를 느꼈지요. 그렇더라도 한 번은 아무 말 없이 지방으로 여행을 다녀온 뒤 그분에게 심한 폭력을 당했습니다. 살의에 가까운 주먹으로 날 쳤지요. 그것은 이미 사랑이 아니었습니다. 운명의 확인이었지요. 그의 주먹 안에 가득 차 있는 피투성이 살의 속으로 치마를 뒤집어쓰고 뛰어내렸습니다."

그 오랜 비밀연애가 과연 행복했을까. 서영은은 과감하게 긍정한다. 사실 뒤돌아보면 그 과정은 빛을 발견하기 위한 어둠의 예비과정이었을 따름이다. 그는 소설에 "기다림은 그녀에게 얼마나 익숙했던가. 이십오 년 동안 그의 전화만 기다리며 살지 않았던가"라고 썼다. 1968년쯤 20대 중반 꽃다운 처녀로 50대 중반 김동리를 만나 숨겨진 여인으로 살아온 세월, 그녀는 그 시간들이 야말로 행복했다고 술회한다. 그 시절에서 벗어나 그이와 '생활'을 나눌 때 발견한 실망감은 이렇게 소설에 묘사된다.

"소유한 것을 잃을까봐 전전긍긍하는 사람. 그의 소유란 젖동냥에서 비롯된 생래적 결핍감을 채우고 또 채워서 쌓이게 된 잡동사니들이었다. 그의 집은 온갖 잡동사니들로 무거워져 침몰하고 있는 배처럼 보였다. 그에겐 아내도 소유해야 할 대상이었다. 그녀는 그에게 소유당해 줄 것인지, 거부할 것인지 선택해야 했다."

오랜 비밀연애는 행복했고, 그 운명을 수임했고, 종국에 그이를 받아들였다. 그이 김동리는 완강하게 강요했다. '당신을 사랑한다'고 늘 마지막으로 맹세하라고. 그리고 그이는 전처에서 생산한 다섯 아들을 남기고 아무런 다짐도 없이 덜컥 뇌중풍으로 쓰러진 뒤 5년 동안 식물인간으로 투병하다 세상을 떠나버렸다. 서영은은 미칠 듯한 세월을 살아야만 했다. 슬픔이 극에 달해 사방이 분간되지 않는 세월을 헤쳐 나갔다. 살풀이춤도 배웠고 악다구니를 쓰며 홀로 울어도 보았다. 달라진 건 없었다. 김동리가 사망한 뒤 전처의 아들은 극단적인 험담까지 퍼부었다. 그 아들은 아버지가 잠든 머리맡에서 서영은에게 말했다. "너는 우리 아버지 요강에 지나지 않아. 이제 필요 없어." 왜 그리 험한 말을 기억하고 소설에까지 굳이 기록했느냐고 물었을 때 서영은은 허먼 멜빌의 『백경』을 거론했다.

"그만큼 객관화된 거죠. 허먼 멜빌은 흰 고래를 끊임없이 찾아다니다 잠깐 모습을 드러낸 백경에 꽂힌 작살을 보지요. 그건 10여 년 전에 꽂은 작살인데 백경은 시간이 흘러 작살이 녹이 슬어 스스로 빠져나갈 때까지 꽂고 다닐 수밖에 없겠죠. 그 작살을 직시하기 위해, 삶의 진실 앞에 솔직해진 거지요."

그녀는 이제 본격적으로 어둠의 이야기를 다음 소설로 이어가고자 한다. 김동리와의 사랑과 참혹한 슬픔의 이중주는 예고편에 불과하다. 김동리 사후 서영은이 마주해야 했던 지옥도와 그 깊은 어둠 속에서 빛을 발견해냈던 기적을 그녀는 기필코 독자와 공감해야 한다는 사명감을 지닌 듯하다. 그가 기어이 만난 빛은 소설에 이렇게 서술된다.

"모든 어둠은 단순한 캄캄함이 아니다. 이 세상에 텅 빈 어둠이란 없다. 캄캄한 밤이라 해도, 보이지 않는 곳에서는 여전히 별이 반짝이고 있듯이, 모든 어둠 속엔 빛의 씨앗들이 파묻혀 있다. 이제부터 나는 그 씨앗에 물을 주고 빛의 나무로 키워가려고 한다."

〈2014. 2. 17.〉

일본은 우리를 비추는 거울입니다

유순하
소설가

'거짓말 같은가? 그렇다면 가짜 역사 교과서나 만들고 있는 당신들의 고명한 역사학자들에게 물어보라. 여기 내가 적어 둔 것들이 사실인지 허구인지 꼭 묻고 대답을 들어보라. 그토록 처참한 역사를 정녕코 되풀이하고 싶지 않다면, 전쟁 불사를 부르짖으며 일삼아 혐한 시위나 벌여 대고 있는 극우 분자들을, 그들의 우스꽝스러운 '오야붕'인 아베 신조를, 당신들 자신의 손으로 다스려라. 그들은 당신들 나라의 재앙이다.'

소설가 유순하(71)가 최근 펴낸 문화에세이 『당신들의 일본』(문이당) 에필로그에서 언급한 대목이다. 이것만 접하면 이 책이 얼핏 일본을 극렬하게 비판하는 내용일 것 같은데 기실 한국인 입장에서 뼈아픈 내용이 압도적이다. 최근 이 책을 다룬 인터넷 포털 기사에 순식간에 270여 개의 댓글이 올라왔는데 그중 대부분이 지은이에게 막말을 하며 친일파라고 비난하는 내용이었다니 짐작할 만하다. 이를테면 한국인의 일본에 대한 자격지심을 가장 먼저 거론한다. 그는 "열등감을 느끼지 않는 인간이 없는 것처럼, 열등감의 사생아인 자격지심으로 말미암아 시달리지 않는 인간은 역시 없다"면서 "문제는 그 정도인데, 평균적 한국인의 대일 자격지심은 자해 수준에 이를 만큼 그 정도가 분명히 지나치다"고 적시한다.

일찍이 1980년대 초반 일본의 교과서 왜곡문제가 불거졌을 때 당시 전두환 정권은 전국적으로 관제 궐기대회를 조직했다. 그 결실은 독립기념관 건설로 이어졌는데, 정통성 없는 정권이 대일 자격지심을 정치적으로 이용한 결과였다는 시각이다. 독도 문제나 교과서 문제가 불거지면 일본은 무심한데 한국의 규탄 분위기는 순식간에 극단 상태가 된다고 본다. 그 결과 일본의 얕은 수에 휘말려 독도는 국제적인 이슈로 떠올랐고 교과서는 그것대로 개선은 커녕 악순환의 골로 접어드는 형국이라는 것이다. 그는 "힘센 놈은 깐족깐족 웃는데 힘이 달리는 놈은 눈물 콧물까지 질질 흘려가며 고래고래 소리지른다"면서 "결국 자격지심의 총화인 궐기대회는 배만 더 고프게 했지, 아무 소용도 없는 헛짓"이라고 단언한다. 태산처럼 가라앉아 힘을 키우는 게 유일한 대응 방법이라는 주장이다.

"이런 책 정도로 친일파 비난을 받는 우리 현실이 정말 한심합니다. 책을 읽어 보지도 않고 자격지심을 건드리는 내용에 민감하게 반응하는 현실이야말로 우리가 대일관계에서 극복해야 할 핵심입니다. 일본을 배우자는 게 아니라 우리를 알자는 겁니다. 일본은 잔인할 만큼 우리를 솔직하게 비춰주는 거울입니다."

유순하는 1968년 《사상계》 희곡 당선으로 문단에 나왔지만 오래 직장 생활을 하며 침묵을 지키다 1980년대에 다시 소설로 등단해 이산문학상과 김유정 문학상 등을 받으며 왕성한 작품 활동을 펼쳤다. 그동안 펴낸 책만 장편소설 12권, 창작집 7권, 문화 에세이집 7권, 동화책 2권 등 30여 권 가까이 된다. 1990년대 말부터 본의 아닌 '절필' 기간을 거쳐 최근 단편 「바보 아재」로 EBS 라디오문학상을 받으면서 새롭게 부각되는 이 즈음이다.

"교토에서 태어나 세 살 때 한국으로 들어왔으니 일본과의 인연은 그곳에서 태어났다는 것밖에 없습니다. 다만 가족사의 인연으로 일본에 대해 많이 듣고 생각하면서 일본에 대해 많이 쓰고 읽고 조건반사적으로 대일관계에 관심을 갖게 된 거죠."

그는 이번 책에 가족사를 썼다가 조상을 팔아먹는 것 같아 뺐다고 했다. 기실 그의 고조부와 증조부가 한일합방(1910)과 고종 승하(1919) 시점에서 각각 순절해 해방 후 건국훈장까지 받았다고 한다. 14대 조부가 『징비록』을 쓴 유성룡이었다니, 안동에서 퇴계와 양대 산맥을 이루는 명문가의 자손임은 의심할 여지가 없는 셈이다. 문제는 일제의 감시 대상인 '불령선인不逞鮮人'으로 찍힌 집안이어서 세 명의 할아버지들은 쫓겨 다니면서 자살하거나 행방불명이 된 현실이다. 그 와중에 태어나 고아처럼 살았던 부친은 소년기에 일본으로 건너간 것이고, 그가 교토에서 낳은 아들이 유순하였다.

유순하의 이력도 그의 조부들만큼이나 평탄치는 않다. 그가 제대로 제도 교육을 받은 건 초등학교 때까지 뿐이다. 검정고시를 거쳐 대전의 한 고등학교에 들어갔지만 연간 결석일수가 100일이 넘었는데 담임의 배려로 겨우 졸업했다. 이후 충주비료공장 노동자로 들어갔다가 군에 다녀온 뒤 '원고지 1만장만 쓰면 글쟁이가 될 수 있다'는 춘원의 말을 상기하고 원고지 5000장을 사서 쓰기 시작한 그해 《사상계》와 인연을 맺었다. 이후 전 세계에 40여 개 지점을 거느린 한미합작회사 한국 회사에서 오래 직장생활을 하다 노사문제와 그가 합작회사를 배경으로 쓴 단편이 문제가 되어 1987년 해고 통지를 받았다. 먹고사는 건 퇴직금이나 아파트가 있어 어찌 해보겠는데, 2녀 1남 세 아이의 사기가 눈에 띄게 떨어지는 것 같아 '아비는 살아 있다'는 걸 보여주기 위해 전동타자기를 두드렸다고 했다. 지금도 아이들은 아버지가 두드리는 타자기 소리를 자장가 삼아 잠이 들었고, 그 소리에 다시 눈을 떴다고 말한다. 두드리다 보니 작품들이 쏟아져 나왔고 각광받았다.

그의 이력과 생각에서 짐작하듯 사실 유순하는 한국 문단에 독특한 존재다. 동인도 없고 매인 이념도 없다. 「생성」이라는 작품은 그가 몸담은 합작회사의 노사분쟁이 생생하게 스며들어 민중주의 작가인 것처럼 오해받지만 그건 철저하게 자신의 삶을 담았을 뿐인데 세상은 그에게 어느 쪽이냐고 물었다. 그는 좌나 우, 자본이나 노동 그 어느 편도 아닌 니코스 카잔차키스나 헨리 데이비드 소로의 '자유'를 지향한 쪽이었다. 그러한 심정을 담은 중편 「한 자유주의자의 실종」이 아이러니하게도 그 당시 다시 상을 받았지만, 패거리를 짓지 않거나 옹호받지 못했다는 측면에서 그는 소외된 존재일 수도 있다.

사실 그가 이 책에서 "나는 당신들이 지난 수천 년 동안 우리를 괴롭힌 것, 세계를 유린한 것, 그것을 탓할 마음은 없다. 그것은 그 당시 세계 질서였다"면서 "우리가 당신들의 제국주의적 침략 근성을 바락바락 욕할 때 나는 심한 모순을 느낀다. 왜냐하면 우리는 광개토대왕의 중국 정벌을 자랑삼고 있으며, 베트남에서 그곳 사람들에게 우리가 저지른 엄청난 죄악에 대한 반성이 사실상 없기 때문"이라고 기술하는 대목은 아슬아슬하다.

일본과 비교한 한국 문화의 30가지 항목을 차분한 인내심을 발휘해 읽고 무사히 에필로그에 이를 수 있다면, 일본은 물론 한국 어느 쪽도 편들지 않는 태도의 진정성에 충분히 감응할 수 있다. '우익의 오야붕'이라고 표현한 아베 신조 일본 총리에 대해 유순하는 이날 "아베는 극우가 될 수밖에 없는 관상으로 야스쿠니 신사 참배 때 걷는 모습은 저돌적인 일본인의 전형적인 걸음걸이"라면서 "아베는 일본을 묘혈로 끌고 들어가고 있을 뿐 아니라 이웃나라에게도 참 쉽지 않은 존재"라고 부연했다. 헤어질 무렵 그가 말했다.

"내 소설은 이제 안 읽어도 그만이지만 이 책만큼은 꼭 읽히기를 바랍니다. 한·일관계가 첨예해질수록 나를 욕하는 사람도 많아지겠지만, 우리 사회의 성찰 능력을 믿습니다."

〈2014.8.11.〉

절대 손해 보지 않는 건
먼저 사랑하는 거야

이
경
자

소
설
가

"책을 내고 나면 항상 미진한 감정이 남는데 이번에는 그런 감정이 전혀 없어. 뭔가 편안하고 기분이 맑고 참 좋아. 거짓말하지 않고 과장한 것도 없으니까. 나로선 최선을 다해서 선생님께 부끄러움이 없어."

소설가 이경자(69)가 신경림(82) 시인을 소설로 썼다. 시 전문잡지에 두 번에 걸쳐 연재한 글을『시인 신경림』(사람이야기)이라는 단행본으로 펴낸 것인데, 인사동에서 당사자를 앞에 두고도 그녀는 시종 당당했다. 이 소설은 원고지 400장 안팎의 짧은 분량이지만 시인 신경림의 성장기에서부터 오늘에 이르기까지 삶과 사람과 문학이 서사시처럼 응축돼 있다. 시인은 이미 밝혔다고 하지만 그리 알려지지 않은 흥미로운 이야기들도 담겨 있다. 시인에게 독후 소감을 물었더니 "별로 재미없고 오글오글하다"고 겸연쩍어했고, 소설가는 "선생님, 그러시면 안 된다"고 높이 웃었다.

'어느 날 갑자기 신경림 선생님에 대한 글이 쓰고 싶어졌다. 마치 어떤 소재가 가슴에 들어와 덜컥 살림을 차리는 것과 흡사한 경우다. 나는 이런 걸 불씨라고 믿는데 그 불씨가 아무리 기다려도 꺼지지 않을 땐 소설로 써야 놓여날 수 있다. 그래서 그때부터 선생님은 나의 소설이 되었다.'

작가의 말에 적은 것처럼 이경자는 뭔가 하나가 들어오면 그게 빠져나가야 다른 글로 옮겨간다고 했다. 선생은 싫어하다가 마지못해 결국 긴 이야기를 허락했고 침실과 서재까지 보여주었다고 했다. 소설가는 수유리에서 30년을, 시인은 정릉에서 40년 살았다. 사는 동네가 가깝다보니 시장골목에서도 만나고 둘레길에서도 부딪쳤으며, 산악회 멤버로도 같이 인근 산을 오르내렸다. 자유실천문인협의회 시절부터 만난 인연까지 합치면 소설가가 시인을 허물없이 만나온 인연은 깊은 셈이다.

7부로 구성된 이 소설의 1부는 「신응식의 시간들」로 시작한다. 시인의 본명이 응식인데 충북 충주에서 일찍이 개화한 할아버지의 극진한 사랑을 받는 손주로 자랐다. 할아버지는 손주와 겸상을 하지 않으면 숟가락을 들지 않았고, 기대에 못 미친 아들은 응식의 어머니와 할머니랑 같이 밥상을 받았다. 인삼 녹용 따위는 손주에게 먹였다. 키가 작은 이유가 어린 시절 삼을 많이 먹어서 그렇다는 말을 들을 정도였다. 응식의 지극한 행복은 할아버지가 돌아가시는 7살 때까지 지속됐다. 이후 아버지는 광산에 손을 대고 빚을 지고 바람을 피우는, 불쌍한 이들 보면 집으로 데려와 보살피는, 사람은 좋지만 식구들을 불안하게 만드는 그런 캐릭터로 살았다.

응식은 초등학교 때부터 문재를 발휘해 주목받았다. 노은초등학교 6학년 때 수학여행을 다녀왔는데 충북에서 주최한 문예백일장에서 그 학교 출신이 장원했다는 소식을 듣고, 교장을 비롯해 담임은 물론 집안사람들까지 철석같이 응식이 그 주인공이라고 믿었다. 정작 시상식장에서는 아버지가 장날이면 술에 취해 끌려가는 산지기 집 아들이 불려나갔다. 이때 응식이 받은 상처는 "깊고 질겼고 오래 갔다"고 이경자는 기술했다. 고교시절엔 전국 문예백일장에서 장원도 했고 동국대 영문과에 들어가 대학시절 《문학예술》을 통해 시를 추천받아 시인으로 나온 건 이미 알려진 대로다. 이경자의 글을 따라가면 산

지기집 아들이 준 상처는 신경림을 겸손한 '권력'으로 만드는데 기여한 무의식
이었을지 모른다는 생각도 든다.

"인간 신경림은 깨끗하고 소박해. 노자에 나오는 부분으로 이 글을 맺을까
했는데 너무 과장한다고 남들이 오해할까봐 피했어. 선생님은 삶에서도 과장
하지 않는데 그거 굉장히 중요해. 당신은 내면에 권력의지가 없지만 이미 사
회적으로 신경림은 권력화된 이름이잖아. 그럼에도 불구하고 선생님의 태도
나 삶의 방식은 그걸 엄청나게 경계해."

실제로 신경림은 후배들에게 늘 편안하게 다가오는 노시인이다. 그만한 연
배에 문명을 지닌 정도라면 경직되기 쉽지만 신경림 시인의 유연함과 소박함
은 드문 미덕으로 꼽힌다. 많은 이들이 느끼는 공통점이야 굳이 소설로 쓰지
않아도 아는 것이지만, 소설가 이경자는 시인 신경림에게서 가부장적 권력이
느껴지지 않는 여성친화적인 캐릭터를 특별히 발견한다. 『절반의 실패』, 『황홀
한 반란』 등으로 일찍이 페미니즘 소설의 문을 열었던 작가의 시선이다.

"쓰고 나서 선생님이 더 좋아졌어. 나는 내면에 가부장적 남성에 대한 반감
이 기본적으로 내재돼 있는 사람이잖아. 선생님에게는 이 사회에서 성공한 남
성들이 가지고 있는 칼과 창 같은 남성 권력이 없는 거야."

시인이 모처럼 소설가의 말을 거들었다.

"여자들 괄시해서 돌아오는 게 뭐 있어? 우리 아버지도 원래 그런 거 없었
어. 어린 시절 다른 집에 가 보고 깜짝 놀랐는데 아주머니 할머니들이 땅바닥
에서 밥을 먹어. 우리 집은 할아버지가 그렇게 못하게 했어. 며느리가 부엌에
서 밥을 먹는 거 절대 못하게 했어."

소설가는 14년 전 28년 결혼생활을 끝냈고, 시인은 일찍이 아내와 7년 만에
사별했다. 몽골 중부지역을 한 달 가까이 여행하다 돌아와 보낸 『시인 신경림』
을 문학평론가 염무웅이 읽고, "신경림을 작게 만들어 보내주었다"면서 "두
사람은 남자 복 여자 복은 없지만 다른 건 다 가진 것 같다"고 했다는 말을 소
설가가 전했다. 시인 이문복이 소설가에게 전했다는 독후감은 이번 책을 상징
적으로 압축한다.

'가난 때문에 시인의 자질을 펼쳐보지 못하고 농사꾼으로 살다 허망하게 요절한 산지기 아들, 남편의 첫 시집을 보지 못한 채 어린 자식 셋을 남기고 병사한 아내, 어미 없는 손주 셋과 홀아비 아들을 품어 지킨 어머니. 픽션이든 논픽션이든 등장인물들은 주인공의 배경으로 존재할 따름이련만, 제 가슴에 시인 신경림은 잔잔히 가라앉고 그들의 생애가 더 뜨겁고 아프게 새겨집니다. 시인은, 신경림 그분은, 꽃이나 별이 아니라 꽃을 품은 대지, 혹은 별을 새긴 밤하늘인 것이지요.'

신경림 시인도 소설을 쓴 적 있다고 털어놓았다. 시인으로 먼저 데뷔한 뒤 대학시절 여름방학 두 달 동안 1500장 분량 장편소설을 완성해《경향신문》장편 공모에 투고했다. 평면적인 형식을 파괴하면서 모던하게 연애 이야기를 구성한 작품이었는데 낙선했다고 했다. 이후 소설은 진득하게 앉아 있지 않고 돌아다니는 걸 좋아하는 자신의 체질에 맞지도 않고 이야기를 구상하는 재능도 없는 것 같아 포기했다고 한다. 옆자리 소설가는 자신도 시를 좋아하지만 '소설을 살아내는 맛'에는 비할 수 없다고 했다. 시인이 먼저 간 뒤 소설가가 말했다.

"사랑하는 관계에서 절대 손해 보지 않는 건 먼저 사랑하는 거야. 소설을 놓지 않는 건 내가 사랑하기 때문이지. 소설을 쓰지 않는 시간이 나에겐 더 서먹해."

〈2017.9.4.〉

내 안에 흐르는 유목遊牧의 피

강석경 소설가

　그날 소설가 강석경(63)은 몽골 초원 게르에서 이른 아침에 나와 소젖을 짜다 급히 마중 나온 듯한 느낌이었다. 초원의 빛을 닮은 털스웨터에 긴 꽃무늬 스카프를 걸쳤다. 목소리가 높고 맑다. 그가 안내한 곳은 경주 삼릉 소나무 숲 인근 식당이었다. 통유리 바깥으로 진홍의 맨드라미들이 피어 있고 그 너머 소나무들이 원경으로 보이는, 빛이 좋은 공간에 그녀가 앉았다. 생각했던 것보다 싱싱한 느낌이었고 얼굴도 촉촉해 보였다. 몽골에서 돌아온 지 겨우 열흘 남짓 이어서인가. 그는 '어스름이 깔리는 초원에서 초로의 여인이 사명인 듯 소젖 짜는 광경은 밀레의 만종에 그려진 기도하는 농부보다 더 성스러웠다'고 잡지 연재 글을 쓰고 나온 터였다. 문화예술위원회 해외작가 레지던시 지원 프로그램 일환으로 3개월간 몽골에 체류하다 지난달 말 귀국했다.
　강석경에게 몽골은 유목민의 본향으로 언젠가는 꼭 가봐야 할 영혼의 뿌리 같은 곳이었다. 그는 신라의 고도 경주에 정착한 뒤 비로소 자신에게 유목민의 피가 흐르고 있음을 실감했다고 했다. 그 이전까지 그는 한국인으로서 정체성을 확보하지 못한 세월을 살았다. 외국에 나갔다가 김포공항에 도착하면 바로 돌아서서 다시 나가고 싶었다고 했다. 이 땅의 공기에 미만한 '위에서부터 아래까지 한국 사회 곳곳에 배치돼있는 정신적 독재자들, 완고한 가부장제, 여성들조차 한몫하는 배타적이고 이기적으로 왜곡된 가족주의'가 숨을 틀어막았기 때문이다. 올해는 그가 경주에 정착한 지 20년이고, 등단 시점으로 따지면 40년째다.

"경주가 주는 환상은 작가인 내게 영감의 원천이고 흑백 같은 유적지들은 본질을 돌아보게 한다. 나는 능을 오가며 삶을 해독했고 그 결실인 산문집 『능으로 가는 길』을 알처럼 나를 품어준 경주에 바쳤다. 내 속에도 목초 냄새 나는 자유의 피가 흐르고 있음을 신라 고도 경주에 와서야 알았다. 내가 경주로 돌아온 것은 근원으로의 회귀이다."

강석경은 처음으로 인도 여행을 하고 돌아와 이 땅에서 가장 인도와 비슷한 공간이 어디인지 탐색하다 경주를 떠올렸고 1994년 내려와 지금까지 살고 있다. 그가 처음 경주를 느낀 것은 그보다 10년 전 토우를 만드는 고 윤경렬 선생을 인터뷰하러 내려왔다가 도심 속 높은 무덤들을 접하면서였다. 삶과 죽음이 어우러진 인류학적 근원이 그녀의 가슴에 깊이 스며들었다. 이후 그는 이곳을 배경으로 『내 안의 깊은 계단』, 『미불』 같은 장편을 썼고 『능으로 가는 길』, 『경주 산책』 같은 에세이집도 펴냈다. 그의 경주 사랑은 오롯하고 깊다. 최근 그가 펴낸 『이 고도를 사랑한다』(난다)는 그 사랑의 결정판인 아름다운 책이다. 화가 김성호의 깊은 유화와 더불어 음악 같은 에세이에 실용적인 정보도 곁들여 만든 책이다. 맨드라미꽃밭 너머 '소나무 정원' 유리창으로 비껴드는 빛 속에서 그녀가 말했다.

"인도에 다녀온 이후로 많은 곳을 떠돌았습니다. 인도 여행에서는 내 인생의 전환점이라 할 만큼 많은 걸 깨달았어요. 대부분 인도는 영적 스승을 찾아서 가지만 나는 인도의 자연에서 많은 걸 배웠습니다. 인도 다음으로 그리스와 이곳 경주가 내 안의 스승입니다. 제우스가 구름으로 변신해 흘러가는 듯한 그리스에서는 가는 곳마다 나를 돌아보는 시간을 가졌습니다. 경주는 인도, 그리스와 닮은 내 영혼의 정착지인 셈이죠."

그녀가 책에도 소개한 식당 '소나무 정원'에서 나와 삼릉 소나무숲 속을 걷기 시작했다. 짙은 녹색 이끼가 곰팡이처럼 피어 있는 돌다리를 지나 숲으로 접어들자 가느다란 몸피를 다양하게 비트는 소나무들이 도열해 있다. 사진작가 배병우의 그 유명한 소나무숲 사진 배경이 바로 이곳이다. 과연 찬탄할 만한 잘 버틴 생명의 깊은 숨결이 싱싱하게 배어있는 호젓한 숲길이었다. 파인더 속에서 젊은 시절 『숲 속의 방』으로 장안의 지가를 올렸던 그녀의 모습이 떠올랐다. 어디에도 속하기 힘들었던 청춘 '소영'이라는 여대생은 회색지대에서 방황하다 자살하고 만다. 공교롭게도 1986년 오늘의 작가상을 받은 이 소설이 출간된 지 두 달 후쯤 서울대 국문과 4학년 여학생이 어디에도 정착하지 못하는 심경을 유서처럼 남기고 한강 다리에서 투신하면서 이 소설은 급격한 관심의 대상으로 떠올라 베스트셀러는 물론 연극 영화 무용으로까지 화려한 각광을 받았다. 강석경이라는 이름을 문단은 물론 대중에까지 깊이 각인한 출세작이었다.

『숲 속의 방』이나 『내 안의 깊은 계단』 같은 강석경의 대표작들에는 죽음이 깊게 자리 잡고 있다. 실제로 성장기 그녀의 여동생과 언니의 죽음이 트라우마로 작용했던 듯하다. 그가 좋아하는 인도의 '바라나시'라는 도시도 갠지스 강가에서 화장을 하는 죽음의 장소이고, 사실 경주 또한 천오백년 세월 동안 이즈러진 무덤의 곡선으로 아늑하긴 해도 죽음이 연상되는 곳이다.

소나무숲의 행복한 피톤치드 세례에서 아쉽게 빠져나와 빈 들판에 거대한 능이 솟아 있는 황남동으로 나왔다. 그가 책에서 소개한 커피숍 '프리 쉐이드'에서 메타세쿼이아와 능들이 펼쳐진 하오의 흐린, 먼 죽음의 인류학적 죽음의 풍경을 지켜보다가 다시 길을 떠났다. 강석경의 벗이 몰고 나온 작은 승용차로 빗방울 뿌리는 붉은 단풍 국도를 달려 '기림사'로 갔다. 예전에는 불국사가 이 사찰의 말사였을 정도로 규모가 크고 고요한 삼국유사 속 유서깊은 절이었는데, 지금은 불국사의 말사라고 했다. 오히려 더 깊은 영성이 깃든, 쓸쓸한 단풍의 마지막 배웅지처럼 아늑했다. 차 안에서 강석경에게 "혹 천년 전쯤 이곳 신라의 공주였을까" 물었다. 그녀는 "공주의 시녀였을지도 모르지만 다시 여자로 태어나고 싶지는 않다"면서 "그 시절 내가 어느 화랑이었을지 아느냐"고 덧붙였다. 강석경은 다시 태어난다면 북구에서 거기 스웨덴 금발 여자들, 서양 남자들의 판타지라는 그 미녀들과 세 번쯤 연애하고 한국에 와서 출가하고 싶다고 했다.

"내 속에 흐르는 유목의 피가 신라와 연결돼 있다는 사실을 안 것은 행운이었어요. 나는 경주 시민이라기보다 신라인이라는 정체성을 지니고 있습니다. 신라가 아니었으면 지금도 방황하는 디아스포라의 삶을 살았을 겁니다."

강석경은 경주가 '문화재'는 많지만 '문화'가 결핍된 게 아쉽다고 말했다. 그는 경주가 아니라 서울에 살았어도 서울시민이라는 정체성은 쉬 지니지 못했을 것이라고 했다. 대학을 졸업하고 직장생활을 할 때 조직에 적응하지 못해 자주 사표를 던졌듯이 『숲속의 방』 여주인공처럼 그녀는 어디든지 깊이 스며들지 못하는 경계를 살았다고 했다. 신라의 고도인 만큼 경주 공무원들은 진부한 마인드로부터 벗어나 문화까지 살리는 고감도 역량을 발휘해주기를 그녀가 바라는 건 무망할까.

기림사에서 돌아오는 길은 해가 떨어져 어두웠다. 헤드라이트 불빛 속으로 지친 붉은 단풍나무 가로수들만 환하게 살아났다. 경주 시내로 다시 들어왔을 때 김유신과 무열왕과 황남동을 가리키는 사거리의 표지판이 첨성대 야경을 배경으로 반사됐다. 지구의 독생자처럼 헤맸으나 경주에 와서 비로소 신라라는 정신의 고향을 찾았다는 강석경. 그녀에게 이제 『숲속의 방』은 사라진 지 오래다.

〈2014. 11. 10.〉

내 문학은 멍든 삶에 대한 항변

윤
정
모

소
설
가

"교과서에는 다 묻혀 있고 제대로 아는 사람이 별로 없어. 세세하고 구체적인 내용이 없으면 소설도 성긴 건물 같잖아? 나중에 교과서에도 쓸 수 있게 나라도 다음 세대에게 오목조목 짚어주자는 마음으로 치밀하게 자료를 찾았는데 아직도 덜 찾은 게 많아."

소설가 윤정모(71)를 20여 년 만에 인터뷰를 한 건 그가 최근 펴낸 장편소설 『자기 앞의 生』(문학행동) 때문이었다. '촛불민주주의 시민혁명 운동 전사前史'라는 부제를 붙인 이 책이 출간된 날은 공교롭게도 지난달 3월 10일 헌법재판소에서 박근혜 대통령이 파면된 날이었다. 이 소설에는 광복과 미소군정, 6·25전쟁, 4·19, 7·4남북공동성명, 광주민주화항쟁, 남북평화축전, 6월항쟁, CIA가 공개한 비밀문서, 실존인물의 수기, 학생운동 등 세밀한 현대사와 자료들이 종횡으로 촘촘히 직조됐다. '촛불혁명'이 이루어지기까지 한국 현대사에는 어떤 일들이 있었는지 그 구체적인 세목을 젊은 세대에게 소상히 전해주는 미덕을 간직한 소설이다. 이들의 이야기는 미국 교포사회에서 평화운동을 벌이는 일꾼들의 현주소를 배경으로 전개된다.

윤정모를 처음 인터뷰 한 건 '1980년대 문제작'을 돌아보는 시리즈에서 이른바 한국 최초의 '반미소설'로 꼬리표가 붙었던 문제작 『고삐』의 현장을 돌아보는 자리였다. 그녀가 30여 년이 흐른 뒤 미국 교포사회를 배경으로 소설을 썼다는 사실이 새삼스러웠다. 격정의 시대에 최초로 터져나온 반미소설 『고삐』는 작가 자신의 '소설 같은' 가족사를 그 시대의 예민한 성감대와 결합시켜 1980년대를 거론할 때는 빠질 수 없는 작품으로 생명력을 확보했다.

"반미작가라는 꼬리가 붙어 다녀서 한동안 후회를 많이 했어. 내 소설 때문에 다친 학생들도 많고 잡혀가서 고생도 많이 해서 마음이 아픈 데다 북한이 하는 꼬라지도 그렇고…. 내가 잘못 했나 싶은 생각을 하다가 오랜 침체기를 거쳐 요즘 와서 보니 잘못한 게 아니라 이게 내가 타고난 길인 것 같다는 생각이 들어."

100만 부 넘게 팔려나간 『고삐』가 윤정모라는 작가를 널리 각인시킨 대표작이라 해도 토를 달기는 어렵지만 정작 그녀가 먼저 써낸 의미 있는 작품들은 많았다. 폐간과 판매금지가 횡행하던 1980년대 초반 신군부의 엄혹한 독재 치하에서 거론하는 것만으로도 위험했던 광주민주화항쟁을 처음으로 소설 『밤길』(1985)에 담았던 이도 그이였다. 한국 소설에서 최초로 위안부의 피해 현장과 상황을 장편 『에미 이름은 조센삐였다』(1982)에 구체적으로 등장시킨 작가도 그이였다.

"임종국 선생이 쓴 정신대 실록을 보고 너무 충격을 받아서 선생님을 찾아갔어. 너무 분해서 간 건데 선생님이 소설로 써봐라, 니가 할 일은 그거밖에 없다고 하더라고. 그래서 쓴 건데 1990년대 초반까지도 피해국에서 위안부를 다룬 건 그 소설밖에 없었다고 해. 당시 일본 반전운동가와 호주 각지를 돌아다니며 일본 만행사에 대한 강연을 하면서 너무 힘들었는데 고생한 할머니들 생각을 하면서 버텼어. 근년에는 위안부 할머니들 그림을 수록한 내 동화 『봉선화가 필 무렵』을 영문으로 번역해 해외 주요 국가 도서관이나 학교에 보내 피해사실을 알려왔는데 박근혜 정부가 '블랙리스트'에 올려 지원금을 끊어버렸지."

사실 그녀의 위안부 소설은 1980년대 초반에 썼는데 뒤늦게 조명을 받은 것이다. 그 소설을 출간할 즈음에 윤정모는 광주항쟁 수배자 1, 2호인 윤한봉 박효선 같은 이들을 숨겨주는 '하숙집 주인'으로 살고 있었기 때문에 다른데 신경 쓸 여력이 없었다. 그때까지만 해도 이른바 '운동권'이나 '참여 작가'와는 전혀 연관이 없었던 '안전한' 작가여서 광주의 '송백회'에서 지인을 거쳐 수배자 은신을 부탁한 것이었다. 엉겁결에 3년 동안 맡았던 이 일은 윤정모의 작가 인생을 송두리째 바꿔 놓은 변곡점이었다. 숨겨준 이들과 대화를 나누며 새로운 문학과 세상에 대해 눈을 떴고 그가 최초로 써낸 광주 관련 작품 『밤길』도 그러한 배경에서 나온 것이었다.

그녀는 초등학교 6학년 때 영화배우 최무룡에게 빠져 《명랑》이나 《아리랑》 같은 잡지에 나온 시나리오를 베껴 그를 만나러 친구 세 명을 규합해 무작정 상경했다는 이야기를 들려주었다. 자신을 왕따시키는 친구의 엄마에게 장문의 항의편지도 썼다고 했다. 당돌하고 분방한 성장기를 보냈지만 정작 그 배경은 쓸쓸하다. 태어나서 단지 두 달 반 동안 엄마와 살았고 나머지는 내내 극진한 사랑을 베푼 외할머니 밑에서 컸다. 바람기 많은 엄마는 시댁에서 쫓겨나 여러 남자들을 전전했으며, 나중에는 출판사 일과 삼류소설 재구성 작업으로 돈을 벌어 엄마 뒤를 봐줘야 했다. 불우했지만 자유로웠고 외할머니의 사랑만큼은 듬뿍 받았다.

서라벌예대 문예창작과에 들어가 소설가 오정희 송기원, 시인 이시영 감태준 등과 수학했다. 대학시절 맥주집 서빙을 비롯한 각종 아르바이트로 등록금과 생계를 해결하다가 졸업을 하기도 전인 1968년 장편 『무늬져 부는 바람』을 냈다. 단지 돈을 받기 위한, 이른바 제도권 문단의 등단 절차와는 관련이 없는 출판행위였다. 이후에도 라디오 연속극 따위를 소설로 각색하기도 하고 대히트를 쳐서 영화로까지 만들어진 『광화문통 아이』 같은 소설들도 썼지만, 이른바 '제도권 문단'에서 등단으로 쳐주는 작품은 한참 늦은 1981년 《여성중앙》에 당선된 「바람벽의 딸들」이다. 이마저도 광주항쟁 수배자들을 숨겨줄 당시 그 중 한 명이 돈을 만들자고 적극 제안해 엿새 만에 써낸 작품이었다니 윤정모는 한국 작단의 이단이었던 셈이다. 여대생 애정소설이나 쓰는 삼류작가라고 누군가 독하게 비난하는 소리를 듣고 충격을 받아 정신병원에 입원한 적도 있을 정도였다니, '광주'가 그녀를 작가로 새로 태어나게 했다는 말이 실감날 수밖에 없다. 이후 위안부, 광주, 반미를 거쳐 1990년대에는 한민족 대서사시를 그려낸 『수메르』 연작을 쓰는 세계로 나아갔다.

"나는 밥 세 끼 먹을 정도만 되면 글 안 써도 혼자 노는 걸 참 잘하는데, 아 정말 쓰고 싶지 않은데 또 쓰게 되는 거야. 왜 그런지 몰라. 누가 시키는 것 같아. 사실 사는 게 별로 재미없어. 특급열차를 타고 내 생명이 빨리 종점에 도착했으면 좋겠어. 내가 죽어도 흔적이 하나도 남아 있지 않으면 좋겠다고 유언장에도 써놓았어. 내 문학은 사실 멍든 삶에 대한 항변 같은 게 아니었을까."

다시 어떤 작품을 구상 중이냐고 물었을 때 돌아온 답은 허전했다. 그녀는 "어쩌다 보니 (쓰면서) 여기까지 왔다"면서 "한 개인의 앞에 놓인 생은 저마다 각자 책임지는 것이지만 그 개인의 운명을 둘러싼 환경을 바꾸는 건 우리 모두의 몫"이라고 했다. 윤정모는 탄핵이 가결된 후 "올해는 역사와 교과서가 바로잡히고 국민이 주인이 되는 참된 민주국가, 그 원년이 되게 하소서"라고 인쇄가 끝난 『자기 앞의 생』 서문을 황급히 바꾸었다.

〈2017.4.10.〉

그렇다면 이곳은 아름다운 감옥

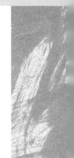

한창훈 소설가

　소설가 한창훈(51)을 거문도에 내려가 만나고 왔다. 사실 진즉부터 거문도에 내려가겠다고 그에게 청하다가 두어 번 퇴짜를 맞은 꼴이었다. 세월호 사태가 터져 예약했던 청해진해운 데모크라시호 운항이 정지되는 바람에, 또 한번은 그가 육지에 있다는 이유로 무산됐다. 예전에 벗들이랑 거문도로 그를 만나러 갈 때는 용산역에서 무궁화호 마지막 심야 열차를 타고 새벽에 여수에 내려 시장통에서 해장국과 잎새주를 곁들이던 낭만이 있었다. 이젠 고속열차를 타니 세 시간 남짓이면 항구에 도착하고 다시 초쾌속선으로 두 시간여 만에 거문도에 도착한다.

　제아무리 먼 곳이라도 테크놀로지가 장악한 세상에 더 이상 물리적 변방은 없다. 육지와 5000㎞ 떨어진 인도양 복판에서도 그렇고 북극도 마찬가지다. 인도양에서는 위성과 수직으로 연결돼 인터넷이 육지보다 더 잘 터지고 북극은 지리적 특성상 위성 사이를 물이 가로막아 조금 더 느릴 따름이다. 문제는 기술이 발달해도 외로움은 어찌해 볼 수 없다는데 있다. 이제 진정한 변방은 '마음의 오지'에만 있다.

이번에 그를 만나러 내려간 명분은 최근 출간한 『내 술상 위의 자산어보』(문학동네)였다. 바다에서 나는 물고기와 해초를 자신의 세밀한 체험과 맛본 경험을 바탕으로 흥미롭게 엮어냈던 『내 밥상 위의 자산어보』의 후속편으로 낸 책이다. 작심하고 바다와의 인연과 그간 아껴둔 소재를 모두 풀어 바친 밀도가 높은 책이다. 이를테면 첫머리에 배치한 '팔경호' 이야기는 그가 오랫동안 아껴두었던 단편 소재다. 「죽음과 마주하여 소주 한 사발」이 그것이다.

팔경호는 육지로 여객선은 물론 화물선조차 다니지 않던 시절 거문도 단위조합이 소유한 대표적인 운송수단이었다. 이 배로 마을 사내들이 추석을 앞두고 육지에 수산물을 팔고 필요한 물품을 조달하러 떠났다가 태풍 사라호를 만났다. 이들이 죽을 고비를 넘기면서도 배와 물건을 포기하지 않고 거문도를 향해 돌아오던 중 실종돼 다 죽은 줄 알고 장사를 지내는데 대마도까지 흘러갔다가 기사회생해 돌아온 전설적인 이야기다. 그대로 바다로 나가면 다 죽을 줄 알면서도 선장의 지시에 따라 막소주 한 사발씩 돌려 마시고 바다로 향하는 장면을 한창훈은 이렇게 묘사했다.

"붉어진 얼굴을 하고 다들 제자리로 돌아갔다. 선장은 직접 키를 잡았다. 그리고 사라호가 도착해버린, 죽음의 연회장이 되어 있는 밤바다를 향해 배를 몰았다. 바다의 생활이란, 이렇게 파도와 파도 사이의 골짜기를 무덤으로 삼는 이들의 모습, 그것이었다."

이 산문집에는 이 이야기를 필두로 그가 살고 있는 거문도 이야기와 대양과 북극까지 항해했던 체험기가 녹진한 문장으로 차지게 실려 있다. 그가 사는 '해발 1m의 집'은 서도의 유림해수욕장 곁에 있었다. 귀신이 나오는 집이라 하여 후배가 질겁하는 바람에 용케 구한 공간이었다. 거문항에서 밤에 한창훈의 오토바이 뒤에 타고 고도와 서도를 연결하는 삼호교를 건너 왔다. 오토바이 뒤에서 듬직한 남자의 등판을 잡고 거문도의 바닷바람을 가르며 달리는 느낌은 잎새주보다 짜릿했다.

오후에 거문항에 배가 도착할 때 한창훈이 여객선 터미널로 마중나왔다. 그를 따라간 곳은 '거문슈퍼' 앞이었다. 이 슈퍼 앞에는 옆으로 길게 놓인 의자가 있었는데, 한창훈은 가타부타 아무 말 없이 그곳에 걸터앉아 옆자리에 앉은 슈퍼 주인 형과 느리게 대화를 나누었다. 그 형 김무환(56)씨는 이번 산문집에 사진을 찍어준 사람이었다. 홍익대 대학원에서 사진을 공부하고 스튜디오까지 운영하다가 거문도로 내려와 가업을 이은 지 20여 년째라고 했다. 두 사람은 2년 전 연안 낚시가 가능한 작은 동력선 '동성호'도 함께 구입했다. 조용하고 부드러운 분위기가 서로 닮은 두 사람은 이 섬에서 서로 많이 의존하는 가족 같은 느낌이었다.

한창훈은 거문도에서 태어나 열 살 때 섬을 떠났다. 대부분 고향에 대해서 애증을 가지게 마련인데 그는 어린 시절 떠났기 때문에 '애'밖에 없다고 말한다. 친구들과 어울려 다니며 낚시하고 조개 잡던 그 즐거운 기억만 안고 고향을 등졌으니 유토피아로 남을 수밖에 없다. 유년의 성장기에는 밭 몇 이랑과 바다가 세상의 전부라고 알고 살았으니 바다는 그의 원체험에 새겨진 어머니 자궁 속 양수 같은 존재일 것이다. 바다에 대한 그의 애정은 곡진하고 깊다. 데뷔 이래 첫 소설집 『바다가 아름다운 이유』를 필두로 바다와 바닷가 사람들의 애환을 깊이 그려내 명실공히 한국 최고의 문장가 반열에 서 있는 힘이다.

그가 다시 거문도로 돌아온 사연이 애틋하다. 1차 귀향은 1999년에 내려와 2년간 머문 시기였는데, 등대섬이 멀리 보이는 마을 뒤 허름한 집을 찾아 침묵과 대면하며 고독으로 자신을 단련시키던 무렵이었다. 다시 세상에 나아가 작심하고 새로운 삶을 열었고, 민족문학작가회의 사무국장과 청년위원장을 하면서 세상과 동료 문인들과 교감하는 바쁜 삶을 살았다. 이후 다시 바다로 가고 싶은 마음을 억누르지 못해 녹동항까지 와서 살다가 결국 2006년 거문도로 들어왔다. 다시 거문도로 오는데 시간이 걸렸던 것은 그의 삶에서 가장 큰 비중을 차지한 딸 때문이었다. 딸이 부르면 10분 안에 달려갈 공간에 작업실을 두고 늘 달려갈 준비를 하며 살다가 답답하면 무조건 걷는 버릇대로 지금은 눈물의 포구가 된 팽목항까지 걸어 내려왔다고 했다. 처음부터 작정한 것은 아닌데 바다에 막혀 더 이상 갈 곳이 없어 서성거리다 거문도를 떠올렸다. 거문도에 와서도 딸을 만나기 위해 육지행을 거듭했다. 그 딸이 한국 최고의 명문 예술대에 합격한 뒤에서야 조금 덜해졌다곤 하지만 글을 쓰게 만든 에너지의 핵은 딸에 대한 그리움과 사랑, 그리고 바다였던 셈이다. 그는 "왠지 딸을 생각하면 그냥 슬퍼졌다"고 말했다. 그 딸이 중학교 때 백일장에서 입상한 「아버지의 바다」가 거문도 유림해변 해발 1m 하얀 집 거실에 액자로 걸려 있었다.

"나에게 있어 아버지를 상징하는 건/ 바이킹의 성지 푸른 바다// 어렸을 적 섬바위에 고개 처박고/ 쏨뱅이 꼬마돔 낚던 어린 시절 못 잊어/ '마도로스 한'을 꿈꿔왔던 아버지의 눈엔/ 아직도 내가 아닌, 바다가 어려 있다// 딸 버리고 바다 가면 좋냐고/ 소설 쓰는 작업실마저 섬으로 보내버린 아버지께/ 샐쭉하게 입을 삐죽여 보기도 하지마는/ 어느새 아버지의 발자취를 따라/ 마음속 깊이 새겨지는 나의 꿈/ 바다를 그리는 화가// 아버지와 나 사이엔 바다가 있다."

밤의 유림해변은 고즈넉했다. 파도가 잔잔하게 찰랑거렸고 물은 맑았다. 서풍이 불면 맑아진다고 했다. 밤바다 너머로 불 밝힌 삼호교와 거문항이 아늑했다. 최진희 노래는 서럽게 들리고 바람은 부드럽게 얼굴을 쓰다듬으며 지나간다. 이런 곳에 오래 살면 마음까지 공간을 닮은 형질로 바뀌지 않을까. 한창훈은 "어렸을 때부터 할머니가 너는 욕심이 없어서 잘살기는 글렀다고 했다"면서 "이런데 사는 사람의 특성은 생각이 없어지는 것인데, 생각의 양이 줄어드는 건 아니다"고 말했다. 그는 이번 산문집에 "바닷가에 홀로 이러고 있는 모습이 잡혀버린 고기와 크게 다를 바 없어 어쩌면 스며든 게 아니라 포획당했을 수도 있다"면서 "그렇다면 이곳은 아름다운 감옥"이라고 썼다. 이날 밤 그는 특유의 시니컬하지만 느꺼운 어투로 말했다.

"우리는 외로움을 느끼게끔 진화돼 온 존재들 같다. 이런 장치마저 없었다면 인류는 이미 조져버렸을지 모른다."

〈2014.8.25.〉

가장 중요한 독자는 나 자신이에요

배수아

소설가

"소수이긴 하지만 제 글이 재미있다는 독자도 있어요. 굉장히 기쁘고 감동스러워요. 하지만 저는 굉장히 경계해요. 이 세상에 오직 나와 내 글밖에 없다고 생각하면서 글을 쓰고 사는 게 좋아요. 침해당하고 싶지 않아요. 내 글을 쓰는데 영향을 미칠까 두려워요. 글을 쓴다는 건 더욱더 고독해지기 위한 행위가 아닌가 싶어요. 저에겐 그래요. 진짜 고독해지려면 글을 써야 해요."

오랜만에 단편집 『뱀과 물』(문학동네)을 펴낸 소설가 배수아(52)를 일산에서 만났다. 가로에 젖은 낙엽들이 수북이 쌓인 비 오는 오후였다. 그동안 번역서는 많이 냈지만 창작집은 『올빼미의 없음』 이후 7년 만인데 해마다 한 편 꼴로 더디게 써온 셈이다. 표제작을 포함해 7편이 실린 이번 창작집은 이전에 비해 몽환적인 색채가 깊어지고 자신만의 사유가 보다 과감해졌다. 배수아의 소설은 난해하고 낯설지만 그녀만의 빛깔에 '중독'된 마니아층도 있다. 그렇다고 했더니 그녀는 "제 글이 독자들이 읽기 원하는 건 아닌 것 같다"면서도 "더 고독해지고 싶다"고 했다. 무엇이 그녀를 더 깊은 고독으로 내모는 걸까. 이번 창작집의 단편들은 일관되게 어두운 꿈과 '무조의 음악'으로 흐른다.

첫머리에 배치한 「눈 속에서 불타기 전 아이는 어떤 꿈을 꾸었나」는 프란츠 카프카의 '꿈'에 관한 글만 모은 책을 번역한 뒤 편집자의 청탁으로 옮긴이의 말 대신 수록했던 단편이다. 서커스단에서 만난 눈표범 조련사 아버지와 마술사 어머니, 존재감 없는 어머니와 스키타이족 무덤으로 떠난 부재하는 아버지, 안개 속에서 차갑고 냄새나는 트럭을 타고 아버지를 찾아가는 '눈 아이', 이들이 그려내는 작은 서사는 아득하고 축축하다. 「얼이에 대해서」 「1979」 「노인 울라에서」 「도둑 자매」 「기차가 내 위를 지나갈 때」 들이 이어지는 목록이다. 표제작 「뱀과 물」에는 격하게 전개되는 가학의 서술도 등장한다.

"조금 더 용감해지고 싶고 더 극단적으로 쓰고 싶어요. 소설은 스토리를 구성해야 되고, 독자에게 전달돼야 한다는 생각이 저를 은연중에 많이 구속하고 있었던 거 같습니다. 그 구속에서 해방되기 위해서는 더 고독해져야 할 것 같아요. 주변에 사람이 있으면 안 돼요. 모순이긴 하지만 심지어 독자가 많다는 것도 그 자체가 하나의 구속이거든요."

이번 소설집 표지는 미성숙한 여자아이의 나체가 어두운 흑백 톤으로 찍힌 체코 사진작가 프란티셰크 드르티콜의 사진이다. 이 사진을 쓰지 않으면 책을 내지 않겠다는 비장한 각오로 편집부에 요구했는데 의외로 너무 기꺼이 받아줘 놀랐다고 했다. 배수아는 이번 소설집에 실린 단편들은 비교적 일관된 성격인데 이 표지가 전체를 말해준다면서 "뭉크의 그림 「사춘기」를 연상케 하는 이 사진은 어린 시절의 어두움과 악마성을 떠올리게 하고 그런 것들은 일생을 좌우하게 된다"고 말했다.

이번 소설집을 관통하는 키워드는 '꿈'과 '음악'이라고 책 뒤에 해설을 붙인 평론가 강지희는 보았다. 이 평론가는 "사물의 감각에 가까이 가기 위해 배경과 사건과 인물을 지우고 급기야는 써내려가는 자까지도 모두 지워버리는 글쓰기"라고도 했다. 실제로 배수아의 이번 단편들에서 익숙한 스타일의 서사를 기대했다가는 당혹스러울 수 있다. 뚜렷한 서사 대신 콕 집어 설명할 수는 없지만 아득하게 안개처럼 깔리는 몽환적인 분위기다. 정작 작가 자신은 "모든 사건들이 완벽하게 현실적 물리법칙 지배 아래 일어나지 않기 때문에 결국 꿈일 수 있다"면서도 '꿈'이라는 잣대를 썩 탐탁하게 받아들이지는 않는 듯했다. 그녀는 꿈 대신 '직관'이라는 표현을 많이 썼다. 감성보다는 감각을 쓰고 싶고, 치밀하게 계산해서 쓰지 않는 대신 직관에 기댄다고 했다. 소설 속에서도 '글을 쓰는 게 직관이라면 꿈도 직관일 수 있는지' 등장인물은 묻는다.

1980년대 문학의 주류가 민중과 현실과 민주화를 천착하는 내용이었다면 1990년대 들어 이러한 문학의 반작용으로 극히 개인적인 측면을 톺아보는 소설들이 득세했다. 1993년 《소설과 사상》에 「천구백사십팔년의 어두운 방」을 발표하며 등단한 배수아도 기존의 문학 전통에서 벗어난 글쓰기로 차별화된 작가였다. 그 무렵 발표한 '푸른 사과가 있는 국도'만 해도 당대 젊은이들의 풍속도가 국도변 좌판에 놓인 먼지 앉은 '푸른 사과' 이미지를 배경으로 흐르는, 수다스러울 정도로 이야기가 많은 소설이었다. 이 지점과 「뱀과 물」을 비교해 보면 서사와 배경이 약화된 추상화로 나아온 양상이 선명해진다. 무엇이 그녀를 구상보다는 추상으로, 감성보다는 감각과 직관으로, 광장보다는 더 깊숙한 밀실로 몰아온 것일까.

"의도적인 건 아녜요. 그것이 제가 글을 써 가는 배경이 아닌가 싶어요. 제 글이 원한다면 저는 따라가는 거죠, 어쩔 수 없죠. 사람들의 평가에 신경을 안 쓰려고 해요. 그런 말을 들을 기회 자체를 만들지 않아요. 사람들을 잘 안 만나요. 가장 중요한 독자는 나 자신이에요. 근본적으로 보면 모든 작가는 자기가 읽고 싶어 하는 걸 쓰는 게 아닐까요."

배수아는 이화여대 화학과를 졸업하고 '워드 연습을 하다 우연히 완성한 소설'로 등단한 뒤 병무청 공무원 생활을 하며 집필을 병행했다. 2001년 휴직계를 내고 무작정 독일로 떠났다가 1년 후 돌아와 전업 작가로 나섰다. 이때부터 독일어 공부를 시작해 근년에는 프란츠 카프카에서 포르투갈 작가 페르난두 페소아, W. G. 제발트의 책들까지 모두 좋은 반응을 얻는 번역가로 각광받고 있다. 그녀는 자신의 소설은 싫어해도 번역한 책들을 좋아하는 이들이 있다고 웃었다. 예전과는 달리 요즘에는 밀려드는 번역 요청에 선별하는 처지라고 했다. 독일어로 번역된 저작들을 접하는 보람도 크다고 했다. 1년에 두어 달쯤은 독일에 가서 자신의 글쓰기에 집중하고, 한국에서는 주로 번역을 하는 시간을 보내고 있다. 번역은 보다 충실한 또 하나의 독서일 뿐 자신의 소설에 영향을 미치지는 않지만, 시간을 빼앗는 측면에서는 그렇다고 했다.

이번 창작집에는 '서커스'가 배경인 단편들이 있다. 여자 마술사인 어머니의 특기는 '보이지 않게 하는 마술'이다. 그것은 아이의 가족이 살아가는 유일한 생계수단이어서 아버지는 늘 걱정했다. 완전히 모습을 사라지게 하는 마술은 많은 에너지가 필요한데, 어머니는 마술을 할 때마다 알아차리지 못하게 조금씩 소모되어 점점 다시 돌아오기 힘들어졌다. 서커스와 인생의 닮은 점에 대해 배수아는 짧게 답했다.

"짧다는 거⋯ 짧을수록 아름다움을 찾으려고 노력하지 않나요?"

〈2017.11.13.〉

373

사람을 살리고 세상을 살리는
아름다운 이야기

송은일
소설가

"반야는 아주 여성적인 인물이지요. 외모도 여성적인 아름다움을 지니고 있지만 내면의 강한 힘이 발현될 때도 지극히 여성적입니다. 반야를 통해 내면에서 우러나는 강력한 힘은 굳이 가꾸지 않아도, 목소리를 높이지 않고도 여성적인 행동과 몸짓으로 드러낼 수 있다는 걸 보여주고 싶었습니다. 자연스럽게 여성적인 힘으로 세상을 품어 안고 다스리는 사람을 그리고 싶었습니다."

조선 영조시대를 배경으로 무당 반야를 내세워 세상살이와 사람살이의 근본을 보여주는 소설 『반야』의 작가, 송은일(53)의 말이다. 10년 전 2권으로 펴냈지만 성이 차지 않아 줄기차게 머릿속 이야기를 받아낸 200자 원고지 1만 5000장 분량, 한 권짜리 소설도 제대로 보지 않는 세태에 이 방대한 이야기를 10권짜리 대하소설 『반야』(문이당)로 다시 내놓으리라고 예지력 뛰어난 반야조차 짐작할 수 있었을까.

『반야』는 천대받는 하층 계급이었던 무당을 주인공으로 삼아 조선시대에 만인이 평등한 세상의 혁명을 꿈꾸는 조직의 사람들이 개인의 사욕과 왕조 사회의 현실에 맞서는 이야기를 장강대하로 풀어가는 소설이다. 애환과 애욕, 예지와 통찰의 이야기가 꼬리에 꼬리를 물고 쉼 없이 흘러간다. 한번 손에 잡으면 쉬 놓지 못할 맛깔 나는 이야기의 성찬이다. 아름다운 『반야』는 작가의 말처럼 천년 묵은 여우 사람 '매구'처럼 큰 품과 지혜를 지닌 여성성의 상징적인 존재이다.

반야는 '하늘 아래 모든 사람이 동등하다'는 강령의 비밀 조직인 사신계四神界에서 조직 전반의 운세를 보고 장래를 점치는 '칠요'의 역할을 맡는다. 천민과 양반, 사대부의 구분이 엄격한 신분제 사회에서 사람들의 평등을 기치로 내건 조직이라니, 가위 혁명 집단이라 할 만하다. 사신계와 뿌리는 같지만 한 개인이 사유화해 자신의 권력 기반으로 활용되는 '만단사萬旦嗣'와 갈등을 겪는다. '세상의 아침을 잇는다'는 바람직한 의미를 지니는 이름처럼 지향하는 바는 괜찮았지만 이 조직을 이끄는 자가 권력의 정점에 서기 위해 조직을 이용하는 바람에 망가지는 집단이다. 반야는 사신계를 지키는 한편 만단사와 대항하기 위해 다양한 곡절을 겪는다. 이 과정에서 등장하는 주연급 인물만 10여 명이고, 조연급은 50여 명, 두어 번 나오는 인물만도 600여 명에 이른다. 이 인물들이 얽히고설켜 맺고 풀어내는 이야기는 긴박하면서도 서글프고, 구성지고 아름답다.

"은밀하긴 하지만 사신계나 만단사는 둘 다 공적인 조직이었는데 오랫동안 좋은 뜻으로 존속하던 만단사는 새 수령이 조직을 개인의 사유물로 활용하면서 사신계와 부딪치게 된 거죠. 공적인 삶을 사는 사람들이 사욕을 취하기 시작할 때 조직이 어떻게 상처를 받고 분란을 겪게 되는지 보여주고 싶었습니다. 어느 인간이든 어느 자리에 가더라도 사욕이 생기는 건 인간의 속성입니다. 문제는 조직이 그걸 허용하지 않도록 탄탄한 체계를 구축하는 일이 중요한 것 같습니다. 사신계와 만단사의 가장 큰 차이가 거기에서 발생하고, 이러한 문제점은 작금의 사회에도 그대로 적용되는 사안입니다. 이 소설이 반야라는 인물의 이야기를 떠나서 작금의 세상에도 유효한 중요한 대목이지요."

사신계나 만단사는 역사적으로 실재한 조직이 아니라 청룡 주작 백호 현무를 아우르는 사신과 북두칠성으로 상징되는 28수의 별 이름을 떠올리면서 만든 송은일의 순전한 창작물이다. 가상의 조직이지만 유사 이래 사람들이 살아온 관성과 역정을 감안하면 충분히 은밀하게 존재했을 법한 자연스러운 단체이기도 하다. 2007년 이 조직을 배경으로 반야라는 인물의 역정을 2권짜리로 써낼 때만 해도 대충 하고 싶은 말을 다 했다고 생각했는데 출간 후 보니 최소한 200자 원고지 5000장 정도는 더 쓸 수 있을 것 같았고, 쓰다 보니 그렇게 끝날 이야기가 아니어서 이후 장수 제한에 얽매이지 말고 쓰고 싶은 대로 끝까지 가보자는 마음이었다고 했다. 그렇게 해서 1만5000장, 10권으로 '일단 멈춤'을 했다.

송은일은 1995년 《광주일보》 신춘문예로 등단했다가 2000년 《여성동아》 장편공모에 「아스피린 두 알」이 당선되면서 본격적인 작가의 길을 걸어왔다. 그녀가 그동안 펴낸 장편소설은 『반야』를 포함해 『불꽃섬』, 『소울 메이트』, 『도둑의 누이』, 『한 꽃살문에 관한 전설』, 『남녀실종지사』, 『왕인』, 『천 개의 바람이 되어』, 『매구할매』, 『나의 빈 틈을 통과하는 것들』 등 10종에 이른다. 그 사이에 단편을 모은 창작집도 3권이나 냈으니 눈만 뜨면 소설을 쓰는 삶을 줄기차게 살아온 셈이다.

"내 주인공들은 엄마가 없는 경우가 많고 할매들이 주인공을 키우는 경우가 많았어요. 지금까지 써온 소설들을 죽 돌아보니 신기神氣를 지닌 듯한 할매들이 주인공들에게 절대적인 영향을 미치고 있더군요. 그 할매들은 단순히 엄마가 그냥 늙은 존재가 아니라, 주변 삶에 커다란 영향을 미치고 품어주는 큰 산 같은 존재들이었어요. 반야도 단순히 예쁜 무당이 아니라 천년 묵은 여우가 변해서 된 매구 같은 지혜로운 존재로서의 여성상, 그런 신화적 인물이라고 생각할 수 있는 거죠."

송은일은 전남 고흥군 두원면, 송씨와 유씨들이 모여 사는 집성촌에서 태어나 성장했다. 아버지는 송씨 집안 장손이었고 어머니는 같은 동네 유씨 집안 출신이다. 사정이 이러하니 마을 가운데 집 역할을 하는 그의 집에 늘 사람들이 드나들면서 수많은 이야기를 물어왔다. 어린 시절 할머니들 사이에서 동네에서 생긴 다양한 사연을 들었는데, 그들의 사실적이고 현실적인 일들이 송은일에게는 '이야기'로 들렸다. 왁자지껄한 이야기 속에서 나고 자란 셈이다. 송은일은 중심인물과 상황만 설정해놓으면 다음 이야기들은 저절로 전개되는 편이라고 했다. 할매들이 큰 모성의 상징적인 존재로 그녀의 무의식에 작동하는 배경이기도 하다.

타고난 이야기꾼이라는 상찬을 자주 받는 편이지만 정작 송은일은 그리 기쁜 마음은 아니라고 했다. 사실 그녀의 진가는 문단과 독자들에게 그리 알려진 편은 아니다. 송은일을 높이 평가하는 독자들은 열렬하게 환호하고 기립박수를 보내는 편이지만, 20여 년 가까이 매진해온 작가 인생에서 소소한 문학상 하나 제대로 받은 게 없다. 4년 전부터는 가사노동에서 벗어나 일체의 사교적 삶을 포기하고 작업실에서 낮밤을 바꾸어 쓰고 읽고 쓰는 삶을 살아왔다. 그 고행이 '사람을 살리고 세상을 살리는 아름다운 이야기'로 결실을 맺은 셈이다.

송은일은 "샤머니즘은 기본적으로 인간을 위한 것이고 삶을 긍정적으로 보게 하는 측면이 있다"면서 "반야가 무당인 이유도 인간을 보살피는 그런 맥락"이라고 말했다. 눈먼 반야의 이런 진술, 여전히 유효하다. '무릉곡처럼 지상에서 동떨어져 있지 않아도 되는 아름다운 세상, 정작 그런 세상을 믿은 적은 있던가. … 내 살아 있는 동안 그런 세상을 못 만난들 어떤가. 백 년이나 이백 년 뒤, 그도 아니면 다시 천 년 뒤쯤에 그런 세상이 도래한다 해도 내가 여기서 나대로 살다 떠나면 되는 것 아닌가.'

〈2017.12.11.〉

기다리다가 죽어버려라

정호승 시인

"인생은 여행이잖아요. 우리에게도 목적지가 있지 않나요. 그곳까지 가는 여정에서 사람이 여행하는 것은 사람의 마음뿐입니다. 인생이란 결국 사람의 마음속을 여행하는 것이지요. 사람의 마음속에 있는 사람을 찾아서 우리는 인생이라는 여행을 시작했고 그 길을 가는 겁니다."

정호승(66) 시인이 이 말을 한 것은 서울역을 출발한 무궁화호 열차가 추풍령과 영동 사이 황간 역을 지날 무렵이었을 것이다. '이야기경영연구소'에서 독자들을 모집해 1박 2일 일정으로 시인의 고향에 함께 가는 길이었다. 시인이 초등학교를 거쳐 중고등학교 시절까지 보낸 대구 범어천변을 찾아가 수성구에서 주관하는 그의 시비 제막식에 참석하고 생가 자리를 둘러보는 여정이었다. 지난달 23일에 떠났으니 시간이 조금 흘렀지만 그날 8호차 앞자리 창가에 홀로 앉아 가던 그의 옆자리로 가 시인의 마음속을 여행한 기억은 생생하다.

"어제는 어머니가 기운이 좋으셔서 범어천 다녀온다고 말씀드렸더니, 옛날에 사는 게 힘들고 슬픔이 많았기 때문에 돌다리 건널 때 그 냇물에 비치는 달을 보고 오면 너무 슬퍼서 나도 모르게 시를 썼다고 하시더군요. 시는 사람의 슬픈 마음에서 우러나오는 거지, 사는 게 기쁘고 즐거운 데서 오는 건 아니라고 덧붙이시기에 깜짝 놀랐습니다. 94세 엄마에게 그런 이야기는 처음 들었습니다. 저도 항상 인간의 비극성이 시의 발화점이라고 생각해왔거든요."

정호승은 간명한 시어와 인상적인 이미지로 소월과 미당을 거쳐 대중으로부터 폭넓은 지지를 받는 서정시인으로 호가 높다. 요즘 독자들은 그의 이름에서 『사랑하다가 죽어버려라』, 『외로우니까 사람이다』 같은 시집들을 먼저 떠올리겠지만 어두운 시절에 출간된 그의 첫 시집은 『슬픔이 기쁨에게』(1979, 창작과비평사)를 표제로 달고 나왔다. 당시 그에게 슬픔은 고통의 다른 이름이었다. 암울한 시대분위기가 추동한 정서였겠지만 구순의 모친이 설했다는 '슬픔의 시론'을 듣고 보니 기실 그는 모태에서부터 시인으로 자라고 있었다. 그의 슬픔은 『서울의 예수』, 『새벽편지』, 『별들은 따뜻하다』를 거쳐 독자들의 뜨거운 지지를 받은 『사랑하다가 죽어버려라』(1997)를 내면서 사랑으로 진화했다.

"내 삶도 제대로 들여다보지 못하면서 어떻게 다른 사람의 삶을 시화할 수 있는지, 그건 아니다는 생각이 들면서 나 자신 속으로 끊임없이 파고드는 전환이 이루어졌죠. 예전에는 타자에게서 인간의 고통을 많이 보았는데 나의 고통이 그 사람의 고통이더군요. 경계가 없습니다. 사는 게 고통스러운 건 결국 사랑이 결핍된 데서 오는 것 아닌가 싶습니다. 아무리 가까운 사람이라도 상대를 이해하지 못하는 건 사랑이 결핍돼 있어서 그런 겁니다."

계성중학교에 다니던 시절 범어천 자갈밭을 표제로 써낸 숙제 시를 보고 김진태 선생님이 까까머리를 쓰다듬으며 격려한 이래 그는 운명적으로 시인의 길을 달려왔다. 대륜고등학교 시절 각종 백일장 대회를 휩쓸다가 경희대 국문과에 1년간 등록금을 면제받는 문예장학생으로 입학했고, 장학금을 계속 받기 위해 고시공부하듯 신춘문예에 매달렸지만 최종심에서 연거푸 떨어지다가 자원입대를 했다. 친구들과 치기어린 미당 시 화형식을 벌였던 그에게 군시절은 미당의 시를 꼼꼼하게 필사하며 새롭게 거듭나는 치열한 습작기였다. 제대 말년이던 1972년 크리스마스 이브에 군종병으로 일하던 교회로 오토바이 한 대가 달려와 《대한일보》에서 보낸 '축 신춘문예 당선!' 전보를 전했다. 1982년에는 《조선일보》 신춘문예 소설 관문도 통과했다. 숭실고 국어교사로 시작해 잡지사를 전전하다가 소설에 전념하기 위해 1991년 직장을 그만두었다. 결국 소설보다 시가 자신의 체질임을 뒤늦게 간파하고 6년 공백 끝에 낸 시집이 『사랑하다가 죽어버려라』였다. 당나라 선승 임제가 제자들에게 '공부하다가 죽어버려라'고 했다는 글귀를 접하고 언젠가 시집을 내면 꼭 이 대목을 활용하리라 마음먹고 "사랑하다가 죽어버려라/ 오죽하면 비로자나불이 손가락에 매달려 앉아 있겠느냐/ 기다리다가 죽어버려라/ 오죽하면 아미타불이 모가지를 베어서 베개로 삼겠느냐"로 시작되는 '그리운 부석사'를 썼다.

"젊은 시인들은 내 시가 일상의 쉬운 언어로 씌어져서 낡았다고 생각할 수도 있지만 저는 그렇게 생각하지 않습니다. 언어는 어떤 정신으로 그 자리에 씌어지느냐에 따라 새로워집니다. 사랑이란 말도 사랑하지 않으면서 쓰면 죽은 언어가 되고 진정으로 쓰면 살아있는 언어가 되는 거죠. 어떤 의미에서 나는 일부 젊은 사람들이 쓰는 시는 소통을 포기했다고 생각해요. 신춘문예 심사를 하다 보면 머리에 쥐가 납니다. 시가 이루어지는 순간은 인간으로 치면 눈빛인데 그 눈빛을 보면 다 알잖아요? 일상의 언어로 시의 눈빛을 제대로 보여주는 일이야말로 내 소임이라는 생각입니다."

청년시절 '일상의 쉬운 우리말로 현실적인 삶의 고통을 결코 외면하지 않는다'는 기치를 내걸고 김명인 김승희 김창완 등과 더불어 '반시' 동인으로 활동했던 그의 시는 일관되게 난해한 관념어를 쓰지 않고 누구나 쉽게 이해할 수 있는 시어로 감동을 지어왔다. 그날 기차에서 내려 당도한 범어천변 시비 제막식 현장에는 "울지마라/ 외로우니까 사람이다/ 살아간다는 것은 외로움을 견디는 일이다/ 공연히 오지 않는 전화를 기다리지 마라/ 눈이 오면 눈길을 걸어가고/ 비가 오면 빗길을 걸어가라/ 갈대숲에서 가슴 검은 도요새도 너를 보고 있다/ 가끔은 하느님도 외로워서 눈물을 흘리신다"로 이어지는, 정호승의 시 「수선화」를 이지상이 작곡한 〈외로우니까 사람이다〉가 양희은의 목소리로 내내 흘러다녔다. 이날 제막한 시비에도 음각된 시편이다. 그는 아이를 잃고 살아갈 희망을 잃었는데 이 시를 읽고 다시 희망을 찾았다면서 시인을 꼭 안고 "너무 감사하다"고 했다는 부부 이야기를 전하면서 "시는 쓴 사람의 것이 아니라 읽는 사람의 것"이라고 했다.

정호승의 시는 이동원이 부른 〈이별의 노래〉를 필두로 〈맹인부부가수〉 〈부치지 않은 편지〉 〈우리가 어느 별에서〉 〈눈물꽃〉 등 60여 편이 노래로 만들어졌다. 안치환과 함께 100여 회 이상 공연 무대에도 서온 그는 "노래를 위해 시를 쓴 적은 한 번도 없다"면서 "시가 노래가 될 때는 시의 영역을 떠나는 것이기 때문에 노래를 만드는 이가 조금 고쳐 다른 옷을 입히는 걸 방해하지 않았다"고 말했다. 그는 "물이라는 건 다 똑같지만 깊이는 다르다"면서 "사람도 깊어져야 하고 내 시도 마찬가지"라고 특유의 사람 좋아보이는 미소를 지었다. 대구에서 올라와 엊그제 인사동에서 다시 만난 저녁, 그는 자신의 시를 거의 외우지 못하지만 「산산조각」이라는 시의 마지막 4행은 늘 가슴에 품고 다닌다고 했다. 모든 부서진 마음을 다독일 듯한 그 시는 이렇게 흐른다.

"룸비니에서 사온/ 흙으로 만든 부처님이/ 마룻바닥에 떨어져 산산조각이 났다/ (…)/ 그때 늘 부서지지 않으려고 노력하는/ 불쌍한 내 머리를/ 다정히 쓰다듬어주시면서/ 부처님이 말씀하셨다/ 산산조각이 나면/ 산산조각을 얻을 수 있지/ 산산조각이 나면/ 산산조각으로 살아갈 수 있지"

〈2016.5.13.〉

잔잔하고 고요한 강물 같은

도종환 시인

"사람은 정말 자기 인생을 한 치 앞도 모르는 경우가 많습니다. 국회에 와서 일하게 될지는 전혀 예상하지 못했는데 벌써 3년이나 지나고 있어요."

밀리언셀러 시집 『접시꽃 당신』의 도종환(61) 시인이 19대 국회에 민주통합당 비례대표 의원으로 입성하게 된 건 본인으로서도 뜻밖의 일이었다. 공천심사위원들이 심사를 다 끝내고 발표하기 직전까지 갔는데 살펴보니 여야를 통틀어 법조계 인사들은 차고 넘치는데 반해 교육·문화예술계 대표는 한 명도 없다는 사실을 발견했다.

급히 수소문한 결과 교사 출신으로 한국작가회의 사무총장까지 지낸 도종환 시인이 맞춤한 인물로 포착됐다. 자신이 추천한 사람을 하나라도 더 국회에 보내기 위해 노심초사하던 최고위원들의 반대에 부닥쳤지만 당 공식의결기구 투표까지 거친 끝에 당무위원 30명의 압도적 찬성으로 시인의 국회 입성이 이루어진 것이다.

그가 국회에 들어와 문화예술계 대표로 고군분투하며 이루어낸 성과는 만만치 않다. 시나리오 작가 최고은의 죽음을 계기로 만들어진 '예술인복지재단' 예산을 확보하기 위해 동분서주했고, 최재천 의원이 발의해놓고 상임위를 옮긴 뒤 국가가 책값까지 관여하느냐는 비판으로 표류할 위기에 놓인 도서정가제 법안을 총대를 메고 관련 단체의 이해를 조정해가며 통과시켰다. 그가 최근 역점을 두고 있는 법안은 '문학진흥법안'이다.

국회에 들어와서 보니 영화인들은 이미 20년 전부터 영화진흥위를 만들어 진흥법도 가지고 있고 영화관에서 표 한 장 사면 일정 금액을 자동 적립해 영화진흥기금으로 활용하는데 책을 살 때마다 적립해 문학 발전에 쓰자는 식의 생각을 그동안 문학계에서는 해본 적이 없다는 사실을 새삼 알았다. 만화 쪽도 진흥법이 있고 출판·공연 쪽도 마찬가지다. 미술 쪽에서는 국립현대미술관 하나도 모자라 서울에 2300억 원을 들여 제2국립미술관을 지었고 최근에는 청주에 500억 원을 들여 수장고를 따로 지으려는 판이다. 여기에 견주면 문학은 국립근대문학관 하나 없는 초라한 대접이다. 도종환 시인은 일본의 국립근대문학관과 중국의 국립현대문학관을 둘러보면서 한탄했다. 많은 문학·문인 자료를 수집해 세심하게 소장·보관할 뿐 아니라 디지털화해서 문학적 자존을 대내외에 과시하고 있는 그들의 자세가 부러울 수밖에 없었다. 대한민국 국립근대문학관 설립안은 현재 추진 중인 문학진흥법안에 들어가 있다.

모든 문화산업의 기초라 일컫는 문학이 갈수록 외면당하고 소외당하는데도 문학 환경을 살리는 쪽에는 기실 관심을 기울이지 않은 형국이었던 셈이다. 그나마 한국문학을 해외에 알리기 위해 따로 조직돼 분투해온 한국문학번역원조차 기획재정부가 편의대로 출판문화산업진흥원과 합치려고 한다는 하소연까지 들리는 형국이다. 도종환 시인은 "한마디로 문학을 출판의 관점에서 보기 때문에 생기는 오류"라고 단언한다. 피폐한 문학 환경을 지원하기 위해 더 키워도 모자랄 판에 행정 편의만으로 있던 조직까지 통폐합하려는 발상은 문학을 바라보는 시각에 문제가 있기 때문이라는 것이다. 김소월 시집 『진달래꽃』이 문화유산으로 등록되고 한용운이나 윤동주의 시집들도 같은 반열에서 평가돼야 하는 건 출판물 차원의 가치보다 문학이 국민 정서에 미치는 큰 영향 때문임을 직시해야 한다고 강조한다.

지난주 금요일 오후 국회 의원회관 제2세미나실에서 문학진흥법 발의를 위한 전문가 간담회가 열렸다. 문화체육관광부 실무자들을 포함해 이시영 한국작가회의 이사장, 문정희 한국시인협회 회장 등 문단 관계자 30여 명이 참석한 자리였다. 이 자리 말미에 문정희 시인은 "도종환 시인인 줄만 알았는데 좋은 법안을 준비하는 모습을 보고 감격했다"면서 "국회의원에게 이렇게 호의적 발언을 한 건 생애 처음인 것 같다"고 말해 좌중을 미소짓게 했다. 최종 결과가 나오기까지 넘어야 할 고비가 많지만 과정에서 충분히 자신의 주어진 소임을 다하는 도종환 국회의원의 모습은 충분히 평가할 만한데, 시인 도종환은 정작 언제 시를 쓸까. 시심이 생길 짬은 있을까.

"국회에 들어오니 시인 도종환은 이제 끝났다고 검은 근조謹弔 리본을 매단 화분을 보낸 문인이 있더군요. 다른 축화 화분은 모두 아름다운가게에 기증했는데 이 근조 화분만은 3년째 책상 위에 올려놓고 출퇴근할 때마다 바라보며 자신에게 묻습니다. 정말 나는 끝났는가."

그는 늘 자문하는 그런 질문들이 내면에서 시로 발효된다고 했다. 바쁜 와중에도 '세월호' 같은 비극이 시를 쓰지 않을 수 없는 환경을 만든다고 했다. 올봄 계간지 《창작과비평》에도 해장국에게 위로받는 시편을 발표했다. 그는 시인은 자신의 눈물뿐 아니라 타인의 눈물에도 정직하게 공감하고 반응하는 사람이어야 한다고 했다.

29세에 결혼해 32세에 두 살배기 아들과 젖먹이 딸을 두고 떠난 아내에 대한 통절한 심정을 담은 시집 『접시꽃 당신』을 펴내 밀리언셀러 시인으로 각광받았던 그이었다. 그때에도 일각에서는 '시인 도종환'은 끝났다고 했단다. 슬픔을 팔아서 시를 쓴다는 비판이었다. 6년 후 재혼했더니 헌책방으로 그의 시집이 쏟아져 나오기도 했고 시집을 불태웠다고 전화를 한 이도 있었다. 다시 세월이 흘러 '자신의 아픔을 넘어서서 남의 아픔에 공감하려는 태도'를 화두로 살던 그가 1년이면 300여 명씩 스스로 목숨을 끊는 학생들, 그가 가르치는 그 어린 생명들의 아픔에 공감해 충북국어교사모임 회장으로 활동하다 감옥에 갔을 때, 또 누군가는 시인이 감옥에 가다니 '끝났다'고 했다. 10년 해직 생활을 거쳐 교사에 복직되고 민주화운동을 공식 인정받아 모처럼 평화로운 나날을 보내던 중 그동안의 스트레스와 과로로 배태한 '자율신경실조증'으로 산중에 들어가 5년 동안 홀로 지낼 때 다시 "도종환 선배는 끝났다"는 문화운동 후배들의 진단이 이어졌다고 한다. 이후 다시 일어나 2006년 『해인으로 가는 길』이라는 시집을 내면서 문학 활동을 시작하고 작가회의 사무총장까지 이어지는 삶을 살았다.

"나를 잔잔하고 고요한 강물 같은 사람이라고 많은 독자들이 말합니다. 맞습니다. 자갈로 막혀있는 물길을 지나가야 할 때는 격류로 흐르고, 벼랑을 만나면 폭포로 떨어질 수밖에 없습니다. 김수영 식으로 말하자면 곧은 소리가 곧은 소리를 부르는, 온몸을 던져 살아야 하는 그런 때도 있는 거지요. 바다에 생을 인계하기 전까지 강물의 본질은 변하지 않습니다. 한 사람의 인생은 순례의 길과 비슷합니다. 어떤 길이 나에게 예비돼 있을지 모르지만, 그 길을 언제 다 지나가게 될지 모르지만 가능하다면 길게 멀리 봐주었으면 좋겠습니다."

그는 시인은 언제 어디에서 어떤 옷을 입고 있든 시를 쓸 수밖에 없다고 했다. 논산훈련소에서는 진흙탕 속에서 군용수첩에 썼고, 감옥에서는 젓가락 포장지에 썼다. 굽이져 흐르는 삶의 강물을 흘러가면서 누군가 '너는 이제 끝났다'고 말할 때마다 그는 자신에게 묻고 대답하면서 시를 써왔다. 안현미의 시 한 구절에 촉발돼 썼다는 그의 시 「저녁 구름」은 이렇게 흘러간다.

"언제쯤 나는 나를 다 지나갈 수 있을까/ 어디까지 가야 나는 끝나는 것일까/ 하루가 한 세기처럼 지나갔으면 하고 바라는 저녁이 있었다/ 내가 지나가는 풍경의 배경음악은/ 대체로 무거웠으므로/ 반복적으로 주어지는 버거운 시간들로/ 너무 진지한 의상을 차려입어야 하는 날이 많았으므로/ 슬픔도 그 중의 하나였으므로"

〈2015.3.16.〉

*문학진흥법은 2016년 12월 31일 국회 본회의를 통과했고, 도종환 시인은 2017년 6월 16일부터 문화체육부 장관으로 일하고 있다.

사랑이 없으면 시는 읽을 수 없어요

김사인 시인

그의 말은 느리다. 느리지만 찬찬하다. 목소리는 늘 정감에 잠겨 있다. 봄가을 낚시 시즌이면 꼭두새벽에 차를 몰고 태안반도까지 두어 시간 달려가곤 한다. 그 시간 잠을 쫓으려면 무언가 집중할 대상이 필요하다. 그럴 때마다 그의 목소리를 들었다. 그는 늘 '안녕하십니까, 시시한 다방 김사인입니다'로 말을 걸기 시작한다. 누군가의 시를 먼저 낭송한다. 0.5미터 파도 높이로 잔잔하게 일렁이는 그의 목소리에는 중독성이 있어 시의 내용을 떠나 정감과 리듬 때문에 미리 감동하고 만다. 그 여운이 식기 전 낭송한 시를 지은 '시시콜콜' 초대 시인이 등장해 김사인(동덕여대 교수·60) 시인의 모심을 받기 시작한다. 그이와 30년쯤 어린 한 세대 뒤의 시인에게도 호칭은 깍듯이 '선생님'이고 그 존중감은 내내 흐트러지지 않는다.

"틈이 클 수밖에 없는 환경이기 때문에 세대마다 그렇게 서로 애써줘야 한다고 생각해요. 그거 말고 다른 방법이 없다고 봐요. 50~60대 이상은 K-팝 같은 가사는 정말 못 알아먹겠고, 하지만 쟤들 마음속에 어떤 절실함이 저런 표현으로 나오는 건지를 좀 기다리고 옆에 같이 좀 마음을 대고 있어주고, 젊은 세대들은 젊은 세대들대로 앞 세대들에 대해서 그런 마음가짐을 조금 더 가져보려고 애를 쓰고, 이런 노력을 할 필요가 있어요."

〈시시한 다방〉은 출판사 창비에서 만든 시 전문 팟캐스트 '시시詩詩한 다방'이다. 2014년 12월 2일 처음 문을 열었다. 첫 번째 '시시콜콜' 초대 손님은 진은영 시인이었고, 이후 90대의 김종길 시인에서부터 고은 신경림 정현종 등 원로는 물론 이제니 박소란 황인찬 신미나에 이르는 젊은 시인들에 이르기까지 40여 명이 초대됐다. 올부터는 격주로 정지용 이상 서정주 윤동주 김수영 신동엽 등 작고 시인들까지 초대해 향연을 펼치고 있다. 지난 6일 62회차에는 신경림 시인을 모시고 처음으로 공개방송도 했다. 한 시인의 내면을 시시콜콜 들어가며 육성 시낭송도 하고 시의 전모를 파악하는 길고 느린 시간이다.

이쯤에서 그의 방송 순서처럼 한발 늦게 그를 소개하자면 김사인은 대한민국 충북 보은에서 1956년 태어나 1974년 서울대 국문과에 입학해 대학 시절 『연시를 위한 이미지 연습』 등을 발표한 청년 문사였지만 유신 말기와 엄혹한 80년대를 거치면서 노숙의 나날을 보내다 구속돼 감옥에 갇히기도 했다. 그의 첫 시집 『밤에 쓰는 편지』 이후 19년 만에 펴낸 두 번째 시집 『가만히 좋아하는』 전후로 현대문학상 대산문학상을 받았고 다시 9년 뒤인 지난해 세 번째 시집 『어린 당나귀』를 냈다. 특유의 느린 어투로 노숙의 삶을 어루만지는 그의 시들은 대체로 따스하다. 톺아보면 그이는 녹록지 않은 방송인이기도 하다. 2000년부터 새벽 1시부터 3시까지 진행하는 불교방송 라디오 생방송 〈살며 생각하며〉를 4년 넘게 진행했다. 한 번도 지각하거나 결방한 적 없었다.

"더 이상 건달로 버틸 수 없게 된 데다 불교방송도 돈 없는 회사였으니까 그 늦은 시간에 이름 있는 사람에게 맡길 수도 없어 처음에는 작가도 없이 시인인 장대송 피디와 함께 시작한 거지요. 밥을 먹어야 되고 으레 그렇게 하는 줄 알았어요. 주 5일 그렇게 하면서 사실 많이 배웠어요. 다들 잠든 그 밤에 전화를 걸어오는 이들을 맞이하고 들어주는 역할을 하면서 같이 한숨 쉬고 고민하고, 머리로만 핏대가 올라있던 것들이 가슴 밑으로 내려온 그런 시간들이었지요."

처음에 그는 말이 느려서 몇 초만 침묵이 이어져도 방송사고인지 놀라게 돼 그의 존재 자체로 사고였다고 한다. '전화사랑방' 코너에서는 밤에 일하는 여러 계층 온갖 사람들과 만났다. 안마하는 시각장애인, 남대문시장에서 물건을 싣고 내려가는 대형트럭 운전사, 병실에서 잠 못 드는 이, 시골에서 벌을 치는 농부들은 관념으로만 있던 어려운 이웃이 아니라 민중 하나하나의 호흡과 애환이었다. 동덕여대 교수로 임용된 이후 1년여 더 하다 그만둔 방송이지만 그에게는 좋은 경험이었고 잊지 못할 심야의 수업이었다.

시민방송 케이블 채널에서 다시 시를 모시는 방송을 잠시 진행하기도 했지만 본격 방송을 다시 시작한 건 이 팟캐스트이다. 언제든지 다시 찾아 들을 수 있는 아카이브 구축 의미도 크다. 창비에서는 이 내용을 책으로도 편집해 출간할 계획이다. 생존 시인 못지않게 올부터 격주로 편성한 한국 현대시의 거두들에 대한 집중탐구 방송도 인기가 높다. 그는 "그렇게라도 해서 그분들을 조금이라도 제사 지내 드리는 거"라면서 "그래서 우리가 그 시인들에 대해 가지고 있는 교과서 수준의 고정관념들을 조금이라도 덜어드리고 싶은데 요즘은 생존 시인 만나는 코너보다 더 청취자들 호응이 높은 것 같다"고 말했다.

김사인의 말은 호흡과 표현들이 시와 같아서 요약해 전달하면 맛이 없다. 하릴없이 이 좁은 지면에서 그와 나눈 이야기들을 다 전하려면 바쁘다. '시시한 다방'에서 노소 시인들을 만날 때 가장 안타까운 지점은 아무리 노력해도 젊은 시인의 고갱이에 가 닿기 어려울 때라고 했다. 대체로 정성을 기울여 모시면 어느 정도 합체가 가능한데 그마저 힘든 경우도 있긴 있는 모양이었다. 그럴 땐 굉장히 야속하고 어찌해야 좋을지 모르겠다고 했다. 그는 "근데 뭔가 애를 써보면 어렴풋이 알겠다 싶고 느낌이 이렇게 통하나 싶고 그래서 이렇게 만져지게 되고 눈이 맞나" 싶다고도 했다. 접속과 기록과 감성이 어우러진 '시시한 다방'은 그래서 그렇게 이 시대 '시(인)의 실록實錄'을 완성하는 중이다.

"사랑이 투입되지 않으면 시는 읽힐 수가 없어요. 마치 전기를 넣지 않으면 음반을 들을 수 없는 것처럼 말이지요. 시 쓰기는 말을 부리는데 있지 않고 말과 마음을 잘 섬기는데 있어요. 어떤 간곡함과 진심이 투입돼야 알라딘 램프에서 지니가 튀어나오는 것처럼 그냥 건성으로 말의 겉만, 종이에 써있는 말을 문장 순서대로 독해한다고 시를 느낄 수 있는 게 아니잖아요. 시 앞에서는 시뿐 아니라 모든 존재한 것들과 인간 앞에서 겸허하고 공경스러워야 해요. 그게 첫 전제예요. 그 대상이 정말 경험할 만한 가치가 있고 공경할 만한 가치가 있는지 묻기 전에, 그럴 때라야 비로소…(시가 열려요.)"

김사인이 시를 대하는 태도를 보면, 시를 모시기 이전에 삶과 대상을 순간순간 충실하게 공경하는 태도야말로 깊은 시에 다가갈 구도의 여정이다. "누구도 핍박해본 적 없는 자의/ 빈 호주머니여// 언제나 우리는 고향에 돌아가/ 그간의 일들을/ 울며 아버님께 여쭐 것인가"(「코스모스」)라고 그가 읊었던 시 속의 아버님은 연전에 돌아가셨다. 이제 누구에게 돌아가 여쭐까. 먼저 가셨던 어머니에게는 이렇게 썼다.

"잘 가셨을라나./ 길 떠나신 지 벌써 다섯 해/ 고개 하나 넘으며 뼈 한 자루 내주고/ 물 하나 건너면서 살 한줌 덜어주며/ 이제 그곳에 닿으셨을라나."(시집 『어린 당나귀』 속 「고비사막 어머니」 부분)

〈2016.9.12.〉

*김사인 시인은 2018년 3월 5일부터 한국문학번역원 7대 원장으로 재직 중이다.

작두날 같은 경계에 있다

조 은 _{시인}

"혼자 가는 것 같지는 않아요. 뭔지 모르지만 좋은 대상이 옆에 있는 것 같아
요. 안 그러면 예까지 올 수 있었을까요? 그렇게 무겁지도 가볍지도 않은, 감
당할 수 있을 정도의 대상이나 관념이 옆에 있다는 생각이 들어요. 저도 옆 발
자국이 되어주지요. 이게 무슨 자만인지 모르지만, 못 산 거 같지는 않아요."

'지난 혹한의 날씨에/ 굶주린 어미 고양이가 새끼를 입에 물고/ 목숨을 걸
고/ 그의 집에 들어왔다고 했다'. 그 새끼를 이사 갈 때 데리고 가지 못해 날마
다 돌아와 찾으러 다니는 눈 위의 발자국이 시인의 눈에 밟혔다. 어느 날 '선
명한 발자국을 따라가자/ 누가 막 놓고 간 물그릇에서/ 털장갑 같은 김이 오
른다/ 작은 플라스틱 그릇엔/ 하트 별 보름달 모양의 사료'가 놓여 있었다. '거
기서 작은 발자국은/ 맞은편에서 온 사람의 발자국과 만난다/ 둘은 나란히 간
다'. 옆 발자국을 본 순간 시인은 그가 새끼 고양이를 찾았구나 확신했고, '발
자국 옆 발자국'이라는 시로 썼다. 조은(58) 시인이 최근 펴낸 다섯 번째 시집

제목 『옆 발자국』(문학과지성사) 사연이다.

　시인은 서울 사직동에서 26년째 살고 있다. 부모로부터 독립한 뒤 처음 터를 잡은 사직동 언덕배기 작은 집에서 내내 살다가 재개발이 무산되면서 쫓겨나 지난해 11월 큰길가 아랫동네로 내려왔다. 그녀의 동반자였던 강아지 '또또'를 따라 골목골목은 물론 집들도 드나들어 뉘 집 방이 몇 개인지까지 환히 꿸 정도다. 그녀가 글 쓰는 사람이란 건 동네 사람들도 몇 년 전까지만 해도 잘 몰랐다고 했다. 웬 낯선 사람이 시인의 집에 있는 것을 보고 동네 주민 하나가 불쑥 들어와 "미쓰 조, 누구야?"라고 물었다. 낯선 이가 그녀를 인터뷰하는 중이라고 하자 "미쓰 조가 무슨 글을 써?"라고 목소리를 높였다고 할 정도로 그동안 잘 숨어 살았다. 그녀가 글 쓰는 이라는 사실을 알았다면 무람없이 집을 드나들도록 주민들이 허락하지 않았을 수도 있다고 했다.

　'친구가 내 집에다/ 어둠을 벗어두고 갔다/ 점등된 등불처럼/ 왔던 곳으로 되돌아갔다/ 어둠이 따라붙지 못한 몸이/ 가뿐히 언덕을 넘어갔다// 사는 게 지옥이었다던/ 그녀의 어둠이 내 눈앞에서/ 뒤척인다 몸을 일으킨다/ 긴 팔을 활짝 편다/ 어둠이 두 팔로 나를 안는다/ 나는 몸에 닿는 어둠의/ 갈비뼈를 느낀다/ 어둠의 심장은 늑골 아래에서/ 내 몸이 오그라들도록/ 힘차게 뛴다'

　「흐린 날의 귀가」에서처럼 그녀의 사직동 방에는 많은 이들이 제 집처럼 드나들었다. 그 방에 오면 불면증인 이도 쉬 눈을 붙일 정도로 편안해하는 이들이 많았다. 시인은 정작 성장기부터 우울한 어둠 속에 있었다. 그녀에게는 '허리로 차오르는 어둠을/ 내려다보고 있는 나무들'이 보이고 '어둠의 지문 같은/ 그림자들'과 '무거운 삶의 뿌리까지/ 암흑까지' 들어 올리는 어둠이 보인다. '어둠엔 삐죽삐죽한 가시가 돋아 있다/ 돌아누워도 돌아누워도 찔리고 긁힌다'. '그날의 어둠이 되밀려 온다/ 기억을 되살린 불빛이/ 조각조각 튀고/ 검은 빗물이 흐느끼며/ 젖은 치마 속 같은/ 그날의 길을 간다'. 명랑소녀였던 그녀는 집안사의 굴곡 속에서 초등학교 5학년 때부터 우울증을 앓았다. 남들은 쑥쑥 성장할 시기에 거의 잠만 잤으니 생래적으로 어둠을 많이 보는 것 같다고 했다. 어둠이라고 어두운 것만은 아니다. '금테를 두른 어둠'도 있다.

"아직 남은 거 같기는 하지만 거의 홀로 극복했어요. 어둠이 완전히 부정적이라고 생각하지는 않아요. 제가 딛고 살아야 할 구체적인 영역이랄까, 저에게는 에너지 같은 것이기 때문에 믿어지지 않겠지만 제 어둠을 나름대로 사랑한답니다. 빛보다는 어둠에 모든 게 다 있는 거 같아요. 무엇을 꺼내느냐에 따라 달라질 수 있지만 저는 역량이 부족해서 한 주먹밖에 못 꺼내는 거죠. 나이가 들어가면서 도저히 극복할 수 없는 어둠도 있다는 걸 체득하긴 합니다."

4녀 2남 집안에서 차별 없이 컸지만 낭만적인 아버지의 경제적 무능으로 섬약한 어머니의 고생을 보았다. 가여운 엄마가 자식들에게는 꼭 좋은 건 아닌 것 같다는 생각이 뒤늦게 들었다고 했다. 선하고 무르기만 해서 가족들을 고생시킨 아버지라는 남자상은 벽이었다. 아버지 유전자를 물려받은 것인지는 모르되 연민의 대상에 쉬 '넘어가버리는' 그녀이지만, 아직까지 남자에게는 넘어가지 못했다.

아버지는 3년 전 평소 바람대로 벽 하나 넘어 남동생이 있었는데도 침대에서 내려와 바닥에서 두 손을 모으고 누워 조용히 이승을 떠났다. 그녀는 아버지가 '이별을 피했다'고 썼다. '그날은, 하루 종일 맑았다/ 느닷없이 마른하늘에 돌풍이 지나갈 때/ 그는 눈을 번쩍 뜨고/ 먼지 알갱이들이 황금빛으로 날고 있는/ 세상을 빤히 바라봤다/ 아슬아슬한 곳에서/ 가까스로 중심을 잡은 듯한 표정으로// 그는/ 강렬한 두 눈에 담긴 것을/ 시트 위에 내려놓았다/ 세상이 잿더미처럼 적막했다'. 원망했던 아버지와 이번 시집에서 시로 화해한 셈이다.

"타인의 삶, 특히 행복해 보이는 사람을 바라볼 때는 오래도록 그 행복이 정말 유지되면 좋겠다 싶은데 문득 생각하면 현실은 희한하잖아요. 저렇게 행복한 사람이 나중에 어려움을 겪으면 얼마나 힘들까 미리 안쓰러워지는 거예요. 제 부정적인 생각일지 모르지만, 티끌 하나 없이 완벽한 행복을 느끼며 걸어가는데 앞날이 반드시 그러지 않으리라는 건 예상할 수 있잖아요? 선한데 아무것도 할 수 없는 사람들을 보면 너무 힘들어요."

그녀는 '아주 행복해 보이는 여자가/ 나를 스쳐 지나갔다/ 걱정 하나 없는 얼굴/ 꿈꾸는 눈빛으로/ 잠든 아기를 품에 안고// 여자는 턱을 조금 들고/ 태양을 안고/ 천천히 걸었다/ 우아하고 젊었다'고 「봄날의 눈사람」에 썼다. 따스한 봄날에 금방 녹아버릴 아슬아슬한 눈사람을 떠올리는 그녀는 일찍이 '벼랑에서 만나자. 부디 그곳에서 웃어주고 악수도 벼랑에서 목숨처럼 해다오. 그러면/ 나는 노루피를 짜서 네 입에 부어줄까 한다'고 첫 시집에 썼다. 시인은 여전히 그 벼랑 끝 '작두날 같은 경계'에 서 있다. 1988년 《세계의문학》으로 등단한 지 올해로 30년째이지만 아직까지 시로는 문학상 한 번 받은 적 없다. 동문도 없고 문단에 얼굴도 잘 내밀지 않은 이 사직동 '은자'는 벼랑 끝 경계야말로 사람의 본성이 가장 잘 보이는 영역이라고 했다.

　"나는 오래/ 경계에서 살았다// 나는 가해자였고/ 피해자였고/ 살아간다고 믿었을 땐/ 죽어가고 있었고/ 죽었다고 느꼈을 땐/ 죽지도 못했다// 사막이었고 신기루였고/ 대못에 닿는 방전된 전류였다// 이명이 나를 숨쉬게 했다/ 환청이 나를 살렸다// 아직도/ 작두날 같은 경계에 있다"(「빛에 닿은 어둠처럼」)

〈2018.4.16.〉

호랭이가 시퍼렇게 불을 켜고
앉아있었다

유
용
주

시
인

수분령 아래 시인의 외딴집에 배호(1942~1971)가 부르는 〈울고 싶어〉가 흘렀다. 시인은 거구를 느리게 흔들며 그 노래에 맞추어 희랍인 조르바처럼 춤을 추었다. 그 누가 그 사랑을 앗아가 버렸는지 못 견디게 아픈 마음 소리치며 울고 싶네 내리는 빗소리는 슬픔의 눈물인가 이 마음 누가 아랴 어쩐지 울고만 싶네 아무리 흐느끼며 울어도 소용없는 이 마음 누가 아랴, 어쩐지 울고만 싶어…. 1절과 2절 사이는 깊은 색소폰 소리가 메꾸었다. 서울에서 내려와 장수 읍내에서 점심 반주를 한 뒤 시인의 집에 와 이야기를 나눌 때도 다시 술이 빠지지 않았으니 취기가 웬만큼 오른 형편이었다. 그렇다고 말술에도 끄떡 않는 유용주(56) 시인이 몇 잔 술 때문에 저리 흥이 오르지는 않았을 것이다.

술로 말하자면 아버지로부터 내려받은 DNA 이력이 찬란하다. 구척장신에다 잘생긴 아버지, 일본에 두 번이나 다녀온 식자였다. 첫 번째는 징용으로, 두 번째는 스스로 돈을 벌러 다녀왔는데 면사무소 직원이 모르는 한자를 묻기 위해 아버지를 찾아다닐 정도였다. 아버지는 어정쩡하게 농사에도, 지식인으로서도 안착하지 못하고 술에 빠져 한세상 살다 갔다. 아버지의 술시중을 받아내던 어머니가 먼저 쓰러지자 집안이 풍비박산 났다. 열 살 아래 막내가 태어난 지 얼마 안 된 시점이었는데, 큰형은 아버지와 싸우고 호적을 파서 사라졌고 누나는 대전으로 식모살이 떠났으며 작은형도 대처에 나가 돈을 벌어야 하는 처지였다. 열네 살 중학생 유용주는 학교를 더 이상 다닐 수 없었다. 젖먹이 막내를 돌볼 사람이 없었을 뿐더러 한 푼이라도 벌어 어머니 병구완에 보태야 했다.

그가 산문집 『그러나 나는 살아가리라』 서문에 쓴 "공부랍시고 책을 가까이 해본 적은 야간 검정고시 학원을 다닐 때 청계천 헌책방에서 구입했던 국정교과서를 덮은 것이 마지막이었고, 고금과 소총을 아울러 오로지 현장이 표지였고 중국집 배달통이 제목이었으며 접시닦이와 칼판이 차례였고 제빵공장 화부와 도넛부의 펄펄 끓는 기름솥이 서문이었으리라"가 후일의 삶을 웅변한다. 그는 야학을 다니며 시에 끌리다 1991년 《창작과비평》에 이른바 목수 시인으로 데뷔하면서 본격적인 시인의 길을 걷기 시작했다. 그 무렵 초등학교 교사인 아내 김선희(48)와 결혼하고 가정을 꾸렸다. 단칸 셋방에서 시작해 스머프집 같은 누옥을 차지해 충남 서산에서 24년째 살았다. 그가 2년 전 아버지가 빚에 넘겼던 집터를 사서 고향으로 돌아왔다. 첩첩산골, 신무산 자락 끝집에 작은 집을 짓고 오롯이 글을 쓰기 위해 머무르는 그곳에서 펴낸 첫 책 『그 숲길에 관한 짧은 기억』을 붙들고 그이를 찾아갔다.

수분령은 전북 장수에서 금강과 섬진강으로 물길이 달라지는 경계점이다. 북쪽으로 흐르면 금강, 남쪽으로 가면 섬진강인 분기점인 그 고개 아래 유용주의 고향 집이 있다. 장수읍내에서 점심을 마치고 수분령을 넘어 당도한 그 집은 높고 쓸쓸했다. 해발 500m가 넘는 지대에 더 이상 올라갈 곳이 보이지 않는 가장 높은 집이었다. 유용주는 그곳에서 유년기를 보낼 때 직접 호랑이의 헤드라이트 같은 형형한 눈빛을 마주한 적이 있다고 말했다. '뻥'이 아니냐고 수차례 확인했지만 그이는 진지하게 절대 사실이라고 주장했다.

유용주가 펴내게 된 『시문집』 사연은 독특하다. 사진작가 전재원씨가 생태운동을 하는 출판사 '작은 것이 아름답다' 일행과 취재차 내려와 시를 모티브로 사진을 찍어 책을 내고 싶은데 상업적으로 여의치 않아 대부분 거절당했다고 말했단다. 유용주가 이를 수용해 만들어진 책이 시문집 『그 숲길에 관한 짧은 기억』(작은 것이 아름답다)이다. 장수 산골의 사계와 이전에 펴낸 책들에서 뽑아낸 잠언 같은 자연과의 교감을 수록한 시 같은 산문, 한국판 '월든'이다.

"최고의 문장가라는 말을 듣고 싶습니다. 시나 소설을 통틀어 최고의 문장을 쓰고 싶어요. 그런 문장이란 집중된 삶에서 옵니다. 이곳은 온전히 내 자세에 집중할 수 있는 곳입니다. 사람들을 만나면서 아픔을 들여다보고 살아야 하는데, 이제는 불화와 상처가 지겹습니다. 그런 것에서 벗어나 혼자 있는 시간을 늘려야 할 때라고 판단한 거죠. 대인은 저자에 숨고 소인은 산속에 숨는다던데 그렇게 보자면 나는 대단한 소인일지도 모릅니다. 집중된 삶이 절실했습니다."

그는 서산에서는 20여 년 동안 7권 넘는 책들을 펴내 더 이상 뽑아낼 이야기가 없다는 위기감을 느꼈다고 했다. 게다가 사방에서 짖어대는 개들의 목청 때문에 버티기가 힘들었다. 심지어 그 고통은 '개보다 못한 시인'으로까지 산출됐다. 이러저러한 이유가 겹쳐 그가 전북 장수, 옛 고향에 돌아온 뒤 일상은 '걷는 자'의 이미지였다. 하늘 아래 첫 집, 고개 위 끝집에서 새벽 4~5시에 일어나 수분령 휴게소에 차를 세워놓고 그는 3~4시간 걸려 산길이나 강변길로 장수 읍내까지 걸어간다. 그곳에서 사람들을 만난 뒤 군내버스를 타고 수분령에 이르러 집으로 돌아온 뒤 그날 깨알같이 머릿속에 입력한 풍광과 자신의 이야기를 쓰기 시작한다. 그렇게 쓴 시들 중 하나, 이렇게 흐른다.

"높은 깎음으로 올라가는 들머리/ 왕소 나무가 서서 열반에 들었다// 어렸을 적,/ 저 나무 위에서 부엉이가 울면/ 부엉이 아래에는 호랭이가/ 시퍼렇게 불을 켜고 앉아있었다// 칙간까지 걸어가지 못해/ 마당 한 귀퉁이 밤똥을 눌 때/ 오금 저리게 했던 개호주 울음소리와/ 암자로 올라가는 길은 끊어졌다"(「끈」 부분)

진짜로 시에서처럼 유용주는 어린 시절 변소를 가다가 호랑이가 헤드라이트처럼 눈을 밝히고 지척까지 내려온 걸 보았다고 했다. 멧돼지나 고라니, 오소리나 담비의 눈빛과는 분명 달랐단다. 학교 가는 길에 모퉁이 서 있던 곰을 직접 본 적도 있다. 귀 달린 뱀, 청사, 홍사, 백사도 함께 등교하던 아이들과 보았고 심지어 목에 걸치고 다니기도 했는데 아무도 안 믿어줘서 섭섭했단다. 유용주는 고향에 들어와 평생 썼던 시의 두 배는 더 썼다고 했다. 그 시편 몇 편을 받아 읽어보니 과연 높고 외로운 시향이 좋다. 새벽에 산길 물길 걷고 걸어 옛 고향 소읍에 들어 놀다가 고개 아래 돌아가 쓰고 또 쓰는 간단하면서도 가멸찬 삶의 소득이다.

유용주는 "사사로운 이익을 가지고 있으면 그만큼 시를 대하는 태도가 선명하지 못하기 때문에 그것을 메우려고 기교가 승하게 되니까 참말과는 멀어진다"면서 "가난한 마음이야말로 선하고 어진 마음이 아닌가"라고 그날 말했다. 그는 "청빈은 거지처럼 사는 거나 산속에서 가난하게 사는 삶이 아니라 능히 가질 수 있는 사람이 가지지 않는 것"이라고 했던 한 선배의 말을 상기하면서 자신도 그렇게 살기를 소망하지만 "앞으로 나아가려는 세속의 마음과 이를 성찰하는 부끄러움이 늘 길항한다"고 고백했다.

수분령 아래 시인의 높고 외딴집을 내려와 우리는 장수 읍내 노래방에 들렀다. 시인의 방에서 들었던 배호의 여운에 붙들려서였다. 그날 장수 읍내 노래방에서 시인은 전인권의 〈새야〉를 불렀다. 시인은 폭발 직전의 거대한 공명통을 울려 터질 듯한 슬픔을 토해냈다. 집중된 삶을 위해 세상과의 불화를 피해 옛집을 찾아왔다는 유용주. 그는 상처 자욱한 고향의 산과 강을 걷고 걷는 문장의 수도승 같았다.

〈2014.2.3.〉

*유용주 시인은 2018년 4월, 12년 만에 네 번째 시집 『서울은 왜 이렇게 추운겨』(문학동네)를 펴냈다.

왔다, 너희 후손에게 물려줄
인류문화유산이!

이
정 _{시인}
록

"그게 왔는데 시인이 조금만 무시하잖아요? 그럼 시상은 순식간에 사라져 버려요. 시는 생명체예요. 우주 무한천공에서 억만 겁을 떠돌던 한 생각이 한 시인을 만나 일주문 같은 언어의 집이 지어질 것 같으면, 위에서 전광석화처럼 내려오는 거지요. 그렇게 딱 왔을 때 후다닥 받아 적어야 돼요. 적어놓으면 날아가지 않고 거기서 뼈와 살이 자라죠. 안 적어놓으면 휘발돼버려요. 시상을 모시지 않으면 생각만 빠져나가는 게 아니라 가슴과 뇌가 상해요. 종이 위에 떨어진 물방울이 사라지면 종이가 우는 것처럼."

이정록(54) 시인에게 우주를 떠돌던 시상 하나가 전광석화처럼 내려와 꽂힌 건 2016년 만해문예학교 신년교례회에서였다. 수강생들에게 올해는 동시를 써보자면서 코로 방귀를 뀐다는 겹낱말 '콧방귀'와 황소가 도살장에 가기 싫어 느리게 걷는 '황소걸음'을 예로 들면서였다. 단어와 단어가 합쳐져서 이루어지는 복합어, 겹낱말 중에서 한자어를 뺀 순우리말만을 찾아 그 말이 만들어

398

지게 된 배경을 시인의 상상력으로 복원해내는 작업의 단초가 마련된 것이다. 이정록은 적어도 300~500편 정도는 탄생될 것 같은 예감을 했고, 이 작업을 하다가 죽을지도 모른다는 생각이 엄습했다고 한다. 한번 시작하면 무서운 집중력을 발휘하는 성정 때문인데 이전에 『어머니 학교』라는 시집을 완성할 때도 이런 느낌이 왔지만 그때는 몸이 망가지거나 죽을지도 모른다는 생각까지는 못했다.

"겹낱말을 언어 대중들이 사용하게 되려면 시간이 걸리지요. 단순하게 사전에 있는 뜻만 아니라 인간이 품을 수 있는 모든 문화가 그 언어 속에 서려서 만들어지는 겁니다. 언어 감각이 뛰어난 어느 한 사람이 먼저 창의적으로 말했겠죠. 그 재미를 모두가 공유하면 살아남는데, 남을 해하는 말은 욕이 되거나 도태되고, 기운을 주고 흥이 나고 배려하는 흥미롭고 천진스럽고 맑은 말은 더 빨리 전파된 겁니다. 그게 바로 동심이지요. 동심은 나이를 먹으면 사라지는 게 아니라 어른에게도 그대로 남아 있습니다."

이정록은 바로 이 동심이 언어에 남아 있다는 걸 깨달은 것인데, 이때부터 찾아내고 발견한 겹낱말들 316개를 시로 만들어 『동심언어사전』(문학동네)을 선보였다. 오랜 세월이 흐르는 동안 사용하면 즐거우니까, 혹은 공동체에 도움이 되니까 살아남은 그 당시의 '유행어'가 사전에 등재된 셈이다. 이를테면 정월 대보름이 되면 식구들 나이 수만큼 숟가락으로 쌀을 덜어 해먹는 '나이떡'이라는 말은 농촌사회의 대가족제도를 흔들리지 않게 배려한 문화에서 탄생했다. 평소에는 나이만 많고 일을 못하는 상머슴도, 팔순이 넘은 치매 걸린 할머니도 이날만큼은 고마운 존재가 되는 셈이다.

"식구들 나이 수만큼/ 숟가락으로 쌀을 떠서 떡을 만들지./ 정월대보름에 액땜하기 위해 먹는 떡이지./ 할아버지 할머니 증조할아버지 증조할머니/ 모두 살아계시면 떡시루가 절구통만하겠지./ 나이 많은 머슴도 그날만큼은 대접받겠지./ 오래오래 사시라고 큰절 받겠지./ 오순도순 오물오물 웃음꽃 피는 집에/ 어찌 나쁜 액운이 찾아들겠니?/ 도깨비도 키들키들 콩고물 입에 묻힌 채/ 성황당 너머로 달아나겠지."(「나이떡」)

겉모양은 그럴듯하나 쓸모없는 물건이나 사람을 일컫는 '나무거울'이라는 말도 있다. 시인은 비록 나무는 되비칠 수 없지만 나무는 나무끼리 비추면서 큰다고 시적 상상력을 발휘한다. "소나무가 무성해지면 잣나무가 기뻐하죠./ 목이 아플 때까지 나무를 우러르면/ 가슴앓이 냉가슴에도 샛별이 뜬다지요./ 나무불상과 나무십자가도 멋진 나무거울이지요./ 삐걱대는 나무다리도 참 좋은 나무거울이지./ 내 그림자 속 뼈를 들여다볼 수 있으니까./ 옹이는 나무의 상처지요./ 옹이가 빠져나간 마룻장의 까만 눈동자가/ 처마 끝 푸른 하늘을 보아요./ 그대는, 아름드리나무가 되라고/ 나무라는 사람을 갖고 있나요./ 나무랄데 없을 때까지 나무라는/ 나무거울을 모시고 있나요."('나무거울') 뒷북치는 사람은 순수하고 인정은 있는 이라고 생각한다. 상황 판단을 잘 못하는 것일 뿐 뒤통수를 치는 '놈'은 아니라는 것이다. "뒷북은/ 모든 음악회의 마지막 연주자다.// 뒷북치지 마!// 박수보다/ 야유를 더 받는/ 늦깎이 외로운 연주자다.// 앞선 맞장구들을/ 늘 우쭐하게 해주는."('뒷북」)

"지금 우리는 돌도끼를 들고 다니던 구석기인들만큼이나 언어의 상실시대를 살고 있습니다. 풍요로운 놀이나 표현의 아름다움을 잃어버렸어요. 그러다보니 '대박!' '개좋아!' 같은, 단순하게 빨리 상대방에게 전달하는 속도와 폭력을 추종하는 형국입니다. 언어가 과격해지고 의성어 의태어로 압축된 공용어가 생겨난 겁니다. 개기름 개땀 개살구처럼 나쁜 상태를 표현하는 접두사가 '개'이고 좋은 것에는 '참기름'처럼 '참'이 붙는데, '개좋아'가 어딨어요? 저는 수업시간에도 애들에게 꼭 이야기해요. 너희들은 돌도끼만 들지 않았을 뿐이라고."

천안 중앙고등학교 한문 교사로 재직 중인 이정록은 30년 넘은 교직 생활을 정리하고 내년쯤에는 문화공방을 꾸려 '전업시인'으로 살아볼 생각도 있다고 했다. 그는 동화책, 동시집, 청소년시집, 그림책에 이르기까지 이번 10번째 시집을 포함해 모두 22권이나 펴낸 왕성한 저술가로 살고 있다.『동심언어사전』과 짝을 이루는 시집도 이미 기획을 해서 벌써 63편까지 써놓았다. 그림책도 100권쯤 펴내 영국의 대표적인 그림책 작가 앤서니 브라운을 능가하는 게 꿈이라고 했다. 좌중을 휘어잡는 타고난 달변과 익살로도 이름이 높은 그를 이처럼 부지런한 글쓰기로 몰아가는 에너지는 어디에서 나오는 것일까.

"저에게 글쓰기는 놀이에요. 쓰기 싫은 거는 안 쓰고 청탁도 안 받아요. 미리 써놓고 내고 싶은 출판사에 투고를 해요. 재미없으면 안 해요. 저는 글쓰기를 출산의 고통에 비유하는 걸 싫어합니다. 내가 선택한 건데 왜 고통까지 느껴야 하죠? 뭔가 만들어내는데 시간과 정성을 들여야 하니까 땀은 안 흘릴 수 없죠. 고통이라고 하는 건 엄살이고 과장입니다."

이정록은 간혹 수업시간에 시가 찾아오면 창가에서 잠시 메모를 좀 해야겠다고 학생들에게 양해를 구한다고 했다. 그러면 아이들은 "선생님, 오셨어요?"라고 묻고 그가 "왔다, 너희 후손에게 물려줄 인류문화유산이!"라고 받으면, 학생들은 다시 "선생님, 길게 쓰십시오!"라고 깔깔댄다고 했다. 유쾌한 농담에 행여 정색하지는 말자. 그는 이번 시집에서 '어깨너머'라는 겹낱말에 가장 애착이 간다고 했다. 《대전일보(1989년)》와 《동아일보(1993년)》신춘문예에 시가 당선되며 등단한 그는 자신은 시도 어깨너머로 배웠다고 했다. 정식으로 사사하면 자신의 것을 보태어 창의적으로 나아가기보다 노예가 되기 쉽다고 생각한다.

"-엄마는 요리왕이야./ 다 어깨너머로 배운 거야.// -아빠 만물박사야./ -다 어깨너머로 곁눈질한 거지.// -할머니는 정말 못하시는 게 없어요./ -다 어깨너머로 흉내만 내는 거야.// -어깨너머에는 별의별 것/ 다 가르쳐주는 학교가 있나 봐요?// ..../ -배움이란, 어깨너머 학교에서/ 마음을 모셔오는 거란다."(「어깨너머」)

〈2018. 3. 19.〉

시가 주인공이 되는 공간

유
희
경 ^{시인}

창문 너머로 신촌 기차역이 보인다. 부유하는 미세먼지 사이 석양이 부옇다. 창가의 책상이 스러지는 빛 속에 아늑하다. 책상에는 기형도 시집 『입 속의 검은 잎』과 누군가 막 78쪽 「그 집 앞」을 베껴놓은 노트가 놓여 있다. 또 다른 누군가 석양녘 그 창가에서 다음 시를 이어서 베낄 것이다. 슬쩍 들춰보니 그 시는 "감당하기 벅찬 나날들은 이미 다 지나갔다/ …그리고 그 슬픔들은 내 몫이 아니어서 고통스럽다"(「노인들」) 흘러간다. 유희경(37) 시인이 지난해 6월 문을 연 시집 전문서점 '위트 앤 시니컬' 신촌점 풍경이다.

"한 달에 시집 한 권을 선정해서 다 같이 릴레이 필사를 해요. 이번 달은 기형도거든요. 늘 다른 형태로 이벤트를 만들려고 해요. 여기는 아직 한 달이 안돼서 어떡하면 좀 더 재밌는 걸 할 수 있을까, 계속 만져가고 있어요. 신촌 1호점이 규모가 더 크고 훨씬 세련된 느낌이라면 여긴 오붓하고 아늑한 공간이라 찾아오는 손님들과 일대일로 더 이야기를 나눌 수 있고 행사도 이런 형식에 맞춘 걸 기획하려고 해요."

유 시인을 만난 곳은 신촌이 아니라 그가 최근 새로 낸 합정 2호점 '위트 앤 시니컬'이었다. 출판사에서 9년째 편집 일을 하다 망막에 손상이 생겨 오래 활자를 들여다보기 힘들어지면서 새로운 일을 모색하던 터에 신촌에 먼저 서점을 열었다. 신촌점이 호응을 얻자 다양한 행사를 기획할 공간을 더 확보하고 손님들이 편안하게 찾아올 서점을 추가로 연 것이다. 이 서점은 '샵 앤 샵' 개념인데 '카페 파스텔'과 음반과 다른 종류의 서적을 파는 '프렌테'와 한 공간을 공유하는 형식이다. 자연스럽게 커피나 맥주를 마시면서 음악도 듣고 시인들이 돌아가며 추천하는 '오늘의 서가'에서 시집을 고르거나 책꽂이 서가에서는 자신이 원하는 시집을 찾으면 된다. 시인 주인장과 시집과 시에 대해 편안하게 대화를 나눌 수도 있다. 동네 서점이 망해간다는 한탄이 들린 지 오래인데 새로운 형태의 서점이, 그것도 시집으로만 꾸리는 서점이 등장해 화제였다. 입소문을 타서 손님들은 끊이지 않는 편이고 시집은 한 달에 1000권 넘게 팔려나간다.

"예전에는 약속도 서점에서 잡고 그랬잖아요? 지금 서점은 그러기 어려운 공간이 되어버렸죠. 좀 더 매출을 올리는데 신경을 쓰면서부터 부담스러운 공간이 된 건데 저희는 그냥 와서 놀 수 있는 공간이었으면 좋겠다는 생각이 컸어요. 주변에서 모두 무모하다고 말렸지만 웬만큼 자신이 있었어요. 사실 서점보다는 문화기획 일을 좀 하고 싶었고 그 일을 하는데 공간이 필요했고, 그 공간은 책으로 채워져서 판매할 수 있는 공간이면 좋겠다는 바람이었죠."

이 공간에서 기획한 대표적인 이벤트 중 하나는 '낭독회'. 통상 시인들이 다음 시집을 내기까지 시간이 걸리므로 낭독을 위한 소시집을 따로 200부 정도 제작해 판매도 한다. 오늘(28일) 저녁 합정점에서는 새로 만든 황인찬 시인의 낭독시집 『놀 것 다 놀고 먹을 것 다 먹고, 그다음에 사랑하는 시』로 4번째 낭독회를 연다. 이곳의 낭독회가 특별한 건 아니다. 흔히 이루어지는 낭독회와 조금 차이가 있다면 '북토크'가 개입되지 않고 시인이 나와서 15편 쯤 읽고만 들어간다는 점이다. 다섯 편 쯤 읽고 음악을 한 번 듣고 또 다섯 편 읽는 식이다. 주인장이 대표로 짧은 질문 세 개 정도 던지긴 하지만, 시인에 관한 시시콜콜한 이야기까지 주고받는 여타 낭독회와는 달리 쿨한 편이다. 처음에는 시인들도 시만 낭송하면 어색할 것 같다고 했지만 실제 체험해보고는 고개를 끄덕였다고 한다. 시 낭독만으로도 충분히 감흥을 느낄 수 있다는 새삼스러운 사실을 발견하게 된다.

"시가 주인공이 되는 시간인 거지요. 귀로 들으면 시가 달라져요. 사실 시는 노래에서 온 거잖아요? 시인들도 처음에는 긴장하다가 자기 시를 읽기 시작하면 얼마나 잘하는지 몰라요. 저도 남의 시는 못 읽는데 제 시는 잘 읽어요. 출판사들에서 기획한 낭독회를 보면서 굳이 비싼 사회자 데려다놓고 쓸데없는 질문으로 시간을 낭비하는 대신 시를 오롯이 들으면 훨씬 더 좋을 것 같다는 아쉬움이 평소에 컸습니다. 시인보다 시를 더 좋아했으면 좋겠어요."

이 공간에서 기획한 또 하나는 '두 시간 클럽'. 시집 한 권을 선택해 한 공간에 모여서 스마트폰 같은 기기를 끄고 책 읽기에만 몰두하는 시간이다. 주최 측이 하는 일이라곤 시간과 공간을 제공하는 것 뿐이다. 의외로 책 읽을 시간을 확보하지 못하는 이들이 태반이어서 이런 작은 배려만으로도 신선하다는 반응이다. 홈페이지를 통해 선착순 모집하면 이들 이벤트는 금방 30~40명 정원이 마감된다. 그는 "시가 어떤 일을 할 수 있는지에 대해서 미지수이지만 시를 읽기 전의 나와 읽은 후의 나는 분명 다른 사람일 것"이라며 "시를 안 읽어도 잘 사는 사람들이 많지만 그래도 읽으면 더 나은 사람이 될 것이라는 믿음으로 이런 일들을 벌인다"고 했다.

유희경은 서울예대를 나와 한국예술종합학교에서 극작을 전공했고 2007년에는 희곡으로, 이듬해에는 《조선일보》 신춘문예에 「티셔츠에 목을 넣을 때 생각한다」가 당선돼 극작가와 시인으로 데뷔했다. 1만 부를 넘긴 첫 시집 『오늘 아침 단어』에 이어 『당신의 자리-나무로 자라는 방법』을 냈다. 그는 "젊은 시인들이 시를 알아먹지 못하게 쓴다고 선배 세대가 통탄하기보다는 같은 길이지만 다른 방식으로 가고 있다고 이해해 주면 더 좋을 것"이라고 말하면서 "작금 우리 사회는 이분법의 골이 너무 깊이 패어 있는 같다"고 말했다. 그는

"시의 세계에서는 그 꼴이 더군다나 어울리지 않는다"면서 "시는 천천히 오고 천천히 좋아하게 되는 더없이 느린 장르"라고 덧붙였다.

그의 첫 시집 해설자는 유희경 시의 키워드가 '슬픔'이라고 썼다. 그는 "사람마다 느끼는 지점도 다르고 깊이도 다른 슬픔이라는 감정에 늘 호기심을 느낀다"면서 "내 안에 물기가 많은 것 같다"고 했다. 청년기에 보낸 아버지가 그의 시들에 대체로 자주 눈에 띄는 편이다. 「소년 이반」은 "아침 일찍 일어난 이반에게 부엌은 바람 없는 대나무 숲처럼 고요했다 아버지. 두고 간 얼굴을 주웠을 때 그것은 떨어뜨린 면도칼처럼 차가웠다"고 쓴다. 그는 시에서는 '비극'을, 희곡으로는 '희극'을 쓴다고 했다. 그는 "단순히 결말이 슬퍼서 비극이 아니라 슬픔을 극복하려는 노력 자체가 슬픔인 경우가 비극"이라고 했다. 그러니 "원형을 찾는 것 자체가 불가능한 시의 언저리에서 늘 실패한다"고 말하는 그의 시야말로 비극의 숙명이다. 그의 슬픔 하나는 이렇게 흐른다.

"눈을 감아도/ 눈을 떠도/ 같은 사람이라서/ 수천 수백 수십의/ 같은 사람이 살짝/ 웃는 거라고/ 두 뺨에 손을/ 두 손을 이마에/ 번질 수 있도록/ 내어주는 거라고/ 같은 사람이라서/ 눈을 감는 거라고"(「같은 사람」)

〈2017. 3. 27.〉

*유희경 시인은 2018년 4월 새 시집 『우리에게 잠시 신이었던』(문학과지성사)을 펴냈다.

여기가 끝이라면

황현산 문학평론가

　평론가의 문장이 아름답기는 쉽지 않다. 한글로 흘러가는 문장인데도 주어 서술어 따져가며 밑줄을 긋고 사전까지 들춰야 겨우 감을 잡는 경우도 드물지 않다. 소화도 잘 되지 않은 서구 이론을 앞세워 번역투 문장으로 문학의 권위 만을 강변하는 문장이다. 이런 배경 때문에 황현산(고려대 명예교수·70)의 문장과 사유는 더 도드라져 보이는 것일까. 연전에 나온 그의 산문집 『밤이 선생이다』(난다)는 출간 2년 만에 18쇄를 찍었고 4만 부 가까이 팔려 나갔다. 통상 이런저런 매체에 기고한 칼럼들을 묶어 체면치레에 그치는 책들은 많아도 독자에게 이처럼 순수하게 각광받은 칼럼집은 드물다. 영화판에 비유하자면 가위 1000만 관객을 동원한 책이라고 말하는 이들도 있다.

　"6·25가 나던 해 신안군 비금도로 피난 들어가 그곳에서 초등학교를 마치고 7년 만에 목포로 나왔습니다. 내 생애 10분의 1을 그곳에서 보냈지만 그때 배운 것들이 기억의 절반을 차지하고 있습니다. 그곳에는 조선 중기의 말까지 살아 있었지요. 후일 내가 배운 프랑스어는 라틴어의 뿌리가 순수하게 살아 있는 세계 표준어에 해당합니다. 나는 이 두 언어 사이를 오가면서 정확하게 쓰는 훈련을 한 셈입니다. 내 글은 미문이라기보다 까칠한 편입니다."

불문학자이자 문학평론가인 황현산은 노년에도 트위터를 누리는 디지털 마인드가 남다르다. 트위터의 세계에서 젊은이들과 스스럼없이 어울린다. 서울 정릉동 자택에서 만난 그는 '까칠한 언어'야말로 여러 생각 거리를 던져주고 소셜네트워크서비스(SNS) 언어로 잘 어울린다고 말했다. 그가 젊은이들과 트위터에서 어울리는 힘이 까칠한 문장에서만 나오는 건 아니다. 50대 중반을 넘어서면서부터 어느 순간 그가 읽는 책들은 저자가 죽었건 살아 있건 자신보다 젊은 필자들인 경우가 더 많았다고 했다. 20대에 열정적으로 썼던 요절 시인 랭보(1854~1891)를 예로 들지 않더라도 자신보다 어린 나이에 쓴 글이라도 책으로 나오면 보편적 사고로 받아들여야 한다고 했다. 그러니 나이 들어가면서 책을 읽으면 읽을수록 젊어질 수밖에 없지 않느냐는 것이다. 물론 자신보다 나이가 어리건 많건 간에 책에 담겼다고 모두 보편타당한 건 아닐 터이다. 신경숙 표절 파문으로 여름 내내 시끄러웠고 최근에서 그 진앙인 《창비》에서 "의도적인 베껴 쓰기로 볼 수 없다"고 신경숙을 두둔하면서 다시 곤혹스러운 상황에 직면한 이즈음이다.

"신경숙은 시장성이 큰 대중작가인데 문학이 원래 지니고 있는 아우라나 카리스마를 대중성과 굉장히 잘 연결시킨 거지요. 신경숙뿐 아니라 몇몇 작가들의 작품은 대중성과 시장에서의 성공을 비평가들이 바꿔치기한 측면이 있습니다. 문학권력을 통해서만 그리된 게 아니라 신경숙을 좋아한 일반 대중도 신경숙을 열심히 따라 읽었기 때문에 신경숙이 특별히 문학적 가치가 있기를 바란 겁니다. 그 점에서 문학판과 공모한 독자들도 자유로울 수는 없습니다."

황현산은 "글 쓰는 사람들 입장에서 보면 우연히 같은 것인지 아니면 베껴 쓴 것인지는 금방 알 수 있다"면서 "의도적이냐 아니냐는 참 묘한 말인데 아무튼 그것을 읽었기 때문에 그 표현이 나왔다면 의도적이지 않더라도 책임을 져야 한다"고 분명하게 말했다. 신경숙 파문과는 다른 맥락이지만 인터뷰 말미

에 그는 "한국 사회가 좀 더 합리적으로 나아갔으면 좋겠다"면서 "험난한 현
대사를 통과해온 탓인지 한쪽으로 기울어 시기, 질투, 의심 이런 것들 때문에
과학적 사고를 하지 못하는 것 같다"고 안타까워했다. 여기에는 "급격한 변화
로 인한 뿌리 뽑힌 삶의 원형, 그 상실감이 주는 상처도 굉장히 크다"고 언급
했다.

그는 올봄 두 달 가까이 트위터를 쉰 적이 있다. 담도암이 발견돼 수술을 받
고 한 달 반 가까이 입원해야 했기 때문이다. 그를 팔로어하는 트위터리안들
에게는 그냥 "일이 있어서 쉰다"고만 공지했다. 10월까지 항암치료를 계속해
야 한다는 그는 목소리에 힘이 없고 피로한 낯빛이었지만 차분하게 정감 밴
목소리로 말을 이었다.

"고민하고 있을 때 한숨 자고 나면 좋은 생각이 떠오를 거라고들 말하지요.
밤이 좋은 생각을 가져다 준다는 의미의 프랑스 속담이 있는데 '밤이 선생'이
라고 웃자고 말했다가 책 제목으로 쓰게 됐습니다. 밤에 작업을 하면 무의식
이 작동해서 낮에 생각한 것과 많이 다릅니다. 밤을 새워 읽고 쓰다가 새벽 5
시쯤 잠이 드는 생활을 오래 해왔는데 수술을 받고 난 다음부터는 패턴이 무
너져서 이것저것도 아닙니다."

황현산의 적확한 문장과 깊은 사유가 일차적인 공신이겠지만, 『밤이 선생
이다』라는 제목이야말로 독자들의 뜨거운 사랑을 받는 데 만만치 않은 기여를
했을 것으로 짐작된다. 그는 "낮이 이성의 시간이라면 밤은 상상력의 시간"이
고 "낮이 사회적 자아의 세계라면 밤은 창조적 자아의 시간"이라고 썼다. 젊
은 시절부터 황현산과 밤의 인연은 깊었다. 그는 유학을 가지 않고 국내에서
처음 불문학 박사학위를 받은 경우이다. 고려대 불문과를 나와 같은 대학원에
서 박사학위를 받았거니와 문학평론가 김현(1942~1990)이 박사논문 심사교
수였다. 김현의 주선으로 박사학위논문이 문학과지성사에서 단행본으로 출간
되기도 했다. 황현산은 진도 출신 김현의 다도해 정서와 1950~60년대 목포
분위기를 공유했다. 그의 문체와 작품에 대한 감식안이 김현과 닮았다는 평을
듣는 배경이다.

유학을 가고 싶었지만 대학시절부터 집안을 책임져야 했던 생계의 무게 때문에 대학원조차 출판사에서 일을 하며 다녀야 했다. 낮의 노동에서 복귀해 아무리 피로해도 밤에는 책을 붙들고 씨름했던 패턴이 밤을 선생으로 삼게 된 내력이다. 45세에 문화예술진흥위에서 청탁한 200자 원고지 100장 분량이 호평을 받으면서 소문이 나기 시작해 자연스레 문학평론가의 길로 접어들었다. 추천이나 등단 과정을 거친 게 아니라 비록 늦깎이이지만 순수하게 그의 글이 지니는 힘만으로 세상에 드러난 셈이다. 이후의 과정도 마찬가지다. 해외유학파들은 일찍이 화려한 문단 앞자리를 장식했지만 그는 정작 70세 가까이 되어 어떤 문학권력으로부터도 자유로운 독자들로부터 월계관을 받은 셈이다. 오랜 세월 더불어 지낸 밤의 선물이다.

황현산은 최근 트위터에 유머 시리즈와 무협지 이야기를 올렸다. 그가 '난다 긴다' 하는 여성 트위터리안들이 모두 소녀시절 『빨강머리 앤』을 읽었다는 사실을 놀라워하면서 자신은 고교시절 무협지를 쌓아 놓고 읽었노라고 썼다. 일찍이 한국 문단의 특정 '문파'에 편입되지 않았던 그는 "강호에 나가 활약하지는 않지만 은거한 곳에 인재가 찾아오면 한마디 충고할 수 있는 처지는 되는 것 같다"고 말했다. 암 투병의 곤고함을 스스로 이기기 위한 농담들이냐고 물었다.

"원래 나는 희망을 버리지 않는 낙천주의자입니다. 여기가 끝이라면, 여기까지 왔다는 비석 하나는 세울 수 있는 것 아닙니까?"

〈2015.8.31.〉

*문학평론가 황현산은 2018년 8월 8일 오전 4시 20분 지병으로 별세했다.

어느 쪽에도 휩싸이지 않는
자유로운 중심

권영민 문학평론가

《문학사상》은 1972년 창간됐다. 당대의 '까칠한' 비평가로 활약했던 이어령 (80)이 만든 잡지다. 그해 10월호부터 발행되기 시작했다. 이어령은 당대 문단의 주류였던 조연현 김동리 서정주 등을 비판하며 자신만의 분명한 문학관으로 한국문학의 토양을 바꾸는데 기여한 비평가였다. 문예계간지 《창작과비평》(1966)과 《문학과지성》(1970) 창간에 이어, 시대정신을 아우르던 《사상계》가 폐간(1970년 5월)된 공백기에 나와 문학과 사상까지 아우르는 차별성을 표방했다. 기존 월간 문예지로는 1955년 창간돼 한국문단을 상징하던 《현대문학》이 존재하고 있었다.

《문학사상》은 이어령의 분방하고 자유로운 특질을 대변하듯 상대적으로 한국문학에만 올인하던 《현대문학》과 차별성을 띠며 해외 작가들에게 시선을 돌리고 보다 넓은 외연을 확보하는 강점을 보였다. 이 잡지가 이후 42년 동안 한 번의 결호를 제외하곤 줄기차게 달려와 이번 6월호로 500호를 기록했다.

《현대문학》과 더불어 한국 문학 혹은 문단의 반세기를 쉼 없이 기록하고 견인했다는 점에서 의미를 부여하기에 모자람은 없다.

"주간 자리를 제안받고 이어령 선생을 찾았더니 두 가지를 당부하더군요. 문단 어느 파벌에도 얽매이지 말고 중심에 가만히 있으라는 것과 금방 그만둘 것 같으면 아예 시작도 하지 말라는 거였어요. 선생이 10여 년간 주간으로 재직하면서 자신만의 개성을 잡지에 투영했듯이 저 또한 색깔을 만들라는 주문이었는데, 그 빛깔이라는 게 어느 쪽에도 휩싸이지 않는 자유로운 중심을 지키라는 것이었습니다."

이어령이 《문학사상》을 현재 발행인 임홍빈에게 넘긴 것은 1985년 무렵이었다. 이후 이 잡지의 주간은 1988년부터 두어 번 짧은 공백기를 빼고는 본격적으로 현재까지 가장 오래 이 잡지의 조타수 역할을 해 온 권영민(66)이 맡았다. 문예지의 '주간'이란 그 잡지의 방향을 정하는 선장 같은 역할이다. 이후 20년 가까이 《문학사상》 편집 주간 위치에 있었으니 그를 만나 이 잡지의 족적을 더듬고, 서울대 국문과 교수로 정년퇴임한 학자의 삶을 통해 한국문학을 엿보는 일은 의미가 있다.

"문학 작품이 독자로부터 외면받으면 안 됩니다. 일차로 당대 독자들과 호흡을 같이 해야 합니다. 이상문학상 수상작을 선정할 때 가장 고려했던 사항은 아, 이 사람이 받을 만하겠구나 싶은 독자의 기대와, 어? 이 사람이 받았네, 싶은 작가들을 적절하게 배려하는 일이었습니다. 일 년 내내 발표되는 작품을 모두 따라 읽었습니다. 누구보다 열심히 발표작들을 읽었다고 자부합니다. 그래서 연말이면 독자와 전문가들이 추천한 후보작을 놓고 제가 기대한 작품을 비교하며 심사위원들과 신중하게 머리를 맞댔지요."

《문학사상》의 상징인 '이상문학상'을 먼저 언급하지 않을 수 없다. 상업성과 화제성에 연연한다는 일각의 비판에도 이 상이 한국 독자들에게 상징적인 문학상으로 각인된 사실은 부인하기 어렵다. 1977년 김승옥의 『서울의 달빛 0장』이 첫 수상작으로 선정된 이래 이청준 서영은 한승원 신경숙 윤대녕 정미경 등 한국문단의 내로라할 작가들이 이 상의 수혜자였다. 권영민이 기억하는 특별한 수상작은 이문열의 「우리들의 일그러진 영웅」과 김훈의 「화장」이다. 이문열 수상작은 그해 30만 부가 넘게 팔린 초대형 베스트셀러가 됐다. 「화장」은 단편도 그리 많이 발표하지 않은 작가에게 상을 준다는 비판에도 결과적으로 한국문학에 새로운 분위기를 마련한 탁월한 선택이었다고 자부한다. 이 상과 함께 그해 가장 뛰어난 시를 대상으로 시상하는 '소월시 문학상'과 '김환태평론문학상'도 이 잡지가 후광으로 거느리는 한국 문단의 상징적인 상들이다.

"한국문학이 완전히 특수한 한국적 특성을 가지고 있다고 말하는 건 한국문학이 변방에 자리 잡은 외톨이라는 의미이기도 합니다. 한국문학은 서구문학의 모방이자 이식이고 끊임없이 뒤따라가야 하는 후진적 문학이라고 말하는 것도 짧은 생각입니다. 우리에게는 1930년대 서구와 같은 반열에서 뛰어난 상상력을 발휘한 이상이란 문인이 있었습니다. 김유정 박태원 정지용 같은 이상 주변의 문인들도 당대에 같은 반열에서 한국문학의 출중한 한 시대를 받쳐주었던 이들입니다. 이상은 한국문학의 후진성을 단박에 극복한 인물이었지만 우리는 그동안 개인사에 얽매여 문단의 에피소드나 일화 정도로 취급했던 거지요."

국문학자이자 평론가로서 권영민의 삶은 《문학사상》 주간이라는 문학 현장의 '기획자' 역할과 함께 달리 기록해두어야 할 대목이다. 요절한 천재시인이자 작가인 이상(1910~1937)은 「오감도」 같은 난해한 작품들 탓에 역설적으로 많은 학자들의 연구 대상으로 각광받았지만, 여전히 이상의 작품은 독자들에게 해독하기 어려운 편이다. 애초 이어령이 이상을 연구해 책까지 펴낼 정도로 깊이 관여했고 권영민은 자신이 감히 그 뒤를 잊지 못하리라 처음에는 생각했다고 했다. 1997년 이상 타계 60주년 행사로 수학자와 디자인 전문가까지 동원해 대대적으로 이상 연구결과 심포지엄을 기획하고 책으로 펴낸 이래, 이상을 파고드는 대표적인 국문학자의 길을 걸어갔다. 2007년 동경대 객원교수로 가서는 1년 동안 일본 대학원생들과 함께 이상이 일본어로 쓴 시를 함께 번역하고 토론하면서 이상의 정수에 다가갔다.

동경대 학생들과 더불어 이상의 시를 토론하고 번역하는 일 같은 글로벌 한국문학 체험은 권영민에게 익숙한 것이었다. 덕성여대 교수에서 출발해 단국대를 거쳐 1981년 이래 서울대 국문과 교수로 정년퇴임하기까지 미국 하버드대학과 버클리대학 동아시아학과에서 한국문학을 가르치고, 해외 각국 한국문학 전공자들을 서울대 국문과 대학원으로 불러들여 가르치는 일을 해왔다. 해외 대학에서 한국학을 가르치는 교수들치고 그에게 신세를 지지 않은 이들이 드물다. 권영민은 올여름 다시 버클리대학에서 한국문학을 강의하기 위해 출국한다. 이 대학 동아시아학과에서 한국문학 전공을 마이너 코스로 진행하다가 이번에 메이저로 격상시키기 위해 그를 초청했다고 한다.

버클리로 출국하기 앞서 다음 달 서울 '이상의 집'에서 「오감도」 발표 80주년 기념으로 많은 문인들을 모아 '문학콘서트'를 열기로 했다. 그는 2012년 서울대 교수직을 정년퇴임할 때 그동안 자신의 글쓰기가 전문 연구자들과 학생들 중심이었다는 걸 통렬하게 반성하면서 대중의 인문학 외면 사태가 자신에게도 책임이 크다는 사실을 깨달았다고 말했다. 이러한 반성을 토대로 문인들을 모아 '문학콘서트'를 진행했거니와, 이번 행사는 한국문학의 세계화를 향한 학자의 마지막 여정을 시작하기 앞서 치르는 의식과도 같다.

"《문학사상》이 이어령 선생 이후 이 자리까지 온 건 그동안 나를 포함한 문단인들의 의견을 수렴해준 발행인의 역할이 큽니다. 많은 매체들이 득세하면서 이제 잡지의 시대는 저무는 것 같지만 인간의 지적 욕망이 남아 있는 한 책이란 사라질 수 없으니 잡지 또한 여전히 생명을 보살펴야 할 우리 시대의 소중한 유산이지요."

평소 스트레스는 어떻게 푸느냐고 물었더니 대답이 감동적이다. 늘 '비판적 조력자'인 아내 김옥수(62) 씨와 함께 걸으면서 하루 일어났던 일에 대해 이야기를 나누는 게 오래된 행복이라고 그는 답했다. 권영민은 《문학사상》 500호 권두언에 "이 자리는 한국의 문학인들이 만든 자리이며 독자 여러분이 함께 키우고 지켜온 곳"이라면서 "우리 문학의 열린 광장이 될 것을 다짐한다"고 썼다.

〈2014.6.2.〉

사람을 소중한 마음으로 받아들이는 에너지

김종회 문학평론가

1915년 평안남도 대동군 재경면 빙장리에서 태어난 소설가 황순원은 2000년 9월 14일, 산책을 하고 돌아와 서울 사당동 자택에서 평소와 달리 자신의 차례인 저녁 기도를 아내 양정길 여사에게 부탁하고 잠자리에 들었다. 다음날 아침 그는 숨을 쉬지 않았다. 자는 듯이 세상을 떠나는 일이란 본인은 물론 주변 사람들에게도 지복이다. 그를 지근거리에서 모셨던 문학평론가 김종회(59) 경희대 교수는 "돌아가신 장면이 그러했듯이 다른 이에게 신세지거나 폐 끼치는 걸 싫어했고 약속은 반드시 지켰으며 자신에게 엄격하고 다른 이에게 관대했던 분"이라고 스승에 대해 말했다.

김 교수가 황순원을 처음 대면한 것은 그가 경희대 입학 면접을 보는 자리였다. 왜 국문과를 지원했느냐는 말에 그는 "영문과보다 쉬워서"라고 답했다고 했다. 국문학개론 첫 수업에서야 그가 결례한 대상이 황순원이었다는 사실을 알고 난감했다는데, 선생은 그를 다시 대하는 자리에서 그냥 빙긋이 웃기만 했다고 했다.

학보사 기자 생활에 더 충실하면서 언론사 입사를 꿈꾸던 그에게 황순원의 한 마디는 결정적 역할을 했다. 대학원에 들어와 공부를 해보라는 스승의 권유에 따라 문학을 좇는 삶의 방향이 정해졌다. 김종회를 포함한 4인방이 늘 황순원 선생을 모시고 다니는 '이동비서실' 역할을 했다고 한다. 그는 "황순원 선생님은 저에게 문학의 길에서나 인생의 길에서도 아버지 같은 존재"라고 말했다.

황순원이 작고한 뒤 스승을 위한 기념사업을 구상하던 그는 2002년 월드컵 열풍이 지나가던 해 인사동 송년회 술자리에서 누군가로부터 「소나기」의 무대가 '양평'이라는 사실을 아느냐는 질문을 받았다. 명색이 황순원 연구자인데도 그는 그 사실을 그 자리에서 처음 알았고 만취해 집에 돌아가서 서둘러 책을 열어 보았더니, 소녀가 죽고 난 뒤 어른들로부터 소년이 들은 '내일 소녀네가 양평읍으로 이사간다는 것'이라는 구절이 나왔다. 양평읍으로 간다는 말은 타지에서 간다는 의미보다 양평군 안쪽 어디에서 '읍'으로 간다는 말일 가능성이 크다는 전제 아래 양평에 소나기마을을 조성할 근거를 찾게 된 계기였다.

북쪽이 고향인 황순원의 고향을 찾아갈 길은 없지만, 한국의 대표적인 소설가로 꼽는데 누구도 쉬 부인하지 못할 그를 기리기 위한 남쪽 연고는 그렇게 만들어졌다. 2003년부터 경희대와 양평군이 자매결연을 맺어 콘텐츠를 준비하기 시작한 이래 2006년 기공해 2009년 6월 완공됐고, 이후 5년 만에 연 유료관람객 13만 명을 넘어서는 기록을 세웠다. 봉평의 이름난 이효석문학관이 개관 15년째 이르러 연 8만 명을 기록한 것에 비하면 괄목할 만하다. 올봄 소나기마을 촌장으로 취임한 그는 양평 황순원문학관 창가에서 말했다.

"갈수록 종이책으로만 대중에게 소구할 수 없는 상황에서 이런 공간은 의미가 큽니다. 황순원이라는 이름과 '소나기'가 지닌 명성에다 각종 콘텐츠를 충실하게 꾸민 점, 수도권과의 근접성이 이곳을 국내 최대 문학 명소로 만든 요인들일 겁니다. 이제는 제2의 도약을 기약할 때입니다. 이대로도 사람들은 여전히 이곳에 오겠지만, 국민 명소로 만들기 위해서는 새로운 노력이 필요한 시점입니다."

지자체들이 연고가 있는 유명 문인들을 매개로 경쟁적인 사업을 벌여 왔다. 대중의 호응을 얻지 못한 채 예산 낭비라는 비난을 받으면서 흐지부지 끝나는 사례가 많다. 전국적으로 문학관만 60여 개가 난립하는 상황이다. 문학관 자체야 비난받을 소지가 없지만, 문제는 콘텐츠가 제대로 확보되지 않은 껍데기 조형물로 그치는 경우가 태반인 현실이 안타까운 것이다. 이런 배경에서 '소나기마을'의 성공은 각별히 들여다볼 만한 사례다.

소나기마을이 어느 한 개인의 노력만으로 이루어낼 수 없는 성과임은 자명하다. 경희대와 양평군이 자매결연을 맺었고, 많은 연구자들이 참여한 콘텐츠 생산과 지자체의 하드웨어 지원이 원만하게 이루어지는 과정이 순탄하게 진행되려면 숨은 노력 없이는 불가능하다. 이 매개 고리의 핵심 동력이 그이였던 셈이다. 김 교수는 경남 하동에 이병주문학관도 추동해 제대로 자리 잡게 만들었다. 보통 에너지로는 힘든 맥락이다.

학보사 기자 시절 경희대 조영식 이사장의 눈에 띄어 대학원 석사과정 무렵부터 통일부 관련 '일천만이산가족재회추진위원회' 사무총장에 이어 2년간 '통일문화연구원' 원장 직책을 수행했다. 이때부터 남북문제 현장에서 일한 기간이 1983년부터 2005년까지 무려 22년에 달했다. 북한 관련 자료 열람이 자유로운 처지에서 북한문학 관련 연구서를 펴냈고, 북한문학을 포용하기 위해서는 한민족문화권의 문학으로 접근해야 된다는 맥락에서 해외동포문학에 집중했다. 그 결과 '한민족 디아스포라 문학'에 대한 집중적인 성과를 이루어낼 수 있었다.

"해외 동포문학을 한국문학이냐 아니냐는 '가부可否'의 판단이 아니라 '정도程度'의 문제로 판단해야 된다고 봅니다. 김석범의 『화산도』가 일본어로 쓰여졌다고 해서 한국문학이냐 아니냐의 문제가 아니라 제주도를 무대로 한 재일교포의 글쓰기란 차원에서 어느 정도 한국문학적 요소가 있느냐를 보아야 한다는 것이지요. 글로벌시대 문학을 포괄적으로 생각하는 게 필요합니다."

경남 고성 한학자 집안 3남 1녀 중 둘째로 태어난 김종회는 어린 시절부터 조부에게서 엄혹하게 한학을 배웠다. 5살 때 천자문을 떼면서 귀염을 독차지했고 초등학교와 중고등학교를 거치는 성장기 내내 글을 쓰는 일과 전교 회장을 거치는 리더십 자질을 내보이는 차원에서 각별히 눈에 띄는 편이었다. 그는 애초 집안의 영향으로 고전문학을 좋아해 한문학과를 택하려고도 했다. 고등학교 시절 시 300여 편을 암송하는 음유시인이기도 했다. 정작 국문과에 가서는 문학보다는 학보 기자 생활을 하면서 저널리즘 쪽에 관심이 더 많았고, 이후 문학을 전공해 직업으로 삼으면서는 행정에 더 뛰어난 능력을 발휘한 편이다.

"다른 쪽으로 관심이 분산되지 않았으면 시나 소설을 썼을 겁니다. 나를 알고 있는 친구들은 너는 하고 싶은 게 많아서 못 썼을 거라고 말하긴 하지요. 지나고 보니 아쉬움도 많습니다. 너무 여러 가지를 하는 바람에 집중력이 떨어진 면이 있지요. 다시 되돌아간대도 결국 했던 대로 했을 것 같습니다."

그가 대학 내외에서 맡고 있는 직책은 10가지가 넘는다. 왜 이리 바쁜 것이냐고 물었을 때 그이 또한 난감한 표정으로 "이제 정년을 5년 남겨둔 시점에서 삶의 본질적인 부분만 건드리는 글만 쓰고 싶다"고 말했다. 어린 시절 그의 집에는 방물장수 같은 떠돌이 과객이 늘 끊이지 않았다고 했다. 모친은 남자들은 행랑채에서 자게 하고 여자들은 자녀들이 자는 방에서 함께 재웠다고 했다. 그것, 사람들을 소중한 마음으로 받아들이는 그 에너지야말로 사람들을 움직여 일을 조직하고 변방의 문학까지 포용하게 만드는 바탕인 셈이다. 그는 "비평이란 재단하기에 앞서 작가에 대한 애정을 바탕으로 그가 무엇 때문에 그 작품을 썼는지 따라가는 자세가 우선 필요하다"고 했다.

〈2015. 9. 14.〉

어른이 되는 맛

박찬일 ^{세프}

부친이 돌아가셨을 때 마당 화톳불 위에서 찜통이 들썩이고 있었다. 내가 상주였다. 그것도 어린 20대 초반 맏상제. 흰 옷에 팔 하나는 끼우지 않고 내려놓았다. 아비를 잃은 자식이기에 옷도 제대로 입으면 안 되는 슬픔의 표현인 모양이었다. 친척 중 누군가 그래야 한다고 했다. 그리고 또 누군가는 상주도 먹어야 버틴다고 찜통에서 끓고 있던 콩나물국과 밥을 조용히 가져와 먹으라 했다. 먹어야 한다고 했다. 강요에 못 이겨 먹었더니 아, 슬픔을 배반하는 그 맛이라니. 그때부터 콩나물국밥이 좋아졌다.

글 쓰는 요리사 '스타 셰프' 박찬일(49)이 다시 책을 냈다. 『뜨거운 한 입』(창비)이 그것인데, 그의 요리는 아직 제대로 섭렵하지 못했지만 글만 보면 절로 먹고 싶어지는 책이다. 이 책의 뒤표지에는 콩나물국밥을 두고 "그 맛을 한마디로 표현하라면 나는 '어른이 되는 맛'이라고 하겠다"는 도발적인 카피가 실려 있다. 박찬일은 중앙대 문예창작과를 나온 '문인'이다. 글쓰기를 먼저 배운 뒤 요리를 전공했다. 동기 중 유명 문인으로는 소설가 박청호가 있고 1년 선배는『빨치산의 딸』정지아다. 이들 말고도 알만 한 선후배 문인은 수다하다.

그가 요리에 본격적으로 입문한 건 문창과 나온 '탓'에 잡지 기자를 하다가 사람들을 만나는 게 영 적성에 맞지 않다는 판단을 한 뒤 과감하게 사표를 내고 이탈리아로 파스타를 배우러 떠난 시점부터였다. 그때가 1999년, 3개월 정도 파스타만 배워 와 한국에서 가게를 내면 먹고는 살 수 있으리라 생각했는데 가서 보니 너무 재미있었다고 했다. 그곳 '치즈와 고기가 넉넉하고 쌀과 임산물도 많은' 이탈리아 북서부 알프스 밑 피에몬테, 식도락의 천국에서 3개월이 3년으로 이어졌다. 한국에 돌아와 청담동에서 스타 셰프로 명성을 날렸고,『보통날의 파스타』,『지중해 태양의 요리사』,『추억의 절반은 맛이다』같은 책을 내면서 더 유명해졌다.

글과 요리와 사람, 이 삼합이 아주 맞춤하여 '나마스테'의 주인공으로 설정했지만 그는 바빴다. 낮에는 빽빽한 일정 때문에 만남이 불가하다 하였다. 밤에, 그것도 술집에서 인터뷰를 청한 적은 없지만 그가 술집 주인이었기에 무람이 없었다. 밤에도 그는 바빴지만 용케 저녁 9시 그가 오너처럼 일하는 서울 합정동 술집 '몽로'에서 만날 수 있었다. 문학과지성사 빌딩 지하에 자리 잡은 이 집은 꿈 '몽夢'에 길 '로路'를 써서 꿈길이라는 의미의 '몽로'다. 처음에는 꿈과 (참)이슬이 교차하는 이슬 '로露'를 쓰려고 했는데 이 글자가 너무 복잡해 전달과정에서 축약됐다고 한다. 여기에 박찬일을 일찍이 문학적 감성으로 이끌었던 에밀 졸라의『목로주점』이미지까지 가세해 '몽로'가 됐다. 그가 생각하는 요리를 관통하는 줄기를 물었을 때, 이런 말이 돌아왔다.

"쾌락인 거 같아요. 당장 맛있어야지 몸에 좋은 요리 같은 건 경멸합니다. 그런 요리를 먹지 말라는 뜻이 아니라 몸에 좋은 거는 나중에 이야기하자는 거죠. 건강을 먹으러 찾아다니는 건 약간 한심한 거 같아요. 몸에 덜 나쁘라고 전자담배 피우는 거나 마찬가지입니다. 피울 때 피우고 확 끊어버려야지, 고기 먹고 싶은데 몸에 안 좋다고 기름 떼내고 그러면 맛이 없어요. 인생이란 거, 쾌락과 절제 사이에서 균형을 맞추며 사는 건데 먹는 거에 너무 민감할 필요 없어요. 요즘 고지혈증 약 얼마나 좋은 게 많습니까? 운동하면 되잖아요. 수도사처럼 절제하면서 먹으면 오래 살겠지만 재미없을 거 같아요."

밤 9시, 몽로는 손님들로 가득했고 그들 목소리로 시끄러웠다. 180센티미터가 훌쩍 넘는 셰프 박찬일은 그 자신 술꾼이라고 책에 밝혔지만 밤에는 일을 해야 하기 때문에 술을 마시지 않는다고 했다. 그가 내놓은 접대용 소주와 안주를 앞에 두고 홀로 자작하며 이야기를 나누었다. 안주는 남원에서 올라온 흑돼지 안심과 순무 김치였다. 다양한 요리법으로 조리했다는 흑돼지 안심에서는 독특한 향이 났다. 그 향을 상큼한 총각김치가 갈무리해주는 조합이었다. 김치를 이 집에서는 한 접시에 5000원을 받는데 매니저의 모친에게 주문을 해서 조달한다고 했다.

"내일은 하루 종일 재료를 찾으러 후배들과 강원도에 갑니다. 뭐가 있나 보는 거죠. 산간도 해안도 다 갑니다. 강릉 가서 두부 만드는 것도 보고 바닷가에 가서 업자들을 만나 봄에 어떤 해물을 우리에게 공급할 수 있는지 탐색하는 거죠. 양이 적은 것도 있고 좋은 재료도 있는데 공산품이 아니기 때문에 어떤 사람을 만나느냐가 중요하죠. 이게 다 글감도 되고…."

그가 왜 낮에 인터뷰 시간을 낼 수 없었는지 물었을 때 돌아온 답이었다. 전주 콩나물국밥 중에서도 그는 '남부시장' 스타일을 좋아한다고 했는데, 주문을 하면 그때 바로 파 같은 양념을 다져 넣기 때문이라고 했다. 바로 터지는 그 액즙의 향, 셰프 박찬일의 미각과 후각이 거기에 꽂힌 거였다. 그가 이탈리아 유학에서 돌아와 청담동 레스토랑에서 유명인사가 된 데에는 이런 감각이 일조했다. 선입견을 과감히 깨고 이탈리아 요리에 한국의 제철 재료를 도입했다. 굴, 대파, 보리싹, 돼지고기, 문어까지 '이딸리아' 요리에 동원했으니 화제가 될 법했다. 게다가 그는 가장 오래 이탈리아에서 공부한 오리지널 요리사였다.

요리로만 친다면 이제 16년차인 박찬일 말고도 더 고수들이 많을 터이다. 매력은 박찬일이 먹는 거 말고도 글을 요리할 줄 안다는 데 있다. 그의 글솜씨는 요리의 맛으로 이끄는 호탕하고 탁월한 면이 있다. 글만 읽으면 그는 완전한 술꾼이다. 심지어 책날개 자기소개 말미에 "이미 죽은 자들이 그리워서 소주를 마신다"고 써놓았다. 글은 호쾌했지만 정작 만나본 그이는 섬세하고 절제하는 사람 같았다. 그렇다고 했더니 그는 "절제한다기 보다는 소심하기 때문"이라고 받았다.

"요리는 시간이 지나면 완성되는데 글은 안 쓰면 늘어지고 마감을 어기게 되죠. 좋은 재료가 있고 그걸 제대로 이해해야 요리가 되듯 글도 충분히 고민해야 되는 거죠. 많이 먹어봐야 요리도 잘하고 많이 읽어봐야 잘 쓸 수 있듯이 글과 요리는 비슷합니다."

그는 글쓰기가 생계 차원의 '노동'이라고 했다. 문예창작과를 나왔는데도 단 한 번도 신춘문예 같은데 응모한 적 없다고 했다. 자신의 글 수준을 알기 때문에 욕심을 내지 않은 거라고 했는데, 이탈리아 요리 유학 체험을 담은 『지중해 태양의 요리사』, 드라마 소재로 제공된 『보통날의 파스타』, 『추억의 절반은 맛이다』 같은 따스한 책들을 보면 웬만한 문인보다 글 솜씨가 훨씬 차지다. 그래도 그는 요리의 길이 멀다고 했다. 더 돌아다니면서 먹어보고 만나고 보아야 맛이 깊어지는 모양이다. 글이라고 다를까. 요리는 일단 만들어 놓으면 누군가 먹을 수는 있다. 글쟁이의 업이 더 가혹하다. 함부로 쓰지 말 일이다. 글쟁이를 부끄럽게 하는 셰프 박찬일, 그가 이번 책 날개에 자신을 이렇게 소개했다.

'결국 죽기 위해 먹어야 하는 생명의 허망함을 이기지 못한다. 그래서 다시 먹고 마신다. 그 기록을 남기기 위해 쓴다. 남대문시장 냉면집, 계동길 딸복이 네분식, 황학동 개미시장 돼지곱창집, 어쩌다 한일관 불고기, 그리고 시칠리아의 죽음 같은 시로코 열풍 냄새에 취해 살아왔다.'

〈2014.12.23.〉

사랑과 열정 사이, 조용호

백가흠(소설가)

　그를 오랫동안 보아 오면서 내 마음속에는 그에 대한 잔상 같은 것이 남아 있는데, 그것의 정체는 어떤 비애감 같은 것이다. 그런 것을 사랑해도 된단 말인가, 실은 그런 연유로 쉽게 이 글을 쓰지 못했으나 어떻게든 이번에는 나도 그에 대해 고백 같은 것으로라도 남겨야겠다, 마음먹었다.

　그는 언제나 멀리 있으나 옆에 있었고, 가깝게 있었으나 멀리 있었다. 그에게서 나오는 비애스러움은 그곳에서 발원한다. 그의 글은 가장 문학적이나 비문학적이어야만 하고, 감성적이나 이성적이어야만 하는 그 중간에 놓여있었다. 노발리스가 그랬던가, 소설이란 허구와 진실의 중간에 위치해야만 하는 것이라고. 그런 의미에서 보면 그의 글쓰기는 소설적이지 않은 게 없는 것이었다고 말해도 좋겠다. 수십 년 동안 문학담당기자로 살아오며 더불어 소설을 쓰는 삶에 대해 나는 잘 알지 못한다. 그 중간의 삶은 오로지 소설 안에만 위치한다. 결국 하나의 진실한 삶을 담기 위해 아흔아홉 개의 삶이 허구적으로 동원되는 것이 소설이라고 할진대, 그는 글쓰기 삶 자체로 소설이 가진 진위를 몸소 실천해온 것이 아닌가, 그리하여 그 비애감이 언제나 그 언저리에 항상 어려 있었던 것이 아니던가.

"나는 내가 하고 싶은 일과 하고 있는 일의 괴리 속에서 살아왔다. 물론 하고 싶은 일은 생계만 해결할 수 있다면, 소설에 전념해보는 일이었다. 오랫동안 품어온 비원이다. 눈을 질끈 감고 뛰어내렸어야 했을지 모른다. 죽지 않았으면 살았을 테니. 정체성은, 누가 알아주든 그렇지 않든, 아무래도 속마음은 작가 쪽이어서, 늘 그게 스스로 안타까웠다."

한밤중, 그를 신도림에서 만났다. 그와 단둘이 마주 앉아 급하게 소주를 나누었다. 우리에겐 오랫동안 미뤄왔던 숙제였다. 그와 나는 가끔 바다낚시를 함께 하는데, 바다 아닌 곳에서 만나는 것은 꽤 오랜만이었다. 그를 만나러 서울로 가는 길, 기차 안에서 그와의 인연을 떠올렸다. 그를 알게 된 지 벌써 17년이 넘었다.

그는 나와 동향이다. 석양빛을 먹고 자란 식물적성향이 비슷하다고나 할까, 마음속에 매일 허물어지는 시뻘건 노을을 품고 사는 것이 우리의 같은 운명이라면 인연은 그만큼 깊다고 할 수 있을지도 모르겠다. 오래 전 그의 누이들과 함께 전주에서 한 자리한 적이 있다. 나는 그때 조금 놀랐는데, 평소 말수 적고 부끄럼 많은 그와는 달리 전주 누이들은 쾌활하고 유쾌하기만 했다. 이상도 하지, 가맥 집에서 울려 퍼지던 그의 민요 한 자락이 지금도 구슬피 귓가를 맴돈다. 유쾌하기만 한 자리였는데 말이다. 굳이 말을 꺼내지 않았지만 신도림에서 그를 만나고 처음 떠오르는 것은 그 광경이었다. 또 원주토지문화관에서의 하루도 떠올랐다. 그게 그를 처음 본 날이었다. 밤새 눈이 그칠 줄 모르고 엄청 왔던, 그 밤, 우린 싸웠다. 그래서 그런지 사랑은 쉽게 시작됐다.

신도림의 한밤중이 다가기 전에 그간 묻기엔 쑥스러웠던 물음을 그에게 던졌다. 그런데 문제가 생겼다. 그가 여간 부끄러워하는 게 아닌가. 그 많은 사람들을 만나 작품과 작자의 인생의 깊이를 재던 그가 인터뷰를 당하는 것이

영 쑥스러워, 그는 술잔을 연거푸 기울기만 하였다. 우린 아직 출간되기 전의 책 뒤풀이를 했다. 많이 기뻤는데, 그가 그간 쏟은 시간의 글품이 그냥 사라지지 않은 것이 그랬다.

그가 페이스북에 꾸준히 연재되고 있는 글을 올렸기에 대부분은 놓치지 않고 읽은 글이 많았다. 그의 글은 작품을 읽어내고 작가의 진위를 파악하는 1차적인 독법에서 벗어나 있다. 책을 소개하고 작가의 의도를 전하고 작품을 설명하기보다 보다 근원적이랄까, 방향성이랄까, 그런 길을 찾는 게 좋았다. 그가 향하는 문학적 시선이 따뜻하기만 하다. 거기에 시간이 더해 그의 글은 깊고 풍요롭다. 연재물이 나올 때마다 더 넓어지고 너그러워졌다. 그가 다룬 백 명이 넘는 다양한 작자들은 소설가를 비롯해 에세이스트, 가수, 요리사 등을 넘나든다. 그 안에 펼쳐진 그들의 세계를 넘어 작가의 품성을 품은 글들이 혹 소모적인 것이 되지 않을까 우려도 되었던 게 사실이었으나, 그는 문학담당기자이기 전에 작가이다. 소설가의 몸을 쓰는 일로 그는 성실한 사람이다.

"일단 기사를 써야 할 때는, 결과적으로 소모적일지라도 최선을 다할 수밖에 없다. 최소한의 자존이다. 평면적으로 작품을 소개하기보다는, 능력이 닿는다면 그 작가와 작품의 고갱이를 짚어내고 싶었다. 문학이라는 것의 효용과 감동을 제대로 전하고 싶었다. 사실을 전달하는 기능이 기자에게는 일차적으로 중요한 항목인데, 문학기사라는 외피 뒤에서 그런 만용을 부려보려고 했던 셈이다. 그러다보니 모자란 능력을 매번 마감할 때마다 실감했고, 출간을 앞둔 지금도 그 심정은 마찬가지다. 처음부터 단행본으로 묶을 생각은 없었다. 바람이 있다면 다만 이런 흔적들이 요즘처럼 문학이 희미해지는 시절에 문화적 기록으로 남는 것이다."

이 책이, 이 글이 그에게 위안이 되면 좋겠다. 소설가가 소설을 쓰지 못할 때 갖게 되는 자괴감에 대해서는 나도 좀 아는 바가 있다. 문학이라는 것이 작가와 독자가 주고받는 위안과 위로의 소통창구라는 데 그 효용이 있다면 그가 이제껏 쏟은 문학에 대한 사랑과 열정에 대한 시간에 위안이 놓이면 좋겠다. 이제껏 그는 문학이 과정만 있다는 진리에 성실한 사람이었으니 말이다.

쓴다는 것은 읽는다는 것 이후에 포용되는 순차라면 그는 가장 많이 읽고 쓰는 사람임이 분명하다. 그에게 본인 소설에 대해 애기하는 것이 조심스럽다. 많이 읽으니 쓰는 것에 대한 되돌아봄의 자기 순환에도 순도를 높일 것이 분명하니 그렇다. 그가 소설가로 돌아올 때엔 말에 순정이 어린다. 소설가 둘이 만나 술잔을 기울이니 밤이 깊어질수록 애기꺼리는 소설만 남게 되었다. 소설에 대한 애정과 열정이 지난날의 소설과 아직 나오지 못한 것에 더해져 새벽이 다 가고 있었다.

"몇 년 동안 파편들은 준비했지만 한 줄에 꿰지 못하고 방치해놓은 상태다. 시간을 견디는 사랑 이야기 하나, 제대로 지었으면 좋겠다. 더 부지런하고 긴장하는 수밖에 없다. 많이 지쳐 있는 게 문제다."

작가는 글을 쓸 때 쓰지 못한 다른 글을 떠올리곤 한다. 그의 심정이 새벽 넘어가는 다른 날을 일깨우는 듯 맑기만 했다.

사람 모두 그렇겠지만 인생의 분기점도 있고, 그런 것을 극복하고 넘어서는 시절도 있다. 문학하는 사람은 그런 과정 또한 문학 안에 있을 것이다. 그런 관점에서 '조용호의 나마스테!'는 한 시절을 현명하게 넘어가는 읽기와 쓰기의 분곡이 될 게 분명하다. 오랜 시간, 문학에 대한 사랑과 열정 사이 그는 항상 서 있었으니, 문학이여, 그에게 평안과 위안으로 도달하여라. 나마스테!

이 도서의 국립중앙도서관 출판예정도서목록(CIP)은 서지정보유통지원시스템 홈페이지
(http://seoji.nl.go.kr)와 국가자료공동목록시스템(http://www.nl.go.kr/kolisnet)에서
이용하실 수 있습니다.(CIP제어번호: CIP2018037142)

여기가 끝이라면
조용호의 나마스테!

2018년 11월 21일 1판 1쇄 인쇄
2018년 11월 28일 1판 1쇄 발행

지 은 이 | 조용호
펴 낸 이 | 孫貞順
펴 낸 곳 | 도서출판 작가
　　　　　03761 서울시 서대문구 북아현로 6길 50
　　　　　전화 | 02)365-8111~2　　팩스 | 02)365-8110
　　　　　이메일 | morebook@naver.com
　　　　　홈페이지 | www.morebook.co.kr
　　　　　등록번호 | 제13-630호(2000. 2. 9.)
편　　집 | 박계현, 손희, 설재원
디 자 인 | 전경아, 박근영
영　　업 | 손원대, 박영민
관　　리 | 이용승

ISBN　978-89-94815-86-2　03800
잘못된 책은 구입하신 서점에서 바꾸어 드립니다.

값 17,000원